Der Feigling

Jost Nolte

Der Feigling

Roman

Scherz

Die Ereignisse und die Personen des Romans sind erfunden. Ähnlichkeiten mit tatsächlichen Ereignissen und lebenden oder toten Personen der Zeitgeschichte sind beabsichtigt.

www.scherzverlag.de

Erste Auflage 2003

ISBN 3-502-10514-6

Berthold Kienshecken

Ich staunte nicht zum ersten Mal über die seltsame Rundkirche, die sie vor sieben Jahrzehnten um eine massive Säule herum errichtet hatten. Die Säule, von der seinerzeit ein offenbar wenig zuverlässiger Hellseher behauptete, dass sie im Mittelpunkt eines künftigen großgermanischen Reiches stehen werde, ist inzwischen zwecks Korrektur solcher Träume mit Hilfe einer unauffälligen, wenn auch aufwändigen Dachkonstruktion verschwunden. Trotzdem haftet dem Gemäuer nach wie vor etwas von der Begeisterung für alles Nordische an, die dazumal im Schwange war.

Christus in Wotans Haus sozusagen. Bei meinem letzten Besuch hatten sich die Leute auch noch vor der Tür der Kirche gedrängt; diesmal waren vergleichsweise wenige Menschen erschienen, und anders als seinerzeit hatte der Pastor kein politisches Großspektakel zu befürchten. Es war wohl eher eine feste Gewohnheit, dass er die Gemeinde nach dem Vaterunser so höflich wie bestimmt ermahnte, den Toten schweigend zum Grab zu geleiten. Beim Hinaustreten ins Sonnenlicht entdeckte ich meinen Freund Eckart Wernstedt.

Der Friedhof, ein Ensemble von Verstecken für die Toten unter hohen Kiefern und zwischen wahren Hügelketten von Rhododendren, atmete nach dem Regen, der in der letzten Nacht auf Wochen ungewöhnlicher Frühlingshitze gefolgt war, farbenprächtige Frische. Die Thujen verströmten ein Übersoll an Duft. Gepflanzt, um den Gedanken an Verwesung zu übertrumpfen …

Wie ich es mir von vornherein vorgenommen hatte, hielt ich mich am Ende des Trauerzugs. Der Abschied von Ansgar Rosmer sollte den letzten Getreuen überlassen bleiben. Wernstedt dachte offenbar das Gleiche. Wir machten Halt, als der Zug zwischen einer

Gruppe von Bäumen, die noch höher in den Himmel ragten als ihre Nachbarn, in einen Seitenweg einbog. Bis zur offenen Grube waren es noch gut zwanzig Meter. Das Absetzmanöver fiel niemandem auf. Vorn blitzte es aus einem Gebüsch. Ein Fotograf tat seine Arbeit. Die Witwe fasste nach dem Arm des Pfarrers, hatte sich aber sofort wieder in der Gewalt. Der Pfarrer ignorierte den Pressemann. Wer nur aus Neugier gekommen war, musste sich mit diesem raren Beweis für Rosmers Prominenz begnügen.

Als hinter mir jemand kaum vernehmbar «Wahrschau ...!» kommandierte, zuckte ich zusammen. Aus dem Augenwinkeln sah ich, dass sich auch Wernstedts Rücken straffte. Der Habt-Acht-Befehl verriet den Mann, der ihn diesmal flüsterte. Früher hatte er ihn gebrüllt. Er hieß Kaltenbach und war seit der gemeinsamen Schulzeit auf abgeschmackte Witze abonniert.

«Da geht der Mann mit den zwei Namen hin», ließ sich Kaltenbach mit derselben tonlosen Stimme wieder vernehmen, als die Totengräber die Gurte, in denen der Sarg hing, durch ihre Hände gleiten ließen. Er fügte hinzu: «Und Claudia ist ganz Würde.»

Der Gesichtsausdruck der Witwe war aus der Entfernung nicht zu deuten, aber ihre Haltung sprach für Kaltenbachs Behauptung. Zuzutrauen war Claudia Rosmer, dass sie insgeheim das Rezept für das Hauptgericht beim Leichenschmaus rekapitulierte. Wenn Claudia ihn auch kaum mit eigener Hand gekocht hatte, hatte sie ihn bestimmt bis zum letzten Gramm Salz festgelegt. Speisezettel waren ihre Leidenschaft. Sie pflegte sie regelmäßig bei der Suppe vorzutragen und zu erläutern. Am aufmerksamsten hatte ihr dabei stets Ansgar Rosmer gelauscht. Heute war nur der engste Freundeskreis ins Haus des Toten gebeten. Ich gehörte seit ein paar Jahren nicht mehr dazu.

«Zeit für mich zu gehen», murmelte ich.

«Ich komme mit», sagte Wernstedt.

«Feiglinge», widersprach Kaltenbach, «die drei Schaufeln Sand solltet ihr ihm gönnen.»

«Denk, was du willst», entgegnete ich, «mir reicht's.»

Ich setzte mich nach hinten in Bewegung, Wernstedt folgte mir. Kaltenbach rückte nach vorn auf.

«Du suchst dir nicht aus, wer dir das Leben rettet», sagte Wernstedt, als wir uns dem Friedhofstor näherten und freier atmeten.

Er hatte Recht. Mit Kaltenbachs und auch mit Wernstedts Hilfe hatte mich Rosmer unter Lebensgefahr aus dem Schussfeld eines russischen Scharfschützen gezerrt und ein paar hundert Kilometer nach Westen transportiert. Der Entschluss, mich nicht einfach liegen zu lassen, hatte das Risiko, der Roten Armee in die Hände zu fallen, erheblich erhöht. Es war ein Problem, einem wie Rosmer etwas schuldig zu sein.

«Es macht dir immer noch zu schaffen», stellte Wernstedt fest.

«Klar. Du denkst, du kennst einen Menschen, mit dem du zusammen in der Hölle gewesen bist, und dann kennst du ihn nicht die Bohne. Aber ich möchte nicht ...»

«Rosmer – oder soll ich sagen: Schierling ...»

«Bleiben wir bei Rosmer. Wir haben ihn immer so genannt.»

Wernstedt wechselte das Thema.

«Kein Vergleich», sagte er, «der Abgang unseres Freundes ist nicht zu vergleichen mit dem des Großadmirals. Heute geht es viel bescheidener zu. Soll Ansgar Rosmer seinen Frieden finden.»

Es stimmte. Zum Begräbnis des Großadmirals vor ein paar Jahren hatten wir uns verabredet, um festzustellen, was aus den ehemaligen Helden zur See geworden war. Tatsächlich wimmelte es dann auf dem Friedhof von älteren Herren, die zum Ledermantel blaue Schirmmützen mit dem Abzeichen des Traditionsvereins der Kriegsmarine trugen, und nicht wenigen von ihnen baumelte zusätzlich ein Ritterkreuz vom Kragen. Ihre Mützen hatten sie genauso flott geknifft wie früher auf ihren Booten. Dass ihre Gesichter die Spuren der ins Land gegangenen Dezennien trugen, gab ihrem Auftritt einen grotesken Anstrich. Vernehmlich, nur durch eine gewisse Pietät gebremst, regten sie sich darüber auf, dass der Verteidigungsminister seinen Soldaten verboten hatte, in Uniform an dem Ereignis teilzunehmen. Hinter vorgehaltener Hand schimpften sie auch darüber, dass auf dem Sarg die Fahne der Republik und nicht die Reichskriegsflagge lag, was aber, wie der Pfarrer behauptete, der Wunsch des Dahingeschiedenen auf dem Sterbebett gewesen war. Kaltenbach hatte sich zu Ehren des Toten ebenfalls die Traditionsmütze auf den kahlen Schädel gestülpt.

«Trinken wir einen Schluck im Waldesruh», schlug ich vor.

Zehn Minuten später warteten wir im Garten des bei Wochenendausflüglern beliebten Lokals auf unser Bier. Aus dem angenehm schattigen Winkel, in dem wir saßen, fiel der Blick auf das steinerne Denkmal, das am Rande des Mühlenteichs noch immer an Paul von Lettow-Vorbeck gemahnt, an seinen Heroismus als Verteidiger von Deutsch-Ostafrika und an die Treue der Askaris an seiner Seite. Ich bildete mir ein, dass der eine der beiden schwarzen Hilfskrieger noch trauriger aussah als sonst, während der andere wie Lettow selbst mit todesmutigem Blick die Terrasse der Gaststätte absuchte.

«Als Kind wollte ich nach Afrika, weil mir imponierte, was über ihn erzählt wurde», gestand ich.

«Heia Safari», sagte Wernstedt.

«Richtig, so hießen dann Lettows Memoiren.»

«Und eins von den Liedern, die wir gebrüllt haben. Heia, Heia Safari, wie oft sind wir geschritten auf schmalem Negerpfad...»

«Und dieses Lied! Das Zeugs klebt wie Pech im Gedächtnis. Scheußlich. Irgendwann habe ich dem hiesigen Rotary Club etwas über den Herrn erzählt. Gekeilt hatte mich Rosmer. Er war Mitglied in dem Verein und kämpfte mit Feuereifer im Namen der Menschlichkeit. Er ließ kein gutes Haar an Lettow.»

«Wie erklärst du dir das?», fragte Wernstedt. «Ich meine diesen Eifer? In seinen Vorträgen, in seinen Büchern und auch privat...»

«Warum ausgerechnet er so reagierte? Angefangen bei Hermann dem Cherusker über Luther, Friedrich den Großen und Bismarck bis zu Hitler war für ihn die deutsche Geschichte eine einzige Misere. Irgendwann bin ich darauf gekommen, dass Rosmer diese Misere zu seinen Gunsten auslegte. Wenn vom Feldherrn Arminius eine gerade Linie zu Hitler führte und wenn dies ein zwangsläufiger

Geschichtsverlauf war, dann war Hitler und dann waren alle seine Mittäter, ein gewisser Rosmer-Schierling eingeschlossen, wenigstens halbwegs entlastet. Erfunden hatten die Miseretheorie marxistische Historiker, und sie hatten andere Schlüsse daraus gezogen, ganz andere. Rosmer legte sie sich für seine Zwecke zurecht.»

«Und seine Vergangenheit blieb uns allen verborgen, und seine Gegenwart war der Kampf für die Humanität. Aber er muss schlimme Träume gehabt haben.»

«Muss er? Die Erinnyen sind in Pension. Sie jagen niemanden mehr. Verdrängung ist Trumpf.»

Als wir aufbrachen, hielt Lettow-Vorbeck immer noch die Wacht am Teich – wie bis zum Jüngsten Tag, wenn ihn vorher nicht doch noch jemand abräumte.

Einige Wochen nach der Beisetzung und dem Gespräch mit Wernstedt begann ich mit Aufzeichnungen über mein Verhältnis zu Rosmer alias Schierling. Nach mehreren Anläufen entstand daraus eine Art Biographie. Um Missverständnissen vorzubeugen, verweise ich auf das Nachwort, das Eckart Wernstedt auf meine Bitte hin verfasst hat.

Otto Schierling

Am 1. November 1918, einem Freitag, wurde Johann Viktor Schierling sechs Jahre alt. Das Hauptgeschenk begeisterte ihn. Es handelte sich um ein maßstabgetreues Modell von Seiner Majestät Kanonenboot *Luchs*. Jons Vater, der Korvettenkapitän z.S. Otto Schierling, hatte die Nachbildung einem begabten Kunsthandwerker aus der Mannschaft abgekauft, mit der er auf *Luchs* – noch als Oberleutnant – im August '14 im Hafen von Tsingtau gelegen hatte. Sonst fanden sich nur wenige Geschenke auf dem Tisch, und der Kuchen, den Berta, das Faktotum der Schierlings, mit einem kriegsbedingten Anteil von Rübenschnipseln gebacken hatte, haftete kaum löslich am Gaumen. Doch anders als im Vorjahr, als eine Kleinigkeit Jon in eine nicht zu bändigende Wut versetzt hatte, wurde die Nachmittagseinladung diesmal ein Erfolg. Der Junge genoss seine Rolle und prügelte sich nicht mit seinen Gästen. Zur Belohnung für das Wohlverhalten versprach ihm der Vater für den nächsten Tag eine Inspektionsfahrt mit einer Pinasse der Admiralität quer über die Förde. Dass daraus nichts wurde, war nicht die Schuld Kapitän Schierlings, denn vor dessen Füßen riss an jenem Morgen ein Abgrund auf.

Dass Otto Schierling zu den wenigen gehörte, die seit Wochen gespürt hatten, wie der Boden wankte, half ihm nichts. Nachträglich warf er sich vor, den Mund gehalten zu haben, nachdem ihm im Frühsommer ein unüblich offener Vortrag über die brisante Stimmung auf den Dickpötten eine Abfuhr vor dem versammelten Admiralstab eingetragen hatte. Daraufhin hatte er zugesehen, wie auf seinem Schreibtisch der Stapel mit bedenklichen Meldungen von Tag zu Tag wuchs. Dann verweigerte die Hochseeflotte auf

Schillig Reede vor Cuxhaven den Befehl, zum Todeskampf gegen die Engländer auszulaufen, und endlich wachte auch die Admiralität auf. Die Flotte dampfte durch den Kaiser-Wilhelm-Kanal nach Kiel, worüber man dort keineswegs erfreut war. Jetzt, am Sonnabend, strömten die Matrosen in die Stadt. Alle Versuche, sie auf die Schiffe zurückzutreiben, waren so aussichtslos wie seit dem Frühjahr die Anstrengungen der Obersten Heeresleitung, auf dem Schlachtfeld in Flandern das Schicksal des Kaiserreichs noch einmal zu wenden.

Um unnötigen Ärger mit den Revolutionären zu vermeiden, hängte Jons Vater die Uniform in den Schrank, bevor er seine Familie zum Bahnhof begleitete, von wo sie der Bummelzug zum Schwager aufs Land bringen sollte. Mit einem Meter und achtzig Zentimetern Körperlänge und einer kerzengeraden Haltung sah der Kapitän jedoch auch in Zivil wie ein kaiserlicher Seeoffizier aus. Die Verkleidung hinderte darum eine Rotte von Matrosen nicht, ihm auf dem Perron, mitten im Gedränge abreisender und eintreffender Menschen, in den Weg zu treten. Der Anführer forderte in ruppigem Ton Auskunft nach dem Woher und Wohin. Schierling war vor allem seiner Frau und seines Sohnes wegen empört und reagierte scharf, wenn auch mit Rücksicht auf Umstehende ohne Stimmaufwand, und befahl den Kerlen, beiseite zu treten. Es klang offenbar bedrohlich genug. Bis auf einen Matrosen zogen die Leute ab. Der Bursche, der stehen blieb, hatte einiges über den Durst getrunken und beschimpfte Schierling und dessen Frau. Für Bettina Schierling war er Luft, Schierling selbst hatte größte Lust, zur Festnahme zu schreiten, aber im letzten Moment kehrte ein Kamerad des Radaubruders zurück und zog ihn mit sich fort.

Dass seinem Sohn die Tränen gekommen waren, sah der Kapitän erst jetzt. Er fragte sich zum hundertsten Mal, warum der Junge dermaßen weich geraten war. An der Mutter konnte es so wenig liegen wie am Vater, und Berta mit ihrer rauen, aber herzlichen Seele war gewiss auch nicht daran schuld. Die Ermahnung, die ihm auf der Zunge lag, schluckte Otto Schierling herunter. Stattdessen strich er seinem Sprössling beim Abschied beruhigend über das Haar. Der Himmel mochte wissen, wann sie sich wiedersahen. Womöglich bestätigten sich die bösen Ahnungen noch vor Sonnenuntergang.

Jon seinerseits atmete sichtlich auf, als sich der Zug in Bewegung setzte. Ein halbes Jahrhundert später behauptete er allerdings gern, er bedauere, in jenem Herbst die Revolution verpasst zu haben.

Der Junge freute sich auf Segau am Segauer See und auf seinen Onkel, der dort zu Hause war. Für Erich von Plessow war es Ehrensache, die Schwester und den Neffen höchstpersönlich mit der Kutsche vom Bahnhof abzuholen. Die Fahrt im Jagdwagen direkt vom Bahnsteig vor die Freitreppe des Herrenhauses war längst Gewohnheitsrecht. Jon genoss sie bei jedem Wetter. Diesmal hing Novembernebel über den Feldern, und die Weiden am Seeufer sahen aus, als wären sie aus Erlkönigs Reich hierher ins Exil gegangen. Wie die Landzunge im See, auf der das Herrenhaus mit Stallungen und Scheunen stand, gehörten die struppigen Bäume an der Chaussee zu einer beruhigend abgeschiedenen Welt.

«Kein Klang der aufgeregten Zeit drang noch in diese Einsamkeit», pflegte Otto Schierling beim Anblick Segaus zu zitieren, was Plessow neuerdings mit dem Hinweis konterte, dass er dem Vaterland in den einigermaßen weit entfernten Pripjet-Sümpfen das linke Auge und den rechten Fuß geopfert habe, was zweifelsfrei die Zeit- und Weltverbundenheit des *homo segauensis* beweise. Dagegen nahm Plessow es gern hin, wenn sein Schwager behauptete, Segau sei in alten Zeiten ein Nest von Strauchrittern gewesen, die vorüberziehenden Handelsherren die vom Golde prallen Beutel entrissen, bis die gepeinigten Kaufleute den damaligen Kaiser bestachen und der aus den Plessows Barone machte, um sie zu zivilisieren.

Im Augenblick hatte nur Jon den Blick für die Idylle. Plessow ließ sich schon unterwegs von seiner Schwester ausführlichen Bericht über die Zustände in Kiel erstatten. Seit der ersten Nachricht über die Revolte der Matrosen sah er über der Förde russische Verhältnisse heraufziehen, von denen er im Lazarett von Brest-Litowsk genug mitbekommen hatte, als das Zarenreich in den letzten Zügen lag. Am liebsten, sagte er, wäre er sofort nach Kiel aufgebrochen, um beim Löschen des Brandherdes seinen Mann zu stehen. Seine Kriegsverletzungen wären dabei wohl bis zu einem gewissen Grade hinderlich gewesen, aber wenn es darauf ankam, genügte einem Kavalleristen ein Fuß, um in den Sattel zu kommen. Die Sache der Marineleitung zu überlassen sei überaus riskant.

An diesem Punkt sah sich seine Schwester namens ihres Mannes verpflichtet, Einspruch einzulegen. Die seinerzeitige Bettina von Plessow hatte die Blaujacke Schierling ins Haus gebracht, als Admiral von Tirpitz auf Wunsch von SM die Seestreitkräfte salonfähig gemacht hatte. Die Plessows – die Eltern lebten noch – akzeptierten den damaligen Oberleutnant zur See. Seither war Spott über ihn und über die Marine nur in Grenzen gestattet. Außerdem saß Jon im Wagen und stellte die Ohren auf. Erich von Plessow mäßigte sich sofort. Für seinen Neffen hatte er eine deutliche Schwäche. Er litt darunter, keine eigenen Kinder zu haben. Um dies nicht zugeben zu müssen, begründete er die Gefühle für den Sohn der Schwester damit, dass Jon mit dem Pony, das für ihn im Segauer Stall stand, erstaunlich gut zurechtkam.

«Ob der Bengel zum Gutsherrn taugt», sagte der Baron für gewöhnlich, «wird sich zeigen. Er hat ein gutes Gefühl für Tiere, vielleicht hat er mehr Mitgefühl mit ihnen, als für einen Landwirt gut ist. Soll er Veterinär werden. Oder er wird bei seiner Verträumtheit eine Art Rilke, was ihm und vor allem uns allerdings weniger zu wünschen ist.»

Die Weise von Liebe und Tod des Cornets Christoph Rilke, in welcher der Dichter Rainer Maria gleichen Nachnamens in lyrisch aufgeladener Prosa das Reiten und das Sterben feierte, war Plessow irgendwann in die Finger geraten. Sie gefiel ihm auf Anhieb, obwohl er, wenn er ehrlich sein sollte, zugeben musste, dass ihm eine richtige Ballade in ordentlich gereimten Versen lieber war.

Bettina Schierling fühlte sich auf Segau nach wie vor zu Hause. Die Schatten verschwanden aus ihrem Gesicht, sobald sie die Koffer ausgepackt hatte. Beim Abendessen drängte sie ihren Bruder, noch vor Büchsenlicht anspannen zu lassen und mit ihr ins Revier zu fahren. Ihm blieb nichts anderes übrig, als die politischen Sorgen zu vergessen und ja zu sagen. Bettina etwas abzuschlagen, brachte er selten fertig. Mit ihr verbanden ihn mehr als die Liebe zu Segau und der gemeinsame Pferdeverstand. Es gab böse Zungen, die behaupteten, seine Frau sei ihm nur davongelaufen, weil sie einsah, dass sie die Konkurrenz mit seiner Schwester nicht bestehen konnte.

Am Morgen blieb Jon in der Obhut der Gutsmamsell zurück. Die ebenso stämmige wie resolute Person hatte er früher für eine nahe Verwandte der Hexe aus «Hänsel und Gretel» gehalten; inzwischen war sie für ihn eine Art Ersatz-Berta, und er liebte sie trotz der schwarzen Stacheln, die aus ihrem Kinn sprossen. Auf ihre Art war sie ihm ihrerseits zugetan.

Im Nachhinein war ihr schon darum keine Leichtfertigkeit anzukreiden. Sie hatte lediglich angenommen, dass der Junge noch in den Federn lag, als sie drei französischen Kriegsgefangenen befahl, ein schlachtreifes Schwein aus dem Stall zu holen.

Wie die Mamsell verstanden sich die Franzosen auf die Arbeit; sie hatten in der Normandie selbst Höfe. Trotzdem rutschte einem von ihnen der schwere Holzhammer ab, mit dem er das Tier betäuben sollte. Der verunglückte Schlag machte die Sau rebellisch. Sie riss sich von ihren Peinigern los und entwischte ihnen unter erbärmlichem Quieken. Die Mamsell und die Männer rannten dem Tier hinterher. Als sie es endlich in einer Ecke zwischen Kuhstall und Pferdestall stellten, war es die Mamsell, die dem Schweineleben mit einem einzigen Axthieb ein Ende machte. Das Blut strömte stoßartig aus der Wunde und verdarb den ebenfalls hervorquellenden Bregen. Die Mamsell fluchte.

Die Männer räumten so rasch wie möglich die Innereien aus und schleppten den leeren Leichnam zu einer Balge, die vor den Fenstern der Gutsküche wartete. Ein Holzfeuer unter der Wanne hielt das Wasser am Kochen. Die Männer warfen ihr Opfer hinein, und der Geruch von Blut und Brühe zog über den Hof. Nach drei Minuten zerrte man das Tier wieder ins Trockene und rückte ihm mit scharfen Messern zu Leibe, um die Borsten zu rasieren. Das Blut, das die Mamsell an den Händen hatte, wischte sie an ihrer Schürze ab. Erst in diesem Augenblick entdeckte sie Jon. Er starrte unverwandt auf die Szene. Bevor er die Besinnung verlor, lag ein merkwürdiger Ausdruck von Gier und Entsetzen zugleich auf seinem Gesicht. So jedenfalls schilderte Bettina Schierling später mit ihren Worten ihrem Mann Jons Schrecken in der Morgenstunde. Die Mamsell hatte den Gesichtsausdruck des Jungen «de Düwelsfreet vun en Engel» genannt.

Am Vormittag des Tages, an dem der sechsjährige Jon lernte, wie grausam der Tod sein konnte, saß sein Vater auf der Kante seines Schreibtischs in der Marineakademie. Als sein Nachrichtenbüro im Vorjahr vom Sitz der Admiralität mitten in der Stadt an den Hafenrand ausgelagert worden war, hatte er darin den Beweis für eine schnöde Verkennung seiner Aufgaben gesehen. Jetzt erwies sich das Fenster seines Dienstzimmers am Ufer der Förde als überaus günstiger Ausguck.

Durchs Fernrohr suchte der Kapitän das Deck von *SMS Thüringen* ab. Das Linienschiff hatte am Sonntag den Befehl erhalten, die Anker zu lichten, aber die Heizer hatten die Feuer unter den Kesseln herausgerissen. Die rote Fahne hatte die Mannschaft jedoch bis jetzt nicht gesetzt, und drüben schien alles ruhig zu sein. Schierling kehrte zu dem zurück, was er seine «verdammte Arbeit am Mosaik» nannte, zu dem Versuch, neu eintreffende Nachrichten mit den schon vorhandenen zusammenzulegen und aus dem sich abzeichnenden Bild auf den unbekannten Rest der Ereignisse zu schließen. Seit dem Vortag jagte eine katastrophale Meldung die nächste. Schierling führte über sie mit genauer Uhrzeit Buch.

Nicht zum ersten Mal fragte sich der Nachrichtenoffizier, wie die Chancen wirklich verteilt waren. Draußen tobte ein bedrohliches Straßentheater mit Demonstrationszügen, Versammlungen unter freiem Himmel und mit Reden, die an den Grundfesten des Kaiserreichs rüttelten. Ein Führer vom Kaliber der Bolschewiki Lenin und Trotzki war bisher nicht aufgetreten; man sah nur die Massen und ihre Meuterei. Sie saß wie eine Krake in der Stadt, und ihre Arme wuchsen von Stunde zu Stunde.

Was das Kriegsrecht dazu sagte, war klar. Meuterei vor dem Feind war mit Waffengewalt niederzuschlagen. Vor dem Feind – das traf wortwörtlich zu, wenn die Engländer Anstalten machten, in die Ostsee vorzudringen, womit in der gegenwärtigen Lage zu rechnen war. Womöglich brach der Aufruhr jedoch auf der Stelle zusammen, wenn der Stationschef sich zum Handeln entschloss, den Meuterern Granaten vor den Bug setzte oder ihnen notfalls mit ein paar Torpedos ein Schiff unter den Füßen wegschoss. Genauso gut freilich konnten dann die anderen Schiffe zurückschießen. Sie hatten genug Kanonen und Munition an Bord.

Otto Schierling war sich seiner Gefühle für Vaterland, Kaiser und Marine, ehrlicher kameradschaftlicher Gefühle auch für die Mannschaften, bis jetzt sicher gewesen. Nun waren sie einer Zerreißprobe ausgesetzt. Zu schaffen machte dem Kapitän auch, dass seine Nachrichtenabteilung ein Schattendasein führte. Ihr Einfluss auf den Gang der Dinge war beschämend gering. Das Schicksal der Kaiserlichen Marine lag in den Händen eines kommandierenden Admirals, der seiner Sache offenbar keineswegs sicher war.

Otto Schierling zwang sich, zum x-ten Mal, Schritt für Schritt die Entwicklung zu rekapitulieren, welche die Dinge in den letzten drei Tagen genommen hatten. Verschärft hatte sich die Lage, als einige Dutzend Rädelsführer in der Arrestanstalt der Station der Hochseeflotte festgesetzt wurden. Seither forderten ihre Genossen in Massenversammlungen, die Eingesperrten unverzüglich freizulassen. Das erste Opfer ausbrechender Unruhen wurde eine Frau, die bei einem Gerangel unter eine Straßenbahn geriet. Dann fielen vor der Arrestanstalt Schüsse. Dort starben sieben Menschen, und angeblich wurden an die dreißig verletzt. Mit dem Leben hatte auch der Leutnant bezahlt, der sich mit ein paar Mann zwischen den andrängenden Massen und dem Gefängnistor aufgebaut hatte. Daraufhin forderte der Stationschef Hilfe vom benachbarten Generalkommando des Heeres an. Inzwischen marschierte ein Bataillon Infanterie kreuz und quer durch die Stadt. Der Hauptmann ritt mit geschultertem Säbel an der Spitze. Der Admiral aber philosophierte über Funken, die Pulverfässer zur Explosion bringen …

Kurz vor dem Mittagessen trommelte er seinen Stab zusammen und teilte ihm mit, dass er den Meuterern Verhandlungen vorgeschlagen habe. Als Termin sei zwei Uhr vereinbart. Bis dahin habe man auf alle Eventualitäten vorbereitet zu sein. Mit dem Angebot, das Nachrichtenbüro könne einige Argumente auflisten, stieß Otto Schierling auf taube Ohren. Coram publico fuhr ihm der Admiral über den Mund, er habe selbst genug Grips im Kopf und werde freiweg antworten. Otto Schierling schluckte den aufsteigenden Ärger herunter.

Die Abordnung der Meuterer rückte Schlag zwei Uhr in einem requirierten Kraftwagen mit offenem Verdeck an. Ein Mann schwenkte eine rote Fahne in den Fäusten. Zwei Matrosen flankten nach beiden Seiten aus dem noch rollenden Auto und stürmten in die Station. Vier weitere Männer versuchten, mit ihnen Schritt zu halten. Der Bursche mit der Fahne sah ein, dass er mit dem kostbaren Tuch kaum eine Chance hatte aufzuschließen, solange er es im Kieler Wind flattern ließ. Er rollte das Tuch ein, klemmte sich die Standarte der neuen Zeit unter den Arm und rannte im Schweinsgalopp den anderen hinterher. Niemand stellte sich ihnen in den Weg.

Einer der beiden Anführer schien die Tür zum Dienstzimmer des Admirals zu kennen. Der andere ergriff das Wort, sobald sie den Raum betreten hatten. Er war stockheiser, und auf seiner Uniform zeichneten sich große Schweißflecken ab. Schierling hatte ein Foto von ihm nebst einem dazugehörigen Bericht auf dem Schreibtisch liegen. Der Mann hieß Artelt, Vorname Karl. In die Fahndung war der Arbeiter der Torpedowerkstatt in Friedrichsort geraten, weil er seine Kollegen aufgehetzt hatte. Um ihn unter Kontrolle zu bekommen, hatte man ihn in die Uniform eines Oberheizers gesteckt, was ihn nicht hinderte, weiterhin sein Talent als Agitator unter Beweis zu stellen und in den letzten beiden Tagen eine Volksrede nach der anderen zu halten. Kapitän Schierling nahm verblüfft zur Kenntnis, dass der Admiral den Burschen mit ausgesuchter Höflichkeit behandelte und ihn einlud, ihm gegenüber am Beratungstisch Platz nehmen. An diesem Tisch war sonst die Rangordnung eisernes Gesetz.

Die anwesenden Offiziere dachten nicht daran, sich neben Artelt zu setzen. Mit dem Rücken an der Wand bezogen sie Stellung hinter dem Admiral. Ihre Pistolen hatten sie umgeschnallt und sie waren offenbar entschlossen, Artelt mitsamt seinen Genossen über den Haufen zu schießen, bevor einer der Eindringlinge die Hand an den Revolver legen konnte, der jedem von ihnen vom Gürtel baumelte.

Darauf mochte Artelt gefasst gewesen sein. Das formvollendete Benehmen des Admirals nahm ihm dagegen den Wind aus den Segeln. Über die Lippen brachte er gerade noch, dass seine Kameraden und er als offizielle Delegation der Schiffe und des Hafens anerkannt werden wollten, dann geriet er ins Stottern. Von diesem Augenblick an gab der Admiral den Ton an. Ohne mit der Wimper zu zucken, erklärte er sich bereit, berechtigte Wünsche zu akzeptieren. Berechtigt sollten sie allerdings sein, und sie sollten erst einmal auf den Tisch.

Nicht nur Artelts Mundwerk, auch sein Verstand schienen lahm gelegt. Wenn er ausreichende Verpflegung für die Mannschaften gefordert hätte, wäre der Marine zwar kein Löffel Suppe mehr ins Essgeschirr geflossen, denn die Vorräte reichten im fünften Kriegsjahr hinten und vorne nicht. Abhilfe war jedoch insofern dringend vonnöten, als es aufreizende Unterschiede in der Versorgung von Offizieren und Mannschaften gab. Darüber hinaus hatten die Offiziere in ihrer Arroganz und mit ihrem Mangel an menschlichem Verständnis nicht wenig dazu beigetragen, dass der letzte Rest von gegenseitigem Vertrauen verschlissen war. Otto Schierling machte sich diesbezüglich nichts vor. Der Admiral wusste es mittlerweile ebenso gut, und vermutlich hätte er das Zeug gehabt, Missstände auf geeignete Weise einzuräumen. Als er hörte, was Artelt tatsächlich forderte, fehlte nicht viel und ihm wäre bei aller Selbstdisziplin die Kinnlade heruntergefallen.

Es war offenbar keine Taktik, sondern Naivität, dass Artelt zunächst weiter nichts verlangte als die Erlaubnis zum Landgang für alle Freiwachen, die Aufhebung des Grußzwangs für Mannschaften bei Begegnungen mit Offizieren und eine allgemeine Diensterleichterung. Dass sich der Oberheizer dann doch noch auf Wichtigeres besann, bewirkte erst die schon nach Zustimmung klingende Nachfrage des Admirals, ob dies alles sei.

Die Geste, mit der sich Artelt den Schweiß von der Stirn wischte, verriet seinen Ärger über sich selbst. Er schien den Kampf mit seiner Schwäche aufnehmen zu wollen, und es gelang ihm halbwegs.

«Der Kaiser muss zurücktreten», verkündete er.

Diesmal fuhr ihm der Admiral scharf in die Parade.

«Schon der Gedanke, SM zu stürzen», sagte er, «ist Irrsinn. Ich lehne es ab, darüber zu sprechen.»

«Dann reden wir mit der Regierung», sagte Artelt.

Der Admiral überhörte es.

«Außerdem», sagte Artelt, «sollen die Männer, die Sie in die Arrestanstalt gesperrt haben, bis Sonnenuntergang auf freiem Fuß sein.»

«Dazu muss ich den zuständigen Kriegsgerichtsrat hören», beschied ihn der Admiral.

«Bringen Sie den Herrn auf Trab», verlangte Artelt.

Der Widerspruch, auf den er gestoßen war, hatte ihm sein Selbstbewusstsein wiedergegeben. Er wuchtete sich aus seinem Stuhl hoch, winkte seinen Begleitern und marschierte zur Tür. Dort drehte er sich noch einmal um.

«Der Zeitpunkt ist fünf Uhr nachmittags», sagte er. «Wir lassen uns nicht zum Narren halten.»

«Das ist mir bekannt», versicherte ihm der Admiral.

Um fünf Uhr saßen die Häftlinge noch in ihren Zellen, und Artelt hatte in erweiterter Runde seinen zweiten Auftritt in der Admiralität. Die Notiz, die Otto Schierling darüber verfasste, war so knapp wie möglich: «Endloses Gerede, kein Ergebnis; der Herr von der Regierung und der Holzfäller auch nicht schlauer...»

Aber entweder täuschte sich der Kapitän, oder er wollte nicht wahrhaben, dass ihm die Energie des Reichstagsabgeordneten Gustav Noske imponierte. Dieser Noske, ein hoch gewachsener Mann mit Schnauzbart und energisch blitzenden Augen hinter der Brille, kam aus der Waldarbeitergewerkschaft, war schon vor dem Krieg als Militärexperte der Sozialdemokraten aufgetreten und hatte dabei, wie Otto Schierling fand, keine schlechte Figur gemacht. Jetzt riss er die Verhandlung ohne Umstände an sich. Der ebenfalls aus Berlin angereiste Staatssekretär gab sich mit der Beobachterrolle zufrieden. Der Holzfäller sagte dem Oberheizer die Entlassung seiner Kameraden aus der Haft zu. Anschließend lag er Revolutionären und Offizieren so lange mit nebensächlichsten Fragen in den Ohren, bis jeder im Raum den Schluss der Debatte als Erlösung empfand.

Zu seinem großen Bedauern, war Otto Schierling nicht dabei, als Noske wenig später ein diplomatisches Glanzstück lieferte, aber es sprach sich schnell genug herum. Wäre es missglückt, so vermutete der Kapitän, wäre kein Halten mehr gewesen, und die Revolution hätte einen anderen Lauf genommen.

Prinz Heinrich von Preußen, der Bruder des Kaisers, hatte sich um die Menschheit verdient gemacht, als er den Autoscheibenwischer erfand. Bei Kriegsausbruch war er von SM aus dynastischen Gründen zum Oberbefehlshaber der Ostseestreitkräfte ernannt worden. Von Pflichten, die sich daraus ergaben, machte der Prinz nur sehr zurückhaltend Gebrauch. Trotzdem wollte er seinen Posten nicht verlassen, als die roten Matrosen im Kieler Schloss vor ihm standen und ihn für abgesetzt erklärten. Er erteilte ihnen aus dem gleichen Reflex heraus eine Abfuhr wie zwei Tage vorher Kapitän Schierling den Matrosen am Bahnhof. Nur fiel sie entsprechend dem Rang der Kaiserlichen Hoheit mit den Rangabzeichen eines Großadmirals um einiges ruppiger aus. Mit einem kräftigen «Machen Sie, dass Sie rauskommen!», wies der Prinz den Eindringlingen die Tür. Vermutlich auch zu seiner eigenen Verblüffung kuschten sie.

Dennoch öffnete die Szene Prinz Heinrich die Augen für die Gefahr, in der er schwebte. Darum steckte er seinem Maybach einen roten Stander an den Kühler sowie sich selbst ein ebenso rotes Ziertuch an den Mantel und kutschierte mit zwei Getreuen in Richtung Norden. Dummerweise war auf der Hochbrücke über dem Kaiser-Wilhelm-Kanal ein Lastwagen liegen geblieben, der die Flucht stoppte. Als es endlich weiterging, sprangen zwei Matrosen auf die Trittbretter des Maybach und baten, mitgenommen zu werden. Woher dann Schüsse fielen, sagte die Meldung über den Vorfall nicht, aber einer der Matrosen brach zusammen und stürzte auf den Asphalt, der andere sprang ab, und unter einsetzendem Kugelregen gab der Prinz Vollgas. Er hatte Glück und erreichte ohne weiteren Ärger sein Gut Hemmelmark ein paar Kilometer jenseits des Kanals.

Nun kam Noske ins Spiel. Denn die Revolutionäre wandten sich an ihn und baten um Befehl, was zu tun sei. Der Reichstagsabgeordnete sagte ihnen, der Prinz sei vermutlich längst über alle Berge und der Zwischenfall dürfe den Fortgang der Revolution nicht stören. So kam es, dass der Bruder des Kaisers seinen einzigen lebensgefährlichen Kriegseinsatz mit einem Korn begießen und sich in Hemmelmark zur Ruhe setzen konnte. Der Holzfäller war zufrieden.

Die Revolution hatte groteske Züge. Trotzdem sah Otto Schierling dem weiteren Gang der Dinge mit äußerster Sorge entgegen.

Er schwor sich, an dem Bild vom Seeoffizier festzuhalten, das er als Fähnrich von der Akademie mitgenommen hatte. Der Offizier trug nur dann in Ehren Kaisers Rock, wenn er den Geist Preußens hochhielt und eiserne Selbstzucht übte. Entscheidend war der Korpsgeist. Hemmungen, Widersprüche und Zweifel überließ man anderen. Sie taugten nicht zum Dienstgebrauch, und wenn sie doch überhand nahmen, hatte sie jeder mit sich selber abzumachen oder den Abschied zu nehmen. Kein Holzfäller der Welt sollte daran etwas ändern.

Otto Schierling arbeitete bis zur Erschöpfung an der Lage, dann verbrachte er eine unruhige Nacht in seiner Wohnung, die nur wenige Schritte von der Akademie entfernt lag. Berta schlief schon, als er nach Hause kam, und sie war noch nicht aufgestanden, als er sich kurz vor Sonnenaufgang wieder auf den Weg ins Büro machte. Als ein Maat aus einer Haustür trat, zuckte der Kapitän zusammen. Doch der Mann hatte friedliche Absichten. Er salutierte vorschriftsmäßig, drückte Schierling ein Flugblatt in die Hand, salutierte wieder und löste sich in Luft auf. Auf dem Zettel verkündeten die Revolutionäre ihren Sieg über den Militarismus. Schierling beeilte sich, ins Büro zu kommen.

Als er dort das Fenster öffnete, tauchte die Sonne im Dunst über dem Ostufer auf und die Schiffe setzten Flagge. Diesen Anblick hatte der Kapitän bis zu diesem Tage geliebt und, wenn es sich irgendwie einrichten ließ, nie versäumt. Heute war das Tuch, das an den Masten der Schiffe aufstieg, jedoch mit einer einzigen Ausnahme rot. Die Ausnahme machte die *Schlesien*. Das Schulschiff setzte die Kriegsflagge und nahm Kurs auf die offene See. Hinter ihm schloss sich die Hafensperre.

In diesem Augenblick klingelte Schierlings Telefon. Eine aufgeregte Stimme meldete, dass auf der im Dock liegenden *König* Schüsse gefallen waren, bevor die Kriegsflagge, die schon oben war, wieder eingeholt und an ihrer Stelle die rote Flagge gesetzt worden sei. Der Mann nannte weder Namen noch Parole, versprach aber, sich wieder zu melden. Dann legte er auf. Eine halbe Stunde später hielt er Wort. Der Kommandant der *König* und ein Matrose seien tot, zwei Offiziere schwer verwundet. Schierling wiederholte seinen Schwur vom Vorabend und machte sich auf den Weg zum Stationschef.

Was folgte, waren zwei Tage, in denen angestammte Disziplin und Revolutionswirren einander fortwährend in die Quere kamen. Der Dienstbetrieb, so ein Schierlingscher Vergleich, knirschte wie bei bewegtem Wasser die an Duckdalben vertäuten Tampen. Dann kam der Abgeordnete Noske ans Ziel. Der Arbeiter- und Soldatenrat trug ihm das Amt des Gouverneurs an. Der Admiral räumte mit verdächtiger Bereitschaft diesen Sessel und zog sich mit Rückendeckung seiner Vorgesetzten auf den Posten des Chefs der Marinestation zurück. Der Holzfäller machte sich daran, der Revolution an der Küste den Stachel zu ziehen.

In Segau trafen die Nachrichten mit der Verspätung ein, mit der Hinterwäldlern Weltereignisse nun einmal zur Kenntnis kommen. Erich von Plessow setzte das Schlimmste voraus und zog nach reiflicher Überlegung den Schluss, dass die Pflicht von einem Angehörigen der Krüppelgarde, so seine eigenen Worte, zunächst verlangte, auf dem Posten zu bleiben. Die meisten Nachbarn waren noch im Felde, oder sie waren nicht mehr die Jüngsten. An Ort und Stelle wurde jemand gebraucht, der auf Zucht und Ordnung hielt.

Am Montag, dem 11. November, meldete dann der Berliner Korrespondent des *Holsteinischen Landboten* mit gebührender Dramatik: «In rasendem Tempo hat sich, seit wir uns am Freitagabend zum letzten Male an dieser Stelle zu Wort meldeten, die deutsche Revolution vollendet. Was gestern noch als ungeheurer Schritt nach vorwärts erschien, ist heute schon überholt und übertroffen. Der Kaiser und der Kronprinz haben am Sonnabend dem Thron entsagt. Aber was vor vier, vor zwei Wochen noch als eine entscheidende Erleichterung der bis zum Bersten gespannten inneren Lage gewirkt hätte, das geht heute unter im Wirbel eines noch viel größeren Geschehens. Allenthalben in den deutschen Einzelstaaten stürzen die Throne. Allenthalben brechen die alten Gewalten zusammen und unterstellen sich der Macht des bewaffneten Volkes.»

Den Verfasser dieser Zeilen kannte Erich von Plessow bis dato als recht vernünftigen Schreiberling. Nun stach den Mann offenbar der revolutionäre Hafer. In seinem Eifer schien er vergessen zu haben, die Waffenstillstandsbedingungen der Entente zu lesen, die gleich neben seiner Freiheitsfanfare eine beinharte Sprache sprachen. Nicht nur sollten die Deutschen, wie die Zeitung wissen wollte, in kürzester Frist Belgien, Frankreich und Elsass-Lothringen räumen. Die Sieger wollten auch das linke Rheinufer besetzen. Nebst Unmengen von Kanonen, Maschinengewehren und Minenwerfern waren ihnen außerdem zweitausend Flugzeuge, hundert Unterseeboote, acht Kreuzer und sechs Linienschiffe auszuliefern.

Die Auslieferung der Kriegsschiffe, dachte Plessow, musste seinen Schwager Schierling mitten ins Herz treffen. Doch es handelte sich nur um das Vorspiel, nur um den Waffenstillstand. Von den Bedingungen für einen Friedensvertrag war noch nicht die Rede. Plessow war überzeugt, dass da eine Hydra heranwuchs, die jede deutsche Regierung ins Unheil stürzen musste.

Dann fiel sein Blick auf einen Aufruf an die ländliche Bevölkerung. In ihm versicherte ein so genannter Exekutivausschuss, im Einverständnis mit den Arbeiter- und Soldatenräten handele die Regierung entsprechend dem Grundsatz, dass jede Arbeit ihres Lohnes wert sei. Nach dieser tröstlichen Einleitung hieß es wortwörtlich: «Die erwerbstätige Bevölkerung des flachen Landes hat darum von der neuen Ordnung der Dinge nichts zu befürchten. Die Arbeiter- und Soldatenräte garantieren die Sicherheit des Lebens und des Eigentums. Die ländliche Bevölkerung hat aber alles zu befürchten, wenn die Lebensmittelversorgung der großen Städte ins Stocken gerät. Dann drohen Anarchie und Chaos. Bauern! Wollt Ihr euch und Eure Frauen und Kinder, wollt Ihr Eure Höfe und Güter vor furchtbarem Schicksal bewahren, unterstützt bereitwillig alle Anordnungen der Landräte.»

Plessow las den Text vorsichtshalber zweimal. Dann war er überzeugt, dass die neuen Herren eine Heidenangst hatten, das Volk werde womöglich sein Glück nicht begreifen. Folglich rechneten sie die Plessows im Lande kurzerhand zu den Bauern und appellierten nicht nur an die Besitzer von Höfen, sondern auch an jene von Gütern. Summa summarum stellte Erich Plessow fest, dass er an diesem Morgen in einem neuen Staat aufgewacht war. Dem Gebilde ohne Kaiser, das nunmehr das Deutsche Reich geworden war, traute er keine zehn Schritte weit über den Weg. Den schleunigen Untergang aber durfte er der frisch proklamierten Republik schon deswegen nicht wünschen, weil abzusehen war, dass dann – siehe Russland – alles zum Teufel ging. In besagtem Wirbel mochte es dabei auf Segau nicht sonderlich ankommen, aber auch dieser Weltwinkel stand auf dem Spiel, und es war Plessows Winkel. Er beschloss, den Landrat aufzusuchen.

Noch dringlicher erschien ihm allerdings, sich an den Schreibtisch zu setzen und dem Kaiser wie auch dem Kronprinzen ins Exil Ergebenheitsadressen zu schicken. Deren Abfassung fiel dem Major nicht leicht. Als er die zweimal fünf Sätze endlich zu Papier gebracht hatte, ließ er seine Schwester zu sich bitten, um ihr die Telegramme vorzulesen.

Die Einladung ins Allerheiligste von Segau störte Bettina Schierling bei einem Gespräch mit Jon über das Leben und den Tod. Dem Jungen war die Unterbrechung recht, und er folgte seiner Mutter ins Arbeitszimmer des Onkels, wo er, wie alle anderen, nur in Ausnahmefällen Zutritt hatte.

«Wenn ich nicht irre, sind es die Hohenzollern, die von der Fahne gegangen sind», sagte Bettina Schierling, nachdem sie die Telegramme gelesen hatte. Plessow ließ den Einwand nicht gelten.

«Von der Treue zum Herrscherhaus bin ich dadurch nicht entbunden.»

«Ich halte eher das Gegenteil für richtig.»

«Wer will, der soll. Aber das ist dann seine Sache. Ich bin in dieser Frage ziemlich ehrpusselig.»

«Nicht nur in dieser Frage, mein Lieber. Aber solange du Leuten mit anderer Auffassung die Ehre nicht absprichst...»

«Deinem Mann? Ich werde nicht versuchen, mich mit ihm zu schießen.»

«Danke verbindlichst. Aber ich meinte mit Verlaub mich selber. Im Ernst, ich habe keine Ahnung, was Otto zum Gang der Dinge meint und was ich meinen soll. Otto habe ich länger als eine Woche nicht gesehen, und alles entwickelt sich mit Affengeschwindigkeit. Es ist scheußlich ungewohnt. Wir müssen wohl alle gehörig nachdenken.»

«Solange der Verstand reicht», stimmte Plessow zu, «aber erst einmal kommen die Depeschen auf den Weg.»

Jon achtete nicht auf das Geplänkel der Erwachsenen. Er fand es großartig, dass der Onkel mit Seiner Majestät korrespondierte. Dann lenkten den Jungen die Trophäen ab, die Gehörn an Gehörn und Geweih an Geweih die Wand gegenüber dem Schreibtisch Erich Plessows schmückten. In ihrer Mitte prangte ein Foto, das Wilhelm den Zweiten zeigte. Der Kaiser trug ein Jagdwams und stand hinter einem kapitalen Hirsch. Den Zwölfender hatte er, wie Jon wusste, in der letzten Jagdsaison vor Kriegsausbruch im Plessowschen Revier geschossen.

Die Wand hinter dem Schreibtisch im Büro des Stabschefs der Marinestation verunzierte ein helles Rechteck. Dort hatte Wilhelm der Zweite in Marineuniform geglänzt. Dass er verschwunden war, hatte Otto Schierling im großen Trubel bisher nicht bemerkt. Der Stabschef registrierte seinen verdutzten Blick.

«Glauben Sie nicht, dass es mir leicht gefallen ist, SM abzuhängen», sagte der Vizeadmiral. «Aber als sich Berliner Sendboten und Revolutionäre angewöhnten, einander die Klinke meiner Tür in die Hand zu geben, wollte ich Majestät und mir dumme Bemerkungen ersparen.»

«Ich verstehe», sagte Schierling.

«Es ist auch eine Art Gesinnungsprobe.»

«Herr Admiral meinen?»

«Ganz einfach, ich sehe, wie einer aus der Wäsche guckt, wenn er entdeckt, dass da etwas fehlt, und ich weiß über ihn Bescheid.»

Schierling zog es vor, nicht zu antworten.

«Zur Sache, Herr Kapitän», sagte der Stabschef, «ich brauche Ihr Wort, dass unsere Unterhaltung unter uns bleibt.»

«Selbstverständlich.»

«Nicht so schnell. Es geht um das Schicksal der Marine, und es kann sein, dass Ihnen mein Vorschlag gegen den Strich geht. In diesem Fall erwarte ich, dass Sie mir reinen Wein einschenken und auf der Stelle vergessen, was ich von Ihnen wollte.»

Schierling fand, dass Vorsicht nicht schaden konnte. Zwischen diesem Vorgesetzten und ihm war es bisher korrekt, aber kühl zugegangen. Schon bevor die Hochseeflotte vor den Fenstern der Akademie Anker geworfen hatte und die Matrosen an Land gerudert waren, war die Haltung des Admirals undurchsichtig gewesen. Der Stabschef wartete auf eine Reaktion seines Nachrichtenoffiziers. Schierling überließ ihm trotzdem den nächsten Schachzug, und er bekam seinen Willen.

«Sie trauen mir nicht», sagte der Stabschef, «habe ich Recht? Ich habe Sie hängen lassen, als Sie die Kassandra spielten. Aber Ihre Berichte wollte niemand lesen. Nicht der Chef der Hochseeflotte, der seine zweite Skagerrakschlacht schlagen wollte, und nicht andere Herrschaften, deren vorsichtigere Haltung ich gehorsamst nicht bewerten will. Was sich wirklich anbahnte, erkannten buchstäblich nur eine Hand voll Leute, unter ihnen ein gewisser Korvettenkapitän.»

Schierling schoss das Blut ins Gesicht. Seine Verlegenheit entging dem Stabschef nicht.

«Lassen Sie es gut sein, Herr Kapitän», sagte er. «Dass Sie sich in Ihr Schneckenhaus zurückgezogen haben, ist mir ebenso wenig entgangen, und dies war genauso falsch wie mein Entschluss, darauf zu warten, dass es dicker kam und ich auftrumpfen konnte. Dann kam es prompt knüppeldick und es war nichts mehr mit dem Auftrumpfen. Dank unserer eigenen Fehler, auch der Fehler von uns beiden Heldensöhnen, lässt uns die Situation jetzt nur noch zwei Möglichkeiten. Entweder wir ziehen gleich die Uniform aus, oder wir versuchen verzweifelt zu retten, was zu retten ist. Was wir nicht retten können, ist die Flotte, denn die wollen die Sieger kassieren, und wir werden sie ihnen, verdammt noch mal, geben müssen.»

Der Stabschef sprach aus, was sonst niemand zugab. Mit den Bedingungen des Waffenstillstands kündigte sich ein Orkan an, der alles in den Abgrund riss, was nicht niet- und nagelfest war, und sturmfest saß in der deutschen Marine keine Planke mehr.

Schierling lag die Frage auf der Zunge, worum es gehen sollte, wenn nicht um die Flotte, aber der Stabschef fragte es schon selbst.

«Eine Marine ohne Schiffe? Ich nehme es keinem übel, wenn er passt und nach Hause verschwindet. Aber genau das Kunststück muss jemand fertig bringen. Wollen Sie meine höchst private Analyse hören? Der Befehlshaber der Hochseeflotte wollte auf der Nordsee sehenden Auges ins Verderben dampfen. Er wollte den Aufstieg eines Mythos vom Meeresgrund oder so ähnlich. Jedenfalls sollte der Untergang der Flotte ihre Wiedergeburt erzwingen. Auf dem Gefühlswege sozusagen. Ein paar tausend Marinern hätte er den nassen Tod gebracht. Die Matrosen, zum Ärger des Befehlshabers auch Leute mit Gefühlen, haben es sofort erkannt und gemeutert. Wenn Sie wollen, war die Weigerung der Mannschaften, gegen England auszulaufen, die berühmte List der Vernunft in der Vermittlung des Zwecks, wie es ein gewisser Hegel nennt. Staunen Sie getrost, der Stabschef der Station hat Bücher auf dem Nachttisch liegen, was er sonst im Kameradenkreis freilich lieber verheimlicht.»

«Sie wollten mein Wort. Sie haben es», sagte Kapitän Schierling.

«Danke», sagte der Stabschef, «also frisch von der Leber weg. Der Kaiser hat uns von unserem Eid entbunden, und damit hat er uns der Grundlage unserer Arbeit beraubt. Folglich brauchen wir eine neue Begründung für das, was wir tun oder zu tun vorhaben.»

«Und woher nehmen und nicht stehlen?»

Schierling biss sich auf die Zunge. Er hatte sich im Ton vergriffen.

«Ich bitte um Verzeihung...»

«Schon recht. Wir sind unter uns, und ich will Ihnen auf den Zahn fühlen. Je weiter Sie den Mund aufmachen, umso besser.»

«Verfügen Sie bitte über mich.»

«Ich weiß die Antwort zu schätzen. Worauf es mir ankommt, ist zuallererst, einen klaren Blick zu gewinnen. Sie haben gesehen, wer das Schlimmste verhindert hat...»

«Der Holzfäller...»

«Richtig. Und der Mann ist, wie wir wissen, sozialistischer Reichstagsabgeordneter. Wenn wir Treue sagen, sagt er Solidarität.»

«Wobei er das Kommando beansprucht.»

«Das Kommando wollte auch der Kaiser haben, und die Marine konnte damit gut leben. Wenn uns jetzt trotzdem die Auftritte unseres Lieblingssozis auf den Magen schlagen, hat das mehr mit alten Gewohnheiten zu tun als mit der neuen Lage. Die Lage verlangt einzusehen, dass Solidarität im Kern Treue auf Gegenseitigkeit ist.»

«Ich bedaure, aber ich kann nicht mehr folgen.»

«Sie können. Sie wollen nur nicht wahrhaben, dass die Marine umdenken muss. Und dazu will ich Vorschläge von Ihnen.»

«Pardon?»

«Setzen Sie sich auf den Hosenboden, schlagen Sie nach, was Dialektik heißt, und finden Sie heraus, ob es einen Weg gibt, das Ethos ehemals kaiserlicher Seeoffiziere mit den Begriffen unter einen Hut zu bringen, die sich die Sozialisten und die Liberalen von der Welt machen. Ich erwarte von Ihnen eine Denkschrift.»

«Ich fürchte...»

«Nicht fürchten. Arbeiten. Ich verspreche Ihnen aufregende Nächte, Herr Kapitän. Tagsüber werden Sie gebraucht, damit Sie mir bei den Verhandlungen mit den Siegermächten über die Auslieferung der Flotte zur Hand gehen. Erfreulicherweise zeigen die Abgesandten des Ersten Lords der Admiralität wenig Lust, sich mit den Soldatenräten herumzuschlagen. Sie wollen nur mit Offizieren reden. Admiral Beatty, der alte Halunke, soll übrigens genauso sauer sein wie unsere Herren, dass er sich mit ihnen nicht mehr zur großen Schlacht treffen konnte. Es heißt, dass er von seinem Trafalgar geträumt hat. Nun haben nicht die besseren Waffen und der größere Mut gesiegt, sondern die besseren Nerven, wofür wir uns bei der Obersten Heeresleitung bedanken dürfen. Ich hoffe, Sir David neigt nicht zu sehr zur Rachsucht.»

«Ich habe Zweifel, ob ich ...»

«Ich habe keine Zweifel, was Ihre Tüchtigkeit betrifft. Ich verlasse mich auf Sie.»

«Zu Befehl.»

In dem Segauer Stall, in dem sein Pony stand, stolperte Jon Schierling eines Morgens über Soldaten. Sie trugen Feldgrau, aber der Offizier, der sie kommandierte, war wie Jons Vater Korvettenkapitän. Er hieß Habicht, und nicht nur seine Nase, auch sein Betragen passten zu seinem Namen. Bettina Schierling blieb reserviert, als ihr Bruder ihr den Anführer der so genannten Brigade vorstellte, und es geschah, was sie befürchtete. Das Treiben der Freischärler veränderte das Leben auf Segau mit einem Schlag.

Erich von Plessow wich auffällig allen Fragen aus, die ihm seine Schwester nach dem Gast und dessen Anhang stellte, und redete sehr allgemein von Freundschaft und Kameradschaft. Jedenfalls mit der Freundschaft war es anscheinend nicht weit her. Es sah ganz danach aus, als verbände die Herren nur ein Minimum gemeinsamer Überzeugung, nämlich jene, dass mit den gegenwärtigen Zuständen im Lande besser heute als morgen Schluss sein musste.

Dass man nicht selten das Thema wechselte, wenn Bettina auf der Bildfläche erschien, störte sie am meisten. Umso routinierter kehrte Habicht dann ihr gegenüber den Kavalier heraus. Dabei wurde sie das Gefühl nicht los, dass er sie für ein Rebhuhn hielt, auf das er sich bei erstbester Gelegenheit zu stürzen gedachte. Als sie später ihrem Mann die Geschichte erzählte, hatte der allerdings den

Eindruck, dass auch das Rebhuhn mit dem Habicht gespielt hatte. Tatsächlich schloss Bettina von den Schikanen, mit denen Kapitän Habicht seine Leute quälte, auf seinen Charakter. Aber sie sah auch, dass die Männer von ihrem Vorgesetzten nichts anderes erwarteten. Mehr noch, sie parierten offenbar mit einer gewissen Lust.

Wie brutal er werden konnte, zeigte Habicht, als über Nacht die Franzosen aus Segau verschwunden waren. Offenbar hatten sie abwarten wollen, wie sich die Dinge entwickelten. Nun hatten Habichts Posten ihre Flucht verschlafen. Habicht jagte die Männer, die Wachdienst gehabt hatten, über den Hof, bis sie zusammenbrachen. Anschließend sperrte er sie bei Wasser und Brot in den Stall der toten Sau und versprach ihnen bis auf weiteres jede anfallende Drecksarbeit. Irgendwo im Lande nahm die Revolution ihren Lauf; in Segau trieb der Kadavergehorsam frische Blüten.

Für Jon interessierte sich Kapitän Habicht nur insofern, als er Bettina in aller Form ersuchte, ihren Sohn zu vergattern, über die Segauer Einquartierung mit keinem Fremden zu reden. Sie hielt den Wunsch, der eher wie ein Befehl klang, für Wichtigtuerei. Jon kam ohne Begleitung nie vom Hof, und es war schwer vorstellbar, auf welchen Schleichwegen Spione nach Segau gelangen sollten, nachdem die Posten wussten, was ihnen im Fall der Pflichtverletzung blühte. Vielleicht richtete sich die so genannte Bitte auch in Wahrheit an Jons Mutter. Weiber waren bekanntlich schwatzhaft. Habicht gehörte zu den Männern, die davon überzeugt waren.

Den zweiten Schock nach dem Tod der Sau verdankte Jon während dieser Ferien auf Segau nicht Habicht, sondern dem Schirrmeister von dessen Truppe. Zusammen mit einem Gefreiten, der trotz seines Mädchengesichts verblüffend kräftig zupackte, hatte der vierschrötige Feldwebel die Pferde der Truppe im selben Stall unter Aufsicht, in dem auch Jons Pony stand, und so ergab sich von selbst, dass der Junge sich oft bei diesen beiden Soldaten herumtrieb. Als er eines Abends mit zusammengebissenen Zähnen und verweinten Augen zum Abendbrot erschien, begnügte sich seine Mutter zunächst mit der Auskunft, er habe sich den Kopf gestoßen. Es klang nach einer Ausrede, aber nach aller Erfahrung war mehr nicht herauszubekommen, wenn Jon in dieser Verfassung war. Er kaute widerwillig auf seinem Leberwurstbrot herum und schluckte seine Milch nur, weil seine Mutter nicht locker ließ. Dann verzog er sich ohne Gegenrede ins Bett.

Als Bettina nach ihm sah, heulte er in seine Kissen. Sie setzte sich auf die Bettkante. Jon bat sie, ihn allein zu lassen, und als sie sich weigerte, fiel er in einen Schreikrampf. In seiner Wut schimpfte er wie ein Rohrspatz auf alles, was mit Segau zu tun hatte. Er wollte sogar seinem Pony den Hals abschneiden. Seiner Mutter blieb nichts weiter übrig als abzuwarten, bis er sich von selbst beruhigte. Endlich verlor sich der Ausbruch in heftigem Schluchzen. Aus einer Flut immer wieder abreißender Sätze entnahm Bettina, dass Jon den Feldwebel und den Gefreiten in der Sattelkammer überrascht hatte, als sie dort, wie der Junge es nannte, einen Ringkampf aufführten. Jon hatte es lustig gefunden, wie sich die Männer balgten, und wollte sich ins Getümmel stürzen. Erst als der Schirrmeister ihn vor die Tür setzte, sah er, dass die Hosen der Soldaten irgendwo in der Ecke lagen. Zum Glück kapierte er trotzdem nicht, in welche Szene er geraten war. Er war lediglich tief gekränkt, dass seine Freunde plötzlich nichts mehr von ihm wissen wollten.

Seine Mutter blieb bei ihm, bis er eingeschlafen war. Dann suchte sie ihren Bruder. Sie fand ihn in der Halle vor dem Kaminfeuer im Gespräch mit dem Habicht. Wie üblich redeten sie über Politik. Mit dem Bild zweier wohlerzogener Herren bei Betrachtung der Weltlage war es vorbei, als Bettina dem Gast ihres Bruders an den Kopf warf, dass seine Helden miteinander bei unverschlossener Tür Unzucht trieben und damit die seelische Gesundheit Jons aufs Spiel setzten. Die Antwort des Habichts konnte nicht verkehrter ausfallen. Er weigerte sich, das Thema mit einer Dame zu erörtern, und bat Erich Plessow um ein Gespräch unter vier Augen. Nur die bündige Antwort des Hausherrn bewahrte ihn davor, dass ihm Bettina an die Gurgel ging.

«Ich bedaure, Herr Kapitän,» sagte Plessow, «aber auf Segau ist es schon seit geraumer Zeit nicht mehr üblich, Menschen von Stand vor die Tür zu setzen, selbst wenn es sich um Frauen handelt.»

«Meine Erziehung...», wollte Habicht protestieren, aber Bettina schnitt ihm das Wort ab.

«Nichts gegen Erziehung. Man soll sie nur nicht vorschützen, um sich vor peinlichen Themen zu drücken.»

«Themen unterhalb der Gürtellinie sind nun einmal peinlich.»

«Wir können auf Details verzichten. Was für eine Horde ist es eigentlich, mit der Sie durchs Land ziehen? Ich frage nicht nach Ihren politischen Plänen, ich frage nach den Sitten.»

«Es sind Leute, die vier Jahre im Dreck gelegen haben und die man um die Früchte von Treue und Tapferkeit betrügen will», bellte der Kapitän.

«Weshalb sie sich zutiefst verzweifelt auf ihre Weise vergnügen», stellte Bettina Schierling kühl fest.

«Soll ich sie dafür an die Wand stellen? Gnädige Frau müssen nur befehlen.»

«Lassen Sie die Ironie, und führen Sie sich nicht auf, als stände Segau unter Kriegsrecht.»

«Es steht unter Kriegsrecht.»

«Ach ja? Wer hat es verkündet?»

«Ich.»

«Aufgrund welcher Vollmacht?»

«Aufgrund meines Auftrags.»

«Ich unterstelle, Sie haben einen Auftrag und er deckt Ihre Handlungsweise. Aber unter Zucht und Ordnung verstehe ich etwas anderes als die Sauerei in der Sattelkammer.»

«Sie wird sich nicht wiederholen.»

«Mir würde es genügen, wenn die Kerle es weniger eilig hätten und nicht vergäßen, die Tür zu verriegeln.»

«Ich will versuchen, etwas klarzustellen», lenkte der Habicht ein. Bettinas burschikoser Ton irritierte ihn. Er setzte zu einem Vortrag an. Nach ein paar Sätzen begriff Bettina, dass er sein Glaubensbekenntnis ablegte und durch nichts auf der Welt zu beirren war. Er war ein Derwisch in Feldgrau.

Er war Soldat, sagte er, er war Krieger und Anführer von Kriegern; er war kein Philosoph. Seine Gefühle und seine Überzeugungen in Reinschrift zu bringen, mussten irgendwann andere übernehmen. Philosophen wurden erst gebraucht, wenn Tatmenschen sie durch ihr Beispiel dazu gebracht hatten, die Herausforderungen der Geschichte anzunehmen. Ein Mann der Tat war auch er, der Korvettenkapitän Habicht. Seit er von Bord seines Torpedobootes gegangen war und sich in Feldgrau beim Marinekorps in Flandern gemeldet hatte, kannte er seinen politischen Auftrag. Erkannt hatte er ihn im Todesgewitter der letzten Schlachten. Sie hatte der Feind für sich entschieden, und in ihnen hatten die Deutschen nicht nur den Krieg verloren, sondern auch den Begriff vom Vaterland. Der verlangte Bereitschaft zum Tode in neuem Kampf, in einem Kampf mit allen Mitteln, mit geistigen Waffen, aber auch mit solchen, die töteten. Mochten Feiglinge Kapitulationen und Friedensverträge unterschreiben; es gab Menschen, die um der Pflicht und der Ehre willen nie kapitulierten. Sie hatten das Mysterium des Krieges ausgekostet, sie kannten seine Wahrheit, sie standen für sie ein und verkörperten die einzige Chance, die das Vaterland noch hatte.

Habicht zögerte nur kurz, bevor er fortfuhr: «Ich bitte, um Vergebung, gnädige Frau, aber Sie wollen es offenbar hören. Wenn einige meiner Leute im Privatleben, in dem bisschen Privatleben, das ihnen bleibt, menschliche Schwächen zeigen – was spielt es vor der Geschichte für eine Rolle? Und sind es tatsächlich Schwächen? Auch bei den Griechen war es üblich, dass Männer mit Jünglingen schliefen, und vom Geist der Griechen zehrt das Abendland bekanntlich noch immer. In den Pausen des Kampfes um die Nation sind griechische Sitten den Männern nachzusehen.»

Bettina atmete durch, als der Habicht eine Kunstpause einlegte. Als er weiterredete, behielt Bettina Schierling ihren Bruder im Auge. Erich Plessow war von Kopf bis Fuß Skepsis. Mehr noch, der

Gedankenflug seines Gastes war ihm unangenehm. Der Habicht schien zu spüren, dass er den Leuten in Segau zu viel zumutete.

«Ich weiß, gnädige Frau», sagte er ziemlich abrupt, «dass ich mir einen äußersten Standort in der nationalen Frage gesucht habe und dass Ihr Herr Bruder in vielem anders denkt. Ihn und mich trennen Welten. Er will zurück in die Vergangenheit, am liebsten zurück noch hinter Wilhelm zwo, zurück zu Bismarck. Ich will nach vorn, in eine noch unbekannte, in eine heute nur unzulänglich erkennbare Zukunft. Trotzdem sind Ihr Herr Bruder und ich Verbündete, und aus dem Bündnis gewinnen wir Kraft. Sauereien in der Sattelkammer? Denken Sie an die Griechen, gnädige Frau, und sehen Sie weg. Auch die Diskussionen darüber sind später zu führen.»

Der prophetische Eifer wollte Habicht anscheinend weitere Ausführungen über das Sittenleben diktieren. Bettina konnte sich des Verdachts nicht erwehren, das er es nicht nur unter höheren Gesichtspunkten verteidigte. Sie wandte sich an Erich Plessow.

«Ich nehme an, du wirst dafür sorgen, dass mich und meinen Sohn das Kriegsrecht nicht am freien Abzug hindert», sagte sie. «Wir kommen gern zurück, wenn dieser Herr mit seinen Helden hier verschwunden ist.»

«In diesem Fall muss ich Sie um Ihr Ehrenwort bitten …»

Habicht setzte zu einer neuerlichen Erklärung an.

«Auf Segau», fiel Erich von Plessow ihm ins Wort, «hat man Ehre, deswegen wirft man nicht unnötig mit Ehrenworten herum. Seien Sie um die unerlässliche Geheimhaltung unbesorgt.»

«Das genügt mir», versicherte der Habicht eilig.

«Ich hoffe es», sagte Bettina Schierling. «Ich reise morgen.»

Vor dem Commander lagen, tadellos aufgereiht, vier Shagpfeifen auf dem Verhandlungstisch. An der ersten hatte der Engländer eine knappe Stunde geraucht. Sie kühlte seit etwa zehn Minuten aus, als er nach der zweiten griff. Er ließ den Deckel seiner Tabaksdose aus Sterlingsilber aufspringen, fischte eine frische Scheibe Navy Cut heraus und stopfte sie, ohne sie zu zerreiben. Die Pfeife war aus fein gemasertem Bruyèreholz und hatte trotz ihres großen Kopfs vorbildliche Proportionen. Die Zeremonie, während deren die Verhandlung ruhte, ließ sich nicht sorgfältiger ausführen. Sie dauerte nahezu weitere fünf Minuten. Wenn der Commander alle Pfeifen rauchen wollte, die er mitgebracht hatte, fand die Sitzung, inklusive der Pausen, die für das Pfeifenstopfen benötigt wurden, vor dem späten Abend kein Ende. Otto Schierling kämpfte schon jetzt mit seiner Müdigkeit. In der Nacht zuvor hatte er letzte Hand an seine Denkschrift gelegt, und es war spät geworden.

Die Pfeife brannte und der Commander nahm die Verhandlung wieder auf.

«Sie sagen, dass Sie fünf oder sechs Schiffe nicht ausliefern können, die laut Waffenstillstandsvertrag bei uns interniert werden sollen.»

Der Commander sprach bestes Oxford-Englisch. Das Englisch des Stabschefs konnte sich daneben durchaus hören lassen. Er war vor dem Krieg Attaché in London gewesen.

«Sie sind nicht einsatzfähig», sagte der Stabschef. «Die *Wiesbaden* und der Schlachtkreuzer *Mackensen* sind sogar erst im Bau.»

«Und wer hat sie auf die Liste gesetzt?»

«Ich habe keine Ahnung.»

«Sie täten gut daran, es herauszufinden. Und noch einmal: Die Schiffe, die Sie ausliefern, sollen vorher restlos abgerüstet werden. Wann sind Sie damit fertig?»

«Wir haben eine Revolution im Land. Die Leute arbeiten nur, wenn sie Lust haben.»

«Das ist nicht unser Problem.»

«Ich schlage vor, Sie sagen es dem Soldatenrat.»

«Soldatenrat? Ich kenne keinen Soldatenrat. Wir reden, wie Sie wissen, nur mit Herren, die im Namen der deutschen Admiralität sprechen.»

«Das ändert nichts daran, dass drei Parteien beteiligt sind, nämlich Sie, wir und die Leute, die wir brauchen, um unsere Schiffe unter Dampf zu setzen. Wenn Matrosen und Heizer meutern, bleiben die Kessel kalt.»

«Wenn sich Ihre Flotte nach dem Juni 1916 noch einmal aus der Deckung gewagt hätte, hätten Sie dieses Problem nicht. Dann lägen Ihre Schiffe, wo sie hingehören, auf dem Grund der Nordsee.»

Der Commander hatte die Stimme nicht gehoben. Der Stabschef folgte dem Beispiel, als er sagte: «Oder Ihre Schiffe lägen dort unten, Sir.»

Der Commander hatte offenbar Mühe, die Antwort des Stabschefs zu schlucken, aber er tat es.

Es stimmte also, dachte Otto Schierling, die Engländer hielten die Kaiserliche Marine für eine feige Bande, welche die Royal Navy um die Gelegenheit gebracht hatte, die Welt mit einem zweiten Trafalgar in Staunen und Furcht zu versetzen. Die Navy hätte liebend gern «Britannia rules the waves» aus frischer Kehle gesungen. Nelsons Tod in der Schlacht hatte den Sieg über Napoleon nicht überschattet, sondern ließ ihn nach mehr als einem Jahrhundert noch heroischer erscheinen, als er ohnehin gewesen war. Jetzt konnten die Engländer die deutschen Schiffe zwar dort internieren, wo das Empire nur noch aus ein paar schottischen Felsen bestand, aber die Zeitungen in London sprachen schon von einem passiven Sieg, und der war nun einmal nicht besonders glorreich. Auf dem Spiel stand der Stolz einer Nation von Seefahrern. Hinzu kam, dass es in England Leute gab, die rechnen konnten. Womöglich fielen sie ins Grübeln, weil ihre wunderbare, aber auch ziemlich teure Grand Fleet einen ganzen Krieg hindurch vor sich hin gerostet hatte.

Die Verhandlung zog sich noch eine Pfeifenlänge hin, dann hatte auch der Commander genug. Am Ende würde ohnehin alles nach seinem Willen beschlossen werden. Und wenn nicht, besetzten die Briten eben Helgoland oder machten sich in der Kieler Förde breit.

Eine Viertelstunde später saß Otto Schierling im Büro des Stabschefs. Die Mappe mit seiner Denkschrift lag auf seinen Knien. Der Stabschef war mit seiner Pfeife beschäftigt. Sie hielt die Konkurrenz mit den Pfeifen des Commanders aus. Vermutlich stammte sie noch aus den Londoner Tagen des Chefs. Sein Tabak war eine deutsche Kriegsmischung und wollte nicht anbrennen.

«Ich habe es dem Commander nicht gegönnt, über meinen Knaster die Nase zu rümpfen», sagte er. «Es ist mir schwer genug gefallen, die Pfeife kalt zu lassen. Aber zur Sache. Wie sehen wir die Lage?»

«Wie bisher. Wir haben nicht die geringste Aussicht, irgendetwas zu verhindern.»

«Richtig. Dummerweise haben wir es nicht nur mit drei, sondern sogar mit vier Parteien zu tun.»

Der Stabschef legte vier Streichhölzer senkrecht und waagerecht auf den Schreibtisch. Die Köpfe zeigten gegeneinander. Der Stabschef wies auf eins der Hölzer.

«Die Engländer», sagte er, «werden keinen Millimeter von ihren Forderungen abrücken. Warum sollten sie? Die Navy freut sich darauf, uns vor ihrer Küste in Empfang zu nehmen und dem Inselvolk und der Weltpresse in schimpflichstem Triumph vorzuführen. Die Revolutionäre hier auf der Linken müssen wir notfalls mit einer Prämie überzeugen, dass sie einen Restposten Vaterlandsliebe beizusteuern haben. Die beiden anderen Hölzer in der Mitte sind wir, die einen und die anderen im Offizierkorps der Marine. Die einen haben zwar fürs Erste die Regierung auf ihrer Seite, aber nur sehr wenige Kameraden zum Freund. Die anderen träumen nach wie vor von einer Heldentat. Zum Beispiel davon, dass wir auf der Überfahrt in die britische Gefangenschaft die Schotten aufreißen, um mit den Schiffen auf Kurs zum Meeresgrund zu gehen.»

«Davon träumt die Mehrheit.»

«Ich weiß. Und bevor es zu spät ist, werden es sich die wenigsten anders überlegen. Unsere Pflicht ist es, ihnen auf die Sprünge zu helfen. Ich hoffe, Ihre Strafarbeit hilft uns weiter.»

Schierling griff in die Mappe, holte die Denkschrift heraus und überreichte sie dem Stabschef. Sie war sechsundzwanzig Seiten stark. Der Stabschef studierte sie in Seelenruhe. Dann blätterte er ein paar Seiten zurück.

«Sehr gut», sagte er, «Ihr Text ist ein Lehrstück der Vernunft.

Aber wir brauchen eine Kurzfassung, eine Art Flugblatt für lesefaule Mariner. Ich schlage vor, wir raffen den Kerngedanken so zusammen: Das Vaterland ist in Not. Der Offizier hat die Pflicht, sich von den neuen Verhältnissen ein klares Bild zu machen. Dazu gehört auch, dass er sich mit liberalen und sozialistischen Antworten auf das Unglück der Nation auseinander setzt. Er hat die Wahl zwischen dem Abschied von der Marine und dem Eid auf die Republik. Sich aus Halbherzigkeit dumm zu stellen und sich durchzumogeln, ist seiner nicht würdig. Die Vorstellungen der Regierung sind die Grundlagen des Staates, dem der Offizier heute dient. In der Republik ist er verpflichtet, die Standpunkte anderer zu respektieren. Sie begründet auf neue Weise die Ehre. Der Offizier handelt nicht um des persönlichen Vorteils willen, auch nicht zum Vorteil seines Standes, er stellt sein Denken, sein Wollen und sein Handeln in den Dienst des Ganzen … So ungefähr. Unten auf dem Flugblatt verweisen wir auf die Denkschrift. Einverstanden? Natürlich muss das Ganze noch nachgefeilt werden.»

«Es sind die Kerngedanken. Aber sie werden uns kielholen, wenn wir ihnen damit kommen. Und die Engländer wird es nicht gerade begeistern», sagte Otto Schierling.

«Die Engländer haben ihren fünften George vorerst behalten. Sollen sie mit ihm selig werden, solange es geht. Ich will unseren Kameraden aus der Klemme helfen. Sie sollen begreifen, dass sie ohne die Hohenzollern klarkommen müssen und dass jetzt jeder im eigenen Kopf anfangen muss, Rost zu klopfen. Ich habe Ihre Zustimmung?»

«Selbstverständlich, Herr Admiral.»

Auf dem Weg nach Hause versuchte Otto Schierling, sich den Streit, in dem er mit sich selbst lag, aus dem Sinn zu schlagen und durchzuatmen. Er hätte es dringend nötig gehabt, aber der Entschluss, Seeoffizieren Kopfzerbrechen über den Sozialismus zur Pflicht zu machen, war so absurd wie der Versuch, Robben das Fliegen beizubringen.

Als Schierling seine Wohnung betrat, empfing ihn nicht Berta, sondern ihm sprang Jon an den Hals. Die Rückkehr von Frau und Sohn überraschte den Kapitän ebenso wie der Gefühlsüberschwang des Jungen. Bettina Schierling bog die Frage ab, warum sie nicht auf Segau geblieben war. Sie werde ausführlich berichten, versprach sie, aber vorher wolle sie den Sohn in Bertas Obhut geben. Er habe sich nicht ausreden lassen, auf den Vater zu warten.

Aus einer Ecke des Balkons vor dem Salon schleppte Jon einen leeren Blumenkasten ans Geländer, stülpte ihn um und benutzte ihn als Fußbank. So hatte er einen freien Blick auf die Straße. Drei Stockwerke tiefer marschierte eine Kolonne von Feldgrauen mit geschulterten Gewehren in Richtung Innenstadt. Eine Musikkapelle hatte die Truppe nicht dabei, und sie sang kein Lied. Dafür ratterten an der Spitze und am Schluss des Zuges mit Maschinengewehren bewaffnete Panzerwagen. Sonst war nur der Gleichschritt von Nagelstiefeln zu hören. Jon erkannte den Offizier, der vorwegmarschierte. Es war Kapitän Habicht. Plötzlich fielen Schüsse. Habicht gab ein Kommando, das Jon nicht verstand. Die Soldaten rannten auseinander und suchten an den Häuserwänden Deckung. Dann schossen auch sie. Jemand packte Jon von hinten an den Schultern und schleppte ihn zurück in die Wohnung.

«Bist du närrisch, Jungchen?», schimpfte Berta. «Weißt du, was du verdienst? Du verdienst was hinten drauf.»

Jon war verärgert, dass für ihn das Kriegstheater zu Ende sein sollte, aber er wusste aus Erfahrung, dass es ihm besser bekam, wenn er in Situationen dieser Art den Mund hielt. Dann stand auch seine Mutter im Salon, und aus ihm sprudelte heraus, dass erst jemand anderes geschossen hatte und dann Kapitän Habichts Soldaten auch. Seine Mutter ging nicht darauf ein. Sie griff ihren Sohn am Arm und zog ihn hastig über den langen Flur ins Gästezimmer auf der Rückseite des Hauses. Berta folgte ihnen auf dem Fuß.

«Verrückt», sagte sie, «völlig verrückt, der Krieg ist aus, und die können nicht aufhören zu schießen.»

In diesem Moment knallte es im Salon und Glas ging klirrend zu Bruch.

Jon wollte nach vorn stürzen und nachsehen, was passiert war, aber seine Mutter hielt ihn fest.

«Sie schießen scharf», sagte sie, «das ist wie im Krieg. Im Krieg haben Kinder nichts zu suchen.»

Sie warteten, bis es draußen längere Zeit still geblieben war. Dann verschwand Berta, um die Lage zu erkunden. Sie meldete, dass eine Kugel in die Vitrine geschlagen sei. Zwei Sammeltassen waren zu Bruch gegangen. Nun sei der Spuk vorbei. Jon rannte wieder nach vorn. Unter dem Balkon lag die Straße leer und friedlich wie am Sonntagmorgen. Sie blieb still, bis mit quietschenden Reifen ein Auto mit großen roten Kreuzen an den Seiten auftauchte und Sanitäter von irgendwoher auf Bahren zwei Soldaten heranschleppten. Der eine Soldat fuchtelte merkwürdig mit den Armen, der andere schaukelte willenlos auf der Bahre wie die Sau, als die Franzosen sie in Segau zum Schlachttrog geschleppt hatten, nachdem sie endlich tot war. Jon begann, vom Schweineschlachten zu erzählen, aber seine Mutter verbot ihm den Mund. Er verzog sich gekränkt ins Kinderzimmer und spielte mit seinem Kanonenboot. Eine halbe Stunde später klingelte es und vor der Wohnungstür stand eine Ordonanz. Otto Schierling hatte sie geschickt. Der Kapitän wollte wissen, ob zu Hause alles in Ordnung war.

Abends erfuhr Bettina Schierling von ihrem Mann, dass der Habicht mit seinen Leuten einige hundert Spartakisten zu Paaren getrieben hatte. Die Aufständischen hatten ein Waffendepot geplündert und wollten sich mit ihrer Beute auf den Weg nach Bremen machen, um dort den Kommunisten zu Hilfe zu kommen, die gegen Regierungstruppen einen schweren Stand hatten. Der Habicht hatte der Regierung einen Gefallen getan, aber er hatte auf eigene Faust gehandelt. Offen war, wie sich der Holzfäller zu diesem Einsatz verhielt. Er war inzwischen in Berlin Kriegsminister. Bettina Schierling hörte ihrem Mann aufmerksam zu. Die Revolution hatte ihren Grundsatz umgestoßen, dass Politik Männersache sei.

«Für dich», sagte sie, «sind die Freikorps Piraten zu Fuß, und niemand soll ihnen über den Weg trauen. Was ist, wenn sie Recht haben und der Stabschef und du Unrecht? Mein Bruder hält sie für ehrenhafte Leute.»

«Ehre ist das eine, Klugheit das andere. Wenn sie so weitermachen, liefern sie den Engländern den Vorwand, hier einzurücken und selbst zu regieren. Und dann werden Leute wie Habicht noch mehr Unheil anrichten. Der Stabschef ist auf dem einzig richtigen Kurs aus dem Schlamassel. Er will die Freischärler wenigstens unter Beobachtung halten, und er versucht herauszufinden, was sie vorhaben. Der Rest der Admiralität wartet ab. Die Herren sympathisieren schon jetzt verblüffend offen mit den Führern der Freikorps, wenigstens in der Messe. Wie es aussieht, steht dein Bruder leider auf ihrer Seite.»

«Ich hoffe …»

«Keine Sorge, wir sind erwachsene Leute und können mit Verstand streiten. Die verwandtschaftlichen Gefühle werden nicht leiden.»

«Ich will es hoffen.»

Mit seiner Zuversicht hinsichtlich der Familienbande sollte Otto Schierling Recht behalten. Sie bewährten sich auch in seiner härtesten Auseinandersetzung mit Erich von Plessow, zu der es Mitte Januar in Segau kam. Mit Frau und Sohn war der Kapitän für drei Tage zu seinem Schwager gefahren, um dessen Geburtstag zu feiern. Die Nachricht vom Mord an den Kommunisten Rosa Luxemburg und Karl Liebknecht traf ein, als man am Morgen nach der Festivität von einer Pirsch unter frostklarem Himmel zurückkam. Plessow stürzte einen Korn herunter und erklärte die Kameraden von der Garde-Kavallerie-Schützen-Division, in deren Regie die Exekution offenbar gelaufen war, auf der Stelle zu Helden der nationalen Sache. Schierling spürte wenig Sympathie für die Opfer, aber er wusste, dass die Luxemburg versucht hatte, ihre Genossen von Mordtaten abzuhalten. Eine Chance hatte sie damit kaum gehabt. Auf ihre Weise war sie eine Stimme der Vernunft gewesen.

Otto Schierling sagte dies, Plessow wollte davon nichts hören und es gab Momente, in denen der Bruch zwischen den beiden Männern unausweichlich zu sein schien. Als der Wagen vor dem Haus stand, den die Station geschickt hatte, um den Kapitän an seinen Schreibtisch zurückzubefördern, schüttelte man sich trotzdem die Hand.

Zehn Tage nach Ostern begann für Johann Viktor Schierling der so genannte Ernst des Lebens. Die Schule, in die der ABC-Schütze an der Hand seiner Mutter einzog, hatte einige Ähnlichkeit mit der Marinestation, in deren nächster Nachbarschaft sie lag. Das Gemäuer flößte dem Jungen Respekt ein, war ihm aber auch einigermaßen vertraut. Seine Schultüte hatte Berta gebastelt und kunstvoll bemalt. Die Zutaten für den ebenfalls mit eigener Hand hergestellten Inhalt stammten aus Segau, wo allmählich die Spitzel des Kriegswirtschaftsamtes in Vergessenheit gerieten, die Erich Plessow gehindert hatten, in Rübenwintern und anderen Zeiten, die auch nicht viel besser waren, seiner Verwandtschaft mit Lebensmitteln auszuhelfen.

Der Lehrer, der Jon in Empfang nahm, hieß Kernig. Er lud die Eltern ein, am Beginn der ersten Stunde teilzunehmen. Sodann teilte er die Klasse in Zöglinge aus Marinefamilien, in Sprösslinge von Akademikern und in anderer Leute Kinder ein und platzierte sie dementsprechend. Allerdings verkündete er gleich, nach dem Prinzip Eins-rauf-mit-Ranzen oder Eins-runter-mit-Ranzen werde sich die Sitzordnung bald anders gestalten. Das Prinzip besagte, dass seine Sachen nahm und eine Bank weiter nach hinten rückte, wer eine schwierige Frage richtig beantwortete. Das Schicksal vorzurücken und damit degradiert zu werden, traf Schüler, die einer leichten Frage nicht gewachsen waren. Auf dem Brett unter der Tafel lag nicht nur Kreide, sondern auch ein Rohrstock. Der Stock war, sagte Kernig, erstens zum Demonstrieren auf der Tafel und auf Karten da, und zweitens war er ein Erziehungsmittel gegen leichtere Widersetzlichkeit, unter die auch versäumte Hausaufgaben zu rechnen waren. Für mittelschwere Fälle war Nachsitzen vorgesehen, für schwere der Aufenthalt im Carcer, in den aber erfahrungsgemäß nur Schüler höherer Klassen marschierten.

Während die Plessows ihren Stammhalter auf die Plöner Kadettenanstalt geschickt hatten, hatte Bettina die einklassige Dorfschule in Segau besucht. Zur Vorbereitung aufs Lyzeum war zusätzlich ein Hauslehrer engagiert worden. Der Dorfschulmeister war ein knurriger, aber im Grunde seines Herzens gutmütiger alter Mann gewesen. In den Hauslehrer hatte sich die neunjährige Bettina Knall auf Verfall verliebt. Was ihren Sohn in der neuerdings republikanischen Volksschule der Großstadt erwartete, ähnelte mehr dem, was Erich Plessow von der Aufzucht der Kadetten erzählt hatte. Doch Jon nahm Kernigs pädagogisches Programm erstaunlich gelassen auf. Er saß kerzengerade und mit gefalteten Händen auf seinem Platz, als der Lehrer die Eltern gnädig entließ und in Sütterlinschrift «A oder Aller Anfang ist schwer» an die Tafel schrieb.

Unterwegs ergatterte Bettina Schierling von einem umlagerten Zeitungsverkäufer ein Extrablatt. Die Schlagzeile meldete, dass die Münchener Räteregierung gestürzt worden war. Wie es hieß, hatte der kommunistische Stadtkommandant acht Geiseln foltern und erschießen lassen. Daraufhin hatten Regierungstruppen mit Artillerie, Flammenwerfern und Panzerwagen für Recht und Ordnung gesorgt. Ein kurzer Kommentar verwies darauf, dass gerade eben der Mörder des bayerischen Ministerpräsidenten Kurt Eisner zum Tode verurteilt worden war und in Berlin die Offiziere und Soldaten vor Gericht standen, welche die Spartakisten Rosa Luxemburg und Karl Liebknecht erschossen hatten. Der Verfasser des Kommentars rief alle Seiten dazu auf, das Morden zu beenden.

«Es wird so leicht nicht enden», brach es aus Otto Schierling heraus, den seine Frau an seinem Schreibtisch bei der Lektüre des gleichen Flugblattes antraf. «Es gibt niemanden, der die Lage wirklich beherrscht. Wir schaffen es nicht einmal im eigenen Laden. Ich habe heute Meldung bekommen, dass in Schottland die Nerven blank liegen. Ein Wunder ist es nicht. Vor einem halben Jahr ist Admiral

Reuter mit der Hochseeflotte in die Internierung nach Scapa Flow gedampft. Seitdem sehen sie dort der Sonne beim Aufgehen und beim Untergehen zu, wenn der Nebel es überhaupt Tag werden lässt. Reuter und seine Leute halten sich wach, indem sie sich gegenseitig erzählen, wie die Engländer sie im Triumphzug in die Gefangenschaft begleitet haben – unter den arroganten Augen des fünften George und seiner Seelords, ehrlos und wehrlos wie die Germanen als Sklaven am Hofe Neros. Einer unserer Leute hat es noch in der vorigen Woche wieder nach Hause geschrieben. Nun hat Reuter selbst darauf hingewiesen, dass der Kaiser Anfang des Krieges verboten habe, auch nur ein einziges Schiff seiner schimmernden Wehr in die Hand des Feindes fallen zu lassen. Ist das der Stoßseufzer eines Admirals, der sich ins Unvermeidliche fügt, oder denkt er wirklich daran, die Schiffe zu versenken, wenn er im Friedensvertrag liest, dass er sie nicht wieder nach Hause bringen darf? Der Friedensvertrag wird es ihm verbieten. Darauf können wir Gift nehmen. Und inzwischen ist alles möglich. Vorstellbar ist auch, dass eine deutsche Flotte in Ewigkeit auf dem Grund einer Bucht im Norden Schottlands rostet.»

Otto Schierlings Ausbruch hatte Seltenheitswert. Seine schon immer schätzenswerte Selbstbeherrschung war in der Misere der letzten Monate noch gewachsen. Jetzt nahm es Bettina als Vertrauensbeweis, dass sich ihr Mann in ihrer Gegenwart hatte gehen lassen.

«Dein Sohn lässt dich grüßen», sagte sie.

«Danke. Wie hat er sich benommen?»

«Tadellos.»

«Wenigstens etwas Erfreuliches», entgegnete Otto Schierling.

Am selben Tag, an dem die Nachricht eintraf, dass Admiral Reuter seine Schiffe in der Bucht von Scapa Flow versenkt hatte, entdeckte Jon in der Zeitung das Bild Kapitän Habichts. Bettina Schierling erklärte ihrem Sohn die Szene. Habicht stand in Berlin Unter den Linden und beobachtete, wie Soldaten und Studenten zu Füßen des Denkmals des Alten Fritz Fahnen der französischen Armee verbrannten. Die Feldzeichen hatten die Deutschen den Franzosen vor einem halben Jahrhundert abgejagt. Jetzt verlangte der Erbfeind, dass er sie wiederbekam. Habicht trug Zivil und es sah aus, als sei er zufällig des Weges gekommen, aber zu den Männern, die brennende Fahnen schwenkten, gehörten sein Schirrmeister und dessen Freund, der Gefreite mit dem Mädchengesicht.

Dass die Politik, die er für einzig vernünftig hielt, Schiffbruch erleiden musste, erkannte Otto Schierling von Woche zu Woche deutlicher. Seine Vorschläge scheiterten in immer kürzeren Abständen, und im Kasino wurden die Diskussionen schärfer. Die Kameraden zerrissen sich den Mund über die Versöhnler im Stab und griffen Schierling an, wenn sie den Stabschef meinten. Wahrscheinlich sprachen sie von Hoch- und Landesverrat, wenn sie unter sich waren. Ihnen imponierten Vorgesetzte, die sich quer legten, Admiral Reuter war ihr Held, und Kapitän Habicht war ein Mann nach ihrem Geschmack. Die Regierung in Berlin war ihnen nur noch ein Zähneknirschen wert.

In aller Freundschaft, wie er es nannte, setzte schließlich Erich Plessow dem Schwager die Pistole auf die Brust. Bei sich verschärfender Lage, sagte er, werde sich ein gewisser Otto Schierling früher oder später vor einem Femegericht wieder finden. So weit solle es im Familienkreis bitte sehr nicht kommen. Er, Erich Plessow, dem der Herr Kapitän den ehrenhaften Charakter offenbar nicht abspreche, was umgekehrt genauso gelte, rate entweder zum politischen Rückzug oder zum beruflichen Stellungswechsel. Eine vielleicht klügere Politik bedeute unweigerlich, klein beizugeben. Ein Stellungswechsel könne hingegen erhobenen Hauptes vollzogen werden, denn das Reichsarchiv suche just einen Fachmann für Marinefragen. Wie sich ein Krautjunker dieses zur Sicherung der schriftlichen Hinterlassenschaft der kaiserlichen Streitkräfte geschaffene Amt vorstelle, habe der Herr, der den gut dotierten Posten erhalte, die wichtige Aufgabe, der Nachwelt einen Begriff von soldatischem Geist zu vermitteln. Ein überaus wichtiger Dienst an der Wahrheit also war zu leisten. Freilich, die Schierlings mussten gegebenenfalls nach Berlin oder Potsdam umziehen, die Förde gehe ihnen verloren. Doch um Berlin herum gebe es auch eine Menge Wasser.

Der unvermeidliche Verdacht, hinter Plessows Vorschlag könne eine unbekannte Regie walten, störte Schierling nicht. Tatsächlich war er des ewigen Zanks in der Station müde, und ein Soldat, der sich mit leeren Patronentaschen aus der Schusslinie verzog, da hatte Erich Plessow Recht, war nicht feige, sondern klug. Schierling bat den Schwager um nähere Informationen und bekam sie prompt. Als der Kapitän sich in eigener Sache beim Stabschef meldete, blieb jeder Einspruch aus. Der Chef redete ihm im Gegenteil freundschaftlich zu und versprach, ihm zu helfen, indem er seine Kontakte zu den entscheidenden Leuten nutzte.

Bettina und Jon Schierling zu überzeugen, übernahm Erich Plessow ebenfalls. Er fuhr mit seiner Schwester und dem Jungen nach Potsdam, um für sie und ihre Familie a conto des Bettina noch zustehenden Plessowschen Erbes einen Steinwurf vom Heiligensee, allerdings nicht am Ufer, sondern in der zweiten Reihe, ein erschwingliches Haus mit ansehnlichem Grundstück zu erwerben. Außerdem versprach Plessow, sobald sich die Familie eingerichtet habe, werde er seiner Schwester ein Pferd nebst Jons Pony nachschicken. Im Übrigen liege Potsdam auf demselben Erdteil wie Segau. Die Bahnverbindung dorthin sei nicht die schlechteste.

Infolge dieser Entwicklung im Privaten erwischte der Putsch, den Mitte März Habichts Gesinnungsfreunde anzettelten, die Schierlings in Potsdam auf Kisten und Kasten, von denen die meisten noch nicht einmal geöffnet waren. Dem Kapitän a.D. wurde nun endgültig klar, dass ihn die Drahtzieher in der Marinestation der Ostsee nicht nur ausgebootet hatten, weil ihnen seine Nase nicht passte. Sie hatten offenbar gefürchtet, er könne ihre Pläne ernsthaft durchkreuzen. Geahnt hatte er es schon, als sie kurz nach ihm auch den Stabschef von Bord geschickt hatten, der die Bekenntnisse zur Republik so gern seinem Vertrauten überlassen hatte, bevor er ihm erleichtert zuredete, den Abschied zu nehmen. Wenn der Admiral seinen Untergebenen Otto Schierling hatte opfern wollen, um selbst den Hals aus der Schlinge zu ziehen, hatte er sich sehr ungeschickt angestellt.

Gewissheit wurde aus Schierlings Verdacht, als er erfuhr, wer sein Nachfolger wurde. Den Sessel nahm der Intrigant vom Dienst ein. Er hatte in Berlin im Hintergrund gewirkt, als der Mord an Luxemburg und Liebknecht vertuscht werden sollte, und er war wieder auf dem Posten, als es den machthabenden Demokraten an den Kragen gehen sollte. Wie Schierling die Dinge sah, verdarb den Putschisten lediglich das Säbelrasseln den Sieg. Die Menschen hatten Sehnsucht nach friedlicheren Zeitläuften. Der Putsch scheiterte an dieser Sehnsucht und an der Treue zur Obrigkeit, die in der Beamtenschaft immer noch Usus war. Dass Erich von Plessow den Leuten vom Schlage Kapitän Habichts arglos zur Hand gegangen war, hoffte Otto Schierling schon deswegen, weil er zum ersten Mal ernsthaft versuchte, der Familie Vorrang vor den Staatsangelegenheiten einzuräumen.

Die Arbeit im Reichsarchiv ließ sich einigermaßen interessant an. In ihr einen Urlaub auf Dauer zu sehen und die Uniform zu vergessen, brachte der frisch gebackene Archivrat nicht fertig. Wenn er ehrlich sein wollte, musste er lediglich zugeben, dass er seiner persönlichen Niederlage, die auf die Niederlage des Vaterlandes gefolgt war, durchweg angenehme Lebensumstände verdankte. Im Schatten dieser beiden Niederlagen wuchs Jon Schierling auf.

Johann Viktor Schierling

Die anderen waren in die Zelte verschwunden, und die Scheite des Lagerfeuers glimmten nur noch. Jon Schierling und Armin waren die Letzten, die unter freiem Himmel geblieben waren. Der Wald um sie herum war, was er nachts immer war – ein dunkles, mit fremden Lauten lockendes, undurchdringliches Geheimnis. Nach einer Weile begann Armin zu sprechen. Vor fünf Jahren in Oberschlesien, sagte er, war der Mai genauso schön gewesen. Nur war damals die Luft bleihaltig. Ihn, Armin, hatten die Freischärler mitgenommen, obwohl er nicht älter war als Jon jetzt, gerade einmal vierzehn. Mehr ein Trossjunge als ein Soldat war er, aber er trug Uniform, und mit einem Gewehr konnte er umgehen wie die Alten, die schon in Flandern und Russland und nach Kriegsende im Baltikum und an der Ruhr gekämpft hatten. Mit ihnen war Armin nun gegen die Polen in den Kampf gezogen, um die deutsche Provinz Schlesien vor ihnen zu retten, die sie nach Versailles an sich reißen wollten.

Wie gesagt, ein schöner, ein wunderbarer Mai und, wie es zunächst noch aussah, ein siegreicher Mai, schwärmte Armin. Lernen musste er nur noch, dass er nicht Zielscheibe spielen sollte. Weil Kampf Wille zum Sieg war und nicht hieß, vor lauter Todesmut in den Tod zu rennen. Eines Mittags schien die Sonne so heiß, dass die Freischärler in der Deckung, in der sie lagen, die Uniformen vom Leib rissen und sich nackt im glühenden Sand ausstreckten. Die Waffen hatten sie griffbereit neben sich, aber niemand rechnete damit, dass der Feind auftauchte. Plötzlich kamen die Polen doch. Von einem Waldrand her. Zeit, sich anzuziehen, blieb den Freischärlern nicht. Sie packten die Gewehre und mit ein paar Salven jagten sie die Polen in den Wald zurück. Sie schossen aus der Deckung, dann kam der Befehl zum Gegenangriff. Nackt, wie sie waren, gehorchten sie.

«Nackte, glänzende Jugend in der gleißenden Sonne», sagte Armin, «im Wald, zwischen dem Frühlingslaub, schimmerten die schlanken Körper. Es war der beschwingteste Angriff, den ich erlebt habe. Ein Kamerad hat es nachher so beschrieben.»

Jon spürte Armins Finger zwischen seinen Schulterblättern. Sie spielten Klavier auf seinem Rückgrat. Dann glitten sie abwärts. An der Hüfte änderten sie die Richtung und wanderten langsam vorn in Jons Trainingshose. Jon wollte sie fortstoßen, aber irgendwie schaffte er es nicht. Armin begann, Jons Zibedeus zu streicheln, der schon wie eine Eins stand. Zibedeus hatte Berta das Ding zwischen Jons Beinen genannt, wenn sie ihrem Schützling einschärfte, sich auch unten herum immer sauber zu halten. Jons Unterpartie begann zu glühen. Armin hauchte dem Jungen einen Kuss auf den Hals und sagte, dass sie in sein Zelt gehen sollten. Jon folgte ihm willenlos. Drinnen warf Armin sich auf den Schlafsack und klopfte neben sich auf den Boden. Jon legte sich zu ihm. Armin umarmte ihn und streifte dann Jon und sich selbst die Hosen herunter. Er beugte sich über Jons Zibedeus und küsste ihn.

«Du hast es noch nie gemacht?», fragte er.

Jon antwortete nicht.

«Keine Angst», sagte Armin. «Es verpflichtet dich zu nichts. Mich übrigens auch nicht. Es ist ein Spiel. Ein schönes Spiel, wenn Kameraden es spielen.»

Als Jon kurz vor dem Morgengrauen aus Armins Zelt schlich, hatte er seine Lektionen gelernt. Ihm war übel, und sein Hintern brannte. Er hatte sich irgendwann doch gewehrt, aber Armin hatte einen festen Griff, und Jon hatte schließlich nachgegeben. Als es vorüber war, entschuldigte sich Armin, dass er rabiat geworden war, und versicherte, der Schmerz werde bald nachlassen. Spätestens beim dritten oder vierten Mal tue es nicht mehr weh. Jon antwortete nicht. Er verließ Armins Zelt, schlich sich ins Gebüsch und kotzte seinen Ekel aus dem Leib. Nachher schaffte er es, in seinen eigenen Schlafsack zu kriechen, ohne dass ihn einer von den anderen Kameraden sah.

Am nächsten Morgen schien Armin die Nacht mit Jon vergessen zu haben. Unter dem flatternden Wimpel des Jungdeutschen Ordens brachte er drei Hurras auf den Reichspräsidenten aus. Es sei eine Schande, sagte er, wie die System- und Erfüllungspolitiker den Generalfeldmarschall zu ihrer Marionette herabwürdigten und ihn mit Schwarzrotgold dekorierten. Mit ihren Farben. Aber es sei nur eine Frage der Zeit, bis Schwarzweißrot, bis die Farben des anständigen Deutschland, die Farben der so genannten Republik verdrängten und Paul von Hindenburg wieder der Held von Tannenberg war, den die deutsche Jugend liebte und verehrte.

Berta merkte sofort, dass etwas nicht stimmte, als Jon nach Hause kam. Sie versuchte, ihn auszuhorchen, aber er verschwand in sein Zimmer und verriegelte die Tür hinter sich. Am liebsten hätte er sich auf seinen Hochsitz im Walnussbaum hinten im Garten verkrochen, auf den er als Kind vor allem Unangenehmen und Peinlichen geflüchtet war. Dass ihm ein Verhör nicht erspart blieb, war wahrscheinlich genug, und er versuchte gar nicht erst, sich eine Verteidigung zurechtzulegen. Eine bessere Taktik, als den Fragen möglichst auszuweichen, konnte ihm nicht einfallen. Die Chance, damit durchzukommen, war nicht groß. Bettina Schierling würde keine Ruhe geben, bis ihr Sohn mit der Wahrheit herausrückte.

Potsdam war inzwischen die Stadt der Schierlings, und die Villa hinter dem Heiligensee war längst ihr Zuhause. In der Umgebung gab es tatsächlich Wasser genug, Wald war noch reichlicher vorhanden. Hinzu kam, dass die Potsdamer ihr Verhältnis zum neuen Staat auf ebenso erstaunliche wie angenehme Weise geregelt hatten. Nachdem sich für kurze Zeit ein allgemein beliebter Zigarrenhändler an die Spitze zumeist zugereister Revolutionäre gesetzt hatte, wählte man der Einfachheit halber den amtierenden Polizeipräsidenten und den bisherigen Ortskommandanten zu Vorsitzenden des Arbeiter- und Soldatenrates. Wie schon der Zigarrenhändler kümmerte sich die so im Amt bestätigte Obrigkeit um das Schicksal der im Schloss Cecilienhof zurückgebliebenen Mitglieder der kaiserlichen Familie. Darüber hinaus erfüllte sie ihre Aufgaben namens der Republik ebenso gewissenhaft wie zuvor im Dienste von SM, und die Potsdamer hatten ein gutes Gewissen, wenn sie an Wilhelm zwo dachten.

Doch trotz der günstigen Umstände scheiterte Otto Schierling mit dem Vorsatz, ein richtiges Familienleben zu begründen. Jon wuchs in das hinein, was seine Mutter das familiäre Fairplay nannte. Es verlangte, dass die Mitglieder der Familie möglichst vermieden, einander zu verletzen. Überzeugungen und Neigungen drifteten jedoch immer weiter auseinander, und schuld daran war Bettina Schierling selber. Wäre sie in Kaisers Tagen nach Potsdam gekommen, hätte sie sich als Tochter ihrer Eltern und Schwester ihres Bruders wahrscheinlich ohne weiteres ins Milieu der zweiten Preußen-Residenz gefügt. Nun hatte die Revolution die Neugier der gewesenen Landpomeranze auf die Politik geweckt, und die laufenden Ereignisse lieferten diesem Interesse immer neue Nahrung. Zwar reichte es nie zu dem Entschluss, sich selbst der Politik zu verschreiben, aber während Potsdam ein schönes Dorf war und aus der Zeit fiel, brandete nebenan in Berlin schwere See gegen alle Grundfesten und Bettina Schierling nutzte mit wachsender Leidenschaft die Gelegenheit, sich dort umzusehen. Inseln im Sturm in Gestalt von Salons eigneten sich zu diesem Zweck auf angenehme Weise. Bettina Schierling verschaffte sich Zutritt zu diesen Teegesellschaften, lernte Gott und die Welt kennen und sah sich nach Leuten um, die das Zeug hatten, ihr zu imponieren. Tatsächlich gab es Nachmittage, an denen sie das Gefühl hatte, wirklich zu begreifen, worauf es ankam. Nachher schärfte sie dann etwa ihrem Sohn ein, dass Unwichtiges wichtiger klingen konnte als Wichtiges und umgekehrt oder dass es Anekdoten gab, die Aufschlüsse über die Weltpolitik lieferten. Was Jon anging, so prägten sich ihm die bunten Geschichten vom Tee feiner Leute eher ein als die riskanten

Maximen, und ein Bericht über die Pyjama-Party zu Genua konnte so in den Grundbestand seiner politischen Bildung eingehen.

Selbstverständlich hatte Bettina Schierling die Zeitungen studiert, die davon überquollen, dass der Außenminister Walther Rathenau mit großem Anhang nach Genua gereist war, um mit den Siegern über die Reparationen zu verhandeln, die den Besiegten auch nach dem Urteil besonnener Politiker die Luft zum Atmen nahmen. Alle Kommentare sagten voraus, dass er kaum eine Chance hatte, die andere Seite zu überzeugen. Buchstäblich über Nacht erfuhr der Außenminister jedoch, dass die Russen bereit waren, sich von der Entente abzusetzen und auf Wiedergutmachung von Kriegsschäden von sich aus zu verzichten. Vermutet wurde sofort, dass der Vertrag, den Russen und Deutsche darüber völlig unerwartet im Seebad Rapallo schlossen, Geheimklauseln enthielt, die den Regierungen in Paris und London noch weniger recht sein konnten, als die bekannt gewordenen Vereinbarungen. So oder so aber war Rathenaus Husarenstück geeignet, die Hegemonie Frankreichs auf dem Kontinent anzutasten. Genasführt fühlte sich zu allem Überfluss auch der Reichspräsident in Berlin, und der schärfste Protest kam von den Deutschnationalen, die postwendend behaupteten, Rathenau habe seinen Glaubensgenossen, den Ostjuden, die Tore des Reiches weit aufgestoßen.

So weit die Version Otto Schierlings. Von ihr unterschied sich die Interpretation seiner Frau nicht unbeträchtlich. Sieger und Besiegte, so Bettina Schierlings Überlegung, sollten ihren Streit ausreizen; irgendwann mussten sie ihn beilegen, wenn sie keinen neuen Krieg vom Zaun brechen wollten. Wichtig und lehrreich war dagegen, wie ein Mann vom Kaliber Rathenaus eine Zwangslage meisterte. Dass er dies buchstäblich im Pyjama geschafft hatte, machte ihn zu einem bemerkenswert menschlichen Politiker. Tatsächlich hatte die Nachricht von der Verhandlungsbereitschaft der Russen Rathenau mitten in der Nacht erreicht, und weder er noch seine Ratgeber hatten Zeit gefunden, in ordentliche Hosen zu steigen, bevor die weltbewegende Entscheidung getroffen war. Im

Nachthemd war jedoch, wie es hieß, niemand erschienen, und alle waren in korrekter Kleidung gen Rapallo aufgebrochen.

Wie sie zu ihrer Urteilsfindung gelangt war, hielt Bettina Schierling im Entwurf eines Briefs an eine Freundin fest. Auf einer jener Partys war sie mit einem Mann ins Gespräch gekommen, dessen Gesicht ihr vertraut war, dessen Name ihr aber zunächst nicht einfiel. Aus ein paar beiläufigen Bemerkungen hatte sie geschlossen, dass er ein ausnehmend nettes Exemplar von einem Juristen war. Sein norddeutscher Akzent war von der feinen Spielart und machte ihn noch sympathischer, und als sich jemand über die Unangebrachtheit des Tragens von Nachtanzügen bei Staatshandlungen ernsthaft aufzuregen begann, kommentierte er die Pöbelei mit Humor.

«Warum darüber herziehen?», fragte er. «Die Pyjamas waren, wie ich gehört habe, allesamt frisch gewaschen und gebügelt. Oder jedenfalls so gut wie.»

«Sind Sie sicher?», fragte Bettina.

«Ganz sicher», lautete die Antwort. «Ich habe es aus erster Hand.»

Der Kritiker der politischen Sitten hatte genug und suchte sich andere Gesprächspartner. Dafür füllte die Gastgeberin die Gläser nach und redete Bettinas Gesprächspartner mit Herr Minister an. Bettina wusste jetzt, wer er war. Der Besuch des Justizministers war angekündigt worden.

«Haben Sie dem Vertrag Ihren Segen gegeben?», erkundigte sie sich, als sie wieder unter sich waren.

«Mich musste niemand fragen. Das Ganze war Sache des Kanzlers und des Außenministers. Wenn sie mich trotzdem gefragt hätten, hätte ich ihnen zugeredet, aber es ist mir nicht unlieb, dass ich verschont geblieben bin. Walther Rathenau ist ein sehr mutiger Mann. Auch gegen eigene Bedenken hat er den Knoten durchgeschlagen. Ich hoffe, seine Feinde zahlen es ihm nicht heim. Den Kollegen Erzberger hat seine Verständigungspolitik schon das Leben gekostet, und auf Scheidemann, immerhin auf den Mann, der die Republik ausgerufen hat, haben sie gerade einen Anschlag verübt. Es reicht. Aber ich laufe Gefahr, an Dienstgeheimnisse zu stoßen. Lassen Sie uns über etwas anderes reden.»

«Und worüber? Sie sind aus Lübeck und Ihr Fach ist das Strafrecht. Stimmt's?»

«Jetzt frage ich, woher Sie so gut im Bilde sind.»

«Wer umzieht, sieht sich nach Landsleuten um. Ich stamme aus Segau. Sagt Ihnen das was?»

«Ich fürchte ...»

«Mein Vater hat bei Ihrem Vater seinen Wein gekauft.»

«Die Plessows?»

«Dieselben.»

«Mein Vater fühlte sich damals sehr geehrt.»

«Meinem Vater haben die Weine Ihres Vaters geschmeckt. Aber verraten Sie mir abseits von Dienstgeheimnissen etwas anderes. Wie hält jemand die Politik aus, der sie selber macht?»

«Ganz einfach, er geht vorher zu den Juristen und lernt, wie man seine Gefühle im Zaum hält.»

«Keine Leidenschaft?»

«Ich rate von Leidenschaft ab, man hieße denn Rathenau. Übrigens bin ich auch nur Jurist geworden, weil mein Vater es wünschte. Ich wollte Schöngeist werden.»

«Goethe und Heine waren Juristen, habe ich mir sagen lassen.»

«Leider keine guten. Heinrich Heine schon gar nicht, und Goethe hatte nicht mehr von Recht und Gesetz im Kopf, als er brauchte, um als Staatsmann seinem Herzog zu Diensten zu sein. Außerdem gibt es bei ihm schmerzliche Widersprüche. Er stimmte Lobgesänge auf die reine Seele Grethchens an, als er das schwangere Kind in den Himmel expedierte; im wirklichen Leben hat er die Todesstrafe für eine Kindsmörderin aus Jena nicht verhindert, obwohl er ihren Hals vor dem Richtschwert hätte retten können. Nein, ich bewundere Goethe, aber ein schöpferischer Jurist war er nicht.»

«Sie sind einer?»

«Ich gebe mir Mühe.»

Der Minister wurde ans Telefon gerufen, entschuldigte sich und tauchte nicht wieder auf. Bettina Schierling bedauerte es und machte sich auf den Weg nach Hause. Ein Zeitungsverkäufer rief die Schlagzeile «Morddrohungen gegen Rathenau» aus. Bettina Schierling kaufte das Blatt. Es zitierte die Mordparole «Knallt ab den Walther Rathenau, die gottverfluchte Judensau». Der Justizminister hatte Recht gehabt, sein Kollege Rathenau war ein sehr mutiger Mann.

Als die Fememörder den Außenminister dann tatsächlich am hellen Tage im Grunewald erschossen, wuchs Bettina Schierlings Hochachtung vor ihm noch. Er sei, behauptete sie nun, der größte deutsche Politiker seit Bismarck gewesen. Ihr Mann und ihr Bruder verurteilten den Mord ebenso wie sie. Erich Plessow ließ sich jedoch nicht davon abbringen, dass Bismarcks Schlapphut Rathenau über die Ohren gerutscht wäre, und er wütete gegen die Rede, während welcher der Kanzler Wirth im Parlament nach rechts gezeigt und sich empört hatte: «Da steht der Feind, der sein Gift in die Wunden des Volkes träufelt. Da steht der Feind – und darüber ist kein Zweifel: Dieser Feind steht rechts ...»

«Steht er dort etwa nicht?», fragte Bettina.

«Ich stehe auch rechts, sehr weit rechts sogar. Rechts neben mir ist nur noch die Wand», schnaubte Plessow, «aber ich bin kein Mörder.»

Otto Schierling versuchte zu vermitteln.

«Täusch dich nicht», sagte er. «Zwischen dir und der Wand treiben sich inzwischen ein paar sehr üble Burschen herum. Die sind imstande, eines Tages auch auf dich zu schießen.»

«Wenn du Recht hast», sagte Plessow, «bist du vor mir dran, aber das sind keine Rechten, das sind Verbrecher.»

Diskussionen wie diese flackerten mittlerweile jedes Mal auf, wenn Plessow in Potsdam auftauchte oder die Schierlings ihn in Segau besuchten. Nach Rathenaus Tod wollte Bettina Schierling auch Gustav Stresemann respektiert sehen, der die Politik seines Vorgängers fortsetzte. Otto Schierling hatte daran seine Zweifel, und Erich Plessow war krass gegenteiliger Ansicht. Jon war dabei, als es um die Kronprinzessin ging, die es abgelehnt hatte, Stresemann zu empfangen, obwohl er es gewesen war, der ihr nach der Flucht ihres Mannes nach Holland den sicheren Aufenthalt im Reich und dem Kronprinzen schließlich die Rückkehr ermöglicht hatte. Otto Schierling nannte das Verhalten der Prinzessin begreiflich, aber bei Licht betrachtet ungezogen. Plessow befand, es stehe Leuten von Stand immer noch frei, mit wem sie Umgang pflegten oder nicht.

Die Meinungsverschiedenheiten in der Verwandtschaft erlaubten Rückschlüsse auf die grundsätzlichen Denkweisen beiderseits. Von Erich Plessow war gelegentlich zu hören, dass er in seiner Jugend Maienblüte ein anderes Leben in einer anderen Gesellschaft vor sich gesehen hatte, als sie nun gekommen waren, eine Karriere mindestens bis zum General der Kavallerie. Nun, da er es gerade eben bis zum blessierten Major gebracht hatte, sah er einigen Grund zur Beschwerde bei Gott und dem leider abwesenden Kaiser. Andererseits gab der Baron ohne weiteres zu, dass es manchen Leuten seines Standes wesentlich dreckiger ging als ihm. Ihnen spülte die Inflation die letzte Ackerkrume unter den Stiefeln weg, während er sich rühmen durfte, Genügsamkeit zu üben und die Sachwerte zusammenzuhalten. Dass er obendrein Glück hatte, räumte er ohne weiteres ein.

Derlei Klagereden erlaubte sich Otto Schierling nie. Der Kapitän verwandelte sich zusehends in einen Sonderling von einem Gelehrten, den die Vergangenheit weit mehr beschäftigte als die Gegenwart. Am Schreibtisch im Reichsarchiv zerflossenen Träumen nachzuhängen war nicht seine Art. Seine Arbeitsdisziplin war jedoch dieselbe geblieben, und das Aufsehen, das er mit einem Buch über den kaiserlichen Admiralstab erregte, bestärkte ihn in seinem Pflichtbegriff. Für gelegentliche Hilfe Plessows stattete er ehrlichen Dank ab; sein Ehrgeiz war es, sich in der neuen Situation aus eigener Kraft zu bewähren. Allerdings gab es Momente der seelischen Abwesenheit, die ahnen ließen, dass sich Otto Schierling mit seinem Lieblingsspruch «Der Rest ist Haltung» die Mitwelt und selbst seine Familie absichtlich vom Leibe hielt.

Unterdessen war Bettina Schierling ebenso oft draußen bei den beiden Dressurpferden, die sie inzwischen ritt, wie in Potsdam bei ihrer Familie. Draußen – das hieß zwischen Götzer Berg und Trebelsee im Havelland. Dort trug ein Freund Erich Plessows den unsicheren Zeiten Rechnung und besserte den Ertrag seines Waldgutes auf, indem er eine Reithalle und Mietställe unterhielt. Abgesehen davon, dehnten sich Bettinas Abstecher nach Berlin aus. Von Preisgeldern, die sie auf Turnieren gewann, leistete sie sich ein Automobil. Segau vermisste sie kaum noch.

Um Jon kümmerte sich wie seit eh und je Berta. Sie war eine denkbar treue Seele mit dem einzigen Fehler, dass sie zu viel schwatzte. Ihrer Obhut entkam Jon am ehesten, wenn er das Havelland mit dem Pferd unsicher machte, das seine Mutter aus Segau mitgenommen hatte. Die Schimmelstute hieß nach der Chansonnette Mistinguette, deren Kunst ein paar Monate vor Kriegsausbruch im Pariser Moulin Rouge den Touristen Erich von Plessow entzückt hatte. Zurück in Segau, behauptete Plessow steif und fest, während die Mistinguette sang, habe er unentwegt an das Fohlen gedacht, das in der Nacht vor seiner Abreise auf Segau geboren worden war und dessen Name gemäß Zuchtbuch mit einem «M» beginnen sollte. Tatsächlich zeigte sich, dass der Name wie angegossen zu der Stute passte. Sie war elegant und von hinreißendem Temperament. Inzwischen war sie allerdings dreizehn Jahre alt und ruhiger geworden. Jon ritt sie, seit er über sein Pony hinausgewachsen war. Auf einem Turnier der Landjugend hatte er sich mit ihr im letzten Herbst eine goldene Schleife geholt. Auch darum war Bettina Schierling dagegen gewesen, dass ihr Sohn mit den Pfadfindern loszog. Ihrer Ansicht nach hatte er mit der Schule, in der er guten Klassendurchschnitt hielt, und mit dem Reiten, bei dem er noch mehr zeigen konnte, genug um die Ohren. Mit dem Fußvolk durch die Gegend zu ziehen, nur um sich Blasen an den Hacken zu holen, war überflüssig. Als Jon nicht lockerließ, wurden ihm sechs Wochen zur Probe genehmigt. Jetzt war er zum zweiten Mal auf Nachtfahrt gewesen.

Berta schwatzte offenbar auch diesmal, denn Bettina Schierling nahm ihren Sohn schon am nächsten Vormittag ins Gebet. Was er befürchtet hatte, trat prompt ein. Seine Mutter ahnte nach drei verquälten Antworten ihres Sohnes, was passiert war. Über den Rest war sie nach einer halben Stunde im Bilde. Ihre Reaktion konnte schärfer nicht ausfallen.

Dass ein angeblicher Heldenjüngling aus Jon Schierling seinen Lustknaben machen wollte, sagte sie, wundere sie nicht. Sie habe immer geahnt, was bei solchen Burschen hinter dem angeblichen Dienst an der Jugend stecke. Was sie, Bettina Schierling, angehe, solle dieser Armin sein Vergnügen suchen, auf welche Weise es ihm gefalle. Man lebe in einer Zeit, die auch seine Gewohnheiten toleriere. Wer es mit Schutzbefohlenen treibe, gehöre trotzdem vor den nächsten Kadi. Dass dieser Armin um eine Anzeige diesmal noch herumkomme, verdanke er ausschließlich den üblen Folgen, die sein Verhalten für alle Beteiligten haben müsse, wenn sich die Geschichte herumspreche. Der Pfadfinder-Häuptling solle sich der leicht abzusehenden Weiterungen wegen jedoch nicht zu sehr in Sicherheit wiegen. Am nächsten Morgen werde er einen Brief in seinen schmierigen Händen halten, der ihm klar mache, was ihm bevorstehe, wenn er seinen Verein nicht auf der Stelle verlasse.

Obwohl Bettina Schierling nur mit Armin abrechnete, war klar, was sie vom Verhalten ihres Sohnes hielt. Jon war ihr dankbar, dass sie darüber kein Wort verlor. Die Szene war quälend genug. Der Junge versuchte, irgendetwas zu sagen, aber seine Mutter schnitt ihm das Wort ab.

«Mit deinem Frühlingserwachen», sagte sie nur, «hättest du dir getrost mehr Zeit lassen dürfen. Nun ist es, wie es ist. Ich hoffe trotzdem, du hältst dich künftig an Mädchen, die dafür zu haben sind, und findest dich bei ihnen zurecht. Im Übrigen werde ich deinem Vater die Aufregung vorläufig ersparen, aber ich werde mit Daisy reden.»

Daisy Silbersteins Lebenswandel war in allen Illustrierten nachzulesen. Diese Blätter studierte Jon einmal wöchentlich in der Bude eines Schulkameraden, dessen Mutter die Verbindung zur großen Welt über die Lesemappe hielt. Die Bibel der sonst eher schlichten Frau war *Die Dame*. Kürzlich hatte das «deutsche Journal für den verwöhnten Geschmack», das sich vorwiegend an Gesellschaft und Mode, aber auch an Sport interessiert zeigte, Bettina Schierling als Amazone porträtiert, die sich in der laufenden Saison einen Pokal nach dem anderen holte. Den letzten hatte ihr die Tochter des Bankiers Samuel Silberstein überreicht. Silbersteins Vermögen, so hieß es, galt als unübersehbar. Seine Tochter war zur Siegerehrung mit einem Hut à la Ascot auf dem stadtbekannten Garçonkopf und in wehendem Chiffon erschienen und war diesmal die Weiblichkeit selber gewesen. Auf ihren häufigen nächtlichen Expeditionen trug sie dagegen meistens einen Frack und gab sich als lasziv knabenhaftes Wesen. Die Gesellschaftsreporter und die Fotografen saßen ihr auf den Fersen und vermerkten regelmäßig die Auftritte ihres Stars. Spezielle Aufmerksamkeit war geweckt, wenn sich Daisy, passend zum Auftritt mit Schwalbenschwanz, ein Menjoubärtchen auf die Oberlippe klebte. Dies war der Fall gewesen, als sie sich zum ersten Mal Arm in Arm mit der schwarzen Tänzerin Josephine Baker zeigte. In jüngerer Zeit tauchte auf Fotos neben ihr des Öfteren Bettina Schierling auf. Die «glänzende Dressurreiterin», so die Anmerkung der *Dame*, hatte dagegen nichts einzuwenden, wenn sie in diesem Zusammenhang erwähnt wurde. Sie bat sich nur aus, nicht als Mitglied von Daisys Gefolge präsentiert zu werden, sondern als Prominente aus eigenem Recht.

Auf dem Turnier hatte Jon die umschwärmte Daisy nur von weitem gesehen, und den Bericht in der *Dame* las er nicht ihretwegen, sondern um zu sehen, was man über seine Mutter schrieb. In Tuchfühlung mit Daisy brachte ihn dann die Sommerfrische. Otto

Schierling hatte sich jährlich drei Wochen mit der Familie auf Usedom ausbedungen. Wenn seine Frau und sein Sohn dann, wie er es nannte, in die Tiefen der märkischen Wälder zurückkehrten, holten ihn zwei der wenigen Marinekameraden, zu denen er noch Kontakt hielt, mit einem Kutter ab, und sie segelten nach Gotland oder nach Kopenhagen. Der Kapitän pflegte zu sagen, er brauche Usedom, um zu überprüfen, mit wem er verheiratet und wessen Vater er sei. Auf dem anschließenden Törn sammle er die Kraft, die er brauche, um beim Anblick der Aktengebirge im Archiv nicht zu verzweifeln. Die Wahrheit war weit eher, dass er seine Akten inzwischen liebte und dass eine gutbürgerliche Pension in Bansin, deren Terrasse direkt auf den Strand führte, seiner Vorstellung von verdienter Abwechslung und Erholung entsprach. Die anschließenden vierzehn Tage auf dem Wasser bestätigten ihm, dass ein Seemann unter allen Lebensumständen Seemann blieb.

Vorbehalte hatten Otto und erst recht Bettina Schierling nur gegen gewisse Bansiner Sommergäste, die im Café Asgaard witzelten, das Seebad diesseits der Völkergrenze sei die arische Antwort auf Heringsdorf auf der anderen Seite. Die Leute im Asgaard bescheinigten den «Wüstensöhnen» von nebenan, das Beste an ihnen seien die glutäugigen Töchter, die leider ebenso gefährlich seien wie das Heringsdorfer Casino, eine tagsüber finstere, nachts aber mit Lichterglanz lockende Höhle im Untergeschoss des Kurhauses, wo Versuchung und Verderben allen blühten, die sich trotz blonder Seele hineinwagten. Die Behauptung, dass Wilhelm zwo drüben in Heringsdorf eine Geliebte gehabt habe, solle sowohl vor als auch nach dem Krieg Duelle zur Folge gehabt haben.

Das Zerrbild widerlegten die besseren Heringsdorfer Villen. Eine der schönsten gehörte Samuel Silberstein. In neoklassischer Schönheit wahrte sie vornehmen Abstand zum Casino. Der exklusive Stil des Anwesens entsprach dem gern kolportierten Wunsch des Besitzers, nur gute Freunde um sich zu sehen. Erzählt wurde auch, dass an den Wänden der Villa Bilder von unschätzbarem Wert hingen und die Bibliothek hier in der Gegend ihresgleichen suchte. Als den Archivrat Otto Schierling nebst Gattin und Sohn in Bansin die Einladung zum Tee in kleinstem Kreis erreichte, handelte es sich also eindeutig um eine Auszeichnung. Bettina Schierling fand, dass ihr Mann sich nicht drücken durfte, und ließ die Ausreden ihres Sohnes ebenso wenig gelten. Ihm schärfte sie ein, dass er sich die Schnoddrigkeit verkniff, zu der er neuerdings neigte.

Samuel Silberstein empfing seine Gäste wie alte Bekannte und führte sie an den Teetisch. Im Salon hingen zwei Bilder, die Reiter am Strand und eine Hafenansicht zeigten.

«Liebermann und Seurat», sagte der Gastgeber, «der Realist und der Pünktchenmaler unter den Impressionisten. Die beiden ersten Bilder, die ich gekauft habe. Damals schickte noch der ebenso leidenschaftliche wie verdienstvolle Museumsdirektor Bode den Kaiser quer durch Berlin auf gnädige Visite in die Villen der Sammler, damit SM den geschmeichelten Untertanen alte Kunst für das Kaiser-Friedrich-Museum abschwatzte. Ich war von Anfang an ein Freund der Moderne, die SM weniger zu schätzen geruhte. Mittlerweile ist bei mir ganz hübsch etwas zusammengekommen, aber das meiste habe ich in meinem Haus im Grunewald. Hier hängen nur ein paar Stücke, die mir besonders lieb sind.»

Rebekka Silberstein, die Schwester des verwitweten Hausherrn goss den Tee ein. Ihr war die Lebenslust ins Gesicht geschrieben, und sie frönte ungeniert ihrer Freude an goldenen Ketten, Armbändern und Ringen. Ihr Bruder wechselte das Thema. Er hatte Otto Schierlings Buch gelesen. Eine Weile erörterte er mit ihm kenntnisreich und, wie er selber betonte, von einem ausgeprägt nationalen Standpunkt aus die Tirpitzsche Flottenpolitik, die sich der Kaiser bedauerlicherweise zu Eigen gemacht habe. Daisy und Rebekka Silberstein plauderten leichthin mit Bettina Schierling. Daisy enttäuschte Jon. Sie trug auf der sonnenbraunen Haut ein blütenweißes Leinenkleid, das sittsamer nicht sein konnte. Wenn sie vorhatte, als Musterzögling der Potsdamer Töchterschule durchzugehen, musste sie sich nur noch einen Haarkranz auf den schmalen Kopf pflanzen.

Als Silberstein bemerkte, dass der Junge sich langweilte, holte er für ihn ein Buch vom Regal. Er wisse nicht, sagte er, wie viel Jon von Theodor Fontane kenne, sicherlich doch wohl die wunderbaren Balladen. Es gebe da aber ein weniger populäres Gedicht, das der Lobredner des märkischen Adels verfasst habe, als die von Stechow, von Bredow, von Quitzow und von Rochow es versäumt hatten, ihm zu seinem 75. Geburtstag zu gratulieren. Jon solle sich die Verse zu Gemüte führen, er werde seinen Spaß an ihnen haben.

Jon zog sich mit dem Buch in eine Ecke des Salons zurück und versank in dem bequemsten Sessel, auf dem er jemals Platz genommen hatte. Fontanes Ärger über die schnöde Missachtung seines Genies seitens der Junker klang ehrlich, weil ziemlich holperig. Dann kam das Gedicht jedoch überraschend in Schwung:

Aber die zum Jubeltag kamen,
Das waren doch sehr andere Namen,
Auch sans peur et reproche, ohne Furcht und Tadel,
Aber fast schon von prähistorischem Adel:
Die auf «berg» und auf «heim»
Sind nicht zu fassen,
Sie stürmen an in ganzen Massen.
Meyers kommen in Bataillonen,
Auch Pollacks und die noch östlicher wohnen;
Abram, Isack, Israel.
Alle Patriarchen sind zur Stell,
Stellen mich freundlich an ihre Spitze,
Was sollen mir da noch die Itzenplitze!
Jedem bin ich was gewesen,
Alle haben sie mich gelesen,
Alle kannten mich lange schon,
Und das ist die Hauptsache.
Kommen sie, Cohn …

Beim zweiten Lesen verstand Jon, dass es dem Dichter ernst gewesen war mit seinem gerechten Zorn auf die Itzenplitze und dass ihm der Applaus Cohns und seiner Glaubensgenossen wirklich das Herz erwärmt hatte. Der Junge lachte auf. Der alte Silberstein sah zu ihm hinüber. Mit dem Lob, den einer im Leben ernte, sagte er, sei es bekanntlich ganz allgemein so eine Sache. Fontane habe nicht zufällig ein Dreivierteljahrhundert gebraucht, bis er entdeckte, wer in Wahrheit seine Freunde waren.

Daisy Silberstein mischte sich ein. Der Knabe Jon, sagte sie, gehöre offenbar zum aufgeweckten Teil der deutschen Jugend, und wie sich immer wieder erweise, sei die Bibliothek ihres Vaters eine Fundgrube. Wenn die Familie im Winter gelegentlich vor dem Großstadttrubel hierher flüchte und Atem schöpfe, versinke sie regelmäßig in der Welt der Wörter. Jetzt, im Sommer, triumphiere allerdings die Natur über die Dichtung, während sie, Daisy, entschlossen sei, über die Natur zu triumphieren. In einer geschützten Ecke des Gartens gebe es ein Labyrinth aus alten Maulbeerhecken, in dem sie Seidenspinner ansiedeln wolle. Sie kontrolliere täglich und führe Buch darüber, wie ihre Schützlinge auf das fremde Klima reagierten. Wer Lust habe, solle sie zu ihrer Arbeit begleiten.

Bettina und Otto Schierling zeigten wenig Neugier auf Schmetterlingskokons. Jon besann sich auf die Gardinenpredigt seiner Mutter und bot mit ausgesuchter Höflichkeit an mitzukommen. Daisy hakte ihn unter und zog mit ihm los.

Die Nachmittagssonne räkelte sich über der Insel. Es gab keinen Maler, sagte Daisy, der auf Usedom nicht dem Sommersonnenlicht verfalle. Am meisten liebe sie, Daisy, es allerdings am Morgen. Vielleicht habe Jon Lust, an einem der nächsten Tage mit ihr in die aufgehende Sonne zu segeln. Er sei herzlich eingeladen.

Daisy hatte Jons Arm nicht losgelassen, und er spürte ihren weichen Körper unter dem Kleid. Er brachte keinen Ton heraus. Daisy wechselte das Thema und sprach von Rebekka Silberstein, die ein Prachtstück von einer Tante sei. Dass sie unverheiratet geblieben sei, bedaure Rebekka keine Sekunde. Sie pflegte im Gegenteil zu sagen, was sie gehabt habe, habe sie gehabt und jetzt habe sie keine Last mit irgendeinem Kerl, der wie alle anderen mit der Zeit doch nur immer lästiger geworden wäre. An diesem Punkt widerspreche Samuel Silberstein seiner Schwester dann jedes Mal, aber er tue es wohl eher pro forma, denn er hatte Rebekka gern um sich und wusste sehr genau, was er an ihr hatte, auch seiner Tochter wegen.

Vor der Menschenkenntnis ihres Vaters, sagte Daisy, war nichts sicher, was für sie nicht immer angenehm war. Sie schlug nun einmal gern über die Stränge und hatte nicht die geringste Lust, daraus ein Geheimnis zu machen. Wenn es dann schief ging, und es ging oft schief, konnte sie schlecht zu Samuel Silberstein laufen, obwohl der in allen Lebensfragen und ebenso in religiösen Fragen von Kopf bis Fuß ein liberaler Mann war. Der Rabbi schüttelte immer wieder das weise Haupt über ihn und drohte ihm mit der Rache des gerechten Gottes. Silbersteinsches Geld nahm die Gemeinde natürlich trotzdem gern. Aber ein Mann war Samuel Silberstein eben doch, und deswegen brauchte sie, Daisy, seit dem Tod der Mutter ihre Tante Rebekka. Außerdem liebte sie sie.

Daisy setzte ihre einseitige Konversation fort, bis sie das Maulbeerlabyrinth erreichten. Die Büsche standen mannshoch. Von irgendwoher wehte der Duft von wilden Rosen herüber und schwängerte die Ostseeluft. Daisy schickte Jon voraus. Im Zentrum weitete sich der Mäander zum Kreis. Als Jon dort angelangt war, pfiff Daisy den Anfang von «Ausgerechnet Bananen». Jon drehte sich um. Daisy lächelte und schob ihr Kleid bis zu den Schultern hoch. Unter dem Kleid war sie splitternackt. Jon schoss das Blut in den Kopf. Daisy zog die Nase kraus und fragte: «Wie gefällt dir das Judenmädchen, Pfadfinder?»

Jon schluckte und suchte vergeblich nach einer passenden Antwort. Daisy ließ das Kleid wieder herabgleiten.

«Keine Angst», sagte sie, «Vergewaltigung habe ich nicht im Repertoire. Aber deine Mutter hat mich gefragt, was sie tun könne, dich vor den bösen Buben zu retten. Ich habe beschlossen, dich selber zu retten. Aber nicht hier, nicht in fünf Minuten. Ich bitte mir etwas Geduld aus.»

Jons Panik wuchs weiter an. Er versuchte, an Daisy vorbeizukommen. Sie hatte offenbar darauf gewartet, umarmte ihn, zog seinen Kopf zu sich herunter und küsste ihn auf die Stirn. Dann legte sie seine Hand auf ihren linken Busen und schob ihn dem Jungen entgegen. Der Busen war klein und fest, und hinter ihm pochte Daisys Herz.

«Ich bin eine Priesterin», sagte sie, «eine Priesterin der Aphrodite. Ich werde dich in ihren Tempel führen. Du wirst lernen, wie wunderbar die Liebe mit einem Mädchen sein kann. Ich verspreche es dir. Wir werden sehr zärtlich miteinander sein.»

Sie gab Jon frei und griff in den nächsten Maulbeerbusch.

«Es wird nichts aus den Kokons», sagte sie, «aber aus uns beiden Hübschen wird etwas. Ich mag dich wirklich. Du bist appetitlich, aber du bist auch nett. Um die Kokons ist es trotzdem schade. Komm, wir gehen wieder ins Haus.»

Das wichtigste Möbel in Daisys Boudoir war das Lotterbett. Es war ein Kunstwerk in Seide, Daisy pflegte sich mit unnachahmlicher Grazie darauf auszustrecken und Hof zu halten. Diesmal waren nur ihre Bewunderer Jon und Leon Kasimir zugegen. Kasimir war ein hinreißender Komiker auf der Bühne und eine Nervensäge im wirklichen Leben. Jetzt las er vor, was der Kritiker Alfred Kerr im *Berliner Tageblatt* über Erwin Piscators Inszenierung der Schillerschen *Räuber* im Staatstheater geschrieben hatte. Kerr war der Ansicht, der Regisseur hätte sich die Anleihen bei der russischen Avantgarde schenken sollen. Franz Moor sei von sich aus ein ganzer Kerl, der Moden nicht brauche. Wozu ihn also in Autojoppe mit Hosenträgern darunter und Spiegelberg in braunem Gehrock und mit einer Melone auf dem Kopf auf die Bühne schicken? Trotzdem habe Piscator das Theater von neuem zum Zeiterlebnis gemacht.

«Ganzer Kerl. Neues Zeiterlebnis. Weit gefehlt», höhnte Kasimir, der seine Brötchen im Renaissance-Theater und nicht im Schaupielhaus verdiente, «weit gefehlt. Waren wir in der Premiere, oder waren wir nicht dort? Fiel am Schluss der Beifall so kümmerlich wie selten aus oder nicht?»

Jon war nicht dabei gewesen, aber Daisy hatte ihm das Wichtigste schon berichtet. Auf Kasimirs Zorn reagierte sie mit einem impertinenten Lächeln.

«Du hasst Piscator», stellte sie fest.

«Hassen?», schnaubte Kasimir. «Was heißt hier hassen? Ich verteidige die abendländische Kultur gegen den Kulturbolschewismus.»

«Hurra, hurra, hurra», sagte Daisy. «Geht's nicht auch ein bisschen ziviler?»

«Ich sage, wie es ist», behauptete Kasimir. «Dieser Kerr ist ein geistreichelnder Schwärmer. Ich weiß nicht, was schlimmer ist, seine politische Blindheit oder seine römisch nummerierten pseudopoetischen Gedankenflüge anstelle von Kritik. Sein Kollege Paul Fechter sieht da in der *Allgemeinen Zeitung* zum Glück viel klarer.»

«Lies vor», verlangte Daisy.

Kasimir tat ihr den Gefallen. Fechters gnadenloses Urteil lautete, das Ganze sei ein Achtungsmisserfolg gewesen, und er fügte hinzu, Piscator gehöre in den Rotfrontkämpferbund zum Arrangieren von Aufmärschen und nicht ins Theater zum Umbringen von Klassikern. Am Schluss fragte Fechter: «Was sagt eigentlich der Intendant des Staatstheaters zu dieser Art von Propaganda?»

«Hat er das wirklich geschrieben?», fragte Daisy.

«Hier steht es schwarz auf weiß», bestätigte Kasimir.

Daisy verzog angeekelt das Gesicht.

«Das ist pure Denunziation», sagte sie.

«Was wahr ist, ist wahr», erwiderte Kasimir.

«Wer sich freut, sind die Nazis. Du weißt, das sind die Schreihälse, die dir eines Tages die Hose herunterziehen, sich erkundigen, wo deine Vorhaut geblieben ist, und dich verprügeln, weil sie weg ist.»

«Woher willst du wissen, dass ich keine habe?»

«Etwa doch?»

Kasimir gab es kleinlaut zu, dass Daisy Recht hatte. Plötzlich fiel alles Komödiantische von ihm ab.

«Du deprimierst mich bei jeder Gelegenheit», sagte er. «Mir musst du nicht erzählen, wie es ist, wenn die Kosaken über das Schtetl hereinbrechen. Meine Großmutter haben sie erschlagen bei einem Pogrom, eine meiner Tanten haben sie vergewaltigt. Sie war sechzehn und ist ihres Lebens nie wieder froh geworden. Mein Großvater stand bei dem großen Unglück machtlos dabei. Er hat die Geschichte immer wieder erzählt. Er hat gehadert mit Gott bis an sein Ende.»

«Entschuldige», sagte Daisy, «ich bin zu weit gegangen.»

«Du gehst sehr oft zu weit, mein liebes Kind», sagte Kasimir, «ich hoffe, du musst es nicht eines Tages bitter bereuen. Macht euch einen schönen Nachmittag.»

Er schälte sich aus seinem Sessel und ging.

«Komischer Kerl», sagte Daisy, «von einem Moment zum andern entpuppt sich der Schauspieler als Mensch. Komm leg dich zu mir, mein Prinz.»

Jon gehorchte. Daisys Prinz war er seit einem Vierteljahr, und er hatte keine Ahnung, wie die Geschichte weitergehen sollte. Dass sie in der Liebe von Jetzt auf Gleich lebte, hatte sie ihm ganz zu Anfang erklärt. Ihre Erfahrung war, dass sie sich in jeden verschoss, mit dem sie schlief, nicht umgekehrt, und dass ihre Gefühle für den einzelnen Liebhaber schon deswegen nicht ewig vorhielten. Hinzu kam, dass die Berliner Nächte lang waren und ohne Jon Schierling stattfanden. Er konnte sich bestenfalls an zwei, drei Nachmittagen in der Woche von Potsdam loseisen und zu ihr schleichen. Darum riet sie ihm, sich beizeiten unter den Töchtern in näherer Potsdamer Umgebung umzusehen.

Der Junge hatte nie gewusst, wie ernst er Daisy nehmen sollte, wenn sie so redete. Vielleicht war es Teil dessen, was sie ihre Erziehungserotik nannte, aber wahrscheinlich meinte sie wörtlich, was sie predigte. Diesmal liebte sie ihn länger und raffinierter als jemals vorher. Nachher fielen sie erschöpft in die Kissen zurück.

«Schön gewesen?», fragte sie.

«Sehr schön», sagte er.

«Das sollte es sein», sagte sie, «denn es war das letzte Mal.»

Er fuhr hoch. Sie legte ihm die Hand auf den Mund.

«Sag nichts», bat sie, «wir wollen nichts verderben. Was ich in Heringsdorf gesagt habe, gilt immer noch. Du bist appetitlich und sehr nett obendrein. Ich mag dich. Aber ich bin auch sieben Jahre älter als du. Dass du mir eines Tages mit einem Backfisch durchgehst, ist keine angenehme Vorstellung. Und selbst wenn nicht, die schönste Liebe wird Routine, und du bist zu jung für Routine. Die ist was für Erwachsene.»

«Du hast einen anderen?»

«Das geht dich nichts an. Aber ich habe einen.»

«Einen Erwachsenen?»

«Einen Erwachsenen. Mehr erfährst du nicht.»

Jon stand wortlos auf und zog sich an. Wie er aus dem Haus kam, ohne loszuheulen, wusste er nicht.

Zwei Wochen später las er in einer Illustrierten, dass Daisy mit Bully Jepsen herumzog. Jepsen war der Autor des Romans *Waar di, Garr, de Bur de kummt*, einer Heldensaga über die Schlacht bei Hemmingstedt, in der die Dithmarscher Bauern die Ritter des dänischen Königs mit der Forke vom Pferd geholt und in den Marschgräben ersäuft hatten. «Waar di, Garr, de Bur de kummt» war ihr Kampfruf gewesen. Nachdem die ersten hunderttausend Exemplare verkauft waren, radebrechten selbst Bayern und Schwaben den plattdeutschen Titel und übersetzten ihn korrekt mit «Hüte dich, Garde, der Bauer kommt». Jon bekam Jepsens Buch prompt zur Konfirmation geschenkt, und Erich von Plessow hielt eine Brandrede, als er es – neben Graf Luckners *Seeteufel*, der Geschichte über einen Windjammer im Krieg der Hilfskreuzer 14/18 – unter den Geschenken seines Neffen entdeckte. Die Dithmarscher, zürnte Plessow, hatten sich bei Hemmingstedt ein paar hundert Jahren gesunder Leibeigenschaft entzogen und der Name eines der Ritter des Königs von Dänemark, welche die Bauern ermordet hatten, fand sich auf der Ahnentafel derer von Plessow. Er sei logischerweise auch Jons Vorfahre, und das Buch gehöre nicht ins Haus. Es sei eine Beleidigung.

Zu allem Überfluss tauchte Jepsen dann im Havelländer Reitstall auf, stellte sich als alter Kavallerist vor, mietete seinem Holsteiner Wallach, der wie Wotans Hengst Sleipnir hieß, eine Box und erzählte beim Nordhäuser Korn Geschichten von den Schlachtfeldern des Weltkriegs. Auf den ersten Blick war er nicht einmal unsympathisch, aber der Gedanke, dass Daisy sich von ihm anfassen ließ, machte Jon wahnsinnig.

In der Nacht hatte es zum ersten Mal in diesem Jahr gefroren. Bei jedem Schritt Mistinguettes riss die Eishaut auf, die den Waldboden bedeckte. Zweihundert Meter die Schneise hinunter begann der Havelsumpf. Jon kämpfte mit der Anwandlung, auf Nimmerwiedersehen in den Morast hineinzureiten. Mistinguette würde sich retten und zum Stall zurückkehren, Jon Schierling bliebe verschwunden, Daisy Silberstein würde um ihn weinen. Trübe Bilder wie diese spulten sich unwiderstehlich in Jons Phantasie ab, seit sich sein Abschied von Daisy als endgültig erwiesen hatte. Auch den Ritt in den Sumpf hatte er sich schon mehrfach vorgestellt. Er schreckte auf, als am Ende der Schneise zwei Reiter auftauchten. Lust auf eine Begegnung hatte Jon keine, aber abseits vom Weg waren die überfrorenen Baumwurzeln für Mistinguettes Beine zu gefährlich. Auf der Hinterhand kehrt zu machen, wäre unhöflich gewesen. Also ritt Jon weiter und bereute es, als er Bully Jepsen auf seinem Sleipnir erkannte.

Jepsen war in Begleitung eines Zivilisten, der mit in die Hüfte gestemmtem linken Arm im Sattel saß. In dieser Pose zeigte ein Bild im Geschichtsbuch für die Mittelstufe den Kronprinzen Friedrich Wilhelm auf einem Potsdamer Ausritt in Begleitung seiner Familie anno 1878. Als Jon die legere Haltung eines Tages nachgeäfft hatte, hatte ihn sein Reitlehrer angepfiffen, sie sei erst vom Rittmeister aufwärts gestattet. Ein Rittmeister war Jepsens Begleiter offenbar nicht, sonst hätte der ihn mit seinem Dienstrang und nicht lediglich mit einem polnisch klingenden Namen vorgestellt, den Jon nicht verstand. Als Jepsen dann Jons Namen nannte und hinzufügte, leider sei der Junge in diesem Herbst nicht in Form gewesen und habe sich, anders als im Vorjahr, beim Turnier keinen Pokal geholt, schien dem Unbekannten eine Frage auf der Zunge zu liegen. Wenn es so war, schluckte er sie herunter und legte nur zwei Finger an den Schirm seiner Mütze.

«Man sieht sich», sagte Jepsen und ritt wieder an. Jon war erleichtert. Sein Kopf war jetzt seltsamerweise freier. Er ritt zum Sumpf, folgte am Waldrand einem Pfad, von dem er wusste, dass er für Mistinguette sicher genug war, und galoppierte in einem Bogen querfeldein zum Stall zurück. Als er sein Pferd in die Box gebracht und versorgt hatte, ging er ins so genannte Restaurant. Es war ein besserer Verschlag mit einem halben Dutzend Tischen. Was die Reiter verzehren wollten, brachten sie mit, oder sie nahmen es sich gegen Unterschrift in einer Kladde aus einem großen Schrank, der vermutlich aus der Gesindeküche des Herrenhauses stammte. An einem der Tische entdeckte Jon seine Mutter in einem sichtlich intensiven Gespräch mit Jepsens Begleiter von vorhin. Der Junge holte sich eine Limonade aus dem Schrank und wollte sich auf Französisch empfehlen, aber seine Mutter sah ihn und winkte ihn zu sich herüber. Es folgten die üblichen Floskeln, und diesmal verstand Jon den Namen. Der Mann hieß Felix von Bachewski. Jon deutete eine Verbeugung an und wartete auf die Einladung, sich zu setzen, aber sie kam nicht.

«Sei so gut und warte beim Auto», sagte Bettina Schierling, «ich bin in zehn Minuten bei dir. Es gibt hier etwas zu besprechen.»

So banal der Dialog war, die Szene hatte etwas Befremdliches. Jon kam nicht darauf, was ihn an dem Mann störte. Als er seine Mutter auf der Fahrt nach Hause auszufragen versuchte, winkte sie ab. Sie habe, sagte sie, Diskretion zugesichert, und Jon solle gar nicht erst in die Verlegenheit kommen, etwas weitererzählen zu können.

Otto Schierling hielt sich weniger zurück. Beim sonntäglichen

Abendessen, einem Familienritual, das ebenso unverbrüchlich eingehalten wurde wie der Sommerurlaub, erwähnte der Kapitän, dass Bachewski bei ihm gewesen sei und man sich ausgesprochen habe. Die bewusste Angelegenheit liege zurück und habe ihre Konsequenzen für den Leutnant zur See gehabt. Dass man sich über sie in Potsdam nicht unnötig das Maul zerreiße, sei ein begreiflicher Wunsch des jungen Herrn, den man ihm rechterdings erfüllen müsse.

Aufgetaucht, sagte der Kapitän, war Bachewski bei ihm im Reichsarchiv, weil er vermutete, dass jemand wie Otto Schierling über den Fall im Bilde war, und damit lag er richtig. Die Geschichte war Gesprächsstoff auf dem sommerlichen Ostseetrip gewesen, und in der Marine blieb sie es sicherlich noch eine ganze Weile. Bachewski, so viel stand fest, hatte sich schofel benommen, als er, kaum dass er den Leutnantsstreifen am Ärmel hatte, seiner Freundin den Laufpass gab. Unklar war nur, ob er ihr zuvor ausdrücklich die Ehe versprochen hatte oder nicht. Das Mädchen behauptete es, Bachewski bestritt es. Der Vater des Mädchens, ein Marinebaurat, hängte die Geschichte an die große Glocke, indem er Meldung bei der Admiralität machte. Daraufhin trat der Ehrenrat zusammen und verlangte aus grundsätzlichen Erwägungen, dass Bachewski den Abschied nahm. Anfallende Bedenken hatten die Kameraden gründlich diskutiert, dann aber beiseite geräumt. Sie entschieden die Sache, wie sie es in Kaisers Tagen ohne jedes Zögern getan hätten. Der Unterschied lag in der Frage, was im eingetretenen Zeitenwandel aus älteren Ehrbegriffen werden sollte. Es war weiß Gott keine einfache Frage, aber sie sollten bleiben, was sie gewesen waren.

«Nicht sehr gescheit von dem Herrn Baurat, seine Tochter ins Gerede zu bringen», bemerkte Bettina Schierling.

«Gescheit oder nicht», sagte der Kapitän, «Marinebeamte sind so. Wer behauptet, den Seeoffizieren gehe der Codex über alles, kennt die Beamten nicht. Sie müssen bei jeder Gelegenheit auftrumpfen, weil ihre Rangabzeichen silbern und nicht golden sind.»

«Und die Freundin?»

«Sie blieb bei ihrer Aussage wie Bachewski bei seiner. Ich hoffe, das Mädchen findet einen andern, der mehr Ehre im Leib hat. Wenn man mich fragt, sage ich, dass der abgängige Kavalier einen Nasenstüber brauchte. So hart hätte man ihn nicht maßregeln müssen, aber der Mann hat sich selber ins Malheur geritten. Mir ist übrigens neben seiner beneidenswert schlanken Erscheinung und seinem um Vollendung bemühten Betragen noch mehr aufgefallen. Seine Augen nämlich. Sie sind eher grau als blau. Wechselndes Licht verändert die Farbe der Iris. Von diesem Farbenspiel abgesehen, bin ich noch keinem Menschen begegnet, von dessen Augen sich so wenig ablesen lässt. Bachewskis Blick ist von seiner Miene völlig unabhängig. Wäre er Polizist oder Staatsanwalt, hätten die Menschen, die sich bei ihm zum Verhör einfinden müssten, allen Grund, auf der Hut zu sein.»

Bettina Schierling schüttelte den Kopf. «Das ist mir entgangen.»

«Mag sein, Bachewskis Augen leuchten in Gegenwart einer Dame überraschend von innen auf», spottete der Kapitän.

«Ich muss doch bitten», sagte Bettina Schierling.

Ob Otto Schierling schon zu diesem frühen Zeitpunkt Komplikationen kommen sah, ist zweifelhaft. Seine Frau war jetzt Ende der Dreißig. Ihr Selbstbewusstsein war mit dem Erfolg auf den Turnierplätzen noch gewachsen und machte neben ihrem unverändert mädchenhaften Charme das Dutzend Jahre leicht wett, das Bachewski jünger war als sie. Aber ein verkrachter Leutnant, der als rätselhafter Gott aufzutreten versuchte, musste über mehr als eine verborgene Eigenschaft verfügen, wenn er ihr imponieren wollte.

Ein Tanzkurs, den Bettina Schierling ihrem Sohn in diesem Herbst verordnet hatte, drohte für ihn zur Hölle zu werden, weil die erste Partnerin, um die er sich gewiss nicht zufällig bemühte, eine gewisse Ähnlichkeit mit Daisy Silberstein hatte. Was dem jungen Mädchen begreiflicherweise fehlte, um den Gedanken an Daisy zu vertreiben, quälte Jon umso mehr. Darum war er froh, als ihm ein

Kollege vorschlug, die Damen zu tauschen, was angeblich ganz in deren Sinn war. So geriet Jon an Caroline von Schlettow, die er aus dem Reitstall flüchtig kannte und deren unverwüstlicher Geduld er es verdankte, dass sie ihm nicht auf der Stelle den Laufpass gab, weil er selbst dann die Zähne nicht auseinander brachte, wenn er ihr auf die Füße trat. Dass sie sehr viel besser tanzte als er, war nicht zu bestreiten. Er leitete daraus jedoch nicht die Verpflichtung ab, besonderen Eifer an den Tag zu legen.

Als er sie später, immer noch fast stumm, nach Hause begleitete, zog sie ihn vor eine Litfasssäule und zeigte auf ein Plakat des Potsdamer Stadttheaters. Es lud zum Besuch von Shakespeares *Wie es euch gefällt* ein, und Caroline sagte, in dem Stück gebe es einen reizenden Melancholiker namens Jacques, der einem gewissen Jon wie aus dem Gesicht geschnitten sei. Damit war endlich das Eis gebrochen und Jon begann ziemlich kraus über scheußliche Qualen zu philosophieren, über deren Gründe er Caroline nichts sagen könne, die aber ernst zu nehmen seien und die vielleicht nach Melancholie aussahen. Besser sprach man jedoch einfach von Unglück. Reizend könne er, Jon, diese so genannte Melancholie ganz und gar nicht finden. Trotzdem hoffe er, dass es ihm helfe, wenn jemand sich über ihn Gedanken mache.

Caroline sagte das einzig Richtige. Sie sagte, dass sie sich Gedanken über einen gewissen Jon Schierling mache, seit sie ihm begegnet sei, und Melancholie spreche für einen ernsthaften Charakter.

So begann eine Freundschaft, die Jon sichtlich aufmunterte. Von Liebe war jedoch auch zu Silvester noch nicht die Rede, das man auf Wunsch Bettina Schierlings mit den Reitern und ihren Freunden im Schlosshotel von Markow feierte. Segau, wohin man zum Jahreswechsel sonst fuhr, fiel in diesem Jahr aus, weil Erich von Plessow überraschend ins ehemalige Deutschsüdwest aufgebrochen war, um dort mit der Mandatsmacht Erbansprüche auf die Farm eines jüngst verstorbenen Onkels auszufechten, der einen britischen Pass gehabt hatte. Dass man wenigstens inmitten eines Stücks

Natur aufs Kommende anstoßen sollte, war für Jons Mutter selbstverständlich gewesen, und ein aufs Beste zugerichtetes Stück Landschaft war der Markower Park, eine Schöpfung des Gartenkünstlers Lenné, ganz gewiss. Der Kapitän stimmte ohne große Begeisterung zu; Jon war der Vorschlag seiner Mutter sehr recht. Markow lag in nächster Nachbarschaft zu Mistinguettes Stall, und er konnte vor der Festivität mit ihr ins Gelände gehen. Geschickt, wie sie in solchen Dingen war, hatte außerdem Caroline ihren Eltern das Barockpalais schmackhaft gemacht, das sich zwischen Französischer Revolution und Napoleons Siegeszug in Richtung Moskau ein General des Preußenkönigs Friedrich Wilhelm III. in seinem leicht nachhinkenden Geschmack hatte errichten lassen.

In ihren Abendroben beziehungsweise in Frack und Smoking sahen die Reiterinnen und Reiter irgendwie verkleidet aus. Das traf auch auf den Nachwuchs zu. Wie die anderen jungen Leute hatte sich Jon Schierling der erbetenen Kleiderordnung gefügt und trug eine Fliege zu weißem Hemd und langer schwarzer Hose. Die Fliege stammte aus Otto Schierlings Vorrat und war marineblau. Die jungen Mädchen hatten sich in sittsames Weiß oder Rosa gehüllt. Im Saal fühlte man sich fürs Erste gemeinsam unbehaglich. Dass Bully Jepsen und seine Ehefrau, eine bis dato unbekannte, aber erwartungsgemäß walkürenhafte Dame, mit Felix von Bachewski am Tisch neben dem der Schierlings Platz nahmen, sah erst im Nachhinein nach Absicht aus.

Während des Essens entdeckte Jon seine Freundin Caroline in einer anderen Ecke des Saals. Sie sah im gleichen Moment zu ihm herüber und winkte ihm zu. Nachher wartete er darauf, dass sie aufstand, aber sie blieb bei ihren Eltern sitzen und er hatte nicht die Courage hinüberzugehen. Dafür geriet der Nebentisch in Bewegung. Erst verbeugte sich Jepsen, dann Bachewski vor Bettina Schierling und sie tanzte mit ihnen. Otto Schierling bat notgedrungen, Frau Jepsen vorgestellt zu werden, um sie seinerseits zum Walzer zu führen. Danach konnte er das Ansinnen, die Tische zusammenzurücken, nicht zurückweisen. Die Unterhaltung kam jedoch nur mühsam in Fluss, weil weder Frau Jepsen noch der Kapitän an der reiterlichen Fachsimpelei der anderen Interesse zeigten. Jon zog sich mit der Antwort, Pech könne jeder haben, aus der Affäre, als Jepsen sich erkundigte, warum Mistinguette auf dem letzten Turnier eine Hindernisstange zu viel abgeworfen hatte. Dass Daisy Silberstein sich auch nur eine Viertelstunde mit Jepsen abgegeben haben konnte, erschien Jon bei näherer Betrachtung des Herrn ausgeschlossen, aber seltsamerweise spürte er keine Erleichterung. Er spürte gar nichts. Seine Gefühle für Daisy waren plötzlich abgestorben.

Auf ein Thema, das endlich zündete, verfiel Bachewski. Seit einigen Abenden, sagte er ziemlich unvermittelt, beschäftigte ihn eine ungeheuerliche Lektüre. Dem Autor gelang es immer wieder, in einem Satz Wahrheiten auszusprechen, mit denen andere in dicksten Schwarten nicht zu Rande kamen.

«Ich hämmere mir diese Sätze ins Gehirn», fügte Bachewski hinzu, «Sätze wie diesen: Die wahre Quelle hoher Empfindungen ist in der Seele der Mächtigen. Oder: Jedes Lebendige greift so weit um sich mit seiner Kraft, als es kann, und unterwirft sich das Schwächere, so hat es Genuss an sich.»

«Nietzsche, vermute ich», sagte Otto Schierling.

«Meinen Respekt», sagte Bachewski, «Sie kennen sich aus.»

«Wenn ich ehrlich sein soll, eher aus zweiter Hand. Und ich gestehe, dass mir das, was ich da mitbekomme, gelegentlich in die Knochen fährt, ohne mich zu begeistern. Aber ich gebe auch zu, dass mir andere Propheten noch unheimlicher sind.»

«Sie meinen?»

«Leute, die das deutsche Blut für einen besonderen Saft halten. Ihr Nietzsche verzichtet offenbar darauf und schwärmt stattdessen für die polnische Lebensart – so sehr, dass er behauptet, aus polnischem Adel zu stammen, und daher den überzähligen Zischlaut in seinem Namen erklärt. Er soll sogar den Juden das Wort reden. So habe ich es jedenfalls neulich gelesen, und wenn es zutrifft, haben wir es zweifellos mit einem originellen Geist zu tun.»

Jepsens Gesicht versteinerte, und seine Frau sah offenbar Streit heraufziehen.

«Und was, bitte sehr», fragte sie, «sagt Herr Nietzsche über das Festefeiern?»

Jepsen beherrschte sich.

«Nietzsches Gott», sagte er, «ist nicht zufällig Dionysos. Der orgiastische Gott, welcher der Hüfte des Zeus entsprungen ist.»

Bettina Schierling erhob sich.

«Wer tanzt mit mir zu Ehren des wilden Gottes?», fragte sie.

Sie sah ihren Mann an, aber Bachewski kam blitzschnell auf die Beine.

«Wenn Sie gestatten ... Man spielt zwar gerade keine Polka, aber ein Tango tut es vielleicht auch.»

Otto Schierling nickte zustimmend, und Bachewski zog mit Bettina Schierling ab. Jepsen beeilte sich, seine Walküre aufzufordern. Der Kapitän griff sich eine Zigarette aus dem Etui, das seine Frau auf dem Tisch hatte liegen lassen. Er wandte sich an Jon.

«Was für Haare haben in diesem berühmten Roman des Herrn Jepsen eigentlich die heldenhaften Dithmarscher Dickschädel?»

«Sie sind blond», lautete Jons prompte Antwort.

«Und die Bösewichte?»

«Die Ritter des Dänenkönigs?»

«Nein, die sind vermutlich arische Edelinge, etwas dekadent und auch blond. Aber es wird doch Verräter und andere verkorkste Typen in der Geschichte geben?»

«Sie haben pechschwarze Haare», antwortete Jon.

«Dachte ich es mir», sagte der Kapitän. «Du hast Urlaub bis fünf vor zwölf. Viel Spaß. Das hier ist eher unerfreulich.»

Die Kapelle spielte einen Foxtrott, Jon Schierling schaffte es, zu Caroline hinüberzukommen, bevor die Kapelle zu etwas Komplizierterem überging. Den anschließenden langsamen Walzer traute er sich auch noch zu. Bei dem Charleston, der dann die Reiter in Zivil in Zuckungen versetzte, musste er zu Carolines Bedauern passen, und sie verließen die Tanzfläche. Im Jagdzimmer, das an den

Festsaal grenzte, trafen sie Freunde, die vom Buffet ein paar Flaschen Sekt und Wein abgezweigt hatten und schon kräftig durcheinander redeten. Jon hielt sich aus den Gesprächen heraus und auch Caroline war ungewohnt schweigsam. Irgendwann nahm sie Jons Hand.

Als sie in den Saal zurückkehrten, machte die Kapelle Pause. Den Flügel auf dem Podium hatte Felix von Bachewski besetzt. Bettina Schierling lehnte an dem Instrument und lauschte gerade so aufmerksam, dass es nicht nach Hingebung aussah, Bachewskis Kunst.

«Chopin», sagte Caroline, «und gar nicht mal schlecht. Aber was tut deine Mutter dort oben?»

«Ich weiß nicht», sagte Jon, «und ich glaube nicht, dass ich es wissen möchte.»

Otto Schierling starb an einem Herzinfarkt, als sein Sohn nach einem mit erfreulichen Noten bestandenen Abitur in Begleitung Erich von Plessows in Afrika war. Der Tod hatte sich nicht angekündigt, oder der Kapitän hatte die Vorzeichen verschwiegen. Das Telegramm, das Sohn und Schwager nach Deutschland zurückrief, ließ ihnen bis zur Beerdigung knapp drei Wochen Zeit. Bis auf die Fahrt durch den Ärmelkanal, während deren eine Seekrankheit die quälenden Gedanken verdrängte, zermarterte sich Jon das Gehirn, wie viel er dem Vater schuldig geblieben war. Sie hatten in einer Distanz gelebt, die durchweg freundlich gewesen war, aber es war beim Abstand geblieben. Dass nicht selten der Vater den notwendigen Gesprächen ausgewichen war, war nun keine Entschuldigung mehr.

Als Plessow und Jon endlich in Potsdam eintrafen, war der Sarg geschlossen, und alles Weitere verlief so offiziell, dass sich Trauer kaum noch einstellte. Bettina Schierling hatte die Admiralität wissen lassen, dass die Beisetzung im Kreis der Familie und enger Freunde stattfinden sollte. Trotzdem erschienen nicht nur die Segelkameraden in Uniform und salutierten vor dem Toten, sondern auch eine offizielle Abordnung. Dazu passte, dass der Pfarrer fast ausschließlich über den Lohn des pflichtgetreuen Lebens predigte. Jon versuchte zu fühlen, was er fühlen sollte, aber ihm gelang nicht, sich den Vater auf dem Sterbebett oder dort vorn im Sarg vorzustellen, und durch Jahrzehnte sollte ihn ein Albtraum verfolgen, in dem der Kapitän plötzlich wieder leibhaftig und lebendig vor ihm stand. Verzweifelt, ja rebellisch verlangte Jon dann im Traum jedes Mal wieder eine Erklärung für die Reise ohne Abschied. Eine hinreichende Antwort erhielt er nie.

Die Fahrt ins ehemalige Deutschsüdwest war als Belohnung für gute Leistungen und als Ermunterung zu künftigen Taten gedacht gewesen. Trotz Versailles ließen sich fünfeinhalbtausend Kilometer südlich von Segau die Dinge erfreulich an. Sorgen bereiteten Plessow lediglich die Meersaline und die Kupferschmelze, die er ebenfalls geerbt hatte. Die Leute, mit denen er es in der Mandatsverwaltung zu tun gehabt hatte, hatten ihm den kombinierten Besitz so bereitwillig zugestanden, dass er den Verdacht hegte, sie freuten sich schon auf seine Pleite, damit sie später das Ganze ohne internationale Rechtsprobleme einsacken konnten. Von diesem Risiko abgesehen und angesichts der wirtschaftlichen Schwierigkeiten, die zu Hause kaum jemanden ungeschoren ließen, war jedoch jeder Quadratmeter eines Stützpunktes zwischen Windhuk und Etoscha Gold wert. Erich von Plessow war mit der Inflation fertig geworden; für seinen Teil gedachte er auch, die große Depression zu meistern. Verglichen mit Europa, das blindlings am Abgrund entlangtaumelte, erschien Afrika als Kontinent großer Chancen, wenn auch zugleich ebenso großer Gefahren, und Plessow wollte dabei helfen, dort die Zukunft zu meistern.

Im Farmhaus residierte ein Bure als Verwalter, der seinem Ruhestand entgegensah. Bis es so weit war, so Erich von Plessows Plan, sollte der zum Glück zuverlässige Mann Jon anlernen, denn in Plessows Augen sprach eine Menge für die dem Neffen zugedachte Herausforderung, eines absehbaren Tages auf einem Besitz zu schalten und zu walten, wie er in Deutschland nicht zu haben war. In Afrika handelte es sich immerhin um fast 2000 Hektar, von denen ein guter Teil Weideland war. Was nicht Weide war, war Busch, und der war ein exzellentes Revier, ein Garten Eden mit Elefanten, Giraffen, Löwen und Springböcken. Das Paradies für Großwildjäger reichte über Plessowsches Land hinaus bis zum Etoscha-Salzsee.

Doch trotz allen Verlockungen bereiteten Jon Schierling die Pläne seines Onkels erhebliche Kopfschmerzen. Nach dem überstürzten Aufbruch von Afrika blieb ihm nur der überwältigende Eindruck eines grenzenlosen Landes unter einem die Weite grandios überwölbenden Himmel. Richtig war, dass in Deutschland Tag für Tag Menschen ihre Arbeit verloren, mit ihrer Familie von Haus und Hof gejagt wurden, für sich und ihre Kinder ums liebe Brot betteln mussten und nur den logischen Schluss aus ihrem Elend zogen, wenn sie den Strick nahmen. Das geschah nicht in Segau und nur selten in den besseren Vierteln von Potsdam, aber es stand in den Zeitungen und in Berlin war es in natura zu besichtigen. Trotzdem sah Jon in Afrika für sich eher eine Bedrohung als eine Chance. Anders als sein Onkel war er kein Husar, der durch eine aus den Fugen geratene Zeit zu neuen Horizonten stürmte. Wenn er an seine Karriere dachte, dachte er immer auch an Rückendeckung. Als ihm seine Mutter vorgeschlagen hatte, Juristerei zu studieren, hatte er ohne große Begeisterung ja gesagt. Nach aller Erfahrung handelte es sich um ein krisenfestes Fach und es galt als Schule, in der man lernte, Empfindsamkeit zu beherrschen und auf Widrigkeiten nicht aus dem Bauch, sondern mit dem Kopf zu reagieren. Nicht nur Bettina Schierling war der Ansicht, dass ihr Sohn genau dies brauchte; er selber war davon auch überzeugt. Er verfügte weder über das lebhafte Selbstbewusstsein, mit dem seine Mutter sich durchzusetzen gewohnt war, noch über die souveräne Besonnenheit, mit der sein Vater den Misshelligkeiten seines Lebens begegnet war. Jon nahm sich vor, so rasch wie möglich zu studieren und die Examen abzulegen. Dann wollte er weitersehen.

Dass der einzige Mensch, mit dem er schließlich über die langwierige Affäre seiner Mutter zu sprechen wagte, Caroline Schlettow war, war bezeichnend. Die Liebschaft Bettina Schierlings mit Felix von Bachewski war kein Geheimnis, und Jon strengte sich redlich an, in ihr nichts anderes zu sehen als die meisten. Den Tanz auf dem Vulkan tanzten viele. Frauen der besseren Gesellschaft, die sich Verehrer leisteten, galten als souverän, Männer wie Bachewski waren kaum mehr als Gigolos. Für gewöhnlich blieb den Beteiligten anheim gestellt, wie weit die Geschichte ging. Hier waren obendrein die Rollen eindeutig verteilt. Bettina Schierling feierte als Reiterin ihre Triumphe, Bachewski scheiterte mit mehreren

Versuchen, im bürgerlichen Leben Fuß zu fassen. Prekär wurde es erst, als er sein Heil bei den Nazis suchte. Ein Kerl im Braunhemd, der in Saalschlachten mit dem Stuhlbein um sich schlug, passte nicht mehr zum Star der Dressurturniere. Wenige Wochen nachdem Otto Schierling unter der Erde war, löste Bachewski das Problem, indem er mit einer blonden Apothekerstochter von der Küste auf der Bildfläche erschien und sie als seine Verlobte präsentierte. Bettina Schierling wünschte ihm alles Gute. Jon erlebte die peinliche Szene mit.

Leider fiel Caroline zu Jons Problemen nicht mehr ein als die kümmerlichen Weisheiten, die er sich selbst vorbetete. Mit seinen inzwischen achtzehn Jahren wusste er nur zu genau, dass er mit sich ins Reine kommen oder darauf gefasst sein musste, nie aus dem Fahrwasser von Menschen herauszufinden, die stärker waren als er. Sein Problem war tatsächlich die verdammte Neigung, gute Miene zum bösen Spiel zu machen und zu parieren. Er wusste nur zu genau, dass Caroline es ihm mit Recht vorwarf.

Auch Caroline war stärker als er. In dem Maße, in dem sich die Tanzstundenfreundin mit Mutterwitz und reichlich Babyspeck zu einem modernen Mädchen mit ausgeprägten eigenen Interessen entwickelte, wuchsen ihre Ansprüche an die Menschheit im Allgemeinen und an Jon Schierling im Besonderen. Sie ging aufs Konservatorium, träumte den dazugehörigen Traum von einer Karriere als Konzertpianistin und redete meistens über Musik, wobei sie gnädig darauf achtete, Jon nicht zu überfordern. Ihre Gefühle für ihn nannte sie gemäßigt platonisch. Es gab Zärtlichkeiten, aber sie hatten klare Grenzen. Dass sich zwischen Caroline und ihrem Lieblingsprofessor mehr abspielte, konnte Jon nicht verborgen bleiben, aber er verlor nie ein Wort darüber. Ebenso wenig brachte er es vier Jahre lang über sich, Caroline seine Nacht mit dem Pfadfinder Armin und sein Abenteuer mit Daisy Silberstein zu beichten. Abgesehen von einem Techtelmechtel auf dem Heuboden oder in freier Wildbahn, zu dem ihn eine bodenständige Jungmamsell erwartete, sobald er in den Ferien nach Segau kam, bahnten sich seine Triebe in unruhigen Nächten den natürlichen Weg, oder er half sich selber. An puerilen Spielen seiner Kameraden beteiligte er sich nicht. Die Erfahrung mit Armin reichte ihm ein für alle Mal.

Eine Sturzflut der Geständnisse brach endlich nach einer Stadttheaterpremiere von *Hoffmanns Erzählungen* los. Caroline saß mit Jon im zweiten Rang und beobachtete, wie ihr Professor im Parkett die Aufführung genoss. Dies geschah offensichtlich im besten Einvernehmen mit der daneben sitzenden Gattin. Nach dem Schlussapplaus legte der Pianist den Arm um die Angetraute und verließ mit ihr den Saal. Wie Caroline wusste, schritt das Ehepaar zur Premierenfeier, wo sich die ortsbekannten Kulturgrößen gegenseitig ihrer Hochachtung zu versichern pflegten und wo Caroline nichts zu suchen hatte.

Jon war von Jacques Offenbachs Musik spätestens mit der *Barkarole* in angenehmste Stimmung versetzt worden. Carolines Seelenschmerz bemerkte er darum erst, als sie, eben außer Sichtweite des Theaters, in Tränen ausbrach und beteuerte, sie sei nicht die Puppe Olympia, die bei Offenbach der Zauberkünstler Spalanzani nur aufziehen oder abstellen musste, damit sie nach dem Belieben ihres Meisters tanzte oder auf dem Fleck erstarrte. Dass in Offenbachs Stück nicht die Puppe die tragische Figur war, sondern der Dichter Ernst Theodor Amadeus Hoffmann, den Spalanzani mit Lug und Trug betörte, war Caroline in ihrer Wut völlig gleichgültig. Jon umarmte sie, und sie klammerte sich an ihn.

«Hilf mir», verlangte sie, «verdammt noch mal, du musst mir jetzt helfen. Ich hasse mich selber.»

Nach vier Jahren stellte Carolines Notruf ihr Verhältnis auf den Kopf.

«Ich bin kein Klavierspieler», sagte Jon, «aber ich tue, was ich kann. Komm, wir gehen zu mir und du heulst dich aus.»

Es blieb nicht bei Carolines tränenüberströmter Beichte. Jon revanchierte sich ebenso ausführlich mit seinen Geständnissen. Im Geiste standen Daisy Silberstein und der Magier aus dem Konservatorium noch an der Couch, als der gegenseitige Trost handgreiflich wurde. Zwei verdorbene Kinder spielten das halbe *Kamasutra* durch. Nachher waren die Gespenster vorläufig verschwunden.

Von der ersten Vorlesung, die er hörte, verstand Jon Schierling gerade so viel, dass Recht das Gegenteil von Unrecht war und sich im Übrigen aus Rechtssätzen ergab, die es zu pauken galt. Auch nach ein paar Wochen hatte er nicht mehr begriffen, jedenfalls nichts von Bedeutung. Auf dem Tiefpunkt seiner Anfängernöte angelangt, ließ er sich von einem Kommilitonen zu einer Kneipe im Haus einer Verbindung mitschleppen, auf der ihm ältere Semester rieten, die Gehirnwäsche für eine Weile möglichst klaglos zu ertragen, bevor er sich einem guten Repetitor anvertraute. Dann rückte man mit der Absicht heraus, ihn für die Gastgeber zu keilen. Mensuren zu schlagen, sei deutschen Mannes Art und diene dazu, den inneren Schweinehund zu überwinden; der wahre Sinn aber liege in dem Wort Verbindung. Das Bier floss reichlich.

Irgendwann stand Schierling allein und verlassen auf nächtlicher Straße unter einem Halteschild der Verkehrsbetriebe. Ein Bus stoppte, und Schierling stieg ein. Bis er merkte, dass er die falsche Linie genommen hatte, befand er sich Gott weiß wo. Er kletterte wieder aus dem Bus, konnte aber nur feststellen, dass die Gegend wie ausgestorben war. Weil es niemanden gab, den er nach dem Weg fragen konnte, setzte er sich der Nase nach in Marsch und grübelte darüber nach, ob er ja oder nein zur Einladung der Bundesbrüder gesagt hatte, einer der Ihren zu werden. Nüchtern wurde er mit einem Schlag, als er entdeckte, dass er zwischen zwei Fronten geraten war, zu denen sich vor und hinter ihm Nazis und Kommunisten sammelten. Bevor sie begannen, aufeinander einzudreschen, rettete er sich in einen Hausflur, den eine einzige Glühbirne unzulänglich beleuchtete. Es stank nach Kohl und Rüben, von denen sich offenbar die Menschen in dieser Gegend ernährten, und es stank nach den Abtritten ohne Wasserspülung auf halber Treppe. Schierling drehte das Licht aus, öffnete die Tür wieder einen Spalt breit und beobachtete, wie sich die Straßenschlacht zum Blutbad auswuchs. Wie ein Mann warfen beide Parteien jedoch plötzlich ihre Knüppel und ihre Schlagringe aufs Pflaster und rannten auseinander. Der Grund für den jähen Waffenstillstand war, dass rückwärtige Posten beider Seiten mit gellenden Pfiffen das Nahen der Polizei meldeten und dass der unmittelbar darauf einsetzende Lärm der anrückenden Staatsmacht den Alarm bestätigte. In den zwei oder drei Minuten, die es dauerte, bis die Polizei in Stellung war, wimmelte es auf der Straße plötzlich von Kindern, die die Mordwerkzeuge vom Pflaster aufsammelten. Im letzten Moment flüchtete ein Junge in den Flur, in dem Schierling stand. Schierling packte ihn bei der Schulter und fragte ihn, wohin er mit seiner Beute wollte. Der Bengel blaffte Schierling an: «Finger vons Eingemachte, mein Bester. Komm mich nich an die Buletten. Oder brauchste Armierung? Dia vakoof ick det Zeuch zu Schleudapreisen.» Er hielt Schierling einen Schlagring vor die Nase. Ein Polizist riss die Tür auf, blendete Schierling mit einer Taschenlampe und forderte ihn auf mitzukommen. Er sah nur Schierling. Der Junge stand plötzlich in Deckung hinter dem Rücken seines neuen Geschäftspartners. Schierling trat vor und der Bengel entwischte ins Treppenhaus. Der Polizist sah ihn oder seinen Schatten verschwinden, und setzte zur Verfolgung des Flüchtigen an. Schierling spürte etwas Hartes in seiner Jackentasche und identifizierte es als den Schlagring. Er zog es vor zu verschwinden. Draußen lief er einem Polizeioffizier in die Arme, der ihn von Kopf bis Fuß musterte. Der Offizier grinste und sagte: «Der Herr hat sich offenbar verlaufen.»

Er winkte Schierling weiterzugehen.

Den Schlagring fand Schierling zu Hause in seiner Tasche wieder. Er nagelte ihn an die Wand.

Der Kommilitone, dem Schierling die Einführung bei den Bundesbrüdern verdankte, hieß Schulz und stammte aus Cottbus, wo sein Vater Amtsrichter war und wo man ihn, vom Haferbrei abgesehen, mit Rechtsbelehrungen aufgepäppelt hatte. Schierling traf ihn am nächsten Mittag in der Mensa und erstattete Bericht über die Folgen des übermäßigen Biergenusses.

«Nicht schlecht», sagte Schulz, «Volltrunkenheit, Teilnahme am Landfriedensbruch, verbotener Waffenbesitz, Versuch, einen Minderjährigen zu verführen, Widersetzlichkeit, wenn nicht Widerstand gegen die Staatsgewalt. Hätte man Ihnen alles anhängen können. Nun wissen Sie, wozu es gut ist, Jura zu studieren. Man kennt sich dann aus und kann sich vorsehen. Allerdings ist auch dem Rechtskundigsten nicht anzuraten, seine Sache vor Gericht selber zu vertreten. Merke: Wer sich selber verteidigt, hat einen Idioten zum Anwalt. Der Rat, sich einen Kollegen als Verteidiger zu nehmen, ist übrigens nebenbei der Werbespruch einer Branche, der es das Standesrecht verbietet, für sich Reklame zu machen. Wussten Sie, dass heutzutage im Deutschen Reich annähernd doppelt so viele karrieresüchtige junge Leute Jura studieren wie vor dem Krieg? Wenn Sie Glück haben, schaffen Sie das erste Examen nach wie vor in zweieinhalb Jahren und scheuern sich nur zwei weitere Jahre als Referendar den Hosenboden blank, bis Sie die Prüfung ablegen, die Ihnen, falls Sie bestehen, die Befähigung zum Richteramt einträgt. Aber nach dem zweiten Examen, das Ihnen auch keiner schenkt, sind Sie sechs bis neun Jahre ein brotloser Assessor. Anwalt werden? An die Schreibtische der Kanzleien drängen ebenso viele Kollegen wie auf die Emporen der Richter. Die Konkurrenz ist überall mörderisch. Sie können sich die Zeit vertreiben und den Doktor machen, was verhältnismäßig leicht ist, wenn Sie den Gedankenflügen Ihres Professors folgen. Aber auch der Doktor am Türschild beschleunigt den Gang der Dinge kaum. Und dann sagen Sie auch noch nein, wenn Ihnen eine Verbindung mit sehr einflussreichen Alten Herren die Hand reichen will.»

Schierling wurde rot.

«Habe ich nein gesagt?», fragte er.

«Wissen Sie das nicht mehr?»

«Ich habe keine Ahnung.»

«Das könnte Ihnen als mildernder Umstand angerechnet werden. Soll ich es weitersagen?»

«Nein, bitte nicht. Ich brauche Zeit, mich zurechtzufinden. Aber danke für das Angebot.»

«Wie Sie wollen. Für besonders klug halte ich es nicht.»

Der Grund dafür, dass Schierling das Blut zu Kopf stieg und er das Vermittlungsangebot ausschlug, war so etwas wie Stolz. Ihm fiel es wie Schuppen von den Augen, und er hatte die Szene wieder vor Augen, in der er dem Drängen eines Fuchsmajors in voller Couleur und eines halben Dutzends bunt bemützter und bunt bebänderter Alter Herren widerstanden hatte. Das Bier hatte ihm geholfen, seinen Widerwillen gegen das Neinsagen zu überwinden.

Schulz musterte ihn neugierig.

«Prinzipiell haben Sie natürlich Recht», sagte er. «Hören Sie sich also um. Zum Beispiel morgen beim Ass der Strafrechtler. Es heißt, es wird interessant.»

Das Ass war jener Jurist, der bei einer allzu flüchtigen Begegnung auf großem Parkett Bettina Schierling auf den Gedanken gebracht hatte, ihrem Sohn das Jurastudium nahe zu legen. Jetzt war er zu einer Gastvorlesung nach Berlin gekommen, und auch Schierling imponierte der Gelehrtenkopf dieses Mannes. Der Professor legte schwierige Zusammenhänge so anscheinend mühelos dar, dass sie ohne weiteres verständlich erschienen. Die Spannung im Hörsaal war mit Händen zu greifen. Sie galt jedoch offenbar weniger dem Thema als dem Mann. Nach der vorherrschenden Arroganz in den Gesichtern der Studenten zu schließen, überwog Feindseligkeit den Respekt bei weitem. Thema war die Möglichkeit, einen überführten Hochverräter statt ins Zuchthaus auf die Festung zu schicken, wenn er nicht ehrlos gehandelt hatte. Der Professor musste die Abneigung spüren, die ihm entgegenschlug. Er folgte ungerührt seiner Spur.

Nicht die Tat, fasste der Professor seine Einsichten über politische Straftaten schließlich zusammen, war das Problem. Sie war überall auf der Welt mit schwerer Strafe bedroht. Ein Problem gab es trotzdem, und dieses Problem bildeten der Täter und seine Ehre.

Handelte er nun aus ehrloser oder aus ehrenhafter Gesinnung? Schickte man ihn, weil ehrlos, für mindestens fünf Jahre bis lebenslang ins Zuchthaus oder logierte man ihn als Menschen von Ehre für zwei Jahre oder etwas mehr auf der Festung ein? So stellte sich eine Frage von höchster Schwierigkeit, nachdem die Folter als Mittel der Wahrheitsfindung dem Richter nicht mehr zu Verfügung stand. Wie, bitte sehr, waren Ehre oder Unehre nachzuweisen?

Der Professor tupfte sich mit einem persilweißen Taschentuch ein paar Schweißtropfen von der Stirn und raffte sein Manuskript zusammen. Dann sagte er: «Ich weiß es nicht. Sehen Sie in mir den Republikaner, der seiner Vernunft gehorcht. Als solcher kann ich sehr wohl Gesinnungen beurteilen, auch ihnen anhängen oder sie schärfstens ablehnen. Ihnen mit Paragraphen beizukommen, sehe ich mich außerstande.»

Der Professor klemmte sich das Manuskript unter den Arm und wandte sich dem Ausgang zu. Der Hörsaal brodelte. Nicht mehr als ein Dutzend Studenten klopfte auf die Pulte, der Rest zischte.

«Mönchlein, Mönchlein ...», sagte Schulz. «Aber Mut hat der Mann. Die meisten Herrschaften sind nur gekommen um zu zischen. Vernunft und Republikaner in einem Satz ist ihnen zu viel. Mir auch, wenn Sie mich fragen.»

Jon Schierling hatte weder geklopft noch gezischt.

«Es klang einleuchtend», sagte er.

«Juristerei klingt immer einleuchtend, wenn Koryphäen reden», sagte Schulz. «Ob es auch stimmt, ist eine andere Frage, um nicht zu sagen, eine Frage der Ehre.»

Mit diesem Kalauer verabschiedete er sich. Jon Schierling machte sich auf nach Potsdam, wo sich mit der Bemerkung, es sei Wichtiges zu besprechen, sein Onkel angemeldet hatte.

Erich von Plessow kam diesmal nicht allein. In seiner Begleitung erschien Miss Nancy Hobscrown, die so britisch aussah, wie Jon Schierling sich alle Britinnen der Oberklasse vorstellte, und die Plessow mit der gebührenden Feierlichkeit als seine heimliche Verlobte präsentierte. Gewiss nicht mehr der Jüngste, so verkündete er, fühlte er sich Manns genug, privatim einen neuen Anfang zu machen und womöglich doch noch einen Stammhalter für Segau zu zeugen. Die erforderlichen Gefühle standen beiderseits außer Zweifel. Diskretion hatte man bisher nur darum gewahrt, weil Bettina und Jon Schierling die ersten Menschen sein sollten, die von der Verbindung erfuhren, und das natürlich Auge in Auge. Telegramme an Miss Nancys Verwandtschaft sollten am nächsten Tage auf den Weg gebracht werden.

Bettina Schierling umarmte die Schwägerin in spe ohne Umstände, versprach ihr, bei etwa auftretenden Schwierigkeiten mit dem eingefleischten Hagestolz Erich Plessow auf der richtigen Seite zu sekundieren, nämlich auf der Nancys, und bat Berta, zum Abendessen ein Gedeck mehr aufzulegen. Jon fand Miss Nancy erfrischend und die Geschichte der späten Liebe auf angenehme Weise spannend.

Kennen gelernt, so erzählte das Brautpaar in Wechselrede, hatte man sich auf dem Begleitdampfer einer Hochseeregatta ums Kap der Guten Hoffnung. Man war sich einig, dass fester Boden unter den Füßen dem Seegang vorzuziehen war, und kam sich darüber näher. Einige Tage später hatte man die Bekanntschaft mit dem gemeinsamen Besuch eines Poloturniers fortgesetzt. Spätestens bei dieser Gelegenheit stellte das Paar fest, dass es ganz allgemein ein Herz und eine Seele war. Nur in Sachen Politik gab es Meinungsverschiedenheiten. Miss Nancy stammte aus bester britischer Familie und war in der Nähe von Kapstadt auf einer Farm aufgewachsen. Dass sie auf einen Deutschen, noch dazu auf einen kaisertreuen, hereinfallen könne, hatte sie nie vermutet, aber dann war es eben passiert: It just happened – what is there to say?

Seine zweite Ehe mit der materiell völlig unabhängigen Nancy, versicherte Plessow, werde Bettina und Schierling keinerlei Nachteile bringen, und in schöner Offenheit begrüßte er die Nebenwirkung der Gefühle, dass nämlich die beabsichtigte Heirat Vorteile für seine Geschäfte in Deutschsüdwest versprach. Trotzdem, sagte er, galt nach wie vor das Angebot an Schierling, sich dort unten nützlich zu machen. Wenn der Neffe es jedoch vorzog, nein zu sagen, wie es von Anfang an den Anschein gehabt hatte, war das nun kein Problem mehr. Er sollte nichts überstürzen und die Entscheidung mit freiem Kopf treffen. Schierling beeilte sich mit dem Geständnis, dass ihm ein Stein von der Seele fiel, und Erich Plessow akzeptierte es mit einem Handschlag. Der Rest des Abends geriet zu einem Privatissimum über preußische Geschichte.

Mit Miss Nancy, sagte Plessow, habe er schon mehrfach darüber gestritten, warum es in London ein gekröntes Haupt geben solle und in Berlin nicht. Dass der Kaiser den Krieg verloren hatte, war in seinen Augen jedenfalls kein hinreichender Grund. Abgesehen von den Franzosen, waren sich inzwischen alle einig, dass den verdammten Krieg alle angefangen hatten. Es war sogar verbürgt, dass SM im Juli 1914, im Gegensatz zu anderen gekrönten Häuptern und im Gegensatz zum eigenen Volk, leider auch ohne den Beifall eines gewissen Erich Plessow, äußerste Anstrengungen unternommen hatte, das Blutbad zu vermeiden. Nachher aber hätten die Sieger den Kaiser am liebsten an den Galgen gebracht. Dabei gaben zweifellos Rachegelüste den Ausschlag, nicht der Sinn für Gerechtigkeit. Wilhelm II. war ins niederländische Exil gegangen und dort saß er immer noch. Das sollte genügen.

Zögerlicher kam Plessow dann auf den Thronfolger zu sprechen. Anders als dem Kaiser, sagte er, hatte die Republik bekanntlich dem Thronfolger die Heimkehr gestattet, allerdings nur gegen das Ehrenwort, dass er sich aus der Politik heraushielt. Das Wort, das Gustav Stresemann dem Hohenzollernspross abgenommen hatte, hatte so lange gegolten, wie dieser verantwortungsbewusste und vorausschauende demokratische Politiker lebte. Jetzt war Stresemann tot und Kronprinz Wilhelm durfte sich wieder rühren.

«Du meinst ...», fragte Bettina Schierling.

«Ich meine, dass für das Haus Hohenzollern die Zeit gekommen ist, sich wieder entschieden zu Wort zu melden. Es war ein Fehler, auf Hindenburg zu vertrauen. Der Feldherr ist als Staatspräsident ein anständiger Kerl geblieben. Ganz ohne Frage. Aber er hat Schwierigkeiten, den Überblick zu behalten. Er hat den Eid auf die Verfassung geleistet und ist den Demokraten in die Falle gegangen.»

«Was ist falsch daran, auf die Constitution zu schwören?», fragte Nancy.

«Nichts», sagte Plessow, «aber Politik ist ein Geschäft für gerissene Burschen, und Hindenburg ist nicht gerissen. Ganz und gar nicht.»

«Der Thronfolger», sagte Bettina Schierling, «war immer ein Springinsfeld. Jetzt ist er fünfzig und auch im vorgerückten Alter ist kein Porzellan vor ihm sicher. Gerissen ist er bestimmt nicht, eher das Gegenteil, nämlich naiv und unbedacht. Außerdem ist der Kaiser nach wie vor der Chef des Hauses.»

«Das ist das Problem», gab Plessow zu, «niemand weiß, was SM denkt.»

«Sein Sohn auch nicht?», fragte Nancy.

Plessow zuckte die Achseln.

«Der am allerwenigsten», sagte er. «Sie kamen schon in besseren Tagen nicht besonders gut miteinander aus. SM hielt es kaum für nötig, seinen Erstgeborenen in die Staatsgeschäfte einzuweihen, und ist ihm stattdessen dauernd über den Mund gefahren. Seit dem Soldatenkönig und Friedrich dem Großen hat ein problematisches Verhältnis von Erblassern und Erben Tradition bei den Hohenzollern.»

«Was noch nicht beweist, dass Kronprinz Wilhelm ein gutes Staatsoberhaupt wäre», sagte Bettina Schierling.

«Er ist für diese Aufgabe geboren», sagte Plessow. «Darauf kommt es an, und es gehört sich, ihm zur Verfügung zu stehen. Ich werde ihm für den Fall des Falles meine Dienste anbieten.»

«Im Ernst?», fragte Bettina Schierling.

«Ganz im Ernst», sagte Plessow.

«Wie groß ist die Gefahr, dass dieser Fall eintritt?», erkundigte sich Nancy Hobscrown sichtlich besorgt.

«Nicht sehr groß», beruhigte Bettina Schierling ihre neue Schwägerin.

Erich von Plessow bestand darauf, dass ihn Schierling nach Breslau zum Frontsoldatentag begleitete. Ein aufgeweckter junger Zivilist, so begründete der Major seinen Wunsch, konnte leichter als jeder Uniformträger erkunden, was die Menschen wirklich dachten, wenn ihre Stadt für 48 Stunden in Feldgrau getaucht wurde. Schierling sollte sich unter das Volk mischen, wenn der Stahlhelm marschierte, und bei den Kundgebungen des Soldatenbundes Augen und Ohren offen halten. Selbst neugierig auf das Ergebnis, reiste Schierling nicht ungern mit. Was er zu sehen bekam, war auf den ersten Blick eindeutig. Die Breslauer genossen vor allem die Parade, die der Kronprinz, in der Extrauniform der Totenkopfhusaren, Seite an Seite mit dem Feldmarschall August von Mackensen abnahm, der schon 1870/71 für Preußen in die Schlacht gezogen war. Seinen Onkel entdeckte Schierling in der dritten Reihe. Er trug Feldgrau und machte eine gute Figur. Es war eine monarchistische Demonstration ersten Ranges.

«Sie mögen uns», sagte Erich Plessow nachher, «die Frage ist, ob wir auf eine momentane Volksstimmung bauen können.»

«Ich weiß nicht, wie weit die Liebe wirklich geht», entgegnete Schierling, «es war ein historisches Schauspiel, und das gefiel ihnen.»

«Zugegeben. Wir stiefeln in der Vergangenheit herum und erzählen Geschichten, die der Schützengraben geschrieben hat», gab Plessow zu, «andere ziehen mit flatternden Fahnen in die Zukunft. Oder sie behaupten es wenigstens. Der Kaiser hatte noch den Bogen heraus, als er versprach, seine Untertanen herrlichen Zeiten entgegenzuführen. Aber das ist leider vorbei. Dem Thronfolger glaubt keiner so leicht, wenn er so etwas verkündet.»

«Ich habe in Breslau ein paarmal gehört, dass Kaisers Tage vorbei sind und dass Hitlers Aufmärsche einen anderen Schwung haben.»

«Das ist genau das, was wir nicht hören wollen.»

«Tut mir Leid. Aber das haben die Leute gesagt.»

«Das heißt, der Kronprinz hat Recht, wenn er meint, dass wir uns über Bündnisse den Kopf zerbrechen müssen. Mit Leuten, die uns nicht passen, die aber offenbar die Zukunft gepachtet haben. Du hörst jetzt etwas, was sonst niemand wissen darf. Dieser Hitler ist beim Thronfolger in Cecilienhof erschienen und hat versichert, sein politisches Ziel sei, die Monarchie wiederherzustellen. Das war vor seinem atemberaubenden Erfolg bei der letzten Reichstagswahl, und wahrscheinlich wollte er sich nur anbiedern. Der Kronprinz konnte dem Ex-Gefreiten wenig abgewinnen, aber er hat getan, als glaubte er ihm. Natürlich hätte er ihm liebend gern wirklich geglaubt, ist aber denn doch gescheiter als sein Bruder August Wilhelm, der sich von den Nazis jetzt als Renommier-SA-Mann herumzeigen lässt. Trotzdem wird der Kronprinz Herrn Hitler irgendwann in den nächsten Wochen erneut begegnen, wahrscheinlich in München. Es geht darum, die nationale Opposition zu einer Heerschau an einem Ort im Herzen Deutschlands zusammenzutrommeln. Fragen müssen wir uns vor allem, warum dem Burschen so viele junge Leute zuströmen. Sogar in der Universität laufen sie in Scharen zu ihm über. Dabei sieht er nicht gerade aus wie ein Idol für Akademiker.»

Schierling fiel ein, was Schulz über den steinigen Weg der Juristen gesagt hatte.

«Auch Akademiker wünschen sich eine schöne Zukunft», sagte er, «und die Leute vom NS-Studentenbund verpacken ihre Politik vielversprechend. Wer stört, fliegt raus; wer pariert, soll es gut haben. Die rausfliegen, sind natürlich die andern, Rote und Juden. Rot sind in der Universität die wenigsten, und wer Jude ist, hat Pech gehabt. So soll es zugehen, wenn Hitler Reichspräsident oder Kanzler ist, und das klingt plausibel.»

In der Juristerei fasste Schierling allmählich Fuß, um den NS-Studentenbund schlug er einen Bogen. Ihm entging trotzdem nichts. Was die Kommilitonen in den Braunhemden trieben, spielte sich vor aller Augen ab, womit sie dem Beispiel ihres Führers folgten, der bei der Heerschau der rechten Kräfte in Bad Harzburg in dem Moment die Tribüne verließ, als die letzte Reihe seiner SA-Bataillone an ihm vorbeigezogen war und die erste Formation des Stahlhelm die Beine zum Stechschritt in die Luft warf.

Wie Erich Plessow berichtete, war der Kronprinz unschlüssig, welchen Weg er einschlagen sollte. Als sich das Gerücht bestätigte, dass der Reichspräsident im politischen Kleinkrieg geistig und seelisch zusammengebrochen war, riet Plessow, endlich aktiv zu werden. Die dritte Wahl des Präsidenten der Republik stand bevor, und Plessow reiste als offizieller Sendbote nach Doorn. Der Kaiser im Exil sollte einer Kandidatur seines Sohnes zustimmen. Doch SM ließ sich nicht einmal blicken. Stattdessen schickte er Kaiserin Hermine vor, und alle Träume des Kronprinzen zerplatzten.

Dies war der Augenblick, in dem Erich Plessow drauf und dran war, sich geschlagen zu geben. Er entwickelte eine Theorie, nach welcher der deutsche Hang, ins Verderben zu rennen, unbezwinglich zu sein schien. Der Deutsche, das war Ajax der Griechenheld, der über seine Verbündeten herfallen wollte, als sie ihm die Rüstung seines gefallenen Freundes Achill nicht gönnten, und den darum die Göttin Athene mit Wahnsinn schlug, woraufhin er anstelle seiner Gegner eine Herde Schafe abschlachtete und sich, als er entdeckte, wen er getötet hatte, aus Scham und Reue in sein bluttriefendes Schwert stürzte.

«Eine verzwickte Geschichte, eine böse Geschichte», sagte Plessow, «ein Sozi hat sie seinen Genossen eingebläut, als Hindenburg es an der Zeit fand, mit Hilfe von Notverordnungen regieren zu lassen und die Roten kampflos das Feld räumten. Aber der Wahn, der Ajax trieb, auf die Falschen loszugehen, um in tiefster Verzweiflung zu enden, hat viele Varianten. Er grassiert seit 1918, wenn nicht schon seit 1914, und SM hat soeben ein neues Kapitel dieser peinlichen Stammesgeschichte geschrieben.»

Wenn Plessow auch den Thronfolger auf Ajax hingewiesen haben sollte, blieb es ohne Wirkung. Der Kronprinz kreidete wenig später der Regierung an, dass sie neben der SA auch den Stahlhelm verbot und damit, wie Seine Hoheit befand, wunderbares Menschenmaterial zertrümmerte. Erich von Plessow erfuhr von dem Protest erst nachträglich. Andernfalls hätte er von ihm abgeraten, denn er traute Hitler immer weniger über den Weg. Am Tag von Potsdam gab er sich geschlagen. Der Auftritt Hindenburgs und Hitlers in der Garnisonkirche, zu dem der Kronprinz als Eideshelfer erschien, war zu viel für den Gefolgsmann. Er kam in aller Stille um seinen Abschied aus dem geheimen Stab des Thronfolgers ein. Mehr als einen flüchtigen Händedruck nahm er nicht mit auf den Weg. Er fuhr nach Segau, stellte einen Vertrauen erweckenden jungen Mann als Verwalter an und eilte ein paar Tage später nach Afrika in die Arme von Miss Nancy Hobscrown.

«Ein Trauerspiel», meinte Caroline Schlettow.

«Die Geschichte besteht aus Trauerspielen», sagte Schierling, «aber wie benimmst du dich in der Tragödie, in der du selber steckst?»

«Du musst nur die Kurve nehmen. Wie mein Professor und ehemaliger Liebhaber. Er wusste sofort, wie es weitergehen sollte. In Schicksalsfragen der Nation ist er firm. Wagner statt Mendelssohn und Chopin. Demnächst dirigiert er vermutlich das Horst-Wessel-Lied.»

«Meint er seine Sprüche ernst?»

«Todernst. Du musst ihn nur schwärmen hören.»

«Und woher weiß er es?»

«Von seiner Frau, und sie weiß es von einer Kulturzicke, die in der NS-Frauenschaft das große Wort führt.»

Wie behauptet wurde, galt im Restaurant Horcher in der Lutherstraße der Arierparagraph reziprok. Hier hätte man angeblich eher einen SS-Mann vor die Tür gesetzt als einen jüdischen Justizrat, noch dazu, wenn ein buntes Bändchen am Revers des Gastes diskret darauf verwies, dass er in Flandern oder Russland als Frontkämpfer seine vaterländische Pflicht getan hatte. In Gegenwart des Kronprinzen, der bei Horcher Stammgast war, oder vor den Augen anderer Prominenter hätte der Hinauswurf eines Juden mit vaterländischem Herzen unliebsames Aufsehen erregt. In Wahrheit allerdings lag das Restaurant mitten in der Hauptstadt des Deutschen Reiches, und die neuen Machthaber dachten nicht daran, Oasen des Widerspruchsgeistes zu dulden, es wäre denn, sie verschafften sich damit Gelegenheit, Namen und Adressen kritischer Geister für ihre Karteien zu sammeln.

Bettina Schierling hatte ihren Sohn und seine Freundin zum Sektfrühstück mit Austern ins Horcher eingeladen, um ihren jüngsten Triumph auf dem Parcours auch im Familienkreis zu feiern. Die Verabredung zu dritt war nichts Ungewöhnliches, seit Schierlings Mutter mit Caroline Schlettow ein Bündnis geschlossen hatte, das erklärtermaßen dazu dienen sollte, Schierling von seiner Unentschiedenheit in Lebensfragen abzubringen und ihm das ewige Jasagen auszutreiben. Fortschritte dieser Bemühungen ließen allerdings auf sich warten, und Schierlings nachgiebiger Charakter war auch diesmal Gegenstand des Gesprächs. Nach einer Weile klinkte er sich aus und hörte einer halb lauten Unterhaltung am Nachbartisch zu. Mit einem offenbar vertrauenswürdigen Freund erörterte dort der Prototyp des Justizrats mit den Gesichtszügen eines Propheten aus dem Alten Testament und der Frontkämpferspange am Jackenaufschlag die Lage.

«Glauben Sie mir», sagte der Freund eben, «das Schlimmste ist überstanden. Im September haben sie die Juden noch aus den Automobilverbänden geworfen und verboten, bei Rennen und Turnieren jüdische Jockeys und Herrenreiter zuzulassen. Aber verfügt wurde auch schon, dass jüdische Ställe in keiner Weise zu beschränken seien.»

Jetzt horchte auch Bettina Schierling nach drüben. Der Unbekannte fuhr fort: «Des Weiteren sollen neuerdings im Beruf verbliebene jüdische Anwälte in der Ausübung der Tätigkeit nicht mehr behindert und ihre Standesrechte dürfen nicht mehr angetastet werden. Jüdische Sportvereine, gegen die die Polizei keine besonderen Bedenken anmeldet, sollen bestehen bleiben und der Boykott gegen jüdische Wirtschaftsunternehmen wurde ausdrücklich verboten. Ich sehe darin tatsächlich Anzeichen einer vielversprechenden Entwicklung. Der Führerstaat ist wandelbar.»

«Ihr Wort in Gottes Ohr», sagte der Justizrat. «Jüdisch, jüdisch, jüdisch ... Seit einem knappen Jahr macht mir jeder Hans und Franz auf Schritt und Tritt klar, dass ich ein Jude bin, obwohl der Rebbe, der mein Großvater war, da erhebliche Zweifel hätte. Er hielt nur die Leute für Juden, die in die Synagoge gingen, und ich ging ihm zu selten ins Bethaus. Aber ich gönne ihm den leichten Tod, den er gestorben ist. Er erlebt den Schlamassel nicht mehr, und mir bleiben seine Reden zur Moral erspart. Leider weiß ich nur zu genau, was er gesagt hätte. Er hätte gesagt, das alles ist die Strafe dafür, dass ihr euch assimiliert habt, dass ihr wolltet sein wie die Gojim. Gott der Gerechte, ich rede wie mein Großvater, und schon ein Hauch von Jiddisch schmeichelt meiner Zunge. So weit haben mich die Herren Goebbels und Streicher gebracht. Trotzdem, ich laufe mit Schwarzweißrot im Knopfloch herum. Ich habe das Ehrenkreuz des Frontkämpfers bekommen, weil ich wirklich im Dreck gelegen und Schulter an Schulter mit meinen christlichen Kameraden im Sturmangriff die Franzosen aus ihren Gräben geworfen habe. Aber die ganze Wahrheit ist, dass ich das Band trage, damit der nächste SA-Mann, der mir den Schädel einschlagen will, zuverlässig sieht, dass ich trotz meiner prägnanten Nase ein Patriot bin. Leicht zu ertragen ist das nicht.»

In diesem Moment betrat Felix von Bachewski mit seiner Apothekerstochter den Raum. Das Hakenkreuz mit Goldrand, der Blutorden der Partei, stach von seiner schwarzen Uniform ab. Der Gigolo von gestern hatte es zum Obersturmbannführer der SS gebracht, aber er war vermutlich noch längst nicht am Ziel seiner Wünsche. Den Justizrat und seinen Tischgenossen übersah er. Als er Bettina Schierling entdeckte, verbeugte er sich knapp in ihre Richtung. Sie nickte andeutungsweise zurück. Der Justizrat winkte dem Kellner, der mit der Rechnung erschien, sobald er Bachewski zu dessen Tisch begleitet hatte.

«Ich meine, wir haben einen guten Vormittag gehabt, wir sollten uns den Tag nicht verderben lassen», sagte Bettina Schierling.

Sie winkte dem Kellner ebenfalls. An der Garderobe trafen sie auf den Justizrat und seinen Begleiter. Die Kavaliere alter Schule ließen den Damen den Vortritt. Sie baten um ihre Mäntel. Der Justizrat zögerte eine Sekunde, bevor er dem Garderobenfräulein Bettinas Staubmantel abnahm und ihr in die Ärmel half. Sie lächelte ihr charmantestes Lächeln.

«Grässlich», sagte sie, als sie im Auto saßen, «er war mir dankbar, dass er mir helfen durfte.»

«Wie soll das weitergehen?», fragte Caroline.

«Das weiß nur Gott der Gerechte», sagte Bettina Schierling. «Wenn er es denn weiß.»

Angekündigt war eine Vorlesung mit der Überschrift «Staat, Bewegung, Volk». Schon im Titel, so hatte der *Völkische Beobachter* bemerkt, ertönte der Marschtritt der Zeit. Auf den Bänken und auf den Stufen des Hörsaals saßen die Akademiker einander quasi auf dem Schoß. Wer ein Braunhemd sein eigen nannte, hatte es angezogen. Immerhin waren Hörer, die wie Schierling und sein Kommilitone Schulz Zivil mit Schlips und Kragen trugen, noch in der Überzahl. Der Kronjurist des Führerstaates war kleiner von Gestalt, als Schierling angenommen hatte, und sein hoher Hemdkragen entsprach der Mode von gestern. Doch sein Anliegen war die Rechtswirklichkeit des Heute und des Morgen. Der Professor löste seinen unvergleichlichen Ruf auf diesem Felde ein, sobald er den Mund aufmachte. Seine gestochene Rede, sein Pathos, klar wie ein Bergsee, wirkte auf Juristenhirne belebend bis aufputschend. Schierlings Verstand reagierte nicht anders als der seiner Kommilitonen. Auch sein Hirn war inzwischen mit Justitias Denkungsart eingefärbt.

Schon der erste Satz des Professors war ein waffenstarrender Angriff auf die Weimarer Republik und auf den Verfassungsstaat überhaupt. Fortan sollte nicht mehr der Staat die Politik bestimmen, sondern die Politik den Staat. Die Politik – das war der Wille der Führung. Politisch war alles, worauf sich dieser Wille erstreckte. Er war keiner Aufsicht unterworfen. Weder der eines Parlaments noch der von Gerichten. Vermeintlich geheiligte Güter von ehedem unterlagen damit der politischen Entscheidung. Die Pflicht zur Objektivität, die dem Beamtentum auferlegt gewesen war, war ebenso suspendiert wie die Unabhängigkeit, welche die Richterschaft genossen hatte. Die Entscheidung des Führers war der dynamische Motor des Staates und der Gesellschaft. Was gestern Politik geheißen hatte, war in Wahrheit ein Abfallprodukt des tagtäglichen Parteienkompromisses gewesen. Darauf hatte der Professor schon damals kritisch verwiesen. Der Kompromiss hatte Freundschaft und Feindschaft zersetzt, welche – Artgleichheit vorausgesetzt – die ausschlaggebenden Elemente jedes echten Gemeinwesens waren.

Der Führer wies den Weg, und die Stärke des neuen Staates lag darin, dass das Volk vom artbestimmten Führergedanken durchdrungen war. Ihm entsprach die Treuepflicht jedes Volksgenossen. Die Pflicht zur Treue und Verbundenheit bis zum Äußersten, sofern der Führer sie verlangte – die Pflicht zur Treue bis in den Tod. Das war der tiefere Sinn der Parole «Führer befiehl, wir folgen dir».

Der Kronjurist schlug unversehens leisere Töne an.

«Die römisch-katholische Kirche», sagte er, «profitiert bis heute vom Bild des Hirten und seiner Herde. Aber wer bildet die Herde? Die Herde besteht aus Schafen. Von ihnen, jedenfalls von den Hausschafen, behauptet selbst Alfred Brehm, dass ihr Verstand zugunsten der Wolle untergegangen sei – derselbe Brehm, der sonst bestrebt ist, in seinem *Tierleben* alle Kreatur zu rühmen.»

Ein paar Hörer fühlten sich vom Bann erlöst und lachten. Drei oder vier Leute begannen, auf die Pulte zu klopfen. Der Professor winkte ab. Der Begriff der Rasse beschäftigte ihn noch eine Weile, und wie alle anderen hing Schierling ihm an den Lippen. Das rhetorische Gewitter versetzte ihn in einen Erregungszustand, dem er nicht gewachsen war. Wenn er am Anfang noch auf Gelegenheiten gewartet hatte, gedanklich einzuhaken, war er nun ohne jeden

Anflug von Widerspruch hingerissen. Am Ende war er einer der ersten, die auf das Pult klopften. Dann war das Auditorium nicht mehr zu bremsen. Der Hörsaal dröhnte wider vom Trampeln der Juristenfüße. Der Professor hob flüchtig den Arm zum Hitlergruß. Die Hörerschaft sprang auf und erwiderte den Gruß. Seltsamerweise schrie niemand Heil. Man ehrte den Geist deutschen Rechts, der sich da offenbart hatte, in ergriffener Stille.

«Ich habe Post aus Australien», sagte Schulz, «Tante Alfonsine ist heil angekommen. Sie schreibt, dass sie überlegt, ob sie sich bei den Antipoden niederlässt und einen Kiosk für *News and Sweets* pachtet. Sie lässt alle lieben Menschen grüßen.»

«Tante Alfonsine?», fragte Schierling. Sie saßen vor Mampes Guter Stube auf dem Kurfürstendamm beim Tee und inhalierten die Sommerluft der Großstadt. Es war noch früh am Tag und außer ihrem Tisch war nur ein weiterer am anderen Ende der Terrasse besetzt. Das Pärchen dort wollte offenbar ungestört sein.

«Sie kennen Tante Alfonsine nicht?», fragte Schulz.

«Bedaure, nein.»

«Das wundert mich. Sie sind ihr Typ.»

«Bitte klären Sie mich auf.»

Schulz war offenbar unschlüssig, ob er weiterreden sollte. Der frisch gebackene Assessor wandelte seit der Vorlesung des Staatsrats wie auf Eierschalen, wenn sein Temperament nicht mit ihm durchging.

«Nun gut», sagte er, «ich vermute, es tut der Freundschaft keinen Abbruch. Ich baue auf dieselbe. Tante Alfonsine ist der Spitzname von Dr. Alfons Goldberg. Einser-Jurist, unschlagbarer Staatsanwalt, umschwärmter Dozent und gottvoller Päderast. Er sieht aus, als hätte ihn ein Schmierfink als semitische Fratze eines Verführers blonder Knaben für den *Stürmer* gezeichnet. Aber sein Charme ist unwiderstehlich. Auf ihn hat er sich allerdings lieber nicht verlassen, als die SA durchs Portal ins Kammergericht einzog. Er war gescheit genug, hinten aus dem Fenster zu klettern und übers Wasser bis

Melbourne zu laufen. Dort ist er nur geblieben, weil er keinen einigermaßen zivilisierten Ort kannte, der weiter weg gewesen wäre von Berlin.»

«Und er schreibt Ihnen?»

«Rührend, nicht wahr? Und denken Sie, in einer Fußnote bekennt er, dass er Heimweh nach Moabit hat, nach unser aller Heimat, wie er schreibt.»

«Ich weiß nicht…»

«Was wissen Sie nicht? Ob er in Melbourne nicht besser aufgehoben ist als hier? Ist er. Garantiert ist er das. Ihm blieb gar nichts anderes übrig, als Fersengeld zu geben. Jude und homoerotisch – das war zu viel fürs Hierbleiben. Wir haben es doch von unserem viel gepriesenen Professor und Staatsrat gehört: Die Volksgemeinschaft beruht auf Artgleichheit. Tante Alfonsine war gleich doppelt von ungleicher Art.»

Schierling wollte den Kollegen bremsen, bevor der ihn ganz vereinnahmte. Darum erzählte er Schulz von der Begegnung mit dem Justizrat bei Horcher. Schulz schüttelte den Kopf.

«Diese Leute gehen ihren Feinden in die Falle», sagte er. «Zum Glück sind andere schlauer. Ist Ihnen schon aufgefallen, dass es drei Sorten von Leuten gibt, die über Nacht verschwinden? Wenn wir diejenigen auslassen, die sich die SA holt, sind es immer noch zwei Sorten. Die einen machen sich wie Tante Alfonsine auf den Weg, weil sie sich nicht selber ans Messer liefern wollen. Die anderen reisen ab, weil sie das Land lieben, und nicht mit ansehen wollen, wie es sich moralisch selber zu Grunde richtet. Das sind erkennbar weniger Leute, was kein besonderer deutscher Charakterfehler sein muss. Menschen von hoher Moral sind vermutlich in allen Breiten seltener als solche mit weniger ausgeprägten Grundsätzen. Nicht jeder ist ein Jünger Kants und geht alle Abende mit dem kategorischen Imperativ auf den Lippen zu Bett, um ihn beim Hahnenschrei zu repetieren. Aber siehe, auch so einen gibt es in Moabit. Vor drei Wochen hat sich der Kollege, ein junger Jurist mit besten Gaben und Dandy dazu, geistreich wie wenige, Knall auf Fall verabschiedet. Er ist zu Schiff nach England. Bevor hier der Rechtsstaat wieder ins Lot kommt, werden wir ihn nicht wiedersehen. Man sagte, er habe der Liebe zu einer jungen Jüdin wegen den Staub des Vaterlandes von den Schuhen gestreift – aber selbst wenn … Ich ziehe den Hut vor ihm.»

«Und Sie selber?»

«Mein Bester, mein Gewissen ist bescheidener. Es treibt mich nicht zu vorbildlichen, in der Regel leider gefährlichen Handlungen. Aber es gibt im Deutschen Reich nicht nur das Kammergericht zu Moabit; auch der Führerstaat kommt zum Beispiel ohne Pfeffersäcke nicht aus, und die brauchen Juristen, die ihnen ihre Kontrakte erklären. Es wird dauern, bis Verträge wieder unter Blutaustausch auf der Thingstätte beschworen werden. Darum habe ich beschlossen, Justitiar zu werden. Noch lieber würde ich Notar, aber der Wunsch wird sich kaum erfüllen. Die Fachschaft ist überlaufen.»

Mampes Terrasse füllte sich; sie wechselten das Thema. Schulz verlangte von Schierling kein Bekenntnis im Gegenzug und Schierling war ihm dafür dankbar. Er hätte nicht gewusst, was er dem Kollegen offenbaren sollte. Zwischen ihm und seiner Zukunft waberte dichter Nebel. Das zweite Staatsexamen stand bevor. Mehr wusste er nicht.

Anderntags brach über die SA eine Mordwelle herein. Ein knappes Hundert von Hitlers eigenen Leuten starben auf seinen Befehl einen blutigen Tod, und weil die Gelegenheit günstig war, sprangen auch Mitglieder der so genannten Konservativen Revolution in unbekannter Zahl über die Klinge. Hitler beeilte sich, dem Massaker einen ungewohnt juristischen Anstrich zu geben. Er rechtfertigte die Aktion als Staatsnotwehr, und namens der Rechtswissenschaft sekundierte ihm der Kronjurist, der den Gleichschritt zur Wissenschaft erklärt hatte.

«Der Führer», schrieb der gelehrte Mann, «schützt das Recht vor schlimmstem Missbrauch, wenn er im Augenblick der Gefahr kraft seines Führertums als oberster Gerichtsherr unmittelbar Recht schafft.»

«Sie sehen», sagte Schulz, als ihm Schierling zufällig über den Weg lief, «das Recht ist eine Hure. Es steht jedem zur Verfügung. Ich möchte wissen, was Tante Alfonsine denkt. Die Putschisten waren ja, wie der Führer angedeutet hat, obendrein eine Bande von Homosexuellen. Über die Ozeane hinweg muss Alfonsine diese Vergeudung von kräftigstem Männerfleisch bejammern.»

Schierling zog es vor, nicht zu antworten. Wenn Schulz nicht lernte, seine Zunge im Zaum zu halten, wurde der Umgang mit ihm riskant.

Im letzten Seminar vor dem zweiten Examen gab der Professor, der Schierling prüfen sollte, die Maxime aus, fast alle Sätze, Begriffe und Unterscheidungen des bisherigen Rechtssystems zeugten vom Geist der Aufklärung und seien deswegen auszutauschen gegen ein neues Denken und auf das Erleben im Führerstaat hin zu formen. Der Professor erwähnte den Franzosen Montesquieu als abschreckendes Beispiel. Schierling holte sich dessen *Geist der Gesetze* aus dem Bücherschrank und hatte die Antworten parat, als er in der Prüfung nach der verderblichen Wirkung des Aufklärichts in der deutschen Rechtswissenschaft gefragt wurde. Der Professor war zufrieden, gab Schierling eine Eins und bot ihm an, ihn zu promovieren. Thema sollte die Vereinfachung der Landesgesetzgebung durch das «Vorläufige Gesetz zur Gleichschaltung der deutschen Länder mit dem Reich vom 31. Mai 1933» sein. Schierling sagte ja und beantragte, so gerüstet, umgehend die Mitgliedschaft im nationalsozialistischen Rechtsschirmerbund. Das Mitgliedsbuch war vor jeden weiteren Karriereschritt gesetzt. Schierling hoffte, ohne Umstände aufgenommen zu werden.

Schon nach zwei Wochen wurde er zum Gespräch bestellt. Vor dem Amtszimmer, vor dem er sich pünktlich auf die Minute einfand, warteten ein Dutzend anderer Kandidaten. Sie verschwanden für unterschiedlich lange Zeit hinter der Tür und tauchten mit erleichterter oder mit undurchdringlicher Miene wieder auf. Die mit dem starren Blick hatten vermutlich Grund, sich über ihre Zukunft

Sorgen zu machen. Schierling wurde nach sich hinziehenden zwei Stunden aufgerufen. Drinnen saß ein Zivilist am Schreibtisch. Das Führerbild an der Wand und ein Gummibaum auf der Fensterbank waren der einzige Zimmerschmuck. Die Federhalter und Bleistifte lagen in Reih und Glied auf dem Schreibtisch. Der Mann, der hinter dem Schreibtisch saß, trug den Blutorden an der Jacke. Während er in Papieren blätterte, winkte er Schierling, sich zu setzen und in Geduld zu fassen. Geduld gewohnt war offenbar eine Stenotypistin mit einfachem Parteiabzeichen an der schlichten weißen Bluse. Mit Bleistift und Block in der Hand wartete sie ergeben auf ihren Einsatz. Nach einer Weile öffnete sich eine Seitentür, und jemand in der Uniform eines Reichsleiters betrat den Raum, deutete den deutschen Gruß an, strebte der Fensterbank zu und lehnte sich in sicherem Abstand vom Gummibaum gegen sie. Gegen das Licht konnte Schierling weder das Gesicht noch die Rangabzeichen des Goldfasans erkennen, aber der Mann am Schreibtisch schrumpfte um zwei oder drei Zentimeter. Die Stenotypistin begann mitzuschreiben, als ihr Chef Schierling aufforderte, zügig, aber überlegt zu antworten. Nach Erledigung der Formalien deutete er auf eine nicht unansehnliche Akte.

«Sohn eines Korvettenkapitäns im Admiralstab und renommierten Militärhistorikers sowie einer Turnierreiterin, die nach Meinung von Experten auf der Olympiade im übernächsten Jahr Gold für das Deutsche Reich holen könnte, wenn bei den Weltspielen Amazonen zugelassen würden. Auch der Sohn sitzt nicht schlecht im Sattel. Im Strafregister finden sich keine Eintragungen, und ein anständiges Examen schlägt positiv zu Buch. Aber da steht auch etwas über einen weichen Charakter und über die Gewohnheit, bei Horcher Austern zu schlemmen. Sagen Sie etwas darüber.»

Die Information über das Sektfrühstück musste von Bachewski stammen. Wahrscheinlich hatte der Obersturmbannführer auch das Urteil über Schierlings Charakter beigesteuert.

«Was ist gegen Austern zu sagen?», fragte Schierling zurück. «Sie stammten aus der Nordsee. Wir haben keine Devisen vergeudet.»

Die Antwort verblüffte ihn selbst, aber es konnte nicht schaden, wenn er zeigte, dass er sich nicht im ersten Anlauf ins Bockshorn jagen ließ.

«Sachte mit den jungen Pferden», sagte der Rechtsschirmer. «Als ich studierte, waren Heringe auch was Feines.»

«Gebraten oder eingelegt?», konterte Schierling.

Dem Goldfasan am Fenster passte die Frotzelei nicht ins Konzept.

«Ihr Umgang mit einer amtsbekannten Spottdrossel färbt ab», sagte er. «Ist jener Herr ein enger Freund von Ihnen?»

Das zielte unverkennbar auf Schulz. Auch über die Begegnungen mit ihm waren sie also im Bilde.

«Ein Kommilitone, wenn Sie Assessor Schulz meinen», sagte Schierling. «Er ist ein ungewöhnlich unterhaltsamer Mensch.»

«Solche Leute reden sich früher oder später um Kopf und Kragen.»

«Ich hoffe nicht, dass es Schulz passiert. Er ist ein guter Kerl.»

Der am Schreibtisch übernahm wieder das Verhör.

«Kann es sein, dass Sie viel auf Freundschaft und persönliche Treue geben?»

«Das tue ich.»

«Dass Sie lieber ja als nein sagen, ist ein Gerücht?»

«Ich denke, es geht vielen Leuten so.»

«Was sagt Ihnen der Name Sopade?»

«Nichts.»

«Welche Pläne haben Sie für die nächste Zukunft?»

«Ich will promovieren. Danach hoffe ich auf eine passende Aufgabe.»

«Haben Sie schon ein Thema für Ihre Dissertation?»

Schierling nannte es.

«Das ist ein harter Brocken», sagte der Rechtsschirmer.

«Der Gesetzestext ist kurz und das Thema hat den Vorzug, dass die Literatur noch übersichtlich ist.»

«Da haben Sie auch wieder Recht.»

Der Goldfasan griff noch einmal ein.

«Sie haben tatsächlich noch nie etwas von der Sopade gehört?»

«Nein.»

«Streichen Sie die Vokale aus dem Wort und nennen Sie die drei restlichen Buchstaben.»

«…s, p, d – SPD. Eine Untergrundorganisation?»

«Sozis, die nach Prag geflüchtet sind und dort Nachrichten aus Deutschland sammeln und verbreiten.»

«Nie gehört.»

Die Unkenntnis schien dem Goldfasan seltsamerweise recht zu kommen. Er und der Mann am Schreibtisch nickten einander zu.

«Mein Name ist Zöllner, Doktor Zöllner», sagte der am Schreibtisch. «Wir suchen Nachwuchs, zum Beispiel einen Referenten, der für uns die Berichte der Sopade aus dem Reich nach relevanten Rechtsfragen durchforstet. Wenn Sie sich vorstellen können, neben Ihrer Arbeit an der Dissertation diese oder eine andere Aufgabe zu übernehmen, lassen Sie es uns wissen. Natürlich laden wir Sie nicht Ihrer schönen blauen Augen wegen dazu ein und schon gar nicht, weil Sie hier den Schlagfertigen spielen. Frechheit siegt bei uns nicht. Sie wurden uns vorgeschlagen, und wir haben uns gründlich über Sie informiert.»

«Ich kann es mir vorstellen», sagte Schierling, «ich meine, ich kann mir vorstellen, die Aufgabe zu übernehmen.»

«Schlafen Sie eine Nacht darüber und seien Sie morgen um dieselbe Zeit hier, um uns Ihre Entscheidung mitzuteilen.»

Doktor Zöllner erhob sich vom Schreibtisch und drückte Schierling die Hand. Der Goldfasan nickte, riss sich von der Fensterbank los und verschwand so wortlos, wie er erschienen war. Endlich fiel Schierling ein, um wen es sich handelte. Er hätte den Präsidenten der Akademie für Deutsches Recht mit dem imponierenden Titel Reichsrechtsführer sofort erkennen müssen.

Auf Schierling wartete eine unruhige Nacht. Menschen wie der Justizrat und dessen Freund gingen den Machthabern in die Falle, hatte Schulz gesagt. In diese Falle liefen offensichtlich auch andere, auch jemand wie Jon Schierling. Leuten seines Schlages saß kein Messer an der Kehle. Sie mussten sich nicht davonmachen oder untergehen. Sie hatten noch die Wahl, mitzumachen oder Deckung zu suchen. Nicht mitzumachen bedeutete Verlust von Annehmlichkeiten, aber der ließ sich verschmerzen. Wenn es schlimm kam, winkte Schierling Deutschsüdwest. Die Ratschläge, die er sich von seiner Mutter und von Caroline holen konnte, kannte er im Voraus. Er sah sich bis ans Ende seiner Tage an ihren Rockzipfeln hängen, wenn er diesmal die Entscheidung nicht allein traf. Er beschloss, sich mit Diplomatie aus der Affäre zu ziehen.

«Ich bin kein Parteimitglied», sagte er, als er wieder vor Doktor Zöllner stand.

«Das ist uns bekannt», sagte der. «Machen Sie sich darüber keine Sorgen. Wir korrigieren das Versäumnis mit einem Federstrich und machen einen Nationalsozialisten aus Ihnen. Verlassen Sie sich darauf. Aber Sie brauchen keinen Vorwand. Sagen Sie nein, wenn Sie nein sagen wollen.»

«Ich danke für das Vertrauen und übernehme die Aufgabe», sagte Jon Schierling.

Es war das Gegenteil von dem, was er hatte sagen wollen.

«Gut, sehr gut», sagte Zöllner. «Dass Sie um Arbeitsdienst und Kommiss nicht herumkommen, bevor Sie hier anfangen können, ist Ihnen hoffentlich klar. Ziehen Sie eine Ausbildung in der SS oder in der Reichswehr vor?»

Ein Zurück gab es nicht mehr.

«Wenn schon, dann in Gottes Namen in der Reichswehr», sagte Schierling, «allerdings bitte nicht in der Marine. Dort kennen zu viele meinen Namen.»

«In Ordnung», erwiderte Zöllner, «und lassen Sie sich einen Rat auf den Weg mitgeben. Nehmen Sie sich vor ihrem eigenen Schandmaul in Acht.»

Die Falle war zugeschnappt.

Jon Schierling lag im feuchten märkischen Sand und starrte wütend auf den vom Regenwasser triefenden Dornbusch vor seiner Nase. Das Drillichzeug klebte ihm verdreckt am Körper. Über ihm brüllte sich Truppführer Waurich die Seele aus dem Leib, falls es in diesem Fettwanst denn eine Seele gab.

«Sie wollen studiert sein? Machen Sie sich nicht lächerlich! Sie sind ein Waschlappen! Achten Sie auf meinen Daumen, Sie Zivilist, Sie!»

Jeder Satz gipfelte in einem Ausrufezeichen. Zivilist war das böseste Schimpfwort, das Waurich kannte. Schierling versuchte den Kopf so weit zu drehen, dass er den Daumen seines Peinigers sehen konnte. Der brüllte schon wieder.

«Nase nach vorn, Sie Jämmerling!»

«Melde, dass ich vorn Ihren Daumen nicht sehen kann», keuchte Schierling.

«Reden Sie mit mir?»

«Jawoll.»

«Wie heiße ich?»

«Herr Oberscharführer.»

«Herr? Hier gibt es keine Herren, Herr Doktor. Herren sind eine fremde Rasse, das hier ist der Reichsarbeitsdienst.»

«Jawoll, Oberscharführer.»

«Schon besser. Aufstehen. Hinlegen. Aufstehen. Hinlegen ...»

Schierling gehorchte. Er sprang auf und warf sich wieder hin. Als er zum fünften Mal auf den Beinen war, wurde ihm schwarz vor Augen. Er wachte im Lazarett auf. An seinem Bett stand ein Oberstabsarzt.

«Mit Ihrer militärischen Karriere ist Schluss, mein Bester», sagte der Mediziner, «Sie haben sich am Herzen was weggeholt.»

Ob er erwartete, mit seiner schroffen Mitteilung einen Nervenzusammenbruch auszulösen, ließ er offen.

«Was ist mit dem Reiten?», erkundigte sich Schierling.

Die Frage verblüffte den Arzt.

«Wenn Sie damit in einem Vierteljahr vorsichtig wieder anfangen ...», sagte er zögernd.

«Ich werde es versuchen, mir Zeit zu lassen», versprach Schierling.

Der Arzt hatte Ähnlichkeit mit Oberscharführer Waurich, aber er war menschenfreundlicher. Er drohte mit dem Zeigefinger.

«Vorsicht ist die Mutter der Porzellankiste», sagte er. «Wir sehen uns.»

Schierling fiel Caroline ein.

«Soll ich dir Blumen schenken, damit du sie dir an deinen Spaten binden kannst?», hatte sie gefragt, als er seinen Pappkarton packte, um sich im Arbeitsdienstlager zu melden.

«Du spottest der heiligsten Güter», hatte er Caroline geantwortet. Jetzt hatte der Truppführer Waurich sein Vergnügen mit ihm gehabt und den Führer um einen Soldaten ärmer gemacht. Schierling dachte, dass Kapitän Schierling über seinen Sohn nicht gerade begeistert gewesen wäre, aber gegen die Waurichs hatte sein Vater schon in Kaisers Tagen etwas gehabt. Sie waren es gewesen, die der Kaiserliche Marine die Revolte eingebrockt hatten, pflegte er später zu sagen.

Zwei Wochen später erschien Doktor Zöllner an Schierlings Bett, um ihm kameradschaftlich Mut zu machen.

«Was nicht ist, ist nicht», sagte er. «Sie werden also kein Held werden, aber bei uns wartet Arbeit genug auf Sie. Wir sind immer noch unterbesetzt.»

«Die Sopade hat ihren Laden noch nicht geschlossen?»

«Es geht nicht nur um die Sopade. Wir werden Sie bei der allgemeinen Gegnerforschung unterbringen. Seien Sie erst einmal gesund. Dann finden Sie dort am ehesten Zeit für die Dissertation. Auf die legen wir Wert. Vielleicht fangen Sie mit der Arbeit schon mal an, solange der Arzt sie noch nicht ins Büro lässt. Aber zu ihrer Frage, die Sopade gibt tatsächlich nicht auf. Natürlich nicht. Die Genossen sind im Gegenteil dabei, ein Netz von Grenzsekretariaten aufzuziehen. In dem Moment, in dem ein Flüchtling böhmischen Boden betritt, wollen sie ihn sich schnappen und ihn ausquetschen. Dumm sind sie nicht. Natürlich vergießen sie bittere Tränen über den Tod Hindenburgs und empören sich darüber, dass der Führer das Amt des Reichspräsidenten kassiert hat. Den Eid, den die Wehrmacht auf den Führer geschworen hat, liegt ihnen besonders schwer im Magen. Als Gegenmittel fällt ihnen im Augenblick nichts Besseres ein, als Korruptionsfälle aufzudecken. Die Methode ist allerdings nicht ungefährlich. Skandale erzählen sich am besten weiter.»

«Gibt es da was Neues?»

«Na gut, ein Beispiel zur Aufmunterung eines Kranken. In Stuttgart hat der Gebietsführer der Hitlerjugend, er heißt Wacher, die Ehe mit einem Fräulein Kurzer geschlossen, einer Jugendgenossin vom Bund Deutscher Mädchen. Trauzeuge war der Reichsstatthalter Murr. Allein sein Name ist natürlich ein Fressen für Witzbolde bei den Sozis. Sie scherzen über das Recht auf die erste Nacht, die nun angeblich den Gauleitern zusteht. Aber es kommt besser. Der Hitlerjunge Wacher hat nicht verraten, dass er in Österreich schon verheiratet war. Oder er hat schlicht vergessen, sich scheiden zu lassen. Jetzt ist er mit 300 Mark aus der HJ-Kasse verschwunden. Kurzum, die Sopade-Leute passen auf wie die Schießhunde. Wir kriegen sie nicht klein, bevor bei uns die Sauereien nicht aufhören oder wir nicht selber in die Tschechoslowakei einmarschieren. Beides wird leider etwas dauern.»

Schierling befolgte den Rat, sich mit der Dissertation zu beeilen. Als ihn der Oberstabsarzt aus dem Lazarett entließ, traf er die nötige Verabredung mit seinem Doktorvater, holte sich aus der Bibliothek die Literatur, die er für den ersten Anlauf brauchte, packte auch sonst das Nötigste zusammen und fuhr nach Segau. Zöllner gab ihm eine Empfehlung an einen Staatsrechtler in Kiel mit. Es passe gut, sagte Zöllner, dass dort die juristische Fakultät der Christian-Albrechts-Universität auf dem Sprung sei, sich zum wissenschaftlichen Stoßtrupp der Bewegung zu formieren, und im benachbarten Kitzeberg ein Ausbildungslager für Rechtsreferendare aufbaute.

Für ein paar Tage kam dann auch Caroline aus Berlin nach Segau. Schierlings Heuboden-Freundin guckte pro forma schief, schmierte ihm dann aber aufs Brot, dass sie wild entschlossen sei, den Sohn des Kreisbauernführers zu heiraten. Trotz dieser Flurbereinigung wurde Carolines Besuch bei Schierling zum Anfang vom Ende ihrer Beziehung.

Ihre Liebe zu Schierling kränkelte, seit er seinen Pakt mit Doktor Zöllner geschlossen hatte. Dass er den Rechtsschirmern auf den Leim gegangen war – aus purer Charakterschwäche, wie seine Freundin behauptete –, sorgte für andauernden Streit. Schierling fiel wenig ein, den Vorwurf zu entkräften. Sein stärkstes Argument war noch, dass vernünftige Leute auf dem richtigen Posten Schlimmeres verhindern konnten. Das behaupteten inzwischen viele, und Caroline, deren Karriere als Pianistin eben aufblühte und die davon träumte, mit ihrer Kunst die Welt zu erobern, machte sich darüber lustig. Die zwei Wochen in Segau sollten ein Versuch sein, die Dinge ins Lot zu bringen. Dann traf eine Einladung des Kieler Staatsrechtsprofessors ein, an einem Appell der Kitzeberger Referendare teilzunehmen, denen der Reichsjustizminister die Ehre geben wollte. Dass Schierling nicht nein sagen konnte, gab selbst Caroline zu.

Grund zum Grübeln hatte er genug, als Schierling zum Ertüchtigungseinsatz über die Förde dampfte. Backbords lagen die Marineakademie, in der sein Vater residiert hatte, und das Düsternbrooker Gehölz, das in der Kieler Kindheit seine Wildnis vor der Haustür gewesen war. Das Lager selbst ernüchterte ihn rasch. Vorgesetzte und Kameraden begrüßten ihn kollegial, aber die Baracken sahen nicht anders aus als beim Reichsarbeitsdienst und im Dienstbetrieb fehlte nur der Truppführer Waurich.

Am Abend vor der Ankunft des Ministers stand ein Ausmarsch auf dem Dienstplan. Schierling meldete dem Lagerleiter mit dem schönen deutschen Namen Smarzlick, dass er sich nicht drücken wolle, obwohl er Rekonvaleszent sei. Smarzlick lobte Schierlings Einsatzfreude, befahl ihm jedoch, sich sofort in die Büsche zu schlagen, wenn ihm die Knie weich wurden. Die Fürsorge war berechtigt, denn die Juristen marschierten drauflos, als wollten sie das Marine-Ehrenmal von Laboe stürmen. Zum Glück gab es die erste Atempause schon nach einer halben Stunde, als Smarzlick unverhofft «Das Ganze halt, links um, rührt euch, Sonnenuntergang genießen» bellte.

Die Sonne versank im Kaiser-Wilhelm-Kanal, und Schierling war Smarzlick dankbar. Die meisten Kameraden verkniffen sich nur mit Mühe das Lachen. Smarzlick sah es und verkündete nicht ohne Schärfe in der Stimme, Juristerei sei bekanntlich nicht länger eine Sache des Kopfes, sondern fordere den ganzen Neuen Menschen und damit auch sein Gemüt, den Nährboden des Deutschtums. Als es weitergehen sollte, meldete sich Schierling für den Rest des Marsches ab. Smarzlick entließ ihn mit einem Augenzwinkern. Er hatte in Schierling den Naturfreund erkannt.

Der Neue Mensch war unvermeidlich auch das Thema der Ansprache, die am nächsten Vormittag der Justizminister hielt. Kein Jurist, so verkündete er, solle künftig auf den Gedanken kommen, dass er sich der auf das Volkstum gegründeten neuen Ordnung entziehen könne. Der Führer und seine Partei seien dem Ziel nahe, aber erreicht sei es erst, wenn man den letzten Feind in den eigenen Reihen, wie geschickt er sich immer verberge oder verstelle, aufgespürt und ihn zum Teufel geschickt habe. Jetzt sei Feinarbeit zu leisten, bis die verbliebene konservative Justiz begreife, dass weder Regierungsakte noch gar der Führerwille ihrem Urteil unterworfen seien.

Der einzige Vorzug dieser Rede auf erschreckend niedrigem Niveau war, dass der Minister bald zum Ende kam und ankündigte, nach Mittagessen und Mittagsruhe beginne der gemütliche Teil.

Der Spaß begann damit, dass der Minister seine jungen Kollegen um sich versammelte, an ihren Humor appellierte und ihnen eine Stunde Zeit gab, einen Galgen zu errichten. Sie entdeckten auf dem Lagergelände zwei brauchbare Balken, trieben den einen in die Erde und nagelten den anderen quer darauf. Ein haltbares Tau fand sich ebenfalls. Als der Galgen stand, winkte der Minister dem Lagerleiter Smarzlick, und der schleppte mit einem Helfer ein meterhohes, aus geteerten Schiffsspanten gezimmertes Paragraphenzeichen heran. Der Paragraph wurde am Galgen hochgezogen. Diesmal war Gelächter nicht nur erlaubt, sondern geboten. Die Jungjuristen brüllten erwartungsgemäß vor Vergnügen; sie grinsten auch noch, als einer von ihnen seinen Fotoapparat zückte und sie vor dem Galgen aufnahm. Zufrieden mit dem Erfolg, winkte der Minister abermals Smarzlik. Der apportierte nun eine Aktentasche. Ihr entnahm der Minister kleine Schmucketuis und überreichte sie mit Handschlag den Referendaren. Die Etuis enthielten silberne Manschettenknöpfe, die neckisch das Hakenkreuz zierte.

»Sie wissen», sagte der Minister, «dass der Parteigenosse Goebbels verboten hat, die Köpfe der Partei auf Sammeltassen und Kuchentellern abzubilden oder Embleme der Partei zu anderlei Kitsch zu verarbeiten. Natürlich geht das völlig in Ordnung. Alles gehört an die dafür vorgesehene Stelle. Ich habe diese Schmuckstücke darum aus dem Verkehr gezogen. Doch Mitglieder einer verschworenen Gemeinschaft wie der unseren, fest verwurzelt in der Bewegung, dürfen zweifellos auch ihren Spaß am Abwegigen haben. Viel Vergnügen mit den Dingern.»

Sodann befahl der Minister, wie er sich auszudrücken beliebte, den Abmarsch zur Tränke.

Die Brauerei Zur Eiche hatte zwei Fässer Bier gestiftet. Der Minister übernahm den Anstich und trank auf den Neuen Menschen und alle, die entschlossen waren, ihn auf höchste Höhen seines Volkstums zu führen. Es hörte sich an, als wollte der Chef der deutschen Justiz bis tief in die Nacht bramarbasieren, aber nach diversen Gläsern Bier wurde er überraschend weinerlich.

Leider, sagte er, gab es noch immer Menschen, die nicht begriffen hatten, dass sie nicht dazugehörten. Das war im Augenblick das größte Problem. Hut ab vor einem Kollegen namens Friesenmuth, der nach einer Führerrede seinen Antrag, ihn in die Partei aufzunehmen, zurückzog und dies damit begründete, dass er keine

Kämpfernatur im vom Führer gewünschten Sinne sei. Friesenmuth – der Mann verdiente seinen Namen. Sein Rückzieher war nicht etwa Fahnenflucht, wie irrtümlich der Lehrer dieses Mannes, der bekannte Kronjurist, behauptet hatte. Der Widerruf war ehrlich, und ehrliche Leute brauchte das Volk, selbst um den Preis, dass einer, den man gern in den Reihen der Partei gesehen hätte, ihr die kalte Schulter zeigte. Nein, unangenehm war der gegenteilige Fall. Zum Beispiel der Fall des Schutzjuden Grollmann, genauer des geschützten Volljuden Grollmann. Der Minister sagte, dass es einem Juristen nun einmal in Fleisch und Blut übergehe, sich präzise auszudrücken.

Siegfried Grollmann, so erfuhr die Runde, hatte sich dem Kanzler Brüning zuliebe von seinem Hallenser Lehrstuhl beurlauben lassen und war Berater der Reichsregierung in der polnischen Frage geworden. Er leistete dort eine vernünftige Arbeit, wie sie das Reich von einem Frontkämpfer des Weltkrieges und Träger des Eisernen Kreuzes erwarten durfte. Aus irgendwelchen nicht ehrenrührigen Gründen schickte Brünings Nachfolger Papen Grollmann dann nach Hause. Der Jude, so berichtete der Minister mit erkennbar wachsendem Abscheu, kehrte aber nicht auf seinen angestammten Lehrstuhl zurück, bevor die Regierung der nationalen Erhebung ins Amt kam. Stattdessen reiste er zu einem Berufungsgespräch, zu dem ihn die Greifswalder Universität eingeladen hatte. Die Greifswalder hatten keine Ahnung, dass Grollmann Volljude war, und er offenbarte sich ihnen nicht. Erst der Wissenschaftsminister musste die Fakultät auf den peinlichen Umstand aufmerksam machen und nun war Holland in Not. Denn als Weltkriegsteilnehmer pochte Grollmann nicht nur auf seinen Anspruch, wieder beim Staat unterzukommen. Er verfügte zudem über einige hervorragende internationale Beziehungen, derentwegen es erheblichen Ärger geben musste, wenn man ihn behandelte, wie er es wegen seiner Verlogenheit verdiente.

«Sie erkennen mühelos die Verschlagenheit dieser Rasse, meine Herren», sagte der Minister. «Wie hätten Sie den peinlichen Fall entschieden?»

Es wurden ein paar Vorschläge gemacht, aber der Minister schüttelte jedes Mal den Kopf.

«Ganz einfach», schnitt er, nun wieder wie zu Beginn des Abends über Gott und die Welt triumphierend, die anlaufende Diskussion ab, «wirklich ganz einfach. Wir haben das Gesetz gelesen und da stand nicht, dass Grollmann Anspruch auf Wiedereinstellung hatte. Da stand nur, dass wir uns zu bemühen hatten, ihn unterzubringen. Wir haben uns darum bemüht und für den Juden keinen Platz gefunden. Nun muss Herr Professor Siegfried Grollmann sehen, wo er bleibt.»

Das Bier machte Schierling zu schaffen. Statt der Latrine steuerte er den Wald an und lief dann weiter durch die Nacht zum Anlegesteg der Fördedampfer hinunter. Es wurde allmählich hell und der Wind trieb dicke Wolken vom Westufer herüber. Eine von ihnen sah aus wie eine riesige schwarze Fledermaus.

Schierling setzte sich auf die Brüstung der Brücke, starrte über das Wasser und dachte an den Neinsager Friesenmuth. Er, Johann Viktor Schierling, so viel wusste er, brachte es nicht fertig, Friesenmuths Beispiel zu folgen. Er schaffte es nie im Leben.

Caroline schlug eine Kahnpartie auf dem Segauer See vor. Der Vorfrühlingshimmel tat sein Bestes, der See ebenfalls. Sie ruderten wortlos bis nahe ans andere Ufer hinüber. Dort ließen sie das Boot in einer Bucht treiben. Das Schilf flüsterte, die weiche Mittagsluft roch nach Moder, draußen wechselte das Wasser unter ein paar flüchtigen Wolkenschatten am Himmel das Licht. Es war das friedlichste Gesicht, das der See zu bieten hatte. Aber Caroline Schlettow war nicht darauf aus, den Tag zu genießen. Sie hatte angekündigt, dass sie Klarheit schaffen wolle – Klarheit über den Weg, den Schierling eingeschlagen hatte. Sie hatte hinzugefügt: «Und Klarheit über das Verhältnis einer gewissen Caroline Therese von Schlettow zu einem gewissen Johann Viktor Schierling.»

Sie setzte ein paarmal zum Reden an, bevor sie den Angriff eröffnete.

«Hast du dich verändert?», fragte sie endlich und erwartete nicht, dass Schierling antwortete. «Ich glaube nicht, dass du dich verändert hast. Du hast die Dinge immer genommen, wie sie kamen, und dich nie auf die Hinterbeine gestellt. Aber worum ging es denn schon? Den Tropenanzug anziehen, die Flinte schultern und ins schwarze Afrika reisen oder in heimatlichen Breiten auf die Karriereleiter klettern? Für das eine sprach ebenso viel wie für das andere. Deiner Mutter bei ihren Eskapaden zusehen oder wenigstens sagen, dass dir Herr von Bachewski auf die Nerven ging? Was hätte es geändert, wenn du den Mund aufgemacht hättest? Auch dein Vater konnte Bettina von Plessow nicht zähmen, und ihr konntet trotz allem sicher sein, dass sie euch liebte. Außerdem wusste sie, was du über ihr Leben und Treiben dachtest. Du hast also nicht protestiert. Lieber bist du mit Daisy Silberstein herumgetobt und dann mit mir. Ich habe gedacht, dass du eben so bist, dass du diese Art von Charakter hast und dass der ja auch seine Vorzüge hat. Vor allem Verträglichkeit. Ich bin nicht so harmoniesüchtig wie du, aber Streit, wenn er ernst wird, bringt mich um den Verstand, und ich hasse ihn wie die Pest.»

Schierling wollte fragen, worin dann letzten Endes der Unterschied zwischen ihnen bestand, aber Caroline ließ ihn nicht zu Wort kommen.

«Es hat sich tatsächlich etwas verändert», sagte sie. «Zwar ist nicht Jon Schierling anders als gestern, aber das Land ist anders, in dem er lebt. Das Land hat sich von heute auf morgen verändert. Wir sind, was man auch gegen die Verhältnisse einwenden mochte, anderthalb Jahrzehnte lang in einem sehr zivilisierten Land aufgewachsen. Es war, nun ist es ist nicht mehr zivilisiert. Und deswegen tut Jon Schierling heute etwas anderes, als er gestern getan hat, wenn er einfach weitermacht wie bisher. Ich bin keine Politikerin und ich bin nicht gut in Philosophie und eine Juristin bin ich schon gar nicht. Ich bin nur gut in Musik. Aber was sich geändert hat, sehe ich mit eigenen Augen. Muss ich dir das wirklich erklären?»

Sie wollte immer noch keine Antwort und fuhr fort, bevor er etwas einwerfen konnte.

«Ich will dir sagen, was für mich unerträglich wäre. Ich könnte es nicht ertragen, wenn du mir noch einmal erzählst, wie deine Juristenkollegen einen Paragraphen an den Galgen gehängt haben und wie sie es lustig fanden, du es aber alles andere als spaßig gefunden und trotzdem kein Wort gesagt hast.»

«Das war ein saublöder Witz», brachte Schierling heraus.

«Du weißt, dass es kein Witz war, und du weißt, was ich meine. Bücher haben sie schon verbrannt, jetzt hängen sie Paragraphen an einen Galgen. Und sie jagen Juden zum Teufel, die im Staatsdienst ihre Pflicht und mehr als ihre Pflicht getan haben, und sie greifen sich auch andere Menschen von der Straße oder holen sie aus den Häusern und schlagen sie zusammen. Und so wird es weitergehen und es wird schlimmer werden. Willst du immer dabeistehen und den Mund halten?»

«Was soll ich tun? Nach Afrika auswandern?»

«Meinetwegen nach Afrika.»

«Ich bin hier zu Hause.»

«Das waren Daisy Silberstein und ihr Vater auch. Jetzt sind sie in Paris.»

«Ich habe es gehört. Ich kann sie nicht zurückholen.»

«Mehr fällt dir nicht ein? Mein Schatz, ich fürchte, das war es mit uns. Mach deinen Doktor, diene dem Vaterland mit dem Führerbild an der Wand, leide am Vaterland und am Führer und denke an Daisy und mich. An sie, wie sie in Paris sitzt und wahrscheinlich demnächst in New York, und an mich fürs Erste, wie ich in der Schweiz mein Glück versuche.»

«Was heißt das?»

«Das heißt, dass ich eine Einladung nach Basel habe und dass ich seit fünf Minuten weiß, dass ich meine Koffer packen und möglichst nicht zurückkehren werde. Ich sage nicht, dass Schluss ist mit unserer Freundschaft. Dazu verstehe ich dich zu gut, und du gehörst zu meinem Leben. Es heißt nur, dass mir leider die Liebe zu dir abhanden gekommen ist. Und da bin ich machtlos. Partout machtlos. Ruder bitte zurück.»

«Du kannst doch nicht im Ernst aus heiterem Himmel ...»

«Kein heiterer Himmel, ganz und gar nicht. Sag nichts mehr, ich bitte dich. Ich will nicht heulen. Ich will nicht heulen über dich und nicht über uns.»

Als Erstem gab Schierling seine Dissertation Doktor Zöllner zu lesen. Zöllner sah darin, wie er sagte, einen Vertrauensbeweis und fühlte sich, wie er hinzufügte, zu einer ehrlichen Antwort verpflichtet. Offenheit, selbst wenn sie schmerzlich sein musste, verlangten auch die Vorzüge der Arbeit. Sie waren zu würdigen, obwohl leider ein Schiffbruch drohte.

Mit Einwänden hatte Schierling gerechnet, mit der Ankündigung seines Untergangs nicht. Er hatte Mühe, sich zusammenzureißen. Zöllner nahm die Reaktion zur Kenntnis und schlug einen eher verbindlichen Ton an.

Ganz gewiss, sagte er, war es eine Eins wert, wie der geschätzte Doktorand die Verfassung der Republik von Weimar gewogen und für zu leicht befunden hatte. Historisch war dies kein Kunststück. Der Staat von Weimar war perdu, nach der Verfassung krähte kein Hahn mehr. Das wusste jeder. Juristisch war die Sache nicht so einfach, und zwar der Herkunft der Verordnungen wegen, mit deren Hilfe die Regierung der nationalen Erhebung Ernst gemacht hatte mit ihrer Machtübernahme. Wie Schierling aus diesem Blickwinkel jeden einschlägigen Artikel der Verfassung untersuche, das war geradezu vorbildlich.

«Aber?», fragte Schierling, der seine Felle wegschwimmen sah.

«Auf das Aber komme ich», sagte Zöllner. «Lassen Sie mich Ihnen zunächst versichern, dass die Arbeit mit nicht allzu viel Mühe zu reparieren ist.»

«Dazu müsste ich wissen wie. Selbstverständlich ist guter Rat das Beste, was ich mir wünschen kann».

«Vorsicht. Rechnen Sie mit Ihrem eigenen wissenschaftlichen Ehrgeiz. Der kann jucken. Möglich, dass Ihnen meine Einwände nicht in den Kram passen. Außerdem gibt es zwei weitere Vorbedingungen.»

«Die wären?»

«Vor allem absolute Verschwiegenheit vor, während und nach der Zusammenarbeit. Auch Ihrem Professor gegenüber. Er ist ein konservativer Herr, nicht einmal konservativ-revolutionär, sondern schlicht konservativ. Ein Auge für Fallgruben außerhalb der Juristerei dürfte er kaum haben und Sie hätten das Nachsehen, wenn Sie in sie hineintappen. Andererseits kann mir nicht daran liegen, als jemand dazustehen, der aus der Giftküche der Macht plaudert.»

«Ich verstehe.»

«Wenn Sie es schon kapiert haben, sind Sie nicht nur ein begabter Jurist, sondern auch ein talentierter Politiker.»

«Im alten Rom hieß so etwas *clientela*.»

«Auch das ist richtig. Ich darf anmerken, dass eine Klientel etwas anderes ist als Kumpanei.»

«Selbstverständlich.»

«Wir verstehen uns. Ihr Problem ist, dass Sie unübersehbar in den Fußstapfen unterwegs sind, die unser aller Kronjurist in der Wissenschaft hinterlassen hat.»

«Was ist daran falsch?»

«Zunächst einmal wenig oder nichts. Es ist gegenwärtig die beste Wissenschaft, die zu haben ist.»

Die Hüter der vermeintlich reinen Lehre des Nationalsozialismus, fuhr Zöllner fort, hatten den großen Mann jedoch von Anfang an im Visier gehabt. Der Kronjurist war ein katholischer Märzhase. Weiß Gott war er nicht der einzige Volksgenosse, der erst nach der Machtübernahme in die Partei eingetreten war, und das Katholische, damit war sicher zu rechnen, gab sich – jedenfalls im Lehrbetrieb, in Veröffentlichungen und bei offiziellen Auftritten. Alte Kämpfer der Bewegung, beurteilten politische Mimikry härter. Das war die eine Rasse von Gegnern des Kronjuristen. Sie konnten ihm lästig werden, waren ihm jedoch nicht unbedingt gewachsen. Gefährlicher wurden ihm andere. Das waren Juristen wie er, Freunde von gestern oder hochintelligente Schüler. Sie fragten, an wessen Seite der Kronjurist wohl getreten wäre, wenn sich im Januar '33, horribile dictu, nicht der Führerstaat aus der Asche der Demokratie erhoben hätte, sondern eine Militärdiktatur. In ihr nämlich hätte sich der Kronjurist ohne Frage eingenistet wie die Made im ideologischen Speck. Jetzt saß er wohlbehalten zur Rechten des Reichsrechtsführers, und jedermann, der genauer hinsah, erkannte mühelos, aus welchem Holz er geschnitzt war. Er war und blieb ein begnadeter Opportunist.

«Sie, Herr Schierling», fuhr Zöllner fort, «haben in den letzten Monaten offenbar nicht einen einzigen Blick aus dem Fenster ihrer Studierstube geworfen. Sonst hätten Sie mitbekommen, dass das Wetter umgeschlagen ist. Mittlerweile nämlich ziehen die Feinde völlig ungeniert gegen den großen Mann zu Felde. Sie schwärzen ihn an, den Führerwillen gering zu schätzen und den Staat an sich zu feiern. Böse Zungen behaupten sogar, er habe sich von Anfang an verstellt.»

«Also muss ich an meinem Staatsbegriff arbeiten», sagte Schierling.

«Sie haben es erfasst», sagte Doktor Zöllner. «Versuchen Sie es und dann sehen wir weiter.»

Nach einigen leichten Geplänkeln über Einzelheiten war Doktor Zöllner mit der überarbeiteten Dissertation zufrieden. Der Doktorvater bekam das Werk und wollte es mit einer Zwei genug sein lassen. Der zweite Prüfer, ein Mann nach Zöllners Geschmack, drängte auf eine Eins. Der Doktorvater begründete ehrpusselig seinen Standpunkt und gab dann erwartungsgemäß nach. Das mündliche Examen lief glatt. Anschließend verschleppte Zöllner Schierling in sein Büro und steckte ihm das Parteiabzeichen an die Jacke.

«Zusätzlich», sagte er, «leider fehlt der Goldrand, aber auch ohne ihn findet heute ein begabter junger Mensch wie Sie einen Platz bei uns. Der Reichsrechtsführer lässt grüßen. Ich soll Ihnen in seinem Namen gratulieren.»

Selbst für seine Verhältnisse hatte Schulz zu viel Bier im Blut. Das Wiedersehen mit Berlin hatte den nunmehrigen Gehilfen des Justitiars eines Stahlproduzenten im Westen des Reiches zwar noch nicht umgeworfen, aber er war nahe daran, in die Horizontale zu kippen. Als er nach Schierlings Revers griff, sah es aus, als wollte er sich anklammern. Er hatte es jedoch auf das Parteiabzeichen abgesehen. Sein Blick heftete sich stier auf das Hakenkreuz.

«Komisch», sagte er, «das Ding ist saukomisch. Ist mir noch nie aufgefallen. Wieso knicken die Balken vom Kreuz in der Mitte nach rechts um?»

Schierling winkte dem Kneipier, zahlte und bat um Hilfe bei dem Versuch, den Freund in ein Taxi zu schaffen. Der Wirt war froh, diese Gäste loszuwerden, und packte an.

«Wohin, mein Bester, wohin?», gurgelte Schulz.

«Zu mir nach Hause», sagte Schierling, «Sie taugen nicht mehr für die Öffentlichkeit.»

«Ich war immer ein eher stiller Gelehrter mit viel Sinn für die Volksgemeinschaft», behauptete Schulz, «das Volk weiß das.»

«Enttäuschen wir es nicht länger», sagte Schierling.

Im Taxi schlief Schulz sofort ein. Der Fahrer lenkte seinen Wagen durch die nächtliche Großstadt, als hätte er eine Fuhre Porzellan an Bord. Schulz sollte bis zum Ziel nicht aufwachen. Die Gefahr, dass er auf die Polster kotzte, war zu groß. Weil das Unglück wider Erwarten nicht eintrat, half der Chauffeur von sich aus, die Bierleiche drei Treppen hinauf zu befördern und auf Schierlings Sofa zu betten. Das Trinkgeld wurde seiner Hilfsbereitschaft gerecht.

Am nächsten Vormittag kam Schulz erstaunlich rasch wieder zu körperlichen und geistigen Kräften, nachdem er nach angeblich uraltem Familienrezept aus einem rohen Ei und gepresstem Tomatensud mit viel Pfeffer und Salz nebst einem Spritzer hochprozentigen Alkohols ein Getränk angerührt und zu sich genommen hatte.

«Habe ich viel Unsinn geredet?», erkundigte er sich beim Genuss einer trockenen Scheibe Schwarzbrot, dem ein Schluck von eigener Hand aufgegossener, mörderisch starker Kaffee folgte.

«Kurz bevor Sie Hochverrat begehen wollten, habe ich Sie abtransportiert», sagte Schierling.

«So schlimm?».

«Ziemlich.»

«Ich sollte vorsichtiger werden.»

«Ihr Wort in Gottes Ohr.»

«Dabei sind wir dem Führer wirklich dankbar.»

«Wir?»

«Wir, das deutsche Volk an Ruhr und Rhein. Die Besetzung des Rheinlands war eine große Tat. Unsere Kerle in feldgrauen Uniformen auf der einen Straßenseite, die Poilus in ihrem bläulichen Dress auf der anderen. Sie standen sich Gewehr bei Fuß gegenüber. Mein Lieber, Sie hätten die dummen Gesichter der Franzmänner sehen sollen. Vor lauter Schreck haben sie ihre Bajonette im Futteral stecken lassen. Ich war gerade im schönen Köln und hing dort mit dem Feldstecher aus dem Fenster. An mein Herz rührte vor allem ein Landsmann zu Pferde, ein Oberst. Sein Ross tänzelte nervös, bis die Grande Armée kehrt machte und um die nächste Ecke in Richtung Grenze verschwand. Dann folgten ihnen Ross und Reiter nebst Fußvolk stolzen Schrittes. Der Herr Oberst wäre vermutlich am liebsten bis zum Arc de Triomphe weitergeritten. Aber der Führer lauscht dem Atem der Geschichte und achtet ihn hoch. Hat er doch schon im vorigen Jahr, bei der Heimkehr des Saarlandes ins Reich, versichert, dass wir in Europa keine territorialen Ansprüche mehr haben. Jedenfalls, wusste er, was er von den Franzosen zu halten hatte. Von deren Besatzungsherrschaft hat meine Wenigkeit tatsächlich nichts gesehen, was den Vergleich mit den Geschichten aushielt, die man mir über den Ruhrkampf von 1923 erzählt hat. Mit den dussligen Demokraten von damals konnte es der Feind eben machen.»

«Deutschland mausert sich», sagte Schierling, der nicht wusste, ob er Schulz über den Weg trauen durfte.

«Ganz recht», sagte Schulz, «und mit Deutschland mausert sich Europa. Nehmen Sie diesen Benito Mussolini. Jagt der Signore Duce doch glatt den Negus von Abessinien zum Teufel. Und in Spanien marschiert der General Franco gegen die Roten. Auch eine Führernatur. Die Kommunisten mobilisieren bereits die letzte Reserve gegen ihn, die Flintenweiber. Scheußlich.»

«Die Welt will Frieden.»

«Will sie bestimmt, will sie ganz bestimmt. Vor allem die lieben Engländer. Die Vettern jenseits des Kanals können gar nicht genug liebevolle Botschaften funken.»

«Ich freue mich auf Berlin im Zeichen von Olympia», sagte Schierling.

Es klang naiv und gestelzt, aber er wollte endlich das Thema wechseln. Schulz kam von der Politik nicht los.

«Wirklich ein Jammer», sagte er, «dass die Amazonen ihre Teilnahme nicht durchgesetzt haben. Ihre Frau Mutter hätte, wie man hört, gute Chancen auf Gold. Aber das Olympische Komitee, dieses reaktionäre Pack, will wieder nur Offiziere und Herrenreiter zulassen. Amazonen auf keinen Fall, nicht einmal Unteroffiziere. Habe ich jedenfalls gelesen.»

«Es stimmt. Das Olympische Komitee besteht aus bemoosten Häuptern. Gesellschaftlicher Fortschritt ist seine Sache wirklich nicht.»

Schierling gefiel der eigene Zungenschlag immer weniger. Fast beneidete er Schulz um dessen loses Maul. Schulz schüttelte den Kopf, woraus nicht hervorging, ob er bewunderndes Staunen oder nagende Zweifel bekunden wollte.

«Der Führer hat Erfolg», sagte er, «das ist das Geheimnis seines Erfolges.»

Von den Olympischen Spielen redeten alle. Bettina Schierling hatte die Beileidsbekundungen satt. Jeder Hans und Franz meinte, ihr sein Bedauern darüber ausdrücken zu müssen, dass Amazonen zu den Weltspielen nicht ins Stadion einreiten durften. Als sich auch noch der NS-Sportführer, ein Mann mit edlem Namen, genötigt sah, ihr die Hand zu küssen und eine entsprechende Bemerkung zu machen, stellte sie kurz entschlossen zwei ihrer Pferde in den Transportanhänger, kutschierte mit ihnen nach Bansin und machte mit ihnen das vorsommerliche Usedom unsicher. Am zweiten Wochenende nach ihrer Ankunft kam Schierling zu Besuch. Wie auch zu Hause tat Schierlings Mutter zunächst so, als wäre die Karriere ihres Sohnes kein Thema für sie. Ein paar Auskünfte über seine nächsten Vorgesetzten und seinen engsten Umgang waren neben der Frage, ob ihm Bachewski über den Weg gelaufen war, anscheinend schon alles, was sie interessierte.

Am Sonntagmorgen ritten sie dann Steigbügel an Steigbügel am Wasser entlang in Richtung Zinnowitz. Auf der Terrasse des Seeschlosses, der letzten Pension am Bansiner Strand, lag ein Mann im Liegestuhl. Sein Fett quoll aus dem offenen Bademantel. Bettina Schierling zeigte mit dem Kinn hinüber.

«Parteigenosse Doktor Robert Ley», sagte sie, «der Herr Reichsorganisationsleiter schläft seinen Rausch aus. Das schmucke Kind vom Bund Deutscher Mädchen, das ihm für gewöhnlich die Fußsohlen kitzelt, liegt vermutlich noch in den Federn.»

Schierling ärgerte die Bemerkung, und es ärgerte ihn, dass sie ihn ärgerte.

«Geschwätz kann unangenehme Folgen haben», sagte er.

«Ach ja?» Bettina Schierling trabte an.

Schierling biss sich auf die Lippen. Sein Pferd fiel ebenfalls in Trab.

«Ich meine, du solltest dich in Acht nehmen. Ich weiß, wovon ich rede.»

«Ich habe verstanden. Mein Sohn will nur mein Bestes.»

Über dem Steilufer am Langen Berg ragten wie eh und je die

Buchen gen Himmel. Am Nacktstrand davor lagen nur zwei bloße Frühaufsteher. Bettina Schierling fiel in Galopp. Schierling folgte ihrem Beispiel. Seine Stimmung besserte sich, als die Bäuche der Pferde fast den Sand berührten. Erst kurz vor Stubbenfelde parierte seine Mutter durch. An den Hälsen der Pferde klebten weiße Flocken aus Schweiß.

«Wir wollen uns nicht den Tag verderben», sagte Bettina Schierling. Sie war jetzt auch besserer Laune.

«Du hast Recht», erwiderte Schierling, «es wäre ein Jammer. Rauchen wir die Friedenspfeife.»

«Ich habe den Tomahawk nicht ausgegraben, mein Junge», sagte seine Mutter.

Das Fischerdorf Koserow und das verwunschene Anwesen eines der beiden berühmten Künstler der Insel passierten sie mit langen Zügeln. Als sie den Eingang von Zinnowitz erreichten, waren die Pferde wieder trocken. Sie konnten sie auf eine Weide stellen und Sattel und Zaumzeug in einem Schuppen verstauen. Der Acker und die Hütte gehörten irgendeinem Berliner Reiterkameraden.

Sie liefen zur Promenade. Im Musikpavillon bezog eben die Kurkapelle Platz. Davor versammelte sich das Zinnowitzer Sonntagmorgenpublikum. Es bestand vorwiegend aus jugendlichen Eingeborenen. Kurgäste waren noch rar.

Der Kapellmeister gab den Einsatz. Seine Männer legten los. Die jungen Leute klatschten den Marschrhythmus mit. In regelmäßigen Abständen riss der Dirigent seinen Stock hoch, die Musik schwieg, und die Umstehenden brüllten im Sprechchor zwei Zeilen. Sie lauteten:

«Raus mit dem Itz aus Zinnowitz»

Raus mit dem Itz aus Zinnowitz!»

Schierling lief rot an. Bettina Schierling machte wortlos kehrt. Schierling hielt den demonstrativen Abgang zweier Ortsfremder im Reitdress für riskant, aber ihm blieb nichts anderes übrig, als sich seiner Mutter anzuschließen. Er spürte misstrauische Blicke zwischen den Schulterblättern.

«Ist es das, was ihr wollt, ist es das wirklich?», fragte Bettina Schierling, als sie in der Halle des Hotels Meeresstrand beim Tee saßen. «Sind das eure berühmten Garanten der Zukunft, diese brüllenden und feixenden Bengel?»

«Natürlich nicht», sagte Schierling, «bei uns in der Festung...»

«In der Festung?»

«Das Haus der Deutschen Rechtsfront, in dem ich arbeite. Es heißt bei uns Festung.»

«Ein prächtiger Name. Ohne große Worte geht es bei euch nie ab – oder?»

«Der RF hat den Ehrgeiz...»

«Der RF?»

«Der Reichsrechtsführer...»

«Titelfetischismus plus Abkürzungsfimmel – kommt ihr euch nie komisch vor?»

«Ich habe weder das eine noch das andere erfunden. Soll ich weiterreden?»

«Ich bitte darum. Der Reichsrechtsführer also will wie du selber das Beste?»

«Immerhin will er im Deutschen Reich die Rechtsordnung gegenüber der Willkür durchsetzen. Das Reichsbürgergesetz und das Gesetz zum Schutze des deutschen Blutes und der deutschen Ehre waren zwei wichtige Schritte.»

Es klang wie auswendig gelernt, auch in Schierlings eigenen Ohren.

«Ich vermute», sagte seine Mutter, «du willst mir erzählen, dass ihr auf eure Weise den Rechtsfrieden wiederherstellen wollt. Rechtsfrieden – heißt das nicht so bei euch Juristen?»

«Ich sagte Rechtsordnung, nicht Rechtsfrieden. Aber ganz falsch liegst du nicht. Die Rechtsordnung soll zum Rechtsfrieden führen.»

«Mein Sohn, sperr Augen und Ohren auf. Zum Beispiel in diesem Hotel. Hier hat früher Prinz Heinrich logiert. In der Halle hängt noch ein Bild, das ihn Arm in Arm mit seinem kaiserlichen

Bruder zeigt. Das Foto trägt beide hohen Namenszüge. Jetzt ist die Suite des Prinzen ganzjährig für den Gauleiter von Pommern reserviert, und über dessen Gelage kannst du dir einiges erzählen lassen. Sie sollen allerdings etwas mehr Stil haben als die Besäufnisse seines Kameraden Ley im Seeschloss. Über den weiß ich noch mehr. Er hat sich ein Gut im Oberbergischen gekauft. Die Mauern, die er vorfand, waren ihm zu scheddrig. Er ließ sie abreißen und an ihrer Stelle pompöse neue Gebäude errichten. Sein Verwalter ist ein sparsamer Mann. Er erlaubte sich die Frage, ob der Aufwand nötig sei. Sein Chef fuhr ihm über den Mund und verkündete, eines Tages werde der Führer aufs Gut kommen und sich den Besitz seines getreuen Parteigenossen ansehen. Wie stand der dann da, wenn er geknausert und nicht ein Symbol nationalsozialistischer Macht geschaffen hätte?»

«Du redest dich um Kopf und Kragen.»

«Wenn ich dir etwas wahrheitsgemäß berichte? Die Geschichte stimmt. Ich habe sie von Leys Nachbarn. Bei denen arbeitet die Schwester des Verwalters.»

«Wenn du das anderen erzählst und es in falsche Ohren kommt, schleppt dich die Gestapo in die Prinz-Albrecht-Straße.»

«Aus Gründen der Rechtsordnung?»

«Wir arbeiten an der gesetzlichen Grundlage für Maßnahmen gegen die Korruption in der Partei.»

«Viel Vergnügen. Der Führer täte besser, es mit seinen Bonzen genau so zu machen wie damals mit seiner SA. Er sollte mit der Pistole in der Hand seinen ganzen Laden aufräumen. Die Stimmung im Volk ist danach. Das Einzige, worauf die Leute noch Hoffnung setzen, ist Olympia. Die Jugend der Welt in Berlin, da werden die Herrschaften wohl etwas diplomatischer sein und viel lächeln. Sie mussten ja sogar eine Jüdin in die deutsche Mannschaft aufnehmen. Dumm, dass Helene Mayer vor vier Jahren mit ihrem Florett in Amsterdam Gold für Deutschland geholt hat. Zur Erleichterung des Reichssportführers ist sie wenigstens blond und trägt die gleiche Frisur wie die Reichsfrauenschaftsführerin. Ich bin gespannt, ob sie den Arm zum deutschen Gruß hochreißt, wenn sie wieder gewinnt. Aber viele Menschen haben Sorge, dass nach Olympia alles von vorn losgeht und dass das Ausland dann noch weniger kapiert, was in Deutschland wirklich los ist.»

«Tu mir einen Gefallen und halte deine Zunge im Zaum. Das ist Volksverhetzung.»

«Du sagtest es schon. Mir gefällt nicht, was du tust, und dir gefällt nicht, wie ich rede. So geht es heutzutage in den besten Familien zu. Übrigens werde ich heute Abend Rebekka Silberstein in Heringsdorf besuchen. Die Ärmste sitzt allein in dem großen Haus. Ich nehme nicht an, dass du mich begleiten willst.»

«Nein.»

«Nur nein? Einen Gruß könntest du mich wenigstens ausrichten lassen.»

«Grüß sie in Gottes Namen. Ich wünsche ihr das Beste. Aber ihr Bruder hätte sie mitnehmen müssen.»

«Hätte er. Aber Daisy Silbersteins Tante wurde zum ersten Mal in ihrem Leben eigensinnig und erklärte, dass sie nicht fortwollte. Jetzt wartet sie darauf, dass der scheußliche Spuk an ihrem Fenster vorüberzieht und sich in Wohlgefallen auflöst. Ich sage dir noch etwas, und vielleicht beruhigt es dich. Wenn es nach dem Völkersommer weitergeht, wie ich fürchte, mache ich es wie Rebekka. Ich ziehe allerdings nicht nach Heringsdorf, sondern nach Segau. Das ist nun einmal der Ort, den ich am meisten liebe. Und dort warte ich darauf, dass meine lieben deutschen Landsleute zur Vernunft kommen und mein Sohn mit ihnen. Und wenn alles schief läuft, gibt es immer noch Deutschsüdwest in Afrika. Es ist mir nicht unlieb, so privilegiert zu sein. Das gilt übrigens auch für dich. Was du tust, tust du aus freien Stücken. Denk an die Worte deiner Mutter. Durchmogeln kannst du dich nicht mehr lange.»

Jon Schierling spürte jedes Sandkorn unter den bloßen Fußsohlen. Die Wellen der Ostsee schwappten träge ans Ufer. Der gestirnte Nachthimmel suchte sein Spiegelbild im Wasser. Es roch nach angespültem Tang und faulenden Quallen. Schierlings Lippen schmeckten nach Salz. Er wollte lästige Gedanken loswerden, aber sie hafteten fest in seinem Kopf. Seine Mutter machte bei Rebekka Silberstein Visite. Vielleicht besprachen sie etwas so Wichtiges wie Rebekkas Abreise ins Ausland, vielleicht auch nicht. Schierling kämpfte mit sich, ob er an der Tür der Silbersteinschen Villa klingeln sollte. Dann stand er lange vor dem höhlenartigen, lasterhaft lockenden Eingang zur Spielbank im Heringsdorfer Kurhaus. Endlich machte er kehrt und lief wieder in Richtung Bansin. An der Wahl, die er zu treffen hatte, gab es nichts zu deuteln. Entweder hörte er auf die Menschen, die seine Seele retten wollten, oder er fand einen hinreichenden Grund, die Ohren vor ihren Argumenten zu verschließen.

In seinem Privatleben sah es nicht gut aus. Caroline Schlettow ließ sich nicht bereden, den Laufpass zurückzunehmen, den sie ihm gegeben hatte. Caroline oder die Karriere – die Wahl hätte er sofort treffen müssen. Alle Versuche, die junge Frau umzustimmen, waren vergeblich geblieben. Jetzt hatte Bettina Schierling ihrem Sohn moralischen Schlendrian vorgeworfen und damit den Bruch zwischen ihnen riskiert. Unbestreitbar hatte sie Recht. Bei weit geringeren Chancen hatte sich der Assessor Schulz einen passenden Ausweg gesucht. Johann Viktor Schierling war mit dem Strom geschwommen und an Doktor Zöllner geraten, und er hatte Zöllners Angebot angenommen, ohne es zu wollen. Sich plötzlich in den Reihen der Partei wiederzufinden, passierte auch anderen. Nur sahen Bettina Schierling und Caroline Schlettow in Schierlings Fall die Ursache nicht in Gelegenheiten, in die er hineingeschlittert war, sondern in seinem Charakter. So etwas wie einen Charakter konnte er ihnen beweisen, wenn er Erich Plessow nach Afrika folgte. Die Alternative war, in Berlin auf dem Posten zu bleiben und dort die Arbeit so anständig wie möglich zu machen. Die Ausrede als Prinzip des Lebens unter der Bonzenherrschaft. Klagen, für gute Absichten nur keinen Spielraum zu finden, wurden schon lauter.

Beim gemeinsamen Frühstück blieb Bettina Schierling wortkarg. Mehr, als dass Rebekka Silberstein taub für alle guten Ratschläge und immer noch entschlossen war, in Heringsdorf auszuharren, erfuhr Schierling nicht. Auf der Rückfahrt nach Berlin leistete er sich einen Platz in der Polsterklasse. Das Abteil hatte er erwartungsgemäß zunächst für sich allein. In Stettin füllte sich der Zug. Schierling beschloss, in den Speisewagen zu wechseln. Platz gab es dort nur noch an einem Tisch. An ihm saß mit dem Rücken zu der Tür, durch die Schierling den Waggon betrat, ein SS-Führer. Dass Felix von Bachewski in dem schwarzen Rock steckte, erkannte Schierling erst, als er schon gefragt hatte, ob er sich zu ihm setzen dürfe. Bachewski war genauso überrascht wie Schierling, aber er tat hocherfreut.

«Ist mir ein Vergnügen, mein Bester», sagte er. «Der Spruch vom Teufel, der kommt, wenn man über ihn redet, gilt offenbar auch schon, wenn man nur an ihn denkt.»

«Und was hat mir die Ehre verschafft?»

«Darüber reden wir später unter vier Augen. Aber erzählen Sie. Wie geht es Ihnen in Ihrer famosen Akademie?»

Der Kellner kam und fragte nach Schierlings Wünschen. Schierling bestellte einen Strammen Max und Selterswasser.

«Ich lebe mich allmählich ein», sagte er.

«Ihr Intelligenzbestien werdet schon miteinander warm werden», sagte Bachewski.

«Ihnen geht es gut?»

«Sieht man es mir nicht an? Der vierte Stern am Kragenspiegel ist frischen Datums ...»

Die Beförderung zum Gruppenführer bedeutete den Aufstieg in den Führungsstab des Schwarzen Ordens.

«Gratuliere», sagte Schierling.

Bachewski nickte gnädig.

«... und meine Frau ist gerade dabei, dem Führer einen Soldaten zu schenken.»

«Noch einmal, alles Gute.»

«Unser Bengel, wenn es einer wird, wird ein germanischer Prachtmensch wie seine Mutter. Da bin ich sicher. Und er wächst in eine beneidenswerte Zukunft hinein. Wir werden dafür sorgen.»

Der Sicherheitsdienst der SS, in dessen Nachrichtenabteilung Bachewski nun der zweite Mann war, war dabei, die Zukunft auf seine Weise abzusichern. Heinrich Himmler hatte die Polizeien der Länder nach und nach unter seine Fuchtel genommen. Jetzt war er auch offiziell Polizeichef im Reich. Beim Aufräumen im alten Apparat stand ihm niemand mehr im Weg. Die Kripo war ihm besonders ans Herz gewachsen. In der Festung hielt man Übergriffe auf die Justiz nicht für ausgeschlossen.

«Neugierig auf die Zukunft?», fragte Bachewski.

«Man kennt die Richtung.»

Schierling wurde mit der Geschwindigkeit bedient, die einem Bekannten seines Gegenübers zustand.

«Natürlich. Aber ein paar Monate wirst du auf Einzelheiten noch warten müssen. Ich darf doch du sagen, Herr Doktor?»

Es war das Letzte, worauf Schierling Wert legte, aber er konnte es nicht abschlagen.

«Selbstverständlich», antwortete er und ging damit Bachewski prompt in die Falle.

«Duz mich auch», sagte Bachewski. «Aber warte, das machen wir förmlich.»

Bachewski bestellte Rotwein. Schierling beeilte sich, den Strammen Max zu bezwingen. Als er fertig war, stand die Flasche auf dem Tisch, und sie stießen auf das Du an. Schierling war froh, seine Mutter außer Sichtweite zu wissen. Bachewski griff nach der Flasche.

«Die leeren wir im Abteil», sagte er.

Er erhob sich. Schierling blieb nichts übrig, als sich an seine Fersen zu heften. Das Abteil war abgeschlossen. Bachewski ließ es sich vom Schaffner öffnen.

«Sie wissen, wo der Herr sitzt?», fragte er den Schaffner.

Der Schaffner schlug die Hacken zusammen.

«Dann holen Sie sein Gepäck her.»

«Es ist nur eine Reisetasche», informierte Schierling den Mann von der Reichsbahn. Der legte die Hand an den Mützenschirm und verschwand.

«Ich habe das Abteil verriegeln lassen, weil ich mir meine Gesellschaft gern selber aussuche», sagte Bachewski. «Aber im Ernst, ich hatte schon beschlossen, dich anzurufen. Es gibt da tatsächlich eine Sache, über die wir reden müssen.»

Draußen vor dem Fenster verwandelten sich die pommerschen Äcker in brandenburgischen Wald. Bachewski genoss die Aussicht.

«Ich liebe diese Reviere. Auf das meiste hat bekanntlich Hermann seine Patschhand gelegt. Der Dicke weiß, wo es schön ist. Aber er übertreibt, und Heinrich rümpft die Nase.»

Dass der Reichsjägermeister Hermann Göring und der Reichsführer SS Heinrich Himmler nicht die besten Freunde waren, pfiffen die Spatzen von den Dächern. Aber Bachewski wollte zur Sache kommen.

«Also», sagte er, «du erinnerst dich vermutlich an Armin Kuchenreuth …»

«Armin wer?»

«Wie viele Armins kennst du? Armin den Dreckskerl, der dich entjungfert hat.»

Schierling wartete ab.

«Keine Angst», sagte Bachewski, «so viel Einfluss, dich da rauszuhalten, habe ich im kleinen Finger. Aber nicht nur das. Du hast Rücksicht verdient. Du bist einer von zwei oder drei Burschen, die damals zu Hause erzählt haben, was passiert war, und deine Mutter hat sich den Knabenschänder vorgeknöpft. Das war in Ordnung. Die Wirkung auch. Freund Armin hat das Weite gesucht. Aber er hat sich leider nicht kastrieren lassen, sondern er hat weitergemacht, nicht nur in seinem Jungdeutschen Orden, sondern später auch in der SA. In der Nacht der langen Messer war er Gott weiß wo. Wahrscheinlich hat ihn ein Freund und Kupferstecher gewarnt. Jedenfalls entging er dem Strafgericht. Als er wieder auftauchte, haben wir ihn uns gegriffen. Jemand, bezeichnenderweise ein Herr aus dem Innenministerium des Parteigenossen Frick, legte ein gutes Wort für Armin ein, und wir waren so nett, ihn wieder laufen zu lassen. Als Nächstes hörten wir, dass er in der Jagdhütte seines Fürsprechers am Dachbalken hing.»

«Selbstmord?», fragte Schierling.

«Das haben wir noch nicht beschlossen.»

«Beschlossen?»

«Ob es Selbstmord oder Mord war.»

«Ich denke ...»

«Juristen denken immer. Wir haben noch nicht beschlossen, ob wir an den Selbstmord glauben oder ob wir weiterermitteln, bis sich herausstellt, dass es Mord war. Wir haben Aufzeichnungen von Armin gefunden, die es lohnend erscheinen lassen, ein bisschen nachzugraben.»

«Was soll das bringen?»

«Du hast Recht, Armin ist auf seinem Schindanger unserem Einfluss entzogen.»

«Warum dann?»

«Du musst lernen, politischer zu denken, junger Mann. Es geht nicht mehr um Armin, sondern um seine verflossenen Freunde vom Jungdeutschen Orden, zumal um ihre Sitten und Gebräuche. Die Jungdo-Fritzen laufen herum und erzählen, dass sie uns an die Macht geholfen haben, und sie weinen laut über unsere Undankbarkeit. Das passt uns nicht. Außerdem will unser Kampfblatt tun, was es verspricht. Der *Völkische Beobachter* will das Volk nicht nur beobachten, sondern auch aufklären. Zu diesem Zweck braucht er jede Woche wirksame Geschichten aus der Systemzeit. Kurzum, Armin Kuchenreuth hat Aufzeichnungen hinterlassen, auf die unser Kamerad Hauptschriftleiter sehr gespannt ist.»

«Besonders edel klingt das nicht.»

«Was edel ist, bestimmen wir. Spielst du mit?»

«Wie – mitspielen?»

«Du lieferst mir einen hübschen Erlebnisbericht. Ich garantiere dir, dass ihn kein Unbefugter in die Finger bekommt.»

«Ich habe nicht viel zu erzählen, schon gar nicht über den Hintergrund. Ich war zwei Wochen bei dem Verein, und der einzige Häuptling, mit dem ich zu tun bekam, war Armin.»

«Du berichtest, was du erlebt hast, den Rest ergänzen wir mit der gebotenen Sorgfalt.»

«Und wenn ich sage, dass mir das zu schmierig ist?»

Bachewski lächelte ungerührt.

«Dann müssen wir sehen, dass wir ohne dich auskommen, und alles auf den Tisch legen, was wir haben. Über dich und deine Mutter gibt es übrigens auch Notizen in Armins Papieren.»

Wenn der Einschätzung der SS unterlag, was edel war oder nicht, sah Bachewski sehr wahrscheinlich keine Schwierigkeit, eine Erpressung als edle Tat hinzustellen. Vorausgesetzt, sie nützte ihm und seinen Kameraden. Jede weitere Diskussion war sinnlos.

«Ich werde Doktor Zöllner über unsere Unterhaltung Meldung machen», sagte Schierling.

Bachewski wahrte Haltung.

«Tu das, Herr Doktor», sagte er. «Ich bin überzeugt, Zöllner sieht die Dinge nicht anders als ich. Komm, da ist noch ein Rest in der Flasche.»

Er teilte den Wein penibel auf beide Gläser auf. Als der Schaffner mit der Tasche erschien, nahm Schierling sie ihm ab. Er bat Bachewski um Verständnis, dass er noch Papiere durchsehen müsse, holte einen Ordner hervor und machte sich an die Lektüre. Wenn Bachewski ihm die Absage übel nahm, ließ er es sich nicht anmerken. Beim Abschied raffte er sich zu einem verlogenen Schlag auf Schierlings Schulter auf. Schierling war alles andere als wohl in seiner Haut.

Zöllner nahm sich Zeit für Schierlings Geschichte. Nach einer Kurzfassung bat er ihn, das Ganze noch einmal ausführlicher zu erzählen, und stellte Zwischenfragen. Beide Male gelang es Schierling, die Klippen heil zu umschiffen. Zöllner übersah die Ausweichmanöver großzügig. Am Ende sagte er: «Bachewski hat Recht.»

«Ich bitte um Verzeihung?», fragte Schierling.

«Er hat Recht. Sie müssen lernen, politischer zu denken. Versuchen Sie eine Analyse.»

«Hier und jetzt?»

«Jetzt und hier. Und möglichst genau, wenn ich bitten darf. Tun Sie, als hätten Sie es mit der Aussage eines Prozessgegners zu tun oder mit einem besonders hinterhältigen Schriftsatz der anderen Seite.»

Schierling nahm die Finger seiner linken Hand zur Hilfe.

«Gesicherte Kenntnisse, erlaubte weil schlüssige oder hinreichend nahe liegende Folgerungen, keine leichtfertigen Behauptungen», sagte er.

«Wir verstehen uns», sagte Zöllner.

Die Verlegenheit legte sich beim dritten Versuch, vor Zöllners Ohren die Nacht mit dem Jungdo-Führer, Bettina Schierlings heftige Reaktion und die Konsequenz, die Schierling mit Daisy Silbersteins Hilfe gezogen hatte, auf die Reihe zu bringen. Schierling ging diesmal weiter aus sich heraus als bisher. Der Name Silberstein tat allerdings, wie er meinte, nichts zur Sache. Auch ohne Daisy zu erwähnen, lieferte er sich Zöllner aus. Der sollte die Offenheit würdigen oder auch nicht; natürlich hoffte Schierling auf das Verständnis seines Chefs. Das war das eine. Das andere war, dass Armin damals – objektiv betrachtet – die Chance bekommen hatte, seine Spiele anderenorts fortzusetzen, und es gab keinen Grund für die Annahme, dass er es nicht getan hatte. Ob er dann vom Jungdo zur SA übergelaufen war, ließ sich zu leicht überprüfen, als dass Bachewski es erfinden konnte. Das Gleiche galt für die Behauptung, dass Armin im Juni 1934 auf der schwarzen Liste der Langmesser gestanden hatte und mit knapper Not entkommen war. Die Frage war, ob er gewarnt worden war, und sein Selbstmord, wenn es einer war, lag vollends im Dunkeln.

«Für eine Erörterung aus dem Stegreif sehr gut», sagte Doktor Zöllner. «Machen Sie weiter.»

«Ich kann nur raten. Ich weiß nicht, was ich Bachewski und seinen Kameraden zutrauen soll oder nicht.»

«Was möchten Sie ihnen zutrauen?»

«So gut wie alles.»

«Dann tun Sie es.»

«In diesem Fall kann ich nicht ausschließen, dass die SS Armin selber aufgehängt hat.»

«Warum hätte sie es tun sollen?»

«Eben. So etwas kann leicht auffliegen. Zum Beispiel, wenn der örtliche Gendarm zu genau ermittelt.»

«Einerseits. Andererseits sind die Gendarmen nicht mehr, was sie mal waren.»

«Ich setze voraus, Bachewski oder wer immer sagt sich dasselbe. Dann bleibt es dabei, dass jemand von der SS, vielleicht auch ein Handlanger, Armin umgebracht und den Suizid vorgetäuscht haben kann.»

«Die Frage nach dem Warum ist noch nicht beantwortet.»

«Ich weiß. Es fällt mir schwer anzunehmen, dass der Jungdo in den Augen der SS noch ein Verbrechen wert ist.»

«Nehmen Sie an, der Jungdo ist tot. Er ist ein Gespenst und nicht einmal ein eindrucksvolles.»

«Wenn dies stimmt, zielte die Tat – so es sie denn gab – auf andere. Kann sein, Armin wusste etwas über jemanden, der das Wissen eines Homosexuellen zu fürchten hatte. Der Mann müsste allen Grund gehabt haben, Enthüllungen den Riegel vorzuschieben.»

«Was hat Bachewski über die Warnung gesagt, die Armin angeblich vor der Abrechnung vom 30. Juni 1934 bekommen hat? Bitte möglichst wörtlich.»

«Er vermutete, jemand habe ein gutes Wort für Armin eingelegt. Das sei bezeichnenderweise ein Herr aus dem Innenministerium gewesen. Die SS sei so nett gewesen, Armin wieder laufen zu lassen. Als Nächstes habe man in der Prinz-Albrecht-Straße gehört, dass Armin in der Jagdhütte seines Fürsprechers am Dachbalken hing.»

«… bezeichnenderweise ein Herr aus dem Innenministerium – war das der Wortlaut?»

«Ziemlich genau.»

«Sie wissen, dass der Innenminister in den zwanziger Jahren wegen angeblicher Vorliebe für Knaben angegriffen worden ist?»

«Das ist mir neu.»

«Unsere Sopade-Freunde», sagte Zöllner, «haben es keineswegs vergessen. Nach der Affäre im Sommer '34 haben sie daran erinnert und sich höflich erkundigt, warum der Minister nicht das gleiche Schicksal wie den SA-Führer Röhm ereilt hat – wenn doch Schluss sein sollte mit allen schwulen Spielen in den obersten Rängen von Partei und Staat.»

«Das hieße, die SS hat Armin umgebracht, um den Innenminister in die Bredouille zu bringen.»

«Ihn oder jemanden aus seiner engsten Umgebung. Und das Justizministerium und uns in der Festung als Verbündete des Innenministers gleich mit. Die SS rüstet zum Generalangriff gegen alle, die sich anschicken, Himmler aus seinen Allmachtsträumen zu wecken.»

«Es sieht so aus, als hätte ich besser getan, den Kopf einzuziehen.»

«Sie haben es genau richtig gemacht und sind zu mir gekommen. Allerdings empfiehlt es sich, Vorsorge zu treffen. Bachewski wird sich etwas ausdenken für Sie.»

«Was könnte das sein?»

«Sie kennen Ihre Achillesferse. Im Nachhinein macht die Herzattacke, nach der Sie sich nach einer Stippvisite vom Kommiss verabschiedet haben, keinen besonders guten Eindruck. Stimmt es, dass Sie im letzten Herbst auf einer Hubertusjagd mitgeritten sind?»

«Das ist richtig.»

«Klug war es nicht. Wenn ich Bachewski wäre, würde ich Sie umarmen, Ihnen zu Ihrem gekräftigten Herzen gratulieren und Sie einladen, den versäumten Grundwehrdienst bei der SS-Verfügungstruppe nachzuholen. Dann hätte er Sie bei Fuß sitzen.»

«Keine angenehme Vorstellung.»

«Nein. Aber wie daran vorbeikommen? Ihre Analyse hat mir wirklich imponiert. Trotzdem müssen wir jetzt für einige Zeit auf Sie verzichten. Ich kann ein paar Drähte spielen lassen. Im Kriegsministerium sitzt jemand, der mir etwas schuldig ist. Sie gehen zu einem Truppenteil Ihrer Wahl, lassen sich pflichtgemäß die Hammelbeine lang ziehen und kehren so rasch wie möglich in unsere Arme zurück.»

«Sobald Bachewski sich rührt?»

«Sofort. Er hat Witterung aufgenommen, und er lässt sich etwas einfallen. Darauf können Sie Gift nehmen.»

«Also gut. Wenn es die Kavallerie sein dürfte …»

«Einverstanden. Wenn Sie beim richtigen Haufen unterkommen, dürfen Sie sich auch dort den Totenkopf an die Mütze nähen.»

Schierling dachte nicht an das Stück Blech an der Mütze. Er wusste, dass er Deutschsüdwest vergessen konnte, wenn er sich noch einmal vor der Einberufung drückte. Erich von Plessow würde einer Fahnenflucht keinen Vorschub leisten, und zu ihr mutierte eine Auslandsreise, wenn der Gestellungsbefehl erst einmal im Briefkasten steckte.

Wieder einmal hatte Schierling keine Entscheidung getroffen; die Entscheidung, hatte sich ihm aufgedrängt.

In der olympischen Dressur hießen die siegreichen Pferde Kronos und Absinth. Ihre Reiter waren Offiziere der Wehrmacht. Sie schafften in der Einzelwertung Gold und Silber. Die Bronzemedaille heimste der Chef der Wiener Hofreitschule ein. Offiziell war er Ausländer, und er trug obendrein einen Namen, der nach der ungarischen Steppe oder nach den Schluchten des Balkans klang. Trotzdem ritt er quasi für Deutschland, denn der Führer und Reichskanzler hatte versprochen, seiner ostmärkischen Heimat die Treue zu halten und sie ins Reich heimzuholen. Für die deutsche Reitermannschaft gab es dann noch einmal Gold und es sah ganz so aus, als hätten die Herren den heimtückischen Ehrgeiz, die Amazonen entbehrlich erscheinen zu lassen. Dafür fiel beim Florett das Gold tatsächlich an die deutsche Jüdin Helene Mayer, und bei der Siegerehrung grüßte sie mit dem Deutschen Gruß. Bettina Schierling teilte ihrem Sohn am Telefon mit, dass sie sich für eine Weile nach Segau zurückziehe, und zwar im Vorgriff auf die angekündigte, demnächst wohl anstehende endgültige Entscheidung. Schierling nutzte die Gelegenheit, seinerseits seine Mutter zu unterrichten, dass ihm die Einberufung bevorstand. Ihre Reaktion fiel so kühl aus, wie er erwartet hatte. Eine Kavalleriekaserne, sagte sie, war für ihn gewiss ein besserer Aufenthaltsort als eine so genannte Juristenfestung, aber er sei bekanntlich schon einmal mit dem Versuch gescheitert, den Marschallstab in seinen Tornister zu packen. Die Beziehungen von Mutter und Sohn waren erkennbar immer noch auf dem Tiefpunkt.

Unterdessen arbeiteten die Juristen der Festung mit Nachdruck an Verteidigungsplänen. Sie hatten sichere Informationen, dass die SS eisern entschlossen war, eine Bresche in die Mauern Justitias zu schießen und ohne Gerichtsverfahren ein paar tausend Berufs-, Gewohnheits- und Sittlichkeitsverbrecher in Konzentrationslager zu schleppen. Der Sicherheitsdienst der SS wollte nicht länger hinnehmen, dass die Gerichte immer noch den Einzelfall prüften, bevor sie einen Volksschädling hinter Gitter brachten. Die Volksgemeinschaft nämlich war als Acker anzusehen, der von Ungeziefer zu säubern und aus dem das Unkraut zu entfernen war. Wahlweise sprach die neue Lehre vom Volkskörper, in dem die Organe zur Erreichung des völkischen Zwecks zusammenwirken mussten. In diesem Zusammenwirken fiel der Polizei die aktive, der Verbrecherwelt die passive Rolle zu. Das klang und war pervers. Mit ihren Plänen legte die SS die Axt an die Wurzeln von Recht und Gesetz. Doktor Zöllner war ernstlich besorgt. Nicht dass er Verbrecher mit Samthandschuhen anfassen wollte, sagte er hinter vorgehaltener Hand, ganz im Gegenteil, aber wenn die SS ihren Kopf durchsetzte, verkümmerten die Juristen im Staatswesen zu Statisten, und früher oder später wurde die Festung zu ihrem Sarg.

Schierling erhielt die Einberufung zum 1. September. Er konnte sich Schöneres vorstellen, als den Herbst, der sich mit prächtigem Wetter einführte, in der Blücher-Kaserne im öden hinterpommerschen Stolp zu verbringen, aber Oberwachtmeister Hacker, an den er geriet, war kein Waurich. Nach der ersten Reitstunde hatte Schierling bei seinem Ausbilder sogar einen Stein im Brett.

Er meldete sich als Einziger, als Hacker fragte, wer schon einmal auf einem Pferd gesessen habe. Die anderen grinsten. Auch Schierling war im Bilde, dass jedem, der dies von sich behauptete, eine Extrabehandlung blühte, die ihm beweisen sollte, dass er von Pferden keine Ahnung hatte und von der preußischen Kavallerie schon gar nicht. Aber Schierling stach der Hafer. Außerdem konnte es nicht schaden, wenn seine Kameraden begriffen, dass der Methusalem, der er als Rekrut war, einiges zu bieten hatte. Hacker nahm ihn sich nach allen Regeln der Kunst vor, und erst ganz am Ende gab es Schwierigkeiten. Der Husarensprung aus dem Stand neben dem Pferd in den Sattel klappte erst beim dritten Versuch. Hacker verzog keine Miene und teilte mit, dass nun der Ernst des Lebens beginne.

Der Ernst begann mit einer Ansprache. Die Wehrpflicht, so verkündete der Oberwachtmeister vor aufgesessener Mannschaft, fand seinen Beifall. Andererseits hatte der neue Massenbetrieb in Uniform in seinen Augen auch erhebliche Nachteile. Er, Hacker, hatte noch nie so viel krummes Holz auf einem Haufen gesehen, und es war seine übermenschliche Aufgabe, daraus Soldaten zu schnitzen. Bis dies gelungen war, versprach er seinen Leuten Schweiß und Tränen, die sich aber gefälligst jeder im Wind trocknen oder nachts in die Kissen heulen sollte.

Als Oberwachtmeister Georg oder Schorsch Hacker ein paar Abende später Schierling auf einer Stallwache kontrollierte und beim besten Willen nichts auszusetzen fand, fragte er ihn vorsichtig nach dem Woher und Wohin aus. Er riss fast die Knochen zusammen, als Schierling seinen Onkel erwähnte. Der Name Erich von Plessow, sagte Hacker, genoss im Regiment Verehrung. Dass Schierling, wie zuzugeben war, mit Pferden einigermaßen umgehen konnte, war also kein Wunder, sondern lag ihm im Blut. Es war seine verdammte Pflicht und Schuldigkeit, daraus das Beste zu machen.

Der Bann war für eine halbe Stunde gebrochen, und Hacker vertraute Schierling an, dass er ein Bauernsohn aus Mecklenburg war, und zwar leider der dritte und nicht der erste. Für eine vernünftige Ausbildung hatte zu Hause das Geld gefehlt. Darum hatte Hacker sich als Zwölfender zur Reichswehr gemeldet, und es war sein Glück gewesen, für ein Dutzend Jahre bei der Truppe unterzukommen, statt irgendwo für fremde Herren schuften zu müssen. Acht Jahre beim Kommiss waren inzwischen herum, und vor dem Zivilleben, das dann bevorstand, konnte einem Soldaten grausen. Hackers Hoffnung war, dass es irgendwo auf der Welt einen Reitstall gab, in dem er als Lehrer unterkommen konnte.

«Aber vielleicht haben wir dann auch Krieg», sagte er, «und der regelt bekanntlich die Dinge auf seine Weise. Ich soll euch beibringen, wie man in den Krieg reitet, was andere für vorsintflutlich halten. Mag sein, es ist vorsintflutlich, aber gebraucht werden wir immer noch. Ich soll euch das Reiten beibringen und wie man auf den Feind schießt und wie man selber den Krieg überlebt. Ich bringe es euch bei, wie man es mir beigebracht hat. Die Preußen haben darin Erfahrung. Dafür, wie man womöglich auch noch siegt, sind andere zuständig.»

Ein bitterer Unterton war nicht zu überhören. Jon Schierling dachte, dass Erich von Plessow den Oberwachtmeister Hacker für den ersten normalen Mensch halten würde, dem sein Neffe seit langem begegnete.

Nach dem Abschluss der Grundausbildung und nach Schierlings Beförderung zum Gefreiten, gönnten auch der Schwadronschef und anschließend der Kommandeur dem Neffen des Majors von Plessow zwei oder drei anerkennende Worte. Bettina Schierling fand in einem Nebensatz aus dem Munde des Obersten freundliche Erwähnung. Am Ende der knappen Unterhaltung fragte der Oberst, ob der Reservist Schierling – Doktortitel hin, Doktortitel her – nie daran gedacht habe, sich aktivieren zu lassen. Schierling bat sich Bedenkzeit aus. Nachdenken wollte er tatsächlich. Irgendwie hatte die Schinderei auf dem Kasernenhof und auf dem Truppenübungsplatz sein Weltbild vitalisiert. Bevor er jedoch annäherungsweise mit sich im Reinen war, erhielt er einen Brief, dessen Anschrift ungewöhnlich genug «Herrn Gfr. Dr. Johann Viktor Schierling» lautete. Der Absender war der Präsident des Landgerichts, den Schierling nicht kannte. Der Umschlag mit Familienwappen enthielt die Einladung zu einer Soiree im Strandhotel von Stolpmünde. Um Uniform oder Gesellschaftskleidung wurde gebeten. Schierling zeigte den Brief Hacker, der ihm befahl, den Schwadronschef um Rat zu fragen, bevor der Urlaubsantrag auf den Dienstweg ging. Schierling tat es, und der Schwadronschef schickte ihn, wie er sagte, der diplomatischen Gepflogenheiten im Standort wegen zum Kommandeur. Der Kommandeur hatte ebenfalls eine Einladung bekommen. Er versprach Schierling, ein Auge auf ihn zu haben, was nur als Befehl verstanden werden konnte, hinzugehen und den Oberst auf dem Laufenden zu halten.

Die Ausgehuniform mit ihren gelben Spiegeln am Kragen und an den Ärmeln machte einiges her, aber sie war die Uniform eines Gefreiten und eher geeignet, Bürger- und Arbeitertöchter auf einem Tanzboden zu beeindrucken als die Creme der Gesellschaft von Stolp und Umgebung. Schierling gab seinen Säbel an der Garderobe ab, machte vor dem Gastgeber und seiner Gattin seine Verbeugungen, ohne zu erfahren, warum sie ihn eingeladen hatten, und stand mit wachsender Verlegenheit am Rande des Festsaals herum. Der Kommandeur war da und mochte das versprochene Auge auf seinen Gefreiten haben, aber wenn er ihn beobachtete, verbarg er es geschickt. Nicht so Doktor Zöllner, den Schierling unverhofft entdeckte. Zöllner trug Zivil. Er unterhielt sich mit einem Goldfasan. Als er Schierling sah, winkte er ihm zu. Nach einer Anstandsfrist löste er sich von seinem Gesprächspartner und steuerte Schierling an.

«Überrascht, nehme ich an», sagte er.

«Ziemlich», sagte Schierling, «genau wie von der Einladung.»

«Die verdanken Sie mir. Ich bin von hier und vertrete heute

Abend den Chef. Ich wollte zwei Fliegen mit einer Klappe schlagen und Sie sehen. Wir machen nachher einen Spaziergang, aber vorher stelle ich Sie ein paar Leuten vor.»

Die Begegnung fiel aus jedem Rahmen, und Schierling beschloss, auf der Hut zu sein, aber es war ihm recht, herumgereicht zu werden. Die Tochter des Kreisleiters zwinkerte ihm zu, und er war angenehm berührt. Inzwischen spielte die Kurkapelle. Schierling nahm das Zwinkern – vermutlich zutreffend – als Aufforderung, das Mädchen zum Tanz aufzufordern. Als der Walzer zu Ende war, wusste Schierling alles über das schöne Kind. Es hieß Rosemarie Stargard, wurde Rosi genannt, war mit Herz und Seele BDM-Ringführerin, also so etwas wie eine Obristin im Bund Deutscher Mädel, und glaubte an Adolf Hitler wie an die Sonne, den Mond und alle anderen Segen spendenden Gestirne, was es mit sich brachte, dass Rosemarie die Husaren von Stolp für Reaktionäre hielt. Bei ihnen grämte sich jeder Zweite noch um den Kaiser, während Rosemarie zu ihrem Führer mit den blauesten Augen aufblickte, die Schierling jemals gesehen hatte. Unüblicherweise hatte sie pechschwarze Haare, die sie am liebsten blond gefärbt hätte, was ein deutsches Mädel jedoch bekanntlich nicht tat. Schierling versicherte wahrheitsgemäß, dass er Rosemaries Schneewittchenmähne hinreißend fand, um prompt zu erfahren, dass sich die dunkle Pracht alltags in einen Zopf verwandelte, der um den Kopf geschlungen wurde. Das Kompliment war Rosemarie naturgemäß gewohnt. Sie zog Schierling zum Buffet, versah ihn mit den besten Leckerbissen und versorgte sich selbst mit offensichtlich gutem Appetit. Rosemarie Stargard war das Gegenteil von allen Frauen, die bisher in Schierlings Leben eine Rolle gespielt hatten. Als Zöllner auftauchte und erklärte, dass er ihr den Kavalier entführen müsse, schmollte sie. Schierling versprach ihr, so bald wie möglich wieder auf der Bildfläche zu erscheinen.

Draußen war es ungemütlich, und Zöllner schleppte Schierling in ein Strandcafé, in dem nur drei Leute saßen. Zöllner bestellte Bier und Korn, Schierling bat um ein Selterswasser.

«Durst oder Vorsicht?», fragte Zöllner.

Schierling lag ein «Beides» auf der Zunge, aber er sagte nur «Durst».

«Scharfe Sachen auf dem Buffet.» Zöllner nickte. «Kommen wir gleich zur Sache. Drüben wartet man auf uns. Wie ich gesehen habe, haben Sie auf Anhieb Erfolg.»

Schierling widersprach nicht, und Zöllner ging medias in res.

«Die SS», sagte er, «hat sich beim Führer durchgesetzt. In ein paar Wochen wird sie ihre Rollkommandos auf die Straße schicken und alles zusammentreiben lassen, was eine schwerwiegende Vorstrafe hat. Dazu jeden Tippelbruder und jede Schnapseule, die so genannten Berber, die keine Kriminellen sein müssen, aber fraglos den Volkskörper verunzieren. Wir brauchen alle Mann an Deck, wenn wir unsere Existenzberechtigung beweisen wollen. Ich will Sie uk stellen lassen.»

Uk gleich unabkömmlich befreite vom Wehrdienst.

«Nicht bevor ich Leutnant oder wenigstens Fähnrich bin», sagte Schierling. «Sonst fange ich irgendwann zum dritten Mal beim Kommiss an.»

«Das dauert zu lange.»

«Tut mir Leid, aber Sie waren es, der mir klar gemacht hat, dass ich Soldat spielen muss.»

«Wir haben eine neue Lage.»

«Es gibt mehr Leute wie mich.»

«Sicherlich, aber es geht darum, das Strafrecht zu revidieren. Die Arbeit daran ist im höchsten Grade Vertrauenssache. Abgesehen davon, sind Sie bei uns im Laden eingearbeitet.»

«Revidieren …? Was und wie?»

«Zum Beispiel wollen wir den Zweihundertelf auf zeitgemäßes Gedankengut trimmen.»

«Was ist so schlecht am guten alten Mordparagraphen?»

«Sie müssen Vorsatz und Überlegung nachweisen.»

«Das ist seit 1870 so und hat doch eine Menge Mörder an den Henker geliefert.»

«Wir wollen die Gesinnung hinter der Tat in Rechnung gestellt wissen. Das schafft mehr Spielraum für die freie Beweiswürdigung.»

«Für die Überzeugung der Richter.»

«Richtig, und die Richter sind unsere Klientel.»

«Ich sehe immer noch nicht, wieso ich dabei unentbehrlich sein soll.»

«Ich habe mit Ihrem Widerstand gerechnet. Ich weiß nur nicht, ob Sie den Kommiss inzwischen lieben oder ob Sie uns aus anderen rätselhaften Gründen Ihre Sympathie entzogen haben.»

«Ich will nur den Wehrdienst leisten. Insoweit habe ich mir mein Laisser-faire abgewöhnt.»

«Und nach dem Wehrdienst? Wir müssten uns wirklich nach einem anderen umsehen.»

«Mein Kommandeur hat mich gefragt, ob ich nicht in die Reihen der aktiven Soldaten eintreten will.»

«Im Ernst?»

«Ich vermute, er träumt von einem Erfolg des Regiments bei den nächsten oder übernächsten Olympischen Spielen, und hat mich als Nachwuchs vorgesehen.»

«Träumen Sie auch davon?»

«Das würde mich jedes Mal aus dem Schlaf reißen. Aber wenn bei Ihnen tatsächlich kein Stuhl mehr frei ist, braucht die Armee vielleicht einen Juristen.»

«Sie spielen mit hohem Einsatz. Denken Sie noch einmal nach.»

«Das hat der Kommandeur auch verlangt.»

«Wann entscheiden Sie sich?»

Schierling antwortete rascher, als ihm in der nächsten Sekunde lieb war.

«Wenn sie mich zum Fähnrich gemacht haben, kehre ich in die Festung zurück. Vorher nicht.»

«Ihr letztes Wort?»

«Mein letztes.»

«Schade, aber wir müssen es wohl respektieren.»

«Danke gehorsamst.»

«Mit dem Gehorsam scheint es nicht mehr weit her zu sein. Aber ich fasse mich in Geduld. Wie ist die Stimmung in der Truppe?»

«Sie ist ganz in Ordnung.»

Mehr ließ Schierling sich nicht entlocken, und sie brachen bald auf. Unterwegs nagte Schierling an seinen Lippen. Gegen jede Absicht hatte er überstürzt geantwortet. Zöllner musste nur wollen, und er hatte seinen Gehilfen wieder im Netz.

Rosemarie tanzte mit einem Provinz-Bonvivant, als Schierling in den Festtrubel zurückkehrte. Sie ließ ihren Gefreiten warten. Dann stand sie, ganz gespielte Ungnade, doch vor ihm.

«Sie haben gesagt, dass Sie so bald wie möglich wieder erscheinen», sagte sie, «war es das, was Sie damit meinten?»

An Führers Geburtstag beförderte die Wehrmacht den Gefreiten Johann Viktor Schierling außer der Reihe zum Fahnenjunker und kommandierte ihn zur Kavallerieschule nach Hannover ab, wo der olympiaverdächtige Nachwuchs ausgebildet wurde. Schorsch Hacker bot Schierling – befristet bis zu dem Tag, an dem der Kamerad Offizier wurde – das Du an, behauptete jedoch steif und fest, dass die beste Reitschule immer noch Redefin in seiner Heimat Mecklenburg war. Folglich bedauerte er, dass sich die Heeresleitung in diesem Punkt unbelehrbar zeigte und Schierling zu Leuten schickte, die noch 1866 gegen Preußen gekämpft hatten. Gerechterweise hatten sie nach ihrer Niederlage bei Königgrätz so dumm dagestanden, dass sie sich der Kriegskunst des Mecklenburgers Moltke und der Staatskunst des Pommern Bismarck fügen mussten. Höchst widerwillig gab Hacker schließlich zu, dass der Marschbefehl nach Hannover eine Auszeichnung ersten Ranges war.

Nur, sagte er, durfte ein gewisser Fahnenjunker keine Minute vergessen, dass er sein Glück ausschließlich einem gewissen Fortschritt im Dressurreiten verdankte, den sich auch sein Ausbilder in Stolp gutschreiben durfte. Von einer unverhofften Verwandlung Schierlings in einen Soldaten konnte hingegen nicht die Rede sein. In Schorsch Hackers Augen war und blieb Schierling ein Zivilist.

Schierling informierte seine Mutter per Postkarte. Die Antwort traf, ebenfalls auf einer Karte, umgehend ein und enthielt nur zwei Worte. Sie lauteten: «Gratulation, Mutter.» Unter diesen Umständen dachte Schierling nicht daran, die zwei Wochen Urlaub, die er bis zum Standortwechsel bekam, in Segau zu verbringen, wo sich Bettina Schierling immer noch vor der Welt verbarg. Seine Berliner Wohnung hatte er aufgegeben, als er nach Stolp einberufen worden war. Das Schierlingsche Haus in Potsdam war verwaist und wenig einladend, nachdem die unverwüstliche Berta die Möbel mit Laken abgedeckt hatte und Bettina Schierling ins innere Exil gefolgt war. Darum mietete sich Schierling in einer Pension in der Berliner Fasanenstraße ein, die ihm empfohlen wurde, weil die Wirtin, eine Witwe Hempel, zwar auf Sauberkeit hielt, aber den Besuch von Damen tolerierte. Dass Jon Schierling diese Freizügigkeit mit Rosemarie Stargard genießen könnte, kam ihm zunächst nicht in den Sinn.

Seit dem Stolpmünder Fest hatte er Rosemarie häufiger gesehen, aber die Begegnungen spielten sich so sittsam ab, wie sie seiner Meinung nach in der Provinz zu verlaufen hatten. Bei einem Besuch im Hause des Kreisleiters entdeckte er dann jedoch in der zweiten Reihe von Rosemaries Bücherbord Tucholskys *Rheinsberg*. Rosemarie lief rot an, als Schierling sie bat, ihm das *Bilderbuch für Verliebte* auszuleihen, aber sie gab es ihm mit. Während seiner letzten Wache in der Blücher-Kaserne las er es in einem Zuge durch und verpasste darüber fast die Kontrollgänge zu den Posten. Obwohl er Rosemarie inzwischen recht gut zu kennen meinte, überraschte ihn Kreisleiters Töchterlein gehörig mit dieser Art von literarischem Geschmack. Danach verblüffte ihn nicht allzusehr, dass Rosemarie einfach ja sagte, als er sie fragte, ob sie seine vierzehn freien Tage mit ihm in Berlin verbringen wollte. Der ausgebürgerte Jude und Asphaltliterat Kurt Tucholsky hatte ihnen Gutes getan. Er hatte nicht verdient, dachte Schierling, dass Rosemarie gleich nach der Ankunft in Berlin mit ihm zur Reichskanzlei marschierte, sich nicht davon abbringen ließ, sich vor dem Tor die Beine in den

Bauch zu stehen, und in Jubel ausbrach, als Hitler im offenen Wagen herausrollte.

In der Pension der Witwe Hempel stieg Rosemarie anschließend ohne unnötige Ziererei ins breite Bett. Ihre Unbefangenheit kam Schierling gelegen. Auf ihr unbestreitbares Naturtalent, das sich offenbar mit einer gewissen Übung verband, war er nicht gefasst, und beides zusammen führte die Obristin der Deutschen Mädel zum Sieg. Sie griff ungeniert an, wich aus taktischen Gründen zurück, kam aus der Deckung und gewann mit Elan die Oberhand. Ihr Siegesgeschrei gipfelte in einer wahren Koloratur von Lustlauten. Nachher erkundigte sie sich etwas träge, ob Schierling weitergehende Wünsche habe.

«Der BDM –», sagte Schierling.

«Tu mir einen Gefallen ...», unterbrach ihn Rosemarie.

«Und zwar?», fragte Schierling.

«Spar dir alle dummen Fragen und blöden Witze. Versprochen?»

«Versprochen», sagte Schierling.

Daran hielt er sich nicht nur in den nächsten zwei Wochen. Es wurde zwischen ihnen zur nützlichen Lebensregel. Was Rosemaries heiß geliebter Führer gesagt hätte, war ihr stets klar, aber es stand auf einem anderen Blatt.

Ob die etwas aus dem Leim gegangene Witwe Hempel jemals verheiratet gewesen war, war unbekannt. Ihr Ringfinger war nackt. Sie hatte jedoch zwei Töchter, die so schlank und hübsch waren, wie vermutlich auch die Mutter irgendwann gewesen war. Die jungen Damen Hempel servierten das Frühstück mit einer Freundlichkeit, die über das ortsübliche Maß weit hinausging, die Berliner Sonne durchflutete das so genannte Gesellschaftszimmer der Pension aufmunternd mit ihrem Licht, und Rosemarie genoss sichtlich ihre erste gemeinsame Morgenstunde mit Schierling. Ein Brötchen belegte sie mit Mettwurst, das andere mit Käse; das dritte bestrich sie dick mit Himbeermarmelade. Als sie nach einem weich gekochten Ei greifen wollte, schloss sich jedoch von einem Moment zum andern ihr Mund, und sie starrte gebannt über Schierlings Schulter. Er hatte nicht auf die zwei Männer geachtet, die hinter ihm Platz genommen hatten. Offenbar im Vertrauen darauf, dass sie niemand verstand, unterhielten sie sich ziemlich ungeniert auf Englisch. Schierling hielt sie für Amerikaner. Als Rosemarie aus ihrer Trance erwachte, flüsterte sie: «Verstehst du, was sie reden?»

«Vergiss deine Kinderstube nicht», wies Schierling sie zurecht. «Man hört nicht zu, was sich Leute privat erzählen.»

«Ich will es aber wissen.»

Schierling gab nach und versuchte den Dialog in seinem Rücken zu verstehen. Dann lachte er leise auf.

«Sie streiten sich, ob die Deutschen hysterisch oder schizophren sind», informierte er Rosemarie.

«Das ist doch …»

Rosemarie war schon wieder ein anderer Mensch, nämlich von Kopf bis Fuß BDM-Führerin.

«Vorsicht mit den jungen Pferden», sagte Schierling. «Sie haben Pässe in der Tasche, die ihnen erlauben, so etwas zu diskutieren. Bei ihnen zu Hause ist das üblich.»

«Sie sind Gäste in Deutschland.»

«Das sehen sie vermutlich ebenso. Sie verstehen nur etwas anderes darunter.»

«Weißt du, wer der eine ist?»

«Woher sollte ich? Ich habe sie noch nicht einmal gesehen.»

«Du stehst jetzt auf, gehst raus, kommst zurück und siehst sie dir an. Du wirst überrascht sein.»

«Ist das ein Befehl?»

«Darfst du annehmen.»

Neugierig geworden, beschloss Schierling zu gehorchen. Auf dem Flur begegnete er einer der Hempelschen Töchter und fragte sie nach den ausländischen Gästen.

«Der Schlanke ist Mister Ashley», sagte sie, «er ist ein Journalist aus New York und wohnt schon länger bei uns. Der große Dicke besucht ihn zum Frühstück. Ihn kenne ich nicht.»

Schierling bedankte sich und kehrte an seinen Platz zurück. Groß und dick war untertrieben. Der namenlos gebliebene Herr war ein Berg von einem Kerl.

«Mister Ashley», teilte Schierling mit, als er wieder Rosemarie gegenübersaß.

«Wie, Ashley?», fragte Rosemarie.

«Der Dünne heißt Ashley und ist ein New Yorker Journalist.»

«Ich will wissen, ob der Dicke Thomas Wolfe ist.»

«Wolfe?»

«Der Verfasser von *Schau heimwärts, Engel.*»

In Schierlings Hinterkopf klingelte etwas. Er wusste nur nicht was. Rosemarie half ihm gnädig aus.

«Ein Roman so dick wie sein Autor. Ein wunderbares Buch.»

«Darum verzeihen wir ihm seine losen Reden?»

Der Führer war eine halbe Stadt weit weg.

«Ich verzeihe ihm, wenn er mir ein Autogramm gibt», verkündete Rosemarie.

Schierling löste säuberlich ein Blatt aus seinem Notizbuch, legte sich vier englische Sätze zurecht, erhob sich abermals, verbeugte sich, bewaffnet mit dem Zettel und seinem Füllfederhalter, vor dem Mann, den Rosemarie für Thomas Wolfe hielt, und sagte: «I beg your pardon, Sir. Write your name on that paper, please. It's for the lady. She admires you.»

Die Selbstverständlichkeit, mit der Mister Ashleys Freund seinen Namen auf das Stück Papier setzte, bewies eindeutig, dass er Thomas Wolfe war, bevor Schierling den Schriftzug entziffert hatte.

«My compliments to the lady», sagte Thomas Wolfe.

Er nickte Rosemarie höflich zu und stürzte sich wieder in die Debatte mit Mister Ashley.

«Berlin ist für Überraschungen gut», meinte Rosemarie. Sie ließ sich ihre Freude so wenig anmerken, wie es ihr möglich war.

«Das behaupten die Herren Amerikaner auch gerade», sagte Schierling.

Dann liefen sich Rosemarie und Schierling Hand in Hand auf

dem Berliner Pflaster die Füße müde, flanierten durch Geschäfte und Kaufhäuser, saßen mitten im Treiben der Großstadt auf dem Kurfürstendamm und gingen ins Kino, damit Rosemarie in dem brandneuen Film *Zu neuen Ufern* von Herzen darüber weinen konnte, wie Zarah Leander, die schöne und elegante Geliebte des Beaus Willy Birgel, bis in die Hölle eines australischen Zuchthauses abstürzte, bevor Viktor Staal – noch ein Star, nicht so schön wie Birgel, aber kerniger als er – die Unglückliche in ein anständiges Leben rettete. Am späten Nachmittag fanden sich Rosemarie und Schierling in Witwe Hempels Bett wieder.

«Bitte nur ausruhen, sonst nichts», sagte Rosemarie. Aber aus dem Nichts wurde dann doch nichts.

«Sie denken, wir sind hysterisch», sagte Rosi, als die Lebenskräfte trotz alledem wiederkehrten. «Der große Mister Thomas Wolfe hält uns Deutsche für hysterisch.»

«Es hörte sich so an», sagte Schierling, «Mister Ashley meint hingegen, dass alle Deutschen zwei Leben leben. Ein ganz normales oder wenigstens ein leidlich normales Leben und ein verrücktes, und beide gleichzeitig. Das nennt er schizophren.»

«Denken das alle Ausländer?»

«Ich habe in letzter Zeit wenig Zeitung gelesen. Aber während der Olympischen Spiele haben wir, wenn nicht alles täuscht, einen ganz guten Eindruck gemacht, einen erheblich besseren als vorher jedenfalls.»

«Und was meinst du?»

«Mein Herz, das wäre Politik. Wenn ich mich richtig erinnere, wollten wir den lieben Gott einen guten Mann sein lassen und den Führer ebenso.»

«Du hast Recht, das wollten wir. Lassen wir es dabei.»

Schierlings erster Geländeritt mit der Schwadron, der er in Hannover zugeteilt worden war, führte frühmorgens an einem verfallenen Sägewerk vorbei. Der Himmel strahlte frühlingsblau. Als man hier die Sägen irgendwann für immer zum Stillstand gebracht hatte, waren unbrauchbare Bretterstapel liegen geblieben. Auf ihnen sowie am benachbarten Waldrand verbrachten zwei Dutzend Tippelbrüder ihre Art von Urlaub. Vielleicht waren es auch drei Dutzend Berber. Die meisten nahmen die Elite der deutschen Kavallerie nicht zur Kenntnis. Immerhin drei von den Burschen, die sich auf den Brettern sonnten, winkten den defilierenden Soldaten mit ihren Taschentüchern zu, die wie sie selber von Dreck starrten. Zwei andere präsentierten ihre Flaschen. An der Spitze seiner Schwadron bewies Rittmeister Welf von Ammensen, dass er ein Herz fürs Volk hatte. Er legte die Hand an die Mütze und kommandierte «Augen rechts!» Den erforderlichen Abstand und die gebührende Ironie vorausgesetzt, gestattete er sich anscheinend nicht ungern die Sympathiekundgebung an die Adresse der Lebenskünstler, die es immer noch ablehnten, sich in die Volksgemeinschaft einzufügen.

Am frühen Nachmittag kehrte die Schwadron zurück. Nun lag das Sägewerk verlassen da. Dafür stand halb versteckt im Wald ein Mannschaftswagen der SS. Der Rittmeister übersah das Fahrzeug. Ihm war vermutlich ebenso klar wie Schierling, was passiert war. Heinrich Himmlers Jagd auf die Volksschädlinge hatte von den Städten auf die offene Landschaft übergegriffen.

Nach dem Abendessen suchte sich Schierling im Speisesaal der Schule eine ruhige Ecke und machte sich pflichtgemäß daran, ein Lebenszeichen für Rosemarie abzufassen. Ihm fiel nicht allzu viel ein. Sein Talent als Liebesbriefsteller war ebenso begrenzt wie Rosemaries Interesse an der Reiterei und damit an Schierlings gegenwärtiger Existenz. Die Berber waren erst recht kein Thema, mit dem Schierling seiner Freundin kommen durfte. Später entschloss er sich, auch noch an Doktor Zöllner zu schreiben.

Die Schilderung des Alltags in der Kavallerieschule sollte dem Doktor indirekt beweisen, dass es ein Leben außerhalb der Juristerei gab, aber schon nach ein paar Zeilen schlich sich ein melancholischer Ton ein. Mit Pferden hatte Schierling seit Kindesbeinen gelebt, und er liebte es, Tage und Wochen mit ihnen zu verbringen. Aus dem Reiten einen Beruf zu machen, war etwas anderes. Olympische Ehren standen in den Sternen, und die Reiterei, Schierling musste es zugeben, unterforderte auf die Dauer den Kopf eines Menschen, der mittlerweile auch ganz gern Jurist war. Als Denksport nebenher die *Juristische Wochenschrift* zu studieren, genügte immer weniger. Als Schierling seinen Brief durchlas, klang der wie eine Kapitulationsurkunde, und Schierling zerriss ihn. Die trüben Gedanken ließen sich so leicht nicht vertreiben.

Rosemaries Antwort ließ auf sich warten. Als ihre Post endlich eintraf, war sie kaum aufschlussreicher als der Brief nach Stolp, den Schierling sich abgerungen und schließlich doch in den Briefkasten geworfen hatte. Entfernung war ihrem Verhältnis offenbar undienlich. Aus der Grübelei, in die er darüber verfiel, schreckte Schierling der Befehl auf, beim Rittmeister zum Rapport zu erscheinen.

Der Fahnenjunker Schierling hatte ein reines Gewissen, aber der Dienstbetrieb steckte voller Tücken, und die Schwelle zur Stube des Chefs diente dem Zweck, den Mannesmut zu drosseln. Doch Welf von Ammensen schlug ohne Umstände einen deutlich kameradschaftlichen Ton an und befahl Schierling, sich einen Stuhl an den Schreibtisch zu rücken. Schierlings Unsicherheit wuchs. Gleichzeitig ärgerte sie ihn, was ihn noch unsicherer machte. Er erwischte nur die Stuhlkante und saß einigermaßen unbequem. Ammensen sah es und forderte Schierling auf, das Gesäß für den Sattel zu schonen. Das Wohlbefinden des Hinterns komme bekanntlich dem Pferd zugute. Der alte Witz half Schierling nicht weiter. Er fühlte sich erst besser, als Ammensen sich nach Bettina Schierling und Erich von Plessow erkundigte. Vor allem die Frage nach Plessows afrikanischem Leben, klang nach ehrlichem Interesse.

Er hatte, sagte der Rittmeister, den Kameraden von Plessow beim Aufmarsch in Breslau kennen und schätzen gelernt. Als Schierling bestätigte, dass er selbst der junge Mann gewesen war, der Plessow damals begleitete, erntete er ein beifälliges Lächeln.

«Ein echter Preuße, Ihr Herr Onkel», setzte der Rittmeister hinzu, «obwohl die holsteinischen Plessows vor Zeiten infolge Heirat

Untertanen des Königs von Dänemark geworden sind und so lange Dänen blieben, bis Otto von Bismarck sie heim ins Stammland holte. Tatsächlich sind die Plessows 1866 dem König von Preußen wohl mit einer gewissen Begeisterung in die ausgebreiteten Arme gelaufen. Anzunehmen ist, dass sie fürchteten, Schwierigkeiten mit den zwischen den Meeren ansässigen Demokraten zu bekommen. Jemand wie ich, dessen Familie seit den Tagen Heinrichs des Löwen den Welfen die Treue hält, begreift Liebe zu den Preußen nur mit Mühe. Unsereiner nimmt Bismarck nun einmal immer noch übel, dass er unseren Herzog abgesetzt und mit dem Welfenschatz den König von Bayern bestochen hat, der Reichsgründung zuzustimmen.»

«Ich bitte um Verzeihung …?», sagte Schierling.

«Sie hören richtig», sagte der Rittmeister, «für einen vom braunschweigischen Stamm derer von Ammensen kommen die Welfen vor allen anderen.»

Schierling zog es vor, den Mund zu halten.

Der Rittmeister lachte.

«Wenn Sie es für einen Witz halten wollen, halten Sie es für einen Witz», sagte er. «Wir aus Braunschweig haben beim Führer einiges gut, seit wir dem Staatenlosen österreichischer Herkunft den reichsdeutschen Pass zugesteckt haben. Ich nehme an, Sie verfolgen die Entwicklung in der Wehrmacht?»

Auf diese Frage war Schierling nicht vorbereitet. Er schwieg weiterhin.

«Es ist beachtlich», fuhr der Rittmeister ungerührt fort, «was der Kriegsminister und Oberbefehlshaber der Wehrmacht dem Staatsoberhaupt als Angebinde zu Füßen gelegt hat. Erst ordnet er an, dass die Truppe an freien Wochenenden mit den braunen Kolonnen nachexerziert, dann hat er und haben wir mit ihm Gewehr bei Fuß gestanden, als dem Führer der eigene Stabschef unheimlich wurde und er zur Nacht der langen Messer auszog. Klar, dass die SA in die Schranken gewiesen werden musste. Der Oberbefehlshaber war davon überzeugt und hat nicht mit der Wimper gezuckt, als nebenher zwei bis auf die Knochen konservative Generale, einer nebst Gattin, erschossen wurden. Von uns hat sonst auch keiner gemurrt. Stattdessen haben wir angefangen, vor Parteimenschen mit den entsprechenden Tressen und ihren Fahnen die Hand an die Mütze zu legen, und wir haben uns den Vogel mit dem Hakenkreuz an den grauen Rock genäht. Wer noch keinen Hass auf Juden spürte, ist befehlsgemäß am nächsten Tag mit völkisch frisch gewaschener Gesinnung angetreten. Von Juden hat dann schon keiner mehr Nadel und Faden gekauft, geschweige denn einen Gaul. Das alles hat uns der Oberbefehlshaber befohlen. Dank der Gnade des Führers hat er es vom Generalleutnant zum Generalfeldmarschall gebracht, und wir parieren immer noch.»

Gemessen am Assessor Schulz, fehlte dem Rittmeister von Ammensen das dramatische Talent. Jetzt wechselte er unvermittelt das Thema.

«Sie sind der einzige Reservist unter lauter aktiven Soldaten», sagte er. «Warum sind Sie hier? Erklären Sie mir das. Ich frage das, weil Sie anfangs in der Dressur glänzend abschnitten, inzwischen aber nicht mehr bei der Sache sind. Auch dafür will ich den Grund wissen. Und drittens will ich erfahren, warum sich zivile Stellen nach Ihnen erkundigen.»

«Der Reihe nach?», fragte Schierling.

«Der Reihe nach.»

«Ich bin Jurist ...»

«Dass Sie ein gelernter Rechtsverdreher sind, ist mir bekannt, und ich kenne euch Brüder. Die Ammensens haben Landräte und Richter in der Familie. Allesamt Schlauberger, die sich dauernd um den eigenen Verstand reden. Kein einziger sitzt so im Sattel wie Sie.»

«Mag sein. Meine Antwort ist, dass ich befürchtet habe, mir könnte die Juristerei ebenfalls in die Krone schießen.»

«Ich verstehe. Sie wollten ein anständiger Mensch werden.»

«So ungefähr.»

Der Rittmeister brauste auf.

«Kein Soldat sagt ‹so ungefähr›.»
«Zu Befehl.»
«Schon besser. Aber ich fürchte, Sie sind tatsächlich kein Soldat, und Sie werden nie einer. Tradition reicht da nicht. Halten die Juristen Sie für einen Juristen?»
«Es sieht so aus.»
«Ja oder nein?»
«Jawohl, Herr Rittmeister.»
«Meine zweite Frage ...»
«Vielleicht bin ich an der Grenze meiner Möglichkeiten angekommen. Ich reite gern. Aber vom Ehrgeiz meiner Mutter habe ich bedauerlicherweise zu wenig mitbekommen.»
«Das habe ich vermutet. Was sagt Ihre Frau Mutter dazu?»
«Da gibt es im Moment wenig Kontakt.»
Dem Rittmeister lag eine Bemerkung auf der Zunge, aber er verbiss sie sich.
«Meine dritte Frage», sagte er.
«Ich weiß nicht, wer sich nach mir erkundigt hat.»
«Ein ehemaliger Vorgesetzter.»
«Doktor Zöllner?»
«So heißt er.»
«Er will, dass ich zurückkomme.»
«Das ist mir klar.»
Der Rittmeister legte seine Stirn in Falten. Dann sagte er: «Unter welcher Bedingung Sie hier bleiben können, wissen Sie. Sie müssen sich entscheiden. Wir können nur Leute brauchen, die an nichts anderes denken als ans Reiten.»
«Ich verstehe.»
«Ich will Ihre Antwort in drei Tagen.»
«Zu Befehl.»
«Sie können abtreten.»
Schierling stand auf, stellte unter den skeptischen Blicken seines Vorgesetzten den Stuhl sorgsam dorthin, wohin er gehörte, schlug die Hacken zusammen und verließ den Raum. Am nächsten Mor-

gen scheute sein Pferd im Gelände vor einem aus einem Knick schnürenden Fuchs und warf ihn ab. Schierling hörte die Engel im Himmel singen und brach sich ein Schlüsselbein nebst zwei Rippen. Aus seinem rechten Ohr rann Blut. Im Lazarett stellten die Ärzte fest, dass das Felsenbein gerissen war. Am unangenehmsten war die Gehirnerschütterung, die unvermeidlich dazugehörte. Als Schierling sich, noch wackelig auf den Beinen, in der Schule zurückmeldete, befahl ihn Welf von Ammensen umgehend zu sich und fragte ihn nach seiner Entscheidung. Schierling bat, nach Stolp zurückversetzt zu werden.

«Ich habe es befürchtet», sagte Ammensen, «aber jetzt können wir die Sache mit Ihrem Unfall begründen. Der Schule konnte nicht daran gelegen sein, einen Reiter, dessen Talent außer Frage steht, wegen seelischer Blähungen in seine Garnison zurückzuschicken, und in Ihrer Beurteilung macht es sich auch besser.»

Auf den Gedanken, Schierling könnte widersprechen, kam der Rittmeister nicht. Schierling erfreute seinen Vorgesetzten mit einem formvollendeten «Zu Befehl» und packte seine Sachen.

Die Wochen nach der Rückkehr in die Stolper Garnison verliefen unerfreulich. Man hatte Schierling nach Hannover geschickt, damit er Ehre für sein Regiment einlegte. Er hatte, Unfall oder nicht, versagt. Ein echter Husar stieg auch mit dem Kopf unter dem Arm wieder aufs Pferd. Eingeschränktes Verständnis rang sich als einziger Oberwachtmeister Hacker ab. Nachdem er im Kasino den fünften oder sechsten Korn mit Bier hinuntergespült hatte, war er überzeugt, dass die Herren in Hannover eine Gelegenheit zur Rache für Königgrätz gesucht und den Rotkittel durch den Knick getrieben hatten.

Verabredungen mit Rosemarie Stargard verlangten höheres taktisches Talent. Meistens nahm der BDM-Dienst sie in Anspruch, wenn Schierling Stadturlaub hatte, und wenn es mit einem Rendezvous tatsächlich klappte, konnte Kreisleiters Tochter in Stolp und Umgebung keinen Fuß vor den anderen setzen, ohne dass Bekannte ihren Weg kreuzten. Endlich rang sie sich dazu durch, eine Freundin um Beistand zu bitten. Die Freundin bewohnte eine Dachkammer am Stadtrand und war Kupplerin genug, die Unterkunft dem obdachlosen Paar zur Verfügung zu stellen. Rosemarie und Schierling trafen sich dort zweimal. Danach war Rosemarie schwanger.

Als sie Schierling mit der Nachricht überraschte, war sie sich weitgehend im Klaren darüber, was geschehen sollte. Vom Bett abgesehen, sagte sie, waren die gegenseitigen Gefühle allem Anschein nach nicht sonderlich ausgeprägt. Das galt es zu berücksichtigen. Auf keinen Fall wollte Rosemarie jedoch zu einem Arzt nach Berlin fahren, der angeblich unter der Protektion der Partei Abtreibungen vornahm, für die normale Sterbliche ins Zuchthaus wanderten. Ebenso wenig wollte sie bei der Frauenschaft anklopfen, von der zu hören war, dass sie unter der Hand rassisch einwandfreie Adoptionen vermittelte. Rosemarie wollte ihr Kind bekommen und behalten. Offen war nur, welche Rolle Schierling dabei zu spielen gedachte. Eheschließung oder Trennung, die Zukunft sollte zeigen, was aus der Geschichte einer eingeschränkten Liebe wurde.

Schierling war Rosemarie dankbar, dass sie ihren Führer und seine Bevölkerungspolitik aus dem Spiel ließ. Er hielt sie keineswegs für so kaltschnäuzig, wie sie tat. Umso mehr imponierte ihm, wie sie die Dinge beim Namen nannte. Was sie zur Lösung der anstehenden Probleme vorschlug, entsprang ihrer Vorstellung von gesundem Menschenverstand. Wenn sie nicht heirateten, sollte es sich, juristisch gesprochen, um einen faktischen Vertrag zur Regelung des Nötigsten handeln. Wenn sie trotz beiderseitiger Zweifel an hinreichenden Gefühlen zum Standesamt gingen, sollte die Eheschließung ebenfalls weiter nichts als eine Art Vertrag sein. Aber es ging nicht nur um Rosemarie, sondern auch um das Kind, das sie erwartete. Des Babys wegen schlief Schierling zwei Nächte lang schlecht, dann kam er zu dem Ergebnis, dass die familiären Defizite, mit denen er selbst aufgewachsen war, kein hinreichender Grund waren, seinem Sohn oder seiner Tochter noch Ärgeres zu-

zumuten. Wenn Rosemarie erleichtert war, ließ sie es sich nicht anmerken.

Abzusehen waren Schwierigkeiten mit der neuen Verwandtschaft. Der Kreisleiter Max Stargard war ein pommerscher Bauernsohn. Im Krieg 70/71 war sein Vater bei Sedan dabei gewesen. Wegen der Geschichten, die er dem Sohn erzählte, hatte der sich im nächsten Krieg freiwillig zur Armee gemeldet. Kurz vor Toresschluss hatte man ihn eingezogen, aber nicht mehr an die Front geschickt. Als alles vorbei war, gehörte er zu jenen, denen niemand erzählt hatte, dass die Deutschen einen Krieg nicht nur gewinnen, sondern im Gegenteil auch verlieren konnten. Der Dolchstoß in den Rücken der kämpfenden Truppe wurde Max Stargards Leib- und Magenthema. Trost spendete ihm ein Mädchen namens Minna aus der Nachbarschaft. Minnas Vater erwischte sie mit ihrem Liebhaber im Heu und schwor, ihm alle Knochen im Leibe zu brechen, wenn er sie nicht heiratete. Max Stargard war bereit zur Ehe. Während der Inflation musste er dann zusehen, wie ein Viehhändler namens Cohn den väterlichen Hof pfänden ließ. Cohn stellte auf den Äckern, die seit hundertzwanzig Jahren Eigentum der Stargards gewesen waren, Schilder auf, die den ehemaligen Besitzern das Betreten verboten. Max Stargard riss die Schilder so lange nachts aus dem Boden und beförderte sie in ein Wasserloch, bis der Ortsgendarm drohte, ihn hinter Gitter zu bringen, wobei der Polizist hinter vorgehaltener Hand bekannte, dass er nur äußerst unwillig seine Befehle ausführte. Das verschämte Mitgefühl des Vertreters der Staatsmacht bestärkte den Rebellen Stargard in seiner Überzeugung, dass nicht irgendein Cohn am Ruin seiner Familie schuld war, sondern das, was er das verjudete System nannte. Als in der Gegend die ersten Nazis auftauchten, kamen sie ihm gerade recht, und er schloss sich ihnen an. Mit unverkennbarer Begabung für wilde Reden und beträchtlichem Machtinstinkt wuchs er zur Lokalgröße der Partei heran. Für Minna gab es nichts anderes, als sich an seine Fersen zu heften, und für eine Weile schaffte sie es ganz gut. Irgendwann verschlug ihr der Aufstieg ihres Mannes jedoch die Sprache, was den Umgang mit ihr weit erträglicher machte als den mit ihm.

Der Kreisleiter wurde bei keiner Gelegenheit müde, sich zu rühmen, dass ihm der Wille seines Führers in Fleisch und Blut übergegangen war. So weit für die Transfusion zusätzliche Flüssigkeit erforderlich gewesen war, musste es sich um Bier gehandelt haben. Ihm sprach Max Stargard ebenfalls reichlich zu, als er erfuhr, wen seine Tochter heiraten wollte. Reaktionäre kamen in seinen Augen gleich nach den Juden. Wilhelm zwo hatte Deutschland verraten und verkauft, und die Adelsclique hatte ihn gewähren lassen, womit sie sich für alle Zeiten am Vaterland versündigte. Aber ihm blieb, stöhnte Max Stargard, nichts übrig, als sich in die Folgen des Leichtsinns seiner läufigen Tochter zu fügen. Rosemarie nannte ihre Mutter eine liebe Frau, auf die Verlass sei; über ihren Vater schwieg sie sich aus.

Nach Lage der Dinge sah Schierling wenig Chancen, seine Mutter und seinen Onkel mit den Stargards zusammenzubringen, ohne dass es Mord und Totschlag gab. Auf Erich von Plessow, dem der Neffe einen alle Umstände berücksichtigenden Brief nach Afrika schrieb, war jedoch auch diesmal Verlass. In seiner Antwort kam Plessow ohne Umschweife zur Sache. Die Zeiten waren vorüber, schrieb er, in denen er in Standesfragen mit dem Kopf durch die Wand wollte und schon die Heirat seiner Schwester mit dem bürgerlichen Marineoffizier Otto Schierling für eine Mesalliance hielt. Damals war immerhin SM der Kaiser Fürsprecher solcher Verbindungen gewesen. Dessen heutiger Platzhalter in Berlin hatte offenbar erheblich weiter reichende Vorstellungen, und insofern folgte Jon Schierling einer gottgegebenen Entwicklung. Außerdem hatte die an Geschichten dieses Genres sehr interessierte Miss Nancy eine Reihe von kulturgeschichtlichen Beispielen ins Treffen geführt, in denen ungewöhnliche Verbindungen zu glücklichen Ehen geführt hatten. Die britische Demokratin an Erich von Plessows Seite, belesen mittlerweile auch in deutscher Geschichte und Kultur, hatte ihn vor allem auf Goethes Verhältnis zu der gewissen Christiane Vulpius hingewiesen, das der Dichter gegen eine Welt aus Missgunst erfolgreich verteidigt hatte. Miss Nancy ließ folglich die besten Wünsche ausrichten, und ihnen konnte sich ihr Gatte nur gehorsamst anschließen. Obendrein versprach er, auf seine Schwester begütigend einzuwirken.

Wenn er die Angelegenheit richtig sah, fuhr Plessow fort, war jedoch vordringlich zu entscheiden, wie die Hochzeit vollzogen werden sollte. Natürlich konnte sie mit einem verstohlenen Gang zu irgendeinem Standesamt erledigt werden, wovon jedoch schale Gefühle zurückbleiben mussten. Andererseits war gesellschaftliches Brimborium weder in Stolp anzuraten, wo dann unvermeidlich der Herr Kreisleiter den Ton angab, noch in Berlin, wo Bettina Schierling ein nicht zu überblickendes Publikum hatte. Angemessen und befriedigend konnte es hingegen sein, das Jawort tatsächlich irgendwo heimlich abstempeln zu lassen, um sich anschließend in der Kirche von Segau Gottes Segen zu holen. Dort hatten Generationen von Plessows geheiratet, und wenn es nicht mit dem Teufel zuging, musste die bewährte Zeremonie auch Schierlings Mutter versöhnen. Sicher war bereits, dass gegebenenfalls Miss Nancy und ihr Junker aus Afrika anreisen wollten. Der Kreisleiter und seine Gattin waren einzuladen. Ob sie dann tatsächlich kamen, war ihre Sache.

Die beiden Bemerkungen über Bettina Schierling signalisierten, dass ihr Bruder sich mit ihr in Verbindung gesetzt und dass sie abweisend reagiert hatte. Auch Rosemarie sah es so. Kurz entschlossen setzte sie sich hin und schrieb ihrer Schwiegermutter in spe, dass Familienzwist nicht im Interesse ihres Kindes liegen könne und sie seinetwegen um Bettina Schierlings Vertrauen bitte. Sie werde sich alle Mühe geben, es zu rechtfertigen. Offenbar traf sie den richtigen Ton, denn aus Segau traf Post ein, die nach gutem Willen klang. So kam es auf Segau zu einer denkwürdigen Begegnung zweier Welten.

Der vielen Umstände wegen verzögerte sich die Hochzeit bis Ende November. Der Winter schickte seine Vorboten, und am Tag der Anreise der Braut und ihrer Familie lag Segau unter dem ersten Schnee. Als die Sonne sich gegen Mittag durch die Wolken arbeitete, beschloss Schierling, die Kreisleitersippe vierspännig mit dem großen Jagdschlitten vom Bahnhof abzuholen. Die Wirkung entsprach der Erwartung. Hocherfreut beim Anblick des Gefährts, kletterte Rosemarie zu ihrem Bräutigam auf den Bock. Hinten hüllte sich Max Stargard in die bereitliegenden Pelze. Feldmarschall Kutusow konnte kein würdigeres Bild geboten haben, als er sich auf den Weg machte, Napoleon durch den russischen Winter zu jagen. Aber Schierling korrigierte den Gedanken sofort. In strengerer historischer Betrachtung ähnelte der Goldfasan aus Stolp eher einem Emporkömmling im Heer des Franzosenkaisers als einem General des Zaren. Auch Minna Stargard versank im Rauchwerk. Ob sie bedauerte, dass der Silberfuchs, den sie sich zu Hause um den Hals geschlungen hatte, kaum noch zur Geltung kam, wagte Schierling nicht zu entscheiden.

Die Pferde zogen an, an den Kummets schepperten die Schellen, und Schierling nahm den Umweg, den sein Onkel ihm empfohlen hatte. Die Stargards sollten Segau von dessen schönster Anhöhe aus betrachten, bevor sie über Erich Plessows Schwelle traten. Der Blick über die gewellten Felder, über den Forst, an den die Äcker stießen, und über den See, auf dem eine dünne, noch lückenhafte Eisdecke lag, verfehlte seine Wirkung nicht. Max Stargard fragte, wie weit Plessowsches Land reichte. Um ihn halbwegs ins Bild zu setzen, zog Schierling eine weitere Schleife durch die Schneelandschaft. Stargard war gebührend beeindruckt, als der Schlitten endlich vor dem Herrenhaus hielt. Erich von Plessow erwartete seine Gäste oben auf der Freitreppe. Max Stargard vergaß erstaunlicherweise sein ewiges Heil Hitler, beschränkte sich auf Guten Tag und redete Plessow mit Herr Baron an. Für einen Moment wurde er wieder zum Dorfjungen, dem man beigebracht hatte, vor den Herren dieser Welt die Mütze zu ziehen. In der Halle übernahm Miss Nancy die Regie. Die anscheinend unverwüstliche Berta bemächtigte sich der Garderobe. Gleich darauf erschien sie wieder mit einem Teewagen, auf dem Grog dampfte.

«Ich nehme an, Sie kennen dies merkwürdige Getränk», sagte

Miss Nancy mit ihrem schönsten Akzent und fügte hinzu: «Ich musste erst lernen, dass es das beste Mittel gegen erfrorene Gliedmaßen ist.»

Die Unterhaltung quälte sich eine Weile hin. Dann zogen sich die Gäste zurück, ohne dass Bettina Schierling erschienen war. Sie tauchte erst zum Abendessen auf, und auch dann beschränkte sie sich auf die unvermeidlichen Höflichkeitsfloskeln. Ihre Schwägerin sprang mit einem Smalltalk über Afrika ein, das Max Stargards Interesse fand. Das *Schwarze Korps*, sagte er, hatte kürzlich eine sehr vernünftige Ansicht vertreten. Das Blatt hielt es für dringlicher, Westpreußen und Posen wieder dem Reich anzugliedern, als ehemalige Kolonien in Übersee zurückzuholen. Auch Deutschsüdwest konnte warten. Zudem bestand die Chance, dass sich Deutsche und Briten – artverwandt, wie sie waren – über gemeinsame Interessen verständigten, denen sich die Buren dann fügen mussten. Zwischen Deutschen und Franzosen musste eine Einigung über die Kolonien angesichts der bekannten Erbfeindschaft leider weit schwerer fallen, wenn sie nicht von vornherein unmöglich war. Schließlich zollte der Kreisleiter dem Gastgeber sogar Respekt dafür, dass der auf dem Schwarzen Erdteil den Fuß auf ererbtes Land gesetzt hatte. Plessow akzeptierte das Lob, überhörte aber Stargards Randbemerkung, dass der Baron und seine Gattin ja den schlagenden Beweis lieferten, wie verträglich britisches und deutsches Blut waren.

Als Max Stargard mit dem Schmatzen des Kenners auch noch die zum guten Ende servierten Segauer Birnen mit Segauer Schlagrahm lobte, weil ihn der Nachtisch ans Eingeweckte seiner Mutter erinnerte, ging die Vertraulichkeit Bettina Schierling sichtlich zu weit. Sie stand auf, kaum dass die Teller leer waren, und lud Rosemarie ein, sich mit ihr zurückzuziehen, um das längst fällige Gespräch unter Frauen zu führen. Miss Nancy nahm die verdutzt zurückbleibende Minna Stargard unter ihre Fittiche, indem sie ihr vorschlug, sich das Haus anzusehen, während Erich Plessow die Herren in sein Arbeitszimmer einlud und ihnen dort Zigarren und Cognac oder Whisky anbot. Stargard gab auch in diesem Fall den Briten den

Vorzug und entschied sich für Whisky. Der Gastgeber und sein Neffe schlossen sich an.

«Machen wir uns nichts vor», sagte Erich von Plessow, als die Gläser zum ersten Mal geleert waren und der Rauch der Zigarren zur Decke stieg, «wir sind nicht füreinander geschaffen.»

«Wohl kaum», sagte Stargard. «Aber Offenheit gegen Offenheit, uns trennt nicht nur Persönliches. Uns trennt vor allem die Politik, und da kann es keinen Zweifel geben, wer wem die Richtung zeigt. Nämlich die Männer der neuen Zeit den Überlebenden einer vergangenen Epoche. Der Instinkt des Volkes, gebündelt im Willen des Führers, gibt den Ton an, und auch so genannte Herrschaften von Stand müssen sich ihm beugen, wenn sie nicht untergehen wollen. Jedem das Seine – war es nicht so? Der erste Preußenkönig hat die Parole auf den schwarzen Adlerorden schreiben lassen, und wir halten uns daran. Lohn und Ehre dem, der sie erwirbt. Nichts gegen Ruhmestaten von gestern, nichts gegen die Geschichte als Ansporn, aber nun kommt es auf die Verdienste von heute und morgen an, und wir bestimmen, was verdienstvoll ist und was nicht. Wir bestimmen auch, wer würdig ist, an der von uns gewollten Zukunft mitzuwirken, und wer nicht.»

Max Stargard schien die Zeitungen der Partei und ihre Schulungsbriefe genau studiert zu haben. Im Ton bemühte er sich um Verbindlichkeit. Wenn er sich vorgenommen hatte, jedermann Lügen zu strafen, der ihn zu Hause engstirnig und stur nannte, machte er seine Sache nicht schlecht.

Plessow ging zum Gegenangriff über.

«Meine Art ist es genauso wenig, aus meinem Herzen eine Mördergrube zu machen», sagte er. «Sie nehmen es mir hoffentlich nicht übel, wenn ich die preußischen Zeiten seit dem Großen Kurfürsten mit den paar Jahren vergleiche, die Ihre Partei an der Macht ist. Da fehlt dann doch noch manches.»

«Unsere Bewegung», sagte Stargard, «nicht meine Partei. Auf den Unterschied legen wir Wert. Parteien kommen, Parteien gehen. Die Bewegung ist mehr. Aber wenn ich nicht irre, hieß der letzte Preußenkönig Wilhelm der Zweite, und der Herr hat Preußen ins Unglück geritten.»

«Wie dem auch gewesen sei, es heißt nicht, dass Preußen am Ende war. Es hat sogar den Preußenschlag des Herrn von Papen vom Sommer 1932 überlebt. Es gibt wieder einen preußischen Ministerpräsidenten, und er ist der zweite Mann im Staat.»

«Preußischer Ministerpräsident ist Hermann nur im Nebenberuf», knurrte Stargard.

«Gewiss, Herr Göring hat auch anderes zu tun», räumte Plessow ein, «aber mit seiner Ernennung zum Ministerpräsidenten hat man die Existenz Preußens anerkannt. Hinzu kommt, dass die Verfassung des Freistaates Preußen, wenn auch mit einigen Einschränkungen, noch in Kraft ist, wie uns dieser junge Mann» – Plessow zeigte auf Schierling – «in seiner Doktorarbeit mitteilt.»

«Das ist Paragraphenreiterei, die ich so wenig ausstehen kann wie der Führer. Ein Federstrich von ihm, und die famose Verfassung ist Altpapier.»

«Warten wir es ab, und vergessen Sie nicht, dass Ihnen ein Jurist als Schwiegersohn ins Haus steht. Die Burschen sind zäh.»

«Meine Tochter hat mich informiert, dass es sich um eine Ehe auf Probe handelt.»

«Auf Probe heißt, wir müssen uns auch auf die Eventualität einstellen, dass aus dieser Ehe etwas wird. So oder so sollten die Familien einen Modus Vivendi finden.»

«Deswegen bin ich hier», stellte der Kreisleiter fest.

Am späteren Abend erfuhr Schierling von Rosemarie, dass seine Mutter ebenfalls von einem Modus Vivendi gesprochen hatte. Man solle versuchen, einander nichts übel zu nehmen. Sie sei bereit, damit den Anfang zu machen, und man werde sehen, wie weit man damit komme.

«Sie ist ein Biest», sagte Rosemarie, «aber sie imponiert mir.»

Jon Schierling wusste, dass seine Mutter so weit nachgegeben hatte, wie sie es über sich bringen konnte. Rosemarie war keine Caroline von Schlettow, in Bettina Schierlings Augen war sie bestenfalls Carolines Volksausgabe, aber sie sollte es nicht büßen. Als am nächsten Mittag die Glocken der Segauer Kirche die Trauung einläuteten, nahm Schierlings Mutter zwar nicht Max Stargards Arm, aber den seiner Frau.

Und noch etwas war geklärt. Im Streit mit Max Stargard hatte Erich von Plessow seinen Neffen einen Juristen genannt. Er hatte offenbar den Traum begraben, dass aus Jon Schierling doch noch ein aktiver Kavallerist wurde.

Am Mittwoch dem 18. Januar jährte sich zum siebenundsechzigsten Mal der Tag der Bismarckschen Reichsgründung, und die Wehrmacht beförderte Johann Viktor Schierling zum Fähnrich der Kavallerie. Zwei Tage später meldete er sich beim Schwadronschef ab. Es dauerte zehn frostige Minuten, den zweiten Anlauf zur militärischen Karriere zu beenden. Schorsch Hacker vertrat den Spieß. Er begleitete Schierling zum Tor der Blücher-Kaserne, wo eine Taxe wartete. Hacker musterte Schierling beim Abschied von Kopf bis Fuß.

«Ein Zivilist», sagte er, «es passiert hier tatsächlich, einer kommt als Zivilist und geht als Zivilist.»

Er legte die Hand an die Mütze, machte kehrt und marschierte zurück zu seiner Schreibstube. Am Bahnhof wartete Rosemarie auf Schierling, um mit ihm nach Potsdam zu reisen. Sie war im vierten Monat, und in Potsdam wartete Arbeit auf sie. Das Parterre des Schierlingschen Hauses musste hergerichtet werden. Der erste Stock blieb für Schierlings Mutter reserviert, die immer noch in Segau war. Schierling atmete auf, als sich der Zug in Bewegung setzte. Er hoffte, dass diesmal unterwegs kein Felix von Bachewski auftauchte. Sein Wunsch ging in Erfüllung.

Pünktlich zur festgesetzten Minute betrat Schierling zum ersten Mal wieder die Juristenfestung, um sich bei Doktor Zöllner zurückzumelden. Er traf einen Vorgesetzten an, den ein mit «Geheim»-Stempeln übersäter Bericht auf seinem Schreibtisch weit mehr zu interessieren schien als Schierlings Ankunft.

«Setzen Sie sich», sagte Zöllner, «es gibt brühwarme Neuigkeiten, und so etwas macht Arbeit.»

Schierling machte darauf aufmerksam, dass er Zeit hatte – notfalls ein Leben lang. Zöllner studierte die Papiere auf seinem Schreibtisch mit größter Sorgfalt bis zum letzten Buchstaben. Endlich legte er den Bericht zur Seite, atmete tief durch und lehnte sich in seinen Sessel zurück.

«Wie ist das Befinden der Truppe?», fragte er.

«Gut, wenn ich nicht irre», sagte Schierling.

«Sie irren.»

«Inwiefern?»

«Der Oberbefehlshaber ist in eine Peinlichkeit verstrickt. Der Chef der Heeresleitung will sich nicht lumpen lassen und leistet sich seinerseits einen Skandal. Der Generaloberst von Fritsch kann allerdings auch Opfer einer Intrige sein. Normalerweise müsste für ihn die Unschuldsvermutung gelten. Aber die hat nicht mehr allzu viele Anhänger.»

«Darf ich um Einzelheiten bitten?»

«Recht so. In den Einzelheiten steckt die wahre Fallgeschichte. Wir haben es auf dem Kasernenhof tatsächlich nicht vergessen. Aber die Sache ist ernst. Es handelt sich darum, dass der Oberbefehlshaber der Wehrmacht vor zwei Wochen ein Fräulein Gruhn geheiratet hat. Dem Führer hat der Bräutigam vorher ordnungsgemäß gemeldet, dass die Braut ein Mädchen aus dem Volke sei. Der Führer war über die Volksverbundenheit seines obersten Soldaten, wie wir wissen, immerhin eines Herrn von Blomberg, sehr erfreut und bot sich als Trauzeugen an, wozu sich eilends auch Hermann Göring in seiner Eigenschaft als Kamerad von der Luftwaffe zur Verfügung stellte. Doch jetzt sind aus einer Schublade der Sittenpolizei plötzlich Fotos aus dem Vorleben der geborenen Gruhn aufgetaucht. Sie zeigen die Dame, wie der Herrgott sie geschaffen hat, und zwar in sehr anregenden Positionen. Auf dem einschlägigen Markt sollen diese Bilder vormals sehr begehrt gewesen sein. Selbstverständlich konnten pflichtbewusste Kampfgefährten nicht umhin, den Führer zu informieren, und ebenso selbstverständlich tobt der, dass er das mit Volksverbundenheit so nicht gemeint habe. Wenn nicht alles täuscht, sind die Tage des Generalfeldmarschalls gezählt.»

«Und der Heereschef?»

«Das ist eine zweite Geschichte, die seltsamerweise gleichzeitig ruchbar geworden ist. Man hat einen vorbestraften Erpresser mit dem Feld-, Wald- und Wiesennamen Otto Schmidt auf einem neuen Beutezug ertappt. Schmidt hat nach einigem gutem Zureden gestanden, dass er mit einem Offizier, dessen Namen er mit von Fritsch angab, regelmäßigen Umgang in einem Pissoir gepflogen habe. Auf Befragen gab er an, er habe seinen Gespielen, der selbstredend zum gemeinsamen Vergnügen stets in Zivil erschienen war, für den Chef der Heeresleitung gehalten. Der Führer war zutiefst beunruhigt und hielt eine Konfrontation des üblen Burschen mit dem Heereschef für erforderlich. Schmidt, den zwei Kameraden von der Gestapo vorführten, identifizierte den Generaloberst – wie er behauptete, zweifelsfrei. Er blieb auch bei seiner Aussage, als Herr von Fritsch dem Führer sein Ehrenwort gab, dass die Beschuldigung erstunken und erlogen sei und er nie ein Rendezvous mit dem Kerl gehabt habe. Der Führer war im Zweifel, wem er glauben sollte. Den Ausschlag gab, dass der Generaloberst ihm bei der beleidigenden Gegenüberstellung nicht den Säbel vor die Füße geworfen, sondern bedeppert versucht hatte, an dem Missverständnis herumzurätseln. Dafür nämlich hielt er die Vorwürfe. Außerdem erinnerte jemand den Führer daran, dass dem Junggesellen von Fritsch schon einmal die Gewohnheit nachgesagt worden war, Hitlerjungen aus unbemittelten Elternhäusern zu sich einzuladen, um sie zu beköstigen. Damals hatte sich ein übereifriger Polizist einen der Pimpfe vorgeknöpft, und der hatte behauptet, der General habe ihn gelegentlich ans nackte Knie gefasst.»

«Unglaublich.»

«Ganz gewiss unglaublich. Aber das ist die Geschichte des Herrn von Blomberg auch, und die ist erwiesen.»

«Weiß man schon, wie es weitergehen soll?»

«Dafür ist es ein bisschen zu früh. Womöglich bekommt Herr von Blomberg einen stillen Abschied. Er hat sich sehr verdient gemacht, als es darum ging, dass sich die Armee mit der Bewegung anfreundete.»

Schierling fiel der Rittmeister von Ammensen ein.

«Das hat man mir erzählt», sagte er.

«Bei der Truppe?», fragte Doktor Zöllner misstrauisch. «Ich hoffe, derjenige hat seine helle Begeisterung geäußert. Aber egal, vielleicht setzt sich der Generalfeldmarschall mit seiner Gattin für eine Weile ins Ausland ab. Man hört, er schwärme für Capri. Womöglich übernimmt der Führer sogar die Reisekosten.»

«Und Herr von Fritsch?»

«Der verlangt Klärung der Vorwürfe vor Gericht. Wir müssen den Prozess beobachten. Das könnten übrigens Sie übernehmen.»

«Zu Befehl.»

«Tun Sie mir einen Gefallen und gewöhnen Sie sich wieder ab, die Hacken zusammenzuschlagen. Auch im aufopfernden gemeinsamen Dienst für Führer und Reich muss es ein paar Unterschiede zwischen Juristen und Militärs geben.»

«Ich werde es versuchen.»

Dass Zöllner ihm gleich nach Dienstantritt einen kniffligen Auftrag zuschanzte, nahm Schierling als gutes Omen. Heikel musste die Sache darum werden, weil die unterschiedlichen Instanzen am Ausgang der Angelegenheit ebenso unterschiedliches Interesse nahmen. Den enen sin Ul is den annern sin Nachtigal, pflegte Berta zu sagen. Wenn ein Kauz des Nachts vor den Fenstern des Herrn von Fritsch Unheil ankündigte, mussten tatsächlich eine ganze Reihe von Kameraden die Nachtigall schlagen hören. Es ging darum, wer künftig im Heer das Kommando hatte. Doch leider durchkreuzten ein Anwalt, ein Kriminalist und zwei Ermittlungsrichter Jon Schierlings Bewährungsprobe. Sie holten die Tatsachen ans Licht, bevor die Hauptverhandlung gegen den Generalobersten von Fritsch beginnen konnte. Seinen drei Richtern, den Befehlshabern der drei Wehrmachtsteile, einer von ihnen war inzwischen Fritschs Nachfolger, blieb nur noch übrig, den Angeklagten wegen erwiesener Unschuld freizusprechen. Die Unzucht im Pissoir, die dem Generaloberst vorgeworfen wurde, gestand ein Rittmeister der Reserve, dem im Namen Fritsch das t fehlte. Doktor Zöllner las Schierling die Enttäuschung von der Nase ab.

«Nehmen Sie sich die Akten vor», sagte er. «Merken Sie sich, wer welche Rolle gespielt hat, und schließen Sie den Vorgang gut weg.»

Doch auch dafür blieb kaum Zeit, denn das Staatsoberhaupt ernannte sich selber zum Obersten Befehlshaber der Wehrmacht und fand das Heer mit einem Oberkommando ab, das ihm direkt unterstehen sollte. Die erste Tat folgte dem Revirement auf dem Fuße. Die Wehrmacht marschierte in Wien ein, und Österreich jubelte den Befreiern zu. Ein paar Probleme blieben dennoch zu regeln, und während Rosemarie Schierling auf die ersten Wehen wartete – einen falschen Alarm hatte es schon gegeben –, bestand Jon Schierlings neue Aufgabe darin, den Anschluss der Ostmark ans Reich juristisch zu überwachen, oder besser gesagt, seinem Chef dabei zur Hand zu gehen.

Zur ersten Flugreise seines Lebens kletterte Schierling in eine Ju 52 der Luftwaffe. Die Maschine beförderte Personal aus Behörden und Parteidienststellen von Berlin nach Wien, wo Kamerad Schnürschuh Beistand brauchte. Die legendäre Fußbekleidung der österreichischen Streitkräfte gegen deutsche Knobelbecher auszutauschen, war dabei das geringste Problem. Es galt, den christlichen Ständestaat zur Provinz im nationalsozialistischen Führerstaat umzumodeln. Wie es hieß, war die Bereitschaft der einheimischen Beamten zur Mitwirkung groß. Was ihnen fehlte, war Erfahrung. Im Flugzeug grassierte der Elan von Eroberern, der allerdings in mulmige Gefühle in der Magengegend umschlug, als die Maschine über Sachsen in eine Schlechtwetterfront geriet. Die Reisenden in Sachen Weltanschauung und Machtpraxis wurden einer nach dem andern blass um die Nase. Als der erste zur vorsichtshalber zugeteilten Tüte griff und hineinspuckte, war kein Halten mehr. Doktor Zöllner, neben dem Schierling saß, gehörte zu den drei oder vier aufrechten Gestalten, die ohne Tribut an die Luftlöcher davonkamen; Schierling erging es mies. Als er in Wien endlich wieder festen Boden unter den Füßen hatte, waren seine Knie wie Gummi, und er schlug insgeheim drei Kreuze. Gerade halbwegs wieder bei sich, spürte er eine Hand auf seiner Schulter und drehte sich um. Er sah in das grinsende Gesicht Bully Jepsens. Drei goldene Eichenblätter unter dem goldenen Hoheitszeichen auf den dunkelroten Kragenspiegeln wiesen den alten Bekannten als Dienstleiter in der Reichsleitung der Partei aus.

«Na, Reiterkamerad», grinste Jepsen, «wetten, dass wir noch nie so oft den deutschen Gruß gehört haben, wie man ihn uns hier entbieten wird? Heil Kaiser dir hatten sie sich ja schon abgewöhnt, jetzt ist auch Schluss mit Grüß Gott. Aber nichts für ungut und erst mal ein fesches Heil Hitler.»

«Heil Hitler», sagte Schierling und setzte sich in Bewegung, um den vorauseilenden Doktor Zöllner einzuholen. Aber Bully Jepsen ließ ihn nicht aus den Fängen, bevor er für den nächsten Tag einer Verabredung im Café Maier in der Josefstadt zugestimmt hatte.

Jepsens Vorhersage bestätigte sich am ersten Arbeitstag. Die frisch gebackenen Volksgenossen im Wiener Justizministerium, in dem Zöllner mit Schierling im Schlepptau Quartier machte, rissen pausenlos die Arme zum Heil Hitler in die Luft. Ihr Eifer war auch sonst kaum zu überbieten. Juden waren schon nicht mehr zum Dienst erschienen. Die anderen beteuerten ungefragt den Abscheu, den sie seit Jahren vor dem alten Regime empfunden haben wollten. Keiner, der die Kanzler Dollfuß und Schuschnigg nicht dafür gehasst hatte, dass sie aus Angst vor Adolf Hitler unter Mussolinis Toga gekrochen waren; keiner, der den Politikern von gestern nicht mit heißem Herzen für den Verrat am Deutschtum die Pest an den Hals gewünscht hatte. Doktor Zöllner wischte die Ergebenheitsadressen beiseite und verfügte am laufenden Band Maßnahmen, die umgehend zu ergreifen waren. Mit den Abgesandten des Reichsjustizministers, die sich gleich nebenan eingenistet hatten, gab es ein paarmal Streit um Akten, aber das war schon der ganze Ärger. Trotzdem fühlte sich Schierling gerädert, als ihn Zöllner zu seiner Verabredung mit Jepsen schickte. Kontakt zu Jepsen, hatte der Chef erklärt, war nützlich. Der Mann spielte eine wichtige Rolle im Machtbereich des Parteigenossen Doktor Goebbels und hörte das Gras wachsen. Schierling sollte so viel Informationen wie möglich aus ihm herausholen.

Das Kaffeehaus, in das Jepsen Schierling eingeladen hatte, gehörte laut Türschild einem Herrn Franz Ferdinand Maier. Es lag in einer abseitigen Gasse und war nicht berühmt. Herrn Maier war anzusehen, dass er trotzdem überzeugt war, keine Konkurrenz scheuen zu müssen. Mit dem Parteiabzeichen an der Weste stand er hinter der Kuchentheke und redete seine Gäste mit Gnädige Frau, Herr Baron und Herr Doktor an. Den Baron bekam trotz seiner Uniform oder ihretwegen Jepsen verliehen. Der Zivilist Schierling musste sich mit dem ihm ohnehin zustehenden Doktor zufrieden geben. Der unwiderstehliche Duft von Kaffee und Kuchen entschädigte ihn. Seinem Wohlbefinden tat nur der Gedanke an Daisy Silberstein Abbruch. Er hatte ihn lange verbannt. Jetzt saß Jepsen vor ihm, und im Hinterkopf pochte sinnlos die alte Eifersucht.

«Die Frontverpflegung», grinste Jepsen, «ist hierorts nicht die Schlechteste. Ich hoffe, unsere Marketender gehen bei den Eingeborenen in die Schule. Aber im Ernst, Wien ist das, was man ein offenes Geheimnis nennt. Im Kaffeehaus offenbart es sich mit dem Charme einer Mizzi. Wie Sie vermutlich wissen, heißen hier so die leichten Mädchen. Koketterie und Todessehnsucht, das ist die Melange. Begeben Sie sich in Ihrer ersten freien Stunde in die Gruft der Stephanskirche und betrachten Sie in Ehrfurcht die Gebeine der Toten, die die Wiener dort aufgeschichtet haben, weil es in Pestzeiten auf dem Friedhof zu eng wurde. Ein Knochenhaus inmitten einer Stadt, die sich zu den Walzern von Johann Strauß Vater und Sohn oder von Léhar in ihrer Pracht suhlt. Hier im Café Maier sitzen wir mittenmang von Wienern, die mit dem besagten Geheimnis leben, und hier erfahren wir mehr darüber, was sie beschäftigt, als im Sacher oder im Demel, wo sich die reichsdeutschen Kameraden um die Plätze prügeln. Wolfs Lebenstraum erfüllt sich auch im Café Maier.»

«Wolf?»

«Respektvoller gesagt, Herr Wolf. Ein Pseudonym. Der Führer hat es gelegentlich in der Kampfzeit benutzt. Daraus ist dann ein Schmusename geworden. Angeblich dürfen ihn noch ein halbes Dutzend Freunde so anreden, woran ich meine Zweifel habe. In meiner Gegenwart hat es sich noch niemand getraut. Aber der Name ist ganz praktisch. Volksgenossen, die gern ihre Ohren aufstellen, kapieren nicht gleich, von wem die Rede ist.»

Ein Trupp SA marschierte in die Gasse. Vor Samuelsohns Moden gegenüber vom Café löste sich der Haufen plötzlich auf. Die Männer rissen Steine aus dem Pflaster und warfen die Schaufenster ein.

«Der Rassenkampf gewinnt in Österreich…, ich bitte um Pardon: Er gewinnt in der Ostmark eine neue Qualität», sagte Jepsen.

Nach vollbrachter Tat zogen die SA-Leute mit Kleiderbündeln über den Armen ab. Drüben erschien der verschüchterte Ladenbesitzer in der Tür. Er holte einen Besen und fegte eilig die Scherben zusammen.

«Etwas destruktiv das Ganze», befand Jepsen. «Man soll das Volksvermögen bewahren und vermehren, nicht zerstören.»

«In Berlin sind damals auch Schaufenster zu Bruch gegangen», sagte Schierling.

«Sperren Sie die Augen auf, das hier hat eine andere Dimension. Wir haben es nicht nur mit dem Nachholbedarf von fünf Jahren zu tun. Dass sich uns hier keine Menschenseele entgegenstellt, haben selbst wir in der Reichsleitung nicht erwartet. Auch die Gestapo ist zufrieden. Sie hatte befürchtet, unter Schuschniggs getreuen Christenmenschen, die bis gestern das Sagen hatten, erst ein Heer von Spitzeln rekrutieren zu müssen. Aber es läuft wie am Schnürchen. Die Gestapo sitzt feudal im Hotel Metropol, und die Denunzianten putzen die Klinke. Jude in Wien, das ist im Moment ein riskantes Schicksal. Informationen über Kommunisten fließen nicht so reichlich. Ihre Führung ist ab nach Moskau, und der Rest steht im Ruf, dass bei ihm außer Gesinnung wenig zu holen ist. Außerdem haben die Roten schon unter dem verflossenen Regime gelernt, auf Tauchstation zu gehen.»

«Schön ist das nicht.»

«Schön? Schön sind die feldgrauen und die braunen Kolonnen, die mit wehenden Fahnen und klingendem Spiel durch Wien ziehen. Ihr Stechschritt zwischen den verwitternden Mauern der Habsburger Monarchie. Ein Weltreich ist unwiderruflich dahin, Adolf Hitler ist auf dem Sprung, ein neues zu schaffen.»

Schierling fragte sich, ob Jepsen im Geiste an einem Leitartikel für den *Angriff* feilte oder ob er seiner Überzeugung freien Lauf ließ. Es handelte sich wohl mehr um eine Vision für übermorgen. Vom Reich war viel, vom Weltreich war nicht die Rede, zumindest noch nicht. Der Zeitungsschreiber, von dem auch Rosemarie Schierling, geborene Stargard, und ihr Vater, der Kreisleiter, viel von ihrer Weltanschauung bezogen, griff der Geschichte vor.

Torte löffelnd und Kaisermelange schlürfend, erzählte Jepsen, dass er aus einem Dorf in Dithmarschen stammte. Dort waren die meisten Leute bodenständig. Ein paar hatten trotzdem Hunger auf die Welt. Vielleicht sorgte dafür ein Tropfen Wikingerblut in ihren Adern. Jepsen zog in den Krieg und kam, wie er es nannte, als unverbesserliches Frontschwein zurück. Er schloss sich einem Freikorps an und genoss, auch das waren seine eigenen Worte, das Leben eines Landsknechts der Zukunft. Eines Tages gab es für den verlorenen Haufen nichts mehr zu tun. Jepsen lief nach Hause, wurde Volksschullehrer, schrieb das Buch, das ihn berühmt machte, und trommelte mit einem weiteren Werk für den Geist der Kameradschaft unter den Männern im Felde. Eines Tages kam der besagte Wolf in Jepsens Gegend. Jepsen hörte ihm atemlos zu, trat am nächsten Morgen in die Hitler-Partei ein und sang, wo er ging und stand, das Ruhmeslied seines Führers. Irgendwann fand der Minister für Volksaufklärung und Propaganda, dass der Mann von der Nordsee eine gute Feder führte. Seitdem saß Bully Jepsen im Stab des Pressechefs der Reichsregierung.

Jepsen erzählte jovial, ausführlich und gut.

«Jetzt hat mich der Pressechef nach Wien geschickt, damit er aus erster Hand erfährt, wie die Dinge laufen», sagte er, «Bully Jepsen und Wien, das passt irgendwie nicht zusammen. Aber nicht ich bestimme, wo es langgeht, sondern Wolf, der aus Österreich kommt, Wien trotzdem nicht ausstehen kann und vor allem findet, dass es hier zu viele Juden gibt. Wenn er Wien erobern will, wird es erobert, und ich bin dabei.»

«Sie sagen, die Denunzianten ...»

«Richtig, die sind eine zweifelhafte Rasse. Aber ich habe neulich den Bericht eines Kollegen über die Tscheka gelesen. Stalins politische Polizei hat mehr Mühe. Zu ihr kommt so leicht niemand freiwillig gerannt. Sie muss ihre Informanten unter Druck setzen, bevor sie ihr brauchbare Auskünfte liefern. Darum hat man ein anderes System entwickelt. Wie es heißt, bekommt so ein bolschewistischer Singvogel vorher genaue Instruktionen, was faul ist am Denken und Trachten des Sowjetbürgers, den er ausforschen soll. Das kostet eine Menge Vorarbeit, und nachher beginnt die Prozedur von vorn mit dem betreffenden Klassenfeind selber, weil er seine Verbrechen gestehen soll, bevor man ihn in der Lubjanka verschwinden lässt oder ihn auf die Reise nach Sibirien schickt. Soll die Gestapo weinen, dass sie es leichter hat?»

Jepsen fragte, ob Schierling noch ein Stück Kuchen wolle. Als sein Gast dankend ablehnte, bestellte er Mokka und Zwetschgenwasser. Nachher zahlte er die Zeche und schlug einen Spaziergang vor. Schierling konnte nicht ablehnen. Die Sonne stand tief. Wiens offenes Geheimnis, kleinbürgerlich in dieser Gegend, warf Schatten. Die SA war noch am Werk. Um sie herum ging das feierabendliche Wiener Leben seinen Gang. Schierling sog die Bilder in sich auf, die sich ihm anboten. Jepsens Erläuterungen zu Aufgabe und Erfolg politischer Polizeien hatten ihn verwirrt.

Plötzlich blieb Jepsen stehen und zeigte auf die Front eines Mietshauses auf der anderen Straßenseite. In der obersten Etage stand ein Mann auf einem Fensterbrett. Er breitete die Arme aus und rief etwas Unverständliches. Obwohl er ziemlich dick war, sah es sehr elegant aus, als er sprang. Mit der Eleganz war Schluss, als der Körper aufs Pflaster schlug.

Jepsen überquerte die Straße. Schierling folgte ihm. Aus dem Haus, aus dem der Mann gesprungen war, stürmten SA-Leute.

«Kennen Sie ihn?», fragte Jepsen sie.

«Der Jude Egon Friedmann», meldete der SA-Mann, «ein Asphaltliterat, der sich Friedell nannte. Er muss gesehen haben, dass wir ins Haus kamen. Vermutlich hat er gedacht, dass wir zu ihm wollten. Wenn es so war, war es ein Irrtum. Wir wollten zu anderen Leuten.»

«Was hat er gerufen, bevor er sprang?»

«Angeblich hat er Vorübergehende aufgefordert, im eigenen Interesse freundlichst beiseite zu treten.»

Bully Jepsen winkte Schierling, mit ihm das Feld zu räumen. Er war ungewohnt nachdenklich beworden.

«Wie er aussah», sagte er, «habe ihn nicht gleich erkannt. Ich habe ihn in Berlin ein paarmal im Theater getroffen, und einmal habe ich eine Nacht lang bei Daisy Silberstein mit ihm diskutiert. Er war ein sehr geistreicher Mann. Als es brenzlig für ihn wurde, habe ich ihm den Wink gegeben, dass es Zeit für die Abreise wurde. Er ist abgereist. Er hätte nicht schon in Wien wieder aus dem Zug steigen sollen. Wahrscheinlich brachte er es einfach nicht über sich weiterzufahren. Hier war er ja zu Hause.»

Als Schierling ins Hotel zurückkehrte, fand er ein Telegramm vor, in dem ihn seine Schwiegermutter informierte, dass er Vater eines Sohnes geworden war. Schierling fiel ein, was Mr. Ashley beim Frühstück in Witwe Hempels Pension gesagt hatte. Es stimmte, jeder Deutsche lebte inzwischen zwei Leben, ein verrücktes und ein leidlich normales. Johann Viktor Schierling war auf dem besten Wege, sein normales Leben zu verpassen.

Die Prunktreppe erstreckte sich scheinbar bis in den Himmel, aber es war die Treppe in einem Wiener Palais, und der Himmel über dem Portal von gewaltigen Ausmaßen war ein barockes Gemälde, auf dem Teufel mit Engeln Unzucht trieben. Ob sich die Engel freiwillig an der Orgie beteiligten oder die Teufel sie vergewaltigten, war nicht zu erkennen. Die verzerrten Gesichter konnten ebenso Lust wie Qual bedeuten. Der Lippizanerhengst Maestoso Austria trug Johann Viktor Schierling sanft nach oben. Schierling genoss jeden Schritt des Schimmels. Die Treppe wuchs höher. Maestoso beschleunigte seinen Schritt. Schierling wurde eins mit dem Pferd. Der Hengst fiel in ausgreifenden Trab, dann in versammelten, schließlich in gestreckten Galopp. Er überwand die Treppe und parierte vor der Tür. Schierling war ein weißer Kentaur. Er hob die Vorderhand zur Levade, sprang in eine Kapriole und verharrte minutenlang in der Luft. Er hatte einen Speer in der Faust. Mit dem Schaft klopfte er dreimal gegen die Tür. Die Flügel der Tür öffneten sich. Vor dem Kentauren lag der Wirtschaftshof von Segau. Zwei Riesen jagten ein Schwein. Sie waren wütende Brüder des Eisenhans aus dem Grimmschen Märchen und trugen SA-Uniform. Sie packten das Schwein. Als einer von ihnen den Kentauren entdeckte, biss er dem Schwein den Kopf ab und warf den Kadaver dem Kentauren vor die Hufe. Ströme von Blut besudelten Maestoso. Als Schierling sich aus dem Schlaf zu kämpfen versuchte, tauchte ein weiteres Bild auf. KZ-Häftlinge putzten sorgsam menschliche Schädel und Gebeine und stapelten sie wie Holzscheite. Ein Frauenorchester im gestreiften Drillichzeug der Gefangenen spielte *Wiener Blut*.

Jon Schierling träumte schlecht seit seiner Rückkehr aus Wien. Zu sich kam er am Morgen mit Hilfe eines «persönlichen Exerzitiums», das ihm half, alle Gedanken an dienstliche Angelegenheiten beiseite zu schieben und sich streng auf sein Privatleben zu konzentrieren. Die Übung, die sich an alltäglichsten Verrichtungen wie Zähneputzen und Binden der Krawatte orientierte, verlangte in unterschiedlichem Maße Selbstdisziplin. Es war unerlässlich, die Gedanken zu sortieren und die Energie für den Tag zu sammeln.

Schierling hatte sich angewöhnt, Berlin und Potsdam für verschiedene Territorien seiner Existenz zu nehmen. In Potsdam konkurrierte er nun mit der geborenen Stargard in der Elternrolle. In den letzten Monaten waren sie sich deutlich näher gekommen. Nicht nur dass Rosemarie einiges von ihrer Forschheit abgelegt hatte, sie klopfte auch weniger BDM-Sprüche. Entweder fand sie nicht genügend Zeit für die Lektüre von Propagandaschriften, oder sie fürchtete, ihr Sohn könne ihr eines Tages die kritischen Fragen stellen, die sich ihr Mann verabredungsgemäß verkniff. Nebenher blieb Schierling genug Zeit für La Jana, die Nachfolgerin der Stute Mistinguette.

Noch erfreulicher entwickelten sich die Dinge, als Bettina Schierling für acht Tage in Potsdam auftauchte und ihre besten Eigenschaften an den Tag legte. Rosemarie beeilte sich sicherlich auch deswegen, Stolper Gewohnheiten abzuwerfen und sich die feineren Potsdamer Manieren anzueignen. Schierling war über das sich anbahnende allseitige Wohlwollen ebenso erfreut wie über die Friedensbotschaft des britischen Premiers nach der Münchner Konferenz. Dann erschoss Herschel Grynszpan in Paris den Legationssekretär Ernst vom Rath. Nicht nur in Berlin brannten die Synagogen, sondern quer durch das Reich wurden jüdische Gotteshäuser, Geschäfte und Wohnungen zerstört.

«Fast hundert Juden sind tot», sagte Zöllner, nachdem sie vorüber an eingeschlagenen Schaufenstern von der schwelenden Synagoge in der Fasanenstraße ins Amt zurückgekehrt waren, «ein paar tausend Söhne Israels sitzen in den Konzentrationslagern. In Wien ist es wieder besonders bunt zugegangen. Jetzt ist die Order gekommen, dort Vermögenswerte sicherzustellen. Reißen Sie sich los von Weib und Kind, wir fahren wieder an die Donau.»

Auch zum Ärger von Wiener Parteigenossen lag die Hand des Reichsfinanzministers bereits auf dem österreichischen Staatsschatz. Jetzt ging es um die großen Privatkonten, und die Juristen der Festung wollten den Überblick behalten. Nach ihrer Meinung hatten einschlägige Fälle dann besonderes Gewicht, wenn Tatbestände im Spiel waren, die nach den Rassegesetzen eine so genannte Umstufung von Juden zu Nichtjuden rechtfertigten. Zum Beispiel konnte man einen Großvater, der als Jude galt, zum Halbjuden erklären. Nach dem blödsinnigen kleinen Einmaleins der Rassewächter verringerte sich dadurch der undeutsche Blutanteil der Enkel erheblich, und sie durften, wenn auch nicht auf das Ende der Verfolgung, so doch auf Schonung hoffen.

In der Sache zweier Schwestern namens Hermine und Helene Wittgenstein machte ein Anwalt zu diesem Zweck einen verzwickten Sachverhalt geltend.

Tatsächlich hatte im neunzehnten Jahrhundert ein Fürst Waldeck einem Gutsverwalter namens Moses Meyer den gesellschaftlichen Aufstieg ermöglicht, als er ihn mit einer reichhaltigen Geldbörse ausstattete und in Gnaden aus seinen Diensten entließ. Moses Meyer wanderte nach Wien ab, ließ sich taufen und nannte sich fortan Wittgenstein. Er verdiente gut am Handel mit Wolle und Immobilien. Um seine Stellung in der k.u.k. Gesellschaft zu sichern, verbot er seinen elf Kindern, Juden zu heiraten. Seinen Sohn und Erben Hermann Christian Wittgenstein kümmerte später weder die eigene Herkunft noch die anderer Menschen, und er heiratete ein Jüdin. Um so energischer arbeitete er am Erfolg der Familie weiter. Als Großindustrieller und Stahlmagnat sammelte er – auch mit Waffengeschäften – eines der größten Vermögen Österreichs an, bevor er 1913 starb. Abgesehen von den Zinsen flossen nun keine größeren Beträge mehr auf Wittgensteinsche Konten, aber die meisten Mitmenschen träumten von weit weniger Geld, als dort immer noch ruhte. Es handelte sich auch um Konten im Ausland, auf die deutsche Stellen nicht so leicht Zugriff hatten, zumal Angehörige der Familie in England und Amerika lebten. Die Behörden witterten jedoch Beute. Wenigstens des Vermögens der Schwestern Hermine und Helene wollten sie habhaft werden. Zum Handeln entschlossen sie sich, als die Gestapo in einer jugoslawischen Fälscherwerkstatt Pässe mit den Fotos der beiden Frauen fand. Man schleppte sie ins Gefängnis, setzte sie aber überraschend wieder auf freien Fuß. Dass die Entlassung jede Minute widerrufen werden konnte, hielt man für eine probate Drohung.

In die entscheidende Verhandlung nahm Doktor Zöllner seinen Schatten Jon Schierling mit, ohne sich die Mühe zu machen, ihn vorher in Details einzuweihen. Es werde etwas zu lernen geben, das war so gut wie alles, was er ankündigte. Sie trafen sich mit Abgesandten des Finanzministers vor dem Wittgenstein-Palais, und lehrreich war schon der Empfang. Ein Diener führte die ungebetenen Gäste die große Treppe hinauf, die in besseren Tagen die Creme der Wiener Gesellschaft erwartet hatte. Im Arbeitszimmer Karl Wittgensteins standen seine Töchter unter einem Porträt, das ihn als Mann zeigte, der sich seiner Fähigkeiten und seiner Erfolge sicher war. Offenbar waren die Schwestern entschlossen, die Haltung zu wahren, zu der ihr Vater sie erzogen hatte, und es gelang ihnen bewundernswert. Nachdem sie den Ankömmlingen Platz angeboten und sich selbst gesetzt hatten, überließen sie ihrem Anwalt das Wort, folgten der Auseinandersetzung jedoch mit großer Aufmerksamkeit. Obwohl sie nur zu genau wussten, was ihnen bevorstand, zeigten sie keine Spur von Angst.

Der Wortführer der Finanzkommissare hieß Markmann. Wie sein Minister trug der Beamte eine Sardelle von einem Mittelscheitel auf der Glatze und auf seiner Nase einen Kneifer. Nach einigen Stunden des Hin und Hers um einzelne Summen und um den verstreuten Landbesitz fragte der Anwalt, wer dafür garantiere, dass etwaige Abmachungen eingehalten wurden. Daraufhin hielt Markmann den Zeitpunkt für gekommen, die Forderungen der

Regierung zu erhöhen. Der Anwalt bat, sich mit seinen Mandantinnen beraten zu dürfen. Markmann war einverstanden. Nachdem die Schwestern und ihr Beistand sich zurückgezogen hatten, stieß Doktor Zöllner ein großes Fenster zum Garten hinter dem Palais auf. Markmann schien auf frische Luft wenig Wert zu legen.

«Wenn die Frauen zustimmen», sagte er, «ist die Sache reif zur Entscheidung, und wir können sie nach oben weiterreichen. Ich habe mich an meine Anweisungen gehalten und nehme an, die Herren Juristen haben nichts einzuwenden.»

Er verzog keine Miene, aber er fühlte sich sichtlich schon als Sieger und schien sich im Geiste auf die Schulter zu klopfen. Zöllner war auf Abstand bedacht. In bestem Juristenjargon bestätigte er, dass er vorbehaltlich einer Überprüfung der noch abzufassenden schriftlichen Vereinbarung zustimmen werde; wegen des internationalen Hintergrundes werde auf die Form allerdings penibel zu achten sein. Markmann nickte. Weiterer Gesprächsstoff fand sich nicht, bevor der Anwalt allein zurückkehrte und erklärte, dass die Schwestern Wittgenstein bereit seien, sich ins Unvermeidliche zu fügen. Man verabschiedete sich kühl. Vor dem Palais stiegen die Finanzkommissare in ein wartendes Auto. Markmann fragte, ob Zöllner und sein Assistent mitfahren wollten. Zöllner lehnte dankend ab und schlug Schierling vor, zu Fuß in die Dienststelle zu gehen, obwohl das Novemberwetter nicht dazu einlud.

«Nach oben …», spottete er, als Markmann und seine Leute verschwunden waren. «Diese Bürokraten brauchen nichts als eine höher angesiedelte Instanz, die ihnen Anweisungen erteilt und ihre Ausführung billigt. Das war beim Kaiser so, das war nicht anders in der Republik. Noch heute ist es derselbe Usus. Und sie sind damit glücklich. Es schert sie einen Dreck, wie ihre Handlungsweise zu bewerten ist. Sollen sich andere den Kopf darüber zerbrechen, wie die Übergriffe vertuscht werden.»

Zöllners Ausbruch kam völlig unerwartet. Er war der erste seiner Art, den Schierling erlebte. Zöllner mäßigte den Ton.

«Ich bitte um Nachsicht», sagte er, «diese Jüdinnen haben mir imponiert, allein dadurch, wie sie mit der Schlinge um den Hals kerzengerade auf ihren Stühlen saßen und nicht mit der Wimper zuckten. Die Markmänner beeindruckt so etwas natürlich nicht. Unsereinem täte es auch besser, nur auszuführen, was verlangt ist. Persönliche Gründe, mit dem Strom zu schwimmen, gibt es eine Menge. Hingabe an den Führer, Glaube an die Sache. Nicht zu vergessen die Hoffnung auf eine bessere Welt und zumindest nebenher auf ein angenehmeres privates Leben nach einer Epoche gesellschaftlichen Abstiegs oder der Angst vor ihm. Bürokratismus ist etwas anderes. Vielleicht verkörpert er wirklich, was er verkörpern soll, nämlich die Trennung von Amt und Person. Damit sozusagen der Staat selber handeln kann, ohne dass ihm die Gefühle seiner Gehilfen in die Quere kommen. Beileibe nichts Eigensüchtiges also. Trotzdem sind mir die Bürokraten, wenn ich ehrlich sein soll, noch mehr zuwider als die Opportunisten und die Zyniker. Aber vergessen Sie meine Rede. Soll nicht wieder vorkommen.»

Zöllner versäumte zu erwähnen, warum er selbst mit dem Strom schwamm.

«Die Entscheidung liegt ohnehin beim Führer», sagte er, «er hat sich in diesem Fall das letzte Wort vorbehalten. Nach seinem Wutausbruch über Waschkörbe von Briefen, in denen brave Volksgenossen bei ihm für so genannte gute Juden ein rettendes Wort einlegen wollten. Wenn er der Post glauben wolle, hat er gesagt, müsse er annehmen, dass es in Deutschland mehr anständige Juden gebe, als überhaupt innerhalb der Grenzen des Reiches zusammenzutreiben seien. Das sei ein Skandal. Gnadengesuche haben seither keine Chance mehr.»

«Und Umstufungen?»

«Das kommt darauf an. Bei den Wittgensteins trifft zweierlei zusammen. Einmal die Verwandtschaft im Ausland, vor allem in Gestalt von zwei Brüdern Hermines und Helenes. Der in England ist Philosoph und gilt als unschädlich. Dem in Amerika werden Verbindungen zur Finanzwelt nachgesagt, also zu den Plutokraten, die der Führer zwar verachtet, die er aber bis auf weiteres mit Samthandschuhen anfasst. Zurzeit will er keinen unnötigen Lärm. Wie im Fall des berühmten Seelenklempners Doktor Sigmund Freud. Abschieben unter der Bedingung, dass die Juden das Maul halten – fertig. Das andere ist ...»

Zöllner schien unschlüssig, ob er weiterreden sollte, aber dann fuhr er doch in der Analyse fort.

«Über die Wittgensteins hat der Führer persönliche Kenntnis», sagte er, «er hat in Linz dieselbe Schule besucht wie der eine der Wittgenstein-Brüder. Der nunmehrige Philosoph drückte allerdings zwei Klassen über ihm die Bank und soll schon damals ein arrogantes Aas gewesen sein. Angeblich hat er verlangt, dass ihn seine Mitschüler siezten. Eine Prognose ist unmöglich.»

Am Abend war das Wetter noch genau so unerfreulich, aber Jon Schierling hielt es nicht im Hotel. Er lief durch die nassen Straßen, bis ihn ein kalter Schauer in ein Gasthaus trieb. Die Wirtin war unförmig und unfreundlich, aber Schierling bekam seine Wurst und sein Bier auf den Tisch. In einer Ecke des Lokals zechte österreichische SA, in einer anderen saß ein Gast ohne Gesellschaft. Die SA-Leute sangen «O du schöner Westerwald». Bei ihnen hieß er allerdings Weaner Wald, und anders als im Original pfiff der Wind nicht kalt, sondern er säuselte sanft über die Wipfel. Dass der Inhalt nicht zur Lautstärke passte und der Rhythmus nicht mehr stimmte, störte niemanden. Irgendwann löste sich einer der SA-Leute aus der Gruppe und torkelte auf den einsamen Gast zu, baute sich mit den Händen in den Hüften vor ihm auf und brüllte: «Raus, Jud!»

Der Gast protestierte, dass er kein Jude sei. Der SA-Mann brüllte weiter.

«Hoald de Goschen, wea a Saujud is, bestimm i.»

Die Wirtin kreischte, als der Uniformierte den Zivilisten am Kragen vom Stuhl zerrte und zu Boden stieß. Schierling sprang auf. Der SA-Mann drehte sich zu ihm um.

«Noch a Jud, dea nit parieren mog?»

Er entdeckte das Parteiabzeichen an Schierlings Jackett und

zuckte unter dem Blick des unverhofften Widersachers zusammen. Schierling schoss es durch den Kopf, dass mit dem gleichen Blick in einer fernen Vergangenheit sein Vater rote Matrosen zusammengestaucht hatte. Die Szene im Kieler Bahnhof gehörte zu seinen frühesten Erinnerungen. Der SA-Mann versuchte, die Knochen zusammenzureißen und strammzustehen.

«Sie verlassen das Lokal», befahl ihm Jon Schierling.

Der Kerl gehorchte. Seine Kameraden kippten ihr Bier hinunter und wollten ihm folgen. Voluminös, wie sie war, baute sich die Wirtin in der Tür auf und verlangte ihre Zeche. Die SA-Leute zahlten für sich sowie auf eine nachdrückliche Aufforderung hin auch für den Schläger und erhielten freien Abzug. Schierling kümmerte sich um den Mann am Boden. Er blutete stark am Kopf, aber es sah wohl schlimmer aus, als es war.

«Ich bringe Sie zum Arzt», sagte Schierling.

Der Mann nickte gottergeben. Schierling zahlte beide Zechen, und sie machten sich auf den Weg. Die Wirtin zeterte hinter ihnen her, sie sollten sich nicht wieder sehen lassen und die Gäste aus anderen Beisln verjagen. Zwei Gassen weiter fiel das Licht einer Straßenlaterne auf das Schild eines Arztes. Jemand hatte über den Namen Aron Feldmann einen Davidstern geschmiert. Schierling klingelte, und nach einer Weile erschien ein verschüchterter älterer Herr in der Tür. Der Verletzte blutete immer noch. Schierling bat den Arzt um Hilfe.

«Ich muss Sie darauf aufmerksam machen, dass ich Jude bin. Außerdem bin ich Psychiater», sagte der.

«Sie sehen, was los ist», sagte Schierling, «kümmern Sie sich um die Wunde.»

Auch in dieser Nacht träumte Johann Viktor Schierling schlecht. Es handelte sich um eine ekelhafte Szene, die ihn seit der Pubertät in unregelmäßigen Abständen quälte. In ihr stand er an der Kieler Förde unter dem bronzenen Seeadler der Marine-Gedenkstätte, an deren kreisrunden Wänden an die fünftausend Namen im Weltkrieg auf See gebliebener U-Bootfahrer verzeichnet waren. Sobald Schierling erkannte, wo er war, füllte sich sein Mund mit einer klebrigen Masse, die ihn zu ersticken drohte. Die Masse war eine Art türkischer Honig ohne Geschmack. Irgendwann war Schierling darauf gekommen, dass es sich um ausgelaugtes, nichtsdestoweniger zähes Fleisch von Wasserleichen handeln konnte. Er wollte sich die Masse mit dem Finger aus dem Mund reißen, aber es gelang ihm nicht. Das Zeug blieb zwischen seinen Zähnen haften. Zu allem Überfluss begannen seine Beine zu zucken, und er fiel in einen Veitstanz, den er nicht stoppen konnte. Er hasste diesen Traum. Mit Gewalt versuchte er zu erwachen, aber es fiel ihm noch schwerer als sonst.

Schierling riss sich zusammen und ging zum Dienst. Doktor Zöllner drückte ihm den Bericht über den Stand der Dinge im Fall Wittgenstein aufs Auge. Als die letzte Zeile zu Papier gebracht war und Schierling einige Korrekturen ausgeführt hatte, die sein Vorgesetzter wünschte, war es dunkel. Schierling verließ das Büro. Statt den Weg zum Hotel schlug er den zum Haus Doktor Feldmanns ein. Feldmann öffnete nach dem dritten Klingeln.

«Ihr Freund ist nicht hier. Ich habe ihn gestern gleich nach Hause geschickt», sagte er.

Er war ebenso ängstlich wie am Abend vorher. Schierling sagte, es gehe um ihn selbst und bat, ins Haus kommen zu dürfen. Der Psychiater drehte ihm wortlos den Rücken zu, ging im Flur voraus und öffnete eine Tür. Das Zimmer war mit einem schweren Schreibtisch, Borden voller Bücher und einer Couch möbliert. Helle Flecken an den Wänden verrieten, dass Bilder entfernt worden waren, die hier lange gehangen hatten. Um die Fenster waren dicke Vorhänge drapiert. Feldmann zog sie zu.

«Mein Arbeitszimmer», sagte er, «wenn es Ihnen recht ist.»

«Es ist mir recht», sagte Schierling, «aber auf die Couch lege ich mich nicht.»

«Natürlich nicht. Wenn Sie sich setzen wollen ...»

Schierling griff sich den Stuhl vor dem Schreibtisch. Der Psychiater nahm hinter dem gewaltigen Möbel Platz. Dort schien er sich sicherer zu fühlen. Er wartete ab.

«Ich brauche Rat», sagte Schierling, «ich bezahle dafür, und niemand erfährt etwas von der Konsultation. Dienstliches kann ich nur in groben Umrissen schildern, und das auch nur, wenn es unvermeidlich ist. Die Fragen, um die es mir geht, sind privat. Ich hoffe, Sie sind einverstanden.»

«Ich darf nicht praktizieren», sagte Feldmann.

«Ich weiß», bestätigte Schierling, «aber ich sagte schon, dass niemand etwas erfahren soll. Daran hab ich das gleiche Interesse wie Sie.»

«Vielleicht annähernd das gleiche», warf der Psychiater unbehaglich ein.

«Mag sein», gab Schierling zu.

Feldmann fügte sich in sein Schicksal. Schierling schilderte seine beiden Träume, zuerst den alten mit dem Tanz unter dem Marine-Ehrenmal, dann den neuen mit dem Ritt auf Maestoso. Er versuchte, keine Einzelheit auszulassen. Als er fertig war, sagte Feldmann trotzdem, er müsse mehr erfahren, bevor er etwas sagen könne. Er sei Seelenarzt, kein Hellseher.

«Eine Analyse kann Jahre dauern», erklärte er seinem befremdlichen Patienten, «Schnappschüsse gibt es in meinem Fach nicht.»

«Ich weiß nicht, warum ich tue, was ich tue. Das ist es, weswegen ich hier sitze», gestand Schierling.

«Zeigen Sie mir jemanden, der es weiß», sagte Feldmann. «Ich lebe davon … Das heißt, ich habe davon gelebt, dass es niemand weiß. Die Einsichten meines Lehrers Doktor Sigmund Freud basieren darauf.»

Schierling suchte nach einem anderen Ansatzpunkt und zählte auf, was Doktor Zöllner an Gründen für das Mitschwimmen im Strom genannt hatte. Feldmann hörte sie aufmerksam an und wiederholte sie. Er dachte nach.

«Ihr Experte», sagte er schließlich, «hat Recht. Lust an der Gewalt oder Faszination durch sie ist nicht die einzige Ursache der Gewalt. Wäre es so, würden sich die meisten Gewalttäter dann doch genieren, zur Gewalt zu schreiten. Hinter der Gewalt stecken auch andere Gründe, aber Ihr Gewährsmann hat drei von ihnen vergessen.»

«Welche?»

«Wenn ich die beiden ersten nenne, rufen Sie vermutlich nach der Gestapo.»

«Ich will sie wissen und werde niemanden rufen.»

«Dummheit und Feigheit», sagte Feldmann.

Schierling schluckte.

«Und der dritte Grund?»

«Machtinstinkt», erklärte Feldmann. «Er geht zurück auf die Rangkämpfe im Rudel der Urmenschen. Sie prügeln sich um das Kommando. Irgendwann hat einer das Sagen, aber unter seiner Fuchtel müssen die anderen weiter um ihre Rangordnung streiten. Jeder nimmt sich so viel vom Platz an der Sonne, wie er erobern und verteidigen kann. Im Laufe ihrer Geschichte hat die Menschheit versucht, sich auf vernünftigere Weise zu einigen. Wie es aussieht, ist sie daran gescheitert.»

«Das soll Wissenschaft sein?»

«In Kurzform. In denkbar kürzester Form. Aber ich muss zugeben, dass es mit klassischer Psychoanalyse wenig zu tun hat. Unser aller Meister hat den Anteil der Geschichte an der menschlichen Existenz weitgehend ausgespart.»

«Gewalt ist nicht schwer zu definieren», behauptete Schierling. «Sie ist der Einsatz von Kraft zur Erreichung eines Zieles. Von der Gewalthandlung nehmen wir an, dass sie zurechenbar ist, solange kein Gegenbeweis angetreten wird...»

Feldmann lächelte zum ersten Mal.

«Länger als eine halbe Stunde kann kein Jurist verbergen, aus welchem Stall er kommt», sagte er. «Genauso wenig wie jemand aus Ottakring, der versucht, sich hinter Hochdeutsch zu verstecken.»

«Meinetwegen», sagte Schierling. «Ich warte auf Ihre Definition der Gewalt.»

«Für Sigmund Freud und seine Anhänger ist sie nicht ohne weiteres zurechenbar», sagte er. «Das ist ein prinzipieller Unterschied zu Ihrer Auffassung. Aber die wesentlichen Gründe? Vorläufig neige ich zu der Annahme, dass die Opfer durch ihre irgendwie erkennbare Schwäche die Aggression der Täter herausfordern. Die Tat des Täters muss dann nicht mehr sein als ein Reflex auf die Schwäche des Opfers. Haben Sie als Junge Fensterscheiben eingeworfen?»

Die Frage verblüffte Schierling.

«Ich kann mich nicht daran erinnern», sagte er.

«Schade», sagte Feldmann, «Ihnen fehlt eine wichtige Erfahrung. Ein Bursche, der zum ersten Mal ein Fenster einwirft, erschrickt, fürchtet die Folgen und will sich spontan herausreden. Beim zweiten Mal weiß er, dass ihm nicht viel passiert, und vielleicht macht er mit Freunden aus dem Einschlagen von Fenstern einen Sport. Etwas vereinfacht gesagt, an so etwas gewöhnt sich der Mensch rasch; ich fürchte, mit dem Einschlagen von Köpfen verhält es sich nicht anders. In dieser Situation befinden wir uns.»

«Während die Macht …?»

«Warum rede ich mit Ihnen? Weil Sie die Macht haben, mich – sagen wir – dazu zu veranlassen. Sogar außerhalb des Gesetzes. Sogar gegen ausdrückliche Gesetzesbestimmungen. Das verdanken Sie meiner konstitutiven Schwäche. Sie hindert mich, Gewalt auszuüben. Ihnen verschafft sie die Möglichkeit dazu. Dies herauszufinden, brauchen wir keine Psychologie, schon gar keine Psychoanalyse.»

Feldmanns Theorien halfen Schierling nicht weiter. Der einzige Erfolg war, dass ihm der Psychiater von Minute zu Minute sympathischer wurde. Das war nicht der Zweck des Besuchs.

«Was bin ich Ihnen schuldig?», fragte Schierling.

«Nichts», antwortete Doktor Feldmann. «Ich will nicht behaupten, dass es mir ein Vergnügen war. Aber aufgemuntert haben Sie mich.»

«Ich habe gesagt, dass ich Sie bezahlen will.»

«Also gut, zwanzig Reichsmark», erwiderte Doktor Feldmann, «und bitte kommen Sie nicht wieder.»

Zurück in Berlin, fand Jon Schierling auf seinem Schreibtisch eine Dienstanweisung. Der Chef der Akademie wies darauf hin, dass es mit der Arbeit im Hause endgültig nicht mehr zu vereinbaren sei, Politik und Recht auch nur ansatzweise voneinander zu isolieren. Wie der Begriff des Staates aus dem Begriff des Politischen abzuleiten sei, so der Begriff des Rechts aus dem Begriff des Staates, und zwar des Führerstaates. Der Führer sei Gesetzgeber und zugleich erster Richter des Volkes. Sein Wille werde damit zur alles entscheidenden Rechtsquelle. Er schaffe das Recht als Waffe im Krieg gegen die Feinde der Volks- und Blutsgemeinschaft. Krieg sei in diesem Zusammenhang kein leeres Wort. Feind sei, wer sich dem Führerwillen entgegenstelle. Zu diesen Feinden zähle, wer versuche, dem Führer rechtsstaatliche Fesseln anzulegen.

Die Belehrung gipfelte in einer Personalie. Der Chef rief dem Kronjuristen, der ersten Koryphäe der Akademie, Worte des Dankes nach. Der große Rechtsgelehrte, so der Chef mit ungewohnter Behutsamkeit, habe sich dem Führerstaat als Fachmann zur Verfügung gestellt. Zum Bedauern aller Mitarbeiter räume er nun aus Gesundheitsgründen seinen Schreibtisch in der Festung. Seinem Wirken werde stets ein ehrendes Angedenken bewahrt werden. Allerdings sei auch eine Warnung am Platze. Genie verführe nun einmal leicht dazu, tollkühne Gedankengebäude zu errichten, und in ihnen verirre sich sodann manch ein Schüler oder Anhänger. Schmitt habe schließlich vor der Frage gestanden, ob seine Rechtserneuerung kleineren Geistern nicht Handhaben biete, wahllos jeden Systemwechsel zu rechtfertigen – kurzum, ob die in Vorschlag gebrachte Denkungsart nicht, wenn auch auf höchstem Niveau, in Wahrheit einem gefährlichen Opportunismus Tür und Tor öffnen mochte.

Den Kronjuristen hatte Jon Schierling nur als schweigender

Zeuge von Disputen des Meisters mit dem Stabsleiter Zöllner erlebt. Dass die erwähnten gesundheitlichen Gründe den verblüffenden Abgang aus der Festung bewirkt hatten, war wenig wahrscheinlich. Eher hatten Angriffe aus den Reihen in der Wolle gefärbter SS-Juristen ihr Ziel erreicht. Die Kritik aber, die der Hausherr mit seinem Lob verband, musste vor allem seinen Stellvertreter treffen, dem obendrein auf kränkend beiläufige Art mitgeteilt wurde, dass ihm die Reparatur des Mordparagraphen entzogen worden und die Aufgabe einem Kollegen im Justizministerium übertragen worden sei.

Mit der Aussicht auf Assistenz bei seinem Lieblingsprojekt hatte Zöllner in Stolp den Husaren Jon Schierling geködert. Über die Amputation seiner Zuständigkeit musste er entsetzt sein. Auf einen Ausbruch wie nach der Verhandlung im Palais Wittgenstein wartete Schierling jedoch vergeblich. Stattdessen beauftragte ihn Zöllner, eine Expertise über historisches Besatzungsrecht, speziell auf polnischem Boden, vorzubereiten.

Das Blättern in Pandekten war lehrreich, aber mühsam. Schierling nutzte jede Gelegenheit, mit La Jana ins Gelände zu gehen. Ihm wurde immer klarer, dass es an der Zeit war, sich einen neuen Arbeitsplatz zu suchen. Nur leider waren die Aussichten auf eine Ecke im Trockenen alles andere als rosig. In irgendeinem Unternehmen den juristischen Beistand zu spielen, schien wenig verlockend. Der Kommilitone Schulz schickte gelegentlich Berichte über seine Seelenlage, die von Selbstmitleid troffen, und wahrscheinlich übertrieb er nur unwesentlich. Andererseits setzte der Versuch, in der Wildbahn für Anwälte zu überleben, Training voraus – am besten als Junior in einer renommierten Sozietät. Dort Zugang zu finden wurde jedoch immer schwieriger. Die Kanzleien schotteten sich ab, um Spitzel vor der Tür zu halten. Auf jemanden aus der Festung waren sie vermutlich am wenigsten erpicht. Der Gedanke, sich als Reitlehrer in irgendeiner Walachei zu verdingen, war auch kein Trost.

An Schulz erinnerte Schierling eines Tages mit Nachdruck eine wenig erfreuliche Botschaft. Ein Umschlag, der ohne Absender auf seinem Schreibtisch gelandet war, enthielt nur eine linierte Seite aus einem Schulheft, auf die jemand ein Aktenzeichen des Landgerichts in Duisburg geschrieben hatte. Nach Duisburg hatte Schulz kürzlich sein Wirkungsfeld verlegt. Wenn die karge Botschaft mit ihm zu tun hatte, war er in Schwierigkeiten. Schierling rief einen Gewährsmann der Festung im Ruhrgebiet an. Nach ein paar Stunden klingelte das Telefon. Wie erwartet, bestätigte die Nachricht, dass jenes Aktenzeichen Schulz betraf. Dem Kollegen werde auf der Grundlage der «Notverordnung zum Schutz von Volk und Staat» gehässiges Geschwätz gegen führende Persönlichkeiten vorgeworfen. Schierling fragte, ob Alkohol im Spiel gewesen sei.

«Reichlich», sagte der Anrufer, «und vor politisch bedenklichem Hintergrund. Die Gestapo muss fest gepennt haben, sonst hätte sie dem Staatsanwalt die Arbeit gleich abgenommen. Sie hätte ohne weiteres die ganze Sippschaft kassieren können.»

«Welche Sippschaft?»

«Alte Herren der schlagenden Verbindung Gondolia, die offenbar nur formell aufgelöst worden ist. Die Knaben haben sich sämtlich vor Lachen die Bierbäuche gehalten. Auf der Kneipe nach einer Mensur, die bekanntlich auch verboten ist.»

«Worüber?»

«Der Angeklagte Schulz …»

«Er ist schon angeklagt?»

«Er ist angeklagt und sitzt in Untersuchungshaft, weil er eine Vorstellung als erster Luftschutzwart der Nation gegeben hat. Mit einem Wassereimer und einer Feuerpatsche in der Hand hat er seinen Bundesbrüdern die Ausführungsbestimmungen zur allgemeinen Luftschutzpflicht vorgetragen. Angeblich wortwörtlich, was dagegen spricht, dass es sich bloß um einen Einfall im Suff handelte. Angenommen wird vielmehr, dass Schulz die Bestimmungen vorher auswendig gelernt hat. Dann hätte er vorsätzlich gehandelt. Wollen Sie eine Kostprobe hören? Ich lese vor: ‹Der Luftschutzwarndienst wird von den Polizeibehörden durchgeführt, soweit er nicht der Luftwaffe übertragen ist. Die Bevölkerung erfährt nur Alarm, Klammer auf, Heulton, Klammer zu, und Entwarnung, Klammer auf, Dauerton, Klammer zu. Hierzu soll Schulz festgestellt haben, dass bei einem Feindangriff zwischen Alarm und Entwarnung ersichtlich nichts passiere und sich darum kein Volksgenosse Sorgen machen müsse …»

«Steht fest, welche Persönlichkeit Schulz aufs Korn genommen hat?»

«Entweder den Dicken …»

Schierling hakte vorsichtshalber ein.

«Sie sprechen von Generalfeldmarschall Göring?»

«Natürlich, ich bitte um Pardon.»

«Schon gut. Aber Sie schließen nicht aus, dass der Führer gemeint war?»

«Die Aussagen widersprechen einander.»

Nachdem Schierling erfahren hatte, wer Schulz verteidigte, bedankte er sich und legte auf.

Der dickleibige Generalfeldmarschall Göring pflegte bei entsprechender Laune angeblich seinen Ruf als Renaissancefürst, indem er sich Witze erzählen ließ, die über ihn im Umlauf waren. Aber Renaissancefürsten waren unberechenbar. Den Staatschef nachzuäffen, war in jedem Fall eine gehässige Äußerung im Sinne der Notverordnung, die für schwere Verstöße die Todesstrafe androhte. Schulz war um die Situation, in der er steckte, nicht zu beneiden.

Seine einzige Chance war, dass die Richter akademische Kneipen aus eigener Erfahrung zu schätzen wussten und diesen Angeklagten für einen Mann ihres Schlages hielten.

Schierling ging zu seinem Chef. Es traf sich nicht schlecht, dass Zöllner anderes im Kopf hatte und nur mit halbem Ohr zuhörte. Bevor er zu den Papieren auf seinem Schreibtisch zurückkehrte, gestattete er Schierling, mit dem Verteidiger von Schulz zu telefonieren und anzudeuten, dass sein Mandant in Verbindung mit der Festung stand. Ausdrücklich sollte weder von Mitarbeit noch von Protektion die Rede sein.

«Entweder es hilft oder es hilft nicht», sagte Zöllner, «wir sind keine Schutzengel von Saufköpfen.»

Schulz war sein eigener Schatten. Die prallen Wangen waren erschlafft. Das Gesicht war käsig, die Augen lagen tief in den Höhlen. Drei Wochen Haft hatten die Frohnatur geknickt. Der Besuch, der ihm ins Haus gefallen war, war Jon Schierling alles andere als angenehm.

«Begehret nimmer zu schauen, was die Götter gnädig bedecken mit Nacht und Grauen», stöhnte Schulz. «Es war ein normales Gefängnis. Kein stundenlanges Stehen mit dem Gesicht zur Wand, keine Prügel, keine Tritte, kein Gebrüll. Die Aufseher bärbeißig, aber korrekt. Die Herren Ganoven brachten dem Neuling in ihrem Milieu, einem Juristen dazu, erstaunlich viel Verständnis entgegen und gaben ihm Tipps. Sie brachten ihm sogar bei, wie er es anstellen sollte, einem als freundlich bekannten Wärter, angeblich einem alten Sozi, den Kassiber zuzustecken. Zum Glück hat der Wisch Sie dann ja tatsächlich erreicht. Aber jene Mauern verkörpern den Staat, und der Staat ist grausam. Er winkt mit dem Richtschwert, und wenn er dich wider Erwarten doch aus den Fängen lässt, denkst du, es ist ein Trick, und vor dem Tor lauern Reichsführers Leute in ihren Ledermänteln mit hochgestellten Kragen. Sie waren nicht dort. Mein Anwalt hatte auch sie informiert, dass ich persona grata bin. Ich hoffe, er ist damit nicht zu weit gegangen.»

Sie saßen in Potsdam in der Bibliothek Kapitän Schierlings. Irgendwo im Haus verlangte Schierling junior energisch nach seiner Milchflasche. Schierling schenkte Burgunder nach. Schulz führte sein Glas andächtig zu den Lippen.

«Die Hoffnung, jemals wieder einen Tropfen dieser Qualität zu trinken, hatte ich schon aufgegeben. Unsereins ist nicht sehr widerstandsfähig gegen solche Strapazen», sagte er.

«Das ist Ihnen anzusehen. Besser wäre es tatsächlich, Sie ließen vom Alkohol ganz die Finger …», sagte Schierling.

Schulz nickte einsichtig.

«Ich habe es mir ernstlich vorgenommen. Zumindest, bis die Sache vergessen ist.»

«Darauf würde ich nicht bauen, aber vielleicht vergisst man sie wirklich. Immer vorausgesetzt, Ihnen fällt nicht morgen eine neue Kabarettnummer ein.»

«Es ist mit mir durchgegangen. Im Kreise von Freunden.»

«Mindestens einer dieser Freunde muss zum Staatsanwalt gelaufen sein.»

«Das ist es, was mir am meisten zu schaffen macht.»

«Der Führer ist demnächst sechs Jahre an der Macht, und inzwischen glauben viele Leute an ihn, an ihn und an seine Erfolge. Man will, dass er so weitermacht. Miesmacher sind unbeliebt.»

«Aber gelacht hat der Kerl, der mich dann angezeigt hat. Gelacht haben alle, die dabei waren.»

«Er wird hinterher kapiert haben, worüber er gelacht hat.»

«Oder er hat befürchtet, ein anderer könne mitteilsam sein und er selber werde hineingezogen.»

«Oder das.»

«Dann fügt sich zur Gemeinheit die Feigheit.»

«Solange Sie keine Ahnung haben, wer es war, bringt es nichts, sich über ihn den Kopf zu zerbrechen.»

«Ich weiß. Und für Juristen ziemt es sich, die Nase ins Gesetzbuch zu stecken. Gehässige Äußerungen sind verboten, Denunziationen eher erwünscht, weil sie erleichtern, das Recht durchzusetzen. Ich rede von Gemeinheit, also von einer üblen Gesinnung. Der Herr, der mich reingerissen hat, nimmt im Gegensatz dazu Anstoß an meiner Gesinnung und macht im Zweifelsfall geltend, dass er höchst altruistisch gehandelt, nur das Gemeinwohl im Auge gehabt und Schaden von der Volksgemeinschaft abgewendet habe. Gesinnungen? Beteuern Sie getrost Ihre Gesinnung. Gesinnungen sind wohlfeil. Den Ausschlag geben der klare Blick, möglichst aus blauen Augen, und die stramme Haltung. Gesinnungen werden großgeschrieben, aber in Wahrheit gründet sich das Staatswesen auf Befehle. Auch die Luftschutzpflicht entspringt einem Befehl und ist individueller Kritik des Volksgenossen entzogen. Wer sie lächerlich macht und obendrein über führende Persönlichkeiten herzieht, handelt verwerflich. Entweder du führst Befehle aus, oder du nimmst in Kauf, gebührend bestraft zu werden. Du bist Jurist? Umso schlimmer! Juristen unterstellt man von vornherein Winkelzüge.»

Schulz bewies schon wieder sein Talent, sich um Kopf und Kragen zu reden. Es wurde Zeit, ihn zu bremsen.

«Wie hat man bei Ihnen im Laden die Geschichte aufgenommen?», fragte Schierling. «Ich nehme an, man war informiert, als Sie zurückkamen.»

«Ich habe nicht zu klagen. Der Chef hat mich hinter verschlossener Tür ins Gebet genommen. Er war der Ansicht, dass einer in meinem Alter wissen solle, was er riskiert. Und ob es sich lohnt, gegen den Stachel zu löcken. Es klang väterlich. Offenbar habe ich bei ihm einen Stein im Brett, was ich vorher, ehrlich gesagt, nicht ahnte. Eher habe ich gedacht, dass ich ihm auf die Nerven ging. Die Kollegen haben nichts gesagt. Die Personalabteilung hat mir die drei Wochen vom Urlaub abgezogen.»

«Sehr zivil also.»

«So zivil wie möglich. In der Industrie gibt es das noch. Ich frage mich, wie es mir in einer Behörde oder in einer Parteidienststelle ergangen wäre. Ich frage mich, wie jemand wie Sie dort zurechtkommt.»

«Fragen Sie sich oder mich?»

«Natürlich Sie.»

«Bedaure, mein Bester, Sie sollten gelernt haben, wie wenig es zu empfehlen ist, das Herz auf der Zunge zu tragen.»

«Entschuldigung. Ich bin hier, um meinen Dank abzustatten und belästige Sie mit meiner Neugier. Sie haben mich ...»

«Tun Sie mir den Gefallen, es zu vergessen. Es war ein Reflex. Seien Sie froh, dass Sie ohne ärgere Schrammen davongekommen sind, und verlieren Sie kein Wort darüber. Zu niemandem. Auch nachher beim Abendessen kein Wort über Ihre Geschichte zu meiner Frau. Sie geht Ihnen sonst an die Gurgel.»

«Die gnädige Frau? Was ist mit ihr?»

«Sie pflegt ihre Gesinnung», sagte Jon Schierling.

Es gab Momente, in denen ihn selber wunderte, dass politischer Waffenstillstand zur Grundlage einer Ehe taugte. Dies war einer dieser Augenblicke. Der Versuch, Schulz herauszupauken, war tatsächlich ein Reflex gewesen. Die Sache mit Rosemarie zu erörtern musste Abgründe aufreißen. Schierling schwieg, Rosemarie fragte nicht nach.

Die gängige Praxis, die sich auch im Umgang Bettina Schierlings mit ihrer Schwiegertochter eingespielt hatte, bewährte sich.

Eine Woche vor Weihnachten teilte Zöllner seinen Untergebenen mit, dass beschlossen worden sei, die Festung innerhalb der nächsten sechs Monate zu reorganisieren, wobei sich wahrscheinlich herausstellen werde, dass die Rechtsphilosophen ihre Schuldigkeit getan hatten. Mit einem halben Satz deutete Zöllner die Möglichkeit an, im Spätsommer den grauen Rock anzuziehen. Die Militärgerichtsbarkeit sei dabei, ihre Personalpläne zu ergänzen.

Jon Schierling beschäftigte zweierlei. Er stellte fest, was ihm nie aufgefallen war – dass er nämlich von seinem Vorgesetzten Zöllner so gut wie nichts wusste, was nicht den Dienstbetrieb betraf. Der Mann war eine zuverlässige Instanz. Dass er ein Privatleben hatte und wie jedermann persönliche Gefühle, hatte er, damals in Wien, nur ein einziges Mal erkennen lassen. Zweitens überraschte Schierling der eigene heftige Widerwille gegen den Gedanken, zur Armee zurückzukehren. Er beschloss abzuwarten. Gelegen kam ihm, dass die Afrikaner eben in Segau eingetroffen waren. Sie verbrachten Weihnachten alle Jahre in Segau, und gleich nach der Münchener Konferenz hatte Miss Nancy geschrieben, dass die Familie diesmal unter dem Tannenbaum auf die «love of peace» der Herren Chamberlain, Daladier, Mussolini und Hitler anstoßen sollte. Mit der Friedensliebe, war es, wie sich rasch herausgestellt hatte, nicht weit her, aber Schierling freute sich auf das Wiedersehen.

Bettina Schierling war schon mit dem Auto vorausgefahren.

Schierling und seine Familie nahmen die Bahn. Ihr Abteil mussten sie nur mit einem dicken Gemütsmenschen teilen, der bald einschlief. Andere Reisende wurden von der lebhaften Anwesenheit von Schierling junior abgeschreckt. Doch auch auf ihn wirkte das Rattern der Räder ermüdend, und ihm fielen bald die Augen zu. Rosemarie genoss den Blick aus dem Fenster. Sie redete über ihren ersten Besuch bei den Plessows. In Segau, sagte sie, hatte sie unverhofft begriffen, dass es galt, in Stolp nicht den Nabel der Welt zu sehen und andere Leute auch für Menschen zu halten. Sie hatte plötzlich Zutrauen zu ihrer Ehe bekommen. Abends beim gemeinsamen Essen wiederholte sie das Geständnis vor den Ohren der Familie. Erich von Plessow brachte einen Toast auf Rosemarie aus. Miss Nancy umarmte sie. Bettina Schierling folgte dem guten Beispiel.

Auf der Reise nach Segau hatten die Plessows in Doorn Station gemacht. Auch Miss Nancy war von SM empfangen worden. Ihr Kommentar lautete: «Really, a nice old guy.» Nur die Bäume taten ihr Leid, die der Kaiser einen nach dem anderen fällte. Angeblich hatte er schon zehntausend Stämme zu Kleinholz verarbeitet. Erich von Plessow hielt sich mit Auskünften über Doorn zurück, bis die erste Bescherung im Leben Alexander Schierlings – offenkundig unter dessen beifälliger Aufmerksamkeit – stattgefunden hatte und der Stammhalter wenig später auf dem Arm seiner Mutter in Richtung Bett verschwunden war.

«Ich halte es für klüger», sagte Plessow, «der Kreisleiterstochter, so reizend sie ist, die Doorner Geschichten vorzuenthalten. Die Stimmung in der kaiserlichen Familie lässt, vorsichtig gesagt, zu wünschen übrig. Prinz August Wilhelm trumpft gegenüber dem alten Herrn mit der Verbindung auf, die er zu Hauptmann Göring pflegt. Für den Kaiser ist der Generalfeldmarschall und Oberbefehlshaber der Luftwaffe immer noch der Weltkriegsflieger.»

«Recht hat er», sagte Bettina Schierling.

«Seine Majestät», fuhr Plessow fort, «hat seinem Sohn politische Auftritte verboten. Prinz Auwi wollte Göring von dem Verbot in Kenntnis setzen, was auf eine Beschwerde hinausgelaufen wäre.»

«Und wie ist die Geschichte ausgegangen?», fragte Bettina Schierling.

«Der Kronprinz hat vermittelt. Der Kaiser hat wutschnaubend nachgegeben. Aber natürlich hängt der Haussegen weiter schief.»

«Und was steckt dahinter?»

«SM ist nach wie vor entsetzt über die so genannte Reichskristallnacht. Und er ist empört, dass die Wehrmacht dem Pogrom ungerührt zugesehen hat. Was passiert sei, sagt er, sei des deutschen Volkes unwürdig. Außerdem fürchtet er, dass Hitler geradewegs in einen neuen Zweifrontenkrieg marschiert. Für SM ist es ein Albtraum, dass sein Gefreiter den weltgeschichtlichen Fehler von 1914 wiederholt. Das gibt SM natürlich nicht zu, aber in Doorn ist es jedem klar. Wie sieht man die Dinge in Berlin?»

Schierling berichtete über die Eröffnungen des Stabsleiters Bully Jepsen.

«Mr. Hitler has taken Mr. Chamberlain for a ride», sagte Miss Nancy.

«Er hat nicht nur den britischen Premier reingelegt», sagte Plessow. «Viel zu viele sind ihm auf den Leim gegangen. Meine Wenigkeit im fernen Afrika übrigens auch. Natürlich missfällt mir der Gedanke, ich könnte dort unten interniert werden, wenn der Schlamassel ausbrechen sollte.»

«I'll defend you», versprach Miss Nancy.

«Ich hoffe es.»

«Und wer verteidigt mich?», fragte Schierling.

«Vielleicht verrätst du uns, wie du dir deine Zukunft im Dritten Reich vorstellst», sagte Plessow.

«Ich nehme an, du willst eine ehrliche Antwort.»

«Selbstredend.»

«Die Antwort lautet: Ich weiß es nicht.»

Schierling zählte auf, welche Möglichkeiten er für sich sah. Die reumütige Rückkehr in die Armee schien noch die angenehmste zu sein.

«Du sitzt nicht nur in der Falle, mein Lieber», sagte Plessow, «du hängst in einem halben Dutzend Schlingen, die deine Parteigenossen ausgelegt haben. Nicht einmal nach Afrika kann ich dich mehr mitnehmen. Dazu ist es zu spät. Sie würden dich nicht mehr reisen lassen. Auch sonst solltest du dir nichts vormachen. Beim Militär wirst du in diesem Leben nichts mehr. Wenn es da jemals eine Chance für dich gegeben hat, ist sie vorbei. Natürlich, wenn das Vaterland ruft... Aber Leute wie du sind die Ersten, die sich eine Kugel einfangen, und davon hat das Vaterland auch nicht viel. Das verrät dir ein alter Soldat. Also musst du sehen, wie du als Zivilist durchkommst, ohne dir die Hände schmutzig zu machen. So traurig es klingt, es ist das, was dir zu tun übrig bleibt. Ich hoffe, dir fällt in den entscheidenden Momenten das Richtige ein und du bekommst die Chance, es zu tun. Das ist wie im Krieg, es gibt immer auch eine andere Seite, die ihren Kopf durchsetzen will.»

«Steht eigentlich immer noch ‹Gott mit uns› auf den Koppelschlössern der Soldaten?», fragte Bettina Schierling.

«Was ist ein Koppelschloss?», fragte Miss Nancy.

«The belt buckle of the soldiers», erläuterte Plessow.

«Und was hat der liebe Gott damit zu tun?», wollte Miss Nancy wissen.

«Das Ding ist aus Metall, und der Spruch ist dort eingeprägt», sagte Plessow, «ein Relikt aus heldenhaften Zeiten. Angeblich ist Gustav Adolf mit dieser Parole in die Schlacht bei Breitenfelde geritten. Später hieß es dann ‹Mit Gott für König und Vaterland›. Nun ja, bei kritischster Würdigung bleibt immerhin das Vaterland, um darauf zu trinken.»

«Auf dem Koppel der SS steht ‹Unsere Ehre heißt Treue›», ergänzte Schierling, «und das nehmen sie wörtlich.»

Rosemarie kam zurück. Ihr Sohn schlief.

«Trinken wir noch eine Flasche auf den Rest vom Frieden», schlug Plessow vor.

Es sah aus, als wollte Rosemarie protestieren, aber sie sagte nichts.

Erich von Plessow und Miss Nancy blieben diesmal so lange wie möglich in Segau. Dann übernahm dort Bettina Schierling die Aufsicht über die Verwaltung. Was immer der Reichsbauernführer mit seinen Reden über einen «Neuadel aus Blut und Boden» meinte, es schien wenig zweckmäßig, die Zukunft Segaus ausschließlich dem Inspektor anzuvertrauen, der ein zuverlässiger und tüchtiger Mann war, aber nun einmal nicht mit der Autorität einer geborenen Plessow der Obrigkeit entgegentreten konnte.

Bettinas Abschied von Potsdam wurde vom Tod der vierundachtzigjährigen Berta überschattet. Sie hauchte buchstäblich beim Kofferpacken ihre treue Seele aus. Man trug sie zu Grabe und versprach sich, in ihrem Sinne mit aller wünschenswerten Herzlichkeit zusammenzuhalten. Gegenseitige Besuche wurden fest versprochen. Trotzdem atmete Rosemarie Schierling auf, als sie im Haus und im Garten hinter dem Potsdamer Heiligensee endlich allein das Sagen hatte und sich unbeobachtet um ihren Sohn kümmern konnte. Der Eifer, mit dem sie ihre Aufgaben anpackte, schien dafür zu sorgen, dass die Politik ihr immer mehr aus dem Blick geriet. Ihrem Mann war es recht. Er schlug sich einerseits mit Zweifeln an seiner beruflichen Existenz herum und verfolgte andererseits mit nicht geringer Spannung, wie sich die Politik des Deutschen Reiches entwickelte. Mit jedem Versuch, darüber mit Rosemarie zu diskutieren, hätte er, wie Schierling annahm, noch immer den Familienfrieden aufs Spiel gesetzt.

Ernst wurde es, als in Rosemaries Garten die Krokusse blühten und der Film vom Ende der tschechoslowakischen Republik im Zeitraffer ablief. In Prag beschuldigte der Staatspräsident Emil Hácha den slowakischen Ministerpräsidenten Josef Tiso des Hochverrats und erklärte ihn für abgesetzt. Tiso entkam nach Berlin und ersuchte um deutsche Rückenstärkung. Obwohl die Reichsregierung nur halbherzig reagierte, beschloss er, aufs Ganze zu gehen. Er kehrte nach Pressburg zurück und rief die slowakische Unabhängigkeit aus. Hácha blieb nur ein letzter Versuch übrig, seinen Staat zu retten. Er trat ebenfalls in der Reichskanzlei an, wo der Hausherr dem Gast unter Assistenz des Generalfeldmarschalls Göring zusetzte, bis der zusammenbrach und seine Unterschrift unter die

Sterbeurkunde eines Staates setzte. Die Tschechoslowakei hieß schon am nächsten Tag Reichsprotektorat.

«Ein Meisterstück», schwärmte Bully Jepsen, «schon wieder ein Meisterstück. Noch kein Soldat hatte den Fuß über die Grenze der Resttschechei gesetzt, da waren Böhmen und Mähren schon unser.»

Ganz privat, wie er behauptete, und ohne zu verraten, was er im Sinn hatte, hatte der Stabsleiter des Reichspressechefs Rosemarie angerufen und sie zu einem Abend mit Ehegatten im Wintergarten eingeladen. Schierling erlaubte sich, seine Verwunderung auszudrücken, dass Jepsen sich nicht bei ihm gemeldet hatte, und erfuhr nun – reichlich spät, wie er fand –, dass seine Frau den Verfasser des Romans über die Schlacht bei Hemmingstedt von einem Auftritt vor Stolper Hitlerjugend und BDM kannte. Sie gab offen zu, dass Jepsen sie damals beeindruckt hatte. Beim Dichter habe es seinerzeit ebenfalls gefunkt. Außerdem, so Rosemarie, habe sie das dringende Bedürfnis, endlich einmal wieder andere als Potsdamer Gesichter zu sehen.

Hinzu kam, dass zwar der unvergleichliche Kabarettist Otto Reutter tot war, der im Wintergarten nicht nur mit seinem Couplet *In fünfzig Jahren ist alles vorbei* Triumphe gefeiert hatte, dass aber die Lokalität immer noch als erste Adresse unter den Berliner Variétés und als Hochburg glänzender Laune galt. Damit war ein Abend dort genau das, was Rosemarie in ihrer gegenwärtigen Stimmung zu brauchen behauptete. Sie bestand darauf, dass sie Jepsens Einladung annahmen, und Schierling gab nach, nachdem er Doktor Zöllner informiert und der zur Vorsicht geraten, doch weiter keine Einwände erhoben hatte.

Unrat witterte Schierling, als Jepsen nicht nur mit seiner angetrauten Walküre im Wintergarten erschien, sondern auch mit Felix von Bachewski nebst seiner Apothekerstochter. Die Herren trugen Ausgehuniformen, die Damen eleganten Chiffon, der ihre deftigen Formen verschleierte. Daneben konnten die Schierlings in ihrer weit schlichteren Aufmachung nur bestehen, weil Rosi ungeniert den jüngeren Charme sowie das lebhaftere Temperament ausspielte und abwechselnd mit Jepsen und Bachewski flirtete. Schierling wäre es ein Vergnügen gewesen, die aufkeimende Eifersucht der Bonzengattinnen zu beobachten, hätte er nicht mit dem Verdacht gekämpft, dass es sich bei dem Ganzen um ein Komplott gegen ihn handelte und Rosemarie daran von Anfang an beteiligt war.

Der Abend verlief jedoch so harmlos, als handelte es sich tatsächlich nur um die kaum bekleideten Hiller-Girls, die auf der Bühne die langen Beine an den Plafond warfen, und um die Späße des Conférenciers, der sein Publikum geschickt darüber im Zweifel ließ, ob er über den American way of life nicht nur herzog, um ihn hintergründig zu feiern. Erst zwischen zwei Artistenauftritten gegen Ende des Programms rückte Bachewski mit der Einladung zu einem österlichen Küstentrip auf der Motoryacht eines Kameraden heraus, eines Stettiner Reeders und zahlenden SS-Mitglieds, wie der Gruppenführer hinzufügte, also eines Angehörigen jener betuchten zivilen Rasse, die sich mit ihren diskreten Hilfsleistungen für den Schwarzen Orden mehr und mehr als nützlich erwies. In Swinemünde sollte am Karfreitag Kurs auf Zoppot genommen werden. Rosemarie begeisterte sich auf der Stelle für den Ausflug zur See, während Bully Jepsen abwinkte. Schierling willigte widerstrebend ein und nahm sich insgeheim vor, im letzten Moment abzusagen.

Doch Rosemarie führte weiterhin Regie, und so traf man sich bei strahlender Aprilsonne tatsächlich am Gründonnerstag am Kai von Swinemünde. Die Yacht *Sommerfee* hatte ein paar tons weniger als Führers *Aviso Grille*. Auf die Zehen trat man sich trotzdem weder auf noch unter Deck. Der Umgangston an Bord entsprach dem imponierenden Lebensstil des Skippers, einer gelungenen Mischung aus Freimut und Sinn für gesellschaftliche Formen. Wäre Bachewski nicht dabei gewesen, hätte sich Schierling ebenso wohl gefühlt wie seine Frau. Bachewski aber war mit von der Partie. Das Zweite, was Schierling zu schaffen machte, war der ständig wieder auftauchende Gedanke an seinen Vater. Die Ostsee war nach dem

Abschied von der Marine dessen Lebenselixier gewesen. Schierling beunruhigte die Frage, was der Kapitän zur Laufbahn seines Sohnes gesagt hätte. Womöglich hätte er weniger Nachsicht gezeigt als Erich von Plessow.

Dieser Zweifel beschäftigte Schierling auch, als er in der Nacht zwischen dem ersten und dem zweiten Ostertag an der Reling der *Sommerfee* seinen Kopf auslüftete. Plötzlich stand Bachewski mit einer Flasche im Arm und zwei Gläsern in der Hand neben ihm und setzte zu einem Monolog an.

Eine herrliche Nacht, ein herrlicher Sternenhimmel, sagte er, und eine Fahrt in der Kiellinie des Führers, der vor gerade einmal siebzehn Tagen die Welt abermals in Staunen und Bewunderung versetzt hatte, als er auf dem Panzerkreuzer *Deutschland* den Hafen von Memel anlief, um einen widerrechtlich von den Litauern besetzten Streifen deutschen Bodens heim ins Reich zu holen. Eine Tat ganz nach dem Auftrag der Geschichte, das Volkstum zu schützen, und dazu eine Friedenstat, wie selbst die Auslandspresse hatte zugeben müssen. Ein Konflikt wurde beseitigt, ohne dass ein einziger Schuss fiel. Die Polen hatte der Zugriff alarmiert, aber die Signatarmächte des Memelstatuts im Gefolge des Versailler Vertrags hatten erwartungsgemäß den Kopf eingezogen.

Felix von Bachewski lachte in sich hinein. Unvermittelt wollte er auf den – wie er sich auszudrücken beliebte – gemeinsamen Freund Jepsen anstoßen.

Der, fuhr er fort, konnte gute Wünsche brauchen, denn sein Arbeitsplatz war momentan nicht der angenehmste im Deutschen Reich. Das Reichspresseamt hing in der Luft, seit der Minister für Volksaufklärung, ausgerechnet dieser bisher hoch geschätzte Herr Doktor Goebbels, beim Führer in abgrundtiefe Ungnade gefallen war. Wegen unbezwinglicher Leidenschaft für die schöne Lida Baarova, Filmstar ihres Zeichens. Dass der Minister in den Bann dieser Tschechin geraten war, war wörtlich zu nehmen. Nur mit Mühe konnte unter der Decke gehalten werden, dass sogar von Rücktritt die Rede gewesen war und von der Absicht des Sünders, als Konsul nach Japan zu gehen, damit die Scheidung von Magda Goebbels möglich wurde, von dieser Mutter der Nation, die flugs zum Führer geeilt war, um sich und ihre reizenden Kinderchen unter seinen Schutz zu stellen. Der Führer verehrte Frau Magda, und es war kein Wunder gewesen, dass er sich ihren Mann kommen ließ, womöglich stante pede aus dem Liebesnest, ihn zusammendonnerte und ihm befahl, die Baarova umgehend nach Prag zurückzuexpedieren sowie künftig keinen anderen Rock mehr zu lüpfen als den seiner Gattin. Ohrenzeugen berichteten, dass dieser Befehl dem begnadeten Redner Joseph Goebbels die Sprache verschlagen habe. Jedenfalls gehorchte er. Der Stand der Dinge war, dass er auf eine Chance wartete, sich zu rehabilitieren.

Schierling hatte etwas läuten hören, die Details waren ihm neu. Er wartete ab. Bachewski hatte zweifellos mehr in der Hinterhand. Wenig später spielte er es aus.

«Macht», sagte er, «ist leicht vertan. Kluge Leute hüten sie mit allen Kräften, aber das allein reicht nicht. Der Mensch braucht im Leben auch Glück. Du hast ja ein Exempel täglich vor Augen. Dass die Urteile über deinen Chef erheblich schwanken, kann dir nicht entgehen. Er baut auf Dankbarkeit dafür, dass er in der Kampfzeit mit dem Führer durch Dick und Dünn gegangen ist. Als unermüdlicher Leibjurist. Es ist ihm hoch anzurechnen – ebenso, dass er damals namenlose und zumeist auch mittellose Parteigenossen herausgepaukt hat. Nur leider hat ihm der Januar '33 das Wasser abgegraben. Den Führer zerrte niemand mehr vor den Kadi, die Gefolgschaft auch nicht. Der Anwalt war praktisch arbeitslos. Darum erfand er seine Akademie und klopft Sprüche. Sein Pech ist, dass der Führer euch Juristen nun einmal nicht ausstehen kann. Dein Chef darf seine Predigten halten, aber niemand denkt daran, Lehren aus ihnen zu ziehen. So sehe ich jedenfalls sein Schicksal. Widersprich mir, wenn ich mich irre.»

Felix von Bachewski hatte den Nagel auf den Kopf getroffen, aber Jon Schierling ließ ihn auf die Antwort warten. Die *Sommerfee* durchschnitt die Ostsee, und an ihrer Reling lief ein kindischer

Wettstreit, wer am längsten den Mund halten konnte. Jon Schierling gewann und blieb auf der Hut.

«Also gut», sagte Bachewski, «du zierst dich immer noch. Aber lass dir eins gesagt sein, der Führer braucht keine Rechtsverdreher, der Führer braucht Polizisten, die mit ihm durch Dick und Dünn marschieren. Polizisten, die auf Paragraphen pfeifen, weil ihnen Befehle genügen. Unter Kommando hat diese Polizisten bekanntlich der Reichsführer SS, und der versteht sich auf seine Aufgabe. Rechne dir aus, wem die Zukunft gehört, und frag dich, ob du sie am richtigen Platz erleben willst. Ich wünsche weiterhin eine gute Nacht.»

Bachewski machte kehrt und verschwand in der Dunkelheit. Schierling merkte, dass ihm das Herz bis zum Hals schlug. In der Kabine erwartete ihn Rosemarie.

«Wie ist eure Unterhaltung gelaufen?», fragte sie.

«Du wusstest, dass er mir nachstieg?»

«Er hat es mir gesagt.»

«Einfach so?»

«Nicht einfach so. Es war verabredet.»

«Unser Pakt gilt nicht mehr?»

«Du und ich und keine Politik? Nein, mein Bester, Bachewski und übrigens auch Jepsen haben mir klar gemacht, dass so etwas nicht mehr funktionieren kann. Sie sagen, es funktioniert spätestens dann nicht mehr, wenn Ende dieses Sommers die Welt Kopf steht. Die Frist kannte ich nicht, aber dass es mit uns nicht ewig so weitergehen konnte, wusste ich vorher. Vergiss nicht, woher ich komme. Ich hatte es fast vergessen, und deine Leute haben mir imponiert. Sie imponieren mir immer noch. Also keine Angst, dass ich irgendjemanden in die Pfanne haue. Nur ins Puppenheim passe ich nicht mehr.»

«Ich glaube nicht ...»

«... dass wir noch miteinander auskommen, wenn wir anfangen, über Politik zu reden? Versuchen wir es. Bisher war ja auch unwahrscheinlich genug, wie wir zusammengelebt haben. Übrigens, ich versuche nicht, dir in deine Entscheidungen hineinzureden. Du sollst nur wissen, wo vermutlich dir und deinesgleichen der Weizen blüht und wo nicht.»

«Danke. Aber ich bilde mir ein, es selber zu wissen.»

«Hoffen wir es.»

Als sie dann miteinander schliefen, entspann sich ein Ringkampf mit lange unentschiedenem Ausgang.

Zur Kenntnisnahme stapelten sich auf Jon Schierlings Schreibtisch seit Jahren Gesetzblätter, Richtlinien, Verordnungen, Erlasse und Durchführungsbestimmungen, die Juden betrafen – und das zu ihrem immer größeren Nachteil, nachdem man im Vorfeld der Olympischen Spiele mit Rücksicht auf den Ansturm von Ausländern die Zügel vorübergehend gelockert hatte. Gleich nach den Spielen hagelte es wieder Beschränkungen im öffentlichen Leben und andere Verbote. Der Zugriff auf jüdische Vermögen erfolgte gnadenlos, und ein Jude, der verzweifelt das Weite suchen wollte, musste übermächtige, bis unters Dach mit seinen Feinden besetzte Instanzen überwinden. Beim Abfassen von Gesetzen assistierte die Festung dem Reichsjustizminister bereitwillig. Mit zwei, drei Ausnahmen pflegten ihre Mitarbeiter, gleich welcher Qualifikation, den rassistischen Perfektionismus wie alle anderen. Auf dem Mist eines besonders findigen Kollegen war die Bestimmung gewachsen, dass Kandidaten für die juristische Abschlussprüfung ausdrücklich erklären mussten, keine Hilfe von jüdischen Repetitoren in Anspruch genommen zu haben. Doch das Wort Jude musste in einer Bestimmung nicht einmal vorkommen, damit es Juden traf. Wenn es hieß, wegen nicht ausreichender Zuverlässigkeit könne die Ausstellung eines Gewerbescheins für einen Lumpenhändler verweigert werden, zweifelte niemand daran, dass Juden ihrer Rasse wegen generell unzuverlässig waren. Mittlerweile sah es so aus, als gäbe es auf diesem Feld keine noch so geringe Einzelheit, die nicht geregelt worden wäre. Trotzdem fiel fast täglich irgendjemandem eine neue Schikane ein. Dass es nichtarischen Staatsangehörigen unter günstigen Umständen noch immer gelang, das Land zu verlassen, war ein Wunder.

Als vorbildlich wurde eine Verfügung der Gestapoleitstelle in Stettin herumgereicht, sämtliche Juden sowie alle Mischlinge und in Mischehe lebenden Arier mit ihrer Wohnanschrift und mit Angaben zur Person zu registrieren. Auf einer beiliegenden Liste entdeckte Jon Schierling Mitte Mai den Namen Rebekka Silbersteins mit dem falschen, aber amtlicherseits vorgeschriebenen zweiten Vornamen Sara. Ein Vermerk hielt fest, dass Daisys Tante gestorben war, als die Genehmigung zur Ausreise zu ihr auf dem Weg war. Also hatte sie sich schließlich doch zu dem Entschluss durchgerungen, ihrer Familie nach Amerika zu folgen. Der Papierkrieg um ihren Heringsdorfer Besitz hatte lange gedauert – zu lange für Rebekka Silberstein.

Jon Schierling rief seine Mutter in Segau an und informierte sie. Bettina Schierling sagte, sie sei traurig. Rebekkas wegen und Deutschlands wegen, das heutzutage wunderbare Menschen wie Rebekka zu Tode quäle. Schierling zog es vor, keinen Kommentar abzugeben, aber er wusste, dass seine Mutter Recht hatte. Wenn es auf der Welt Menschen gab, von denen sich behaupten ließ, dass sie keiner Fliege etwas zuleide taten, dann hatte Rebekka Silberstein zu ihnen gehört. Schierling dachte an Doktor Feldmann in Wien und fragte sich, was aus ihm geworden war. Auch Aron Feldmann, dem sie einen Davidstern auf das Schild seiner Praxis geschmiert hatten, war offenkundig ein anständiger Mensch gewesen.

Es war spät am Tag, Schierlings Gedanken gerieten auf Abwege. Die Spatzen pfiffen die hehren Grundsätze der Rassenpfleger von den Dächern. Deren Aufgabe war es, das Erbgut des Volkes zu erhalten und zu bessern und der Entartung vorzubeugen. Ziel war die Aufnordung des deutschen Volkes. Die Frage war nur, wie dies geschehen sollte. Das Rassepolitische Amt der Partei und das Rasse- und Siedlungs-Hauptamt der SS arbeiteten daran, aber irgendetwas schien nicht zu klappen. Mit Pferden ließ sich so etwas leichter bewerkstelligen. Für Zuchthengste gab es die Körordnung. Ein junger Hengst hatte zur Ankörung zu erscheinen. Entsprach er nach Ansicht der Körkommission den hohen Anforderungen, erhielt er den Körschein und durfte der Zukunft seiner Rasse in der Körstation dienen. Wenn nicht, wurde er kastriert und musste sein weiteres Dasein als Wallach fristen. Die SS war der Orden, der auf die Zukunft eingeschworen war. Ihre Ehre hieß Treue. Wenn das Schwarze Korps sich aus Treue zur Rasse einer Zuchtordnung unterwarf, war dies womöglich der Beginn der Aufzucht des neuen Menschen. Nur, wie viele Hengste konnte der Orden stellen, wie viele Wallache würden mit blutender Hinterhand davonhinken, und wie stand es dann mit deren Treue? Bei einer Körung der SS-Elite hätte Felix von Bachewski beste Chancen gehabt, bei nicht wenigen seiner Kameraden waren Zweifel angezeigt. Schon bei der Person des Reichsführers SS drängten sie sich auf.

Schierling riss sich zusammen. Er beschloss, am nächsten Morgen zu Zöllner zu gehen und ihm zu sagen, dass er seiner Anregung folgen und in die Militärgerichtsbarkeit überwechseln wollte.

Zöllner marschierte zu seinem Lieblingsplatz auf der Fensterbank seines Büros, nahm in Tuchfühlung mit dem Gummibaum Platz und beobachtete den Verkehr auf der Wilhelmstraße. Er schien zu überlegen, wie weit er mit der Sprache herausrücken sollte.

«Ihnen wird nicht entgangen sein, dass sich die Lage zuspitzt», sagte er endlich.

«Natürlich nicht», bestätigte Schierling.

«Nun gut, es dient reibungslosen Abläufen im Dienstbetrieb, wenn ich Ihnen ein paar Informationen gebe. Aber wenn darüber ein Wort über Ihre Lippen kommt...» – Zöllner wendete sich Schierling zu – «wenn Sie ein einziges Wort darüber verlieren, zu wem auch immer, sind Sie geliefert.»

Zöllner schien zu fühlen, dass seine lässige Haltung dem, was er seinem Untergebenen mitzuteilen gedachte, nicht angemessen war. Er kämpfte zum ersten Mal in Schierlings Gegenwart sichtlich mit Nervosität, stand auf und schickte sich an, zum Schreibtisch zurückzukehren, blieb aber auf halbem Weg stehen und sah Schierling direkt in die Augen.

«Die Lage ist präzise die», sagte er, «dass der Führer am 23. Mai die Spitzen der Wehrmacht in der Reichskanzlei empfangen hat. Er hat den Militärs mitgeteilt, dass er an seinem Entschluss festhalte, Polen bei nächstpassender Gelegenheit anzugreifen. Eine Kapitulation des Feindes vor dem ersten Schuss wie in der Tschechoslowakei sei diesmal nicht zu erwarten. Es werde zum Kampf kommen. Anzustreben sei, dem Feind gleich zu Beginn den vernichtenden Schlag beizubringen. Dieser Schlag sei von Stund an vorzubereiten. Erfahren solle davon niemand, der nicht informiert werden müsse, niemand dürfe mehr wissen, als nötig sei, damit er seine Pflicht tun könne. Und so weiter und so weiter.»

«Das heißt für uns?»

«Im Großen und Ganzen können Sie es sich mühelos selber ausmalen. Rechnen Sie damit, dass Staat und Partei kriegsbedingt umgekrempelt werden und dass für die Akademie harte Tage heraufziehen. Womöglich wird sie vorübergehend geschlossen, und dann gibt es garantiert Herrschaften, die darüber keine Tränen vergießen. Apropos, unser Freund Jepsen ist mir gerade wieder über den Weg gelaufen und wollte wissen, ob wir schon ein Polenstrafrecht in der Schublade haben. Er kam von einem Mittagessen mit Gruppenführer Bachewski und schwärmte von ihm. Sie lässt er herzlich grüßen.»

Dass Zöllner Bachewski erwähnte, konnte bedeuten, dass er über Schierlings Reise auf der *Sommerfee* unterrichtet war. Schierling hatte sie ihm auf Rosemaries Drängen verschwiegen. Jetzt war es zu spät, damit herauszurücken. Aber Zöllner redete schon wieder über die Zukunft der Festung.

«Abwanderungsgedanken schlagen Sie sich aus dem Kopf», sagte er. «Wir halten den Laden vorläufig zusammen. Ein Festungskommandant, so der Chef, braucht nicht nur eine Festung, Kanonen und Kanonenkugeln. Er braucht auch Leute, mit denen er seine Wälle und Mauern verteidigen kann. Er braucht erst recht Leute, die er kennt, wenn er ins Feld gerufen wird, also speziell, wenn im August oder spätestens im September ein Marschbefehl eintrifft, die Brücke über dem Festungsgraben hochgezogen wird und die Mannschaft – bis auf eine Restbesatzung – zu neuen Taten gen Osten zieht.»

«Darf ich fragen …»

«Ob Sie schon die Knobelbecher putzen sollen? Sind Sie eigentlich im Besitz einer Uniform?»

«Ich ziehe Zivil vor.»

«Damit ist Schluss, wenn es losgeht. Die schönen Tage in Berlin und Potsdam neigen sich dem Ende zu.»

Mehr war Zöllner nicht zu entlocken, aber er hatte genug gesagt.

Mit allen Tricks versuchte Rosemarie, Schierling auszuhorchen. Selbst im Bett nahm sie Anläufe dazu. Sie schien die Angriffe auf Dienstgeheimnisse neuerdings für einen Sport zu halten. Beim Frühstück an einem Sonntagmorgen konterte Schierling mit Fragen nach Rosemaries Beziehung zu Jepsen. Sie reagierte schnippisch.

«Du kannst von ihm halten, was du willst», sagte sie, «ein Kerl ist er. Und wenn so einer dann auch noch Bücher schreibt, schmilzt ein Mädchenherz rasch. Wollen wir uns gegenseitig unsere vorehelichen Erfahrungen abfragen? Dass ich welche hatte, hast du doch schon auf dem breiten Pfühl in Witwe Hempels Pension mitgekriegt, und wenn ich mich nicht getäuscht habe, warst du erfreut, dass ich keine zitternde Jungfrau mehr war. Ich warne dich. Lass die Finger von unseren diesbezüglichen Vergangenheiten. Ich weiß mehr über dich, als du denkst.»

«Was soll das?»

«Wie gesagt, eine Warnung. Weiter nichts.»

«Was heißt, du weißt mehr, als ich vermute?»

«Ich meine zum Beispiel die Abenteuer eines jungen Mannes mit einem Vamp aus der besten Weimarer Gesellschaft, einer Dame mosaischen Glaubens übrigens. Aber die Rassegesetze gelten ja zum Glück nicht rückwirkend. Sonst wäre der junge Mann jetzt wegen Rassenschande dran.»

«Woher weißt du das?»

«Was du getrieben hast in deiner Jugend Maienblüte? Ist doch egal, woher ich es weiß. Ich weiß es eben.»

«Hat dir Jepsen auch erzählt …»

«Ich habe nicht gesagt, dass er die Plaudertasche war. Und was mich angeht, hast du nachträglich meinen Segen. Insofern geht es mir mit dir wie mit einer besten Freundin. Ich gönne dir das Beste. Wohlverstanden, ich gönne dir, dein Vergnügen gehabt zu haben. Nun und in Zukunft halt dich gefälligst an den eigenen arischen Herd.»

Waffenstillstand schlossen sie beim obligaten Sonntagsspaziergang mit dem in der Kinderkarre thronenden Sohn. Rosemarie unternahm es, die diplomatischen Beziehungen wieder zu beleben.

«Hör zu», sagte sie, «Jepsen und vor allem Bachewski wollten mich wirklich dazu bringen, dir einiges zu entlocken. Ich habe abgelehnt, obwohl sie mir mit der Pflicht einer BDM-Führerin kamen, dem Führer in jeder Lebenslage zu dienen. Sie wissen offensichtlich zu wenig über den Betrieb in der Akademie, und sie trauen euch nicht über den Weg. Aber es geht auch um meine Zukunft. Ich möchte wissen, womit ich rechnen muss. Dass du dich nicht aufspielst, wenn du über deinen Dienstalltag stur den Mund hältst, weiß ich. Es ist dein preußisches Pflichtverständnis. Also behalt in Gottes Namen deine Geheimnisse für dich. Aber sag mir Bescheid, wenn sich etwas Einschneidendes abzeichnet, Einschneidendes auch für mich und meinen Sohn. Und lass uns bis dahin den Sommer genießen. Vielleicht ist er wirklich der letzte im Frieden.»

Der Vorschlag klang fair, und die Bemerkung über den letzten Friedenssommer traf wahrscheinlich zu. Jon Schierling sagte seiner Frau, dass Zöllner für den Fall des Kriegsausbruchs einen Marschbefehl angekündigt hatte. Darum, so fügte er hinzu, könne es nicht schaden, die Uniform, die im Schrank hing, von einem Schneider überholen zu lassen.

Der neue Pakt der Schierlings war damit besiegelt. Zur Sommerfrische fuhren sie Anfang August statt nach Usedom nach Stolpmünde. Quartier bezogen sie im Haus eines Fischers, den Rosemarie schon als Kind geliebt hatte. Am Ende blieb noch eine Woche für Segau übrig. Zwei Tage bevor der Urlaub ablief, wurde Schierling in die Akademie zurückbeordert. Alle wussten, was der Befehl bedeutete. Den Morgen, an dem das Linienschiff *Schleswig-Holstein* um 4 Uhr 45 das Feuer auf die polnische Westerplatte von Danzig eröffnete, verbrachte Jon Schierling im Büro. Der Marschbefehl nach Posen kam vier Tage später.

Die Aula der Krakauer Universität, sagte Professor Kasimir Wladislaw Millarski, atme noch in ihrem leer geräumten und zugegeben unansehnlichen Zustand die Ehre der Wissenschaften. Früher im alten Collegium Maius, seit Mitte des neunzehnten Jahrhunderts hier im neuen Rektorat, dem Collegium Novum, habe sich Ruhm abgelagert, nicht weniger als 575 Jahre lang. Vielleicht, so fuhr Kasimir Millarski fort, war ihm, gewissermaßen als Gastgeber namens des Lehrkörpers, die Bemerkung gestattet, dass sein Vater, Juliusz Millarski, auch schon Germanist an der Jagiellonen-Universität, ihren Gründern, den Königen Kasimir dem Großen und Wladimir dem Zweiten, ebenso verbunden gewesen war wie nun der Sohn. Wenn es nämlich nicht die Konvention verboten hätte, wäre Juliusz Millarski vermutlich darauf verfallen, Kasimir Wladislaw Millarski zusätzlich auch noch Jadwiga taufen zu lassen. Hatte doch Königin Jadwiga ihren gesamten Schmuck der Alma Mater vor den Toren des Wawel vermacht, damit es in Krakau weitergehen konnte mit der Gelehrsamkeit.

Millarskis polnischer Begleiter lächelte gequält. Entweder hatte er die Pointe aus dem Munde des alten Herrn schon mehrfach gehört, oder er war in Gegenwart von deutschen Beamten in ihren mit Hakenkreuzen übersäten Uniformen zu nervös, um an ihr Geschmack zu finden. Jon Schierling übersah das Unbehagen des Assistenten. Er war mit dem Baureferenten des Generalgouverneurs im Collegium Novum erschienen, um die Räumlichkeiten in Augenschein zu nehmen, in denen in Anwesenheit des Generalgouverneurs das Krakauer Akademische Jahr 1939/40 eröffnet werden sollte. Die Aula kam, wie der erste Blick lehrte, für diesen Zweck nicht in Frage. Aus Angst vor Kriegsschäden hatten die Polen fortgeschleppt, was nicht niet- und nagelfest gewesen war. Der Baumensch zuckte die Achseln. Es machte zu viel Mühe, den Raum herzurichten.

Vor Professor Millarskis geistigem Auge stand vergangene Würde, und er dachte nicht daran, sich aus dem Konzept bringen zu lassen. Er streckte den von den Jahren leicht gebeugten Rücken und berichtete, wie Anno Domini 1400 Wladimir, König von Polen und Großfürst von Litauen, mit dem Segen des Papstes die Erweiterung der zwei Menschenalter zuvor von Kasimir dem Großen gegründeten Akademie über die angestammten drei Fakultäten hinaus verkündet hatte. Was Wladimir seinen Gelehrten auf den Weg mitgegeben hatte, hatte Millarski Wort für Wort im Kopf, nämlich: «Wir sehen, wie ein Kollegium Paris in glänzendem Licht erstrahlen lässt, wie Bologna und Padua durch Wissenschaft erstarken und sich mit ihr schmücken, wie in Oxford Klarheit des Denkens Platz greift und Früchte trägt. Wir haben daher die Herrschaft über das Königreich Polen angetreten und die Krone erhalten, um uns vom Rat weiser Männer erleuchten zu lassen und den Schatten des Unzulänglichen abzustreifen, damit Polen es anderen Reichen gleichtun kann.»

Professor Millarski verbeugte sich leicht, wobei nicht zu erkennen war, ob sein Respekt nur dem Andenken der verstorbenen Könige oder zusätzlich auch den anwesenden Vertretern der Besatzungsmacht galt. Seinen improvisierten Vortrag schloss er mit der Mahnung: «So weit die Rede König Wladislaws in meiner möglichst getreulichen Übertragung ins Deutsche. Erhellende Worte nahezu vierhundert Jahre vor jener Epoche, die auf Deutsch Aufklärung heißt und auf Französisch Les lumières. Leider Gottes zogen im Laufe der Zeiten wieder dunkle Wolken herauf, aber schließlich – mit einer gewiss bedauerlichen Verspätung – erwachte hier das Geistesleben zu neuer Freiheit. Das geschah unter der Schirmherrschaft der Österreicher und ist, so wage ich zu behaupten, bis heute ein überzeugender Beweis, dass Geist und Macht, selbst fremde Macht, sich glücklich verbinden können.»

Verschmitzt, als Pointe, fügte Millarski hinzu, dass in Krakau nicht nur der große Kopernikus gelehrt, sondern angeblich auch ein gewisser Johann Faust studiert hatte. Dies allerdings war nicht unzweifelhaft verbürgt. Hingegen stand fest, dass der deutsche Dichter Johann Wolfgang Goethe am 5. September 1790 mit seinem Herzog in der Stadt gewesen war. Leider war aus der Feder dieses Gastes nur wenig über den Besuch aufzuspüren.

Schierling winkte ab und erkundigte sich, ob es einen anderen, für die Feier besser geeigneten Raum gab. Millarskis Assistent schlug den Sitzungssaal der Philosophischen Fakultät vor. Dieser Saal lag im ersten Stock und sah, wie sich zeigte, wie Sitzungssäle in aller Welt aus. Der Generalgouverneur konnte sich in ihm kaum in Szene setzen. Um zu einem Ende zu kommen, erklärte Schierling trotzdem, er werde seinen Vorgesetzten den Saal empfehlen.

Anders, als er gehofft hatte, entkam er Millarski damit jedoch nicht. Der Professor hinderte ihn am Abgang, indem er ihm die Hand auf den Arm legte und sagte: «Wenn es nicht vermessen ist, bitte ich, dem Herrn Generalgouverneur, dessen Wirken als Präsident der Akademie für Deutsches Recht hier durchaus bekannt ist, einen Gruß auszurichten. Vielleicht interessiert ihn, was einem Polen wie mir, einem Gelehrten mit patriotischem Herzen, wenn ich mich selber so nennen darf, in diesen Tagen des Unglücks immer wieder durch den Kopf geht. Es gibt da ein polnisches Sprichwort, das einiges für sich hat. Es lautet: ‹Wer seinen Nachbarn hasst, entdeckt sogar an der Sonne Fehler.› Diesen Spruch habe ich einmal in einem Gespräch mit einem japanischen Kollegen zitiert. Er lachte und revanchierte sich mit einer japanischen Weisheit. Sie besagte: ‹Fluche einem Nachbarn, und du gräbst zwei Gräber›.»

Professor Millarski, dachte Schierling, war fraglos ein Patriot, aber der Herr im Wawel würde die feinsinnige Denkungsart des Germanisten, wenn überhaupt, nur privatim zu würdigen wissen. Achtundvierzig Stunden später sollte Kasimir Wladislaw Millarski dies ebenfalls am eigenen Leibe erfahren.

Gleich nach seiner Rückkehr aus dem Rektorat in die Burg erfuhr Schierling von Staatssekretär Zöllner, dass der Generalgouverneur den Termin von seinem Kalender gestrichen und den Kommandeur der Sicherheitspolizei mit der Wahrnehmung beauftragt hatte. In Absprache mit dem Reichssicherheitshauptamt sei als unerlässliche Maßnahme beschlossen worden, dem Treiben der polnischen Intelligenz ein Ende zu setzen. Mit dem Befehl, sich unbedingt im Hintergrund zu halten, schickte Zöllner den Regierungsrat Schierling und den Assessor Brodnow als Beobachter zum anberaumten Termin.

Der Polizeichef erschien pünktlich auf die Minute, marschierte – unerreichbar für die Begrüßung, die ihm der Rektor offensichtlich zugedacht hatte – zum Vortragspult, legte seine Mütze ab und ließ ein Gewitter von Vorwürfen auf die fast vollzählig erschienene Professorenschaft Krakaus herunterprasseln. Die Vorwürfe liefen allesamt darauf hinaus, dass die Universität den Vorlesungsbetrieb ohne Zustimmung der Besatzungsmacht hatte aufnehmen wollen. Als der Rektor zum Protest ansetzte, griff der Kommandeur nach seiner Mütze. In diesem Moment sprang die Tür auf, und auf der Bildfläche erschien ein Rollkommando der SS unter Führung Felix von Bachewskis. Der Gruppenführer bellte, dass alle anwesenden Polen verhaftet seien.

Schierling wendete sich ab, als ihn aus den Reihen der Gelehrten, die an ihm vorbeigetrieben wurden, Professor Millarskis Blick traf. Es war ein Blick, in dem sich Verzweiflung mit Verachtung mischte.

Nach dem Angriff der Wehrmacht auf den Nachbarn im Osten und ihren ersten Siegen im Blitzkrieg hatte der Kriegsherr seinen Rechtsführer ins Hauptquartier beordert und zum Generalgouverneur des Reststaates ernannt, der nach neuerlicher Teilung Polens übrig bleiben sollte. Die Brücke der Festung wurde hochgezogen; die Akademie zog mit Mann und Maus in Feindesland. Immerhin blieb es ihren Mitarbeitern erspart, sich die Sohlen von den Stiefeln zu laufen; sie reisten im Sonderzug. Aufgehalten durch immer neues Rangieren zwischen den Gleisen der Militärtransporte nach vorn und Gefangenentransporte nach rückwärts, erreichten sie in der zweiten Septemberwoche Posen. Johann Viktor Schierling war als Schatten des Stabsleiters dabei, der nun Staatssekretär war. Von Posen ging es, ebenso mühsam, weiter nach Lodz. Dort wurde Schierling mit Brief und Siegel des Führers und Reichskanzlers im Eilverfahren zum Regierungsrat ernannt, und im Hinblick auf kommende größere Aufgaben stellte ihm Zöllner einen erfahrenen Behördenmann als Gehilfen an die Seite. Dieser Oberinspektor Ernst Tetzlaff, wie die Personalakte verriet, Sohn eines Gemüsehändlers aus Magdeburg, erinnerte Schierling unliebsam an den Finanzkommissar Markmann in Wien. Nur saß Tetzlaffs Kopf, mitsamt Sardelle auf der Glatze, seltsam schief auf den Schultern, was bewirkte, dass der Mann nicht – wie Markmann – barsch von Natur wirkte, sondern servil. Schierling unternahm ein paar Tage lang Anläufe, ihn loszuwerden, dann ergab er sich in das Schicksal, dass er den ersten Untergebenen in seiner Laufbahn nicht ausstehen konnte. Tetzlaff brachte offenbar auch in dieser Hinsicht reichlich Erfahrung mit und benahm sich noch beflissener. Das Ärgerlichste war, dass er Schierling in jeder Verwaltungsfrage himmelhoch überlegen war. Mit Tritten in die Kniekehlen war zu rechnen.

Auch Lodz war nur eine Station auf dem Weg zum Ziel. Der Herrscher über Restpolen griff nach der alten Königsburg zu Krakau, die von diesem Tag an nicht mehr «Wawel» genannt werden durfte. Die Deutschen, so verkündete der GG, traten das Erbe der Ostgoten an, der Name «Wawel» war polnisch. Er gehörte in ein Zwischenzeitalter, das mit der Übernahme Krakaus durch das Deutsche Reich beendet war. Zu teilen hatte der GG seine Macht lediglich mit dem Höheren SS- und Polizeiführer, den der Reichsführer des Schwarzen Ordens Heinrich Himmler eigenmächtig als Beauftragten für die Festigung des deutschen Volkstums eingesetzt hatte. Dessen rechte Hand war Gruppenführer Bachewski.

Als Arbeits- und Wohnräume bezog Schierling in der Burg zwei feudale Gemächer in enger Nachbarschaft zum noch feudaler untergebrachten Staatssekretär. Tetzlaff bekam angrenzend seine Inspektorenstube mit Schlafkammer. Der Auftrag lautete, die Krakauer Juden unter Aufsicht zu halten. Die meisten von ihnen lebten im Stadtteil Kazimierz und sollten dort vorerst bleiben. Später sollten sie am anderen Ufer der Weichsel, in Podgorze, in ein Ghetto getrieben werden. Zöllner erläuterte den Plan: «Wie ich mir habe erzählen lassen, hat ein weitsichtiger Polenkönig Ende des fünfzehnten Jahrhunderts um die Judenstadt Kazimierz eine Mauer hochgezogen. Gerissen, wie die Kinder Israels sind, war die Mauer bald kein Hindernis mehr für sie, und sie breiteten sich wieder aus über Stadt und Land. Wir schaffen sie früher oder später nach Podgorze, wo sie leichter zu zernieren sind. Das alles geschieht unter unserer Verantwortung. Die Sicherheitspolizei hat Hilfsdienste zu leisten, mehr nicht.»

Ausdrücklich befahl Zöllner, dass allen Machtansprüchen der SS vorgebeugt wurde. Schierling fürchtete, dass dies leichter gesagt war als getan, und er sollte unverzüglich Recht bekommen.

Zöllners Gefolge hatte sich halbwegs in der Burg eingerichtet, als zwei unternehmungslustige Assessoren Schierling einen gemeinsamen Spaziergang in die Altstadt vorschlugen. Die Kollegen waren in seinem Alter und er wusste über sie kaum mehr, als dass sie Gerhard Freytag und Michael Brodnow hießen und Freytag gelernter Jurist und Laufbahnbeamter war, während man den Volkskundler Brodnow als wissenschaftlichen Hilfsarbeiter geholt hatte. Dass Brodnow leidlich Polnisch sprach, empfahl ihn als Begleiter. Außerdem hätte Schierling ihm und Freytag die knappe Freizeit verdorben, wenn er abgelehnt hätte. Die Burg privat zu verlassen, war aus Gründen der Sicherheit nur zu dritt gestattet. Die Erlaubnis dazu war von Fall zu Fall vom Vorgesetzten einzuholen. Die Dienstwaffe war mitzuführen.

Man zog also zusammen los. Die Stimmung der drei Stadturlauber lockerte sich von Minute zu Minute, bis sie vor den alten Tuchhallen auf dem Krakauer Markt, als wäre es inszeniert, dem Gruppenführer Bachewski über den Weg liefen.

Felix von Bachewski löste sich aus einer Gruppe von SS-Leuten, mit denen er die Hallen besichtigt hatte, steuerte auf Schierling zu, umarmte ihn fast, hakte ihn unter und zog ihn in eine Seitengasse, wo er einen Hausdurchgang ansteuerte. Wenn Freytag und Brodnow nicht von der nächsten Streife aufgegriffen werden wollten, blieb ihnen nichts weiter übrig, als sich anzuschließen. Der Durchgang führte auf einen Binnenhof, von dessen hinterster Ecke sie über eine Stiege in ein Kellergewölbe gelangten. Der Keller war eine Gaststube mit sechs grob zusammengezimmerten Tischen und Bänken. Es gab nur Kerzenlicht. Um so einladender roch es. Freytag und Brodnow sahen immer noch besorgt aus, und Schierling fühlte es ihnen nach. Bachewski beruhigte sie.

«Keine Angst, das ist kein Hinterhalt der Franctireurs», dröhnte er. «Die Partisanenkommandos sind erst im Aufbau begriffen und wir werden sie an die Wand stellen, bevor sie wissen, wie ihnen geschieht. Dies hier ist erkundetes und gesichertes Terrain. Den Hausherrn und Koch habe ich gestern Abend überzeugt, dass ich sein Freund bin. Er hat mich köstlich bewirtet. Mal sehen, ob er noch was in der Speisekammer hat für eure hungrigen Beamtenmägen.»

Der Wirt schien den Verlockungen der eigenen Speisekarte selten zu erliegen. Er war mager wie ein Hänfling. Seine Augen blickten in zwei verschiedene Richtungen zugleich, und er bemühte sich vergebens, das Zittern in seiner Stimme zu unterdrücken.

«Also, was kriegen wir auf den Tisch, Pan polski?», fragte Bachewski.

«Da wären noch zwei Enten», gab der Wirt vorsichtig, aber in bemüht kultiviertem Ton Auskunft.

«Wären sie, wären sie?», spottete Bachewski. «Ich wette, es sind vier, wenn nicht sechs oder acht, und sie liegen da und warten nur auf uns. Nimm vier. Vorher genügt die kräftige Suppe – du weißt schon welche, Pan polski. Und Wein muss natürlich auf den Tisch. Der kommt bitte sehr auf der Stelle.»

Der Wirt verbeugte sich und verschwand, um umgehend mit

einer Flasche Rotwein und einem Krug Wasser zurückzukehren. Bachewski kostete den Wein und nickte gnädig. Der Wirt schenkte ein.

«Netter Kerl», sagte der Gruppenführer, als der Hänfling wieder außer Hörweite war, «man muss ihnen nur klar machen, was man will, dann spuren sie. Aber zu Ihnen. Jon Schierlings Freunde sind auch meine Freunde. Ich weiß nur gern, mit wem ich es zu tun habe.»

«Man hat uns zusammengewürfelt», versuchte Freytag auszuweichen.

«Trösten Sie sich», sagte Bachewski, «die Vorsehung und das Genie des Führers schweißen alle Volksgenossen zusammen, auch die Beamten.»

Er nahm Freytag und Brodnow ins Verhör. Noch bevor die Suppe auf den Tisch kam, wusste er, was er wissen wollte, und sein Resümee ließ an Deutlichkeit nichts zu wünschen übrig. Wie Jon Schierling, sagte er, waren also die Assessoren Freytag und Brodnow Zöglinge von so genannten Gelehrtenschulen, sie waren Lateinschüler. In den Augen eines Realgymnasiasten wie des SS-Manns Bachewski waren sie somit Angehörige einer überzüchteten Rasse. In zwei Fällen kam erschwerend hinzu, dass es sich um Juristen handelte, vor deren Denkungsart der Führer mit seinem bewundernswerten Instinkt immer wieder warnte. Der Dritte im Bunde, Doktor Michael Brodnow, seines Zeichens Experte für Volkskunde, stand von Haus aus kaum weniger im Verdacht, ein Querkopf zu sein. Die Pflicht, ihre Treue zu beweisen, hätten im nationalsozialistischen Staat bekanntlich alle Wissenschaftler.

«Aber keine Angst, meine Herren», sagte Bachewski. «Sie bekommen Ihre Chance. Wie Sie dasitzen, traut man Ihnen zu, sich als Angehörige einer Elite zu bewähren. Wie sagte doch der Generalgouverneur neulich so richtig in der ersten gemeinsamen Sitzung mit uns … Warten Sie, ich habe es stenographiert …»

Er zog seine Brieftasche heraus und entnahm ihr einen Zettel.

«Sie wissen, dass der GG Kriegstagebuch führen lässt. Das wäre ein überflüssiger Aufwand, wenn er daraus nicht bei passender Gelegenheit zu zitieren gedächte. Folglich führen wir unsererseits Wortprotokoll über unsere Sitzungen mit ihm. Aus purer Vorsicht. Kann ja sein, der eine meint dieses und der andere versteht jenes – oder umgekehrt.»

Er wartete auf Zustimmung. Als sie ausblieb, las er von seinem Zettel ab: «Die Beamtenschaft, die der GG braucht, muss bestes Menschenmaterial sein, fachlich erstklassig, weltanschaulich gefestigt, der nationalsozialistischen Sache verpflichtet und von ihr begeistert, ja bis zum Fanatismus in ihr aufgehend. Was der GG nicht braucht, sind verkrachte Existenzen, eitle Ehrgeizlinge und Drückeberger, die sich schon beim Gedanken, sie könnten an die Front geschickt werden, in die Hosen machen. Auch hier ist die Front. Ans Werk gehen soll, unter dem Befehl des GG, eine gehorsame Elite.»

Bachewski legte eine Kunstpause ein.

«Jurist oder nicht, Experte oder nicht», befand er sodann, «Bewährung wird erwartet.»

Der Wirt brachte die Suppe. Sie war fett, aber schmackhaft. Was in ihr schwamm, knirschte und glipschte zwischen den Zähnen.

«Knorpel?», fragte Schierling misstrauisch.

Bachewski schlug sich vergnügt auf die Schenkel.

«Sag bloß, du kennst keine Kaldaunen», amüsierte er sich, «Kutteln, Pansen, Gekröse. Und so etwas hat Verwandtschaft auf dem Lande. Kutteln sind euch feinen Herrschaften natürlich nie auf den Tisch gekommen. Das Gesinde durfte sie sich in Segau am Schlachttag aus den Abfällen klauben. Lass sie dir von deiner Frau kochen. Ihre Mutter hat ihr bestimmt beigebracht, wie man sie zubereitet. Richtig gewürzt, schmecken sie köstlich, die Kutteln. Oder etwa nicht?»

Schierling gab es zu. Nach einer Schrecksekunde löffelte er seine Suppe weiter.

«Also», sagte Bachewski, «ich bin mit dem GG völlig einig. Herrenrasse ist Herrenrasse. Das hier ist kein polnischer Reststaat, sondern Kolonialgebiet außerhalb des Völkerrechts. Der Führer hat keinen Zweifel gelassen, was den Polen blüht. Schon in der Kampfzeit hat er gesagt, dass wir uns im Osten niemanden einfangen, um aus ihm einen Deutschen zu machen. Das hat Bismarck vergeblich versucht. Darum werden die rassisch fremden Elemente jetzt abgekapselt. Vor allem muss die polnische Führungsschicht für immer beseitigt werden. Der Rest der Polacken soll für uns schuften, bis er umfällt. Unnütze Fresser können wir uns nicht leisten.»

Der Wirt kam und fragte, ob er die Enten bringen dürfe.

«Wunderbar, Pan polski», lobte ihn Bachewski, «und bring die nächste Flasche Wein gleich mit.»

Er wendete sich an Assessor Brodnow. «Sie sagen, Sie sprechen Polnisch und Sie heißen Brodnow. Wieso Brodnow und nicht Brodnowski?»

Wenn das Kerzenlicht nicht täuschte, errötete Brodnow.

«Ich habe meinen Namen ändern lassen», gestand er. «Meine Eltern stammen aus Ostgalizien. Sie sind Volksdeutsche.»

«Interessant», fuhr Bachewski fort. «Hinter Przemysl am San warten früher oder später die größten Aufgaben auf uns. Dass der Führer die vierte polnische Teilung durchgeführt und den Bolschewiki vorläufig erlaubt hat, hinter dem San Quartier zu beziehen, kann nicht heißen, dass sie da drüben ewig hocken bleiben. Auch Stalin will das natürlich nicht. Er träumt davon, die Rote Armee im Morgengrauen wecken zu lassen und sie zum Rhein oder gleich bis zum Atlantik durchmarschieren zu lassen. Dem muss der Führer vorbeugen. Bevor die Rote Armee aufbricht, muss sich die Wehrmacht nach Moskau auf die Beine machen. Das ist kein Staatsgeheimnis, meine Herren, das liegt in der Logik der Sache. In dieser Logik liegt auch, dass dann der GG zupackt und das jetzt von den Russen besetzte Ostgalizien seinem Herrschaftsgebiet zuschlägt – Ostgalizien, die Wiege des Ostjudentums. Wir schätzen, dass dort zwischen einer halben und einer ganzen Million Juden leben, Orthodoxe, Chassidim, Liberale, Sozialisten. Mit ihnen werden wir viel Arbeit haben.»

Der Wirt brachte die Enten. Sie waren erwartungsgemäß vorzüglich. Die Gäste des Gruppenführers atmeten auf, als sich Bachewski, mit beiden Backen kauend, einem weniger verfänglichen Thema zuwendete.

«Der Volksgenosse Brodnowski», sagte er, «hat also seinen Namen in Brodnow geändert. Klug, vielleicht sehr klug. Ich bleibe trotzdem meinem Namen treu. Zu ihm gehört eine wunderschöne Geschichte. Die Familienchronik erzählt, dass im Jahre des Herrn 1352 ein polnischer Ritter namens Zygmunt Bachewski auf seinem stolzen Ross durchs Westfälische zog. Eines Abends pochte Zygmunt ans Tor der Wasserburg derer von Waldbrecht und bat um Quartier. Er erhielt Einlass, versank in den Anblick der Tochter des Burgherrn und betörte sie. Weil er ein Mann von Ehre war oder weil der Burgherr ihn andernfalls gepfählt und auf seinem Burgwall ausgestellt hätte, heiratete Zygmunt das schöne Mädchen, und sieben Monate später wurde beider Sohn Sigmund geboren. Ich bin Zygmunts Nachkomme. Zwei, drei Tropfen von Zygmunts Blut mögen folglich noch in meinen Adern fließen. Doch ich schwöre, der Ritter war ostgotischer Herkunft, und seither ist mein Stammbaum astrein. Polnisch spricht keiner mehr in der Familie. Nein, Namenswechsel kommt für mich nicht in Frage.»

Anschließend vertiefte sich der Gruppenführer mit Brodnow in einen Disput über Volkstumsfragen. Brodnow hielt sich gut. Dass Bachewski bis zum Abschied auf indiskrete Andeutungen über die Plessows und die Schierlings verzichtete, rechnete ihm Jon Schierling gebührend an. Trotzdem hasste er ihn.

Auf dem Weg zurück in die Burg achtete Schierling nicht auf das Gerede seiner Kollegen. In Gedanken rekapitulierte er, was Bachewski gesagt hatte, um herauszufinden, was der ehemalige Liebhaber seiner Mutter nicht gesagt hatte. Für sich behalten hatte er, was er von Schierling erwartete, aber es verstand sich von selbst. Er hoffte nach wie vor darauf, dass der wegen angeblichen Genies zum Regierungsrat ernannte Jon Schierling den SS-Sicherheitsdienst darüber auf dem Laufenden hielt, was im engsten Kreis des Generalgouverneurs vor sich ging. Doktor Zöllner über das Gespräch mit dem Gruppenführer auf dem nächtlichen Deck der *Sommerfee* nicht zu informieren, war eine Dummheit gewesen. Schierling beschloss, im Rahmen der nun fälligen Meldung damit herauszurücken. Es würde nicht leicht werden.

Der Wein wirkte nach, Schierling hatte Schwierigkeiten, die Dinge gründlich zu bewerten. Ohne weitere Ergebnisse brach er den Versuch ab. Auf dem Burghof verabschiedete er sich von Freytag und Brodnow, die den Tag mit dem Verbrauch ihrer Wodkarationen krönen wollten. Vor allem lag Schierling daran, ein paar Notizen wegzuschließen, die er auf dem Schreibtisch vergessen hatte. Verfasst waren sie in persönlicher Kurzschrift, aber sicher war sicher.

Als er auf dem Flur zu seinen Gemächern Tetzlaffs Zimmer passierte, öffnete sich dort plötzlich die Tür, und vor Schierling stand eine junge Polin vom Reinigungspersonal. Sie war ihm ein paarmal aufgefallen, weil sie auf appetitliche Weise hübsch war. Jetzt sah sie derangiert aus und heulte. Sie drückte sich an Schierling vorbei, und er ließ sie laufen. Die Tür stand halb offen. Im Hintergrund des Büros zog sich Schiefkopf Tetzlaff die Hosen hoch. Schierling musterte ihn wortlos, schloss geräuschvoll die Tür und setzte seinen Weg fort.

Fünf Minuten später klopfte es bei ihm. Auf sein «Herein» erschien Tetzlaff. Sein Bürokratengesicht war knallrot, aber jedes Haar der blödsinnigen Sardellenfrisur lag korrekt auf der Glatze.

«Ich melde …», sagte Tetzlaff.

«Ich habe keine Meldung befohlen», unterbrach ihn Schierling.

«Die Polin Ewa Matkowska ist Volksdeutsche», stieß Tetzlaff zwischen den Zähnen hervor.

Geschlechtsverkehr mit Polinnen war Beamten bei strenger Strafe verboten, «insbesondere Beamten in höherer Stellung». Tetzlaff befand sich nicht in «höherer Stellung». Trotzdem wollte er vorbeugen. Unzucht mit einer deutschen Abhängigen war ebenfalls verboten, und zwar unbesehen, ob ein Mädchen einvernehmlich beteiligt war oder Opfer eines unerwünschten Übergriffs wurde. Schierling sagte es Tetzlaff ins Gesicht. Er fügte hinzu: «Sie ist von Ihnen abhängig, auch wenn sie Ihnen nicht direkt unterstellt ist. Daran gibt es keinen Zweifel. Abgesehen davon, sah sie mir nicht nach Einverständnis aus.»

«Sie bekam es erst hinterher mit den Nerven.»

«Das behaupten Sie.»

«Ich schwöre ...»

«Vielleicht schwört das schöne Kind das Gegenteil. Der Eid einer Volksdeutschen ...»

«Wollen Sie mich ans Messer liefern?»

Tetzlaff verlor den Rest an Haltung, den er bis jetzt mühsam bewahrt hatte.

«Hören Sie, Herr Doktor», sagte er, «ich bin zehn Jahre älter als Sie, aber ich habe auch Saft im Leibe. Ich weiß nicht, wie es Ihnen geht, die Aufregungen fern der Heimat wirken ...»

«Stimulierend? Auf Sie, einen Ausbund von Korrektheit? Wir wollen nicht privat werden.»

Tetzlaff riss sich wieder zusammen.

«Ich bitte um Entscheidung, was geschehen soll.»

Schierling nahm sich Zeit nachzudenken. Dann legte er sich ein Blatt Papier zurecht und griff zum Füllfederhalter.

«Ich verrate es Ihnen», sagte er, «wir setzen ein ausschließlich für die Augen von Doktor Zöllner bestimmtes Protokoll auf. Sie unterschreiben es. Ich füge eine Notiz hinzu, in der ich anrate, sich zwecks Vermeidung einer andernfalls unvermeidlichen Störung des Dienstbetriebs damit zu begnügen, das weitere Verhalten der Beteiligten zu beobachten.»

Tetzlaff rang um eine taugliche Form, seinen Dank abzustatten. Schierling winkte ab. Dass sein Untergebener fortan Wachs in seiner Hand sein musste, genügte ihm. Erst später am Abend gestand er sich ein, dass er es genossen hatte, den ihm ausgelieferten Oberinspektor zu quälen.

Am anderen Morgen schloss Zöllner das Tetzlaff-Protokoll mit dem denkbar knappsten Kommentar in seinen Schreibtisch.

«So etwas stört in der Tat nur», sagte er, «aber haben Sie ein wachsames Auge auf den Herrn.»

Schierling nutzte die Gelegenheit und meldete, dass er zwei Treffen mit Bachewski gehabt hatte.

«Gleich zwei? Berichten Sie.»

Zöllner war verärgert, als er hörte, dass die erste Begegnung Monate zurücklag.

«Besser ein spätes Geständnis als gar keins», grollte er, als Schierling fertig war. «Ich bitte mir aus, künftig sofort unterrichtet werden. Wenn möglich, im Voraus. Halten Sie sich daran.»

Schierling legte Zerknirschung in seine Verbeugung und beeilte sich, aus Doktor Zöllners Zimmer zu kommen.

In ihrem Siegestaumel hatte die Führung vergessen, dass es in der Welt noch unbesetzte Gebiete gab. Sobald die Massenverhaftung der Professoren im Collegium Novum bekannt wurde, alarmierten die Angehörigen, auf welchen Wegen auch immer, Kollegen und Freunde im neutralen Ausland, vor allem in den Vereinigten Staaten. Dort rieben sich Bewohner der Elfenbeintürme den Schlaf aus den Augen und riefen zu Solidaritätserklärungen auf. Die Professoren waren inzwischen in Konzentrationslager gebracht worden, die meisten von ihnen nach Sachsenhausen. Jetzt häuften sich nicht nur auf Berliner Schreibtischen die Protestschreiben, auch die Post des Generalgouverneurs sprach Bände. Anders als erwartet, stellte sich in Krakau, trotz erheblichem Gegendruck der Gestapo, ebenfalls keine Ruhe ein. Die Angehörigen der Häftlinge ließen nicht locker, und der GG wurde nervös. Ihm war es um seine internationale Reputation zu tun. Darum erhielt der Staatssekretär Befehl, den Schaden zu begrenzen.

An Zöllners Seite betrat Schierling zum ersten Mal das Quartier der Gestapo in der Ulica Pomorska. Nüchterne Zimmer und unentwegtes Strammstehen, Hackenzusammenschlagen und Armehochreißen signalisierten eine andere Welt als jene des GGs und seines Gefolges, die sich in der Burg von Tag zu Tag mehr in die eleganten Manieren der Renaissance einlebten. Fraglos hatten die Krakauer Professoren schon auf dieser Zwischenstation einen Vorgeschmack auf Gefängnis und Lager bekommen. Schierling dachte an Professor Millarskis erschüttertes Gesicht bei der Verhaftung. Angenehmer war es, sich vorzustellen, dass der alte Herr die vornehme Haltung bewahrt hatte, aber wahrscheinlich war es nicht.

Zur Verhandlung empfing Felix von Bachewski die Abgesandten der Burg. Er tat überrascht, als Doktor Zöllner die Bedenken des Generalgouverneurs erläuterte. Der Reichsführer SS, sagte Bachewski, folgte der Auffassung der Sicherheitspolizei am Ort. Man sah hier die Dinge grundsätzlich anders als der GG. Die Aktion im Collegium Novum stand nicht nur im Einklang mit der erklärten Polenpolitik Adolf Hitlers; sie war deren erste spektakuläre Manifestation nach dem Sieg im Blitzkrieg, welcher der Welt gebührend in die Knochen gefahren war. Jetzt einzulenken und die Krakauer Professoren nach Hause zu schicken, musste sich als schwerer Fehler erweisen. Wenn die deutsche Besatzungsmacht sich der so genannten Weltmeinung fügte, sah sie zwangsläufig wie ein Verein von Hampelmännern aus, und nach einer Befreiung dank der Unterstützung von Kollegen im neutralen Ausland hatten die Professoren ganz gewiss nichts Eiligeres zu tun, als im Generalgouvernement Unruhe zu stiften. Hinzu kam, dass die Juden von New York bis Schanghai das Schicksal ihrer Leute schon jetzt an die große Glocke hängten. Es musste ihnen neuen Mut machen, wenn die Polen mit ihren Appellen Erfolg hatten. Der Lärm, den die Kinder Israels schlugen, musste sich zum Crescendo steigern. Die Folgen von Humanitätsduselei lagen auf der Hand.

Zöllner war nicht beeindruckt. Dem Generalgouverneur, sagte er, ging es nicht um Humanität. Die Verwaltungen der ehemals polnischen, nun dem Reich eingegliederten Gebiete machten sich einen Sport daraus, jede unliebsame Person ins Gouvernement abschieben und sämtliche Probleme vor den Toren der Burg abzuladen. Oder sie versuchten es wenigstens. Infolgedessen näherte sich die Versorgungslage der Bevölkerung und mit ihr die Produktivität im Gouvernement dem Nullpunkt. Ohne Verschulden der Verwaltung, allein aufgrund der Umstände, waren die Zahlen schon jetzt die schlechtesten im ganzen Herrschaftsgebiet. Was die Verwaltung am wenigsten brauchte, war ein Nebenkriegsschauplatz.

«Wer nicht arbeitet, soll auch nicht essen», sagte Bachewski, «das glauben nicht erst wir Nazis.»

«Diese Weisheit hilft uns keinen Schritt weiter», sagte Zöllner. «Mit ihr produzieren Sie Leichenberge. Wollen Sie die Toten von den Straßen räumen?»

«Man könnte über eine industrielle Verwertung nachdenken», scherzte Bachewski. Er wollte keinen Millimeter zurückweichen.

«Wenn dies wirklich Ihre Haltung ist, bleibt dem GG nichts übrig, als selber ins Hauptquartier zu reisen und dem Führer die Situation darzulegen», konterte Zöllner.

Bachewski hatte offenbar mehr Spielraum, als er bisher hatte erkennen lassen.

«Also gut», sagte er, «wir machen einen Versuch. Wir entlassen ein paar ältere oder kranke Professoren und beobachten die Reaktion. Danach soll sich der GG mit dem Reichsführer SS über die endgültige Entscheidung einigen.»

Diesmal ließ sich Zöllner Zeit mit seiner Antwort. Anscheinend kam er zu dem Ergebnis, dass mehr nicht zu erreichen war. Nach seiner demonstrativen Bedenkpause akzeptierte er Bachewskis Vorschlag. Man verabschiedete sich, und Bachewski begleitete seine Gäste zum Wagen. Wieder schlugen rechts und links Stiefelhacken zusammen und flogen Arme zum Himmel. Der einzige Formfehler war, dass Bachewski beim Abschied Jon Schierling freundschaftlich die Hand auf die Schulter legte.

«Er zieht alle Register. Fallen Sie nicht darauf herein», warnte Zöllner, als sie im Auto saßen. «Den ersten und schwersten Fehler hat leider der GG persönlich gemacht, als er es zuließ, dass ihm Himmler ein Stück Macht abknöpfte.»

Die ersten Professoren kehrten schon vierzehn Tage später nach Krakau zurück. Unter ihnen war – wie es hieß, aus Altersgründen – Professor Millarski. Schierling kämpfte mit der Versuchung, den alten Herrn wissen zu lassen, dass jetzt alles von einer besonnenen Haltung auf polnischer Seite abhing, aber er wagte nicht, die Verbindung aufzunehmen. Zum Glück waren die Polen selbst klug genug, den Mund zu halten, und in erstaunlich kurzer Frist waren alle Gelehrten zu Hause. Es war das erste Mal, dass eine Gruppe von Häftlingen auf einen Schlag aus dem KZ entlassen wurde. Bis zum Schluss sollte es das einzige Mal bleiben.

Alte Männer im Kaftan wichen in den Rinnstein aus, um Jon Schierling und seinem Begleiter Michael Brodnow den Bürgersteig freizugeben. Junge Juden verschwanden in Hauseingängen. Mütter zerrten ihre Kinder von der Straße. Schierling und sein Kollege trugen Zivil. Wer sie waren, erkannten die Bewohner des Stadtteils Kazimierz dennoch auf den ersten Blick. Seit der Verhaftung der Professoren im Collegium Novum waren die Polen in ganz Krakau alarmiert; die Juden unter ihnen hatten sich schon vorher keine Illusionen gemacht, mit welchen Absichten die Deutschen in die Stadt gekommen waren. Dafür, dass kein Jude vergaß, was für ihn auf dem Spiel stand, sorgten an jeder zweiten Straßenecke Militär- und SS-Streifen. Trupps von Volksdeutschen verstärkten die Ordnungspolizei. Sie waren nicht nur an ihren Gewehren und an ihren Armbinden zu erkennen, sondern auch an ihrem Auftreten. Schierling und Brodnow traten vergleichsweise elegant auf; das konnte nur heißen, dass sie noch mehr Macht hatten als andere Deutsche. Ihnen war zuzutrauen, dass sie ohne Umstände eine Hinrichtung von Juden vollstreckten oder ihren Tod befahlen.

Schierling beobachtete Brodnow aus den Augenwinkeln. Dem Kollegen war nicht wohl in seiner Haut. Schierling ging es nicht besser. Ihm gelang nicht, sich aus dem Kopf zu schlagen, was in Wien Aron Feldmann gesagt hatte. Die Opfer forderten durch ihre Schwäche die Aggression der Täter heraus. Die Tat des Täters musste nicht mehr sein als ein Reflex auf die Schwäche des Opfers. Schierlings Machtinstinkt schoss ins Kraut. Es war gut, den Kollegen neben sich zu wissen.

Brodnow hatte Schierling bei engerem Umgang für sich eingenommen. Er kannte sich aus in polnischer Geschichte, auch in der Geschichte der Juden in Polen, aber er machte nichts von sich her. Michael Brodnow war ein nachdenklicher Mensch.

Sie waren auf dem Weg ins alte Rathaus von Kazimierz. Ein Judenrat sollte eingesetzt werden. Zu Fuß zu gehen, hatte Brodnow vorgeschlagen. Es könne helfen, das Bild der Stadt nicht allein vom Auto aus, möglichst im Hundertstundenkilometertempo, in sich aufzunehmen. Schierling ging es nicht nur um das Stadtbild. Seine Gefühle gerieten aus geringsten Anlässen in Aufruhr. Er musste lernen, sie zu beherrschen. Der Gang durch die Judengassen war eine gute Übung.

Der Judenrat sollte aus Mitgliedern der orthodoxen und der liberalen jüdischen Gemeinde Krakaus gebildet werden. Voraussetzung, um zum Sprecher der Juden erkoren zu werden, war Ansehen bei den Glaubensgenossen. Um dies sicherzustellen, sollten Wahlen angesetzt werden. Um Scheinwahlen handelte es sich insofern, als die deutschen Behörden die Listen penibel zu kontrollieren hatten. Der Rat von volksdeutschen Beamten der ehemaligen polnischen Verwaltung, die den neuen Herren ihre Dienste angeboten hatten, war mit gebührender Vorsicht zu nutzen. Zumindest während einer gewissen Anlaufzeit sollten Konflikte möglichst vermieden werden. Es genügte, den Judenräten beizubringen, dass sie die einzige Pflicht hatten, jeden Befehl deutscher Dienststellen auszuführen.

Zöllners Anweisungen waren eindeutig. Die Frage war, ob sie sich mit den Befehlen deckten, die Gruppenführer Bachewski dem Mann mitgab, den er zur Sitzung schickte. Angekündigt war ein Sturmbannführer namens Paul Schnittke, den Schierling nicht kannte. Eine vorbereitende Sitzung war anberaumt worden, aber nicht zustande gekommen. Womöglich hatte Bachewski den Termin platzen lassen, weil Zöllner, wie sich gezeigt hatte, dank dem direkten Auftrag des Generalgouverneurs am längeren Hebel saß.

Schnittke wartete schon im Rathaus, als Schierling und sein Begleiter dort eintrafen. Der Sturmbannführer erwies sich als Quadratschädel aus Ostpreußen. Die Bauernschläue war ihm in den Schweinsaugen abzulesen. Sich auf ein gemeinsames Vorgehen zu verständigen, erklärte er für überflüssig. Offensichtlich wollte er das Wort an sich reißen und die Richtung bestimmen. Schierling verwies auf die Zuständigkeit des Generalgouverneurs und verbat sich in Gegenwart von Juden jede deutsche Meinungsverschiedenheit.

«Einverstanden», sagte Schnittke, «das Zanken überlassen wir ihnen. Wie ich höre, sind die Jidden einander nicht grün. Wir knoten ihre Bärte zusammen und lassen sie aufeinander eindreschen, bis die Nasen bluten.»

«Liberale Juden tragen keine Bärte», stellte Brodnow richtig. Es klang so kühl wie verächtlich.

«Dann fesseln wir Sie mit ihren Gebetsriemen aneinander», schlug Schnittke vor.

«Nichts dergleichen», fuhr Schierling auf. «Wir weisen sie an, was zu geschehen hat, und setzen ihnen Termine. Dann schicken wir sie zu ihren Leuten zurück.»

«Im Ernst?», fragte Schnittke.

«Es ist mein Ernst», sagte Schierling, «und es ist das, was der GG angeordnet hat.»

«Spielverderber», grollte Schnittke.

«Von Spiel ist keine Rede», sagte Schierling in noch schärferem Ton. «Sie fügen sich den Anordnungen, oder die Sache läuft ohne Sie ab.»

Schnittke fügte sich, und Schierling ließ die Juden ins Zimmer rufen. Nach einer Viertelstunde wussten sie, was sie zu tun hatten, und wurden wieder entlassen.

«Ich mache selbstverständlich Meldung», sagte Schnittke.

«Tun Sie, was Sie nicht lassen können», erwiderte Schierling.

Schnittke verzichtete auf eine Antwort. Sein Heil Hitler klang bösartig. Michael Brodnow äußerte sich nicht zum Verlauf des Treffens. Er fragte nur, ob er einen Wagen rufen lassen sollte.

«Wir gehen zu Fuß», entschied Schierling.

Er war sicher, bei dem Kollegen Pluspunkte gesammelt zu haben.

Unter dem Siegel der Verschwiegenheit ließ die Satrapin wissen, sie bedaure, dass ihr Gatte verboten habe, die Burg weiterhin Wawel zu nennen. Burgen gebe es viele, den Krakauer Wawel nur einmal. Der Einzug der Frau des Generalgouverneurs in die Gemächer der polnischen Könige gestaltete sich atemberaubend. Sie ergriff von ihnen Besitz, als hätte der Hügel über der Stadt Jahrhunderte auf sie gewartet und sie wäre für diesen Moment ihres Lebens geboren. Ihre Huld leuchtete allen, die sich vor ihr verneigten, und Johann Viktor Schierling wurde ihr Favorit. Nur mit Mühe verhinderte der Staatssekretär, dass die Dame Schierling offiziell als Kammerherrn in ihre Dienste nahm. Michael Brodnow, inzwischen ein guter Freund Schierlings, sah sich zu der Warnung veranlasst, dass man auf die Gnade hoher Frauen besser keine Zukunft baue. Schierling hatte es sich schon selber gesagt, wusste aber nicht, wie er sich den Bekundungen der Gunst entziehen konnte. Andeutungen von leichtfertigen Scherzen, flüchtige Berührungen, dann und wann ein protokollwidriges Du waren nicht misszuverstehen. Die Frage war, wann die Falle zuschnappte. Dies geschah, als der GG im gepanzerten Sonderzug zu einer Reise kreuz und quer durch sein Reich aufbrach und der Staatssekretär ihn begleitete, während Jon Schierling als Stimme seines Herrn in der Burg zurückblieb.

Am Abend ließ die Satrapin Schierling zu sich bitten. Im dritten Königsgemach erwartete sie ihn unter einem strahlendem Kronleuchter, der die junogleiche Gestalt mitsamt klassischer Frisur vorteilhaft zur Geltung brachte. Das Gewand sollte dem Ort der Begegnung angemessen sein. Es war einem Kleid nachempfunden, das Schierling von einem Bildnis der Königin Jadwiga kannte. Die Burgherrin sah in der Tat imponierend aus. Sonst war nur ein etwas klappriger Diener anwesend. Er hing an den Lippen seiner Herrin und erfüllte ihr jeden Wunsch, bevor sie ihn aussprach.

«Ich brauche Gesellschaft», gestand die Satrapin.

«Wie gnädige Frau befehlen», sagte Schierling.

«Nennen Sie mich nicht gnädige Frau, nennen Sie mich Jadwiga, Herr Doktor.»

Schierling schluckte trocken. Der Diener reichte Wein.

«Ein kleiner Imbiss», Jadwiga deutete auf den Tisch, «nehmen wir doch Platz.»

Sie winkte dem Diener, und es wurde aufgetragen. Der Imbiss begann mit einer Suppe. Sie war von erlesenem Geschmack. Gekröse schwamm nicht in ihr.

«Einen Nachteil hat der Wawel doch», bemerkte Jadwiga. «Es fehlt an intimen Räumen. Davon abgesehen, genieße ich hier jede Stunde. Wie geht es Ihnen in dieser Umgebung?»

«Ich genieße sie ebenfalls», gestand Schierling, «das heißt, sofern mir der Dienst Zeit dazu lässt.»

«Herr Zöllner ist ein sehr anspruchsvoller Chef, habe ich Recht?»

«Ich wünsche mir keinen anderen.»

«Jeder weiß stets, was er von einem verlangt. Das ist gut so, aber Zöllner ist aus hartem Holz. Soviel ich weiß, stammt er aus kleinen Verhältnissen und musste sich an die Spitze durchbeißen. Geprägt hat ihn die Kampfzeit. Sie hat auch die intelligenten Parteigenossen geformt. Mein Mann sieht in Doktor Zöllner den guten Juristen, einen sehr guten Juristen. Ich gebe ihm und Ihnen Recht, die Zeiten schreien nach Männern, die mit Widrigkeiten fertig werden. Herr Zöllner ist so ein Mann. Erzählen Sie mir von Ihrer Arbeit.»

«Ich bitte um Pardon?»

Jadwiga lächelte verständnisvoll.

«Ich begreife», sagte sie, «Dienstgeheimnis ist Dienstgeheimnis, selbst der Königin gegenüber.» Mit einem neckischen Augenaufschlag fügte sie hinzu: «Ich weiß natürlich, dass man mich die Königin nennt. Also erzählen Sie mir, woher Sie kommen und wer Ihre Leute sind.»

Schierling beschloss, Jadwiga den Gefallen zu tun. Besonderes Interesse bekundete sie an den Plessows und an Segau. Dass Bettina und Schierling Turniere geritten hatten, beeindruckte sie ebenfalls. Das Thema reichte, bis der Wildschweinbraten abgetragen wurde. Beim Dessert und erst recht beim Cognac wurde Jadwiga melancholisch. Auf ihren Wink öffnete der Diener eine Tapetentür. Zum Vorschein kam ein Grammophon. Der Diener setzte es in Gang. Ein Tango ertönte.

«Danke, Friedrich», sagte Jadwiga, «bring uns noch einen Cognac, dann kannst du gehen.»

Friedrich schenkte Cognac nach und verschwand. Jadwigas Blicke folgten ihm freundlich.

«Eine gute Seele», sagte sie, «und verschwiegen. Noch auf der Folter würde er schweigen und klaglos seinen letzten Atem für mich aushauchen.»

Sie seufzte.

«Die Frauen führender Nationalsozialisten», fuhr sie fort, «haben ein Problem. Wenn sie und ihre Männer eigenen Verstand und eigenen Willen haben, ein eigenes Leben also, dann haben sie dieses Problem nicht unbedingt zu Hause. Der GG ist ein großzügiger Mann. Ich bin ebenso großzügig. Nein, das Problem von Frauen wie mir ist kein Geringerer als Adolf Hitler. Bei allem Genie hat er doch eine sehr enge Auffassung vom Wesen und von der Rolle der Frau. Heim und Herd und Kinder, davon möglichst viele, wie der Reichsführer SS hinzufügt, sanft, treu sorgend, aufopfernd vom frühen Morgen bis in die späte Nacht – das soll die deutsche Frau sein. Und so bleiben brave Gattinnen und Mütter an besagten Herden hocken und hüten die Kinderchen, während ihr Liebster die Welt erobert. Sie trösten ihn in schweren Stunden mit ihrer Liebe, und falls ihn die Pflichterfüllung das Leben kostet, weinen sie stolz um ihn. Die weniger braven Frauen müssen im Geheimen sündigen.»

Der Tango verklang. Jadwiga erhob sich, legte eine andere Platte auf, ebenfalls einen Tango, und tanzte solo ein paar Schritte. Im

Vorübergleiten fasste sie nach Schierlings Hand, zog ihn auf die Füße und schmiegte sich an ihn. Es gab noch eine zweite Tapetentür. Jadwiga öffnete sie im Tanz. Hinter der Tür lag eine Kemenate, in der ein barockes Bett stand. Jadwiga zog Schierling in das geheime Zimmer. Sie löste einen großen Schildplattkamm aus der Griechinnenfrisur. Das Haar fiel ihr auf die Schultern. Sie sah um Jahre jünger aus.

«Verriegel die Tür», verlangte sie.

Schierling zögerte. Er dachte flüchtig an Rosemarie. Er dachte auch an die abschreckenden Erfahrungen des tugendhaften Joseph mit dem Weib des Kämmerers Potiphar in Ägypten. Dann gehorchte er.

Sie saßen zu dritt beim Hänfling. In Abwesenheit Bachewskis bewirtete der Pole Schierling und die beiden Assessoren anscheinend lieber. Sein Bedauern, dass er ihnen nur Gemüsesuppe und drei Scheiben Hammelbraten anbieten konnte, klang echt. Wie beim ersten Besuch saßen keine anderen Leute in seinem Lokal, was für seine Wahrheitsliebe sprach, wenn seine angestammte Kundschaft nicht später aufzutauchen pflegte. Zum Trost versicherte er, er werde das Beste aus seinen knappen Vorräten machen, und verschwand in der Küche, wo er demonstrativ mit dem Geschirr klapperte. Seine Gäste sollten sicher sein, dass er ihnen nicht zuhörte.

Schierling beglückwünschte sich, dass seine Freundschaft mit den Assessoren auf gutem Weg war. Während Freytag die Rolle des nüchternen Kritikers übernommen hatte, schaffte Brodnow unermüdlich Nachrichten heran. Seine Verbindungen zu anderen Dienststellen waren für Verbündete überaus nützlich; für Gegner konnten sie unangenehm werden. Die Troika bewährte sich mehr und mehr.

Auch für diesen Abend hatte Brodnow Neuigkeiten versprochen, aber er machte es spannender als sonst und verlangte ausdrücklich, dass man ihn nicht nach seiner Quelle fragte. Schierling machte darauf aufmerksam, dass er sich längst abgewöhnt hatte, auf

Auskünfte zu drängen, die Brodnow nicht freiwillig herausrückte. Auch Freytag nahm es für sich in Anspruch.

«Also gut», sagte Brodnow, «es geht um Bachewski. Wie wir wissen, müssen wir uns hüten, ihn zu unterschätzen. Wer sagt uns, dass ihm der Hänfling unsere Unterhaltungen nicht mit der nächsten Suppe brühwarm auftischt?»

«Der Hänfling schwitzt in der Küche», stellte Freytag fest. «Was ist los mit Bachewski?»

«Ich weiß nicht, wie es Ihnen gegangen ist», sagte Brodnow, «aber ich habe ihm die Geschichte vom Ritter Zygmunt und dem westfälischen Burgfräulein keine Sekunde geglaubt. Also bin ich ihr nachgegangen. Die Wahrheit sieht anders aus, und sie passt schlecht zu einem Getreuen Heinrich Himmlers. Jener Zygmunt Bachewski nämlich, mit dem unser Gönner angegeben hat, ist nicht etwa anno 1352 nach Deutschland getrabt. Er traf dort erst ein halbes Jahrtausend später ein. Zygmunt gehörte zu den Zöglingen der Warschauer Kadettenschule, die im November 1830 den Palast des Gouverneurs stürmten, den hohen Herrn, immerhin einen Großfürsten und Bruder des Zaren, aus dem Bett warfen, einen Adjutanten erschossen und den Polizeichef abstachen. Als die Russen den Aufruhr niedergeschlagen hatten, floh Zygmunt wie viele seiner Kameraden gen Westen. Er kam bis Bielefeld und warf sich dort der Tochter eines Schneidermeisters in die Arme, über den nur bekannt ist, dass er ein wohlhabender Mann war. Das Mädchen teilte offenbar die seinerzeit in deutschen Landen grassierende Begeisterung für polnische Freiheitshelden. Dass Zygmunts Taschen leer waren, wird den Brautvater nicht gestört haben. Genug Geld hatte er selber, und unverhofft sollte blaues Blut in die Familie kommen, wenn auch nur polnisches.»

«Armer Felix von Bachewski», sagte Freytag, «hoffentlich stößt Reichsheini nicht einen Tages mit der Nase auf den Stammbaum des Gruppenführers. Der Schneidermeister war nicht zufällig Jude?»

«Er wird ein fälischer Arier gewesen sein», bedauerte Brodnow. «Sein Sohn, der Schwager Zygmunts, wanderte in den Gründerjahren nach Berlin ab und stampfte dort eine Hemdenfabrik aus dem Boden, machte Geschäft mit Kaisern und Republikanern und versteht sich auch heutzutage blendend mit Staat und Partei.»

Der Hänfling werkelte noch immer in seiner Küche. Der Ton lockerte sich bedenklich. Schierling hielt es für ratsam, das Thema zu wechseln.

«Ich darf von der Information Gebrauch machen?», fragte er.

«Ich bitte darum, sie vertraulich zu behandeln», sagte Brodnow, «der Quelle wegen.»

«Soll geschehen», sagte Schierling, «aber vergessen wir den Ernst des Lebens nicht ...»

Der Hänfling brachte die Suppe. Er hatte nicht zu viel versprochen. Sie schmeckte den Gästen.

«Welchen Ernst?», fragte Freytag.

«Der Staatssekretär», sagte Schierling, «denkt auf Anregung des Armeeoberkommandos über Gelegenheiten zur Truppenbetreuung nach. Natürlich will er die Hand auf das Alte Theater legen, aber das reicht ihm nicht. In Kazimierz gibt es ein halbes Dutzend Synagogen. Eine oder zwei als Veranstaltungsräume zu nutzen, liege nahe.»

«Ich bitte um Nachsicht, aber die Juden werden sich nicht klaglos aus den Tempeln treiben lassen», sagte Freytag.

«Den Tempel in Jerusalem haben ihnen die Gojim zweimal zerstört», sagte Brodnow. «Vor zweieinhalb Jahrtausenden der Babylonier Nebukadnezar und siebzig nach Christus der Römer Titus noch einmal. Beide Male folgten die Juden am Ende dem Propheten Jeremia, der es meschugge genannt hatte, statt auf das Leben auf den Tod zu setzen. Sie packten die heiligen Geräte zusammen und gingen ins Exil. Sie hoffen noch immer, dass ihnen Jahwe zur Rückkehr nach Jerusalem verhilft und ihnen erlaubt, den Tempel wieder aufzubauen, wenn sie nur ihre Jüdischkeit bewahren. Sie werden jammern, wenn wir in Kazimierz ihre Synagogen schänden, aber wenn wir ihnen die Kultgegenstände lassen, wird ihr Kummer sich in Grenzen halten. Sie werden mit den Thorarollen und den siebenarmigen Leuchtern ausziehen aus dem Bethaus, dankbar, wenigstens sie gerettet zu haben. Allerdings ...»

«Allerdings?», fragte Schierling.

«Wir müssen unterrichtet bleiben, wohin sie die Sachen tragen. Kann sein, jemand erhebt Anspruch darauf.»

«Welcher jemand?»

«Man denkt daran, eine zentrale Treuhandstelle einzurichten, die alles sammelt, was die Juden am Tage ihrer Umsiedlung zurücklassen, vor allem ihre Kultgegenstände. Da wird einiges zusammenkommen, und man will sichergehen, dass nichts von Wert verschwindet. Notfalls sollen zur Beratung bis auf weiteres jüdische Museumsleute herangezogen werden.»

«Und wo will man die Schätze unterbringen? Der GG bevorzugt christliche Kunst. Im Wawel wird schon jetzt der Platz an den Wänden knapp.»

«Man denkt an Prag, und auch dort nicht an den Hradschin, sondern ans Viertel um den Alten Judenfriedhof.»

«Die Goldene Stadt ein Museum der Jüdischkeit ohne Juden», meinte Freytag.

«Es wäre gut zu wissen, wer ‹man› ist», fragte Schierling.

«Himmler oder Heydrich», sagte Brodnow. «Welcher von beiden, weiß ich nicht.»

«Zuzutrauen ist es beiden. Versuchen Sie, es herauszukriegen.»

«Ich bin dabei.»

Der Hänfling trug den Hammel auf. Der Braten war wieder hervorragend gelungen.

«Ich will mehr wissen über die Jüdischkeit», sagte Schierling.

«Wenn Sie wollen, besorge ich Ihnen einen Hauslehrer», bot Brodnow an.

Die Stunden mit Königin Jadwiga wurden zur Routine. Sie klagte bei Tisch über Langeweile. Im Bett fand sie an ihrem Kavalier noch Vergnügen, aber es war abzusehen, dass sie auch davon bald genug hatte. Der Generalgouverneur, so klagte sie, litt unter ihren Launen und reagierte mit deutlichem Ärger. Er hatte schon früher zur Bedingung gemacht, dass ihre Eskapaden ihn nicht belästigten. Sie sollten im Gegenteil für Auftrieb im Ehebett sorgen.

Schierling sah die Entwicklung nicht ungern. Mit den Liebesdiensten musste Schluss sein. Soweit er wusste, waren sie für den Hofstaat des Generalgouverneurs tabu. Gelegentlicher Spott Zöllners, Brodnows oder Freytags galt dem Günstling Jadwigas, nicht ihrem Galan. Von anderer Seite war Schierling nicht die leiseste Anspielung zu Ohren gekommen. Die hemmungslosen Spiele im geheimen Boudoir waren dem Gefolge des Generalgouverneurs entweder tatsächlich verborgen geblieben, oder jedermann fürchtete den Zorn des Herrn über den Wawel und vermied es peinlich, sich den Mund zu verbrennen. Doch das musste nicht so bleiben. Inzwischen nisteten sich die Frauen der Kollegen in Krakau ein, was das Risiko, doch noch das Opfer von Geschwätz zu werden, zweifellos vergrößerte. Schwerer wog, dass Rosemarie zwar erklärt hatte, ihr sei schon ihres Sohnes wegen Potsdam lieber als Krakau. Nach allgemeiner Auffassung, auch nach der des Staatssekretärs, gehörte sie jedoch an die Seite ihres Mannes. Schierling hatte sie deswegen mehrfach gedrängt, ihn wenigstens zu besuchen.

Ihr Brief mit der Nachricht, dass sie sich zu ihrem Mann auf den Weg machen wolle, traf Anfang Februar ein. Schierling teilte es Jadwiga noch am selben Abend mit. Sie reagierte, wie er es erwartet hatte.

«Die schönste Affäre», sagte sie, «ist nicht von Dauer. Das liegt in der Natur der Sache. Die Jon Schierling betreffende Episode in meinem Leben findet also ihr Ende. Bleiben wir Freunde.»

Diesmal wurde der alte Friedrich nicht vor die Tür geschickt. Das Boudoir sah Schierling nicht wieder, und schon am nächsten Morgen brauchte er seinen Kopf für andere Dinge.

Oberinspektor Tetzlaff riss sich beide Beine aus, um Rosemarie Schierling den Aufenthalt in Krakau so angenehm wie möglich zu machen. Als getreuer Fridolin zeigte er ihr den Wawel vom Keller bis zum Dachboden und anschließend kreuz und quer die Stadt. Er weihte sie in das ein, was er etwas geschraubt die herrschenden Umstände nannte, und bereitete seine Schutzbefohlene sachkundig auf bevorstehende Auftritte vor. Er war dabei, als sie auf dem Burghof dem Generalgouverneur in den Weg lief. Dessen Blick fiel wohlgefällig auf die junge Frau, und es war ein erhebender Moment im Leben des Oberinspektors, als er sie seinem obersten Chef vorstellen durfte. Der GG zeigte sich erfreut und nannte Schierling einen vielversprechenden jungen Mitarbeiter, der offenbar auch privatim eine glückliche Hand habe.

«Meine Frau wird Sie beide demnächst zum Tee zu uns bitten», kündigte er an, bevor er entschwand.

«Das», sagte Tetzlaff, «ist Ihre Eintrittskarte in den inneren Kreis.» Wenn ihn Neid plagte, verbarg er es.

Jon Schierling war weniger begeistert. Seit dem Ende ihrer Affäre begegnete ihm Jadwiga mit hoheitsvollem Desinteresse. Sie hatte umgehend einen neuen Günstling erwählt. Für den Spott der Kollegen brauchte Schierling nicht zu sorgen; zum Glück blieben die Sticheleien diskret. Zweifellos aber erwartete der Hofstaat den Antrittsbesuch Rosemaries bei Jadwiga mit brennendem Interesse, und vorsichtshalber beugte Schierling einem Unglück mit einem halben Geständnis vor. Rosemarie wollte mehr nicht wissen und lächelte nachsichtig.

«Vergiss nicht, ich bin in der Partei aufgewachsen», sagte sie. «Sie besteht in der Hauptsache aus Männern. Dass sie einen unbezwinglichen Drang haben, sich auszutoben, ist mir nicht entgangen. Besser, du spielst den Minneritter einer hohen Frau, als dass du dich im Sturmlokal besäufst und der Bedienung unter den Rock greifst.»

Der Verdacht, dass Rosemarie ihre Zeit in Potsdam nicht ausschließlich mit der Aufzucht ihres Sohnes Alexander verbrachte, war nach dieser kaltschnäuzigen Reaktion nicht von der Hand zu weisen, aber Schierling zog es vor, nichts zu vertiefen. Alexander war ein besseres Thema. Rosemarie wurde nicht müde, die Erfolgsgeschichte seiner Menschwerdung zu erzählen.

Beim angekündigten Tee fragte auch Jadwiga nach Alexander.

«Die Jugend», sagte sie, «ist der Garant der Rasse. Unsere Kinder bürgen für die Zukunft des Volkes. Wir können die Aufgabe, sie fürs Leben im Nationalsozialismus zu erziehen, nicht ernst genug nehmen. Der Reichsjugendführer hat es uns kurz vor dem Krieg eindringlich ins Gedächtnis gerufen. Der Vorrang der Weltanschauung steht außer Frage, aber der Glaube allein führt uns noch nicht zum Sieg. Nicht zu idealistischen Schwärmern sollen wir unsere Kinder erziehen, sondern zu Menschen, die mit innerer Begeisterung ihre Pflicht erfüllen, und wenn es auch hart kommt. Die jungen Volksgenossen sollen ihren Dienst fürs Vaterland entschlossen und notfalls unbarmherzig leisten, aber getragen sein soll dieser Dienst, von Kameradschaft. Die Kameradschaft ist unsere Art von Sozialismus oder, wenn Sie so wollen, von Menschenliebe. Sie waren Führerin in der Hitlerjugend, meine Liebe, und Sie haben eingeheiratet in die Führungsschicht von gestern. Erzählen Sie, wie es Ihnen dabei ergangen ist.»

Rosemarie schaffte es, das komische Pathos zu unterlaufen, mit dem Jadwiga vor allem sich selber ergötzt hatte.

«Ich war kein Aschenputtel; trotzdem gebe ich zu, dass ich Lampenfieber hatte», sagte Rosemarie.

Sie erzählte von ihrem ersten Besuch in Segau. Am spannendsten war die Begegnung ihres Vaters mit Erich von Plessow gewesen. Der Baron war ein Mann, dessen selbstsichere Manieren jeder Frau imponieren mussten. Kreisleiter Stargard war ein Raubautz und zu Hause hörte jeder auf sein Kommando. Die beiden Männer hätten leicht aneinander geraten können. Im Großen und Ganzen war es gut gegangen und alle hatten sich erstaunlich vernünftig benommen. Bettina Schierling und ihre erste Unterhaltung mit ihr unter vier Augen erwähnte Rosemarie nicht.

Jadwiga hatte wohl auf eine interessantere Geschichte gehofft.

«Sich in eine neue Umgebung einzuleben», seufzte sie, «ist immer eine Herausforderung. Ich kann ein Lied davon singen. Mich hat es in die Krakauer Burg verschlagen, und ich tue mein Bestes, mich ihr gewachsen zu zeigen.»

Der Generalgouverneur fand es an der Zeit, das Gespräch an sich zu reißen.

«Der Mensch wächst mit seinen Aufgaben oder er geht unter», verkündete er. «Das nannte der Engländer Darwin Lebenskampf. Was wir nun erleben, hat uns niemand an der Wiege gesungen, aber wir verfügen zum Glück über genug Instinkt, uns zurechtzufinden. Dieses Zurechtfinden befähigt uns zur Kultur. Wir tun unseren Dienst in der Krakauer Burg; dieses Gemäuer aus der Renaissance ist der für uns geschaffene Platz. Jeder Schritt durch die Gemächer lehrt uns, wie wir uns zu benehmen haben. Was wir auch tun, auf den Stil kommt es an. Von der Renaissance lässt sich lernen, wie Macht und Kultur miteinander verwachsen, wie sie eins werden. Ich meine mehr als nur die allgemein anerkannte Leistung der Großen in der Renaissance, die Kunst zu fördern. Das war und ist bewundernswert, aber ich erkenne in der Herrschaft selbst das Kunstwerk. Die Grausamkeit, mit denen der Borgia-Papst Alexander VI. und sein Sohn Cesare, aber nicht nur sie, ihre Herrschaft errungen und gefestigt haben, übersehe ich dabei keineswegs. Niccolò Machiavelli hat uns das einzig Richtige darüber an die Hand gegeben. Die Grausamkeit der Borgias und anderer Fürsten hat die Untertanen in Einigkeit und Gehorsam gehalten. Das diente dem Erhalt und dem Wohl des Gemeinwesens. Der Vorwurf der Grausamkeit musste den Fürsten darum gleichgültig sein. Für den Juristen heißt dies, es gibt Rechtfertigungen der Gewalt, mithin auch der Grausamkeit.»

Er hob sein Glas und trank Rosemarie zu. Ihr gefielen gute Manieren, also benahm er sich chavaleresk.

«Ich habe einen Fehler gemacht, Ihre Bekanntschaft nicht schon in Berlin zu suchen, aber spät heißt nicht zu spät», sagte er und trank auf Alexanders Wohl.

«Wie meine Frau schon feststellte», fügte er hinzu, «gehört unseren Söhnen die Zukunft.»

Der Blick, mit dem der Herr des Wawel Rosemarie in die Augen sah, verriet andere Gedanken. Rosemarie antwortete mit einem koketten Lächeln. Sie schien nicht übel Lust zu haben, sich an Jadwiga zu rächen und Schierling Gleiches mit Gleichem zu vergelten. Die Gastgeberin war zu sehr damit beschäftigt, sich selbst zu bewundern, um zu bemerken, was sich anbahnte. Das Gespräch wendete sich den Schönheiten Krakaus zu. Schierling versuchte, sich auf den Wechsel der Dinge einzustellen.

Die Sorgen des Staatssekretärs konnten niemanden überraschen. Sie waren das tägliche Brot seiner Mannschaft. Trotzdem trommelte Zöllner seinen Stab zusammen, um ihm die Schwierigkeiten der Verwaltung im Generalgouvernement noch einmal vor Augen zu halten. Der Pakt, den Berlin ein paar Tage vor Kriegsbeginn mit Moskau geschlossen hatte, die so genannte vierte Teilung Polens, schwemmte mehr als eine Million volksdeutsche Umsiedler aus dem Baltikum und der Sowjetunion ins Land. Beschlossen war, diese Menschen in den polnischen Westgebieten unterzubringen, die nunmehr ins Reich eingegliedert worden waren. Um für sie Platz zu schaffen, deportierten die dortigen Behörden nicht nur Juden, sondern auch Polen ins Generalgouvernement. Zudem hatte die Aussiedlung der Juden aus dem Reichsgebiet begonnen. Die nächstliegende Lösung, den Ansturm der Juden in Ghettos aufzufangen und darauf zu warten, dass sie dort an Hunger und an Seuchen starben, war längst angelaufen. Sie schuf jedoch unübersehbare neue Probleme. Die Juden starben zu langsam. Nicht nur der GG nahm daran Anstoß. Er verlangte, dass die Juden vor allem aus Krakau verschwanden. Ihr tagtäglicher Anblick störte ihn. Darum war beschlossen worden, sie ins Umland abzuschieben, aber auch diese Maßnahme schleppte sich hin. Die Juden wollten Kazimierz nicht verlassen.

Der Staatssekretär schlug auf den Tisch.

«Wir müssen herausfinden, warum sie sich sträuben», dröhnte er. «Warum nutzen sie die ihnen freundlich nahe gelegte Chance nicht? Besser als in der Stadt ginge es ihnen auf dem Lande bestimmt, und sie müssen es wissen. Denkbar ist immerhin, dass es sich um erste Versuche von Aufsässigkeit handelt. Wenn es in den Synagogen tatsächlich Widerstandsnester gibt, sind sie auszuheben, bevor sie wirklich gefährlich werden. Ich erwarte Vorschläge.»

Zöllner beendete die Sitzung ziemlich unvermittelt, befahl aber der Troika, noch zu bleiben.

«Das Einfachste wäre es, die Angelegenheit in die Hände der SS zu legen», sagte er, als er mit Schierling und den Assessoren allein war. «Herr von Bachewski würde sich ein Vergnügen daraus machen, uns rasche Resultate zu melden, aber der GG hat Grund, Heinrich Himmlers Garde aus dem Spiel zu lassen und Nachforschungen seitens der eigenen Behörde zu veranlassen. Darum habe ich an Sie gedacht, vor allem an Sie, Herr Brodnow, und an die Verbindungen, die Sie sozusagen nebenberuflich geknüpft haben. Jetzt können Sie zeigen, was sie taugen.»

Michael Brodnow verbarg seine Freude über den Auftrag nur unzulänglich. Zöllner bemerkte es und setzte ihr sofort einen Dämpfer auf. Es war selbstverständlich, sagte er, dass auch und gerade inoffizielle Gespräche strengste Disziplin verlangten. Juden beantworteten Entgegenkommen nicht mit Wohlverhalten, sondern handelten gemäß dem Vorteil oder dem Nachteil, den sie zu erkennen meinten. Vorsicht ihnen gegenüber war also jederzeit geboten. Die Politik des GG basierte trotzdem darauf, nicht nur die Judenräte möglichst lange zur Mitwirkung am jüdischen Schicksal zu bewegen. Natürlich konnte im Ernst nicht davon die Rede sein, ihnen Vorteile einzuräumen. Unter diesen Umständen empfahl sich der Auftrag an junge Leute, die einen vertrauenswürdigen Eindruck machten und genug Verstand hatten, den Gegebenheiten Rechnung zu tragen. Der angemessene Rahmen für die geheime Aktion war eine formlose Begegnung in der Stadt, und zwar mit Leuten, die zwar nicht den Ton im Judenrat angaben, aber Einfluss hatten.

Brodnow beeilte sich mit dem Vorschlag, für einen ersten Kontakt – ob weitere folgen sollten, war dann zu entscheiden – die Hilfe eines Apothekers in Podgorze in Anspruch zu nehmen. Dieser Pole, er heiße Tadeusz Pankiewicz, habe sich als eine Art von inoffiziellem Mittelsmann zwischen Deutschen und Juden angeboten. Pan Pankiewicz solle zudem ein Haus bewohnen, in dem sich riskante Begegnungen nach allen Seiten abschirmen ließen.

«Sehen Sie sich den Mann und seinen Laden vorher genau an», sagte Zöllner. «Es darf nichts schief gehen.»

In der guten Stube des Apothekers Tadeusz Pankiewicz sang ein Mann, den sie Reb Mordechai nannten, zur Geige eines zweiten Musikanten. Reb Mordechai sang: «Hej, Klesmorim, gute Brider! Ir bakumt vun mir ojch Vajn, schpilt mir oif a frejlich Lidi, schleft majn Mojre schchojre ajn.» Rabbi Menachim Hofmann übersetzte: «He, Musikanten, liebe Brüder, ihr bekommt von mir auch Wein. Spielt mir auf ein fröhlich Liedchen. Singt meine Angst, die finstere, in den Schlaf.» Nach fünf Strophen setzte Reb Mordechai die Flöte an die Lippen und variierte die Melodie. Flöte und Geige wurden trauriger und trauriger, aber zum Schluss rafften sie sich zu tapferem Trotz auf.

«So traten die Propheten des Alten Testaments vor ihr Volk», schwärmte Rabbiner Menachem Hofmann. «Wie Reb Mordechai sind sie heute verkleidet als arme Tischler oder wie Reb Avram der Fidler als M'lamed, als Lehrer. Sie sehen in die Welt mit dem dunklen, tiefen Blick, der bewahrt ist in den Augen vieler Juden. Diesen Blick kennt jeder, sein Geheimnis kennen wenige. Wer uns kränken will, nennt ihn den Blick der Söhne und Töchter der Wüste. Aber es ist der Blick, mit dem die Propheten Ausschau gehalten haben nach dem Messias, und er hat sich vererbt durch Jahrtausende. Er liegt selbst in den Augen von Juden, denen das Warten auf den Messias zu lang geworden ist und die darum als Skeptiker durchs Leben gehen. Dieser Blick kann strahlen in Weisheit, leuchten im Zorn und funkeln im Witz.»

Rabbi Hofmann besann sich, in welcher Gesellschaft er war und mäßigte seine Begeisterung.

«Die Lieder Reb Mordechais und Reb Avrams», sagte er, «hätte Jesaja gelobt. Fröhlichkeit des Herzens packt beim Klang der Hirtenflöte oder der Geige die Kinder Israels.»

Der Rabbiner war von Kopf bis Fuß der Gelehrte einer orthodoxen Synagoge. Er strich immer wieder über seinen Bart und zwirbelte seine Schläfenlocken. Offenbar bemühte er sich, die Musikanten ebenso zu überzeugen wie Jon Schierling und die Assessoren. Reb Mordechai und Reb Avram waren glatt rasiert und ihre Mienen verrieten jene Skepsis, welcher der Rabbi misstraute. Pan Pankiewicz stellte sein Haus zur Verfügung, aus dem Gespräch hielt er sich heraus. Es lief, wie Schierling es mit den Kollegen verabredet hatte. Brodnow hatte den richtigen Ton getroffen und den Rabbi zum Reden gebracht. Jetzt warf Schierling zum ersten Mal eine Frage ein.

«Fröhlichkeit und Angst in einem Atemzug?», fragte er.

«Die Mojre», sagte der Rabbi, «ist gewiss stärker. Sie ist übermächtig. In Zeiten wie diesen packt sie jeden Juden. Er singt dennoch. Der Herr, gelobt sei sein Name, straft uns, aber die Zungen, die Geigen und die Flöten hat er uns gelassen. Die Klesmorim klagen nicht nur, wie Hiob klagte, sie singen und spielen auch, wie David sang und wie er die Leier schlug. Andere Lieder gewiss, aber Lieder.»

«Reb Mordechai ist ein bemerkenswerter Mann», sagte Schierling, «will er, dass die Gojim ihn verstehen?»

«Er will, dass der Herr, gelobt sei sein Name, ihn versteht und die Gojim veranlasst, Schluss zu machen mit unserer Prüfung», sagte der Rabbi.

«Warum prüft Gott die Juden?»

«Sie haben gegen die Gesetze verstoßen, über die er eifersüchtig wacht.»

«Wie verstoßen?»

«Der jüdische Tag ist vom Aufwachen bis zum Einschlafen mit Gesetzen gepflastert. Wer nicht aufpasst, sündigt zwangsläufig gegen sie.»

«Aber Gott lässt mit sich verhandeln?»

«Verhandeln ist zu viel gesagt. Er lässt mit sich reden, und zwar lässt er jeden aus seinem Volk mit sich reden. Den Bund, den er mit allen Juden geschlossen hat, hat er auch mit jedem einzelnen Juden geschlossen. Darum muss er jeden einzelnen anhören.»

«Da hat er viel zu tun.»

«Er hat sehr viel zu tun.»

Die Hausfrau brachte Hühnersuppe, Wurst, Brot und Wein.

«Suppe und Wurst sind koscher», sagte Pan Pankiewicz.

«Wenn man uns glaubwürdig versichert, die Speisen sind koscher, und sie schmecken nicht treifje, nicht unkoscher, dürfen wir sie genießen», sagte der Rabbi. «Das ist ein Ergebnis der Art von Gesprächen, wie wir sie mit dem Herrn führen, gelobt sei sein Name.»

Er griff zu. Auch Reb Mordechai und Reb Avram setzten sich an den Tisch. Schierling gab Brodnow einen Wink. Es war Zeit, zur Sache zu kommen.

«Warum gehen die Juden nicht aufs Land, wie es der Generalgouverneur wünscht?», fragte Brodnow möglichst beiläufig. «Das Leben kann ihnen dort leichter werden.»

«Weiß man's?», fragte der Rabbiner. «Dass die Juden Krakau lieben, dass sie das Leben in Kazimierz lieben, würde nicht ausreichen als Antwort, nehme ich an.»

«Bestimmt nicht», sagte Brodnow.

«Dann sprechen wir», sagte der Rabbiner, «dass sich die Juden in Kazimierz trotz allem sicherer fühlen.»

«Das soll wirklich der Grund sein?»

«Er ist es.»

Brodnow unternahm einige Anläufe. Auch Freytag versuchte, den Rabbiner aus der Reserve zu locken. Schierling begnügte sich mit aufmerksamem Zuhören. Nach einer halben Stunde war er überzeugt, dass man nicht weiterkam. Entweder stellte Rabbi Hofmann sich dumm, oder er hatte die ganze Wahrheit schon gesagt. Schierling beendete das Verhör.

«Reb Mordechai ist Tischler?», fragte er.

«Umnischt singen koßtn taijer», sagte Reb Mordechai und fuhr polnisch fort: «Ja myślę …» Er stockte und sagte auf Deutsch: «Ich meine, dass …»

«Ich habe verstanden», sagte Brodnow, «die Arbeit für Brot, die Parnosse, ist das Tischlern. Der Klesmer lebt vom Tischlern. Was für ein Tischler ist er?»

«Ich arbejt alte Mebl noi. Mebl in Tog, Lidi in Ownt.»

«Reb Mordechai legt abends den Hobel aus der Hand, vergisst die Möbel, die er reparieren soll, und schreibt Wörter und Noten», übersetzte Brodnow.

Reb Mordechai entschloss sich, deutsch zu reden.

«Reb Avram schreibt hin, was ich singe, oder spielt es auf der Flöte oder auf dem Piano. Ich …»

Er klopfte mit einem Finger einen Rhythmus auf den Tisch.

«Reb Mordechai klimpert mit einem Finger auf dem Klavier, Reb Avram schreibt es auf, und fertig ist das Lied?», fragte Freytag.

«Vergessen Sie nicht die jiddische Seele. Auch sie klimpert, wie Sie sagen. Sie klimpert mit», sagte der Rabbi.

«Und was sagt das Gesetz über das Singen?», fragte Freytag.

«Auch das Gesetz singt gewissermaßen mit», erklärte der Rabbi. «Nichts gibt es, ohne dass unser Gesetz ja oder nein dazu sagt. Jeder fromme Jude studiert das Gesetz, um ihm zu gehorchen. Singt er über das Leben, singt er auch über das Gesetz.»

«Ihr Gesetz …», sagte Schierling, «Wir sind hier, um über unsere Gesetze zu reden, über unsere Gesetze für Juden. Das erste Gesetz lautet: Gesetz ist, was wir befehlen. Wo ist die Grenze, an der die Juden uns den Gehorsam aufkündigen?»

«Unsere Gesetze sind unsere Gesetze. Ihre Gesetze sind Ihre Gesetze und unsere.»

«Das ist keine Antwort.»

«Vielleicht doch. Stellen Sie sich eine Insel vor. Ihre Küsten sind zerklüftet. Die Kräfte der Finsternis rasen gegen sie. Das Meer tobt gegen ihre Felsen. Der Himmel bricht über ihr zusammen. Vielleicht besiegen am Ende das feindliche Meer und der feindliche Himmel das trotzige Eiland. Aber noch die letzte Klippe, die aufragt aus dem Meeresgrund, bezeugt das Dasein der Insel.»

«Die Insel wehrt sich nicht?»

«Wie sollte sie?»

«Wer oder was ist die Insel?», fragte Freytag.

«Die Jiddischkeit», sagte der Rabbiner. «Kann sein, sie ist ein Ojl, ein Joch. Aber wie schwer das Ojl immer ist, der fromme Jude will es tragen. Was ich eben über das Gesetz gesagt habe, genügt im normalen Leben. Der Herr, gelobt sei sein Name, hat den Gojim Macht gegeben über uns Juden. Er schickt Beamte. Vielleicht ist er gnädig und schickt bestechliche Beamte. Bestechliche Beamte sind teure Beamte, aber gute. Oder es bricht Feuer aus im Schtetl, oder die Gojim kriegen es im Kopf und machen einen Pogrom. Auch das kann glimpflich abgehen, wenn der Herr, gelobt sei sein Name, abermals gnädig ist. Wie auch immer, nach dem Feuer räumen die Juden im Schtetl auf und errichten wieder ihre Häuser. Nach dem Pogrom begraben sie ihre Toten und treffen sich aufs Neue mit den Gojim auf dem Markt und machen Geschäfte mit ihnen. Das ist das normale Leben.»

«Und das Leben in Notzeiten?», fragte Schierling.

«Kann sein, es kommen harte Tage. Die Beamten lassen sich nichts zustecken. Sie wollen nicht unser Geld, sie wollen alles, was wir haben. Sie wollen unser Leben. Dann mag helfen, die Gesetze auszulegen, wie es im Talmud die Gelehrten seit Salomons Zeiten tun. Feuer in der Stadt darf ich auch am Sabbat löschen, an dem ich sonst nichts tun darf, nur den Feiertag heiligen. Fliehen darf ich ebenfalls am Sabbat. Wir sollen Tiere schächten, wir sollen ihnen die Kehle durchschneiden und sie nicht schlachten, indem wir ihnen das Beil vor den Kopf schlagen, wie es die Gojim tun? Wie wichtig ist dieses Gebot, wenn uns die Gojim verbieten zu schächten und wir verhungern, falls wir gehorchen? In der Not dürfen wir die Gebote vergessen. Wir dürfen den Verstand gebrauchen, um großer Not zu entgehen. Besser, wir dürfen das Gesetz übertreten aus ernsthaften Gründen. Uns wird verziehen, wenn wir andernfalls unser Leben verlieren. Nur drei Dinge dürfen wir nicht tun. Wir dürfen nicht aufhören, an unseren einzigen Gott zu glauben, gelobt sei sein Name, an ihn und an seine Gerechtigkeit, wir dürfen keine Menschen töten, auch dann nicht, wenn sie auf uns losgehen, um uns zu töten, und wir dürfen nicht in Unsittlichkeit leben. Alles andere ist erlaubt, wenn es den Juden aus Todesnot rettet. Das Gesetz, unser Gesetz, ist zum Leben da, nicht zum Sterben und zum Töten.»

«Nicht alle Juden sind so gewissenhaft im Glauben», sagte Michael Brodnow.

«Nein, nicht alle Juden. Leider», sagte der Rabbi.

«Was sagt der gerechte Gott über sie, wenn sie schwächer sind im Glauben und sich trotzdem Juden nennen?»

«Der gerechte Gott, gelobt sei sein Name, wird sprechen am Tag des Gerichts. Er wird sagen, wen der Gan Eden erwartet und wen das Tal Gehinnom. Er ist der Herr über Paradies und Hölle. Wenn ich sterben soll von der Kugel eines Goi und ich halte meinen Enkel an der Hand und auch der Enkel soll sterben, werde ich ihm den Himmel zeigen.»

Schierling sah Unmut in den Augen Reb Avrams, der noch kein Wort gesagt hatte.

«Was würde Reb Avram tun?», fragte er. «Würde er dem Enkel auch den Himmel zeigen?»

«Moses war ein Kind, das sterben sollte nach dem Willen des Pharaos», sagte Reb Avram, «aber Moses wurde gerettet. Als er zum Mann herangewachsen war, redete Gott mit ihm und befahl ihm, die Kinder Israel zu ordnen nach ihren Stämmen und aus der ägyptischen Knechtschaft zu führen. Wir wissen, es ist Moses gelungen, sein Volk in die Freiheit zu führen, wenn auch unter großen Schwierigkeiten und mit Hilfe von Wundern. Die Wunder, die Gott tat, kosteten viele Ägypter das Leben.»

Dem Rabbi gefiel Reb Avrams Antwort nicht.

«Der Talmud hat keinen Boden», sagte er, «jeder Jude legt das Gesetz aus auf seine Weise.»

Schierling hatte erfahren, was er wissen wollte.

«Reb Mordechai und Reb Avram», bat er, «sollen uns noch ein Lied singen.»

«Undser Schtetl brent», sagte Reb Avram.

Er stand auf und griff zur Geige. Reb Mordechai stellte sich neben ihn und sang. Das Lied beschrieb den Schrecken über ein Feuer in der Stadt: «Ss'brent! Briderlech, ss'brent. Oj, undser orem Schtetl nebech brent!» Ein böser Wind blies in die Flammen und trieb sie über die Dächer. Sie griffen um sich und wollten das Schtetl ganz verschlingen. Dann kam zum ersten Mal der Refrain: «Un ir schtejt un kukt asoj sich mit farlejgte Hent, un ir schtejt un kukt asoj sich – undser Schtetl brent...» Die vierte Strophe rief zum Löschen auf. Nur die Juden selber konnten die Flammen besiegen: «Di Hilf is nor in ajch alejn gewendt. Un ojb doss Schtetl is ajch tajer, nemt de Kejlim, lescht doss Fajer, lescht mit ajer ejgn Blut, bawajst, as ir doss kent.» Der Refrain wurde zum Befehl: «Schtejt nit, Brider, ot asoj sich mit farlejgte Hent, schteijt nit, Brider, lescht doss Fajer – undser Schtetl brent.»

Der Rabbi wartete den rebellischen Schluss des Liedes ab. Dann bot er sichtlich ungern an, abermals zu übersetzen. Schierling hatte genug verstanden. Er winkte ab.

«Von wann ist das?», fragte er. «Wann hat Reb Mordechai das Lied geschrieben?»

«Im Jahr vor dem Krieg», sagte Reb Avram. «In Przytyk hatte es einen Pogrom gegeben, und es brannte nieder, das Schtetl. Danach hat Reb Mordechai das Lied geschrieben.»

«Auch die Zeile, in der er verlangt, dass die Juden die Flammen mit ihrem Blut löschen sollen?»

«Auch die Zeile, in der der Singer will, die Juden sollen die Flammen mit ihrem Blut löschen», sagte Reb Avram.

Das Lied erwähnte die Gojim nicht, die das Schtetl angezündet hatten. Aber es meinte sie. Schierling winkte seinen Kollegen und stand auf. Vielleicht stimmte, was Reb Avram behauptete.

«Ich danke Ihnen für die Gastfreundschaft, Pan Pankiewicz», sagte Schierling. «Ich danke auch dem Rabbi, dass er uns das Gesetz erklärt hat, und ich danke für die Lieder der Klesmorim. Der Rabbi war weise. Die Klesmorim waren sehr ehrlich. Es soll ihnen nicht schaden.»

Die Deutschen verließen das Haus des Apothekers durch die Hintertür.

«Viel später hätten wir nicht gehen dürfen», sagte Freytag. «Es wurde brenzlig. Der Bericht an den GG schreibt sich nicht von selber.»

«Wieso sprach der Rabbi so gut Deutsch?», fragte Schierling.

«Er hat in Berlin gelebt, bis die polnischen Juden über die Grenze getrieben wurden», erklärte Brodnow.

«Wir werden den Bericht gemeinsam abfassen», sagte Schierling. «Die Lieder erwähnen wir; interpretieren können wir sie nicht. Wir sind keine Sachverständigen für Lyrik.»

Der Staatssekretär überflog den Bericht der Troika in ihrer Gegenwart. Dann las er ihn zum zweiten Mal. Er strich ein halbes Dutzend Sätze an.

«Ein mageres Ergebnis», sagte er, «sehr mager. Hier steht, dass dieser Mordechai Gebirtig in Kazimierz ein bekannter Mann ist. Verdankt er das nur seinen Liedern, oder hat er auch Einfluss in der Gemeinde?»

«Sie lieben seine Lieder», sagte Brodnow. «Er hat ihr Herz gewonnen. Dabei ist ein schlichter Jid geblieben. Das hat Gründe. Er hat nur eine notdürftige Bildung. In der Elementarschule hat er gelernt, hebräisch zu buchstabieren, und er hat dort Thoratexte gepaukt. Das ist alles, was er mitbringt, und damit kann er bei seinen Leuten nicht viel Ehre einlegen. Mit seiner Tischlerei bringt er seine Familie mehr schlecht als recht durch. Auch das imponiert niemandem im Schtetl.»

«Und Abraham Sperber?»

«Der hat gründlich die Thora studiert und ist Lehrer an einer Talmud-tojre, an einer Gemeindeschule für arme Kinder. Die meisten seiner Schüler sind Waisen.»

«Ein Sozialist?»

«Tadeusz Pankiewicz sagt, Abraham Sperber ist wie Mordechai ein Liberaler. In seiner Gemeinde redet er ein kräftiges Wort. Wenn wir es überprüfen wollen, müssen wir in Kauf nehmen, dass wir Staub aufwirbeln, aber einen waschechten Sozialisten hätte uns Pan Pankiewicz kaum zugemutet.»

«Bleibt der Rabbiner. Er kennt Deutschland. Was sagt uns das über seinen Horizont?»

«Sein Horizont ist der Talmud, wo immer er lebt», erklärte Schierling.

«Das heißt, Sie bringen mir verdammt wenig Handgreifliches.»

«Es war ein erster Versuch.»

«Ihre Objektivität in Ehren, meine Herren», sagte Zöllner, «aber der Nationalsozialismus ist keine exakte Wissenschaft, und Volkskunde interessiert uns nur begrenzt. Die eigentliche politische Unterscheidung ist die Unterscheidung von Freund und Feind. Sie gibt menschlichen Handlungen und Motiven ihren Sinn und bezeichnet die äußerste Intensität einer Verbindung oder Trennung. Der politische Feind braucht nicht moralisch böse, er braucht nicht ästhetisch hässlich zu sein; er muss nicht als wirtschaftlicher Konkurrent auftreten, und es kann vielleicht sogar vorteilhaft und rentabel scheinen, mit ihm Geschäfte zu machen. Er bleibt ein Anderer, ein Fremder, eben der Feind … Ich nehme an, diese Gedanken sind Ihnen noch vertraut, Herr Doktor Schierling.»

«Selbstverständlich», sagte Schierling.

Zöllner hatte die Kerngedanken über den Begriff des Politischen zitiert, die der später abgehalfterte Kronjurist dem neuen Staat 1933 ins Stammbuch geschrieben und mit denen er seine Kollegenschaft dem Führer zugetrieben hatte.

«Das ist unsere Thora, meine Herren», sagte der Staatssekretär. «Es wäre gut, wenn Sie sich entschließen könnten, sie zu beherzigen. Ich verbitte mir, dass Sie sich mit Juden in dieser Weise gemein machen.»

Ein paar Tage später alarmierte Pan Pankiewicz Assessor Brodnow. Mordechai Gebirtig hatte im Kreis von Freunden ein paar Lieder gesungen. Die SS war auf der Bildfläche erschienen und hatte den Sänger wegen verbotenen Auftritts in der Öffentlichkeit festgenommen und ins Gefängnis geschleppt.

«Öffentlichkeit ist Blödsinn», sagte Brodnow. «Ich habe nachgefragt. Das Publikum bestand aus einem Dutzend Nachbarn. Das ist der SS selbstverständlich egal. Was Öffentlichkeit ist, bestimmt sie. Wir müssen Reb Mordechai zu unserm Schutzjuden erklären, oder ich kann meine sämtlichen Quellen vergessen, bevor ich sie erschlossen habe.»

«Sie meinen, die Verhaftung hängt mit unserem Treffen bei Pankiewicz zusammen?», fragte Schierling.

«Das muss nicht sein, unmöglich ist es nicht.»

Schierling meldete sich beim Staatssekretär. Zöllner griff zum Telefon. Er sprach ein paar Minuten mit Felix von Bachewski. Dann hatte er die Zusicherung, dass Reb Mordechai auf freien Fuß kam.

«Vielleicht hat Bachewski doch Wind davon bekommen, dass Sie bei diesem Pankiewicz waren und wen Sie dort getroffen haben», sagte Zöllner. «So oder so weiß er jetzt mehr, als uns lieb sein kann. Er will sich heute Abend mit mir treffen. Konspirativ, wie er zu scherzen beliebte. Ich halte Sie auf dem Laufenden. Bis Sie von mir hören, bleiben Sie und die Assessoren in Deckung.»

Brodnow und Freytag erwarteten Schierling in seinem Zimmer. Viel zu reden gab es nicht. Man konnte sich nur mit Geduld wappnen. Schierling schickte die Kollegen fort. Als sie aus der Tür waren, entdeckte er auf seinem Schreibtisch einen Zettel. Rosemarie teilte ihm mit, der Generalgouverneur habe sie zu einem Ausflug im Sonderzug durchs Gouvernement eingeladen. In zwei oder drei Tagen werde sie zurück sein.

Was abzusehen gewesen war, war eingetreten, oder es sollte unterwegs passieren. Jon Schierling wartete auf einen Aufruhr seiner Gefühle, der aber blieb aus. Ein Versuch, anstürmende Gedanken auf die Reihe zu bringen, gelang trotzdem nur halbwegs. Zu allem Überfluss erschien Schierlings schiefköpfiger Oberinspektor und teilte mit, dass die Eheleute Tetzlaff einvernehmlich ihre Scheidung eingereicht hatten, während die vormals volksdeutsche Ewa Matkowska ordnungsgemäß die Reichsbürgerschaft erworben und auch schon die Anerkennung ihrer Ehetauglichkeit in Händen hatte. Nun arbeitete sie als zweisprachige Stenotypistin in der deutschen Verwaltung. Damit war sie in den Beruf zurückgekehrt, den sie vor dem Krieg im Krakauer Bürgermeisteramt ausgeübt hatte. Tetzlaff triumphierte. Seiner Heirat mit der Person des Anstoßes, wie er sich fast übermütig ausdrückte, stand nichts mehr im Wege, und sein provisorisches Verhältnis zu Eva, die ihren Vornamen nun statt mit «w» mit «v» schrieb, war schon jetzt anders zu betrachten als bisher.

Tetzlaff hätte sich keinen schlechteren Tag aussuchen können, um sein Glück auszuposaunen. Schierling brachte es nur mit Mühe über sich, seinem Untergebenen zu gratulieren. Allein und verlassen, wie er war, beschloss er, sich zu betrinken.

Mitten in der Nacht wachte er mit schwerem Kopf und wogendem Magen auf. Den Magen brachte er nach dem bewährten Rezept des Kollegen Schulz zur Räson. An Schulz zu denken war alles andere als heilsam. Der Unglückswurm steckte Gott weiß wo und war ganz gewiss bis zum Hals in irgendwelche Schwierigkeiten verstrickt. In unangenehmer Hellsicht ließ Schierling seine eigenen Probleme Revue passieren. Zöllner war berechenbar. Der GG, der Renaissancemensch von Geblüt, war es nicht. Ihm vorsichtshalber aus dem Weg zu gehen war bisher einigermaßen gelungen. Jetzt war es nicht mehr möglich.

Das Talent, Probleme zu verdrängen, setzte voraus, das Leben als Spiel anzusehen, zumindest bis zu einem gewissen Grade. Es sah ganz danach aus, als ob dieses Spiel Johann Viktor Schierling aus der Hand glitt.

«Jetzt kehren auch noch die Juden zurück, die wir über die deutsch-sowjetische Demarkationslinie abgeschoben haben», teilte Zöllner der Troika mit. «Die Lage wird immer prekärer, und Gruppenführer Bachewski sieht seinen Weizen blühen. Er verlangt unmissverständlich, dass wir besser mit ihm zusammenarbeiten. Ich soll Sie, Herr Schierling, zu unserem Verbindungsmann zur Sicherheitspolizei ernennen.»

«Das ist ein Himmelfahrtskommando.»

Schierling war alles andere als entzückt.

«Ich bin ebenfalls zu der Überzeugung gekommen, dass Sie der beste Mann für die Aufgabe sind, wenn Sie es fertig bringen, die gebotene Vorsicht walten zu lassen.»

«Und was bekommen wir?», fragte Freytag.

«Der Gruppenführer sichert uns zu, dass seine Leute unsere Bemühungen, ein klares Bild zu gewinnen, nicht länger stören.»

«Das Vergnügen, uns auf die Hacken zu treten, wird ihnen fehlen.»

«Was sich wirklich ändert, bleibt abzuwarten. Vergessen Sie nicht, dass wir ihnen vorläufig wenig zu bieten haben. Dass Bachewski Erkenntnisse austauschen will, verdanken wir kaum unseren eigenen Erfolgen, sondern lediglich seinen eigenen Misserfolgen. Über die Stimmung in Kazimierz weiß er genauso wenig wie wir. Mit seinem Verein redet kein Jude und kaum ein Pole auch nur halbwegs freiwillig. Was er wissen will, muss er aus ihnen herausprügeln. Das ist keine besonders zuverlässige Methode. Darum ist er bereit, das zu tolerieren, was er unsere sanfte Tour nennt. Was ist mit diesem Abraham Sperber? Ich halte es für nützlicher, separat mit ihm weiterzureden als gemeinsam mit ihm, dem Rabbiner Hofmann und Ihrem Schützling Gebirtig.»

«Ich kann es versuchen, ihn zu isolieren», sagte Brodnow. «Aber unser Freund ist Reb Avram nicht.»

«Warum sollte er? Machen Sie ihm klar, dass wir Regeln einhalten wollen, die ihm und seinen Leuten zugute kommen. Mehr nicht, aber auch nicht weniger. Leere Versprechungen bringen nichts. Wenn er sich in seiner Gemeinde Rückdeckung holen will, haben wir nichts dagegen. Wie halten Sie Verbindung zu ihm?»

«Die läuft nur über Pan Pankiewicz.»

«Sprechen Sie mit Pankiewicz. Herr Schierling und Herr Freytag bleiben auf dem Laufenden. Jeder von Ihnen soll jederzeit wissen, was die beiden anderen tun. Wir teilen dem Gruppenführer zunächst nur mit, dass wir am Ball bleiben. Die Namen von Informanten rücken wir nicht heraus, und jede Nachricht wird bewertet, bevor wir sie weiterreichen. Das ist es fürs Erste. Beherzigen Sie, die Juden, das sind unsere Feinde.»

«Die Quadratur des Kreises ist nichts dagegen», sagte Schierling.

Er biss sich auf die Lippen. Seine Bemerkung ging zu weit, und zum ersten Mal erlebte er, dass der Staatssekretär seinetwegen aus der Haut fuhr.

«Sie werden unverschämt», fuhr ihn Zöllner an. «Dies hier ist kein Jux für Götterlieblinge. Ich verbitte mir von dieser Sekunde an jede Extratour.»

Draußen vor der Tür wurde sich die Troika rasch einig. Zöllner musste bekommen, was er verlangte, so widersprüchlich es war. Brodnow machte sich auf den Weg zu Pankiewicz. Schierling beauftragte Tetzlaff, für ihn mit Sturmbannführer Schnittke einen Termin bei Bachewski auszuhandeln. Der Dienstweg ersparte es ihm, sich Bachewskis Sprüche schon am Telefon anhören zu müssen. Tetzlaff teilte ihm mit, dass sich Rosemarie gemeldet hatte. Sie habe gesagt, es gehe ihr gut. Mehr lasse sie nicht ausrichten. Dann rief Schnittke zurück. Der Gruppenführer finde erst in drei Tagen eine freie Stunde in seinem Kalender. Schierling ließ vorsorglich zusagen. Wenn Bachewski auf Zeit spielte, war es unnütz, sich über das Warum den Kopf zu zerbrechen.

Mit einer Empfehlung seiner Verlobten, stellte Tetzlaff Schierling ein Stück Kuchen auf den Schreibtisch, den sie gebacken hatte. Schierling versuchte sich zu erinnern, wie Rabbi Hofmann die Hölle genannt hatte. Sie war ein dunkles Tal gewesen, aber der Name fiel Schierling nicht ein. Der Wawel war kein finsterer Abgrund. Im Gegenteil. Schierling drängte sich der Gedanke auf, dass die Burg ein trügerisches Tor am Eingang der Hölle war.

Rosemarie kam frisch und munter von der Reise zurück. Einzelheiten, so verkündete sie, gingen Schierling nichts an. Zum Grundsätzlichen sei zu sagen, dass sie in den Monaten, in denen sie in Potsdam auf sich selbst gestellt gewesen sei, gelernt habe, eigene Entschlüsse zu fassen und dabei kein schlechtes Gewissen zu haben.

«Ich war bekanntlich auch vorher nicht gerade schüchtern», sagte sie. «Ein Gewissen habe ich mir trotzdem dauernd gemacht. Das hat jetzt nachgelassen. Schuld sind die Männer. Kriegszeiten verändern sie nicht unbedingt zu ihrem Vorteil. Sie stellen Ansprüche a conto ihres Heldentodes, und wenn ein Mädchen ihnen ihre Wünsche nicht erfüllt, werden sie weinerlich. Der GG ist auch in dieser Beziehung eine Ausnahme. Er nimmt sich, was ihm gefällt. Kann sein, das imponiert mir am meisten an ihm. Wenigstens habe ich es geschafft, ihn zappeln zu lassen. Denk dir den Rest selber.»

Noch mehr zu denken gab Schierling ein Bild, das er am nächsten Tag an der Wand des Gemachs im Wawel entdeckte, in dem sie wohnten. Das Porträt hatte vorher im Arbeitszimmer des Generalgouverneurs gehangen. Es zeigte eine junge Frau mit rätselhaftem Blick, die ein Hermelin im Arm trug.

«Cecilia, eine Geliebte des Herzogs Ludovico Sforza, gemalt vom großen Leonardo», erläuterte Rosemarie, «der GG ist vernarrt in das Bild. Unter Schmerzen hat er es als Leihgabe herausgerückt. Befristet bis zu meiner Abreise. Ich sage Tetzlaff, er soll Cecilia zurückgeben, wenn ich weg bin.»

«Was bedeutet das Hermelin?», fragte Schierling konsterniert.

«Auch das darfst du dir selber zusammenreimen», sagte Rosemarie.

Das Wiesel, fand Schierling, musterte ihn ziemlich arrogant. Über Cecilias Selbstbewusstsein lag der Schleier ihrer Schönheit.

Ein Anruf rettete Schierling. Brodnow meldete, dass er mit Reb Avram gesprochen hatte.

«Ich muss ins Büro», sagte Schierling.

«Nur zu», sagte Rosemarie, «ich langweile mich nicht.»

Schierling beschloss, sich damit abzufinden, dass fürs Erste auch noch der läppischste Satz, der zwischen Rosemarie und ihm fiel, einen doppelten Boden hatte. Dieser Gedanke beschäftigte ihn in der Besprechung, zu der er gerufen worden war, anfangs mehr als das, was Brodnow vortrug. Erst eine Bemerkung Freytags nötigte ihn zur Aufmerksamkeit.

«Wenn Reb Avram Bedingungen stellt», sagte der Assessor, «sind wir aufgeschmissen. Wir können darauf nicht eingehen, und er wird einfach den Mund halten.»

«Wie hartnäckig ist er?», fragte Schierling.

«Wie gesagt, sehr hartnäckig», sagte Brodnow. «Ihm ist es nicht nur zuwider, mit uns zu reden. Ihm geht auch die Haltung von Orthodoxen wie Rabbi Hofmann gegen den Strich, die meinen, Gott der Gerechte verlange von ihnen, dass sie sich in ihr Schicksal ergeben. Natürlich hat Avram das so grob nicht gesagt, aber nach zwei oder drei Anspielungen zweifle ich nicht daran.»

«Und seine Bedingungen?»

«Die wichtigsten liegen auf der Hand. Zusammenarbeiten, wie er es nennt, will er mit uns nur, wenn wir seine Leute besser mit Lebensmitteln versorgen; vor allem sollen die Kinder nicht länger hungern. Wahrscheinlich will er auch die Zusicherung, dass die Juden in Kazimierz bleiben können.»

«Er muss wissen, dass wir sie am Ende nach Podgorze schaffen werden, wenn sie nicht in die Provinz gehen.»

«Er weiß, dass etwas im Busch ist. Ins Ghetto gesperrt zu werden wäre für die Juden nichts Neues. Natürlich rechnet Reb Avram damit, dass es ihnen früher oder später blüht.»

«Wie viele Leute von Sperbers Schlag gibt es in Kazimierz?»

«Keine Ahnung, er wird es uns nicht sagen, und einen anderen, der zugänglicher ist, werden wir nicht so leicht finden. Ich vermute, wir finden nie einen. Entweder sie sind wie Hofmann, oder sie sind wie Sperber. Sicher ist nur, es gibt mehr Hofmanns und weniger Sperbers. Die Liberalen sind nicht nur in der Minderheit, längst nicht alle von ihnen haben das Zeug zum Rebellen.»

«Zöllner braucht Reb Avram», sagte Freytag, «er braucht einen Feind, nicht einen gottergebenen Feind wie Rabbi Hofmann, sondern einen gefährlichen Feind wie Reb Avram. Das ist das Verrückte. Die Situation ist verrückt. In Zöllners Diensten stecken wir mittendrin. Was wir tun, ist verdammt riskant.»

«Was ist nicht riskant in Krakau?», fragte Brodnow.

«Ich habe nachgedacht», sagte Freytag.

«Und mit welchem Ergebnis bitte sehr?», fragte Schierling.

«Es ist wirklich verrückt», erklärte Freytag, «zu verrückt für einen klugen Kopf wie den auf Reb Avrams Schultern. Avram Sperber weiß, dass menschliche Kontakte nach wie vor im Widerspruch zur erklärten Judenpolitik des Dritten Reiches stehen. Wie sollen wir ihn überzeugen, dass wir ehrlich mit ihm reden wollen? Warum sollte er es uns glauben? Er sieht den tatsächlichen Grund. Der Grund besteht darin, dass wir Tausende von Juden am Hals haben und nicht wissen, wie wir sie durchfüttern sollen, und keine Hungerrevolte riskieren wollen. Das wirkliche Rätsel ist, warum der Staatssekretär ein Spiel spielt, das alle Beteiligten durchschauen.»

«Was soll noch dahinter stecken?», fragte Brodnow.

«Untergründiges», sagte Freytag. «Denken Sie an Sophokles: Vieles ist schrecklich, nichts ist schrecklicher als der Mensch. Im Gymnasium haben wir Witze über den Vers gerissen. Jetzt kapieren wir ihn, auch Zöllner hat ihn kapiert. Der Mensch hält es auf die Dauer nicht aus, schreckliche Taten zu begehen. Ich rede nicht von primitiven Kriminellen und nicht von Leuten mit unanfechtbarer Weltanschauung, mögen sie auf Nietzsche schwören oder auf wen immer.»

«Wie wäre es mit Cesare Borgia?», fragte Schierling.

«Meinetwegen auch auf den», sagte Freytag, «aber ich rede von Leuten wie uns, und Zöllner ist jemand wie wir. Er ist kein Bachewski und er spielt nicht Cesare Borgia wie der Generalgouverneur. Er lässt sich auch nicht von der Propaganda dumm reden. Das Parteiprogramm reicht ihm nicht, die Erläuterungen des Rasse-Hauptamtes reichen ihm erst recht nicht. Er braucht eigene Gründe. Darum greift er auf die hochabstrakte Feindtheorie zurück.

Aber auch die gescheiteste Theorie ist nur eine Theorie. Dem Staatssekretär würde es sehr helfen, das Weiße im Auge seines Feindes zu sehen, denn er giert danach, sich zu überzeugen, dass der Feind aussieht, denkt und handelt, wie er aussehen, denken und handeln soll, dass er tatsächlich ein Untermensch ist, eine Bestie und dass er darum vernichtet werden muss.»

«Reden Sie von ihm oder von sich selber?», fragte Brodnow.

«Sie haben Recht. Ich rede von mir», bestätigte Freytag.

«Ich fühle mich für das Gemüt des Staatssekretärs nicht zuständig», sagte Brodnow. «Andererseits habe ich keine Sehnsucht nach Galizien. Prag wäre mir lieber.»

«Was soll das heißen?», fragte Schierling.

«Ich strecke meine Fühler aus, ob man mich dort brauchen kann.»

«Ist das Ihr Ernst?»

«Es ist mein Ernst.»

Bachewski rief Schierling erst nach einer Woche an, ob es Neues gebe. Die übliche Jovialität schenkte er sich. Als Schierling verneinte, erklärte der Gruppenführer, in diesem Fall könne ein Gespräch nichts bringen, es wäre denn, Schierling wolle sein Herz ausschütten. Schierling zog es vor, auf den Nachsatz nicht einzugehen. Ob Bachewski auf Rosemaries Ausflug anspielte, blieb offen. Schierling konstatierte, dass aus dem Gespräch nichts wurde und war erleichtert.

Drei Wochen später meldete sich Kreisleiter Stargard über eine Dienstleitung, um zu fragen, wann Rosemarie zurückkomme oder ob man ihr den Sohn nachschicken solle. Die Kinderfrau, die man für Alexander vom Kriegseinsatz an einer Drehbank weggeholt habe, sei mit dem Jungen nicht fertig geworden und sei heulend in ihre Fabrik zurückgeflüchtet. Eine andere Hilfe könne die NS-Frauenschaft von heute auf morgen selbst dem Kreisleiter nicht stellen. Obendrein sei Alexander beim Versuch, aus dem Gitterbett zu klettern, auf den Fußboden gestürzt und habe sich die kaum gewachsenen Vorderzähne ausgeschlagen. Seitdem halte er seine

Großmutter vom Morgen bis zum Abend auf Trab. Minna Stargard sei am Ende ihrer Kräfte. Die Heimatfront brauche dringend Entlastung.

Rosemarie wollte wohl oder übel nach Hause, aber der Generalgouverneur legte Einspruch ein und ließ eine Verbindung mit Bettina Schierling in Segau herstellen. Sie war sofort bereit, den Enkel zu sich zu nehmen. Bei dieser Gelegenheit erfuhr Schierling, dass Erich von Plessow in Afrika auf seiner Farm festsaß. Bei Kriegsausbruch hatte er versucht, nach Deutschland zurückzukehren. Die Engländer hatten ihn hinter Stacheldraht gesetzt. Miss Nancy hatte ihn aus dem Internierungslager geholt, aber seinen Pass war er los. Jetzt grollte er ganz Albion mit Ausnahme Miss Nancys.

Als Rosemarie schließlich doch in den Zug nach Berlin kletterte, hatte die Wehrmacht die Maginot-Linie links liegen lassen und war auf dem Weg nach Paris. Frankreich kapitulierte. Eingeklemmt in die Jubelberichte der *Krakauer Deutschen Zeitung* stand die Meldung, der Kaiser habe – ebenso wie der Kronprinz – dem Führer und Reichskanzler per Telegramm herzlich gratuliert. Schierling versuchte sich vorzustellen, wie seine Mutter in Segau und sein Onkel aus der Entfernung von ein paar tausend Kilometern auf den Sieg über den Erbfeind und den allerhöchsten Beifall reagierten. Was seine Mutter anging, war Schierling sich nicht sicher. Erich von Plessow dachte wahrscheinlich wie SM im Exil. Beide hätten 14/18 liebend gern Paris selbst erobert. Das musste jetzt ihre Freude trüben, begeistert waren sie sicherlich trotzdem.

Mitte Juli traf endlich ein Brief Rosemaries aus Potsdam ein. Sie schrieb, Alexander sei wie ausgewechselt, seit seine Mutter ihn wieder in die Arme genommen habe. Sie habe ihn seitdem nur einen einzigen Tag allein gelassen. Das sei gewesen, als sie vor der Reichskanzlei inmitten einer unübersehbaren, jubelnden Menge von Volksgenossen dem Führer für seinen Sieg über den Franzmann gedankt habe. Schierling erinnere sich bestimmt gut daran, wie Rosemarie und er vor ihrer ersten Nacht an derselben Stelle gestanden und dem Führer zugewunken hatten.

In der heißen Jahreszeit wateten 35 000 oder 36 000 Ukrainer, Polen und Juden in der Kreisstadt Brodnopol knöcheltief im Staub, im Frühjahr und im Herbst knietief durch Schlamm. Im Winter türmten sich neben den vereisten Wegen und Straßen mannshohe Schneewehen auf. Es gab ein paar stinkende Seifensiedereien, einige lärmende Maschinenfabriken und einen in der Region sehr beliebten Pferdemarkt. Spuren harter Kämpfe zwischen Deutschen und Russen im Ersten Weltkrieg und im polnisch-russischen Krieg von 1920 waren noch zu entdecken, fielen aber im tristen Stadtbild kaum auf. Als jetzt die Wehrmacht über den Sereth setzte, den Nebenfluss des bekannteren Dnjestr, hatten die Russen Brodnopol überstürzt geräumt.

Michael Brodnow erstattete mit unbewegter Miene Bericht. Seine letzte Amtshandlung als Assessor Jon Schierlings hatte darin bestanden, sich in Begleitung des Oberinspektors Tetzlaff in Brodnopol umzusehen und für seine Kollegen Quartier zu machen. Weiterer Aufenthalt am Anus mundi, wie Brodnow sich ausdrückte, blieb ihm erspart. Den Marschbefehl an den Sereth und den Auftrag, dort die Kreishauptmannschaft einzurichten, hatten Schierling und der Assessor Freytag erhalten. Tetzlaff erwartete sie in Brodnopol. Brodnow hatte die Beförderung zum Regierungsrat in der Tasche und war nach Prag kommandiert worden. Seine Kenntnisse wurden bei der Einrichtung des Jüdischen Museums der SS unter dem Hradschin gebraucht.

«Tut mir Leid», sagte er. «Die zuständigen Herrn hatten keinen Sinn für Kalauer. Brodnow sollte nicht nach Brodnopol.»

«Gratuliere», entgegnete Schierling. «Meinerseits habe ich keinen Sinn für Schadenfreude.»

Brodnow beeilte sich, um Nachsicht zu bitten. Es sei nicht so gemeint gewesen.

«Schon gut», sagte Schierling. «Mit Tröstlichem können Sie überhaupt nicht aufwarten?»

«Mit dem Himmel und mit dem Winter», antwortete Brodnow. «Der Himmel ist unendlich über Brodnopol, besonders nachts. Der Winter verwandelt die hässlichste Ecke der Welt in einen weißen Traum.»

«Was ist mit der Bevölkerung?»

«Wie gesagt, Ukrainer, Polen, Juden. Ebenso viele Juden wie Ukrainer und Polen zusammen. Die meisten Deutschstämmigen wurden von den Russen verschleppt. Wer übrig geblieben ist, fällt im Völkergemisch nur auf, wenn er sich zum Selbstschutz gemeldet hat und nun mit Armbinde und Knarre durch die Straßen läuft. Diese arische Hilfstruppe und die ukrainische Miliz beäugen einander mit äußerstem Misstrauen, und der Gendarmerie sind beide nicht geheuer.»

«Die wunderbaren Truppen des Kreishauptmanns», sagte Schierling.

«Wohl wahr», bestätigte Brodnow. «Übrigens hat die Kommandantur keine Ahnung, wie viele Juden mit der Roten Armee getürmt sind. Grund zum Abhauen hatten sie allesamt. Sie sollen bei der GPU ein- und ausgegangen sein. Deren Massengräber werden jetzt geöffnet. Von Juden, die zu Hause geblieben sind. Die Angehörigen vermisster Personen werden an die Gräber geführt. Sie sollen die Opfer identifizieren. Vor allem die Stimmung der Ukrainer ist entsprechend rabiat. Abgesehen davon, sind die Wohnungen der Juden sehr begehrt.»

«Über die Stimmung wissen wir nichts Genaueres?»

«Nein. Aber wir können sie uns an fünf Fingern abzählen. Die Ukrainer wittern Morgenluft. Die Polen sind in der Minderheit und halten sich zurück. Gerüchte über Pogrome an anderen Orten schießen auch unter ihnen ins Kraut.»

«Welcher Art Pogrome?»

«Scheußlichster Art. Beim größten sollen sechshundert Menschen mit Knüppeln erschlagen worden sein. Ein Flugblatt verspricht, dass es nicht bei diesem Massaker bleibt. Die Verfasser behaupten, dass im September 1939 das Volk Mose Stalin Blumen gestreut hat. Jetzt sollen seinen Freunden die Köpfe abgeschlagen werden, auf dass man sie den Deutschen zu Füßen legen kann. Geredet wird vor allem über eine Heldentat in einem Kaff am Dnjestr. Dort haben angeblich ein polnischer Arzt und ein orthodoxer Priester das Kommando übernommen und dem Pöbel beigebracht, wie man mit Juden umgeht. Man fesselt sie mit Stacheldraht aneinander, jagt sie in den Fluss und sieht ihnen beim Ertrinken zu. Oder man treibt sie in die Synagoge und zündet ihnen das Dach über dem Kopf an. Angeblich gilt es als besonderer Spaß, jüdische Babys auf Mistforken zu spießen und sie ihren Eltern ins Feuer hinterherzuwerfen.»

«Sie sagen, es sind Gerüchte?»

«Vielleicht, aber das Leuchten in den Augen von Menschen, die solche Geschichten erzählen, gibt den Blick frei in Abgründe, und was heute noch Gerücht sein mag, kann morgen Tatsache werden. Die deutschen Einsatzkommandos werden niemanden hindern, seine Phantasien auszuleben. Soldaten der Wehrmacht zücken ihre Fotoapparate, wenn Juden geschunden werden.»

Schierling hatte keinen weiteren Bedarf an Geschichten über Gräuel.

«Was ist mit unserem Quartier?», fragte er.

«Tetzlaff richtet die Villa eines verschwundenen Seifenfabrikanten namens Herschel Meyersohn für Sie her. Der Oberinspektor hat sich einen Trupp Handwerker gegriffen. Sie sind anscheinend tüchtig. Die Villa liegt in nützlichem Abstand und günstiger Windrichtung zur Siederei des Vorbesitzers in einem kleinen Park. Den Kapitalisten und seine Nachbarn haben die Russen nach Sibirien geschafft. In die Villa eingezogen ist dann der Chef der örtlichen GPU. Offenbar legte Towaritsch Kommissar auf eine gepflegte Unterkunft Wert. Zum Schluss ist einiges zu Bruch gegangen, aber man hatte keine Zeit zum Packen, als die Deutschen kamen. Die Teppiche liegen dreifach übereinander, die Bilder hängen an der Wand, und man hat sogar das Silber in den Schubladen vergessen. Silber und Gemälde sind nicht so wertvoll wie im Wawel, aber sie können sich sehen lassen.»

«Danke für Ihre Bemühungen und alles Gute in Prag.»

«Ich weiß, dass ich ein Glückslos gezogen habe, aber Ironie habe ich nicht verdient.»

«War nicht böse gemeint. Ich freue mich auf Post von der Moldau.»

Jon Schierling hatte Missfallen erregt. Entweder hatte der Staatssekretär die selbstsicheren Manieren seines Günstlings satt, oder der GG und Jadwiga wollten durch dessen Anwesenheit nicht länger an ihre Affären erinnert werden. Wahrscheinlich war beides der Fall. Die Abkommandierung nach Brodnopol, so Doktor Zöllner, gehorche simpler Gerechtigkeit. Es gehe nun einmal nicht an, dass sich junge Leute während des Schicksalskampfes des deutschen Volkes permanent in einem der verbliebenen Paradiese lümmelten, während ihre Altersgenossen Tag für Tag an der Front bereit waren, fürs Vaterland ihr Leben zu opfern. Verglichen mit den Orten, an denen andere ihre Pflicht taten und ihr Schicksal erlitten, sei zweifellos auch Brodnopol noch ein Vorzugsposten. Schierling werde gut daran tun, sich der Herausforderung gewachsen zu zeigen. Der Aufbau einer Kreishauptmannschaft aus dem Nichts sei mit einem großen Mundwerk allein nicht zu schaffen.

Was ihn als Chef der Zivilverwaltung und der Gendarmerie im Kreis Brodnopol erwartete, war dem Abkommandierten nur in groben Umrissen klar. Fest stand lediglich, dass er sich mit einer kleinen Riege deutscher Mitarbeiter durch einen Wust von ekelhaften Aufgaben beißen und die Einwohner unter der Fuchtel halten musste. Zöllner fügte hinzu: «Ihr wichtigster Auftrag, darüber sind wir uns hoffentlich einig, ist die Exekution der Judenpolitik. Das bedeutet, Sie trommeln einen Judenrat zusammen, der seine

Glaubensgenossen – mit welchen Mitteln und wie notdürftig auch immer – am Leben erhält, bis Kamerad Bachewski zugreift. Vor Anwandlungen des Gemüts warne ich ausdrücklich. Halten Sie sich an das Rezept des GG.»

Das Rezept bestand darin, zu regieren statt zu verwalten. Es anzuwenden hieß, Entscheidungen zu treffen, die andere in die Tat umzusetzen hatten. Dabei galt es vor allem, die Nerven zu behalten, denn jede Schwäche konnte tödlich sein. Schierling wusste, dass er sich in Brodnopol auf Freytags Umsicht und Tetzlaffs Sachverstand verlassen musste. Nur wenn sie bei der Stange blieben, konnte er überleben. Kopfschmerzen bereitete ihm jedoch nicht nur der Ort seines künftigen Wirkens, den sein Kundschafter so überzeugend wie abschreckend geschildert hatte. Hinzu kam, dass sich im Distrikt Galizien eine komplizierte Hackordnung abzeichnete. Im Wawel hatten die Spieler die Oberhand. Um etwas durchzusetzen, konnte schon das Talent genügen, im richtigen Augenblick in der richtigen Tür aufzutauchen. In Galizien war es unmöglich, nicht zwischen die Feuer zu geraten. Als Verwaltungschef des Distrikts hatte der GG in Lemberg einen fettleibigen doppelten Doktor namens Karl Flau inthronisiert, den er aus unerfindlichen Gründen schon in seiner Akademie für Deutsches Recht unter die Fittiche genommen hatte. Hinter Flaus Rücken spielten auch Einfaltspinsel mit dem peinlichen Namen; der Spott von Witzbolden mit höherem Anspruch reichte vom «schlauen Blonden» bis zum «Mops unter Schäferhunden». Flaus Untergebene fürchteten trotzdem seine Querschüsse. Die SS drosch umso unnachsichtiger auf ihn ein, wobei es ihr weniger um die Schrammen zu tun war, die sie ihm zufügte, als um den Ärger, den sie damit seinem Chef in Krakau bereiteten. Um den Mops das Fürchten zu lehren, hatte Felix von Bachewski einen Bergarbeitersohn und alten Kämpfer mit dem verdächtigen Namen Katzmann, aber makellosem Stammbaum aus dem Ruhrgebiet nach Lemberg geschickt. Dieser Katzmann trug den Blutorden der Bewegung, weil ihm in Weimarer Tagen bei einem Straßenkampf ein Kommunist den

Mittelfinger der linken Hand abgeschossen hatte. Die sicherlich schmerzhafte Verwundung tat dem Hang zum Heldentum keinen Abbruch, und nach Kriegsausbruch war er einer der Ersten, die in Polen Partisanen jagten.

Drei Tage vor Schierlings Abreise meldete sich Felix von Bachewski bei ihm und bestellte ihn zum Abschiedsschmaus beim Hänfling. Brodnow und Freytag erwähnte er nicht; also machte sich Schierling allein auf den Weg.

Während Bachewski seine Lieblingssuppe mit Kutteln schlürfte, bedauerte er scheinheilig, dass sein junger Parteigenosse sich zu rar gemacht habe. Die alte Freundschaft habe darunter gelitten. Doch Gleiches solle nicht mit Gleichem vergolten werden. Das sei nicht Bachewskische Art. Schierling konnte sich weder an eine Freundschaft erinnern, noch traute er dem Gruppenführer jetzt über den Weg, aber Bachewski wollte nicht nur Floskeln austauschen und kam zur Sache.

«Ich nehme an, du hältst Brodnopol für einen toten Winkel der Weltgeschichte», sagte er, «aber das ist ein Irrtum. Brodnopol ist im Gegenteil ein strategischer Angelpunkt der NS-Rassenpolitik. Ich habe euch Grünschnäbeln schon einmal einen Vortrag über Ostgalizien gehalten. Erinnerst du dich?»

«Die Wiege des Ostjudentums», sagte Schierling.

«Mit deinem Gedächtnis klappt es», sagte Bachewski. «Was weißt du über Madagaskar?»

Die Frage verwirrte Schierling.

«Eine Insel im Westen des Indischen Ozeans», sagte er, «ein paar hundert Kilometer vor der afrikanischen Küste, groß aber ziemlich steinig.»

«Das ist richtig. Was weißt du noch über Madagaskar?»

«So gut wie nichts. Außer, dass es den Franzosen gehört.»

«Ebenfalls richtig. Vom Madagaskar-Plan hast du keinen Wind bekommen?»

«Nein. Was soll das sein?»

«Den Plan hat im vorigen Jahr das Auswärtige Amt ausgeheckt. Die feinen Pinkel wollten sich lieb Kind beim Führer machen und schlugen vor, die Insel den Franzosen abzuknöpfen, um die Juden aus Deutschland und aus den besetzten Gebieten dorthin zu verfrachten. Ein Polizeigouverneur aus unseren Reihen sollte die Deportierten anhalten, die Felsen im Ozean zu kultivieren. Weit weg wären sie jedenfalls gewesen.»

«Aber?»

«Der Russlandfeldzug ist dazwischengekommen. Jetzt drängen sich andere Möglichkeiten auf. Einerseits sollen die Juden nach wie vor verschwinden, anderseits brauchen wir im Osten Arbeitskräfte für den Straßenbau. Zwar gibt es eine Straße, die von Przemysl über Lemberg und Tarnopol durch die Sümpfe in Richtung Südosten führt, aber sie ist in saumäßigem Zustand. An dieser Durchgangsstraße lassen wir russische Kriegsgefangene Arbeitslager anlegen, in die wir dann die Juden schaffen werden. Sie sollen die lange Straße mit Geröll flicken. Das Material wird aus den Mauern ihrer Synagogen und aus den Grabsteinen ihrer Friedhöfe gewonnen. Sie selber werden, wenn die letzten Kräfte sie verlassen, ihren letzten Platz im Sumpf finden. Sie werden sich nach dem Tod sehnen, darauf kannst du Gift nehmen. Und wenn nicht, werden sie ebenso rasch weniger werden. Ausgedacht hat sich das übrigens ein SS-Kamerad, der in Paris stationiert ist und dort offenbar viel freie Zeit hat. Heinrich Himmler war begeistert über den Vorschlag.»

Der Braten kam. Bachewski griff zu. Schierling war der Appetit vergangen.

«Ich nehme an, für die Rekrutierung der Arbeitsjuden soll die Zivilverwaltung zuständig sein», sagte er.

Bachewski nickte.

«Die SS könnte sie sich natürlich selber von der Straße greifen», sagte er. «Da läuft ja gut und gern eine halbe Million von ihnen herum, und den Nachschub aus Deutschland und dem restlichen Europa organisieren wir schon jetzt. Aber wir überlassen euch die Arbeit an Ort und Stelle. Wozu soll eure Verwaltung sonst gut sein?

Ihr sortiert die Arbeitskräfte vor. Die kräftigsten bekommen wir. Ihr nehmt euch, was ihr in den Fabriken braucht. Der unproduktive Rest...»

«Was ist mit dem Rest?»

«Dir kann nicht entgangen sein, dass sich seit dem ersten Tag des Einmarsches die Erschießungen eingespielt haben. Aber sie haben Nachteile. Sie binden zu viele wehrfähige deutsche Männer und kosten zu viel Munition. Irgendwann muss sich eine Lösung in großem Stil finden. Was heißt irgendwann? Wir brauchen die Lösung besser heute als morgen. Dringend benötigt wird eine Endlösung.»

Bachewski bemerkte mit Missfallen, dass Schierling seinen Teller nicht anrührte.

«Lass dir einen guten Rat geben», sagte er. «Dienst ist Dienst, und Schnaps ist Schnaps. Das gilt noch immer. Niemand hat etwas davon, wenn du vom Fleisch fällst. Ebenso ungesund wäre es, wenn sich herumspräche, dass du schwach auf der Brust bist, was die Weltanschauung angeht. Ich werde es in alter Verbundenheit für mich behalten, aber andere Leute haben auch eine Nase für butterweiche Seelen.»

Bachewski taxierte die Wirkung seiner Drohung und lächelte zufrieden.

«Was ist mit deinem zweiten Mann, mit diesem Freytag?», fragte er. «Ich höre, du nimmst ihn mit.»

«Was soll mit ihm sein?»

«Den Assessor Brodnow wirst du los, und das ist gut so. Er ist für unseren Geschmack etwas zu beweglich im Kopf und zu oft mit dem Mundwerk vorneweg. Sein Glück ist, dass sie in Prag ausgerechnet einen wie ihn brauchen. Er soll sich nur nicht einbilden, er könnte an der Moldau seinem neuen Chef und unser aller Schwarm Reinhard ebenso auf der Nase herumtanzen wie hier dem GG oder dem Staatssekretär, von dir ganz zu schweigen. Nur so viel über Herrn Brodnow. Aus Herrn Freytag sind wir weniger schlau geworden. Er kriegt die Zähne nicht auseinander.»

«Was sollte er euch zu erzählen haben?»

«Wir lieben Leute, die uns etwas erzählen. Leider ist Freytag genauso stur wie du.»

«Er hat seine Gründe.»

«Auch genau wie du?»

«Sagen wir, genau wie ich. Er ist Jurist und denkt lieber nach, bevor er redet.»

«Du wärst erstaunt, wenn du wüsstest, wie geschwätzig Juristen sein können, ohne nachzudenken. Abgesehen davon, dass wir selber genug von euch Brüdern im Laden haben, die hervorragend spuren. In der Gestapo wimmelt es geradezu von ihnen. Aber lassen wir das. Du brauchst deine splendiden Spielchen für dein Selbstbewusstsein. Alles soll schön rechtsförmig ablaufen. Sagt ihr nicht so?»

«Schön muss es nicht sein. Hauptsache rechtsförmig.»

«Soll dir die Vorsehung den edlen Sinn erhalten. Aber noch eins. Mit den Juden fertig zu werden ist eure Hauptaufgabe, aber das heißt nicht, dass ihr die Polenpolitik aus dem Auge verlieren dürft. Die polnische Intelligenz muss auch in Brodnopol dezimiert werden. Wie wir es auf die Dauer mit den Ukrainern halten, ist noch nicht entschieden, aber du erfährst es rechtzeitig. Wenn du schlau bist, verlässt du dich in Volkstumsfragen auf unseren gemeinsamen Freund Tetzlaff. Herr Brodnow ist ihm bei jeder Gelegenheit über den Mund gefahren. Das war dumm, Tetzlaff ist ausnehmend tüchtig.»

Als sie sich verabschiedet hatten, klopfte Schierling das Gespräch noch einmal auf doppelten Boden ab. Vermutlich hatte ihm Bachewski jedoch nur aufs Brot schmieren wollen, dass er auch in Galizien unter Aufsicht stand.

Im zynischen Machtbetrieb der Krakauer Burg waren auch die Laufburschen Zyniker. Antriebe und Rechtfertigungen wurzelten in tieferen Seelenschichten. An dem Abend, an dem er seinen Ausstand aus der Troika gab, klassifizierte Michael Brodnow unter Zuhilfenahme von reichlich Alkohol die einschlägigen Typen. Die einen veranlasste ihre Weltanschauung zu ihrem Verhalten, die anderen ihr Herrschaftsinstinkt. Nebenformen waren an der Tagesordnung. Eine von ihnen war der Herdentrieb, aber es kam darauf an, was überwog.

«Und in welcher Kategorie bringen Sie uns unter?», fragte Schierling.

«Das ist tatsächlich die Frage», räsonierte Brodnow. «Unser Machtinstinkt ist unterentwickelt. Er befähigt uns gerade eben, uns über Wasser zu halten. Andererseits hapert es an Ideologie.»

«Also?»

«Sonderfälle stören das schöne Gesamtbild und sind deswegen zu vernachlässigen.»

«Das ist eine faule Ausrede.»

«Also gut, bei Licht betrachtet, tritt in den Fällen Schierling, Freytag und Brodnow der Zynismus besonders deutlich zu Tage. Unterfüttert ist er mit einer gewissen Sentimentalität. Die wiederum dient als Ersatz für das Gewissen, das die abendländische Kultur so verteufelt ernst nimmt.»

Brodnow teilte Rotwein aus.

«Das Gewissen», fuhr er fort, «war auch das Anliegen des guten Mannes, der mir Latein und Griechisch beigebracht hat und der ein verkappter Philosoph war. Mal sehen, ob ich in meinem besoffenen Kopf zusammenbringe, was uns der Studienrat Friedrich Pape in Holzminden an der Weser auf den Lebensweg mitgeben wollte. Papes Ein und Alles war das Daimonion des Sokrates, die innere Stimme, die uns verbieten will, etwas zu tun, was nicht richtig ist. Leider, so fügte Friedrich Pape hinzu, wurden einige Schüler des Sokrates dermaßen neugierig auf das Daimonion, dass sie es sezierten, wobei es leider zu Tode kam – ein Gedanke Nietzsches übrigens, wie Pape nicht zu sagen vergaß. Den Propheten des Übermenschen hielt der Herr Studienrat, Friede seiner Asche, für einen Oberzyniker. Wegen der Suche nach der Wahrheit jenseits von gut und böse, versteht sich. Aber Nietzsche war Realist. Pape würde sich wundern, wie tot das Gewissen sein kann.»

«Ich meinerseits …», sagte Freytag.

«Geschenkt», unterbrach Brodnow. «Bei Betrachtung von uns drei Untergebenen des Vizekönigs von Polen trifft meine Analyse auf Sie am wenigsten zu. Anders gesagt, Ihr Daimonion ist erstaunlich resistent. Menschlich betrachtet, ehrt Sie dies. Besonders gesund ist es unter den herrschenden Verhältnissen gewiss nicht.»

«Ich nehme an, Sie haben über mich Entsprechendes auf Lager», sagte Schierling.

«Ich weiß die kollegialen Umgangsformen von Vorgesetzten zu schätzen», erwiderte Brodnow, «aber ich will Ihnen nicht zu viel zumuten.»

«Ich bestehe darauf …»

«Ich habe freies Geleit?»

«Reden Sie schon …»

«Da war ein Junge in unserer Klasse, den Friedrich Pape nicht ausstehen konnte und den er eines Tages im Zorn Alkibiades nannte. Uns imponierte der Mitschüler. Folglich schlugen wir nach, was für ein Herzchen Pape in den Sinn gekommen war. Im Lexikon stießen wir auf einen glänzend begabten Menschen, nach dem sich erst die Männer und dann die Frauen verzehrten und der als Politiker den Frontwechsel zum Lebensprinzip erhob.»

«Sie meinen Verrat.»

«Verrat wäre zu viel gesagt. Es war das wechselnde Geschick, das Alkibiades veranlasste, neue Positionen zu suchen. Er machte sich aus dem Staub, wenn ihm irgendwo Missgunst oder widrige Umstände die Karriere zu verderben drohten. So sahen wir ihn jedenfalls, und wir fanden sein Verhalten verständlich.»

«Ich nehme an, an Ihrer Stelle, wäre er ebenfalls nach Prag gegangen statt nach Brodnopol.»

«Das hätte ihm ähnlich gesehen.»

«Ich reise nach Brodnopol.»

«Wie gesagt, die Entscheidungen des Alkibiades waren ein Produkt der herrschenden Umstände, der Gelegenheiten, und das mindestens in dem Maße, in dem sie von seinen Entschlüssen abhingen.»

«Vermutlich hätten Sie mir sein Beispiel nicht unter die Nase gerieben, wenn ich Ihr Vorgesetzter geblieben wäre.»

«Vielleicht doch, vielleicht nicht. Bestimmt aber nur wie heute Abend im Suff.»

«Ich werde Sie als ehrlichen Burschen in Erinnerung behalten.»

«Danke verbindlichst. Aus den Augen verlieren sollten wir uns nicht.»

«Schließen wir Herrn Freytag in dieses Versprechen ein», sagte Jon Schierling.

Brodnopol brauchte kein Ghetto. Es war eins. Die Juden bevölkerten die staubigen Straßen. Die Ukrainer und die Polen wirkten fremd zwischen ihnen. Zusammen mit den Nachbargrundstücken bildete der Park des Seifenfabrikanten Herschel Meyersohn eine Oase. Die Residenz des Kreishauptmanns erinnerte Schierling an Samuel Silbersteins Haus in Heringsdorf. Allerdings gab es keine nennenswerte Bibliothek, und auch sonst fehlte letztes Raffinement. Ein Pferdestall stand leider leer. Wie angekündigt, hatte Tetzlaff das Anwesen in Schuss bringen lassen. Die Diensträume lagen im Parterre. Privatim teilte sich Schierling die erste Etage mit Freytag. Im Dachgeschoss hatte sich Tetzlaff nebst Ehefrau eingerichtet. Eva Tetzlaff war mit Schierlings Einverständnis zur Hausdame avanciert und stand nebenher als Dolmetscherin zur Verfügung. Im Gartenhaus gleich neben der Auffahrt quartierte die Gendarmerie ein Wachkommando unter dem Befehl eines Feldwebels ein. Am ersten Abend schrieb Jon Schierling seiner Frau, dass er beschlossen habe, das Beste aus der Situation zu machen. Er wusste, dass die Antwort auf sich warten lassen würde.

Der Schreibtisch quoll von Papieren über. Die Judengesetze des Generalgouvernements waren eines nach dem anderen in Kraft zu setzen. Der Kreishauptmann hatte Vollmacht, sie den örtlichen Gegebenheiten anzupassen; die meisten übernahm Schierling unverändert. Die größte Mühe bestand darin, Tausende von Juden zu registrieren und sie, wenn möglich, nicht nur nach Alter, Geschlecht und Arbeitsfähigkeit einzustufen, sondern auch nach ihrem Einfluss auf die Gemeinde. Als schwarze Listen der ukrainischen Miliz auftauchten, erleichterten sie die Arbeit nicht unwesentlich. Den Juden klar zu machen, dass die Deutschen um Auflagen und Verbote nicht mit sich feilschen ließen, gelang rasch. Nur bei der Kontribution, die mangels gesetzlicher Grundlage nicht Steuer heißen konnte, kam Jon Schierling ihnen entgegen. Gold und Schmuck waren sofort abzuliefern, Zahlungen in Rubel oder Zloty konnten in Raten erfolgen. Der Oberinspektor Tetzlaff wurde kreativ und schlug vor, die Quittungen nach Lemberg zum Beispiel «chai» zu nennen. Jon Schierling stimmte zu. Warum nicht «chai»? Das Wort klang nach «Schein». Nachträglich stellte sich heraus, dass «chai» auf Hebräisch «Leben» bedeutete, der damit überschriebene Zettel also den vorläufigen Freikauf von der Exekution bestätigte.

Die Ukrainer lieferten auch Listen mit Namen von Angehörigen der polnischen Intelligenz, die keine Juden waren. Assessor Freytag drückte die Aufstellung Tetzlaff in die Hand, der sie umgehend dem SS-Sicherheitsdienst weiterreichte. Schon der Gedanke, sie Katzmanns SD vorzuenthalten, verbot sich. Die ukrainischen Nationalisten machten mit allen Deutschen gemeinsame Sache. Vermutlich warteten sie nur auf die Chance, die einen Besatzer gegen die anderen auszuspielen. Auf die eigene Kappe nahm Schierling die Anordnung, die Arbeiter, einschließlich der Juden, in die Fabriken zurückzuschicken und den Pferdemarkt wieder zu eröffnen. Kenner der früheren Verhältnisse behaupteten, dass die Juden mit den Maschinen, die in Brodnopol nicht eben der letzte Schrei der Technik waren, besser zurechtkamen als die Polen und die Ukrainer. Die Ukrainer, hieß es, zogen nach befriedigter Mordlust vor, mit ihrer Kuh am Strick auf die Weide zu ziehen und in den Himmel zu starren. Die Polen standen grundsätzlich im Verdacht der Sabotage. Tetzlaff kommentierte Schierlings Maßnahmen ungefragt. Was er vorbrachte, war typisch für ihn und erlaubte Rückschlüsse auf Katzmanns Ansicht der Dinge. Die Juden, sagte Tetzlaff, würden die Produktion binnen Kürze in Gang setzen, wenn sie hoffen durften, auf diese Weise ihr Leben zu retten. Was den Pferdemarkt anging, erlaubte sich der Oberinspektor Kritik. Der Markt von Brodnopol, so sein Einwand, sei zu hundertfünfzig Prozent in jüdischen Händen gewesen. Schierling setzte sich über den Einwand hinweg. Entweder kamen die Juden wieder auf den Markt, um Zlotys zu verdienen, oder sie versuchten, das Geschäft über Strohmänner zu deichseln. Irgendwoher mussten die Tribute kommen, die sie zahlen sollten.

Der erste Markttag wurde eine bittere Enttäuschung. Kein Gaul, dem nicht die Rippen durchs Fell stachen, keiner ohne Senkrücken, triefende Nüstern oder pfeifende Lungen – der Markt war kein Markt, sondern eine Raritätenschau der traurigsten Rosinanten Polens. Schierling hatte die Händler für dümmer gehalten, als sie waren, und er bekam prompt die Quittung. Wer Erfahrung mit requirierender Wehrmacht oder SS hatte, versteckte jedes Pferd, das einigermaßen etwas hermachte, und brachte nur die Krüppel auf den Markt. Endlich fiel Schierling ein Ungetüm von einem Grauschimmel auf. Auch er war abgrundhässlich, der Kopf war klobig, Widerrist, Rücken und Kruppe luden zur Berg- und Talbahn ein, aber der Wallach war gut im Futter und schien kerngesund und gutmütig zu sein. Im Vergleich mit den anderen Kreaturen auf dem Markt war er die Krone der Schöpfung. Äußerlich passte der Händler zu seinem Pferd. Er war ebenfalls ein Koloss. Der Charakterkopf erinnerte Schierling an Avram Sperber, nur dass die Gesichtszüge gröber waren. Im Gegensatz zu seinem Schimmel war der Mann jedoch die Widerborstigkeit in Person, als Schierling ihn fragte, ob er kein schöneres Tier im Stall habe.

«Miese Zajntn, miese Ferdn», knurrte der Händler.

«Red Deutsch mit mir, nicht Jiddisch. Ich bin sicher, du kannst ganz gut Deutsch. Ich will keinen Ackergaul, verstehst du mich? Ich will ein Reitpferd», sagte Schierling.

«Wie soll ich den Herrn nicht verstehn? Der Herr will ein Pferd zum Reiten. Ich hab kein Pferd zum Reiten. Ich hab den hier. Ein tüchtiges Pferd zum Arbeiten auf dem Feld, sehr tüchtig.»

«Ich will, dass du ein Pferd für mich findest. Gib dir Mühe. Du weißt, wer ich bin?»

«Der Herr Kreishauptmann ist bekannt in Brodnopol.»

«Du wirst etwas für mich finden und dich bei mir melden. Du kommst auf deine Kosten. Ich verspreche es dir. Wie heißt du?»

«Baruch.»

«Baruch und wie weiter?»

«Baruch Stern.»

«Baruch Stern aus Brodnopol?»

«Aus Zbaraz.»

«Also gut, Baruch Stern aus Zbaraz, wir sind miteinander verabredet. Lass mich nicht zu lange warten.»

«Ich werd mich umsehen», versprach Baruch Stern.

Jon Schierling hatte sich mit dem richtigen Mann eingelassen. Schon am nächsten Morgen stand Baruch Stern mit einem Rappen vor dem Tor der Residenz. Jon Schierling war beeindruckt. Mit seinem Temperament und seiner Eleganz war der Schwarze das krasse Gegenteil des Grauschimmels auf dem Markt.

«Der Herr Kreishauptmann wären gut bedient mit meinem Burza», sagte Baruch Stern. «Vielleicht weiß der Herr, Burza ist Sturm auf Polnisch, aber mein Burza ist sanft wie ein Lamm.»

«Wie alt?», fragte Schierling.

«Acht Jahre, aber gesund, wie wäre er vier, und gut unter dem Sattel.»

Schierling sah Burza ins Maul. Die Auskunft konnte stimmen. Der Rappe gefiel ihm.

«Ich will ihn reiten», sagte er.

«Natürlich», sagte Baruch Stern.

Schierling stieg in den Sattel und prüfte das Pferd im Park. Kompliziertere Aufgaben waren neu für Burza, aber er begriff rasch, was von ihm verlangt wurde. Schierling war begeistert.

«Wie viel willst du für ihn?», fragte er, als er wieder vor Baruch Stern stand.

«Burza ist ein gutes Pferd», sagte Baruch Stern.

«Wie viel?», wiederholte Schierling.

«Fünfhundert», antwortete der Händler.

«Fünfhundert was?»

«Geringe fünfhundert Mark.»

«Du bist verrückt. Zweihundert.»

«Dreihundert oder ...»

«Was – oder?»

Plötzlich sah Schierling in ein todernstes Gesicht. Baruch Stern vergaß das Geld. Er hatte Angst.

«Für Juden ist es gefährlich, in Zbaraz zu leben», sagte er. «Die Ukrainer machen Jagd auf Juden und ihre Kinder und stehlen ihnen ihre Habe.»

Schierling begriff, was der Jude wollte.

«Du willst, dass ich dich nach Brodnopol hole?», fragte er.

«Ich möchte hierher. Mit der Familie.»

«Und wovon wollt ihr hier leben?»

«Ich dachte ...»

«Was dachtest du?»

«Dass ich mich kümmere um die Pferde des Herrn Kreishauptmanns.»

«Die Pferde? Ich sehe nur ein Pferd, und das habe ich noch nicht einmal gekauft.»

«Burza soll geschenkt sein und ich kann mehr Pferde beschaffen.»

«Willst du mich bestechen? Du bist verrückt.»

«Für meine Kinder bin ich auch verrückt.»

«Wie viele Kinder hast du?»

«Sechs. Vier Söhne, zwei Töchter.»

«Wie alt?»

«Die Großen sind fast Männer und packen gut an.»

«Sie sind dir aus dem Gesicht geschnitten, vermute ich.»

«Ich verstehe nicht.»

«Ich meine, sie sehen aus wie du.»

«Das tun sie, auch die Kleineren. Nur die Mädchen sind schöner. Sie sollen nicht leben in Angst.»

Baruch Stern war stolz auf seine Kinder. Er gefiel Schierling ebenso gut wie sein Pferd.

«Du riskierst etwas im richtigen Moment. Du bist ein mutiger Mann, Baruch Stern», sagte Schierling. «Für Burza bekommst du zweihundertfünfzig Mark. Bring deine Familie in der Stadt unter. Sag den Beamten, dass ich dich schicke. Du kannst für mich arbeiten. Mach was aus ihr. Du hast eine Chance.»

Anzeichen einer schweren Depression Gerhard Freytags waren nicht zu übersehen. Seit dem Umzug nach Brodnopol beobachtete Jon Schierling seinen Kreiskommissar mit wachsender Sorge. Um ihm Abwechslung zu verschaffen, schickte er ihn zu einer Sitzung nach Krakau, zu der er selbst befohlen worden war. Er sehnte sich ohnehin nicht danach, dem GG unter die Augen zu treten und entschuldigte sich beim Staatssekretär mit einer Grippe.

Freytag kehrte noch niedergeschlagener zurück. Wie üblich war sein Bericht präzise. Der GG hatte durchblicken lassen, dass Beschwerden, die er in Berlin vorgetragen hatte, als überflüssige Scherereien abgetan worden waren. Mit dem Rat, Juden und Polen zu liquidieren, die er nicht ernähren konnte, hatte man ihn praktisch vor die Tür gesetzt. Seine Schlussfolgerung hatte sich Freytag Wort für Wort gemerkt: Zweieinhalb Millionen Juden im Gouvernement waren, wie es der GG nannte, der Erledigung zuzuführen. Es war unmöglich, so viele Menschen zu erschießen. Fest stand nur, dass sie spurlos verschwinden sollten, und fest stand auch, dass Mitleid mit Feigheit vor dem Feind gleichzusetzen war. Im zweiten Punkt war sich der GG mit den Berlinern einig. Die Erfüllung der Aufgabe durfte nicht an so genannter Menschlichkeit scheitern.

«Über das Mitleid», sagte Freytag, «stand neulich auch etwas im *Schwarzen Korps*. Nachdem der Reichsführer SS ein Zwangsarbeiterlager besichtigt hatte. Der Verfasser zitierte Himmler sinngemäß, die Volkskrankheit, die sich darin ausdrücke, dass jeder Deutsche mindestens einen guten Juden kenne, erweise sich als überaus widerständig und langwierig. Nötig sei endlich Härte – Härte jedes Einzelnen sowohl gegen sich selbst wie auch gegen andere. Neu ist die Litanei nicht, aber es wird kein Zufall sein, dass die Herren jetzt in dieselbe Kerbe schlagen. Sie wollen uns innerlich aufrüsten für neue, für noch größere Aufgaben. Wir verstecken Reb Baruch und seine Kinderschar wohl am besten auf dem Heuboden. Wenn Herr Tetzlaff nichts dagegen hat. Zum Glück scheinen die Judenbengel Eva Tetzlaffs Mutterinstinkte geweckt zu haben.»

Schierling widersprach schärfer, als es Freytag gegenüber angebracht war.

«Der Jude Stern», sagte er, «arbeitet im Stall des Kreishauptmanns und erledigt auch andere Arbeiten, und zwar besser als das ukrainische Personal. Die zwei älteren Söhne gehen dem Vater kräftig zur Hand, selbst die jüngeren Kinder tun es.»

«Etwas viel Aufwand für unser Wohlbefinden.»

«Reb Baruch sieht sich nach Remonten um.»

«Was wird das? Ein Gestüt, das der SS Konkurrenz macht? Unseren Freunden wird es kaum in den Kram passen. Ihr Siedlungsamt liebt keine Extratouren. Die Antwort, die uns der Staatssekretär erteilt, sobald er von unserer kleinen Farm Wind bekommt, kenne ich jetzt schon. Er wird uns die Faxen austreiben.»

«Ihnen bekommt Brodnopol nicht», sagte Schierling, «ich gebe zu, im Wawel lebte es sich angenehmer.»

«Vor allem aus einem Grund», sagte Freytag.

«Welchen Grund meinen Sie, wenn ich fragen darf?»

«Wir konnten uns auf der Burg in unsere Akten vergraben und mussten uns nicht darum kümmern, was wir anrichteten, wenn wir sie abzeichneten.»

«Ich hatte nicht den Eindruck, dass Sie sich keine Gedanken darüber gemacht haben.»

«Nur bis zu einem gewissen Grade. Aber Sie haben Recht, ein leichtfertiger Mensch bin ich wohl nicht.»

«Für den halten Sie vermutlich mich. Ich darf Sie daran erinnern, dass wir gemeinsam versucht haben, unsere Möglichkeiten in Krakau, vor allem in Kazimierz, auszuschöpfen.»

«Das war mager genug. Ich glaube nicht, dass einer von uns eine Sekunde lang angenommen hat, wir könnten wirklich irgendetwas ausrichten, wir könnten irgendetwas verhindern.»

«Trotzdem, wir haben es versucht.»

«Was hat Ihnen Gruppenführer von Bachewski in Krakau zum Abschied anvertraut?»

Schierling hatte das Treffen beim Hänfling sehr viel später erwähnt, aber sich auch dann über Einzelheiten ausgeschwiegen.

«Er hat von einer endgültigen Antwort auf die Judenfrage geredet», sagte er.

«Dachte ich es mir doch. Sie wissen so gut wie ich, was beschlossene Sache ist. Die mörderische Arbeit in den Sümpfen, dazu die Massenerschießungen vor der nächstbesten Wand oder vor Gräbern, die Juden und Polen sich selber graben müssen, sind nur Vorspiel, nicht mehr als eine Etappe auf dem Weg zur endgültigen Vernichtung. Was ist, wenn die in Berlin den GG nur zappeln lassen? Aber vielleicht hat man ihm auch schon mitgeteilt, wie man ein paar Millionen Menschen umbringt, ohne Munition zu vergeuden, und er behält es mit Rücksicht auf zartere Gemüter vorläufig für sich. Nein, unser aller Führer hat nicht vergessen, dass er der Welt schon vor dem Krieg die Vernichtung der jüdischen Rasse in Europa versprochen hat. Wie fast jeder Volksgenosse haben wir beide die Botschaft mit eigenen Ohren im Radio gehört. Vielleicht haben wir es für Propaganda gehalten. Um uns zu beruhigen. Jetzt stecken wir mittendrin in diesem Vernichtungskrieg. Wir sind auf Posten, wir tun unsere so genannte Pflicht. Zwar schießen wir nicht selber, aber wir leisten dem Massenmord Vorschub. Unsere speziellen Freunde, ob sie nun Reb Mordechai, Reb Avram oder Reb Baruch heißen, gehören hingegen zu der Rasse, die der Führer vernichten will. Ich weiß es, und Sie wissen es.»

Freytag sprach aus, was Jon Schierling sich um keinen Preis eingestehen wollte. Er wich Freytags Argumenten aus.

«Das Beste ist», sagte er, «ich schlage dem Staatssekretär vor, Sie auf einem anderen Posten zu verwenden.»

Freytag starrte ihn an.

«Und wie wollen Sie es begründen?», fragte er. «Damit, dass mir die Nerven durchgehen? Bekanntlich haben nur Schlappschwänze schwache Nerven, und auszusprechen, was vor aller Augen geschieht, ist Hochverrat. Außerdem – was würde ein Ortswechsel ändern? Es ist derselbe Krieg in Brodnopol und in Krakau oder irgendwo sonst.»

«Denken Sie über meinen Vorschlag nach», sagte Schierling.

Vier oder fünf Nächte später fiel in der ersten Etage der Residenz ein Schuss. Tetzlaff und seine Frau waren schon zur Stelle, als Schierling das Schlafzimmer des Assessors betrat. Freytag lag seltsam verrenkt auf seinem Bett. Sein Schädel blutete aus einer großen Wunde.

«Der Kreiskommissar hat sich umgebracht», sagte der Oberinspektor. «Am klügsten wäre, wir melden, dass es sich um einen Unfall beim Reinigen der Dienstwaffe gehandelt hat. Das macht am wenigsten Ärger.»

«Ich mache uns Kaffee», sagte Eva Tetzlaff.

Für je zweihundert Mark holte Baruch Stern zwei Fuchsstuten in den Stall. Die eine trug im sechsten Monat ein Fohlen. Die andere sollte zum Hengst, sobald sie rossig wurde. Obwohl Freytag vermutlich Recht behielt und nichts aus der Zucht wurde, über die er gespottet hatte, hatte Schierling Freude an den Pferden. Als Bereiter für die Stuten stellte er zwei Bauernsöhne ab, die in der Gendarmeriewache Dienst taten. Er selbst ritt nur Burza.

Tetzlaff übersah geflissentlich den Zeitvertreib seines Vorgesetzten. Nach Freytags Tod war der Oberinspektor zum Kreiskommissar aufgestiegen. Felix von Bachewski hatte drauf gedrängt, und Schierling hatte schließlich zugestimmt, weil ein neues Gesicht in der Schlüsselstellung der Behörde eine größere Belastung bedeuten konnte als die gewohnte Bürokratenmiene des ungeliebten, aber zuverlässigen Untergebenen. Bestätigt sah sich Schierling, als der Jurist aus Wien namens Maschmann, der nach dem Tod Gerhard Freytags nach Brodnopol geschickt worden war, nicht mehr als eine stramme Gesinnung mitbrachte. Der Kollege mokierte sich so lange über die Idylle mit Hofjuden, für die er die Residenz hielt, bis ihm Schierling über den Mund fuhr, dann öffnete er den Mund nur noch, um sich mit Informationen aus Krakau oder Lemberg zu brüsten, die er angeblich unter dem Siegel der Verschwiegenheit erhalten hatte.

Ernst Tetzlaff lebte dagegen nach seiner Beförderung überraschend auf. Er hatte jahrzehntelang die Hacken zusammengeschlagen und Befehle ausgeführt, ohne nach ihrem Sinn und Zweck zu fragen. Jetzt war er am Ziel seiner Wünsche. Er musste lediglich dafür sorgen, dass am Ende unter den Anordnungen, die er für gut und richtig hielt, die Unterschrift des Kreishauptmanns stand, womit in aller Regel zu rechnen war. Vor allem verblüffte Schierling das Tempo, in dem sich Tetzlaff in einen angenehmeren Menschen verwandelte. Anzunehmen war, dass dies nicht nur dem Sprung nach oben, sondern vor allem auch dem Einfluss zu verdanken war, den Eva Tetzlaff auf ihren Mann nahm, nachdem er der Bürden des Schwächsten im Rudel ledig war. Eva Tetzlaff brachte es fertig, ihn ebenso freundlich, aber auch bestimmt zu dirigieren wie – mit Ausnahme Schierlings – jeden anderen. Das galt auch für Baruch Stern und vor allem für seine Kinder, die sich immer häufiger in der Residenz blicken ließen. Mit Baruch Stern sprach Eva Tetzlaff Polnisch.

Schierling war mehr als einmal drauf und dran, die beiden um ihre selbstverständliche Vertrautheit zu beneiden. Er steckte in einer Krise. Sein Problem war, dass ihm die Gesprächspartner abhanden gekommen waren.

Die Idylle endete am Zaun der Residenz. Mit Schierlings Einverständnis verschleppte Tetzlaff die Einrichtung eines Ghettos. Den

Judenrat und die dann ebenfalls ins Leben gerufene Judenpolizei fasste der Kreiskommissar umso strenger an. In den Behörden galt er als unnahbar. Unterdessen verrichteten die Einsatzkommandos der SS ihre blutige Arbeit. Eins von ihnen war nun als Abteilung der Sicherheitspolizei in Brodnopol stationiert. Obwohl Tetzlaff davon abriet, beschwerte sich Schierling mehrfach über mangelnde Unterrichtung seiner Dienststellen. Grundsätzlichen Protest unterließ er, weil er ihn für aussichtslos hielt.

Die ersten, wie sich zeigen sollte, verfrühten Warnungen vor Partisanen trafen im Herbst ein. Tetzlaff bestand darauf, dass sein Chef nur noch in Begleitung von zwei Gendarmen ausritt. Es klang vernünftig, und Schierling fügte sich. Als Brodnopol im Schlamm versank, ertrugen es Pferde und Reiter mit Gelassenheit. Bei Wintereinbruch schraubte Baruch Stern Stollen an die Hufeisen Burzas und der Stuten. Schierling folgte dem Beispiel der Gendarmen und stopfte übergroße Stiefel mit Stroh aus. So kam man durch den klirrenden Frost. Der nach Prag desertierte Assessor Michael Brodnow behielt Recht. Der Schnee entschädigte für die Kälte und verschönte die Stadt und ihre Umgebung, indem er sie weiß anstrich. Eine Grippe mit hohem Fieber unterbrach den Alltag und setzte Schierling drei Wochen lang ziemlich übel zu. Zum Glück handelte es sich nicht um das Fleckfieber, das bei den Juden grassierte. Als Schierling wieder aus dem Bett kam, befand sich Deutschland auch mit Amerika im Krieg, und Berichte über einen groß angelegten Versuch, Juden mit Abgasen aus Dieselmotoren zu töten, sickerten durch. Aus Angst vor Unruhen und einer Ausbreitung des Typhus sperrte Tetzlaff das Ghetto nun doch ab. Die Bemühungen, alle Juden dorthin umzusiedeln, liefen an. Kurz darauf blieb der deutsche Angriff vor Moskau in Eis und Schnee stecken, und auf der anderen Seite der Front traten frische Truppen aus Sibirien an. In Berlin orakelten Propagandaexperten über den todwunden russischen Bären. Todwund – das sollte heißen, dass das Ende des Feindes bevorstehe, aber gerade in seinem verzweifelten Zustand, so wussten die Verfasser von Leitartikeln, galt er als gefährlich. Im Reich rief das

Winterhilfswerk dazu auf, für die Front wärmende Kleidung zu spenden. In Galizien befahl der GG eine Blitzaktion. Den Juden sollte jeder Fetzen Pelz abgenommen werden, den sie am Leibe trugen und den die Hausdurchsuchungen zu Tage förderten. Die Pelze waren an Ort und Stelle sorgfältig zu desinfizieren und umgehend an Sammelstellen des Bezirks weiterzuleiten. Tetzlaff zeigte, welches Organisationstalent in ihm steckte, und er erntete Anerkennung. Anlässlich einer inoffiziellen Bilanz, die kurz vor Jahresende in Umlauf kam, lobte die Lemberger Verwaltung den Einsatz der Kollegen in Brodnopol als vorbildlich. Tetzlaff war beglückt.

Jon Schierlings Gemütslage blieb trist. Dazu trug auch die Post aus Potsdam bei. Rosemarie schrieb inzwischen regelmäßig, aber ihre Briefe strotzten von Banalität. Frau und Kind gehe es gut, die Heimat tue ihre Pflicht. Mehr erfuhr Schierling auch zu Weihnachten nicht. Er verbrachte die Festtage in trüber Stimmung.

Am Neujahrsmorgen brachte ein Kurier ein versiegeltes Paket aus Lemberg. Es enthielt einen Zobelmantel. Den Begleitbrief hatte der Gouverneur mit eigener Hand abgefasst. Der doppelte Doktor namens Flau dankte für die beispielhafte Zusammenarbeit, wünschte sich auch für die Zukunft gemeinsamen Erfolg und äußerte die Überzeugung, dass sich die Gattin Doktor Schierlings über einen Beweis der Anerkennung seiner Arbeit freuen werde. Ein Nachsatz informierte den Kreishauptmann, dass der Gouverneur sich erlaubt habe, dem Kreiskommissar ebenfalls ein Präsent zu schicken.

Am Nachmittag vertraten sich Tetzlaff und seine Frau im Park die Füße. Schierling beobachtete sie durchs Fenster. Eva Tetzlaff trug einen Pelzmantel, den Schierling bisher nicht an ihr gesehen hatte. Aus der Entfernung konnte er das Fell nicht näher identifizieren. Ein Zobel war es wohl nicht. Vermutlich hatte der Gouverneur die Hierarchie berücksichtigt.

Dass es mit den Präsenten zum Jahreswechsel eine verfängliche Bewandtnis hatte, zeigte sich nach wenigen Tagen. Der Zobel war auf dem Weg nach Potsdam, als die Beurlaubung des Gouverneurs Flau zwecks Ableistung einer Wehrübung bekannt gegeben wurde. Die Geschäfte sollte der Amtschef Ludwig Ackermann weiterführen.

Assessor Maschmann strahlte.

«Herrn Flau», verkündete er, «sehen wir nicht wieder. So viel steht fest. Er ist aus mehreren Gründen erledigt. Mindestens mit einem seiner Doktortitel stimmt etwas nicht und er hat ein überaus effizientes System entwickelt, das auf gegenseitiger Bestechung basierte.»

Nach seiner Enthüllung wollte Maschmann nicht aufhören, sich darüber zu wundern, wie den Kollegen in Brodnopol das «System Flau» hatte entgehen können. Jon Schierling gratulierte sich insgeheim, dass Tetzlaff den Assessor von Anfang an kurz gehalten hatte und ihm noch immer nicht mehr als die allernötigsten Informationen gönnte. Flaus Ablösung betreffend, brachte Tetzlaff weniger Enthusiasmus auf als der Assessor. Er knurrte lediglich, der bewährte Beamte und SS-Kamerad Ackermann habe es längst verdient, als Gouverneur bestätigt zu werden, nachdem die Arbeit auch bisher schon auf seinen Schultern gelegen habe. Wenn Ackermann freie Hand bekomme, werde er die Verwaltung im Distrikt zweifellos auf Vordermann bringen. Schierling überhörte die Anspielung auf seine und Tetzlaffs Arbeitsteilung und hoffte das Beste. Dass Ackermann die Schliche des Doppeldoktors nicht verborgen geblieben sein konnten, hielt Tetzlaff keiner Erwähnung für wert. Die Frage war, was der kommissarische Gouverneur aus seinen Kenntnissen machte.

Eine Anfrage nach «auffälligen Aktivitäten der Distriktverwaltung in jüngerer Zeit» ließ nicht auf sich warten. Tetzlaff entwarf eine dienstliche Mitteilung, nach der in Brodnopol Unregelmäßigkeiten der bezeichneten Art nicht bekannt geworden seien. Schierling unterschrieb die Antwort ohne Diskussion. Dass Nachfragen ausblieben, beruhigte ihn. Auch Tetzlaff war wohl erleichtert. Er schlug vor, Schierling solle nicht auf eine Einladung aus Lemberg warten, sondern sich, ohne lange zu fragen, auf den Weg in die

Distrikthauptstadt machen und den Stier bei den Hörnern packen. Allerdings warnte er davor, Ackermann zu unterschätzen, der für rhetorische Überfälle und Lust an der Ironie berühmt sei.

Dass er klug daran tat, Ackermann ernst zu nehmen, wusste Schierling ebenso gut wie Tetzlaff. Der kommissarische Gouverneur galt als bunter Vogel. Er diente, wie es hieß, vorbehaltlos dem GG. Dass er trotzdem in der Gunst Felix von Bachewskis und seines Lemberger Statthalters Katzmann stand, sprach für eine gewisse Wendigkeit. Andererseits hing ihm der Ruf an, dass er als Vorgesetzter einen eisernen Willen an den Tag legte.

Schierling erhielt ohne Umstände einen Termin, und Ackermann empfing ihn in anscheinend bester Laune. Nach der Lage in Brodnopol fragte er nur flüchtig. Stattdessen verwickelte er seinen Gast in ein Gespräch über die juristischen Aspekte einer modernen Kolonialverwaltung. Schierling war klar, dass er examiniert wurde, aber nach Monaten Brodnopoler Stumpfsinns war zum ersten Mal wieder jemand an seinem Verstand interessiert, und er genoss es. Ackermann nahm sich länger als eine Stunde Zeit für die Disputation. Dann wurde er unvermittelt persönlich.

«Wie steht Ihrer Frau der Zobel?», fragte er.

«Danke der Nachfrage», sagte Schierling, «sie hat ein Foto geschickt, das sie in dem Prachtstück zeigt. Natürlich ist sie sehr angetan.»

Die Antwort war eine Bruchlandung. Schierling wusste es in dem Moment, in dem er sie sich geleistet hatte. Der kollegiale Ton hatte ihn eingelullt. Er hätte nicht vergessen dürfen, wem er gegenübersaß. Jetzt war die Katze aus dem Sack und jagte die Maus.

«Das ist eine glatte Fünf, was Ihre diplomatischen Fähigkeiten angeht», bedauerte Ackermann mit allen Anzeichen der Enttäuschung. «Offen gestanden habe ich Sie für wachsamer gehalten. Mit Ihrer Schnoddrigkeit gefährden Sie nicht nur sich selber. So etwas kann auch für Leute peinlich werden, die sich auf Sie verlassen möchten. Nur zum Exempel, Herr Doktor Flau wünscht sich wohl in diesem Moment nichts sehnlicher – von Ihnen wie von anderen.»

Ackermann griff nach einem bereitliegenden Papier und las es laut vor. Es handelte sich um Tetzlaffs Meldung zur Frage nach Regelverstößen der Distriktverwaltung. Der Brief war nur zehn Zeilen lang, aber Ackermann betonte jede Silbe. Als er fertig war, brüllte er: «Für wie dämlich halten Sie mich, wenn Sie mir diesen Wisch zumuten? Soll ich raten?»

Schierling lief rot an.

«Wir haben versucht ...», stotterte er.

«Was versucht? Herrn Flau zu schützen? Mich für dumm zu verkaufen? Heraus mit der Sprache!»

Schierling hielt es für das Klügste, klein beizugeben.

«Der Brief war ein Fehler», sagte er.

«Das kann ich nur bestätigen.»

Ackermann brüllte immer noch. Schierling versuchte, ihn zu beschwichtigen.

«Ich versichere ...», sagte er.

Aber Ackermann hatte schon erreicht, was er wollte, und wechselte in die Rolle des allwissenden Übervaters.

«Sparen Sie sich Ihre Schwüre», sagte er, «handeln Sie so, dass ich Sie für voll nehmen kann. Sie haben Schwein. Sie rettet, dass keiner Ihrer Kollegen der Versuchung widerstanden hat. Nicht einer hat die Geschenke des Gouverneurs Flau zurückgeschickt, kein einziger. Verglichen mit einigen der Herren sind Sie sogar ein Waisenknabe. Andere haben sich ganze Wagenladungen mit Beutegut zuschanzen lassen und markieren jetzt die Unschuldslämmer. Das sind sämtlich Herren, die dem Volk die Volksgemeinschaft predigen!»

Es folgte ein längerer Vortrag über die Moral der Deutschen im Allgemeinen und ihrer Beamtenschaft im Besonderen. Dann wurde Jon Schierling mit einer müden Handbewegung verabschiedet.

Schierling überlegte noch, wie weit er Tetzlaff in seine Blamage einweihen musste, als ihn Maschmann in der Residenz mit der

Meldung empfing, dass nicht Ackermann dem Gouverneur Flau ins Amt folgen sollte, sondern – wie der Assessor sich auszudrücken beliebte – Exzellenz Baron von Schirmer, ein Österreicher edelsten Blutes, der sich der nationalsozialistischen Idee verschrieben und in den finsteren Tagen seiner Heimat für den Reichsgedanken gekämpft habe. In Schirmers Händen, so Maschmann, sei Galizien, die alte Ostkolonie der Habsburger, bestens aufgehoben, und jeder Ostmärker, der das Herz auf dem rechten Fleck trage, durfte seine Genugtuung ungeniert zeigen.

Die Lichtgestalt, die Maschmann im neuen Gouverneur sah, war Theodor Schirmer gewiss nicht. Er war an dem eigenmächtigen Putschversuch der Wiener SS beteiligt gewesen, der im Sommer 1934 den Kanzler Dollfuß das Leben gekostet hatte. Dem Hochverratsprozess, der ihn in Wien erwartete, entzog er sich durch die Flucht nach Deutschland, wo er jedoch mit gemischten Gefühlen begrüßt wurde, weil das gewaltsame Ende des österreichischen Regierungschefs die Beziehungen Berlins zu Rom ins Schlingern gebracht hatte. Nach allgemeiner Ansicht machte Schirmer die Scharte vier Jahre später wett, als er in Wien unter der Beamtenschaft aufräumte, nachdem ihn der aus dem Reich angereiste Stabsleiter Zöllner im Auftrage des Rechtsführers in diese Aufgabe eingewiesen, wobei auch Jon Schierling ihn kennen gelernt hatte. Mittlerweile schätzte man Schirmer in Polen als erfahrenen Verwaltungsmann. Schierling beschloss abermals, auf gut Glück den obligaten Besuch in Lemberg zu machen. Allerdings wollte er vorsichtiger sein als bei seiner letzten Expedition in die Höhle des Löwen. Tatsächlich verlief die Visite dann reibungslos. Schirmer hatte vorläufig anderes im Kopf als Brodnopol und den dortigen Kreishauptmann.

Das Fohlen wurde Ende März geboren. Es war ein Hengst. Schierling taufte ihn Alkibiades und nahm das Ereignis als das gute Omen, das er dringend brauchte. Doch die plötzliche Zuversicht hielt keine Woche lang vor. Wie in den anderen Kreisen Galiziens liefen in Brodnopol die Transporte von Juden in ein Lager bei Belzec im

Nordwesten des Distrikts an. Was Gerhard Freytag prophezeit hatte, wurde Wirklichkeit. Gleichzeitig berichteten Spitzel von Gerüchten, nach denen Ukrainer und Polen aus der Region abgeschoben und Volksdeutsche in ihr angesiedelt werden sollten. Die Sorge der Einheimischen schien sich zu bestätigen, als eine Kommission zur Anwerbung von Fremdarbeitern für die Industrie im Reich die Fabrikhallen durchkämmte. Der Aderlass an Arbeitskräften traf die Betriebe in Brodnopol hart, und die Unruhe in der Stadt wuchs.

Zu allem Überfluss zogen die Maßnahmen die Residenz in Mitleidenschaft. Das Wirtschaftsamt forderte das polnische Hauspersonal an, das Eva Tetzlaff, ohne lange zu fragen, von Drehbänken oder Seifenkesseln weg rekrutiert hatte. Zum zweiten Mal, seit Jon Schierling ihn kannte, reagierte Tetzlaff fassungslos. Aufgeregt schlug er vor, Baruch Stern und seine Familie offiziell in die Residenz zu holen und als Hauspersonal anzustellen. Jon Schierling fiel nichts Besseres ein, und er segnete die Lösung ab, obwohl er Ärger kommen sah. Den Verdacht, dass hinter Tetzlaffs ungewöhnlich hastigem Verhalten eine Ehekrise steckte, in der Eva Tetzlaff obsiegt hatte, verkniff er sich. Assessor Maschmann verfügte über weniger Zartgefühl und erlaubte sich eine entsprechende Bemerkung. Tetzlaff explodierte. Es fehlte nicht viel, und er wäre handgreiflich gegen den Assessor geworden.

Schierling schickte Maschmann vor die Tür. Tetzlaff kaute auf seiner Unterlippe und hatte Mühe, sich wieder in die Gewalt zu bekommen. Schierling beschloss, ihm einen Köder hinzuwerfen.

«Holen Sie Baruch Stern und seine Sippe in die Residenz», sagte er. «Aber wenn sie kommen, haben die Juden draußen nichts mehr zu suchen. Sie werden in einem Luxusghetto leben, aber die Residenz wird ihr Ghetto bleiben. Das ist meine Bedingung.»

Tetzlaff stimmte zu. Die Aufregung hatte ihm übel mitgespielt. Er war sichtlich erschöpft.

«Wenn Sie Urlaub brauchen …», sagte Schierling.

Tetzlaff explodierte noch einmal.

«So etwas wie Urlaub habe ich mir bis Kriegsende aus dem Kopf geschlagen», verkündete er. «Bei der gegenwärtigen Lage ist jeder Schreibtisch eine Festung, die bis zum letzten Blutstropfen verteidigt sein will.»

Schierling beharrte auf seinem Vorschlag.

«Übertreiben Sie nicht so grässlich», sagte er. «Niemand redet von Ablösung.»

«Den Schreibtisch zu räumen, auch vorübergehend, bedeutet zwangsläufig, sich in die Karten sehen zu lassen.»

Was Tetzlaff quälte, war heraus.

«Sie meinen, Herr Maschmann würde ...», sagte Schierling.

Tetzlaff sackte in sich zusammen.

«Er würde ganz gewiss ... Die sauberste Amtsführung hat bekanntlich ihre schwachen Punkte. Das gilt schon unter normalen Umständen. In Galizien tanzen wir alle am Abgrund.»

Im Stillen gab Schierling seinem aufgeregten Kommissar Recht. Sein Verhältnis zu Tetzlaff hatte sich auf eigenartige Weise günstig entwickelt. Tetzlaff hatte sich erwartungsgemäß in seinem Amt bewährt, und Schierling hatte sich auf das Augenmaß seines Untergebenen verlassen, auch in puncto gewisser Annehmlichkeiten, die Tetzlaff den Beteiligten verschaffte. Sie hielten sich in Grenzen. Wie sie zustande gekommen waren, hatte Schierling nie gefragt. Trotzdem blieb Distanz unerlässlich.

«Ich habe bisher alles gedeckt, was Sie auf den Weg gebracht haben, und daran wird sich nichts ändern», sagte Schierling. «Der Kreiskommissar handelt unter der Verantwortung des Kreishauptmanns. Übrigens nicht aus purer Freundschaft, wie Sie wissen, sondern im gemeinsamen Interesse.»

Tetzlaffs Gesicht verzog sich, aber es wurde kein Lächeln daraus.

«Herrn Flau hat es nichts genützt, dass er unter der Verantwortung des Generalgouverneurs gehandelt hat», sagte er, «und da gab es mehr als gemeinsame Interessen. Zusätzlich handelte es sich um eine alte Freundschaft. Hören Sie, es wäre über einiges zu sprechen ...»

«Methode Flau? Geheime Pfade? Geschäfte, von denen ich nichts erfahren habe? Was ich nicht weiß, will ich nicht wissen. Sie sollten das längst begriffen haben», bremste Jon Schierling seinen Untergebenen.

«Ich habe mitbekommen, was Sie wissen wollen und was nicht», erwiderte Tetzlaff. «Beim Risiko bleibt es. Herr Maschmann ist nicht sonderlich hell im Kopf, aber zwei und zwei kann er zusammenzählen.»

«Also gut, wir ersparen ihm diese Mühe», sagte Schierling, «sehen Sie zu, dass Sie Ihre Fasson wieder finden. Eine Empfehlung an Ihre Frau. Sie soll sich keine Sorgen machen.»

«Das ist leichter gesagt als getan. Aber ich richte es aus.»

Schierling fiel auch nachträglich nicht ein, wie er Tetzlaff anders hätte behandeln sollen. Nach der Begegnung mit Ackermann war er noch skeptischer geworden. Tetzlaff war der einzige Mensch, auf den er sich verlassen konnte. Er musste dem Kommissar freie Hand lassen und ihn zugleich auf Abstand halten. Solange in der Verwaltung von Brodnopol alles einigermaßen glatt lief, war dies die einzige Lösung. Sobald etwas schief ging, machte es keinen Unterschied, ob man den Kreishauptmann wegen eigener Verfehlungen und Versäumnisse oder wegen dieses oder jenes Fehlers seines Untergebenen beim Kragen nahm.

Im Juni verschärfte sich die Lage in Ostgalizien. In einer dürren Meldung für den Dienstbetrieb teilte der GG den Selbstmord des ehemaligen Distriktchefs Karl Flau mit. An den angeblichen Suizid glaubte niemand. Dem doppelten Doktor war alles Mögliche zuzutrauen gewesen, ein Freitod zuallerletzt. Um Näheres zu erfahren, streckte Jon Schierling seine Fühler aus. In Lemberg waren Leute, die er halbwegs offen ansprechen konnte, kaum besser im Bilde als er, und die meisten scheuten Spekulationen wie der berühmte Teufel das Weihwasser. Unter vier Augen leistete sich ein einziger Kollege die Vermutung, der GG sei durch die Affäre Flau selbst in die Klemme geraten. Um den eigenen Hals zu retten, habe er seinen Feinden den Untergebenen und Freund zum Fraße vorgeworfen. Trotzdem habe er auf einige Handbreit Macht verzichten müssen.

Befehle aus Krakau sprachen bald eine deutlichere Sprache. Die wichtigste Anordnung übertrug der SS die Verantwortung für die Judenpolitik. Die Zivilverwaltung wurde ausdrücklich angewiesen, alle Maßnahmen der Sicherheitspolizei und des Sicherheitsdienstes zu unterstützen. Damit war klar, dass Heinrich Himmler den Machtkampf gewonnen hatte. Der GG konnte von Glück sagen, wenn es ihm gelang, das Gesicht zu wahren.

Die angekündigten Maßnahmen ließen nicht lange auf sich warten. Der Kreishauptmann von Brodnopol wurde aufgefordert, seine Beamten anzuweisen, auf die Trennung der Ehen von Juden und Nichtjuden zu drängen. Geschiedene jüdische Ehepartner waren ins Ghetto zu überführen. Gleichzeitig sollten Gendarmerie und Hilfspolizeien, und zwar nicht nur die volksdeutsche und die ukrainische Miliz, sondern auch die Judenpolizei, letzte Verstecke von Juden in der Stadt aufspüren und räumen. Darüber hinaus war jede gewünschte Hilfe zu leisten, wenn die SS ihrerseits das Ghetto durchkämmte und Juden deportierte. Wie befohlen setzte Jon Schierling den Judenrat unter Druck. Die Vertreter der Gemeinde fügten sich, obwohl es kaum noch einen Zweifel geben konnte, dass die Vernichtung ihrer Leute im großen Stil anlief. Sie beugten sich dem auf Disziplin geeichten Machtapparat, der in Brodnopol funktionierte wie überall im Distrikt Ostgalizien.

Schierling ließ sich in der Stadt so selten wie möglich sehen. Nur auf den Ausritten atmete er trotz zweier Gendarmen im Rücken freier. An seinem Schreibtisch funktionierte er wie alle anderen. Er erteilte Befehle, um Befehle auszuführen – Befehle zur Vernichtung von Menschen. Dabei handelte und redete er wie dressiert. Er stand neben sich und beobachtete sich wie einen Fremden.

Den Rest seiner Nervenkraft kostete es ihn, als Sturmbannführer Schnittke überraschend in Brodnopol auftauchte, sich als neuer Kommandeur der Sicherheitspolizei des Kreises vorstellte und verkündete, als Erstes werde er Verbindungen zwischen Widerstandsnestern im Ghetto und jüdischen Partisanen in den Wäldern und Sümpfen des Amtsbereichs aufdecken und wirksam bekämpfen.

Schnittke unterließ nicht, das Beiwort «wirksam» zu betonen. Gegen Ende seines Auftritts überreichte er Schierling einen «persönlichen Brief» Felix von Bachewskis. Darin sprach der Gruppenführer von «Maßnahmen, die leider notwendig geworden seien», und begründete sie mit «fehlgeschlagenen Bemühungen der örtlichen Verwaltung, ein gefährliches Übel im Keim zu ersticken». Abhilfe gegen das Bandenunwesen seien sofort zu treffen. Es sei an den Wurzeln zu bekämpfen, und zwar zuerst in der Stadt und im Ghetto. Juden, die eine unentbehrliche kriegswichtige Tätigkeit ausübten, seien umgehend in Arbeitslager zu verbringen; alle anderen seien für den Transport nach Belzec bereitzustellen. Unerlässliche Ausnahmen seien von Verwaltung und SS unter Wahrung strengster Gesichtspunkte gemeinsam zu regeln.

Die freundschaftliche Anrede «Mein lieber Kreishauptmann» und ein «herzlicher Gruß» neben dem «Heil Hitler!» am Ende des Briefes änderten nichts am Amtsstil und am Befehlston. Offenbar wollte Bachewski die neue Hackordnung ein für alle Mal durchsetzen.

Die Vorwürfe waren haltlos. Tetzlaff informierte die Gestapo über jeden Spitzelbericht aus dem Ghetto. In schwereren Fällen fasste die Verwaltung gemeinsam mit der SS nach. Ein Verdacht auf angebliche Verbindungen zwischen dem Ghetto und Partisanen, hatte sich nie erhärtet, was die SS in keinem Fall gehindert hatte, Beschuldigte festzunehmen und fortzuschaffen. Noch weniger musste sich die Verwaltung vorwerfen lassen, dass sich Juden in den Wäldern und Sümpfen der Umgebung von Brodnopol versteckten. Sie einzufangen, war Sache der Wehrmacht und der SS, die aber bisher nur auf verlassene Erdbunker gestoßen waren. Die Juden verfügten offenbar über ein ausgezeichnetes Alarmsystem und verschwanden spurlos, sobald deutsche Uniformen auftauchten. Hingegen war völlig offen, wie gefährlich diese Menschen waren. Ukrainische Bauern beklagten sich von Zeit zu Zeit über Plünderungen, die Besatzungsmacht war noch nie angegriffen worden. Entweder hatten die Juden dort draußen zu wenig Waffen, oder es war ihnen wichtiger, zu überleben als zu kämpfen.

Schierling verzichtete auf jede Diskussion mit Schnittke. Er brachte seine Einwände zu Papier und schickte sie Bachewski. Auf Antwort rechnete er nicht.

Der Tag, an dem Jon Schierling Baruch Stern erschoss, begann wie die meisten anderen. Zwei Gendarmen warteten zu Pferde vor der Residenz auf den Kreishauptmann, um ihn ins Gelände zu begleiten. Baruch Stern sattelte den Rappen Burza und führte ihn aus dem Stall. Jon Schierling prüfte Kehlriemen und Kinnkette der Kandare, stieg auf, zog von oben den Gurt nach, winkte Baruch Stern zu und ritt aus dem Park. Baruch Stern winkte nicht zurück, sondern quittierte Schierlings Gruß, indem er knapp den Nacken beugte. Freundlichkeit in der Haltung des einen und Andeutung von Gehorsam im Benehmen des anderen signalisierten Einverständnis. Man brauchte keine Worte. Das galt immer. Baruch Stern und seine Familie tauchten auf, um ihre Arbeit zu tun, und verschwanden wieder, sobald die Aufgabe erledigt war. Die Chance zu überleben bestand für die Juden darin, sich möglichst unsichtbar zu machen. Wie den anderen Deutschen erleichterte ihr kluges Verhalten auch Jon Schierling die unausweichliche Tuchfühlung im Alltag der Residenz.

Wenn es ihm irgendwie möglich war, floh Schierling schon kurz nach Sonnenaufgang vor seinen Albträumen – genauer gesagt, vor einem aus einer Reihe von Träumen, die ihn regelmäßig überfielen. Das Repertoire hatte sich erweitert. In der Schreckensszene, in der er sich nun am häufigsten wiederfand, ertrank er in den gewaltigen Wogen einer Springflut; Untergang und Verderben erwarteten ihn immer. Die Träume waren leicht zu lesende Mythen seines Gemütslebens. Auch das Erwachen verlief nach unumstößlichen Regeln. Noch im Traum wurde Schierling klar, dass die Bilder, die ihn peinigten, Abklatsch der Wirklichkeit waren, in der er lebte. Der Augenblick, in dem er wie gerädert zu sich kam, war unerträglich. Die einzige Möglichkeit, einer schweren Depression zu entkommen, war die Flucht in die Natur.

Unter einem hohen, noch leicht verschleierten Augusthimmel schien sie diesmal zu gelingen. Vom Tagesablauf erwartete Schierling nichts, was ihm schon den Morgen verderben konnte. Auf dem Kalender stand lediglich eine Routinebesprechung der verschiedenen Ordnungskräfte, zu der der Ortskommandant turnusgemäß eingeladen hatte. Die Sicherheitslage war seit Wochen unverändert, und Überraschungen waren bei der Sitzung nicht zu erwarten.

Schierling genoss den Anblick der erntereifen Weizenfelder. Nach einer Weile schaffte er es dann besser als sonst, folgerichtig über die eigene Situation nachzudenken. Durch den Kopf ging ihm ein Brief aus Prag, in dem Michael Brodnow berichtet hatte, seine besten Stunden verbringe er, «gewissermaßen außerhalb der Zeit», in der Bibliothek des Strahov-Klosters unterhalb der Prager Burg. Dort, so Brodnow, füllten die Werke der besten Geister der Menschheit Hunderte von Regalen und forderten dazu heraus, die vor der Tür ablaufende Weltgeschichte auf eine andere als auf die übliche Weise in den Blick zu fassen – selbst ein Ereignis wie den «schmerzlichen Verlust», der das Deutsche Reich mit dem gewaltsamen Tod eines seiner mächtigsten Männer von «der schnöden Hand tschechischen Partisanen» getroffen habe.

Die seltsam gestelzte Bemerkung über das Attentat auf den Reichsprotektor Reinhard Heydrich hatte Schierling schon beim ersten Lesen stutzig gemacht. Bei genauerer Lektüre verwirrte ihn noch mehr, dass Brodnow eine Seite aus Montesquieus *De l'esprit des lois* erwähnte, ohne deren Inhalt zu verraten und auf den Zusammenhang einzugehen, dafür aber versprach, das Werk, wenn auch nur in einer zerfledderten, antiquarisch ergatterten Ausgabe, auf den Weg zu bringen, damit Schierling in seiner ostgalizischen Einsamkeit nicht ganz ohne geistige Anregung bleibe. Als das Buch nach ein paar Wochen endlich in Brodnopol eintraf, nachdem jeder Zensor mit Gewissheit die Ankündigung mit der besagten Seitenzahl vergessen haben musste, erwies sich die Stelle als Hinweis auf die Erziehung zur Erniedrigung in despotischen Staaten. Einübung in bedingungslosen Gehorsam wurde auch Inhabern der Macht empfohlen, weil in der Despotie niemand Tyrann sein könne, ohne gleichzeitig Sklave zu sein.

Die Post aus Prag war ein Mosaik mit blinden Flecken gewesen. Nun endlich lagen Sinn und Zweck auf der Hand. Wie Jon Schierling war Michael Brodnow offenkundig mit seinem Latein am Ende. Während Brodnow jedoch im Strahov-Kloster noch eine Nische gefunden hatte, in die er sich retten konnte, sah er seinen Freund in der peinlichen Lage, zur Sklaverei verurteilt zu sein. Schierling musste seine Lage sehenden Auges ertragen, oder er musste sich, mit allen ihm zu Gebote stehenden Mitteln aus ihr befreien.

Schierling gab Brodnow Recht. Seine Zukunft lag nicht in seinen Händen, aber den rettenden Entschluss, um Ablösung aus Brodnopol zu ersuchen, konnte niemand vom Tisch wischen. Dazu war der Posten des Kreishauptmanns zu exponiert. Außerdem mussten die anderen damit rechnen, dass Schierling alte Verbindungen spielen ließ und in die Arme der Wehrmacht zurückkehrte. Dass sein Regiment nicht in Begeisterung ausbrechen würde, wenn er sich plötzlich wieder meldete, verstand sich von selbst, aber man würde ihn auch nicht abweisen. Das letzte Wort hatte dann der GG, der kaum daran interessiert sein konnte, Jadwigas ehemaligen Liebhaber am Abgang zu hindern.

Ein Schatten, der aus dem Weizen auftauchte, eine Sekunde verharrte und dann über den Feldweg in den Wald wechselte, schreckte Schierling aus seinen Gedanken. Bevor die Gestalt im Unterholz verschwand, rissen die Gendarmen ihre Karabiner aus den Sattelhalftern und nahmen die Jagd auf. Der Rappe wollte sich den Stuten anschließen, aber Schierling parierte ihn durch. Im ersten Moment hatte er geglaubt, ein flüchtendes Wild oder einen stöbernden Hund vor sich zu haben, aber es konnte auch ein Mensch gewesen sein. Hier draußen einen Fremden zu treffen, bedeutete nichts Gutes.

Die Leibwächter hielten die Gewehre noch schussbereit, als sie zurückkehrten. Sie waren nervös.

«Er ist weg», meldete einer von ihnen.

Schierling hielt es für besser, die Sache herunterzuspielen. Wenn der Zwischenfall aufgebauscht wurde, konnte das Partisanenalarm auslösen.

«Wer soll weg sein?», fragte Schierling, «ein Bock, ein Köter? Wir sind keine Wildhüter.»

Der Gendarm war nervös.

«Es war ein Junge», sagte er, «ein Halbstarker, und ich glaube, ich habe ihn erkannt. Ich glaube, es war einer von Baruch Sterns Bengeln. Vielleicht macht er für die Ghettojuden den Meldegänger zu den Banditen.»

Alle Warnglocken läuteten. Der Leibwächter war verpflichtet, den Vorfall in der Gendarmerie seinem Vorgesetzten zu melden, und Schierlings Todfeind Schnittke erfuhr anschließend unweigerlich von der Sache. Das Weitere war ebenso klar abzusehen. Mehr als einen Verdacht brauchte Felix von Bachewskis Mann in Brodnopol nicht, um in die Residenz einzumarschieren und die Juden zu verhaften, die unter dem Schutz des Kreishauptmanns standen, und der war damit auch so gut wie erledigt. Jeder Versuch, die Meldung zu verhindern, war von vornherein zwecklos. Schierling versuchte wenigstens, sich unbeeindruckt zu zeigen.

«Wenn hier hinter den Büschen Partisanen säßen», sagte er, «wären Sie beide jetzt tot, und ich wahrscheinlich auch. Bis zum Bandengebiet sind es gut zwanzig Kilometer. Die läuft keiner aus der Residenz an einem Tag hin und zurück, und wenn er länger verschwindet, fällt es auf. Trotzdem werden wir uns Baruch Stern vorknöpfen. Erst einmal reiten wir weiter.»

Die Antwort war fadenscheinig. Jon Schierling wusste es, und er sah den Gendarmen an, dass sie ihn durchschauten.

Das Seelenglück des Kreiskommissars Ernst Tetzlaff hing an zwei Lebensumständen. Der erste war der Aufstieg aus den Niederungen des Beamtendaseins auf einen Posten mit beträchtlicher Machtfülle. Auf dem Weg nach oben war Tetzlaff die Schützenhilfe des Gruppenführers Bachewski willkommen gewesen; im Wesentlichen durfte er seinen Erfolg der eigenen Beharrlichkeit und Schläue zuschreiben. Der zweite glückliche Umstand in seinem Leben war die Ehe mit der geborenen Matkowska. Tetzlaff hatte einiges riskiert, als er sich in Krakau mit einem Polenmädchen einließ, aber mit der geschickt eingefädelten Germanisierung seiner Geliebten und endgültig mit der Heirat hatte er die zweifelhafte Geschichte zum Guten gewendet. So jedenfalls hatte das Leben der Tetzlaffs bis zum Vortage ausgesehen. Jetzt hatten beide viel, wenn nicht alles zu verlieren. Darauf setzte Jon Schierling, als er seinen Stellvertreter kommen ließ, um ihm über den Vorfall während des Ausritts zu berichten.

Tetzlaff wurde totenblass.

«Niemand kann glauben ...», stöhnte er.

«Herr Schnittke glaubt, was er glauben will, Herr von Bachewski ebenfalls», fiel ihm Schierling ins Wort. «Nur darauf kommt es an. Schnittke weiß, dass der Umgang mit dem jüdischen Personal der Residenz weitgehend Sache der Hausdame ist und dass dies deren Pflicht zur strengen Aufsicht einschließt. Schnittke wird Ihrer Frau unverzeihlichen Leichtsinn vorwerfen, wenn Baruch Sterns Söhne tatsächlich frei in der Weltgeschichte herumlaufen dürfen. Mehr noch, Schnittke wird vermutlich auf die polnische Herkunft der unmittelbar verantwortlichen Eva Tetzlaff hinweisen und er wird versuchen, aus diesem Umstand den Verdacht der Komplizenschaft abzuleiten. Als weitere Verantwortliche kommen sodann unweigerlich der Ehemann der Beschuldigten und schließlich dessen Vorgesetzter in den Blick. Vor allem nämlich hofft Schnittke, dass er mir das Ganze anhängen kann. Es gibt nichts, worauf er mehr erpicht ist.»

Tetzlaff war ein Bündel Angst.

«Ich werde mit Schnittke reden», murmelte er.

Wenn er in diesem Zustand mit irgendjemandem redete, lieferte er sich unweigerlich selbst ans Messer.

«Sie reden mit niemandem, nur mit Ihrer Frau und mit Baruch Stern», beschied ihn Schierling. «Den Hauptsturmführer treffe ich nachher in der Kommandantur. Ihm muss ich mitteilen, dass bei uns eine Untersuchung läuft. Damit beginnen Sie, sobald Sie hier aus der Tür sind. Sie haben zwei Stunden Zeit, Ihre Frau ins Gebet zu nehmen und Baruch Stern zur Rede zu stellen. Das ist eine verdammt kurze Frist, aber ich muss mehr wissen, bevor ich das Haus verlasse. Wenn Sie den Eindruck gewinnen, dass nichts an der Sache ist, verbitte ich mir jede Einmischung der Gestapo. Wenn Sie auch nur von fern ahnen, dass etwas faul sein könnte, bleibt uns nichts anderes übrig, als Farbe zu bekennen. Dann wird Schnittke keine Sekunde zögern, alles für bare Münze nehmen, und Baruch Stern und seiner Sippe hilft nichts und niemand mehr. Wir können lediglich versuchen, Ihre Frau vor der Gestapo zu retten. Ich verlasse mich auf Sie.»

Tetzlaff ergab sich in sein Schicksal. Als er auf die Minute pünktlich wieder erschien, war er wie ausgewechselt. Er meldete, dass weder ein, wie er es nannte, intensives Gespräch mit seiner Frau noch ein Verhör Baruch Sterns irgendwelche Anhaltspunkte für «Unregelmäßigkeiten im Kral» ergeben hatten. Dass er vom «Kral» sprach, nahm Schierling als gutes Zeichen. Den Anflug von Humor hätte Tetzlaff sich verkniffen, wenn er seiner Sache nicht sicher gewesen wäre. Mit dem beruhigenden Gefühl, wieder Boden unter den Füßen zu haben, brach Schierling zur Sitzung beim Ortskommandanten auf.

Der Ortskommandant hakte lustlos die Punkte der Tagesordnung ab. Wie üblich strich Schnittke die Leistungen der Sicherheitspolizei heraus; mit greifbaren Erfolgen wartete er allerdings auch diesmal nicht auf. Sein Problem, gab er zu, blieben die Partisanen. Sie waren nicht zu fassen, und einiges sprach dafür, dass sie über Maßnahmen gegen sie im Voraus unterrichtet wurden. Schnittke wiederholte den Vorwurf, dass es der Verwaltung anscheinend nicht gelinge, das Ghetto lückenlos abzuriegeln. Beweise blieb er auch dieses Mal schuldig. Schierling hatte auf das Stichwort gewartet und gab zu Protokoll, dass er eine Routineuntersuchung des Verhaltens der Juden in der Residenz angeordnet habe. Statt darauf einzugehen, legte Schnittke plötzlich Eile an den Tag. Er erwähnte einen bevorstehenden Einsatz und ging, bevor jemand fragen konnte, worum es sich handeln solle. Auch Schierling wollte sich schon verabschieden, als ein aufgelöster Tetzlaff im Saal auftauchte, seinen Vorgesetzten beiseite zog und ihm meldete, dass Baruch Stern mit seinen Leuten aus der Residenz verschwunden sei. Von Eva Tetzlaff fehle ebenfalls jede Spur. Eine Erklärung hatte der Kreiskommissar nicht anzubieten. Er flog am ganzen Körper und brachte nur heraus, dass er selbstverständlich die volle Verantwortung übernehme. Zum ersten Mal, seit sie sich begegnet waren, tat er Schierling wirklich Leid, aber dieses Gefühl war purer Luxus. Wenn sich die Meldung bestätigte, hatten die Juden die Residenz dem Zugriff der SS ausgeliefert, und jeder war sich selber der Nächste.

Schnittkes Menschenjagden in der Stadt war Jon Schierling bisher möglichst aus dem Weg gegangen. Als er jetzt aus der Tür der Kommandantur trat, fand er sich mitten in einer solchen Aktion wieder. Auf der Suche nach Juden räumte die SS das anliegende Viertel. Eine Weile blieb es dabei gespenstisch still. Dann fielen Schüsse, und Menschen stürzten auf das Pflaster. Die aus ihren Häusern vertriebenen Juden rotteten sich zusammen und machten Anstalten, sich zu wehren. Jon Schierling wollte das üble Schauspiel so rasch wie möglich hinter sich lassen und bahnte sich einen Weg durch die Menge. Auf halbem Weg zu einer Seitenstraße stand ihm plötzlich Baruch Stern gegenüber.

Sein Schutzjude lehnte an der Wand eines Hauseingangs und trug seinen jüngsten Sohn in den Armen. Der Junge war tot. In den Augen des Vaters loderten Trauer und Zorn. Beim Anblick Schierlings stieß er wütende kurze Schreie aus. Er ließ den Leichnam zu Boden gleiten und machte Anstalten, sich auf Schierling zu stürzen. Schierling zog seine Pistole und forderte Baruch Stern auf, stehen zu bleiben. Baruch Stern reagierte nicht. Schierling schoss.

In Baruch Sterns Gesicht löste unsägliches Staunen den Hass ab.

So wenig, wie Jon Schierling sich eingestehen wollte, dass er mit eigener Hand einen Menschen erschossen hatte und dass der Tote, der vor ihm lag, Reb Baruch Stern war, schien Baruch Stern zu begreifen, dass ihm die Kugel aus Schierlings Waffe die Brust zerrissen hatte. Reb Baruch brach zusammen. Schierling wandte sich ab und drängte sich durch die Menge. Die toten Gesichter Baruch Sterns und seinen Sohnes verfolgten ihn.

Berthold Kienshecken

Als ich in der Nacht im Wald bei Halbe in einem Granattrichter erwachte, glaubte ich, die Hölle nur geträumt zu haben. Ein Blick über den Rand des Trichters belehrte mich eines Besseren. Die Hölle lag totenstill im Mondlicht, aber die Hölle war sie immer noch. Der Wald war buchstäblich zerfetzt. Es stank ekelhaft nach Verwesung und irgendwie auch nach Karbid oder nach einem anderen scharfen Zeug. Ich zitterte am ganzen Körper, als ich aus dem Erdloch kletterte. Wie ich dort hinuntergekommen war, ahnte ich nicht einmal. Wohin ich mich wenden sollte, wusste ich ebenso wenig. Ich beschloss, nach Westen zu laufen. Dass ich richtig vermutet hatte, wo Westen lag, zeigte sich, als der Himmel hinter mir hell wurde. Ich verkroch mich in einem Dickicht und schlief sofort wieder ein.

Eine Stimme weckte mich. Es war später Nachmittag.

«Du stichst zwei oder drei Zentimeter tief und drehst das Messer um», sagte jemand hinter den nächsten Büschen, «dann machst du dasselbe auf der andern Seite noch mal. Aber pass auf, dass es wirklich wie ein Durchschuss aussieht. Los, genier dich nicht. Ich denke, du bist ein Sani.»

Nach einigen Sekunden hörte ich einen gepressten Schmerzenslaut, auf den gleich darauf ein zweiter folgte.

«Du bist verrückt», sagte eine zweite Stimme, «das glaubt dir niemand.»

«Abwarten», sagte die erste Stimme, «besser als Reichsheinis Brandzeichen ist es auf jeden Fall. Verbinde mich jetzt. Und dann die ausgefransten Plünnen drüber.»

Ich arbeitete mich vorsichtig auf allen vieren durch das Gebüsch, um herauszufinden, was in meiner Nachbarschaft geschah. Unter meinem rechten Knie zerbrach ein morscher Ast. Gleich darauf stand ein Sanitätsunteroffizier über mir. Er hatte eine Maschinenpistole im Anschlag.

«Sieh an, ein Pimpf», sagte er, «wo kommst du her, Bürschchen?»

Ich sprang auf und zeigte hinter mich.

«Von Halbe», sagte ich.

«Du hast dort gekämpft?»

«Jawohl, Herr Unteroffizier.»

«Dann komm zu uns rüber.»

Auf einem Baumstumpf saß ein Feldwebel von der Artillerie. Wie ein paar dunklere Flecken an seiner Bluse verrieten, hatten dort Orden gesteckt. Sie waren verschwunden. Der linke Ärmel der Bluse war abgerissen. Oben am Bizeps trug der Mann einen Verband.

«Wie lange bist du schon hier?», fragte er.

«Ich bin gerade erst gekommen», log ich.

Der Feldwebel traute mir nicht.

«Vielleicht, vielleicht auch nicht», sagte er, «aber egal, du hältst die Schnauze, verstanden? Oder ich dreh dir den Hals um.»

«Verstanden, Herr Feldwebel», sagte ich.

Was für ein Spiel die beiden Kameraden spielten, war mir ein Rätsel, aber der Feldwebel sah nicht aus, als würde er mit irgendjemandem viel Federlesens machen. Jetzt verzog er sein Gesicht. Sein Grinsen sollte freundlich sein.

«Hast du Hunger?», fragte er.

«Habe ich», sagte ich.

«Gib ihm was», sagte der Feldwebel.

Der Sanitäter öffnete einen Tornister, der im Gras lag, nahm ein Kommissbrot heraus, riss einen Kanten ab und gab ihn mir. Ich biss gierig hinein. Das Brot war glitschig und schmeckte nach Schimmel.

«Kau langsam», sagte der Sanitäter, «es schlägt dir sonst auf den Darm, und mehr bekommst du vor morgen früh nicht.»

Ich befolgte den Rat. Als ich den letzten Krümel im Magen hatte, fragte der Feldwebel, wo meine Waffen seien.

«Die Russen haben sie», sagte ich.

«Die Russen haben sie», äffte mich der Feldwebel nach, «die Russen haben sie ... Der ganze Wald ist eine einzige Waffenkammer, und der Bengel geht unbewaffnet spazieren.»

«Ich dachte, es wäre Schluss», sagte ich.

Der Feldwebel schüttelte angeekelt den Kopf.

«Du greifst dir den ersten Schießprügel, über den du stolperst», sagte er. «Hier in der Gegend ist wohl tatsächlich Feierabend, aber wir machen uns auf den Weg zu den Amis. In einer halben Stunde geht's los, und du hängst dich an unsere Fersen.»

«Zu Befehl, Herr Feldwebel», erwiderte ich.

Ich war nicht scharf darauf, den Werwolf zu spielen, aber ich nahm nicht an, dass die beiden mich laufen ließen.

«In Ordnung», sagte der Feldwebel.

Er musterte seinen Verband.

«Er sieht zu neu aus», sagte er, «mach ihn dreckig.»

Der Sanitäter nahm eine Hand voll feuchter Walderde und schmierte sie über die Fetzen. Erst als sie aussahen, als wären sie drei Tage alt, war der Feldwebel zufrieden und befahl den Abmarsch.

Solange wir noch die Hand vor Augen sehen konnten, blieben wir auf den Beinen. Niemand lief uns über den Weg. Ein paarmal hörten wir in der Ferne das Geräusch schwerer Motoren und den Lärm von Panzerketten. Sonst herrschte Waldesstille wie bei meinem Lieblingsdichter Eichendorff. Irgendwann stießen wir auf drei tote Soldaten. Der Feldwebel nahm einem von ihnen den Karabiner ab und filzte ihn und die andern Leichen auf Munition. Er prüfte das Gewehr und gab es mir mit einem Dutzend Patronen. Den Rest der Munition teilte er mit dem Sanitäter. Er grinste mich an.

«Na also», sagte er, «wir machen schon noch einen Krieger aus dir. Und wenn nicht mehr in diesem Krieg, dann im nächsten. Der kommt bestimmt.»

Als es stockdunkel war, legten wir uns hungrig ins Unterholz schlafen. Am nächsten Morgen brauchte der Feldwebel das Brot nicht, das er fürs Frühstück aufgespart hatte. Er hatte hohes Fieber. Der Sanitäter untersuchte ihn.

«Gut und gern vierzig Grad», sagte er, «wahrscheinlich Blutvergiftung. Aber er hat sich auch voll geschissen. Hoffentlich hat er sich keinen Typhus geholt. Weg kriegen wir ihn hier nicht mehr.»

«Was war mit seinem Arm?», fragte ich.

«Die Blutgruppe», sagte der Sanitäter. «Du kennst es. Jetzt wird es den Helden lästig, dass man ihnen bei der SS die Blutgruppe unter den Arm tätowiert hat. Unser Kamerad hatte die Gruppe AB. Ich musste sie ihm rausschneiden, weil er sich ausmalen konnte, was passierte, wenn die Iwans Hände-hoch kommandierten. Unser Freund hätte null Komma nix am nächsten Ast gehangen. Die Feldbluse, die er einem armen toten Teufel von den Kanonieren ausgezogen hat, hätte ihn nicht gerettet. Jetzt verreckt er hier. Schöner ist dieser Abgang auch nicht.»

Ich hatte den Feldwebel, der keiner war, und den Sanitäter für Freunde gehalten. Jetzt stellte sich heraus, dass sie es offenbar ganz und gar nicht waren.

«Hau ab», sagte der Sanitäter, «hau ab und vergiss nicht, die verdammte Flinte wegzuschmeißen.»

Ich ließ es mir nicht zweimal sagen und hatte es so eilig, dass ich vergaß, den Sanitäter um Brot zu bitten. Als die Sonne höher stieg, bereute ich es bitter. Ich hatte Angst, im Kreis zu laufen, und ich hatte Kopfschmerzen und weiche Knie vor Hunger. Irgendwann stand ich unverhofft an einer geteerten Straße. Auf der anderen Seite führte eine halbverwachsene Schneise nach Westen. Ich zählte bis drei und rannte über die Straße. Als ich noch gut zwei Meter vor mir hatte, warf mich ein Schlag ins Kreuz um. Jemand schrie, dass ich mich flach machen sollte. Ich versuchte es. Rechts und links von mir schlugen Kugeln in den Teer. Da spielte einer Hasenjagd. Der Hase war ich.

«Kriech hierher!», befahl die Stimme. «Aber langsam. Zentimeter für Zentimeter.»

Ich versuchte es. Ich kam voran. Rätselhafterweise fielen keine Schüsse mehr. Dann packten mich vier Arme und zogen mich ins Gebüsch.

«Weg hier», befahl die Stimme.

Sie schleppten mich in den Wald. Ich erkannte Kaltenbach und Wernstedt, die ich bei Halbe aus den Augen verloren hatte. Die Stimme, die die Befehle gab, gehörte einem Major. Abgesehen davon, dass er unrasiert war, war er in Schale, als käme er gerade aus dem Kasernentor marschiert. Irgendwo legten sie mich ins Moos und sahen sich meine Kehrseite an. Mit der Ausbildung zum Sanitäter, die ihm die Hitlerjugend verpasst hatte, betätigte sich Kaltenbach als medizinischer Sachverständiger.

«Wenn ich nicht irre, haarscharf am Rückgrat vorbei», sagte er, «auch sonst scheinen edlere Teile nicht verletzt zu sein.»

«Hoffen wir das Beste», meinte der Major. «Los, verbindet die Wunde. Wir müssen abhauen.»

Kaltenbach und Wernstedt taten ihr Bestes. Ich hatte Angst, nicht wieder auf die Beine zu kommen, aber dann klappte es doch, und sie nahmen mich zwischen sich. Die Schneise wurde breiter. Unter einem Dach aus abgerissenen Fichtenzweigen wartete ein Kübelwagen.

«Ihr setzt euch mit ihm auf den Rücksitz und haltet ihn fest, so gut es geht», sagte der Major zu meinen Kameraden, «wenn wir aus der Karre aussteigen müssen, seht zu, dass ihr ihn mitnehmt. Wenn ihr es nicht schafft, hat er Pech gehabt. Eine Lebensrettung muss reichen. Ihr sollt mir nicht auch noch kaputt gehen.»

Er wandte sich an mich.

«Mein Name ist Rosmer», erklärte er. «Ich bin Major im Stab des Kavallerie-Regiments fünf, vormals in Stolp. In meinem Marschbefehl steht, dass ich nach Plön in Holstein unterwegs bin und zur Absicherung eines Auftrags alle geeigneten Maßnahmen zu treffen habe. Die Panzergrenadiere Kaltenbach und Wernstedt, die ihre Einheit verloren hatten, habe ich von der Straße aufgesammelt, um sie notfalls als Meldegänger einzusetzen. Das Gleiche gilt jetzt für dich. Wenn die Russen uns durchlassen, stehst du bis Plön unter meinem Befehl. Aber schreib dir hinter die Ohren, dass ich dich vor deiner Verwundung schangheit habe. Etwas anderes wird jemandem, der dumme Fragen stellt, nicht einleuchten, und so viel Schwindel ist gerade noch erlaubt. Das alles gilt für unsere Heldenklaus mit dem silbernen Blech auf der Brust. Darüber, was wir den Russen aufbinden, wenn sie uns schnappen, müssen wir nicht nachdenken. Sie schießen lieber, als zu fragen. Aber wem erzähle ich das? Sieh zu, dass du durchhältst.»

Der Kübelwagen setzte sich in Bewegung. Er holperte über den Waldboden. Jeder Stoß malträtierte mein Kreuz. Aber ich wollte durchhalten, Plön hörte sich gut an.

Mich darf niemand fragen, wie wir es geschafft haben, den Russen durch die Lappen zu gehen. Die Hälfte der Strecke habe ich im Dämmerzustand zurückgelegt; auf dem Rest des Weges war ich auch nicht viel klarer bei Verstand. Doch wir waren nicht die Einzigen, die sich nach Westen durchschlugen. Die meisten schafften es allerdings nur bis vor den Sperrgürtel, den die Amerikaner und die Briten vor das von ihnen eroberte Terrain gelegt hatten, wobei zum britischen Gebiet vorübergehend auch noch die westliche Ecke Mecklenburgs bis an die Linie zwischen Doberan im Norden und Wittenberge im Süden gehörte. Major Rosmer und uns drei Nachwuchshelden in seiner Begleitung ließen die Engländer bei Parchim passieren, um uns auf der Stelle beim Kragen zu nehmen.

Kaltenbach, Wernstedt und ich konnten uns auf die Fragen in dem Verhör, dem uns dann Leute vom Intelligence Corps nach allen Regeln der Kunst unterzogen, nicht den geringsten Reim machen. Im Übrigen war das Interesse der Sieger an dem Major der Stolper Husaren, für den ich Rosmer noch eine ganze Weile hielt, für mich sehr von Vorteil. Weil die Engländer unbedingt erfahren wollten, was ich über meinen Lebensretter wusste, gab sich einer ihrer Ärzte so lange alle erdenkliche Mühe mit mir, bis ich einigermaßen vernehmungsfähig war. Herausgefüttert, wie ich dann zum

Verhör erschien, tat es mir fast Leid, dass ich die Neugier beim besten Willen nur sehr unzulänglich stillen konnte.

Aussagen konnte ich nur, dass wir die Russen irgendwo hinter dem brandenburgischen Beelitz abgehängt hatten. Zwischen Beelitz und Parchim hatten uns dann mehr als ein halbes Dutzend Mal Feldgendarmen der Wehrmacht angehalten. Bei jedem Stopp zog Rosmer einen Ausweis aus der Jackentasche, der die Kameraden a tempo veranlasste, die Knochen zusammenzureißen und die Straße für uns frei zu machen. Als hinter Parchim der erste britische Posten in Sicht kam, bog Rosmer in einen Feldweg ab und ging hinter einem Knick in Deckung. Er holte eine Meldetasche, die wir anderen bei dieser Gelegenheit zum ersten und zum letzten Mal sahen, hinten aus dem Wagen, befahl uns, sitzen zu bleiben, und entfernte sich. Nach drei Minuten hörten wir einen Knall. Es konnte eine Handgranate gewesen sein. Rosmer kehrte wohlbehalten, aber ohne die Tasche zurück, setzte sich wortlos ans Steuer und fuhr den Engländern in die Arme.

Sie waren wohl schon durch den Knall auf uns aufmerksam geworden und filzten uns von Kopf bis Fuß. Dabei entdeckte ein Lieutenant in Rosmers Jacke den Ausweis, der uns so gute Dienste geleistet hatte. Der Lieutenant verschwand und kehrte mit einem Colonel zurück. Der Colonel wedelte mit dem Dokument, musterte Rosmer, gab dem Lieutenant einen halblauten Befehl und verschwand wieder. Ich bildete mir ein, dass der Colonel «automatic arrest» gesagt hatte. Es konnte stimmen, denn man trennte uns, und es sollte zwölf Jahre dauern, bis ich Rosmer wiedersah.

Ansgar Rosmer

Auf den Rheinwiesen bei Remagen stand kein Grashalm mehr aufrecht. Wochenlang hatte der Himmel seine Schleusen offen gehalten. Der Regen hatte nicht nur den Boden, sondern auch die Gemüter von Tausenden von Gestalten in zerlumptem Feldgrau aufgeweicht. Jetzt dörrte die Sonne den Acker aus und sengte die Gehirne aus den Schädeln der Gefangenen. In ihren Gedärmen wühlte der Hunger. Jeder stank vor sich hin. Wer den Kampf mit den Läusen aufnahm, hatte die Niederlage vor Augen. Flecken auf der Haut zeigten den Anfang vom Ende an. Doch die Flecken interessierten nur, wenn einer sie am eigenen Körper entdeckte. In den Erdlöchern hinter dem Stacheldraht nahmen die bis aufs Skelett abgemagerten Männer einander nicht mehr zur Kenntnis. Dann fiel Ansgar Rosmers Blick doch auf ein bekanntes Gesicht. Es war ausgerechnet das Gesicht Ackermanns, des Amtschefs im Gouvernement Lemberg, der im Auftrag des Staatssekretärs Zöllner die Ermittlungen im Fall Tetzlaff geleitet hatte. Ackermann hatte den Kreishauptmann Schierling durch die Mangel gedreht, bis er ihn besser kannte als der sich selbst. Anschließend hatte er ihn unter dem Vorwand, er wolle ihm die Chance zur Bewährung geben, als Sklaven gehalten.

«Feldbauer», sagte Ackermann, «ich heiße Feldbauer.»

«Mein Name ist Rosmer», erwiderte Rosmer, «wie der Pfarrer Rosmer in Ibsens *Rosmersholm*.»

«Ein interessanter Name», meinte Feldbauer, «vielleicht etwas zu interessant.»

Die Übelkeit, mit der Rosmer seit Tagen kämpfte, würgte ihn wieder. Er entschuldigte sich, wankte ein paar Meter zur Seite und spuckte einen Fingerhut Schleim aus. Als er sich wieder umdrehte, war Feldbauer alias Ackermann verschwunden. Dafür trat ein Sanitäter der US-Army Rosmer in den Weg und forderte ihn auf, seine Drillichjacke zu öffnen. Rosmer gehorchte. Seine Brust war mit Flecken übersät.

«Follow me», befahl der Amerikaner.

Er brachte Rosmer in eine der Baracken, die als Krankenstation für die Gefangenen dienten. Dass sie ihm ein Feldbett zuteilten, war das Letzte, was Rosmer für die nächsten drei Wochen zur Kenntnis nahm. Er erwachte aus seinen Fieberträumen, als sie aus dem Bett neben ihm einen Toten hoben und ihn fortschafften. Ein deutscher Arzt erschien.

«Ich vermute, Sie haben Glück gehabt und es überstanden», sagte er. «Wie Sie aussahen, als Sie eingeliefert wurden, hätte ich keinen Pfifferling für Sie gegeben.»

«Flecktyphus?», fragte Rosmer.

«Was sonst?», fragte der Arzt zurück. «Die meisten gehen an ihm ein.»

«Was passiert jetzt mit mir?»

«Das entscheiden andere Herrschaften, wenn wir hier mit Ihnen fertig sind.»

Zwei Militärpolizisten führten Rosmer durch die Gänge einer Kaserne in Bad Kreuznach. Seine Knie waren immer noch weich. Sonst ging es ihm wesentlich besser. Sie hatten den Prisoner of War unter die Dusche geschickt, ihm den Kopf geschoren und ihm saubere Wäsche und eine GI-Uniform verpasst. Die Buchstaben PoW auf seinem Rücken störten ihn nicht. Er fühlte sich halbwegs wieder wie ein Mensch. Einer der Polizisten öffnete eine Tür und meldete einem Leutnant, dass er den Gefangenen Ansgar Rosmer bringe. Der Leutnant war eine Frau. Ansgar Rosmer stand vor Daisy Silberstein. Sie verzog keine Miene, als sie die Polizisten auf den Flur schickte.

«Setz dich», sagte sie.

«Wie hast du mich gefunden?», fragte er.

«Das geht dich nichts an», sagte sie. «Bilde dir nicht ein, dass dies ein freudiges Wiedersehen ist. Ich stelle Fragen, du antwortest.»

Sie zündete sich eine Camel an. Er bekam keine Zigarette.

«Dieser Name ...», sagte sie. «Seit wann läufst du damit herum?»

«Seit Ende April», erwiderte er. «Ich habe in Potsdam unser Haus abgeschlossen und habe mich in Zossen im Hauptquartier gemeldet. Dort waren sie im Aufbruch. Sie hatten gerade noch Zeit genug, mich offiziell zur Geheimen Feldpolizei zu versetzen, mir den Decknamen zu geben und mich nach Berlin zurückzuschicken.»

«Wer hat das angeordnet?»

«Leute des Abwehrchefs Canaris, die der SD übernommen hatte.»

«Himmlers Sicherheitsdienst?»

«Derselbe.»

«Kanntest du sie? Oder kanntest du einen oder mehrere von ihnen?»

«Nein. Der erste Bekannte ist mir dann in Berlin über den Weg gelaufen. Das war Bully Jepsen. Er hat mich zu Bormann in den Führerbunker gebracht.»

«Zu Hitlers Sekretär?»

«Ja, zu ihm.»

«Was wollte der von dir?»

«Bormann gab mir eine versiegelte Tasche, die ich nach Plön zu Dönitz bringen sollte.»

«Was war in der Tasche?»

«Das weiß ich nicht. Bormann hat mir das Ehrenwort abgenommen, sie nicht zu öffnen. Wenn ich es nicht bis Plön schaffte, sollte ich sie ungeöffnet vernichten.»

«Du hast dich daran gehalten?»

«Ich hatte mein Ehrenwort gegeben.»

«Das habe ich verstanden. Meine Frage war, ob du es gehalten hast.»

«So viel Preuße bin ich trotz allem, dass ich unter einem Ehrenwort ein Ehrenwort verstehe.»

Daisy zögerte, aber sie entschloss sich weiterzureden.

«Wir wissen inzwischen, dass in den Tagen, von denen wir reden, Dönitz und Himmler in Plön umeinander herumgeschlichen sind», sagte sie. «Jeder von beiden nahm an, dass Hitler ihn zu seinem Nachfolger bestellt hatte. Zum Nachfolger an der Spitze des Deutschen Reiches oder besser zum Nachlassverwalter für den schäbigen Rest, den der größte Führer aller Zeiten von Deutschland übrig gelassen hatte. In Plön warteten sie auf sein Testament. Es soll dort nie eingetroffen sein. Hältst du es für möglich, dass du den so genannten letzten Willen deines Führers seinem so genannten Nachfolger überbringen solltest?»

«Ich weiß nicht einmal, ob überhaupt etwas in der Tasche war.»

Daisy gab sich mit der Antwort zufrieden und notierte sie.

«Eine letzte Frage», sagte sie dann. «Dass die Geheime Feldpolizei auf der schwarzen Liste der Alliierten stand, wusstest du nicht?»

«Nein, ich hätte es mir denken können, aber es ist mir nicht eingefallen. Sonst hätte ich den Ausweis des Vereins weggeworfen, bevor ich mich den Engländern ergeben habe.»

«Wahrscheinlich.»

Daisy machte sich eine weitere Notiz und drückte einen Knopf auf ihrem Schreibtisch. In der Tür erschienen die Militärpolizisten.

«Back into cell», sagte Daisy.

Rosmer stand auf.

«Ich würde gern ...», sagte er.

«Was du gern tun würdest oder nicht», sagte Leutnant Daisy Silberstein, «interessiert hier niemanden. Mich zuallerletzt. Ihr habt Tante Rebekka umgebracht. Tante Rebekka und ein paar Millionen anderer wehrloser Juden. Jetzt sitzt Rebekka Silbersteins Nichte hier seit sieben Wochen in dieser deutschen Kasernenstube, und ein ehemaliger Herrenmensch nach dem anderen tritt ein, nimmt vor der Jüdin stramme Haltung an und sagt aus, dass er keine Verbrechen begangen habe. Wenn ihm aber doch ein Verbrechen nachgewiesen wird, behauptet er, man habe ihn gezwungen, es zu begehen. So läuft es hier Tag für Tag. Fast ausnahmslos. Die Ausnahmen sind ehemalige Hitlerjungen, für die die Welt zusammengebrochen ist. Enttäuschte und gekränkte Halbstarke, die sich für die eigentlichen Leidtragenden der Weltgeschichte halten. Ich war verrückterweise darauf gespannt, dich wiederzusehen. Einen von zwei ehemaligen Liebhabern, aus denen nachher Nazis der Sonderklasse geworden sind. Ich war weniger auf dich gespannt als auf meine eigenen Gefühle beim Wiedersehen mit dir. Jetzt weiß ich, dass es diese Gefühle nicht gibt. Meine Gefühle sind tot. So tot wie Rebekka Silberstein. Geh bitte.»

«Ich ...»

«Tu mir den Gefallen und geh. Das Einzige, was dich rechterdings interessieren kann, ist deine Zukunft. Aber da kann ich mit Auskünften nicht dienen. Selbst wenn ich wollte. Die Polen haben noch nicht verlangt, dass wir dich ihnen ausliefern. Wenn sie Sehnsucht nach dir haben, sollen sie dich bekommen. Sonst kümmern wir uns um dich. Aber wenn es nach mir geht, werden es andere sein, die sich mit dir abgeben. Mir reicht dieses eine Mal.»

Rosmer traf Ackermann beim Hofgang wieder. Ackermann, der jetzt auch eine bessere PoW-Uniform trug, zog Rosmer ins Vertrauen. Er hieß wieder Ackermann, nicht mehr Feldbauer. Sein ehrlicher Name, sagte er, war ihm lieber als das Pseudonym, das ihm doch keiner mehr abkaufte. Die Sieger hatten ihn nun einmal identifiziert. Dabei musste es keineswegs so sein, dass sie über ein perfektes Spitzelnetz verfügten. Nicht auszuschließen war, dass einer nur durch puren Zufall in die Mühlen geriet, welche sie, die Sieger, mit den Mühlen der Gerechtigkeit verwechselten. Bei der immensen Zahl der Beschuldigungen gegen Deutsche war eine ansehnliche Trefferquote bei der Ermittlung zur Fahndung ausgeschriebener Personen wohl naturgegeben. Wie dem auch war, mit den Gegebenheiten war allemal zu rechnen. Es war ein Gebot der Vernunft, sich mit den neuen Verhältnissen einzurichten. Allen persönlichen Entscheidungen hatte erstens zu Grunde zu liegen, dass man möglichst unbeschadet zu überleben gedachte. Notfalls war dem Heroismus einer verflossenen Epoche abzuschwören und ein sozusagen bürgerlicher Weg einzuschlagen. Zweitens zeichnete sich ab, dass die Amerikaner mit den Deutschen anders umgingen als seinerzeit die Deutschen mit den Juden und mit den Polen oder mit den Russen. Die Amerikaner schickten die Deutschen nicht in Gasöfen, und vorsätzlich ließen sie auch keinen Kriegsgefangenen in ihren Lagern verhungern. Drittens waren den Absichten der Amerikaner, in Deutschland aufzuräumen, Grenzen gezogen. Sie konnten nicht jeden Verdächtigen vor Gericht zerren, sondern allenfalls ausgesuchte Repräsentanten des ehemaligen Regimes. Darum gab es für viele, wenn nicht für die meisten Beschuldigten, eine reelle Chance, sich in ein besseres Leben zu retten. Diese Chance musste jeder für sich wahrnehmen, und wer klug war, suchte sich Freunde. Kameraden brauchten Kameraden. Wenn einer zu Gunsten des anderen aussagte, und dies möglichst massenhaft, mussten logischerweise die Vorwürfe gegen alle zusammenschmelzen. Damit konnte nicht früh genug begonnen werden. Später war das System zu verfeinern; jetzt war der Grund zu legen.

Ackermann redete, wie er immer geredet hatte. Seine Begabung, die Dinge auf den Punkt zu bringen, hatte Rosmer schon in Lemberg beeindruckt. Ackermanns Arroganz hatte er seit ihrer ersten Begegnung gehasst, und er hasste sie immer noch. Früher hatte Ackermann ungeniert darauf bestanden, am besten zu wissen, was dem Wohl des Vaterlandes diente. Das Vaterland war in die Binsen gegangen. Jetzt ging es nur noch um das Wohl Ludwig Ackermanns. Wer ihm dabei nützlich sein konnte, kam ihm recht und wurde vor den Karren gespannt.

«Was wissen Sie über mich?», fragte Ackermann unvermittelt.

Rosmer betete herunter, was er damals in Galizien gehört hatte. Gerüchte wollten von einem Werdegang mit Widrigkeiten wissen, die Ackermann sämtlich durchgestanden und überwunden hatte. Er sollte kaum älter als zwanzig Jahre gewesen sein, als er während der Wirtschaftskrise die Fabrik seines Vaters in den Sand setzte und begriff, dass er mangelhaft für das Leben in harter Zeit gerüstet war.

Er holte das Abitur nach und studierte Volkswirtschaft und Juristerei. Während des Studiums verfiel er der Politik und schloss sich Kommilitonen an, die schon 1932 in Heidelberg gegen einen als links verschrienen Professor Front machten, um ihn wegen seiner Polemik gegen rechte Geheimbünde vom Lehrstuhl zu jagen. Nach vollbrachter Tat sammelte Ackermann sowohl im Staatsdienst wie in der Wirtschaft Lorbeeren, bis er dem GG nach Polen folgte.

«Nicht schlecht», sagte Ackermann. «Das ist ziemlich genau die Biografie, auf die ich stolz war und die ich auch jetzt nicht in den Wind zu schreiben gedenke.»

Er revanchierte sich mit seiner Sicht der Affäre Tetzlaff, wie er das Debakel vom Sommer 1942 in der Kreishauptmannschaft von Brodnopol nannte. Was passiert war, hatte Rosmer am eigenen Leib erlebt. Die Hintergründe, hatte er sich teils zusammengereimt, teils waren sie ihm verborgen geblieben. Einer, der als einer der Getreuesten der Getreuen im Gouvernement Lemberg gegolten hatte, der Kreiskommissar Tetzlaff, war den Ränken einer polnischen Agentin erlegen. Schon in Krakau hatte sie sich Tetzlaff gegriffen und ihn an der Nase herumgeführt, bis es ihr gelang, unter der Beteiligung eines Hofjuden ausgerechnet in einer Residenz, in der von Brodnopol, ein Widerstandsnest einzurichten. Ewa Tetzlaff, geborene Matkowska, resümierte Ackermann weiter, war schlau genug gewesen, im letzten Moment vor der Entdeckung gemeinsam mit den Juden, mit denen sie unter einer Decke gesteckt hatte, Fersengeld zu geben und zu den Partisanen zu rennen. Jedenfalls nahm man dies an. Gefasst wurde die Frau nie. Dem Juden Baruch Stern war es schlechter ergangen. Ihn hatte der verantwortliche Kreishauptmann Schierling, der heute den Namen Rosmer führte, anlässlich der Säuberung eines Brodnopoler Straßenzugs eigenhändig erschossen. Natürlich brauchten die vorgesetzten Stellen einen Sündenbock für die unglaubliche Geschichte. Der war in erster Linie Tetzlaff. Er konnte jedermann Leid tun, aber er war nicht zu retten, und man ließ ihn in einer Strafkompanie verschwinden. Den Männerwitz, dass es nicht die Nase gewesen war, bei dem die

Matkowska den armen Kerl gepackt hatte, sondern ein anderer Körperteil, hatte damals der SS-Gruppenführer Felix von Bachewski gerissen. Genau dies aber war der Grund gewesen, weshalb Bachewski auf Begrenzung des Schadens bestand. Während sein Gefolgsmann Schnittke darauf drängte, auch Tetzlaffs unmittelbaren Vorgesetzten, den Kreishauptmann Schierling, heute Rosmer, zur Rechenschaft zu ziehen, erklärte Bachewski, je weiter man den Kreis der Beteiligten ziehe, umso peinlicher werde die Sache nicht nur für die gesamte Verwaltung, sondern auch für den eng mit ihr zusammenarbeitenden SS-Apparat. Verwaltung und SS liefen unübersehbar Gefahr, zum Gespött zu werden. Der Lemberger Gouverneur Schirmer, bekanntlich selbst ein höherer SS-Dienstgrad, schloss sich dieser Meinung an. Staatssekretär Zöllner legte darüber hinaus Wert auf die Feststellung, dass Schierling, heute Rosmer, im entscheidenden Augenblick mit eigener Hand das Seine getan hatte, dem Schlamassel ein Ende zu setzen. Rosmer hatte seinen Leichtsinn wettgemacht, indem er den Juden Baruch Stern erschoss, dem er zuvor vertraut hatte.

«Also haben wir Sie in unserem eigenen Interesse aus der Tinte gezogen, mein Lieber», sagte Ackermann. «Zugegeben, ich habe Sie dann gehörig gezwiebelt und für mich bis zum bitteren Ende die Drecksarbeit machen lassen. Wenn ich zu weit gegangen bin, bitte ich in aller Form um Entschuldigung.»

Er streckte Rosmer die Hand hin. Rosmer fiel es schwer einzuschlagen, aber er tat es. Er wusste mehr über Ackermann, als dem lieb sein konnte, aber umgekehrt galt dasselbe. In völliger Ungewissheit darüber, was die Besatzungsmacht mit ihnen beiden anstellen wollte, blieb ihnen nichts übrig, als miteinander zu paktieren. Unangenehm war daran noch hinter Stacheldraht vor allem Ackermanns Selbstbewusstsein.

«Ich verrate Ihnen etwas», sagte Ackermann. «Nehmen Sie es als Vertrauensbeweis. Sie erinnern sich an Himmlers Spleen, Galizien mitten im Krieg germanisieren zu wollen und damit in den Bezirken Lublin und Zamosc zu beginnen. Ich habe damals dem GG dringend geraten, sich quer zu legen. Wie vieles, was Himmlers Kopf entsprang, war dieses Projekt aberwitzig, jedenfalls zu diesem Zeitpunkt. Was immer weltanschaulich von den Einfall zu halten war, man hätte die Verwaltung des Generalgouvernements in größte Schwierigkeiten gestürzt. Im Auftrag des GG habe ich mich dann aus dem Fenster gehängt und mir Himmlers Unwillen zugezogen.»

Rosmer erinnerte sich sehr gut daran, dass er einerseits Ackermanns Eigensinn bewundert und andererseits gehofft hatte, dass sich sein Sklavenhalter den Hals brach.

«Jetzt kommt's», sagte Ackermann. «Einer meiner Vernehmer stammt aus Zamosc. Ihn hat die polnische Exilregierung aus London ins liebliche Kreuznach geschickt, damit er Deutsche aufspürt, die während des Krieges in Polen tätig waren. Natürlich stand ich auf seiner Liste. Er ließ mich vorführen, und das Verhör verlief anfangs ziemlich ruppig. Dann jedoch schaltete Pan polski plötzlich um und verriet mir, dass meine Haltung in der Zamosc-Frage seinerzeit nicht unbemerkt geblieben und bis heute nicht vergessen sei. Vorausgesetzt, ich zeigte Einsicht in einige vergangene Irrtümer, sei man darum bereit, bei den Alliierten ein gutes Wort für mich einzulegen. Die Einsicht sollte unter anderem darin bestehen, dass ich Angaben zum tatsächlichen oder vermuteten Verbleib des Lemberger Gouverneurs Schirmer machte. Nach dem GG und nach dem Staatssekretär Zöllner fragte mein Freund nicht. Die scheinen sie also in den Fängen zu haben. Der Mann interessierte sich umso mehr für Schirmer. Aber selbst, wenn ich hätte plaudern wollen… Ich wusste nichts über Schirmer. Pan polski war enttäuscht, aber er blieb freundlich.»

«Das heißt…?», fragte Rosmer.

«Das heißt, dass die Polen, jedenfalls die Nationalisten im Londoner Exil, erfreulicherweise annehmen, ich hätte, was Zamosc anging, im polnischen Interesse handeln und die Bevölkerung schonen wollen. Natürlich werde ich mich hüten, dieser Vermutung zu widersprechen, und meine Taktik entsprechend anlegen. Wir sind seit eben Verbündete, Herr Rosmer. Chancen, die sich für mich abzeichnen, können sich auch als Chancen für Sie erweisen. Behalten Sie unsere Verabredung im Kopf und überlegen Sie sich in Gesprächen, die Ihnen bevorstehen, jedes Wort.»

Ackermann lächelte siegesgewiss, winkte Rosmer leutselig zu und entfernte sich. Er hatte die alte Hackordnung wiederhergestellt.

«Montesquieu?», fragte Jeff S. Saltmann. Der Psychologe war nicht darauf gefasst gewesen, dass ihm der Gefangene Ansgar Rosmer mit dem Säulenheiligen der französischen Aufklärung kam. Rosmer versuchte die Gelegenheit zu nutzen und das Spiel aus kurzen, seinen persönlichen Weg durch die Diktatur betreffenden Fragen und vorsichtigen Antworten zu unterbrechen, um – wie er ankündigte – zum Wesentlichen zu kommen. Nach Montesquieu, dessen *Geist der Gesetze* er natürlich nur sinngemäß zitieren konnte, so erläuterte er den philosophischen Rückgriff, war der Despot der Sklave seiner Sklaven. Er war abhängig von ihrem Glauben an ihn. Zwar konnte niemand oder konnte so gut wie keiner aus dem despotischen System ausbrechen, solange es Bestand hatte. Wenn es zusammenstürzte, konnten jedoch alle außer dem Despoten unter anderer Herrschaft weiterleben, selbst unter einer Herrschaft ganz anderer Prägung. In der Regel hatten sie dies auch vor, und um es zu beweisen, hängten sie den Kerl, dem sie gestern noch zugejubelt hatten, an den Füßen auf, wie es die Italiener mit Mussolini gemacht hatten. Oder sie verscharrten ihn irgendwo, wie es Hitler passiert war. Der Glaube der Gefolgschaft an den Despoten war die Voraussetzung seiner Herrschaft. Sie brach zwangsläufig in dem Moment zusammen, in dem der Despot seine Macht einbüßte. Umgekehrt gesagt, ohne einen Despoten im Vollbesitz seiner Macht keine Despotie.

«Wie nennen Sie das Verhalten von Sklaven, die ihren Despoten an den Füßen aufhängen?», fragte Saltman. «Mir erscheint es feige. Es klammert die eigene Mitwirkung an der Geschichte und ihren Verhängnissen aus.»

«Feige oder nicht, es handelt sich um Rache», antwortete Rosmer. «Aber Sie sollen Recht haben. Die Menschen rächen sich, wenn Sie so wollen, für die Feigheit, mit der sie die Despotie ertragen haben.»

«Sie selber haben sie nicht nur ertragen», sagte Saltman, «Sie waren auch aktiv beteiligt. Was ist mit den Mittätern?»

«Wenn wir unter dem Mittäter einen Tatgehilfen verstehen, so trägt er einen Teil der Verantwortung, wenn er zur Begehung des Verbrechens durch Rat oder Tat willentlich Hilfe leistet.»

«Sagt der Jurist?»

«Sagt der Jurist. Aber nageln Sie mich bitte auch hier nicht auf den Wortlaut fest. Nach meinem Verständnis liegt der Akzent übrigens auf dem Wörtchen ‹willentlich›.»

«Und der Tatwille, so nehme ich an», sagte Saltman, «setzt voraus, dass der Gehilfe weiß, woran er mitwirkt. Wenn er also das Verbrechen nicht für ein Verbrechen hält, sondern beispielsweise für Pflichterfüllung, ist er juristisch aus dem Schneider. Fragt sich nur, ob damit auch die Moral abgehakt ist. Kommen wir zurück auf Ihre eigene Geschichte. Wie steht es um Ihren Pflichtbegriff?»

«Er war nie übermäßig entwickelt.»

«Den Eindruck hatte ich schon.»

Jeff S. Saltman blätterte in einem Stoß Akten und ließ Ansgar Rosmer auf den nächsten Zug im Verhör warten. Schmal, fast schmächtig, wie der Psychologe im Dienst der US-Army war, hätte er ein Sohn Mordechai Gebirtigs aus Kazimierz sein können. Er hatte die tiefdunklen Augen des Sängers und dessen vorspringende Nase. Aber Saltman war, so hatte er zu Beginn gesagt, durch und durch Amerikaner. Sein Deutsch hatte er aus Neugier auf Goethe, Heine und Börne im College gelernt. Von ihnen hatte ihm sein Vater erzählt, ein freundlicher Philosophieprofessor, den seine Eltern von Frankfurt am Main nach New York verpflanzt hatten, wo sie selbst nie richtig Englisch lernten, der Sohn aber umso besser. Leutnant Jeff Saltmans Entschluss, nach Kriegsende nicht bei der kämpfenden Truppe zu bleiben und auch nicht an den Hudson zurückzukehren, sondern für das Office of Strategic Services, den Geheimdienst OSS, zu arbeiten, war seiner Enttäuschung über die Deutschen entsprungen. Sie sollten ihm erklären, wie ein zivilisiertes Volk, ein Kulturvolk, Hals über Kopf in eine unsägliche Barbarei stürzen konnte. Jeff S. Saltman war darauf aus, die Deutschen zu verstehen; Nachsicht durften sie deswegen von ihm nicht erwarten. Im Moment wollte Saltman erreichen, dass Rosmer dem Protokoll zustimmte, das er aufgesetzt hatte, nachdem er sich lange zurückgehalten und möglichst seinem Probanden das Wort überlassen hatte. Das Protokoll sollte als Grundlage eines Gutachtens dienen, das den Ausschlag geben konnte, ob Rosmer unter Anklage gestellt wurde oder nicht.

«Ich habe diese Akten in der letzten Nacht noch einmal sehr gründlich gelesen», sagte er. «Sie geben Auskunft über Johann Viktor Schierling, der uns von dem Zeitpunkt an interessiert, als er Regierungsrat in Krakau wird, am Sitz des Generalgouverneurs im so genannten Restpolen. Man schickt ihn dann als Kreishauptmann, also als Verwaltungsbeamten im Range eines Landrats, nach Brodnopol in Ostgalizien, später teilt man ihn als Ministerialdirigenten dem Gouverneur Ludwig Ackermann zu, der in Polen, vor allem in Galizien, mit besonderen Aufgaben betraut ist. In Klammern: Ackermann befindet sich jetzt ebenfalls in Kreuznach in amerikanischem Gewahrsam, und beide haben Kontakt zueinander aufgenommen.»

Rosmer nickte zustimmend. Saltman fuhr im selben sachlichen Ton fort.

«Die Vorgeschichte haben Sie weitgehend bestätigt», sagte er, «sie handelt von einem intelligenten jungen Mann aus – wie man sagt – gutem Hause und mit besten Aussichten auf eine respektable bürgerliche Karriere. Nach der Ablösung von dem Posten in Brodnopol hat Schierling eine ziemlich unübersichtliche Existenz geführt. Er nutzte sich bietende Gelegenheiten, im eigenen Interesse Verbindungen zu knüpfen. Kurz vor Toresschluss taucht er in der Wehrmacht unter. Als ihn die Briten gefangen nehmen, nennt er sich Rosmer, und seine Papiere weisen ihn als Major der Geheimen Feldpolizei aus, sozusagen der Gestapo der Wehrmacht.»

Saltman legte eine Pause ein. Es kostete ihn offenkundig Mühe, seine Gefühle im Zaum zu halten.

«Entscheidend für die Einschätzung des Falles Schierling», sagte er dann, «ist seine Zeit in Brodnopol. Dort hat er Hunderte und Tausende von Juden ins Ghetto getrieben, er hat sie in Straflager gesperrt, er hat ihre Deportation ins Lager von Belzec organisiert. Der Generalgouverneur hat Schierling für – so wörtlich – seine ‹Leistungen im Dienste des deutschen Volkes› das so genannte Kriegsverdienstkreuz ans Revers geheftet. Hinterher hat ein Gericht der polnischen Widerstandsbewegung Schierling in Abwesenheit zum Tode verurteilt. Sie, Herr Rosmer, waren dieser Johann Viktor Schierling. Wir streiten uns nicht um Namen, denn Sie bestätigen, dass Sie Schierling sind. Sie bestätigen auch, die erwähnten Funktionen ausgeübt zu haben, machen aber geltend, dass Sie keine einzige Maßnahme selbst angeordnet haben. Diese Maßnahmen sind – ich zitiere – lediglich über Ihren Schreibtisch gegangen. Eine Möglichkeit, etwas zu verhindern, hatten Sie nicht. Sie mussten Ihre Befehle ausführen. Die Befehle haben Ihnen direkte Vorgesetzte wie der genannte Ackermann gegeben, der Ihrer Meinung nach jedoch ebenfalls nur in der beschriebenen Weise Befehle ausgeführt hat. Das hört sich an, als wollten Sie Ackermann gefällig sein.»

«Ich berichte, was ich erlebt habe. Und sage, wie ich es einschätze.»

Saltman seufzte und stapelte seine Akten zu einem ansehnlichen Turm.

«Vergessen wir nicht», sagte er, «dass Sie zugeben, mit eigener Hand den Pferdehändler Baruch Stern erschossen zu haben, der zu dieser Zeit in Ihrer Residenz eine Art Stallmeister war.»

«Das war Notwehr», protestierte Rosmer.

«Wobei der Jurist unter Notwehr präzise was versteht?»

«Die zur Abwehr einer gegenwärtigen Gefahr notwendige Handlung.»

«Das Gericht der polnischen Heimatarmee hat Sie wegen dieser Tat zum Tode verurteilt. Sie sollen Baruch Stern während eines Massakers an Bewohnern von Brodnopol umgebracht haben.»

«Ich bin zufällig in einen Aufruhr geraten, und Baruch Stern griff mich an.»

«Aus welchem Grund soll er dies getan haben?»

«Im Laufe der Aktion war sein Sohn erschossen worden.»

«Und Sie konnten den Mann nicht beschwichtigen?»

«Nein. Er tat mir Leid. Aber in seiner Erregung ließ er nicht mit sich reden.»

«Damit steht Aussage gegen Aussage. Polnische Zeugen haben etwas anderes berichtet.»

«Diese Zeugen haben vor einer Kommission der Partisanen, oder wenn Sie es lieber hören, der Heimatarmee ausgesagt, die man kaum als ordentliches Gericht bezeichnen kann und deren Feststellungen zweifelhaft sind.»

«Lassen wir es dabei. Trotzdem noch eine Frage. Was haben Sie sich vorgestellt, dass mit den Menschen geschah, die Sie nach Belzec schickten?»

«Ich wusste es nicht, aber ich konnte es mir denken. Vorgestellt habe ich es mir nicht. Ich wollte mir nichts vorstellen.»

«Warum nicht?»

«Wir haben über Feigheit schon gesprochen.»

«Sie reden über Feigheit nicht nur allgemein; Sie haben sie auch an sich selbst beobachtet?»

«Das ist richtig. Ein Kollege von Ihnen hat mich mit der Nase darauf gestoßen. Das war im Frühjahr 1938 in Wien ...»

Saltman schnitt Rosmer das Wort ab.

«Vom Fall Baruch Stern abgesehen, bestätigen Sie meine Darstellung?», fragte er.

«Das klingt korrekt», sagte Rosmer, «aber ...»

«Aber?»

«Sie lassen die Verhältnisse von damals außer Acht.»

«Beschreiben Sie mir diese so genannten Verhältnisse.»

«Man war Bestandteil eines Apparates. Der Apparat funktionierte. Man war das Zahnrad einer Maschine.»

«Sie sagen ‹man›. Hier ist von Ihnen die Rede, von Ihrer Person.»

«Wie andere war ich eingespannt in das System.»

«Aber der Mensch ist kein Zahnrad. Er hat immer eine Wahl. Sie mag hart sein, aber der Mensch kann sie treffen. So etwas wie Zweifel, so etwas wie ein Gewissen gab es nicht?»

«Es gab sie, und sie wurden diskutiert. Ein enger Freund von mir hat sich nach harten Diskussionen erschossen.»

«Er zog es vor, selbst zu sterben, statt Tausende von Menschen in den Tod zu schicken?»

«So war es.»

«Was haben Sie empfunden, als er Selbstmord begangen hatte?»

«Ich habe ihn beneidet.»

«Beneidet?»

«Ich finde kein besseres Wort.»

«Versuchen Sie, eins zu finden.»

«Ich war entsetzt, ich war beschämt und ich habe ihn beneidet. Er hatte es hinter sich. Es war ein Aufruhr widersprüchlicher Gefühle, in dem ich steckte. Ich kann sie nicht auseinander sortieren.»

«Vielleicht haben Sie sich bedauert. Als Hinterbliebener sozusagen.»

«Vielleicht auch das.»

«Sie glauben alles, was Sie sagen?»

«Jedes Wort.»

«Wundert es Sie, dass ich Ihnen nicht glaube?»

«Nein.»

«Ein Argument, auf das sich andere gern zurückziehen, vermisse ich bei Ihnen.»

«Welches?»

«Den Patriotismus. ‹Heute gehört uns Deutschland und morgen die ganze Welt.› Erinnern Sie sich? Oder: ‹O heilig Herz der Völker, o Vaterland› für den Fall, dass Ihnen ein edlerer Zungenschlag lieber ist. Hatten Sie Hölderlin im Tornister?»

«Der war eine Zeit lang im Gymnasium mein Abgott gewesen. In Polen hatte ich ihn nicht dabei.»

«Wen dann? Vielleicht Nietzsche? ‹Der Mensch ist etwas, das überwunden werden soll› – wie wäre es damit? Warum sollte man nicht mit den Juden und den Polen schon mal anfangen?»

«Ich glaube nicht, dass Nietzsche so verstanden werden wollte.»

«Wenn nicht so, wie dann?»

«Ich bin kein Philosoph.»

«Sie haben mit Montesquieu angefangen. Aber geschenkt. Nehmen wir an, Nietzsche meint, der Mensch in seiner Schwäche taugt nichts, welchem Gedanken man sich durchaus anschließen kann. Der Mensch soll stark sein; am besten reift er zum Übermenschen heran. Erst einmal unter den Schwachen aufzuräumen mag ein Kurzschluss sein. Nahe liegt der Weg trotzdem. Die Schwachen waren die Juden und die Polen.»

«Ich habe so nicht gedacht.»

«Aber Sie haben Befehle von Leuten ausgeführt, die so dachten. Oder etwa nicht?»

«Das ist richtig.»

«Was unterscheidet Sie von diesen Leuten?»

«Was wollen Sie hören?»

«Eine Antwort. Ihre Antwort.»

«Geben Sie sie.»

«Ihre Antwort kann ich nicht geben.»

«Ich antworte darauf nicht», sagte Rosmer.

Saltman gab auf.

«Also gut, überlassen wir den Fall den Juristen», sagte er. «Das war unsere letzte Begegnung. Erwarten Sie nicht, dass ich Ihnen Glück wünsche.»

Ackermann zuckte die Achseln über Saltman. Der Psychologe war ein linker Vogel. Er war einer von den Burschen, die das geschundene Deutsche Reich in eine grüne Wiese verwandeln wollten, damit auf ihr wehrlose Horden von Klippschülern in Ewigkeit ein kümmerliches Dasein fristeten und niemandem mehr in die Quere kamen. Aber Saltman übersah, dass die Sieger im Westen und die Sieger im Osten von Natur aus feindliche Brüder waren. Noch saßen sie in Nürnberg gemeinsam über die Besiegten zu Gericht. Aber wie immer dort die Urteile auch ausfielen – wahrscheinlich hagelte es Todesstrafen ... Nachher musste der Wind unvermeidlich drehen und eine andere, eine gewitterschwüle Großwetterlage heraufziehen. Dann musste Uncle Sam in Washington endlich ein Licht aufgehen, dass mit Uncle Joe Stalin in Moskau nicht gut Kirschen essen war. Zwar verfügte der noch nicht über die Atombombe, die bewirkt hatte, dass Onkel Sam der Sieg im Völkerringen in den Schoß fiel. Aber Uncle Joe war ein trickreicher Staatsmann, der vermutlich sehr klare Vorstellungen hatte, wie die Zukunft aussehen sollte. Kurzum, Uncle Sam würde sich demnächst den Schlaf aus den Augen reiben, sich verdutzt in der Welt umsehen und kapieren, dass er Leute brauchte, die sich im Osten auskannten. Wer kam dann wohl in Frage? Auf wen musste der amerikanische Geheimdienst zurückgreifen? Die Amerikaner mussten mit dem Dummbeutel geprügelt sein, wenn ihnen nicht die deutschen Experten mit den Erfahrungen einfielen, die sie im Osten hart genug erworben hatten. Fortan würden diese Experten ein gewichtiges Wörtchen über den Osten mitreden, und die Saltmans hatten von Stund an ausgespielt.

Rosmer war Ackermanns Monologen ausgeliefert. Hinter Stacheldraht gab es viele Propheten. Sie setzten sich irgendetwas in den Kopf und verteidigten ihre Weisheiten bis aufs Messer. Einige drehten durch, und von Zeit zu Zeit hängte sich einer auf. Im Gegensatz zu den meisten entwickelte Ackermann messerscharfe Gedanken und deckte Rosmer mit ihnen ein. Auf ein größeres Publikum legte er keinen Wert. Einsprüche Rosmers dienten ihm erklärtermaßen lediglich als Anlass, seine Auffassung besser zu untermauern. Aus dem Konzept brachten sie ihn nie. Ackermann war seiner Sache sicher.

Der Wind drehte schneller als erwartet. Zwei waschechte Geheimdienstleute lösten den Psychologen Saltman ab. Sie nannten sich Lieutenant Brown und Lieutenant Meyers und sprachen ein noch besseres Deutsch als Saltman. Sie hatten es bestimmt nicht als Fremdsprache gelernt, aber sie verrieten nicht, wann und wo sie es gelernt hatten. Warum Ansgar Rosmer alias Johann Viktor Schierling den Juden Baruch Stern erschossen hatte, beschäftigte sie nur flüchtig. Rosmer war ein vergleichsweise kleines Licht. Wenn er zur Kooperation bereit war, konnte man ihm entgegenkommen. Das klang kaltschnäuzig, aber nicht unehrlich. Umso genauer fragten Brown und Meyers nach Rosmers Vorgesetzten in Polen, speziell nach dem Generalgouverneur. Der nämlich erwies sich in Nürnberg als bemerkenswerter Sonderfall eines Angeklagten. Er hatte so etwas wie ein Bekenntnis schwerer Schuld abgelegt, es aber sogleich verdorben, indem er es ins Religiöse wendete. Er kehrte reumütig in den Schoß der römisch-katholischen Kirche zurück und behandelte die weltlichen Richter, vor denen er stand, quasi von oben herab. Er wartete auf ein anderes, auf das Jüngste Gericht. Seine Schuld aber bestand in seinen Augen darin, Hitler für ein Genie gehalten zu haben. Er war Hitler, so wörtlich, «auf einem langen Schmerzensweg gefolgt». Bedauerlicherweise war das Genie kein Genie gewesen, sondern ein Dämon. Jetzt nahm der gläubige Gefolgsmann von gestern, wie er es nannte, Abschied vom Schatten Hitlers und wandte sich Gott zu.

«Erklären Sie mir diese Einkehr», verlangte Lieutenant Meyers. «Gab es Anzeichen für Frömmigkeit, solange der Herr Vizekönig in Polen war?»

«Davon war nie die Rede», sagte Rosmer, «auch nicht in Andeutungen. Ich hatte keinen Anlass für Vermutungen in diese Richtung.»

«Nicht die geringste?»

«Auch nicht die geringste.»

«Dann erklären Sie uns etwas anderes», sagte Lieutenant Brown. «Wir haben gegen ein teuflisches System gekämpft, von dem wir glaubten, dass es reibungslos funktionierte. Von der Kleinigkeit abgesehen, dass die Welt der Nazis voller Feinde war und sie irgendwann nicht mehr übersehen konnten, dass sich das Kriegsglück gegen sie wendete. Jetzt bürgert sich plötzlich ein, dass ein Nazi dem anderen und eine Naziorganisation der nächsten die eigenen Untaten in die Schuhe schiebt. Auf Kosten der lieben Kameraden, mit denen der Herrenmensch Seite an Seite gekämpft hat, versucht er nun, das Unschuldslamm zu spielen. Ein jämmerliches Bild von deutscher Art, wie ich finde. Das System ist zusammengeklappt, und keiner will es gewesen sein.»

«Der Mensch ist, wie der Mensch ist», sagte Rosmer.

«Mehr haben Sie uns nicht zu bieten?», fragte Meyers.

«Ich fürchte, nein», entgegnete Rosmer.

«Wie stellen Sie sich unter diesen Umständen Ihre Zukunft vor?», wollte Brown wissen.

«Ich warte auf meine Chance», sagte Rosmer.

«Sie haben sie», sagte Brown, «packen Sie aus.»

Rosmer bat um Bedenkzeit. Lieutenant Brown und Lieutenant Meyers gaben ihm vierundzwanzig Stunden. Danach erklärte er sich bereit, vorbehaltlos auszusagen. Insgeheim war er entschlossen, Ackermann und seinen engeren Kreis zu schonen. Als sie ihm nach sechs Wochen den Entlassungsschein mit der Heimatadresse Segau überreichten, war er mit sich zufrieden.

Segau war eine Oase. Dafür hatte ein Brief gesorgt, der seinen Weg aus dem ehemaligen Deutschsüdwest nach Ostholstein gefunden hatte. Miss Nancy ließ alte Beziehungen spielen und die örtliche Besatzungsmacht mutete daraufhin Bettina Schierling, die, wie schon den ganzen Krieg hindurch, das Gut ihres Bruders bewirtschaftete, nicht mehr als die unvermeidlichen Unannehmlichkeiten zu. Die geborene Gutsfrau, längst für ihre Leute die Chefin, stellte fest, dass sie sich mit den Engländern besser verstand als vorher mit dem Kreisbauernführer. Sie lieferte ab, was verlangt wurde, und brachte die Flüchtlinge unter, die man ihr schickte. Im Herrenhaus galten die alten Benimmregeln. Gejammert wurde nicht. Daran hielten sich auch Rosemarie Schierling und ihre Mutter Minna Stargard. Als die Russen nach Pommern gekommen waren, hatte Max Stargard seine Familie nach Segau in Marsch gesetzt. Sodann war der Kreisleiter in Stolp an die Spitze einer Krüppelgarde, genannt Volkssturm, getreten und dem Feind entgegenmarschiert. Seitdem war er verschollen. Bettina Schierling hatte nun eine erheblich bessere Meinung über ihn. Dass die meisten anderen Goldfasanen auf Führer, Volk und Vaterland gepfiffen hatten und getürmt waren, als es brenzlig wurde, war kein Geheimnis. Max Stargard war eine anerkennenswerte Ausnahme. Minna Stargard kam dieser Sinneswandel zugute. Die Chefin behandelte sie mit freundlicher Nachsicht. Die Schwiegertochter spannte sie in den Gutsbetrieb ein. Rosemarie Schierling erwies sich als tüchtig und übernahm mehr und mehr den Papierkrieg. Zwischen den Standesschranken machte sich der siebenjährige Alexander als Parlamentär verdient. So lebte man eng beieinander und gleichzeitig auf

Distanz. Größere Probleme wurden aufgeschoben. Akut wurden sie, als Johann Schierling in der Tür stand.

Sobald hinter Stacheldraht der Gedanke an Segau aufgetaucht war, hatte sich Ansgar Rosmer gegen ihn gesträubt. Was sich trotzdem abgezeichnet hatte, bestätigte sich sofort. Segau war pure Vergangenheit. Der Name Ansgar Rosmer klang in Bettina Schierlings Gegenwart albern. Sie vermied ostentativ alle Fragen, aber in Segau hieß Rosmer unweigerlich Schierling, und im Gestrüpp der Erinnerungen musste jeder Versuch hängen bleiben, sich den Weg in eine neue Existenz zu bahnen. Zudem war es unvorstellbar, die in Krakau ruinierte Ehe fortzuführen, und ein Sohn, den man nie gesehen hatte, war ein fremdes Kind. Der Aufenthalt in Segau war ein Provisorium. Er konnte nur dazu dienen, Fühler auszustrecken.

Während eines Ausflugs nach Kiel stand Rosmer auf der Straße eines Mittags plötzlich seinem Kollegen Schulz gegenüber. Begegnungen dieser Art waren während der Völkerwanderung zwischen den zerstörten Städten der Nachkriegstage nichts Überraschendes. Schulz war vom Fleisch gefallen, schien aber sonst weitgehend der Alte zu sein. Sie hatten beide den Anblick der Ruinen satt und verabredeten eine Strandwanderung. Als sie sich ein paar Tage später am Anleger der Hafendampfer trafen, atmete Schulz die salzige Luft tief ein und stellte fest, aus irgendeinem nicht näher zu benennenden Grund komme er sich vor wie beim Schuleschwänzen. Rosmer bestätigte ähnliche Gefühle. Sie fuhren nach Laboe und liefen, am Marine-Ehrenmal vorüber, am Wasser entlang. Die Förde hatte mit Segau gemeinsam, dass sie wie vorgestern aussah. Außerdem verlockte sie zum Philosophieren.

«Strandgut», sagte Schulz, «wir dürfen uns nichts vormachen, wir sind Strandgut. Lassen Sie mich noch einmal sagen, dass ich heilfroh war, als Sie mich damals vor der Gestapo gerettet haben. Ich habe es weiß Gott nicht vergessen. Der weitere Lebensweg war alles andere als glorios, aber ich bin durchgekommen. Jetzt sind wir Strandgut.»

«Aber immerhin noch in leidlichem Zustand», sagte Rosmer.

«Verwendbar beim Bau von Nothütten», ergänzte Schulz.

«Sehen wir es aus anderem Blickwinkel», schlug Rosmer vor. «Wir klauben Restbestände unserer Existenz zusammen und machen das Beste aus ihnen.»

«Sofern man es uns gestattet», schränkte Schulz ein.

«Ich kenne einen, der keine Sekunde daran gezweifelt hat, dass wir eine neue Chance bekommen. Er zweifelte auch nicht daran, als wir nichts als Gras zu fressen bekamen», sagte Rosmer.

Er erzählte von seiner Flucht zu den Engländern, von der Gefangenschaft in Remagen und Kreuznach und von dem Wiedersehen mit Ackermann, dem Sklavenhalter, der sich zu diesem Zeitpunkt Feldbauer genannt hatte. Dass Ackermann hinter Stacheldraht sofort wieder die dominierende Persönlichkeit gewesen war, gab hinreichenden Anlass zum Grübeln. Es war ein Lehrstück über die Natur der Abhängigkeit des Menschen vom Menschen.

«Wir sehen, dass die Fähigkeit, Ideologien abzustreifen, erstaunlich verbreitet ist», sagte Rosmer. «Nach wenigen Monaten, schicken sich unsere Volksgenossen an, alles zu vergessen, woran sie bis in den Tod glauben wollten. Nur so viel zum Thema Gesinnung. Aber es wird dabei bleiben, dass der Schwache dem Starken nachläuft, und fragen müssen wir uns, wodurch der Starke stark ist. Erstaunlicherweise scheint der stärkere Wille zu reichen. Wodurch sonst hätte sich Hitler die Eliten in Deutschland gefügig gemacht? Was meinen Gönner Ackermann angeht, so ist er mir mit seinem Willen überlegen. Ich muss mich, so nützlich seine Schützenhilfe werden kann, vor ihm hüten.»

Schulz störte Rosmer mit einer anscheinend völlig unpassenden Frage aus seinem Tiefsinn auf.

«Wo waren Sie am 20. Juli 1944?», wollte er wissen.

«In irgendeiner Walachei, weit vom Schuss», gab Rosmer Auskunft. «Ich ahnte nicht, was ablief, bis Hitler im Radio verkündete, dass er den Anschlag in der Wolfsschanze überlebt hatte, und grässliche Rache schwor.»

«Damals ging bei uns der Ofen aus», sagte Schulz.

«Bei uns?», fragte Rosmer.

«Im Militärlager bei Zossen im Schatten des Generalstabs, in der Dependance der Abwehr des Spionagevirtuosen Canaris, dem dort dann auch die Stunde schlagen sollte. Sie kennen ja Zossen. Dass man Sie dort mit falschen Papieren ausstattete, habe ich in dem Durcheinander zum Schluss zu spät mitbekommen. Sonst hätte ich Sie gewarnt. Ausgerechnet als Geheimer Feldpolizist durch die Linien zu stiefeln war ein Kunststück besonderer Art.»

«Wir hätten einander schon dort wieder über den Weg laufen können?»

«Hätten wir. Die Welt war klein und wurde immer kleiner. Aber wir haben uns verpasst. Auch das war bekanntlich an der Tagesordnung.»

«Ich hatte keine Ahnung, dass Sie bei der Abwehr gelandet waren», sagte Rosmer.

«Eher durch Zufall. Ich bin nicht besonders stolz darauf...»

«Es gibt Peinlicheres.»

«Ganz gewiss. Aber ich wäre glücklich gewesen, wenn ich wie Sie weit vom Schuss gesessen hätte. Ich war akademischer Hilfsarbeiter und hockte auf dem hintersten Flur. Niemand hatte mich auf der Rechnung, sicher konnte sich jedoch auf unserem Nebenkriegsschauplatz der Kämpfe zwischen der Abwehr am Berliner Tirpitzufer und der Gestapo in der Prinz-Albrecht-Straße keine Stubenfliege fühlen. Die Kugeln schlugen rechts und links von mir ein. Das Schlimmste, und darum komme ich darauf, war die Heldendämmerung. Was immer für Fehler sie gemacht haben, die Herren der Abwehr, allen voran der Admiral, sie waren nicht nur ungewöhnlich intelligente, sie waren auch sehr selbstbewusste Leute. Jetzt war der Admiral nur noch ein Schatten seiner selbst, und in seinem Stab knickte einer nach dem anderen ein. Die Schlachterburschen triumphierten. Ein Anblick scheußlich und gemein, wie der Dichter sagt. Nachher stellte sich heraus, dass mein Chef über die Verschwörung penibel Buch geführt und seine Aufzeichnungen in Zossen im Panzerschrank verwahrt hatte. Dort fand sie dann die

Gestapo. Wie gesagt. Von mir wollte keiner was. Sonst wäre ich heute ein Held, aber vermutlich ein toter.»

«Für dieses Heldentum haben bis jetzt nicht allzu viele Landsleute Sinn», sagte Rosmer.

«Wie schmeckt es Ihnen?», fragte Schulz.

«Ich will ehrlich sein. Es liegt mir bitter auf der Zunge», gestand Rosmer. «Einerseits bin ich fast neidisch auf die Verschwörer. Andererseits war ich damals zu fest an die andere Seite gefesselt, als dass ich mir den Wunsch erlauben dürfte, mitgemacht zu haben. Mein Vater war auf seinem letzten Posten in der Kaiserlichen Marine übrigens der Vorgänger von Canaris. Ich frage mich, wie er sich ein Vierteljahrhundert später verhalten hätte, wenn er auf die Kommandobrücke des Abwehr-Admirals gelangt wäre. Von mir will ich gar nicht reden. Ich frage mich immer noch, was in der verdammten Aktentasche steckte, die ich in Berlin abholen sollte.»

«Ich habe keine Ahnung», sagte Schulz.

Als sie sich auf den Rückweg zum Anleger machten, schlug Schulz seinem – wie er betonte – Freund Rosmer einen Pakt vor. Es empfahl sich, sagte er, dass jeder von ihnen vor künftigen Schritten den Rat des anderen einholte. Rosmer griff nach der Hand, die ihm Schulz hinhielt.

Als nützlich erwies sich, dass Schulz Leute beim Wohnungsamt kannte. Um Segau zu entkommen, bezog Rosmer ein Zimmer mit Küchen- und Badbenutzung bei der Witwe eines Marinebeamten im Villenviertel Düsternbrook. Tür an Tür wohnte mit drei flüggen Töchtern die Gattin eines Stabsarztes, die sie Principessa nannten. Ihr Mann saß noch in russischer Gefangenschaft. Sie hatte die Zeichen der Zeit erkannt und betrieb einen Zwischenhandel zwischen den Kantinen der Besatzungsmacht und dem schwarzen Markt. Lieferanten waren englische Freunde der Töchter, den Vertrieb besorgten überlebende Angehörige der U-Boot-Flotte des Großadmirals Dönitz. Das Geschäft lief glänzend und relativ ungefährlich, weil man den Straßenhandel anderen überließ. Anstoß an dem Treiben nahmen nur die Besatzungsmacht und Vertreter der Reste der deutschen Obrigkeit. Rosmer hielt sich trotzdem aus den Geschäften der Principessa heraus, entwickelte zu ihr jedoch ein platonisches und zugleich nahrhaftes Verhältnis, indem er ihr als Kavalier diente, während sie ihrer Leidenschaft für junge Frauen frönte, einer Neigung, die selbst guten Freunden in der Nachkriegs-Bohème besser verborgen blieb.

Unterdessen wartete Rosmer auf Nachricht von Ackermann. Via Segau traf sie am zweiten Jahrestag der deutschen Kapitulation ein. Ackermann erkundigte sich nach den gegenwärtigen Lebensumständen und bot an, für ein zu erwartendes Entnazifizierungsverfahren Persilscheine zu beschaffen und Leumundszeugen zu stellen. Eventuell war, wie er schrieb, die Einstufung in die Gruppe der «Belasteten» in Kauf zu nehmen. Aus der Zeit in Krakau und in Brodnopol war zu viel Nachteiliges bekannt. Das hinderte vorläufig erheblich am Weiterkommen. Erstens sahen die alliierten Behörden jedoch auf Rat ihres Geheimdienstes gern durch die Finger, wenn die für einen Beschuldigten Verwendung hatten, und zweitens wurde auch unter den herrschenden Umständen nichts so heiß gegessen, wie es gekocht wurde. Wichtig war, auf einer Linie zu bleiben. Die war seit Rosmers Unterhaltungen mit dem OSS vorgezeichnet. Washington hatte den OSS inzwischen aufgelöst, und an Stelle seiner Saltmans und verwandter linker Geister hatte man es jetzt mit einer Special Branch der Central Intelligence Agency zu tun, deren Mitarbeiter realistischer über die Weltlage dachten. Ackermann tat, als ginge er bei der CIA aus und ein. Vielleicht tat er es wirklich. Zum Schluss deutete er an, durch gutes Zureden könne man die Amerikaner bewegen, Rosmer an den britischen Secret Intelligence Service weiterzureichen. Auch die Engländer hielten nach begabten Deutschen Ausschau. Auf jeden Fall waren erst einmal die 131 Fragen des alliierten Fragebogens penibel zu beantworten.

Rosmer trug, wie befohlen, «ja», «nein», «keine» oder «nicht betreffend» in den Fragebogen ein. Von dem Angebot, Erläuterungen anzufügen, machte er keinen Gebrauch. Der Jurist wusste, dass Geschwätzigkeit der Stoff war, aus dem Richter Stricke drehen. Die größte Schwierigkeit des Verfahrens lag auf der Hand. Nicht das Gericht musste dem Beschuldigten Schuld nachweisen, der Beschuldigte hatte das Gericht von seiner Unschuld zu überzeugen. Die Aktenlage versprach nichts in dieser Richtung. Also verzichtete Rosmer auf den Wanderzirkus, den Ackermanns Entlastungszeugen quer durch die britische Besatzungszone veranstalteten. Als die Militärpolizei Rosmer abholte, machte er sich auf eine längere Untersuchungshaft gefasst, aber er hatte doppelt Glück. Er stand schon nach sechs Wochen vor seinen Richtern in britischer Uniform, und die hatten einen milden Tag. Rosmer beeindruckte sie dadurch, dass er nur Schulz als Zeugen geladen hatte und auch im Übrigen darauf verzichtete, Umstände zu machen. Das gnädige Urteil verdankte er jedoch im Wesentlichen der Aussage des ehemaligen Gestapohäftlings Schulz. Trotzdem kam es, wie es kommen musste. Rosmer wurde als «belastet» eingestuft, und man verurteilte ihn zu einem Jahr Arbeitslager. Er war schon dabei, sich damit abzufinden, als der Vorsitzende gnädigen Tons den Beschluss verkündete, die Strafe mit der Gefangenschaft bei den Amerikanern zu verrechnen und den Rest zur Bewährung auszusetzen. Übrig blieb eine Geldbuße in Höhe von zehntausend Reichsmark. Sie war erträglich. Die Principessa betrieb eine Art Privatbank für Härtefälle und hatte schon Hilfe angeboten. Als Zahlungsziel waren bessere Zeiten vereinbart. Schwerer wog das Betätigungsverbot. Ansgar Rosmer hatte keinen Beruf mehr. Im Alter von vierunddreißig Jahren war dies kein angenehmer Gedanke, aber es ging vielen so.

Am Abend nach dem Verfahren überredete Schulz seinen Freund Ansgar Rosmer zu einem Zug durch die Gemeinde. Im immer noch gutbürgerlichen Deutschen Eck, wo Dünnbier, eine rätselhafte Suppe und Maisbrötchen mit undefinierbarem Aufstrich auf der Karte standen, für die keine Lebensmittelkarten verlangt wurden, trafen sie auf Professor Rudolf Lehmann. Schulz kannte ihn. Der Strafrechtler, ehemals ein Licht der Kieler Schule, die den Ehrgeiz gehabt hatte, den Führerstaat zu legitimieren, nun ohne Lehrstuhl, lud sie ein, an seinem Tisch Platz zu nehmen. Schulz erzählte von Rosmers Verfahren. Der Professor nickte verständnisvoll.

«Die Umwidmung der Schuldigen in Unschuldige», sagte er, «hat eingesetzt. Früher, als ich es erwartet habe, und doch für mich leider zu spät. Mir hat man das Lager nicht erspart. Allerdings hat man mich aus Gesundheitsgründen früher entlassen. Sie, Herr Rosmer, sind glimpflicher davongekommen. Warten wir zwei oder drei Jahre ab, eines Tages holt man uns zurück. Die Frage ist nur, wie verbringen wir die Zwischenzeit. Vorläufig bin ich mir noch zu schade, als Repetitor Kandidaten der Rechtswissenschaft durch die Examen zu prügeln und mich mit Lebensmittelpaketen honorieren zu lassen, aber lange halte ich meinen Hochmut nicht mehr durch. Meine Reserven schwinden beängstigend dahin.»

In diesem Moment öffnete sich die Tür. Der Eintretende sah sich um, entdeckte Lehmann und stürzte sich auf ihn. Er trug ein Jackett aus Harris Tweed, um das ihn Rosmer heftig beneidete, dazu allerdings eine völlig unpassende knallrote Krawatte. Der Professor war erst verdutzt, dann indigniert. Er konnte den Ankömmling offenbar nicht einordnen, was wiederum den zu beleidigen schien.

«Steinthal», tönte er, «Franz Steinthal, der Sohn des Fischhändlers. Sie erinnern sich wirklich nicht, Herr Professor? Sie haben mich 1932 cum laude promoviert. Fünf Jahre später haben Sie mich vor dem Sondergericht herausgepaukt. Leider kam ich nach dem Freispruch nur bis zur Tür des Saals. Dort wartete die Gestapo.»

Lehmann war endlich im Bilde.

«Der Kommunist!», sagte er.

«Richtig», sagte Steinthal. «Ich habe oft an Sie gedacht. Meine Haltung ging Ihnen total gegen den Strich, und Sie haben es mich spüren lassen. Aber Sie haben mich wacker vertreten.»

«Wacker?», fragte Lehmann in indigniertem Ton.

«Ich bitte um Pardon, Herr Professor», sagte Steinthal, «es war glänzend. Alle Achtung.»

Lehmann wahrte immer noch inneren Abstand.

«Wie ist es Ihnen ergangen?», erkundigte er sich.

«Ich habe mich in Buchenwald weitergebildet», sagte Steinthal.

«In Buchenwald?»

«Buchenwald bei Weimar, dem Herzen der deutschen Klassik. Goethe und Schiller. Sie erinnern sich. In Buchenwald war von Goethe allerdings nur die so genannte Goethe-Eiche übrig geblieben. Genauer auf dem Ettersberg über der Stadt. Meine Anschrift war ‹Konzentrationslager Buchenwald, Block 39›. Aber lassen wir das. Man hat überlebt.»

«Ich bedaure es», sagte Lehmann.

Steinthal lachte schallend.

«Ich hoffe, Sie bedauern nicht, dass ich davongekommen bin», feixte er.

«Natürlich nicht. Um Himmels willen.»

Es fehlte nicht viel und Lehmann wäre rot angelaufen, aber Steinthal nutzte den Patzer nicht aus.

«Entschuldigen Sie. Ich habe Sie überfallen», sagte er.

«Wenn Sie mögen, nehmen Sie Platz», sagte Lehmann. «Die Herren sind Kollegen.»

Steinthal setzte sich. Lehmann stellte Schulz und Rosmer vor.

«Angenehm», sagte Steinthal.

Er begann, Rosmer auf den Zahn zu fühlen. Schulz schien ihn weniger zu interessieren. Nach einer Weile stand er auf und verhandelte mit dem Wirt. Er kehrte mit einer Wasserkaraffe und einigen mit Fisch belegten Schnitten kräftigen Schwarzbrots zurück. Die Karaffe enthielt eine klare Flüssigkeit. Die Flüssigkeit war kein Wasser.

«Ich habe einen Traum», gestand Steinthal.

«Erzählen Sie», forderte ihn Schulz auf.

«Ich träume von einer neuen Rechtsordnung», bekannte Steinthal.

«Der Mensch lernt, solange er lebt», sagte Schulz. «Warum nicht wieder einmal eine neue Rechtsordnung?»

Die Nazis, setzte Steinthal an, hatten bekanntlich eine Flut von neuen Gesetzen und Verordnungen erlassen. Diese Gesetze im Sinne des Polizeistaates und darüber hinaus mit dem Ziel, den Willkürstaat durchzusetzen, kassierte nun die Besatzungsmacht. Sofern es sich dabei um die Wiederherstellung der Menschenrechte handelte, war die Jagd auf Paragraphen selbstverständlich zu begrüßen. Einwände waren jedoch anzumelden, wenn man – und so sah es im Moment aus – der Einfachheit halber zu dem zurückkehrte, was vor 1933 gegolten hatte. Gesetzlichkeit sollte nicht nur Gerechtigkeit ermöglichen; sie sollte auch die Menschheit ein paar Schritte voranbringen. Dabei trug der Einzelne die Verantwortung für das Ganze und war bei ihr zu packen. Der Mensch stand im Mittelpunkt, aber den Anspruch darauf hatte er erst einmal zu erwerben, wobei es gleichgültig sein sollte, ob er an der Werkbank stand oder am Schreibtisch saß.

«Eine Utopie», sagte Lehmann.

«Was ist gegen Utopien zu sagen?», fragte Steinthal, «es muss nur die richtige sein.»

«Du bist nichts, dein Volk ist alles», sagte Lehmann. «Das kommt mir bekannt vor. Die Appelle an die Arbeiter der Faust und an die Arbeiter der Stirn übrigens auch.»

«Verehrter Herr Professor», verwahrte sich Steinthal, «bei allem schuldigen Respekt, Sie sollten es sich nicht zu leicht machen. Ich bin gerade dabei, Ihnen einen Vorschlag zu unterbreiten.»

«Und zwar?»

Lehmann war ganz Vorbehalt. Steinthal ließ die Katze aus dem Sack.

«Die Neufassung der Gesetze», erzählte er, «muss in fundierten Veröffentlichungen kritisch begleitet werden. Nur so können wir Einfluss gewinnen. Gefragt sind die besten verfügbaren juristischen Köpfe. Der politische Standpunkt ist dabei unwichtig. Sachkenntnis ist Trumpf. Entscheidend ist, ob Fachleute in den Dienst der Sache treten und sich an die Regeln halten. Sie kennen sich im Thema Recht aus wie wenige, Herr Professor, während ich in Buchenwald denn doch einiges versäumt habe. Zudem ist mir Ihre Fairness bekannt. Wie wär's? Schlagen Sie ein.»

«Sie vergessen eine Kleinigkeit», erwiderte Lehmann. «Es ist mir untersagt, mich juristisch zu betätigen. Die Veröffentlichung von Kommentaren fällt ohne weiteres unter dieses Verbot.»

«Nach außen hin», winkte Steinthal ab, «nach außen hin. Der Rechtsgelehrte arbeitet in stiller Kammer. Den Rest besorgt die Klitsche.»

«Die Klitsche?»

«Ein kleiner juristischer Verlag, den ich gründen will. Zusammen mit zwei Freunden anderer politischer Couleur, was Ihnen nebenbei garantiert, dass ich Ihnen nicht eines Tages ein Parteibuch zur Unterschrift vorlege.»

Die Brote waren vertilgt. Steinthal machte sich auf, Nachschub zu holen. Lehmann versank in Schweigen. Schulz gab Rosmer ein

Zeichen. Um den Professor in seinen Gedanken nicht zu stören, standen sie diskret auf und suchten sich einen anderen Platz. Steinthal bestellte ihnen Kaffee, der sich als echt erweisen sollte, und kehrte zu Lehmann zurück. Schulz rang sich zu einem Geständnis durch.

«Ich bin einer von Steinthals Kompagnons», gestand er. «Ich bin das bürgerliche Element im Spiel.»

«Das Ganze hier ist …?», fragte Rosmer

«Steinthal und ich haben es abgekartet», gestand Schulz. «Lehmann sitzt hier jeden Abend. Sie gehörten zur Inszenierung. Steinthal wollte Sie kennen lernen.»

«Und wer ist der dritte Mann in Ihrem Laden?»

«Einen Sozialdemokraten suchen wir noch. Er muss das Papier für unser Blatt mitbringen. Das Geld soll von drüben kommen.»

«Von drüben?»

«Von der frisch gebackenen SED. Steinthal lässt seine Beziehungen zu den Brüdern und Schwestern in der Sowjetzone spielen. Diese Auskunft nur als Beweis meines Vertrauens zu Ihnen.»

Lehmann und Steinthal redeten an ihrem Tisch intensiv. Dann schwiegen sie eine Weile. Rosmer und Schulz warteten. Endlich standen Lehmann und Steinthal auf und schüttelten einander die Hand. Lehmann ging. Schulz und Rosmer hatte er vergessen. Sie kehrten zu Steinthal zurück.

«Er überlegt es sich», sagte Steinthal. «Mehr war nicht zu erwarten.»

Er wandte sich an Rosmer. «Soviel ich weiß, sind Sie leider kein Sozi.»

«Eine Papierfabrik habe ich auch nicht», entgegnete Rosmer.

«Kommt Zeit, kommt Rat», sagte Steinthal.

Die Principessa lud zu einem Mitsommernachtsfest in ihren Garten. Eine Gesellschaft von zwanzig oder mehr Leuten fand sich zusammen. Sie brachten unauffällig verpackte, aber reichlich bemessene Vorräte an Alkohol und sonstiger Verpflegung mit. Die Principessa hatte darum gebeten, auf schärfere Getränke zu verzichten. Ihr Fest sollte kein Besäufnis werden. Rosmers Beitrag bestand aus zwei Flaschen Rotwein. Die laue Nacht unter dem gestirnten Himmel und die sanfte Luft des angrenzenden Gehölzes gab es gratis. Ein Koffergrammophon spielte dezenten Swing. Man tat vertraut und kam sich vor wie in den Goldenen Zwanzigern. Straßenköter fehlten; das Fußvolk vom schwarzen Markt war nicht geladen. Nach Gershwin-Melodien improvisierten irgendwann zwei barfüßige Damen vom Ballett des Stadttheaters auf dem Rasen einen Schleiertanz. Eine der Tänzerinnen war die amtierende Favoritin der Principessa. Rosmers Bewunderung für die künstlerische Einlage hielt sich in Grenzen. Mit einem leeren Glas in der Hand dachte er trotzdem über die Aufnahme von Beziehungen zu dem zweiten Mädchen und wahlweise über rechtzeitigen Rückzug nach, als ihm ein Engländer ein Stück Chocacola anbot.

«I'm George», sagte er.

«Ich bin Rik», erwiderte Rosmer. Die Principessa nannte ihn so, und im Moment gefiel ihm der Name.

«Rik Rosmer, right?», fragte der Brite. Er schmeckte das dreifache englische r nach.

«Stimmt», sagte Rosmer. «Woher wissen Sie?»

Der Engländer wechselte geläufig ins Deutsche mit Oxford-Akzent über.

«Ich wollte Sie treffen», sagte er. «Man hat mir erzählt, dass Sie ein interessanter Mann sind. A very interesting guy.»

«Wer hat das behauptet?»

Rosmers Warnglocken läuteten – wie sich sofort zeigte, nicht ohne Grund.

«Brown and Meyers and Company», sagte George. Er wartete die Wirkung der Namen ab. Rosmer versuchte, sich die unangenehme Überraschung nicht anmerken zu lassen, aber George fügte hinzu: «Keine Angst, ich will Ihnen nicht den Abend verderben.»

Er zückte eine Taschenflasche mit Whisky, griff nach Rosmers Glas und schenkte ihm drei Finger hoch ein.

«Ich schlage vor, wir treffen uns übermorgen im Yachtclub zum Tee», sagte er. Er trank Rosmer zu.

«Cheers», erwiderte Rosmer.

«Your health», sagte George.

Der Yachtclub lag auf gesperrtem Territorium der Besatzungsmacht. Deutsche hatten keinen Zutritt. Rosmer sagte es. George lachte.

«Sie nennen Ihren Namen, und fragen nach Captain Greenwood», erklärte er. «Sie werden sehen, die Tür öffnet sich.»

«Darf ich wissen …?», fragte Rosmer.

«Wir reden dann.» Captain Greenwood nickte freundlich und verschwand.

Wenn Rosmer den Abend für sich retten wollte, musste er dringend auf andere Gedanken kommen. Der Tanz auf dem Rasen war unter Beifall zu Ende gegangen. Rosmer steuerte die Künstlerin an, auf die er vorher ein Auge geworfen hatte. Sie hieß Claudia und schien erfreut zu sein.

Drei Welten waren untergegangen; das Haus des Yachtclubs hatte überstanden. Jetzt hatten es die Briten in Regie, aber es lag immer noch am Strandweg, den Hitlers Gauleiter 1936 zu den Olympischen Spielen hatte ausbauen lassen und der seitdem Hindenburgufer hieß. Das Hindenburgufer führte von der Blücherbrücke zum Tirpitzhafen. Die Brücke und das Hafenbecken hatten ihren Namen ebenfalls behalten. Marschall Blücher, Generalfeldmarschall Hindenburg und Großadmiral Tirpitz waren Gestalten aus einem Schattenreich. Auf der anderen Seite der Förde trotzte bis auf weiteres der Bunker den Zeiten, in dem Großadmiral Dönitz seine U-Boote vor den Angriffen der fliegenden Festungen des britischen Luftmarschalls Harris in Sicherheit gebracht hatte. Die Engländer wollten das Bauwerk aus Stahlbeton sprengen, aber es hatte ihrem Dynamit vorerst widerstanden. Kapitän Otto Schierling hatte sein Leben der schimmernden Wehr Seiner Majestät Wilhelms des Zweiten geweiht und sich nach ihrem Untergang angestrengt, wenigstens ihre Ehre zu retten; jetzt versuchte sein Sohn, die absurden Gefühle beiseite zu schieben, die ihn im Club aus Kaisers Tagen bedrängten, als er an einem Tisch mit Blick auf das Wasser Platz nahm. Sein Gastgeber Captain Greenwood schien zu ahnen, was in ihm vorging.

«Die Zeiten ändern sich», sagte Greenwood.

«Und wir ändern uns mit ihnen», entgegnete Rosmer.

«Wie geht das vor sich?»

Greenwood bestellte Tee mit Rum und Gebäck. Rosmer suchte nach einer plausiblen Antwort.

«Ich kann nur mit meinen eigenen Erfahrungen dienen», begann er, «und auch da bleibt eine Menge übrig, was sich nicht so leicht erklären lässt. Wenn überhaupt ...»

«Die berühmten tiefen Gefühle des deutschen Menschen?»

«Leute, die mich kennen, sagen, dass ich die Dinge eher zu leicht nehme.»

«Herr Schulz hat es angedeutet.»

Rosmer hatte am Abend zuvor lange mit Schulz diskutiert. Schulz hatte gesagt, dass er Greenwood ein paarmal begegnet sei. Auf den Captain sei wohl weitgehend Verlass. Andererseits habe er es faustdick hinter den Ohren. Man dürfe keine Sekunde vergessen, dass er seine Brötchen beim Secret Service verdiene. Dass Greenwood selbst jetzt Schulz erwähnte, konnte nur bedeuten, dass er rasch zur Sache kommen wollte.

«Unsere gemeinsamen amerikanischen Freunde», fügte Greenwood hinzu, «halten Sie für zugänglich.»

«Das kommt darauf an.»

«Worauf?»

«Darauf, was Sie von mir wollen. Ich weiß nicht, wie viel Sie über meine Zeit in Polen wissen.»

«Nehmen Sie an, ich weiß genug.»

«Ich bin in den Abgrund hineingeschlittert», sagte Rosmer. «Das hört sich dämlich an, aber mein Fehler war, dass ich mich durchmogeln wollte ...»

«Durchmogeln?»

Greenwood schien das Wort nicht zu kennen.

«Ich wollte nicht wahrhaben, was sich vor meinen Augen abspielte. Ich behaupte nicht, dass ich nichts gewusst und nichts gesehen habe. Aber ich wollte es nicht wahrhaben. Ich habe versucht, nicht darüber nachzudenken.»

«Und sie haben getan, was man Ihnen befohlen hat.»

«Das ist richtig.»

«Immerhin geben Sie zu, einiges gesehen und einiges getan zu haben. Das unterscheidet Sie vorteilhaft von den meisten Ihrer Landsleute.»

«Es gibt viele Landsleute, die sich weniger vorzuwerfen haben als ich mir, obwohl …»

«Obwohl?»

«Lassen wir das.»

«Gerade das interessiert mich.»

«Trotzdem. Ich bin auf die eigenen Ausflüchte hereingefallen. Damit soll jetzt Schluss sein.»

«All right. Vielleicht kommen wir irgendwann darauf zurück. Ich vermute, Sie erwarten, dass ich zur Mitarbeit einlade. Aber darum geht es nicht.»

Rosmer wartete ab. Greenwood redete weiter.

«Die deutschen Ostexperten», sagte er, «rennen uns inzwischen die Tür ein. Jeder will uns erzählen, wie wir mit den Russen umgehen müssen. Bis zu einem gewissen Grade sind wir auf die Kollegen leider angewiesen. Wir brauchten ihre Informationen schon im Krieg und haben ihren Funkverkehr abgehört. Wie wir heute wissen, sind ihnen eine Menge Irrtümer unterlaufen, und wir haben ihnen zu viel Unsinn abgekauft. Also genießen wir ihren Rat mit Vorsicht. Dafür wird ein gewisser Rik Rosmer nicht benötigt. Aber zwischen Ostsee und Nordsee sind bei Kriegsende massenweise Nazis angeschwemmt, und die Ausschüsse halten nicht Schritt mit der Entnazifizierung.»

«Ich bin kein Spitzel», protestierte Rosmer.

Greenwood beruhigte ihn.

«Auch Spitzel wachsen uns auf der flachen Hand», sagte er. «Wenn sich ein alter Nazi wie Professor Lehmann und ein bissiger Kommunist wie sein Schüler Steinthal treffen, erfahren wir es brühwarm. Nicht von Leuten wie Ihnen oder wie Ihrem Freund Schulz. Leute wie Sie sind sich zu fein für Zuträgerei. Aber wir erfahren es. Ich hätte es selbst nicht für möglich gehalten. Leider ist es ein ziemlich langweiliger Job, darüber Protokolle anzufertigen. Mir geht es um die Hintergründe von Lebensläufen. Ich will herausfinden, warum sich die Deutschen so verhalten haben, wie sie es taten.»

Etwas Ähnliches hatte Jeff Saltman auch gesagt. Rosmer erwähnte es. Der Einwurf störte Greenwood nicht.

«Natürlich wollen die Amerikaner es ebenfalls wissen», sagte er. «Aber nicht einmal Hitler ist auf die Idee gekommen, bei ihnen zu landen. Dagegen hat er britischen Boden nicht nur in Afrika betreten. Ich stamme von Jersey. Wie Sie vielleicht wissen, liegt die Insel nur zwanzig Kilometer vor der französischen Küste. Geographisch gehören wir eher zur Normandie. Die Wehrmacht kam im Sommer '44. Ich war nicht zu Hause, aber jetzt liegen die ersten Berichte über das Verhalten der Bevölkerung unter deutscher Besatzung vor. Sie sind nicht besonders erfreulich. Kollaboration wie in Frankreich. Kaum Widerstand. Für den war die Insel wohl zu klein; man konnte sich schlecht verstecken. In drei Worten, die Menschen benahmen sich menschlich. Wie menschlich es bei uns zugegangen wäre, wenn ihr gesiegt hättet, wage ich mir nicht vorzustellen. Ich habe also notgedrungen ein Herz für Mitläufer. Sie werden mein Thema, sobald mir die Royal Army erlaubt, nach Sussex an meine Universität zurückzukehren und Psychologie als Wissenschaft zu betreiben.

«Ich war kein Mitläufer», sagte Rosmer.

«Das ist mir bekannt», erwiderte Greenwood. «Der Ausschuss hat Sie als belastet eingestuft. Sie waren Aktivist. Das Gesetz zur Befreiung vom Nationalsozialismus sagt unter andern, als Aktivist ist zu betrachten, wer im Dienst der Nazis unter Missachtung anerkannter sittlicher Grundsätze in die Rechtspflege eingegriffen hat. Als Aktivist gilt nach dem Gesetz auch, wer im In- oder Ausland gegen die Bevölkerung eine gehässige Haltung eingenommen hat. Das ist keine ganz glückliche Formulierung, aber wir wissen, was gemeint ist. Beide Vorwürfe treffen auf Sie zu. Bestreiten Sie es?»

«Nein. Ich weiß nur immer weniger, was Sie von mir wollen.»

Captain Greenwood lächelte hilfsbereit.

«Es geht mir um so etwas wie Insektenforschung», sagte er. «Ich bin der Forscher, Sie sind das Insekt.»

Auf die Gefahr hin, dass der Captain nach der Militärpolizei rief, wollte Rosmer aufspringen und den Club verlassen, aber er blieb sitzen. Greenwood lächelte immer noch.

«Ich hoffe, es ist hinreichend klar geworden, dass sich hier heute Nachmittag keine Freundschaft anbahnt», sagte er.

«Es ist mir klar», sagte Rosmer.

«Lassen Sie uns über Ausflüchte sprechen», sagte Greenwood.

Rosmer war jede Lust auf eine Diskussion vergangen. Greenwood brachte ihn trotzdem zum Reden.

Bei Licht betrachtet, sagte Schulz, durfte Rosmer sich geschmeichelt fühlen. Die Engländer widmeten ihm ungewöhnliche Aufmerksamkeit, und Steinthal, der seine Verbindungen in die andere Richtung spielen ließ, hatte ebenfalls ein Auge auf ihn geworfen. Die Ausgangslage war nicht schlecht. Jetzt kam es darauf an, das Beste aus ihr zu machen.

Die Entschlossenheit, die Schulz an den Tag legte, verblüffte Rosmer, aber er winkte ab.

«Den Teufel werde ich tun», sagte er. «Ich habe keine Lust, mich zwischen die Stühle zu setzen.»

«Das kann passieren», gab Schulz zu. «Aber Steinthal braucht für seine Klitsche erstens eine Lizenz und zweitens Papierzuteilungen. Beides kann ihm Greenwood verschaffen. Der wiederum hätte von Anfang an Zugriff auf das Projekt und könnte nach Belieben mit ihm spielen.»

«Das ist verrückt.»

«Verrückt oder nicht, es müsste sich deichseln lassen. Einen Versuch sollte es wert sein. Ich spreche mit Steinthal.»

«Während ich mit Greenwood reden soll ...»

«Wenn sich eine Gelegenheit ergibt.»

George Greenwoods Einladungen zum Tee trafen in unregelmäßigen Abständen ein, aber man sah sich immer zur gleichen Stunde im Yachtclub, nur dass der Captain die Begegnungen aus dem Restaurant in ein Büro im oberen Stockwerk verlegt hatte. Dort war die Aussicht auf den Hafen noch besser. Die Gesprächsthemen brach Greenwood anscheinend willkürlich vom Zaun. Als ihm die Frage einfiel, wie Jon Schierling darauf gekommen sei, sich Ansgar Rosmer zu nennen, trug der Vorschlag Früchte, den Schulz ins Spiel gebracht hatte.

«Die Abwehr hat mir in Zossen den Namen gegeben, ohne lange zu fragen, ob er mir gefiel», beantwortete Rosmer die Frage wahrheitsgemäß.

«Aber er sagte Ihnen etwas, dieser Name?»

«Ich hatte Ibsens ‹Rosmersholm› irgendwann im Potsdamer Stadttheater gesehen. Das fiel mit inmitten des Chaos von Zossen ein. Aber ich hatte nur eine sehr undeutliche Erinnerung an die Aufführung.»

«Woran erinnerten Sie sich?»

«Dass da jemand zwar nicht seinen Namen geändert, dafür aber sein Denken und Trachten auf den Kopf gestellt hatte.»

«Und das schien Ihnen auf Ihre Situation zu passen.»

«Irgendwie sicherlich. Aber ich konnte mich mit Grübeleien nicht lange aufhalten.»

«Sie haben später den Namen behalten. Er muss Ihnen also bei gründlicherem Nachdenken gefallen haben.»

«Unsympathisch war er mir jedenfalls nicht.»

«Ibsens Rosmer schlüpft aus seiner Haut. Sie möchten es ihm nachmachen. Ist das richtig?»

«Bewusst oder unbewusst?»

«Unbewusstes spült unter Umständen an die Oberfläche.»

«Und wenn ich aus meiner Haut heraus möchte?»

«Es wäre sehr begreiflich. Stellen Sie sich vor, Sie treffen eine gute Fee, und sie gibt Ihnen drei Wünsche frei, wenn Sie eine einzige Bedingung erfüllen.»

«Welche Bedingung?»

«Dass Sie nie Ihre Vergangenheit verleugnen.»

«Das ist kindisch – oder?»

«Denken Sie über die Antwort nach. Die Fee wartet.»

Rosmer überlegte.

«Ich müsste jedem die Wahrheit sagen?», fragte er.

«Jedem», antwortete Greenwood.

«Auch meinem Sohn?»

«Auch Ihrem Sohn ...»

Rosmer zuckte die Achseln.

«Ich würde das Angebot der Fee dankend ablehnen», sagte er.

«Wenn es nach dem Befreiungsgesetz geht ...», sagte Greenwood.

«... sind Leute wie ich auf gute Feen angewiesen, oder sie verbringen den Rest ihres Lebens als Straßenkehrer, als Landarbeiter oder unter besonders günstigen Umständen als Kellner im Straßencafé», fiel ihm Rosmer ins Wort.

«Und schuld ist wie an allem einzig und allein die Militärregierung», sagte Greenwood.

«Natürlich nicht. Aber die Vorstellung, dass es so kommt, ist nicht besonders angenehm.»

Ohne Namen zu nennen, sprach Rosmer zu seiner eigenen Verblüffung plötzlich über Steinthals Klitsche. Greenwood ließ ihn reden.

«Nicht schlecht», sagte er, als Rosmer irgendwann mitten im Satz abbrach. «Wirklich nicht schlecht. Der größte Führer aller Zeiten hat ein Volk vor etwas mehr als einem Jahr im Stich gelassen. Nun reichen sich die Deutschen über seiner Asche die Hände und fangen an aufzuräumen. Ist es das, was Sie meinen?»

«So ungefähr», sagte Rosmer.

«Das ist auf Ihrem Mist gewachsen?»

«Nicht unbedingt.»

«Lassen Sie mich raten. Sie haben neulich Steinthal getroffen und seine lebhafte Phantasie hat Eindruck auf Sie gemacht. Wie sagte Ihr Nationaldichter Schiller? Ich kenne meine Pappenheimer.»

«Mir geht es um die Sache», sagte Rosmer.

«Worum sonst?», fragte Greenwood. «Euch Deutschen geht es immer um die Sache. Allerdings geht es hier um eine Sache, durch die Sie Ihr Auskommen finden könnten.»

Rosmer wartete ab.

«Ich lasse es mir durch den Kopf gehen», sagte Greenwood.

Das Wetter schlug um. Ein paar Böen jagten über die Förde, als Rosmer den Club verließ. Er wusste nicht, warum er plötzlich seinen Sohn erwähnt hatte. Sonst verscheuchte er jeden Gedanken an den Jungen, sobald er auftauchte.

Erich von Plessow unterrichtete seinen Neffen in einem knapp gehaltenen Brief über seine und Miss Nancys Rückkehr vom Schwarzen Kontinent nach Segau. In einem Postscript bat er, dass ihm Rosmer einige Tage Zeit lassen möge, sich mit den neuen Lebensumständen auf der heimatlichen Scholle vertraut zu machen. Er werde sich melden. Die Art der Nachricht bedeutete fraglos, dass Rosmers Mutter und vermutlich auch seine Frau dem Baron reinen Wein über die Verstrickungen des Neffen in die Naziherrschaft eingeschenkt hatten. Dass Rosmers Ehe zerrüttet war, konnte Plessow ebenso wenig gefallen. Rosmer war darum keineswegs darauf erpicht, nach Segau zum Rapport bestellt zu werden, und je länger die Einladung auf sich warten ließ, umso unangenehmer wurde ihm der Gedanke an das Wiedersehen. Die Einladung traf nach vier Wochen ein, und Ansgar Rosmer machte sich so beklommen wie ratlos auf den Weg.

Er reiste mit der falschen Vorstellung an, dass der Baron gealtert sein müsse, aber davon konnte keine Rede sein. Plessow war jetzt

Anfang der Sechzig, und die von der afrikanischen Sonne gegerbte Haut sowie die unverändert standesgemäße Haltung ließen ihn erheblich jünger erscheinen. Seine Ansichten hatten sich allerdings im tagtäglichen Umgang mit Briten und Buren gelockert. Die geistige Pickelhaube, so seine eigenen Worte, hatte er an den Haken gehängt. Mit einem komischen Suppenteller auf den demokratischen Köpfen hatten die Engländer zwei Weltkriege gewonnen; das musste zu denken geben. Der wehmütigen Verehrung des Barons für den leider mitten im Krieg – noch dazu im grotesker Weise von deutschen Soldaten bewachten Exil – verstorbenen deutschen Kaiser tat dies keinen Abbruch. Der posthume Respekt ließ jedoch Raum für eine ausgeprägte Hochachtung vor Sir Winston Churchill. Es schmeichelte Plessow, dass er durch die Ehe mit Miss Nancy um einige Ecken mit dem britischen Kriegspremier verschwägert war.

Mit Bemerkungen aus diesem Geiste überbrückte Plessow das erste gemeinsame Abendessen mit Rosmer nach acht Jahren. Miss Nancy und Bettina Schierling sagten kaum etwas. Minna Stargard schien erst recht ihre Zunge verschluckt zu haben. Rosemarie Schierling tat, als läge ihr nur das Betragen ihres Sohnes am Herzen, was völlig überflüssig war, denn der Junge benahm sich tadellos. Gelegentlich fing Rosmer einen verstohlenen Blick von ihm auf. Er fragte sich vergeblich, was im Kopf seines Sprösslings vorging.

Plessow hob die Tafel so rasch wie möglich auf und bat Rosmer, ihm ins Arbeitszimmer zu folgen. Dort hing noch immer SM Wilhelm der Zweite im Waidmannsrock an der Wand. Normalerweise hätte das Bild einen Strom von Erinnerungen ausgelöst, aber den versperrte Plessow.

«Ich stelle dich nicht zur Rede», sagte er, nachdem sie Platz genommen hatten. «Ich bin nicht dein Richter, und ich wünsche mir nichts weniger, als es zu sein. Andererseits können wir nicht so tun, als hätte sich zwischen uns nichts verändert. Das scheint vielen ähnlich zu gehen. Ich weiß es, weil ich in der kurzen Zeit seit meiner

Heimkehr nicht nur in Segau nach dem Rechten gesehen habe – mit dem Ergebnis, dass deine Mutter das Gut unter schwierigsten Umständen vorbildlich in Schuss gehalten hat …»

Nebenher, fuhr Plessow fort, hatte er Gelegenheiten genutzt, mit Freunden und Nachbarn zu sprechen, und sie hatten ihm berichtet, dass ein Riss durch die meisten Familien ging. Dieser Riss war nicht überall dergestalt sichtbar, dass die einen dem Führer, dem sie verfallen waren, das Blut und leider auch den Verstand geopfert hatten, während die anderen – bedauerlicherweise zu spät und wohl auch dilettantisch – über Attentaten brüteten. Dies war nicht immer so deutlich, weil es in den meisten Fällen auf beiden Seiten ein Mehr oder Weniger gab. Ein Befund, der ihn, Plessow, nicht überraschen durfte, ihm aber trotzdem zu schaffen machte. Er hing nun einmal am Gedanken einer höheren Verantwortung, zu der Geburt und Erziehung verpflichteten, und dies auch und gerade in einem in Trümmer fallenden Vaterland und angesichts von unsäglichem menschlichem Elend in Europa.

«Aber lassen wir das Grundsätzliche», unterbrach Plessow sich. «Ich bin Soldat und Landwirt, und Philosophie über die deutsche Schande steht mir schlecht zu Gesicht. Der langen Rede kurzer Sinn: Ich habe mein Testament geändert. Nach Miss Nancy und deiner Mutter fällt Segau nicht mehr dir, sondern deinem Sohn zu. Das Gleiche gilt für die Besitzansprüche in Afrika, von denen ohnehin niemand weiß, was aus ihnen wird. Tröstlich ist, wie dein Sohn sich macht, und wenn es sich irgendwie deichseln lässt, soll er eines Tages Herr auf Segau werden. Dazu wünsche ich schon jetzt deine Zustimmung.»

«Die hast du», erklärte Rosmer.

«Danke», sagte Plessow. «Ich habe gehofft, dass wir uns so weit noch verstehen. Natürlich werden wir dir beispringen, wenn du Hilfe nötig hast und sie in unserer Macht steht. Deine Ehe …»

«Ich spreche mit meiner Frau über die Scheidung, bevor ich abreise», sagte Rosmer.

Nach der Begegnung mit Daisy Silberstein stellte das Gespräch mit Erich von Plessow das Selbstbewusstsein Rosmers auf die härteste Probe. Er hatte mit Fassung ertragen, dass ihn die Geheimdienstleute Brown und Meyers professionell in die Zange nahmen und die Spruchkammer ihn später geschäftsmäßig abfertigte. Greenwoods Verhöre waren raffinierter. Zu unterschätzen waren sie nicht. Rosmers Zukunft hing davon ab, wie der Captain die Weichen stellte. Nicht anders als seine amerikanischen Kollegen erwartete er jedoch, dass sich der Beschuldigte seiner Haut wehrte, und das erleichterte dem die Prozedur. Dagegen hatte Daisy Silberstein in der denkwürdigen Viertelstunde, in der sie sich in Kreuznach mit ihm abgab, Rosmer die geringste Chance verweigert. Jetzt waren auch Plessows Vorwürfe weitgehend unausgesprochen geblieben. Gegenrede war und blieb unmöglich. Daisy Silberstein und Erich von Plessow hatten Recht. Rosmer musste einen Weg finden, damit zu leben.

Schulz hatte vom Abstecher seines Freundes in die Vergangenheit gewusst. Wider Erwarten war er jetzt diskret genug, sich nicht nach dem Ergebnis zu erkundigen. Auch als Rosmer ihn bat, sich um die Scheidung zu kümmern, fragte er nur das Unerlässliche. Weil Rosmer keinerlei Ansprüche an seine Frau stellen wollte, hatte das Gericht keinen Anlass zu ärgerlicher Neugier, und die Sache musste glatt über die Bühne. Schulz begrüßte dies. Er hatte eben seine Zulassung als Anwalt erhalten. Rosmers Scheidung war, wie er sich ausdrückte, der erste Auftrag im Rahmen seiner neuen Existenz und eine Gelegenheit, sich warmzulaufen. Rosmer beneidete Schulz, meldete sich bei Greenwood ab, packte einen Koffer und fuhr nach Sylt, wo er Unterkunft in einer preiswerten Kammer unter einem Strohdach fand und sich den ersten Herbststurm um die Nase wehen ließ. Als er zurückkam, hatte sich die Tänzerin Claudia mit Steinthal verlobt. Sie schwärmte von der Weltrevolution, die ihrer Meinung nach unmittelbar bevorstand, und schmollte mit Rosmer. Bevor er nach Segau und dann zur Insel aufbrach, hatte er vergessen, ihr seine Abwesenheit anzukündigen.

Steinthal selbst war inzwischen zu Greenwood gerufen worden. Von den Geldern, die er aus Berlin-Pankow erwartete, hatte er begreiflicherweise nichts gesagt; alles andere hatte er angeblich offen gelegt. Vor allem sei die Mitarbeit von Professor Lehmann und von Rosmer ausführlich erörtert worden. Denkbar sei sie, wenn beide Herren bereit seien, mit dem Secret Service verbindliche Absprachen zu treffen und sich im Übrigen aufs rein Fachliche zu beschränken. Schulz nannte die Situation mit Recht delikat.

«Das A und O der Geheimdienste, und zwar aller Dienste durch die Bank», sagte er, «ist der Vorteil für die eigene Sache. Um seinetwillen spielen sie mit Recht und Gesetz, und solange ihnen kein Spielverderber in die Quere kommt, sind sie fein heraus. Natürlich weiß Greenwood, dass Steinthal mit den Herrschaften im Osten kungelt, aber es stört ihn nicht, solange er seinerseits Fäden zieht, an denen auch Steinthal hängt. Er kann ihn, was wiederum Steinthal sehr genau weiß, jederzeit aus dem Verkehr ziehen. Er kann ihn aber auch für unauffällige Kontakte zum erklärten Feind, zum Smersch nutzen. Smersch – das ist, wie wir wissen, die Abkürzung einer russischen Parole, die mit ‹Kampf den Spionen!› ins Deutsche zu übersetzen ist. In Wahrheit tragen die Brüder nur verschiedene Kappen; darunter funktionieren List und Verrat hüben wie drüben nach denselben Regeln. Vielleicht gibt es ein paar Unterschiede in der Auffassung vom Nutzen der Gewalt, aber man kennt sich, man schlägt sich, und wenn es sich ergibt, steckt man dem anderen zu, was er wissen soll. Die Zeche bezahlt das Fußvolk. Steinthal muss aufpassen.»

«Wenn ich mich auf den Zauber einlasse, gilt das vermutlich auch für mich», sagte Rosmer.

«Sie sind, wenn ich das sagen darf, nur ein Statist», stellte Schulz fest. «Desgleichen Professor Lehmann und ich. Wir bevölkern die Szene, auf der andere Regie führen.»

Rosmer drehte seinen Volksempfänger an. Schulz öffnete eine Flasche Cognac. Rosmers Zimmerwirtin Frau Kraushaar lehnte dankend ab. Sie brauchte in dieser Stunde Gesellschaft, aber Alkohol fand sie unpassend – jedenfalls für sich selbst, wie sie begütigend hinzufügte. Die Herren sollten sich nicht hindern lassen.

Die Rundfunkübertragung aus Nürnberg konnte dauern. Zur Verkündigung des Strafmaßes wurden die Angeklagten einzeln vor ihre Richter geführt. Der britische Lordrichter Lawrence meldete sich mit gepflegter Deutlichkeit zu Wort: «Defendant Hermann Wilhelm Göring, on the counts of the indictment on which you have been convicted, the Tribunal sentences you to death by hanging.» Aber der Reichsmarschall a.D. verstand nichts. Wie der Reporter von Radio Hamburg erläuterte, kam die Übersetzung nicht im Kopfhörer des Angeklagten an. Der Reporter versicherte, dass der technische Schaden binnen Kürze behoben sein werde. Er hatte nicht zu viel versprochen, und endlich hörte Göring auf Deutsch, dass ihn die Richter des Internationalen Gerichtshofes zum Tode durch den Strang verurteilt hatten. Im Äther knatterte es, schwere Schritte entfernten sich. Der Reporter flüsterte, Göring habe die Kopfhörer auf den Tisch geworfen und kehre in den Fahrstuhl zurück, in dem man ihn in den Saal gebracht habe.

Frau Kraushaar sprang auf und floh mit Tränen in den Augen aus dem Zimmer ihres Untermieters. Rosmer und Schulz blieben sitzen, um elf weitere Todesurteile, davon eins in Abwesenheit, je zwei Strafaussprüche zu lebenslangem und zu zwanzig Jahren, einen zu fünfzehn und einen zu zehn Jahren Gefängnis sowie drei Freisprüche anzuhören. Der Generalgouverneur von Polen zählte zu den Kandidaten für den Strick.

«Das war's für die Herren», sagte Schulz. «Berufungen und Revisionen gibt es nicht. Aber ich hätte nicht gedacht, dass die Richter jemanden freisprechen.»

«Ich ebenso wenig», sagte Rosmer.

Mit dem Cognac bewaffnet, machte er sich auf, seine Zimmerwirtin zu suchen. Sie saß heulend am Küchentisch. Als er ihr seine

Hand auf die Schulter legte, begann sie über die Schande zu jammern, die über die Deutschen gekommen sei. Nun nahm sie doch einen Cognac. Er dämpfte ihre Trauer. Rosmer wartete vergeblich darauf, dass sich beim Gedanken an den Generalgouverneur irgendwelche Gefühle einstellten.

Zwei Wochen später traf er sich mit Steinthal und Schulz, um über die gemeinsamen Pläne zu sprechen. Daraus wurde nicht viel, denn in der Nacht zuvor hatte in Nürnberg der Henker seine Arbeit getan, und Steinthal kam vom Thema des abweichenden russischen Urteils nicht los. Er hielt die Kritik, die der sowjetische Generalmajor der Justiz, Nikitschenko, in sechs Punkten zu Protokoll gegeben hatte, für hieb- und stichfest und verbiss sich zu vorgerückter Stunde nur mit Mühe den Verdacht, dass es eine amerikanische Giftkapsel gewesen war, die der Angeklagte Göring wenige Stunden vor der Hinrichtung geschluckt hatte, um dem Galgen zu entkommen.

«So lag der Kerl im Tode friedlich da», sagte er, «in einer hellen Jacke mit blauen Tupfen und in einer Pyjamahose aus schwarzer Seide. Das hätte auch in Karinhall sein letztes Kostüm sein können. Nur dass er dort nicht an Zyankali verreckt wäre, sondern an Morphium.»

Woher Steinthal seine Wissenschaft hatte, verriet er nicht.

Nürnberg war in allen Köpfen. Die Reaktionen konnten sich nicht deutlicher unterscheiden. Rosmer wusste, dass er zu denen gehörte, die am besten den Mund hielten. Er blieb auch wortkarg, als ihn kurz vor Weihnachten Ackermann aufsuchte und aus seiner Aktentasche eine Liste mit Namen von Leuten zog, die damit rechnen mussten, in so genannten Nachfolgeprozessen angeklagt zu werden. Rosmer sollte erklären, ob er bereit sei, für einige von ihnen als Entlastungszeuge aufzutreten. Im selbem Atemzug baute ihm Ackermann eine Brücke.

«Ein auch nur einigermaßen gewitzter Staatsanwalt», sagte er, «kann natürlich auf den Gedanken kommen, den Staub von den Akten zu blasen und dem Gericht den Tod des Juden Baruch Stern aufzutischen. Selbst wenn sich daraus für Sie weiter kein Nachteil ergäbe, wären Sie a tempo unglaubwürdig.»

«Die Möglichkeit sollten wir ernst nehmen», sagte Rosmer.

«Das heißt …?», fragte Ackermann.

«Ich glaube nicht», beschied ihn Rosmer, «dass ich vor Gericht jemandem nützlich werden kann.»

«Ich habe nichts anderes erwartet», sagte Ackermann, «aber ich wollte immerhin gefragt haben.»

«Sie halten mich für einen Feigling?»

«Es geht nicht um Feigheit oder Mut. Die Zeiten sind vorbei. Keinem Angeklagten kann daran liegen, dass sein Zeuge im Gerichtssaal bloßgestellt wird. Haben Sie übrigens von Felix von Bachewski gehört?»

«Ich weiß, dass er in Nürnberg ausgesagt hat.»

«Richtig, er wurde aus der Haft vorgeführt. Vernommen wurde er zur Bandenbekämpfung. Er redete sehr offen, und Göring hat ihn, als er an der Anklagebank vorbei den Saal verließ, als Schweinehund beschimpft. Angeblich wollte er ihn sogar beim Kragen packen.»

«Auch davon habe ich gehört.»

«Aber das ist noch nicht das Ende der Geschichte. Nachher hat Bachewski in der Zelle einem Kameraden erzählt, er habe bei dieser Gelegenheit Göring die Giftkapsel zugesteckt. Besagter Kamerad, zu dem Bachewski volles Vertrauen hatte, war ein Spitzel. Vielleicht wollte er sich bei seinen Zahlmeistern lieb Kind machen, vielleicht wollte Bachewski ihm einen Bären aufbinden. Doch die Amerikaner hatten keine Lust, schlafende Hunde zu wecken und die offenen Fragen nach Görings Selbstmord zu beantworten. Sein Freitod war ihnen auch so peinlich genug. Darum haben sie Bachewski kurzerhand nach Polen ausgeliefert. Jetzt wartet er in Krakau auf seinen Prozess. Was dabei herauskommt, kann er sich an fünf Fingern abzählen.»

«Woher haben Sie das?», fragte Rosmer.

«Es wird erzählt», antwortete Ackermann.

Es hatte es plötzlich eilig fortzukommen und verabschiedete sich mit einem leeren Lächeln. Rosmer wartete wieder auf die eigenen Gefühle. Sein Kopf war taub.

Zur Freude des Verteidigers Schulz sammelte der Zeuge Pluspunkte für den Beschuldigten. Im Wiederaufnahmeverfahren gegen Johann Viktor Schierling, genannt Ansgar Rosmer, spielte Ackermann nicht etwa den blitzgescheiten Sachverständigen, sondern antwortete als schlichter Zeuge so sorgsam wie zurückhaltend auf die Fragen des Spruchgerichts. Endgültig schien er das Vertrauen des Vorsitzenden zu gewinnen, als er bei passender Gelegenheit einflocht, dass ihm die polnische Exilregierung ausdrücklich für seinen Widerstand gegen die Umsiedlung ihrer Landsleute aus Galizien in weiter östlich gelegene, noch unwirtlichere Gebiete sowie gegen Erschießungsaktionen gedankt habe. Warum sich der kommissarische Gouverneur und SS-Obersturmbannführer damals mit seinen Vorgesetzten angelegt hatte, kam nicht zur Sprache. Hätte er es erklären müssen, wäre ihm sicherlich etwas Passendes eingefallen. Tatsächlich hatten, wie sich Rosmer noch gut erinnerte, machtinterne Rivalitäten sein Handeln bestimmt. Jedenfalls stand Ackermann nun als Wohltäter der Polen da. In dieser Eigenschaft trug er vor, dass er seinerzeit für seine menschliche Haltung erhebliche persönliche Nachteile in Kauf genommen habe, was auch für den in diesem Verfahren Beschuldigten gelte, der als sein Untergebener mit ihm eines Sinnes gewesen sei und ihn tatkräftig unterstützt habe.

So viel wie damals, als er Ackermanns hoch entwickeltes Selbstbewusstsein ausbaden musste, stand für Rosmer auch jetzt auf dem Spiel. Es war Zeit, aus halber Illegalität aufzutauchen. Nicht nur die materielle Situation schrie danach. Mit dem Ende des schwarzen Marktes hatte die Principessa ihre Rolle als Wohltäterin ausgespielt; sie hatte nichts mehr zu verschenken. Vielmehr musste sie dringend an ihrer bürgerlichen Reputation arbeiten, wenn der Tag, an dem ihr Stabsarzt aus Russland zurückkehrte, nicht in einer Katastrophe enden sollte. Ob die Freundin in eine achtbare Existenz inklusive geretteter Ehe zurückfand, war zwar – gelinde gesagt – ungewiss, aber sie hatte es sich nun einmal in den Kopf gesetzt. Auch mit Steinthals Klitsche stand es nicht zum Besten. Die grauen *Hefte für Juristen* aus seinem Kleinverlag, für den er neben Schulz unter Mühen einen dritten Partner gefunden und sporadisch Papier aufgetrieben hatte, waren in notgedrungen unregelmäßigen Abständen erschienen. Gelegentlich hatten Plädoyers für ein neues Rechtsdenken Diskussionen an der Universität ausgelöst. Inzwischen waren nur noch die Kommentare Professor Lehmanns gefragt, der im Blatt die Gegenrichtung vertrat. Der Professor hatte eines Tages – angeblich aus Versehen – seinen Namen unter einen Beitrag gesetzt. Als kein Hahn danach krähte, signierte er seine Ausführungen regelmäßig. Nun betrieb er vorsichtig, aber zielstrebig seine Rückkehr an den Busen der Alma Mater. Was fehlte, waren Wetten, ob er demnächst vom Belasteten zum Minderbelasteten, wenn nicht gar zum Mitläufer der NS-Herrschaft, herabgestuft wurde, womit ihm wieder alle Türen offen stehen mussten. Gewettet wurde nur darum nicht, weil niemand dagegenhalten wollte, dass der Professor mit kaum befleckter Weste durchkam.

Rosmers Verfahren war gewissermaßen ein Versuchsballon. Ihm hatte Steinthal als Lohn für gute Zusammenarbeit versprochen, ein gutes Wort bei einem der Beisitzer des Spruchgerichts einzulegen. Der Mann war Mitglied der Vereinigung der Verfolgten des Naziregimes, und wenn er angeblich auch kein Parteibuch der kaum noch gelittenen Kommunistischen Partei besaß, war er ihr doch irgendwie verbunden. Jetzt stellte er die Frage, auf die es ankam. Er wollte wissen, was an dem Vorwurf sei, dass Rosmer in Brodnopol einen Juden erschossen habe.

Ackermann atmete schwer durch; auf seiner Stirn zeichneten sich Sorgenfalten ab. Er führte aus, was auch Rosmer schon geltend gemacht hatte. Eine unangekündigte Aktion der unabhängig von der Verwaltung tätigen SS habe Brodnopol an den Rand des Aufruhrs gebracht. Menschen seien zu Tode gekommen, unseligerweise auch der junge Sohn Baruch Sterns, des jüdischen Stallmeisters in der Residenz des Kreishauptmanns. Daraufhin sei Baruch Stern in tiefste Verzweiflung gestürzt. Als er seinen Chef entdeckte, habe er sich ihm, in welcher Absicht auch immer, genähert. Rosmer habe vermutet, Baruch Stern wolle ihn angreifen. Um den großen und sehr kräftigen Mann zur Vernunft zu bringen, habe Rosmer einen Warnschuss abgeben wollen. Der Schuss habe jedoch, was allein Rosmers begreiflicher Erregung zuzuschreiben sei, Baruch Stern in die Brust getroffen und seinen Tod herbeigeführt. Das Unglück sei umso mehr zu beklagen, als bis zu dieser Minute zwischen dem Kreishauptmann und seinem Stallmeister ein enges Vertrauensverhältnis bestanden habe.

«Es war ein Unglück», sagte Ackermann.

«Ein Unglück?», fragte der Beisitzer.

«Ich bin Jurist», sagte Ackermann. «Ich weiß, ein Unglück provoziert die Schuldfrage. Wie so oft führt sie auch hier vom Hundertsten ins Tausendste. Aber selbst, wenn wir annehmen, es handele sich um Notwehr oder vermeintliche Notwehr …»

«Überlassen Sie diese Frage bitte dem Gericht», unterbrach ihn der Vorsitzende.

«Ich bitte um Entschuldigung», erwiderte Ackermann.

«Noch etwas, wenn es erlaubt ist …», sagte der Beisitzer.

Der Richter nickte, Ackermann war ganz Ohr.

«Sie stellen das alles mit großer Gewissheit dar, Herr Zeuge», sagte der Beisitzer. «Mich interessiert, woher Sie es wissen. Waren Sie dabei?»

«Nein», antwortete Ackermann.

«Also woher wissen Sie es?»

«Ich habe den Fall drei Tage später untersucht. Rosmers Aussage erschien mit glaubwürdig in allen Punkten.»

«Untersucht? Wie viele tote Juden gab es an diesem Tag in Brodnopol?»

«Ich weiß es nicht mehr genau. Vielleicht fünfzehn, vielleicht zwanzig.»

«Wurden alle diese Fälle, wie Sie sagen, ‹untersucht›?»

«Nein.»

«Nur dieser?»

«Nur dieser.»

«Warum?»

«Ich habe es für meine Pflicht gehalten.»

«Halten Sie das für eine zureichende Antwort?»

«Nein. Bitte entschuldigen Sie, die vollständige Antwort lautet, dass ich Rosmer zu diesem Zeitpunkt nicht besonders gut kannte. Ich wollte mir ein Bild von ihm machen. Es ging um seine Zukunft.»

«Zweifel an der Zukunft des Juden Baruch Stern waren wohl kaum noch gestattet», sagte der Beisitzer. «Ich habe keine Fragen mehr, Herr Vorsitzender.»

Der Vorsitzende gab dem Ankläger das Wort. Der fasste sich kurz, indem er erklärte, das seinerzeitige, nun angefochtene Urteil des Militärgerichts halte immer noch jeder Kritik stand. Zwei Jahre später sei kein ernsthafter Einwand ans Licht gekommen. Der Verteidiger Schulz widersprach energisch, wobei er sich auf Ackermanns Aussage stützte. Ackermann sei nicht der Mann, der sich ein X für ein U vormachen lasse. Er sei als klarer und kritischer Kopf bekannt, auch in seiner gegenwärtigen Funktion als Hauptgeschäftsführer eines Arbeitsrings der deutschen Industrie.»

Der neugierige Beisitzer rümpfte die Nase. Der Vorsitzende schloss die Verhandlung und kündigte das Urteil für den nächsten Vormittag an.

«Meinen Verband hätten Sie außen vor lassen können», knurrte Ackermann den Verteidiger an.

«Womöglich», räumte Schulz ein, «aber der zweite Beisitzer ist Ihr Kollege in der örtlichen Industrie. Es konnte nicht schaden, ihn daran zu erinnern. Allerdings hatte er ehedem mit den Nazis nichts am Hut. Ich hoffe, er ist nicht scharf auf Ihren Posten.»

Ackermann zog es vor, darauf nicht zu antworten. Er nahm Rosmers Dank entgegen und verschwand, um den Zug zu erreichen, der ihn zum nächsten Zeugenauftritt bringen sollte, zu dem er in Göttingen erwartet wurde. Auch Rosmer hatte die Bemerkung seines Anwalts für überflüssig gehalten. Am nächsten Tag war sie vergessen. Was immer das Gericht zu seinem Urteil bewog, Ansgar Rosmer verließ den Gerichtssaal nach dem Schicksalsspruch als Angehöriger des Heers der Mitläufer. Die Zukunft harrte seiner.

Der Kamerad Kogon, sagte Steinthal, war schon in Buchenwald ein unbelehrbarer Querkopf gewesen. Natürlich gab der erklärte Christenmensch zu, dass die Kommunisten die Einzigen waren, die im Lager dem Terror der SS etwas entgegenzusetzen hatten. Ihre Disziplin bis in den Tod brachte sonst keiner auf und es wäre lächerlich gewesen, dies zu leugnen. Der Häftling Kogon war zu klug, um sich zum Gespött zu machen. Aber er warf den Genossen der Linken vor, zu glauben, wo sie denken, und zu denken, wo sie glauben sollten, und diese Kritik schmerzte, weil sie nicht von ungefähr kam. Die Dialektik war auch in den Reihen der Avantgarde der Arbeiterklasse keineswegs Gemeingut. Es gab Leute, die mangels Hirn an ihr scheiterten.

Steinthal war wehmütiger Stimmung. Nach drei Jahren der Zusammenarbeit mit ihm erlebten die Mitarbeiter der Klitsche zum ersten Mal, dass er sich gehen ließ. Im Clubzimmer des Deutschen Ecks feierte er mit ihnen seinen Abschied vom Westen, und der Alkohol löste seine Zunge. Zudem hatte ihm seine Verlobte Claudia im letzten Moment endgültig mitgeteilt, dass sie ihn nicht nach Greifswald zu begleiten gedachte, wo auf ihn ein Lehrstuhl für marxistische Rechtslehre wartete. Anzunehmen war mit Gewissheit, dass Steinthals Bemerkung über geistige Leistungsschwächen die Tänzerin einschloss.

Jetzt, fuhr Steinthal fort, erlaubte sich der Kamerad Kogon Bemerkungen, die jeden anderen Kopf und Kragen kosten würden, aber wer klug war, schrieb sie sich hinter die Ohren. Zum Beispiel den Satz: «Seitdem uns die demokratische Sonne bescheint, werden wir immer brauner …»

Professor Lehmann lächelte gequält, erhob sich und verkündete, für ihn werde es Zeit, das Bett aufzusuchen. Er drückte Steinthal wortlos die Hand und ging.

«Das war's», sagte Steinthal, «unsere Volksfront en miniature hat das Zeitliche gesegnet. Die Klitsche war die einzige Adresse auf der weiten Welt, wo Lehmann und ich gemeinsame Sache machen konnten. Natürlich nur a conto beiderseitiger Illusionen. Friede ihrer Asche. Es lebe der Bürgerkrieg.»

«Bürgerkrieg ist zu viel gesagt», warf Schulz ein. «Geführt wird eine Debatte, eine heftige, eine streckenweise brutale Debatte, aber niemand zieht den Revolver.»

«Warten Sie ab», sagte Steinthal. «Saalschlachten gibt es schon, und die höchsten Herrschaften gehen einander rhetorisch an die Gurgel. Der eine mit Verschlagenheit, der andere mit Wutausbrüchen.»

Wen Steinthal meinte, wussten die Anwesenden. Der Kanzler der frisch gebackenen Republik kannte keine Gnade mit dem Gegner, der Führer der Opposition ebenso wenig. Der Rest war Temperamentssache.

«Und vergessen wir nicht die Worte des Staatsmannes Churchill», fügte Steinthal hinzu, «‹from Stettin in the Baltic to Triest in the Adriatic, an iron curtain has descended across the continent› – das klingt, als wär's von Shakespeare. Und wahr ist es obendrein. Der Eiserne Vorhang hat sich quer über die Landschaft gesenkt, und hüben wie drüben treten die Regimenter unters Gewehr. Auch das ist Bürgerkrieg.»

Steinthal wandte sich an Rosmer.

«Überlegen Sie sich, bei wem Sie sich habilitieren wollen, mein Bester», sagte er. «Lehmann oder Steinthal, das ist die brennende Frage. Den Ausschlag sollte geben, wem die Zukunft gehört.»

Rosmer hatte das Thema seiner Habilitationsschrift schon mit Lehmann verabredet. Dessen Rückkehr auf seinen Lehrstuhl für

Staatsrecht stand unmittelbar bevor. Statt zukünftigem oder gegenwärtigem Recht hatte Rosmer vergangene Verfassungswirklichkeit im Auge. Für Bismarcks Genie war es kein Hindernis gewesen, dass ihm nach 1871 die deutschen Fürsten kein Reichskabinett zugestanden hatten. Er versammelte Staatssekretäre um sich und regierte mit ihrer Hilfe das Reich. Aus juristischer wie politischer Sicht waren Fragen, die der Umgang mit Verfassungen lieferte, ein unverwüstlicher Stoff und sie boten Gelegenheit, unauffällig einige Thesen der Rosmerschen Dissertation zu korrigieren. Steinthal war über die Verabredung mit Lehmann im Bilde, und die fälligen Bemerkungen hatte er schon gemacht.

«Schon gut», sagte er jetzt. «Ich bin ebenfalls bettreif. Wenn ich morgen die Bruderküsse mit den Genossen tausche, will ich nicht aus dem Mund riechen.»

Captain Greenwood begrüßte es, dass Steinthal sich nach Greifswald abgesetzt hatte, bevor er, Greenwood, sich selbst nach Sussex auf den Weg machte. Es war schwierig gewesen, diesen unbeirrbaren Marxisten unter Aufsicht zu halten. Früher oder später wäre jemandem im Secret Service der Geduldsfaden gerissen, und er hätte sich den Mann zur Brust genommen. Die Häftlingsbaracken von Buchenwald waren nun einmal nicht unbedingt eine Heimstätte von Demokraten gewesen, aber Steinthal hatte auf dem Ettersberg bewiesen, dass er ein mutiger Mann war, und deswegen verdiente er Respekt. Besser also, künftig ärgerten sich seine Genossen mit ihm herum. Es konnte nicht ausbleiben, dass er ihnen unliebsam auffiel.

Greenwood sah aus dem Fenster auf die Förde.

«Diese Aussicht wird mir fehlen», sagte er. «Aber reden wir über Sie. Wie lange werden Sie für Ihre Habilitationsschrift brauchen?»

«Der Zettelkasten ist gut in Schuss, und das Konzept ist mir weitgehend klar», sagte Rosmer.

Greenwood schüttelte den Kopf.

«Bismarck», sagte er, «ausgerechnet Bismarck und das Spielzeug, für das er die Verfassung hielt. Vergessen Sie nicht, dass wir Preußen abgeschafft haben. Ihr Eiserner Kanzler hat uns nicht wenige Gründe für unseren Entschluss geliefert.»

«Sie haben, kaum dass der Krieg zu Ende war, Churchill nach Hause geschickt», entgegnete Rosmer. «Meiner unmaßgeblichen Meinung nach könnten Sie ihn allmählich in Downing Street Nummer zehn wieder ganz gut gebrauchen.»

«Viele Leute in England denken wie Sie, aber ich wähle Labour. Große Männer stehen bei mir unter Generalverdacht. Übrigens hatte ich neulich eine Debatte bei einem Tee, zu dem mich die Ihnen wohl bekannte Baronin Nancy von Plessow nach Segau eingeladen hatte. Ein herrlicher Fleck Erde und liebenswerte Menschen. Der Baron wollte begreiflicherweise erfahren, was aus unseren Kolonien werden soll. Seine Farm in Südwestafrika liegt ihm nach wie vor am Herzen. Er fürchtet, dass die Buren allen Ausländern das Wasser abgraben, nachdem sie den Vereinten Nationen das Recht auf Kontrolle des Mandatsgebiets verweigert haben. Und wenn Plessow sich mit den Buren noch verständigen sollte ... Eines Tages bekommt er es mit den Schwarzen zu tun. Das ist so sicher wie das Amen in der Kirche. Ich habe ihm geraten, sich mit Segau zufrieden zu geben. Aber wir haben auch über Preußen geredet. Erich von Plessow hält es nach wie vor für ein nationales Unglück, dass Wilhelm der Zweite und sein alter Kanzler nicht miteinander zu Rande gekommen sind. Übrigens lassen der Baron und die Baronin Sie grüßen. Den Rest der Familie habe ich nicht gesehen. Aber es hieß, alle seien wohlauf.»

«Das freut mich», sagte Rosmer.

«Sie haben wenig Kontakt zu Ihrer Familie?»

«So gut wie keinen.»

«Finanziell betrachtet, liegt eine Durststrecke vor Ihnen, wenn Sie sich habilitieren wollen. Miss Nancy deutete an, dass Sie auf Hilfe aus Segau rechnen können.»

«Ich weiß. Aber ich komme zurecht. Professor Lehmann und Rechtsanwalt Schulz beschäftigen mich als Hilfsarbeiter. Ich schreibe Gutachten für sie.»

«Nun schön, das ist Ihre Sache. Ich warne nur davor, die falschen Quellen anzuzapfen.»

Rosmer war auf der Hut.

«Sie meinen?»

«Wir wissen, dass gewisse Leute dabei sind, einen so genannten Freundeskreis der Beamten zu gründen, die im verflossenen Generalgouvernement tätig waren. Das Prinzip ist bekannt. Einer für alle und alle für einen. Oder auch: Eine Hand wäscht die andere.»

Greenwood erzählt Rosmer nichts Neues. Die treibende Kraft des Veteranenvereins war Ackermann.

«Die Gesellschaft liegt so weit hinter mir, dass ich manchmal glaube, ich habe nur geträumt, in ihr zu leben.»

«Umso besser. Ich mache Ihnen einen Vorschlag. Wann immer Sie Luftveränderung brauchen, melden Sie sich bei mir, und ich hole Sie über den Kanal. Das gilt auch, wenn Sie väterlichen Rat brauchen.»

Die Einladung überraschte Rosmer. Es gab nichts von einigem Belang, was Greenwood im Laufe der Zeit nicht aus ihm herausgefragt hätte. Persönliche Anteilnahme hatte der Captain trotzdem nie gezeigt. Jetzt klang der Abschied fast nach Freundschaft.

Ackermanns schwarzroter Langhaardackel Tobias lief voraus, kehrte im Schweinsgalopp zu seinem Herrn zurück und stürmte wieder vorwärts. Die langen Ohren wirbelten um seinen Kopf. Das Rheinufer unterhalb des Palais Schaumburg war ein Dorado der Duftmarken. Ackermann beobachtete seinen Hund mit nachsichtigem Wohlgefallen und fiel in einen Vortrag über Autorität und Widerstand. Dackel, sagte er, waren von Natur aus ungehorsam. Wer sich irgendwann im Leben einbilde, er könne seinen Willen immer und überall durchsetzen, den bewahre der Umgang mit einem Tier dieser Rasse vor Größenwahn. Es höre auf Pfiffe nur, wenn es ihm passe. Ein gewisses Bedauern schwang mit, aber Ackermann hatte wohl zugleich die Widerborstigkeit im Sinn, die er bei Rosmer spürte.

Ansgar Rosmer hatte eine schlechte Nacht im Schlafwagen hinter sich. Ackermanns Einladung, nach Bonn zu kommen, um an Ort und Stelle eine Debatte des Parlaments über den Schlussstrich zu verfolgen, war eine kaum verbrämte Order gewesen, und der Ärger über den herrischen Ton hielt an. Den Entschluss, Ackermann die Stirn zu bieten, einen Vatermord zu nennen, war übertrieben, aber ein Befreiungsschlag sollte es werden.

Auf der Zuhörertribüne des Parlaments hatte der Lobbyist des *Arbeitszirkels der Industriellen* zwei Plätze reservieren lassen. Inzwischen gefielen ihm, wie er freimütig gestand, die mit seinem Amt verbundenen Spiele auf der Hintertreppe der Politik, aber er sah sich nicht nur seinen gegenwärtigen Auftraggebern verpflichtet, sondern auch den Kameraden aus vergangener Zeit. Ihnen sollte die Debatte dieses Tages – auf Antrag der Nationalen Rechten – wieder die Luft zum Atmen verschaffen. Der Schlussstrich unter die Entnazifizierung war fällig.

Bevor die Schlacht beginnen sollte, waren Ackermann und Rosmer, zumeist schweigsam, unterwegs, weil Tobias einen unverbrüchlichen Anspruch auf einen morgendlichen Auslauf hatte. Die Vorfrühlingssonne tauchte das Bundeskaff, wie Ackermann Bonn titulierte, in mildes Licht, und wenn Rosmer die Wahl gehabt hätte, hätte er sich lieber einen heiteren Tag mit dem Hund gemacht. Andererseits war er neugierig auf den Streit der Volksvertreter. Als Ackermann den Dackel einfing, ihn an die Leine nahm und seinem Chauffeur übergab, der ihnen in gebührendem Abstand gefolgt war, war das Weitere offen.

Die Debatte begann unter allgemeiner Spannung und lief rasch heiß. Die Rechten hatten Übung darin, den auf sie gerichteten Spieß kurzerhand umzudrehen. Wie kürzlich Steinthal sprachen sie vom Bürgerkrieg, aber anders als er kämpften sie mit dieser Parole auf den Lippen für die Mühseligen und Beladenen, denen in ihren Augen die Sieger von '45 das Lebensrecht streitig machten und denen der Kanzler der Republik beizuspringen sich sträubte. Der Regierungschef, so die Beschwerde, hörte nicht auf die Rechten und Liberalen, die in seinem Kabinett saßen. Der Sprecher der Liberalen ließ sich so wenig lumpen wie seine Kollegen rechts von ihm und war zur Hand, als sie gröbstes Kaliber abfeuerten: Die Entnazifizierung war ein nationales Unglück, ein Tumor am deutschen Volkskörper, eine Missgeburt totalitären Denkens, ein Hexentreiben, veranstaltet von Klassenkämpfern.

Als sich der Pulverdampf etwas verzog, trat ein Sozialdemokrat ans Rednerpult. Erstaunlich gelassen räumte er ein, dass ihm ein eigenes revolutionäres Strafgericht nach Kriegsende lieber gewesen wäre als die sich über Jahre hinziehende, mühselige und viele Landsleute verbitternde Prozedur, welche die Alliierten inszeniert hatten, um die Schuldigen aus dem Verkehr zu ziehen. Die Alliierten selbst hatten die moralische und leider auch die juristische Massenabfertigung, weil nicht zu bewältigen, mehr und mehr eingeschränkt, weil inzwischen Leute mit größerer Schuld nachsichtiger bestraft wurden als früher Leute, denen weniger anzulasten gewesen war. Damit produzierte man neues Unrecht. Wer aber waren die vermeintlichen Schuldigen? Die meisten waren Menschen, die aus Irrtum ja zum Regime gesagt hatten. Sie waren verblendet gewesen oder hatten aus Bequemlichkeit mitgespielt. Oder sie waren – auch solche hatte es gegeben – echte Idealisten. Jetzt galt es, die Böcke von den Schafen zu trennen. Es galt tatsächlich, eine Art Schlussstrich zu ziehen. Mit gleicher Entschlossenheit galt es jedoch auch zu verhindern, dass hinter dem Schlussstrich braunes Kraut gen Himmel schoss und zum undurchdringlichen Dickicht zusammenwuchs. Die Verbrechen, die vor dem 8. Mai 1945 begangen worden waren, mussten Verbrechen bleiben.

Von rechts kam prompt der Zwischenruf: «Die Verbrechen nachher auch!»

Der Redner beachtete ihn nicht.

Ackermann schien anzunehmen, dass Rosmer genug gehört hatte. Auf seinen Wink hin verließen sie die Tribüne. Vor der Tür des Parlaments wartete der Chauffeur mit dem Dackel Tobias an der Leine. Man fuhr zu einem Restaurant, an dessen Tür fünf Sterne prangten und in dem Tobias ebenso zu Hause zu sein schien wie sein Herr. Jedenfalls wurde der Hund, ohne dass ein entsprechender Auftrag erteilt war, mit einer Portion Rinderhack als Erster bedient.

«Nun, was halten Sie von der Veranstaltung?», fragte Ackermann, als die Bestellung für die Begleiter des Dackels auf dem Weg war.

«Soll ich ehrlich sein?», fragte Rosmer.

«Was sonst?» fragte Ackermann zurück. «Ich wette, Sie fanden den Sozi am besten.»

«Objektiv betrachtet, war er es.»

«Objektivität können wir uns nicht leisten. Aber selbst wenn wir dem Kerl Respekt zollen – er ist in der falschen Partei.»

Ackermann setzte zur Generalkritik der Redeschlacht an.

«Die Sozis und ihre christlich-bürgerlichen Brüder», sagte er, «sind nicht zu beneiden. Sie wollen sich aus wohlerwogenem Staatsinteresse oder auch nur aus politischem Instinkt nicht mit den Siegern anlegen. Aus Rücksicht auf das Wahlvolk müssen sie dennoch mit den Wölfen heulen. Ihre Crux ist, dass sie auf die Stimmen von Wählern angewiesen sind, die unter Anklage stehen, weil sie im falschen Land geboren wurden. Der Vorwurf gefällt keinem, den er trifft, aber das ist es nicht allein. Wer in Deutschland bei Kriegsende halbwegs erwachsen war, soll das Leben wegwerfen, das er vorher gelebt hat. Wie ein dummer Junge soll er von vorn anfangen, und je reiner sein Gewissen ist, umso härter trifft es ihn. Leute wie Sie und ich müssen notgedrungen einräumen, dass es Gründe zur Nachfrage gibt. Aber was ist mit den Millionen von Landsleuten, die nach Kräften brav geblieben sind? Mitgefangen, mitgehangen? Das ist der springende Punkt. Die Menschen beginnen zwanghaft, sich reinzuwaschen. Sich vor dem eigenen Gewissen selber und vor anderen zu rechtfertigen, wird zum Volkssport, und der bräunt rückwirkend. Wenn jemand tatsächlich kein Nazi gewesen ist, wird er es jetzt.»

Rosmer bewunderte nicht zum ersten Mal Ackermanns nüchternen analytischen Verstand, aber er blieb gerade deswegen auf der Hut.

Ackermann war noch nicht fertig.

«Was unsere Zwecke angeht», fuhr er fort, «fallen die großen Parteien aus. Das ergibt sich ohne weiteres aus der Zwickmühle, in der sie stecken. Aber auch die so genannte Nationale Rechte fällt aus. Die beißt in den Teppich und schreit sich heiser. Von einem zu vernachlässigenden Rest abgesehen, geht sie den Leuten früher oder später auf die Nerven. Radaubrüder schätzt der brave Mann nicht. Deren Einfluss ist saisonbedingt.»

Es wurde Zeit, Ackermann ins Wort zu fallen.

«Pardon», bremste ihn Rosmer. «Was, bitte sehr, verstehen Sie unter ‹unseren Zwecken›?»

Ackermann starrte ihn entgeistert an «Sie fragen das im Ernst?», insistierte er.

«In vollem Ernst», sagte Rosmer.

Ackermann holte Luft, und der Dackel Tobias wurde unruhig. Es sah aus, als wollte sein Herr aufspringen und das Lokal verlassen. Ackermann geriet – zum ersten Mal, seit sie sich kannten – aus der Fassung, aber nach wenigen Sekunden hatte er sich wieder in der Gewalt.

«Also gut», sagte er, «ich erzähle Ihnen ein paar Neuigkeiten, die ich mir bis zum Schluss aufsparen wollte. Oder war Ihnen schon bekannt, dass Felix von Bachewski vor drei Wochen in Krakau am Galgen gestorben ist?»

Bachewskis Tod was Rosmer neu, aber er konnte die Nachricht später verarbeiten.

«Auch Gouverneur Schirmer ist tot», fuhr Ackermann fort. «Er starb an einem Herzinfarkt hinter den Mauern des Vatikans, wo er auf eine Gelegenheit wartete, sich nach Uruguay abzusetzen.»

Rosmer erinnerte sich nicht, wann er zuletzt an Schirmer gedacht hatte, aber neben dem Staatssekretär Zöllner hatte er es dem Lemberger Gouverneur zu verdanken, dass er in Brodnopol nicht wegen Dienstpflichtverletzung an die Wand gestellt worden war, sondern mit Ackermann in diesem Fünf-Sterne-Lokal saß. Ackermann ließ ihm keine Zeit zum Nachdenken, sondern spielte den dritten Trumpf aus.

«Herr Zöllner», sagte er mit bissiger Ironie, «ist Ihnen vermutlich in genauerer Erinnerung als Schirmer. Er lebt unter anderem Namen in Stuttgart. In ständiger Gefahr, denunziert zu werden, schlägt er sich als Nachtwächter einer Schuhfabrik durch, wobei er sich den Dienst mit Ihrem ehemaligen Amtschef Tetzlaff teilt.»

Ackermann durchbohrte Rosmer mit seinen Blicken.

«Und Sie, Herr Doktor Rosmer», sagte er, «fragen, was unsere Zwecke seien? Unsere Zwecke ergeben sich aus unserer Aufgabe, und unsere Aufgabe besteht darin, Kameraden zu helfen, die in Not sind. Den Toten können wir nicht mehr helfen, aber in Not leben viele.»

«Was erwarten Sie von mir?», fragte Rosmer.

«Sie lassen nicht, wie Sie es offenbar vorhaben, mit unschuldigem Augenaufschlag die Finger von der Politik, sondern treten unserem Freundeskreis bei und warten auf Anweisungen», verkündete Ackermann. «Inzwischen werden Sie Mitglied bei den Liberalen. In ihren Reihen werden Sie sich in unserem Sinne nützlich machen.»

Ackermann schien auf ein falsches Gleis geraten zu sein. Wenn die Rechten seinen Vorstellungen von Nothelfern nicht entsprachen, konnten die Liberalen seinen Ansprüchen ebenso wenig genügen. Der Auftritt ihres Sprechers in der Debatte hatte es bewiesen. Rosmer nutzte die Gelegenheit und wies darauf hin. Er war entschlossen, sein Gesicht zu wahren, und fand, dass es ihm nicht schlecht gelang.

Ackermann schüttelte den Kopf.

«Irrtum», klärte er Rosmer auf. «Der Unterschied zwischen den Liberalen und den Rechten besteht darin, dass die einen von Haus aus auf Manieren Wert legen, während die anderen um jeden Preis mit dem Kopf durch die Wand wollen. Die Liberalen haben heute ihren Scharfmacher vorgeschickt. Hinter verschlossenen Türen sammeln sich in dieser Partei jedoch begabte Diplomaten. Sie halten es für ihre Aufgabe, Einfluss zu gewinnen und ihn über die absehbare Zeit hinaus zu nutzen. Für uns kommt es darauf an, sie unauffällig in die richtige Richtung zu lenken und bei der Stange zu halten.

«Was Sie mir offenbar zutrauen», sagte Rosmer.

«Ihnen und einigen anderen», bestätigte Ackermann. «Wobei Sie eins beruhigen wird. Unsere Absicht ist nicht, den Staat zu erobern. Der Versuch liegt mit leider annulliertem Resultat hinter uns. Es geht darum, dass möglichst viele von uns in eine ihnen gemäße Existenz zurückkehren und die Chance erhalten, sich im bürgerlichen Leben einzurichten.»

«Das könnte mich tatsächlich beruhigen, und ich fühle mich geehrt, aber ich habe andere Pläne», entgegnete Rosmer.

«Ihr letztes Wort?», fragte Ackermann.

«Mein letztes Wort», sagte Rosmer.

Er wusste, dass er diesmal nein sagen musste, und er tat es.

«Dann trennen sich unsere Wege», schloss Ackermann. «Das Tischtuch ist zerschnitten.»

Zwei weit schmerzlichere Abschiede standen Rosmer noch bevor. Nachdem sein Verhältnis zu seiner Mutter und zu Erich von Plessow in Scherben lag, was auch seine Beziehungen zu seiner Frau und seinem Sohn in Mitleidenschaft ziehen musste, haben alle Beteiligten über Segauer Familienangelegenheiten Stillschweigen bewahrt. Fest steht nur, dass Rosmer noch zwei Mal nach Segau kam – als Erich von Plessow dort im Mausoleum beigesetzt wurde und als Bettina Schierling dem Bruder nach zwei Jahren in die Grabstätte folgte. Zu dieser Zeit hatte Alexander Schierling sein Studium der Agrarwissenschaften abgeschlossen, und Miss Nancy übertrug ihm die Verantwortung für das Gut. Sie kehrte nach England zurück, um ihren Lebensabend abwechselnd in London und Afrika zu verbringen. Alexanders Mutter stand ihrem Sohn zur Seite, bis er in den ostholsteinischen Uradel einheiratete, womit sich ein Wunsch Erich von Plessows erfüllte.

BERTHOLD KIENSHECKEN

Aus einer der rückwärtigen Reihen des Audimax meldete sich jemand zu Wort. Er hatte sich, sagte er, einige Jahre fern von der Heimat und ihren Universitäten herumgetrieben. Nach der Rückkehr überraschte ihn jetzt einiges. Da hielt es, kaum dass die Steine der Trümmer im Lande einigermaßen sauber geklopft waren, die Tochter eines preußischen Offiziers, die in Personalunion eine enge Vertraute des Kanzlers war, für unerlässlich, ihren Landsleuten Benimm beizubringen und ein *Buch der Etikette* zu verfassen, einen Bestseller, der landauf, landab heiß diskutiert wurde. Zur gleichen Zeit gingen in Göttingen berühmte Kernphysiker auf die Barrikaden und forderten die Regierung in grimmiger Sorge auf, die Finger von Atomwaffen zu lassen. Wiederum erregte sich die Nation aufs Äußerste. Wer waren die Deutschen der späteren fünfziger Jahre wirklich? Waren sie, wie es überall hieß, oberflächlich bis dort hinaus und ausschließlich darauf erpicht, versäumte Genüsse nachzuholen, oder trieb sie die Zukunft der Welt um? Für eine Antwort, sagte der Redner, wäre er dankbar.

Ich drehte mich nach ihm um, und erkannte ihn sofort. Es war Ansgar Rosmer, ehedem Major der Kavallerie und mein Lebensretter nach dem Gemetzel von Halbe. Ich stieß meinen Freund Wernstedt in die Rippen, der neben mir saß. Er nickte.

«Er ist es», flüsterte er. «Der Ruf unserer Alma Mater hat ihn in Berkeley ereilt. Er ist der neue Ordinarius für Internationales Recht. Ich dachte, du wüsstest es. Es stand im Mitteilungsblättchen der Rektors.»

Personalien interessierten mich nur, wenn sie die eigene Fakultät betrafen – was sich jetzt als Fehler erwies. Unterdessen bekundete das Auditorium, dass ihm Rosmers Frage nicht einleuchtete. Man zischte und scharrte. Vom Podium herunter erklärte ein hochmögender Kollege, die unvermittelt aufgeworfene Frage habe, für sich betrachtet, sicherlich ihre Relevanz; im Moment bringe sie die Diskussion leider nicht voran. Es gehe darum, ob die Versammlung in einer Resolution den Göttinger Achtzehn beipflichten wolle oder nicht.

Rosmer bedankte sich höflich und nahm wieder Platz. Die Debatte mündete nach einer Weile in den Beschluss, einen Aufruf zu Papier zu bringen und ihn für jedermann zur Unterschrift auszulegen.

Man drängte nach draußen, und ich suchte Rosmer. Eckart Wernstedt heftete sich an meine Fersen. Wir fanden unseren Mann bei dem Bemühen, einer Gruppe ihn umringenden Studenten plausibel zu machen, dass er Pazifist und darum ohne Einschränkung gegen deutsche Atombomben sei. Gestört habe ihn lediglich die eifernde Aussprache. Bierernst treibe selbst Schicksalsfragen leicht in unangenehmes Fahrwasser. In dieser Beziehung bleibe von den Engländern und Amerikanern noch viel zu lernen. Außerdem habe ihn, den Neuling an dieser Universität, die Gelegenheit gereizt, den tonangebenden Herrschaften auf den Zahn zu fühlen. Als ich ihn ansprach, erwartete er weitere Kritik. Mein Name sagte ihm nichts. Erst als ich Halbe erwähnte, war er im Bilde.

«Kienshecken!», rief er, schlug mir auf die Schulter und schüttelte mir die Hand. «Menschenskind, der Junge, den die Russen nicht über die Straße lassen wollten. Was treiben Sie?»

«Jüngere Geschichte», sagte ich, und zeigte auf Eckart Wernstedt. «Das ist der Ihnen ebenfalls aus der Vorzeit bekannte Literaturhistoriker Wernstedt.»

Ein zweiter Handschlag bewies Rosmers ehrliche Freude am Kameradentreffen.

«Wo ist der Dritte von damals?»

«Ich rufe ihn an», sagte Wernstedt.

Nach fünf Minuten war er zurück.

«Kaltenbach erwartet uns», meldete er. «Seine Frau ist auf Sylt, aber er versichert glaubhaft, dass er reichlich Vorräte im Kühlschrank hat.»

Der Juniorchef der Reederei Kaltenbach wohnte – mit standesgemäßem Blick auf den Strom – an der Elbe und war für seine Gastfreundschaft stadtbekannt. Wir fuhren zu ihm, und er tischte seinen Gästen auf. Rosmer fragte uns aus, wir ihn ebenfalls. Was die Nachkriegszeit anging, blieb er merklich wortkarg. Umso lieber sprach er über seine Jahre in England und Kalifornien. Es wurde eine lange Nacht.

Natürlich drängt sich die Frage auf, warum wir nicht nachgelegt und Rosmers Vergangenheit unter die Lupe genommen haben. Darauf gibt es drei einfache Antworten. Erstens verband uns mit Ansgar Rosmer das Abenteuer jener Tage im April '45, meine Rettung vor dem russischen Scharfschützen und unsere Flucht de luxe im Kübelwagen des seinerzeitigen Majors in die Arme der Engländer. Zweitens war uns Rosmer damals, was bei weitem nicht für jeden Vorgesetzten galt, sofort sympathisch gewesen, und er war es jetzt auf Anhieb wieder. Drittens aber wimmelte es nun in der Generation, die uns vor der Nase saß und in der Rosmer einer der Jüngsten war, von Leuten, deren Vergangenheit im Halbschatten lag. Wer Vergnügen an anrüchigen Äußerungen fand, wurde fündig, sobald er in den Veröffentlichungen älterer Kollegen aus den dreißiger und vierziger Jahren stöberte. Unter Akademikern hatte, von einer Hand voll Rückkehrern aus der Emigration abgesehen, jede Kapazität mal mehr, mal weniger den Machthabern nach dem Munde geredet. Wir hatten uns an diese Art von Entdeckungen gewöhnt.

Den vierten Grund für unsere Zurückhaltung lieferte Kaltenbach nach. Eines Tages begoss er sich mit dem Schifffahrtsredakteur des *Abendblatts* die Nase, dem das unglückliche Kriegsende – wie unserem Freund Kaltenbach selber – den Traum verhagelt hatte, als Admiral der Kriegsmarine die Wogen zu pflügen. Dieser Kumpan wollte wissen, dass Rosmer ein mittelgroßes Tier in der Reichsjugendführung gewesen sei. Erfüllt von freudiger Hochachtung, vergaß Kaltenbach, dass die Neuigkeit Wernstedt und mir kaum gefallen konnte, und es enttäuschte ihn bitter, dass wir ihn zum Beweis für den Kommissbetrieb in der verflossenen Staatsjugend prompt mit Schauergeschichten des ewigen Fußvolks eindeckten. In der Hitlerjugend hatte Kaltenbach es immerhin bis zum Gefolgschaftsführer gebracht, bevor er Seite an Seite mit uns bei Halbe als feldgraues Kanonenfutter Verwendung finden sollte. Wie stets, wenn es hart auf hart kam, verdächtigten wir ihn auch diesmal, die Rangabzeichen von ehedem in einer geheimen Schatulle zu verwahren, damit er mit ihnen dereinst vor Kindern und Kindeskindern protzen konnte. Ein Streit, den alle Beteiligten kannten, der aber immer wieder aufflammte, um regelmäßig in der Feststellung sein Ende zu finden, dass die Richter in Nürnberg sich nicht dazu aufgerafft hatten, die Hitlerjugend zur verbrecherischen Organisation zu erklären, was Kaltenbach ebenso mit bleibender Genugtuung erfüllte wie Wernstedt und mich mit anhaltender Enttäuschung. Doch wie dem auch war, wir hielten Rosmer zugute, was wir auch Kaltenbach als mildernden Umstand anrechneten. Sie waren beide nette Kerle.

Vor dem Sachverhalt kapituliere ich. Ich bin weder Philosoph noch Psychologe, sondern Historiker. Mein Fach ist die Vergangenheit. Je näher ich, gewesene Zeiten durchquerend, der Gegenwart komme, umso mehr verwandele ich mich in einen Zeitzeugen, der anderen bestenfalls ein paar nützliche Vergleichsmöglichkeiten mit leidlich verbürgten Tatbeständen voraus hat. Mein Handwerkszeug versagt, wenn es gilt, das Verhältnis von uns Jüngeren zu Ansgar Rosmer und seinesgleichen tief schürfend zu erklären. Darum versuche ich lediglich, es mit Hilfe einiger Szenen zu illustrieren, die mir vor Augen stehen, als hätten sie sich gestern abgespielt.

Rosmers Auftritt im Audimax ist der Ansatzpunkt, der mir zur

Verfügung steht. Wie es aussah, hatte er in voller Absicht die Leute mit seiner gespielten Naivität gegen sich aufgebracht.

«Ich erkläre euch gern, was da passiert ist», bot Wernstedt an. «Da kommt jemand von wer weiß wo angereist. Kaum einer kennt ihn, und er tastet die Ehre der Mandarine an, indem er sie in einem Atemzug mit dem gemeinen Volk nennt. Das Benimm-Buch der Adenauer-Gespielin und der Göttinger Aufruf Otto Hahns und seiner Mitstreiter gehören nach allgemeiner Auffassung nicht in einen Topf.»

«Welche allgemeine Auffassung?», protestierte Kaltenbach. «Ihr Intellektuellen habt eure eigenen Weisheiten mit Löffeln gefressen. Unbestritten. Aber ihr tut, als hättet ihr mit der Plebs nichts zu schaffen. Die besinnungslosen Genüsslinge, das sind die anderen. Die rackern sich zwar ab und blechen nicht zu knapp Steuern, damit ihr geborene Hungerleider was vom großen Kuchen abkriegt. Aber wehe, sie wählen eine Regierung, die euch nicht passt. Dann poltert der Knüppel aus dem Sack. Dann klafft ein tiefer Riss in der Gesellschaft.»

«Übertreib nicht so schändlich», sagte ich. «Das ist Demokratie.»

«Demokratie ist Respekt vor den anderen», fauchte Kaltenbach. «Ich wünsche, dass ich mitsamt meiner Meinung für voll genommen werde.»

«Okay, okay, vertagen wir das. Wir reden darüber, ob Rosmer seinen Auftritt vermasselt hat oder nicht», sagte ich.

«Wenn er nicht aufpasst, bricht er sich den Hals», prophezeite Wernstedt.

Ich war davon ganz und gar nicht überzeugt.

Vermasselt hatte Rosmer tatsächlich nichts. Im Gegenteil. Man war auf ihn aufmerksam geworden, und sein Ruf als Rechtslehrer wuchs rasch. Wie sich herumsprach, festigte er ihn im eigenen Fach mit Seminaren und Publikationen über internationale Rechtsbeziehungen – mit einem Thema, das deutschen Juristen nach der Isolation ihres Landes und ihrer Wissenschaft das Wasser im Munde zusammenlaufen ließ und das sozusagen per definitionem für frische Luft sorgte. Hinzu kam zum Nutzen eines größeren Publikums das Engagement für das Studium generale. Rosmer warb eifrig für die fachübergreifende Lehre und bereicherte sie mit Veranstaltungen zur «Ästhetik der rechtlichen Ausdrucksformen im Sinne Radbruchs» oder zur «Individualistischen Eheauffassung im Gegensatz zur Kameradschaftsehe in Sowjetrussland». Seine Thesen waren freimütig, sein Stil war lässig angloamerikanisch. Es dauerte nicht lange, und man sah sich bei öffentlichen Diskussionen auch nach ihm um, wenn sein Name nicht auf der Teilnehmerliste stand. Saß er unter den Zuhörern, war mit seinen Einwürfen allemal zu rechnen. Sie mussten, wie bei jenem ersten Auftritt, nicht unbedingt stichhaltig sein; für Aufsehen sorgten sie. Als ihm das Fernsehen, dem es seinerzeit noch genügte, einen Mann an einen Tisch zu setzen und reden zu lassen, eine Sendereihe mit dem Titel «Lebendiges Recht» anvertraute, war Ansgar Rosmer auf dem Gipfel seiner Popularität angelangt. Spätestens daraufhin war der Erfolg privater Partys garantiert, wenn er zu den Gästen zählte. Bei Gelegenheit intellektueller Hahnenkämpfe war er in seinem Element. Als Kaltenbach seinen Freunden Wernstedt und mir die Feier aus Anlass unserer Habilitationen ausrichtete, hielt Rosmer eine druckreife, höchst amüsante Rede über den Wettstreit der Generationen in einem Lande, in dem es galt, die freie Meinung – bleibend angemahnt durch diverse Unglücksfälle in der Vergangenheit – als eine der wichtigsten Errungenschaften des Gemeinwesens zu verteidigen.

Es bleibt dabei, es gab unzählige Gelegenheiten, zur Sache zu kommen und Rosmer nach seinem Verhalten in Hitlers Tagen auszuforschen. Er selber lieferte scheinbar unbefangen die Stichworte. Andererseits war er ein Meister in der Kunst, Klippen zu umsegeln. Dieser oder jener wurde wenigstens rot, wenn man ihm auf den Pelz rückte; unser Freund gehörte zu denen, die erstaunlich lange die Gelassenheit in Person blieben. Was mich angeht, so neige ich, oft zu meinem eigenen Ärger, nach dem Überschreiten einer gewissen Reizschwelle dazu, in Diskussionen alle Rücksichten fallen zu lassen. In der Diskussion, auch im Streit mit Rosmer passierte es mir nie. Von Anfang an war mir die Scheu im Wege, die mich auch jetzt noch hindert, meine Spurensuche fortzusetzen.

In frühen Tagen meines Studiums verglich einmal einer meiner Lehrer, ein begeisterter Jäger und als solcher ein seltenes Exemplar in der Geisteswissenschaft, die historische Quellenkritik mit einer Pirsch. Wenn ich es richtig im Kopf habe: sich genaue Revierkenntnis verschaffen, sorgsam die Fährten lesen, aus der Anordnung der Trittsiegel auf Standorte, Wildwechsel und Fluchten schließen, Pirschpfade anlegen, sich auf ihnen dem Wild mit größter Vorsicht auf Schussweite nähern. Vor allem: nicht schießen, bevor das Tier sicher angesprochen ist.

Beibringen wollte uns der Professor mit seiner seltsamen Analogie, dass wir auf dreierlei zu achten hatten – sorgsame Erkundung des Umfelds, gründliche, jeden Schritt kalkulierende Annäherung und Geduld bis zu dem Moment, der es erlaubte, eine zutreffende Einsicht zu gewinnen und zu festigen, womit der Vergleich noch nicht an seine Grenze stieß. Zwar führte Forschung immer nur zu vorläufigen Ergebnissen, während mit der Jagd Schluss war, wenn die Kugel traf. Wie die Jagd setzte die Forschung jedoch die Entschlossenheit voraus, aufs Ganze zu gehen. Das Wild war nicht wehrlos. Seine Waffe war, wenn man nicht gerade einer wütenden Wildsau oder einem sich auf die Hintertatzen erhebenden Bären gegenüberstand, lediglich der Fluchtinstinkt. Dieser Instinkt berechtigte jedoch dazu, einem Tier den Tod zu geben. Die Forschung durfte ebenso wenig aus falscher Rücksicht zaudern und zagen, wenn die Vorarbeit nach den Regeln der Kunst geleistet war. Der Vorsatz, tatsächlich zu schießen beziehungsweise ein Urteil zu fällen, gehörte zur wissenschaftlichen Aufgabe. An diesem Vorsatz hat es mir Rosmer gegenüber gefehlt.

Rosmer wurde fünfzig Jahre alt. Wir feierten seinen Geburtstag in seinem neuen Haus am Rausdorfer Viehteich, der es mit seinen lang gestreckten, von Wald und Schilf umsäumten Ufern zweifellos verdient hätte, nicht als Teich, sondern als See bezeichnet zu werden. Das Anwesen lag versteckt am Ende eines unbefestigten Wegs, und eine übermannshohe Backsteinmauer schirmte es größtenteils gegen die Blicke fremder Wanderer ab. Seltsamerweise stand der Sichtschutz mit schmalem Durchgang neben dem stählernen Garagentor nicht etwa auf der Grenze des Grundstücks, sondern zog sich schräg durch eine Wiese, die als Vorgelände diente. Wernstedt witzelte über das freie Schussfeld, aber wir waren beeindruckt. Hätte man einen Psychoanalytiker nach dem Gemütszustand des Bauherrn gefragt, so hätte er vermutlich auf verborgene Ängste und schlechte Träume geschlossen. Derlei Vermutungen lagen uns fern.

Die antike Einrichtung des Hauses – nur die Küche war supermodern – kannten wir aus der Hamburger Wohnung des Gastgebers. Das von uns oft bewunderte Stillleben des frühen Niederländers Snyder hatte wieder einen Ehrenplatz im Salon. Allerdings waren hier die Räume kleiner als in der Stadt, weshalb mehrere Teppiche übereinander lagen. Ein Wiedersehen gab es ebenso mit dem Porzellan der Berliner Manufaktur und dem schweren Silber, mit denen die Festtafel eingedeckt war. Wir sollten von ihnen nicht zum ersten Mal speisen. Claudia Rosmer, die ehemalige Tänzerin, vergaß nie zu erwähnen, dass ihr Vater Antiquitätenhändler war und ihr Sohn nun in seine Fußstapfen treten solle.

Ehrengast war, in Begleitung der seinerzeitigen Gattin, der Herausgeber des *Spiegels*. Dessen Rolle in der Republik hatte die Regierung im Vorjahr gewürdigt, indem sie den Leitwolf des so genannten investigativen Journalismus unter einem billigen Vorwand hinter Gitter setzte. Jetzt übernahm er es, zwischen Suppe und Fisch namens der Gäste Freundschaftliches über den Gastgeber zu sagen. Der Wall aus Beton zwischen zweierlei Berlin und der Krieg im Dschungel von Vietnam mitsamt anderen Weltereignissen, so merkte der gefürchtete Mann an, beunruhigten die Menschheit. Aber es kam immer noch auf die Akteure an. Jetzt war der Urvater des Staatswesens, der scheinbar ewige Bundeskanzler, aus dem Amt geschieden; sein Nachfolger im Sessel der Macht werde sich aller Voraussicht nach nicht lange halten. Doch was bedeuteten Regierungswechsel am Rhein schon im Vergleich mit den Schüssen, die in Dallas/Texas den amerikanischen Präsidenten das Leben gekostet hatten? Dass es sich vermutlich nicht um eine groß angelegte Verschwörung, sondern um die Tat eines Nobody handelte, der auf dem Weg von einem Verhör in die Gefängniszelle von einem anderen Nobody zu Boden gestreckt worden war, machte die Sache nur noch schlimmer. Da zeigte sich, was die Menschheit am dringendsten brauchte, nämlich sichere Rechtsverhältnisse. Ihnen hatte Ansgar Rosmer, ein weltoffener Liberaler von Geblüt, die nationalen Grenzen überschreitend, sein Wirken gewidmet, und dafür gebührte im Respekt.

Im Rückblick, in Kenntnis des Rosmerschen Werdegangs, wirkten die großen Worte grotesk. Die schlichte Wahrheit war, dass der *Spiegel*-Chef lediglich versäumt hatte, seine Archivare auf Rosmer anzusetzen. Folglich schmeckte ihm so gut wie den anderen Gästen, was die Hausfrau Claudia auftischte. Niemand ahnte, dass der Snyder, die Teppiche, das Porzellan und das Silber ehemals womöglich einem gewissen Herschel Meyer in Brodnopol oder dem einen oder dem anderen seiner Leidensgenossen gehört hatten.

Ein pfiffiger Kunsthistoriker namens Breitenfeld lud zu einem Podiumsgespräch unter der Überschrift «Keine Experimente?» ein. Das Fragezeichen brachte die Leute auf die Beine. Der Spruch war ihnen als Imperativ mit dazugehörigem Ausrufezeichen von den Wahlplakaten der Bürgerlichen her vertraut. Als Frage versprach er neue Durchblicke. Neugierige, so wurde versprochen, sollten auf ihre Kosten kommen. Die Erwartungen wurden erfüllt. Die Dosen von *Campbell's Soup* als Gegenstand der Malerei, überdimensionale Comicstrips, aufgeschlitzte Leinwände, akkumulierter Müll in Schaukästen, die Zertrümmerung eines Klaviers als Happening – das war die Gegenwartskunst. Wollte man ihr die Experimente austreiben? Wernstedt saß neben Breitenfeld. Er stieß ins gleiche Horn und erörterte ergänzend das in der Form noch gemäßigte, im Inhalt aber revolutionäre Marat-Stück von Peter Weiß und die Aufführungen des Living Theatre aus den USA, das seinem Publikum mit Exzess und Ekstase auf den Leib rückte. Ein Musikwissenschaftler steuerte Bemerkungen über Zwölftontechnik und serielle Musik bei. Etwas abartig erging sich ein Soziologe in Spekulationen über die Künste als Indikatoren des Zustandes der Gesellschaft. Als freundlicherweise das Publikum in die Debatte einbezogen wurde, blieb Rosmer ungewohnt still. Seine Zunge löste sich erst, als wir später in einer Kneipe zusammensaßen.

«Ich war für zwei Wochen in Berkeley und habe eine Vorlesung des dortigen Platzhirschen der Philosophie gehört», berichtete er. «Der Mann hat entdeckt, dass der Mensch der kapitalistischen Welt eindimensional dahinvegetiert und trotz überwältigender Leistungsfähigkeit an der ihn umgebenden repressiven Toleranz erstickt. So ungefähr jedenfalls, nur komplizierter ausgedrückt. Während der Kollege redete, habe ich gemerkt, dass ich langsam, aber sicher älter werde. Ich komme nicht von meiner sauer erworbenen Überzeugung herunter, dass nur Toleranz die Welt rettet. Sie für einen Trick der Herrschenden zu halten, bringe ich nicht übers Herz.»

«Und die Hippies?», fragte Kaltenbach.

Er war begierig, vom sittenlosen Treiben an der amerikanischen Westküste zu hören, in das sich auch unsere Zeitungen vergafft hatten.

«Bunt, bunter, am buntesten», gab Rosmer bereitwillig Auskunft. «Männlein und Weiblein tragen Totems auf der Brust und im zottigen Haar, lassen ihre Kinder mit nackten Hintern durch die Gegend laufen, damit die Mütter keine Windeln waschen müssen, machen schräge Musik und schwören, dass ihre Drogen sie nicht süchtig machen.»

«Und die Liebe?», fragte Kaltenbach.

«Drunter und drüber und querbeet. Make love not war», stellte Rosmer den Freund zufrieden.

«Aber Toleranz soll hoffentlich weiterhin sein?», fragte ich.

«Toleranz muss sein», bestätigte Rosmer. «Weit mehr Sorgen als die Hippies machen mir die Jünger des Philosophen von Berkeley. Sie werden sichtlich militant, wobei einzuräumen ist, dass ihnen Washington mit seinem Krieg in Vietnam hinreichend Anlass liefert. Ich fürchte, da kocht mehr Wut hoch, als uns lieb sein kann.»

«Stößt dann die Toleranz an ihre Grenzen?»

«Wir sollten darauf gefasst sein, dass sie irgendwann auf uns losgehen», sagte Rosmer. «Trainieren wir bis dahin Gelassenheit. Wir werden sie brauchen, verlasst euch darauf.»

Trug er eine Maske? Spielte er die Toleranz nur? Ich glaube eher, dass er zu diesem Zeitpunkt seine frühen Jahre tatsächlich verdrängt hatte. In ständiger Angst zu leben, die Vergangenheit könne ans Licht kommen, und deswegen immer auf dem Posten zu sein, um sich im entscheidenden Moment auf das Recht auf gewandelte

Überzeugung zu berufen, hätte auch den Verwandlungskünstler Ansgar Rosmer überfordert.

Als die Hippie-Kultur über den Atlantik hinweg die allerdings auch weiterhin gut gewaschenen so genannten intellektuellen Kreise bei uns infizierte, hielt sich Rosmer am Rande. Er hatte zum Maßanzug aus der Werkstatt eines Londoner Schneiders schon immer ein seidenes Halstuch getragen, das er nur in – durch Etikette bedingten – Notfällen gegen eine Krawatte austauschte. Verwildernde Moden und Sitten, wie sie nun um sich griffen, waren nicht seine Sache, und Bob Dylan und Joan Baez machten nicht seine Musik. Er bevorzugte Mozart, Beethoven und Vivaldi. Andere gingen einander coram publico wechselseitig an die Wäsche und trugen oft genug die Folgen vor dem Scheidungsrichter aus. Rosmer eroberte, Hand in Hand mit seiner Claudia, auf Partys eine der zumeist raren Sitzgelegenheiten und beobachtete, was sich abspielte. Er wurde tatsächlich älter.

Die Herausforderung durch die militante Fraktion des Nachwuchses, gegen die er sich moralisch gewappnet hatte, bestand er im Herbst '68 auf der Buchmesse dennoch. Als glühender Komet mit einem Schwarm ebenfalls glühender Meteoriten im Gefolge zog der nach den Maiunruhen von der Universität von Nanterre verjagte Daniel le Rouge, auf der Suche nach einem neuen Betätigungsfeld, durch die Frankfurter Hallen und verlangte Rede und Antwort von Autoren und Verlegern. Genügten ihm die Antworten nicht, was meistens der Fall war, zerlegten seine Anhänger die Stände zu Kleinholz. In einer Koje, in der Rosmer eben ein druckfrisches, ans größere Publikum adressiertes Buch signierte, fand der rote Daniel seinen Meister. Er griff sich ein Exemplar von Rosmers Werk aus dem Regal, blätterte auf gut Glück darin, stieß auf drei ihm als Streitgegenstand geeignet erscheinende Sätze und warf sie dem Autor an den Kopf. Rosmer, gewitzt durch seine Erfahrung in Berkeley, hielt einen bestechenden Kurzvortrag über einen denkbaren Aufstieg des modernen Menschen in die Mehrdimensionalität unter den Bedingungen der Toleranz. Daniel le Rouge, sonst in keiner Sekunde seines Lebens ums Wort verlegen, war so verblüfft, dass er kapitulierte und mit seinem Anhang zum nächsten Stand weiterzog. Rosmer nahm den Dank seines Verlegers für die Rettung des Standes erst entgegen, nachdem er galant einer jungen Frau von dem Tisch heruntergeholfen hatte, auf den sie, den Rock raffend, voreilig geklettert war, um das revolutionäre Volk mit einem Siegestänzchen zu erfreuen.

Dass in Wahrheit er einen Sieg errungen hatte, erfuhr der aus Frankreich zugereiste Revoluzzer vermutlich nie. Tatsache ist, dass Rosmer fortan jedes Getümmel wie die Pest mied. Selbst im eigenen Hörsaal verschwand er von der Bildfläche, sobald sich Unruhe auch nur andeutete. Anders als dem Philosophen der Frankfurter Schule Theodor W. Adorno blieb ihm daher erspart, dass sich in seiner Vorlesung Studentinnen vor seinen Augen entblößten. Auch sperrten ihn aufrührerische Jungakademiker nicht in einen Schrank, wie es einem Kollegen nebenan im Anglistischen Seminar widerfuhr.

Der Spaß verging. Es war nicht zu leugnen, dass der Terror bedrohliche Formen annahm. Die Baader-Meinhof-Leute begnügten sich nicht mehr mit der Gewalt gegen Sachen, sie ermordeten Menschen. Wenig später waren sie auf der Flucht. Landauf, landab diskutierte man, wie man sich verhalten wolle, wenn sie eines Nachts vor der Tür standen und Schutz vor der Staatsmacht begehrten. Rosmer verkündete, er werde den ungebetenen Gästen Asyl geben. Das Kommando unter seinem Dach zu übernehmen, werde er ihnen hingegen verwehren. Dass er dies angesichts schwer bewaffneter Überzeugungstäter bewerkstelligen konnte, musste er nicht beweisen. Sie kamen nicht. Nachdem sie gefasst waren, erhielt unser Freund jedoch eine Anfrage, ob er bereit sei, sie im Prozess von Stammheim zu vertreten oder ihren Anwälten zuzuarbeiten. Die Bedingung lautete, es müsse sich um eine «politische Verteidigung» handeln, was hieß, dass die Angeklagten ihre Agitation willigen Juristen in den Mund legen wollten. Mit dem Hinweis, dass er kein Strafrechtler sei, zog sich Rosmer aus der Affäre.

Liberaler Mut packte ihn, wenn auch nur unter Freunden, erst wieder nach dem erfolgreichen Sturm des deutschen Antiterrorkommandos auf die entführte Maschine der Lufthansa im afrikanischen Mogadischu und nach den Selbstmorden der Gefangenen in Stammheim. Die Notwehr des Staates auf fremdem Territorium schien Rosmer – wie er betonte, nach gewissenhafter juristischer Prüfung – mehr als nur problematisch zu sein, und in seinen Augen war nicht auszuschließen, dass die Toten im Stuttgarter Hochsicherheitstrakt Opfer des Geheimdienstes geworden waren. Diese Positionen verfocht er, wie gesagt, nicht öffentlich. Uns gegenüber trat er umso energischer für seine Auffassung ein. Ansgar Rosmer erregte sich, was er früher vermieden hätte, über Einwände, statt sie zu widerlegen. Er wurde unduldsam.

Jahre später, Baader und Meinhof waren kein Thema mehr, stellte sein Starrsinn unsere Freundschaft auf eine harte Probe. Das Rotary-Mitglied Rosmer engagierte mich für ein Honorar in Gestalt einer Portion Roastbeef mit Bratkartoffeln nebst Bier und Korn für einen Vortrag in seinem Club. Das Thema konnte ich mir aussuchen. Ich hatte gerade drei Briefe des Generals Paul von Lettow-Vorbeck aus Weimarer Tagen ediert und bot an, über ihn zu sprechen. Rosmer war besonders erfreut, dass ich Lettows Heldentaten in Fernost und in Afrika nur streifen wollte, um Zeit für den Einsatz des Freikorps Lettow im Sommer 1919 in Hamburg zu gewinnen.

Die Geschichte war und blieb ziemlich vergessen. Mit Ausnahme der Schieber hungerten die Hamburger in jenem Sommer wie alle Menschen im abgetakelten Kaiserreich. Eines Tages lieferte dann eine Fleischwarenfabrik verfaulte Sülze aus, und der Aufruhr brach los. Barrikaden. Sturm aufs Rathaus. Neunzehn gelynchte Soldaten. Die Regierung in Berlin schickte Lettow. Zur Beruhigung der Volkswut trug nicht gerade bei, dass ausgerechnet dieser Herr mit dem *Pour le Mérite* am Kragen anrückte, um für Ruhe und Ordnung zu sorgen. Anders, als behauptet wurde, hatte er den Orden freilich nicht dafür gekriegt, dass er 1904 das Seine getan hatte, um in Deutschsüdwest achtzigtausend Bantukaffern zur Räson zu bringen oder jedenfalls die zwölftausend, die damals die Strafaktion der deutschen Kolonialherren gegen die rebellischen Eingeborenen überlebten. Den Halsschmuck bekam Lettow erst vom Kaiser, als er und seine Askaris sich im Ersten Weltkrieg in Ostafrika um der deutschen Ehre willen, wenn auch militärisch völlig sinnlos, mit den Engländern und deren Schwarzen herumschlugen, was bei größter gegenseitiger Hochachtung geschah. Angeblich war es sogar Lettows Gegner, der britische General Smuts, der dem Deutschen über die Front hinweg telegrafierte, dass er sich die höchste Auszeichnung umhängen durfte.

In der Runde der Rotarier wollte ich trotz allem und mit ausdrücklichen Vorbehalten, Lettow wie auch dem Reichswehr-Minister Gustav Noske gerecht werden, der den General in den frühen Tagen der Republik in Marsch gesetzt hatte. Das heißt, ich versuchte, das schwer begreifliche Verhalten beider mit den obwaltenden Verhältnisse zu erklären. Rosmer wurde immer unruhiger. Als ich fertig war, griff er mich frontal an und bezichtigte mich, ich wolle die deutsche Obrigkeit wider besseres Wissen reinwaschen. In seinem Zorn wurde er so grob, dass ihm seine Rotarier dringend rieten, seine Worte zu mäßigen. Ich gab ihnen Recht. Unter anderen Umständen hätte ich auf die Attacke gebührend geantwortet; in diesem Kreis wäre ein Gezänk äußerst unangenehm geworden. Ich dankte für Roastbeef und Interesse und empfahl mich, was als Abfuhr gemeint war und wohl auch so verstanden wurde.

Zum Zeitpunkt dieses Streits muss Ansgar Rosmer überzeugt gewesen sein, dass er die alte Haut endgültig abgestreift hatte. Ich fand noch keine Erklärung für sein Benehmen. Bei nächster Gelegenheit versöhnten wir uns halbwegs.

Die Nemesis kam von Sonnenaufgang geritten, als zeitweilig kein Mensch Interesse an Nazigeschichten fand. Im Heft 4/89 von *Sinn und Form*, der ehemals hoch angesehenen, dann in langen DDR-Jahren ideologisch heruntergewirtschafteten Zeitschrift der Akademie der Künste in Berlin-Ost, erzählte der marxistische Rechtslehrer Franz Steinthal die Lebensgeschichte seines liberalen westdeutschen Kollegen Ansgar Rosmer alias Johann Viktor Schierling und belegte seine vernichtende Darstellung akribisch. Das Beiwort «liberal» setzte er selbstverständlich jedes Mal in Anführungsstriche. Weil in jenen Tagen alles im Zeichen der deutschen Wende stand, fand die gnadenlose Enthüllung zunächst nur eine einzige Leserin, die aber eine Betriebsnudel der linken Szene war und jeden, den sie traf, strengen Blicks ins Verhör nahm, ob ihm die «Neuigkeiten über Ansgar» schon zu Gesicht gekommen waren. Am Rande des Wiedervereinigungstaumels fragte sie auch Wernstedt und mich. Wir besorgten uns umgehend die Steinthalsche Anklageschrift und fühlten uns, wie es nicht anders sein konnte, vor den Kopf geschlagen. Steinthal warf Rosmer ohne Umschweife vor, als Kreishauptmann in Brodnopol, Galizien, mit eigener Hand einen Mord begangen, sich an Massenmorden anderer beteiligt oder ihnen Vorschub geleistet zu haben. Er sei als bestechlich verrufen gewesen und habe sich auch an von Juden zurückgelassenem Eigentum bereichert.

Der Name Steinthal war weder Wernstedt noch mir ein Begriff. Schon eine flüchtige Recherche ergab jedoch, dass der Mann ernst zu nehmen war. Er war vor Jahrzehnten aus freien Stücken in die DDR gegangen, war dort mehrfach angeeckt und nach dem Prager

Frühling von der Universität Halle an einen bedeutungslosen Schreibtisch in der Akademie der Wissenschaften strafversetzt worden. Allem Anschein nach war er also ein Mann des Sozialismus mit dem menschlichen Antlitz. Trotzdem hatte er im Honecker-Staat ausgehalten.

«Ich glaube ihm nicht», verkündete Wernstedt. «Der Kerl hat ein Hühnchen mit Ansgar zu rupfen, irgendein privates oder kollegiales Hühnchen. Oder er wollte sich einen weißen Fuß bei Honecker machen. Er muss das geschrieben haben, bevor es auch nur danach aussah, dass sein sozialistischer Staat in die Brüche gehen konnte.»

«Das wird so sein», gab ich zu. «Die Wahrheit kann Steinthal dennoch sagen.»

«Und nun?», fragte Wernstedt.

«Ich werde ihm schreiben», sagte ich.

«Wem?», fragte Wernstedt. «Herrn Steinthal?»

«Nein», sagte ich. «Ich schreibe an Ansgar.»

«Wir müssen mit ihm reden», verlangte Wernstedt.

Heute weiß ich, dass Wernstedt Recht hatte. Ich hätte über meinen Schatten springen und wir hätten Auge in Auge mit Rosmer sprechen müssen, aber ich wurde mit meinem Widerwillen gegen eine vermutlich sehr hässliche Auseinandersetzung nicht fertig. Also setzte ich mich hin und verfasste den Brief. Er kostete mich eine ganze Nacht und lief darauf hinaus, dass unsere Freundschaft seit dem Wiedersehen vor mehr als dreißig Jahren auf falschen Voraussetzungen beruht habe. Schriftlich um Auskunft zu bitten, falle mir schwer, aber ich sehe keine andere Chance, unsere Beziehungen zu retten.

Wernstedt fand den Brief zu hart, und ich milderte drei oder vier Sätze, bevor ich ihn abschickte. Die Antwort kam postwendend. Sie war, ganz im Gegensatz zum sonst glänzenden Stil Rosmers, miserabel geschrieben und entsprach den Befürchtungen.

Ansgar Rosmer wies eine Reihe von Beschuldigungen Steinthals, darunter die Mordvorwürfe, kühl zurück. Von Gerichten sei alles untersucht worden, die Anklage sei fallen gelassen worden. Es folgten Grundsätzlichkeiten, wozu Rosmer auch unsere Freundschaft rechnete. Wörtlich schrieb er:

«Richtig ist, dass ich auf Anraten zweier Freunde meines verstorbenen Vaters in den Dienst im Generalgouvernement getreten bin. Was dort geschehen würde, wusste ich damals genauso wenig wie die meisten anderen Deutschen. Nach Krakau zu gehen war ohne Zweifel ein Fehler. Meine Arbeit tat ich nach den Anweisungen der Distrikts- oder Zentralverwaltung. Nach kurzer Zeit stieß ich zu einem Kreis, der sich um den Gouverneur z.b.V. Ludwig Ackermann gebildet hatte. Ackermann wurde nach dem Kriege von allen gegen ihn erhobenen Anschuldigungen auf offizielles Ersuchen polnischer und jüdischer Stellen freigesprochen. Meines Wissens lebt er nicht mehr. Mit seiner Hilfe und Rückendeckung haben meine Mitarbeiter und ich in Brodnopol versucht, Juden, Ukrainern und Polen zu helfen, wo dies uns möglich war. Vermutlich war es trotzdem falsch, dass ich dort blieb, nachdem ich gesehen hatte, was geschah – bin mir heute allerdings nicht mehr so sicher wie früher. Wir haben zu tun versucht, was wir tun konnten, bis uns die Gestapo das Handwerk legte. Solche Dinge waren keineswegs Heldentaten. Und sie reichten vor allem nicht aus. Trotzdem war es vielleicht besser, so etwas zu versuchen, als Soldat zu werden und gar nichts tun zu können. Aber vielleicht ist das auch nur eine Ausrede aus der Angst davor, als Soldat erschossen zu werden. Ich weiß es nicht. Zur Gestapo hatten wir übrigens keinerlei dienstlichen oder gar persönlichen Kontakt, was zu immer schärferen und am Ende gelegentlich gewalttätigen Auseinandersetzungen führte. Der Vorwurf der Bereicherung ist kindisch. Was auf Weisung der Zentralverwaltung im ganzen Generalgouvernement beschlagnahmt wurde, wurde von speziell eingesetzten Treuhandstellen unter Aufsicht der Gestapo eingesammelt und abtransportiert. Der Gestapo oblag übrigens auch, wie allgemein bekannt ist, die Einrichtung und Bewachung der Judenghettos. Mit den Judenräten wie den polnischen und ukrainischen Bürgermeistern haben wir zusammengearbeitet, um, wie wir damals dachten, nach Möglichkeit das Schlimmste zu verhindern, was sich nachträglich als Illusion herausstellte. Dass die Gestapo immer häufiger Ansprechpartner von uns über den Haufen schoss, war einer der Gründe für unsere Auseinandersetzung mit ihr. In der Tat wurden Gegenstände wie Möbel, Lampen, Gardinen und Geschirr aus Lagern beschlagnahmter Sachen von uns zur Einrichtung der so genannten Dienstwohnungen übernommen, wurden dafür registriert und blieben auch dort. Von meiner Tätigkeit im Generalgouvernement habe ich in Deutschland nur sehr wenigen Leuten etwas erzählt, weil mich danach nie jemand gefragt hat. Die Engländer wussten darüber Bescheid, ebenso einige meiner Kollegen in den Nachkriegsjahren. Mit engen Freunden habe ich damals den Plan diskutiert, meine Geschichte als Buch zu veröffentlichen. Ich habe davon Abstand genommen, weil ich nicht wusste – und bis heute nicht weiß, wozu das gut sein könnte. Sollte ich mich irgendwelcher Heldentaten berühmen, die keine waren? Oder sollte ich öffentlich Reue bekunden und meine Fehler eingestehen? Was hätte das genützt? Ich habe viel darüber nachgedacht, bis heute jedoch keine Antwort gefunden, die mich überzeugt. Ich glaube, man kann Fehler nicht wieder gutmachen, obwohl man auch darüber streiten kann. Ich glaube, man kann nur aus seinen eigenen Fehlern lernen und versuchen, sich das nächste Mal richtiger, d.h. menschlicher zu benehmen. Da ich kein Held bin, was ich nochmals betonen möchte, habe ich mir lediglich geschworen, in Zukunft nie wieder das Maul zu halten, wenn es nötig ist zu reden. Soweit ich das beurteilen kann, habe ich dieses mir selbst gegebene Versprechen gehalten.»

Es folgten Vermutungen über Steinthals Motive. Es möge kindisch klingen, aber der Mann sei nie darüber hinweggekommen, dass er, Rosmer, ihm Claudia ausgespannt habe, obwohl sich auch diese Geschichte anders abgespielt habe, als Steinthal unbelehrbar zu glauben scheine. Außerdem bestehe offenbar ein tief greifender Wesensunterschied. Steinthal sei ein Fanatiker und Rechthaber. Dagegen habe Rosmer sich nie kompromisslos für eine Richtung entscheiden können. Er habe immer gezweifelt, sei immer unsicher gewesen. Wahrscheinlich seien Leute wie er für Leute wie Steinthal deswegen tatsächlich unerträglich.

Und wieder wörtlich: «Du magst das alles für falsch halten. Das ist dein gutes Recht. Aber die Entscheidung darüber liegt bei mir. Wenn ich allein mit dir einmal auf das Thema gekommen wäre, hätte ich vermutlich offen geredet. Nach diesem deinem Brief würde ich mich wahrscheinlich im Gespräch auch dir gegenüber abweisend verhalten. Deshalb erkenne ich deine Entscheidung an, die Beziehungen zwischen uns abzubrechen, obwohl ich dies nicht nur schade finde, sondern es mir Leid tut. Aber einen zerbrochenen Teller soll man nicht kitten, pflegte meine Mutter zu sagen, und ich denke, sie hatte Recht.»

Die Unterschrift lautete schlicht «Ansgar». Wernstedt und ich brüteten über dem Brief.

«Ein zerbrochener Teller», sagte Wernstedt schließlich.

«Eine kluge Frau, seine Mutter», sagte ich.

Wernstedt schlug vor, die Einzelheiten nicht zu diskutieren.

«Er ist das alte Lied», sagte er. «Keiner hat etwas Unrechtes getan. Schuld waren immer die anderen. Sie haben alle stets versucht, Schlimmeres zu verhindern. Vom ersten bis zum letzten Wort ist dieser Brief ein Beweis für moralischen Alzheimer.»

«Richtig», sagte ich. «Aber mit Rosmer waren wir befreundet. Ich will von ihm nicht belogen werden. Ich will nicht mit Gewäsch bedient werden. Ich will die Gründe wissen.»

«Dann such nach ihnen», sagte Wernstedt.

Die Harz-Schmalspur-Bahn stampfte schmauchend durch den finsteren Tann. Graue, giftig stinkende Schwaden aus dem Schornstein der Lokomotive schlugen in die Abteile. Halbwüchsige aus Bremen, auf dem Schulausflug durch das deutscheste aller deutschen Gebirge, turnten auf den Perrons herum. Ihr Lehrer war ein lyrischer Typ von einem Achtundsechziger. Zu seiner Ehre nahm ich an, dass er die Harzwanderer Goethe und Heine im Sinn hatte. Die normalen Touristen waren mit Videokameras bewaffnet. Auf das jeweilige Kommando der Ehefrauen stürzten die Ehemänner nach rechts und links an die Fenster und filmten lustvoll die Ausblicke. Ich war gerädert und halb erstickt, als ich auf dem Brockengipfel aus dem Zug kletterte. Über den scheppernden Lautsprecher teilte der Stationsvorsteher mit, dass der Zug in einer halben Stunde wieder zu Tal fuhr. Danach blieb nur noch der Abstieg zu Fuß.

Der Gipfel des Brockens war kahl und verkarstet, seine Umgebung lag im Dunst. Ich lief bis zu den Sperrgittern, hinter denen Experten der Sowjetarmee mit ihren Lauschgeräten den Funkverkehr im Westen abgehört hatten und vermutlich noch immer abhörten. Die gigantischen Ohren aus Stahl waren das einzig Gespenstische an dem Ort, an dem angeblich in der Walpurgisnacht der Teufel mit den Hexen den Sabbat feierte. Den schlichten Stein zum Gedenken an den Aufenthalt des Dichters Goethe anno 1777 hätte ich fast übersehen. Der Brockenwirt bot in seiner Bude unter anderem klares kaltes Wasser feil. Es war eine Labsal, obwohl es nicht frisch aus einer Quelle, sondern aus Flaschen mit ortsfremdem Etikett kam. Als ich den Wirt nach dem Zustand des Weges in Richtung Schierke fragte, musterte er kritisch meine Schuhe und riet mir, auf der Straße zu bleiben.

«In Schierke war Schluss», sagte er. «Bis dorthin und nicht weiter haben die Russen und ihre deutschen Getreuen bis gestern die Leute gelassen, allerdings auch nur die Lahmen und die Uralten, und Besen waren dort verboten, weil sonst womöglich ein hüftkrankes Mütterlein oder ein Mümmelgreis den Stiel gesattelt und über den Blocksberg zum Klassenfeind geflogen wäre.»

In der Tasche hatte ich den Wegplan, den der Buchhändler in Wernigerode in DDR-Tagen auf Packpapier gezeichnet hatte, um darin den Touristen die bei ihm erworbenen Bücher einzuschlagen. Die Harzhöhen Stumpfrücken, Paternosterklippe und Pferdekopf waren auf dem Papier verzeichnet, Geitsteine, Schwarzes Schluftwasser und Brocken nicht. So erfuhren die Kunden, wohin sie laufen durften und wohin nicht mehr. Jetzt war das Sperrgebiet freigegeben, und ich machte mich zu Fuß auf den Weg nach Schierke.

Ein paar hundert Meter bergab wuchsen die Bäume höher in den Himmel, und irgendwo zweigte zwischen ihnen ein nach unten führender Seitenpfad ab. Der Pfad war ein trockenes Bachbett. Das Wasser hatte Granitbrocken freigewaschen. Mein Sportsgeist erwachte. Ich wählte den beschwerlichen Weg und genoss den Abstieg, bis mir Ansgar Rosmer einfiel. Prompt schlug mir wieder Wernstedts Aufforderung auf den Magen, über Rosmer Auskünfte zu sammeln.

Interessierte Rosmers Lebenslüge noch irgendeinen Menschen? Von einem Tag zum anderen war die absurde Grenze verschwunden, die ein paar Jahrzehnte lang nicht nur den Brocken zerschnitten hatte. Vor den gewohnten Blick auf das Vorgestern und das Gestern schob sich eine andere Vergangenheit. Unter den neuen Umständen ließ sich anhaltendes Interesse an Rosmer und seinesgleichen bezweifeln. Aber ich wusste, dass uns ihre Geschichte auch morgen keine Ruhe ließ.

Nachwort

Als mein Freund Berthold Kienshecken mich bat, zu seiner Biographie Ansgar Rosmers alias Johann Viktor Schierlings ein kurzes Nachwort zu schreiben, habe ich gezögert. Ich zögerte nicht, weil ich einiges, was Kienshecken und ich gemeinsam erlebt haben, anders im Kopf habe als er. Diese Abweichungen halten sich im Rahmen des Üblichen und ändern nichts an der Rolle, die Rosmer-Schierling in unser beider Leben gespielt hat. Sie ist für mich ebenso wichtig und verwirrend wie für Kienshecken. Ich zögerte, weil für mich, den Professor der Literaturwissenschaft, die Zeitgeschichte ein fremdes Terrain ist. Überredet hat mich Kienshecken dann mit dem Argument, dass auch eine Biographie Erzählung sei. Diese Auffassung löst er in meinen Augen insbesondere dadurch ein, dass er weit ausholt und die Zeitgeschichte aufblättert, wie sie der Teilnehmer stets erlebt – wohin sie auf dem Weg ist, ist offen. Andererseits lässt sich nicht bestreiten, dass Leser es gern haben, wenn sie ungefähr wissen, was sie erwartet.

Ein Täter also – was für ein Täter? Es gab und gibt schlimmere. Fest steht, dass Rosmer im galizischen Brodnopol mit eigener Hand einen Juden erschossen hat. Ein britisches Militärgericht und ein deutsches Spruchgericht schwankten, ob sie auf Totschlag im Affekt oder auf Notwehr erkennen sollten. Der Angeklagte kam bei den Engländern glimpflich davon und verließ das deutsche Verfahren als freier Mann. Das Beunruhigende aber ist nicht seine Tat selber. Bestürzend sind der Weg eines zivilisierten Menschen bis an die Schwelle der Tat und der nachträgliche Umgang mit ihr.

Ferner geht es darum, dass da jemand zwei Leben gelebt hat. Das erste endete Ende April oder Anfang Mai 1945, das zweite begann am selben Tag. Im Grunde gilt dies für alle Deutschen, die das Kriegsende überstanden haben, aber es gibt einige eklatante Fälle. In frischer Erinnerung ist in meinem Fach die Entlarvung des Germanisten Hans Ernst Schneider, der in Nazitagen unter den Fittichen des SS-Ahnenerbes zu einer Erfolg versprechenden Karriere aufbrach, bei Kriegsende in der Versenkung verschwand, umgehend unter dem falschen Namen Hans Schwerte wieder auferstand und es als liberaler Wissenschaftler zu beachtlichem Erfolg brachte.

Jon Schierling trat einen ähnlichen Weg als Jurist an. Halb zog es ihn ins Gravitationsfeld der akademischen Gesellschaft in der Nazizeit, halb sank er hin. Nachher wechselte er anders als Schneider-Schwerte nicht den Namen, sondern lebte mit seinem echten Namen sowie mit dem Pseudonym Ansgar Rosmer weiter und erntete Lorbeeren als Jurist. Schneider-Schwertes und Rosmer-Schierlings Lebensläufe unterscheiden sich in einigem, in anderem gleichen sie sich – wie es sich für Geschichten gehört, die den Anspruch erheben, typisch zu sein.

Bei der Suche nach zusätzlichen Quellen halfen Berthold Kienshecken vier Glückstreffer. Schon der erste war ein großzügiges Geschenk Klios. Bei der Recherche für ein anderes Thema in den Beständen des ehemaligen Zentralarchivs der DDR entdeckte Kienshecken ein halbes Dutzend Ordner mit Dienst- und Privatpapieren, die Rosmer-Schierlings Vater, der Korvettenkapitän zur See a.D. Otto Schierling, im Reichsarchiv eingelagert hatte, als er dort von 1920 bis zu seinem Tod im Jahre 1930 arbeitete. Die Archivare der Arbeiter- und Bauernmacht hatten die Hinterlassenschaft des Kollegen aus Weimarer Tagen offenbar unbesehen verwahrt. Am ergiebigsten waren Tagebücher, die sich nicht selten mit «JV», so das Kürzel für Schierling junior, beschäftigten. Ferner fanden sich mehrere versiegelte Päckchen mit Briefen an einen Arzt, mit dem Otto Schierling von Schultagen her befreundet gewesen war. Wie ein Vermerk verriet, hatte der Kapitän die Briefe einige Zeit vor seinem Tod von dem nun in Königsberg lebenden und später dort verschollenen Freund zurückerbeten. Die Korrespondenz gab reichlich Auskunft über den Sohn, zusätzlich über spannungsreiche Ehejahre und damit über die Mentalität der Eltern Rosmer-Schierlings.

Der zweite Fund war eine Fußnote. Sie erwähnte ein ungedrucktes Interview, in dem Jeff S. Saltman, ein Psychologe der US-Army, nach dem Krieg versucht hatte, dem Seelenleben eines «incriminated Nazi named Johann Scheiling» auf den Grund zu kommen. Purer Instinkt veranlasste Kienshecken zu vermuten, dass dieser «Scheiling» in Wahrheit Johann Viktor Schierling geheißen haben konnte. Dass die Vermutung richtig war, stellte sich heraus, als Kienshecken Saltmans Typoskript schließlich in Washington in der Library of Congress auftrieb. Das Verhör erwies sich als gründlich und umfangreich. Eine erfreuliche Zugabe war ein Kuvert mit einem umfänglichen Vernehmungsprotokoll, das der militärische Geheimdienst der USA Saltman überlassen hatte, sowie ein weiterer Umschlag mit Kopien von persönlichen Papieren Bettina Schierlings, der Mutter Jon Schierlings. Der Fund führte weiter zu einem ehemaligen Captain des britischen Secret Service mit Namen Greenwood. Der hatte, wie Kienshecken herausfand, inzwischen das Zeitliche gesegnet, aber seine Tochter verwaltete sein Archiv. Wieder stieß Kienshecken auf eine Goldader.

In seiner Freude lud Kienshecken nicht nur mich, sondern auch unseren Freund Georg Kaltenbach zum Abendessen ein und Kaltenbach revanchierte sich mit zwei weiteren Quellen. Wie er berichtete, war er beim Leichenschmaus zu Ehren Rosmer-Schierlings Tischherr einer reizenden alten Dame gewesen, die sich als Jugendfreundin des Verblichenen entpuppte und nach der Trennung von ihm mit seiner Mutter bis zu deren Tod Verbindung gehalten hatte. Diese Frau Caroline von Bergen, geborene von Schlettow, so fügte Kaltenbach hinzu, sei mit einem erstaunlich präsenten Verstand gesegnet und sie sei offensichtlich gern bereit, aus ihrem Leben zu plaudern. Allerdings wissen man bei Menschen dieses Alters nie …

Kennen gelernt hatte Kaltenbach bei derselben Gelegenheit außerdem einen originellen, etwas schwatzhaften Kerl mit dem ganz und gar unoriginellen Namen Schulz, der Rosmer-Schierling vor dem Krieg begegnet war und ihn nach '45 wieder getroffen hatte. Auch Schulz schien Lust zu haben, eine Reihe von Geschichten über Rosmer zu erzählen, wobei er Lust an Indiskretionen erkennen ließ. Offenbar hatten Rosmer und Schulz die Gewohnheit gehabt, Männergeständnisse auszutauschen.

Ohne zu zögern, knüpfte Kienshecken Verbindungen zu Frau von Bergen und zu Schulz an, und, wie er gehofft hatte, rundeten ihre Erzählungen die schon erworbenen Kenntnisse ab.

Für die späteren Jahre konnte der Biograph aus eigenen Erfahrungen im Umgang mit Rosmer schöpfen. Die Hoffnung, dass sie ihm die Arbeit wesentlich erleichtern mussten, erfüllte sich jedoch nicht. Immer wieder sah er sich mit der Frage konfrontiert, warum er über den Mann, mit dem er lange Jahre befreundet gewesen war oder mit dem er sich befreundet gefühlt hatte, so wenig gewusst hatte.

Kiensheckens Wahlspruch, den er vom Römer Tacitus übernommen hat, hängt über seinem Schreibtisch: *Sine ira et studio.* Er hatte den Spruch niemals so nötig wie diesmal. Zwei Extravaganzen erlaubte er sich aus stilistischen Gründen. Er löste einen langen Abschnitt der Zeitgeschichte in einzelne Szenen auf und übersetzte obendrein überlieferte Gesprächsinhalte in Dialoge. Damit wollte er einer sonst unvermeidlichen Konjunktivitis vorbeugen und riskierte sehenden Auges Anwürfe aus seiner Zunft, vor allem von Kollegen, die es sich zur Gewohnheit gemacht haben, aus der greifbaren Hinterlassenschaft der Geschichte Mentalitäten und Ideologien zu rekonstruieren. Wie Kienshecken einräumt, erreichen sie so verdienstvollerweise einen hohen Grad von Wissenschaftlichkeit; trotzdem kommen sie seiner Überzeugung nach nicht darum herum, die Geschichtsreste mit eigener Phantasie aufzufüllen.

Dagegen wollte Kienshecken seinen freizügigen Versuch ausspielen, einen einzelnen Zeitgenossen wirklich zu identifizieren. Für diese Ketzerei, so hat er zu Protokoll gegeben, lasse er sich von seiner Fachschaft gern auf den Scheiterhaufen schleppen.

Kiel, im August 2000 *Prof. Dr. Eckart Wernstedt*